浙江文獻集成

浙江文叢

花外集斠箋

〔南宋〕王沂孫 撰
吴則虞 箋注

浙江古籍出版社

圖書在版編目(CIP)數據

花外集斠箋 /（南宋）王沂孫撰 ；吴則虞箋注. —
杭州：浙江古籍出版社，2023.11
（浙江文叢）
ISBN 978-7-5540-2796-7

Ⅰ. ①花… Ⅱ. ①莊… ②吴… Ⅲ. ①宋詞—作品集
—中國—南宋 Ⅳ. ①I222.844.2

中国国家版本馆 CIP 数据核字(2023)第 217509 号

浙江文叢

花外集斠箋

（南宋）王沂孫 撰　吴則虞 箋注

出版發行　浙江古籍出版社
（杭州市體育場路 347 號　郵編：310006）
網　　址　https://zjgj.zjcbcm.com
責任編輯　伍姬穎
文字編輯　吴宇琦
封面設計　吴思璐
責任校對　吴穎胤
責任印務　樓浩凱
照　　排　浙江大千時代文化傳媒有限公司
印　　刷　浙江新華數碼印務有限公司
開　　本　710mm×1000mm　1/16
印　　張　25.25
字　　數　190 千
版　　次　2023 年 11 月第 1 版
印　　次　2023 年 11 月第 1 次印刷
書　　號　ISBN 978-7-5540-2796-7
定　　價　380.00 圓(精裝)

ISBN 978-7-5540-2796-7
9 787554 027967 >

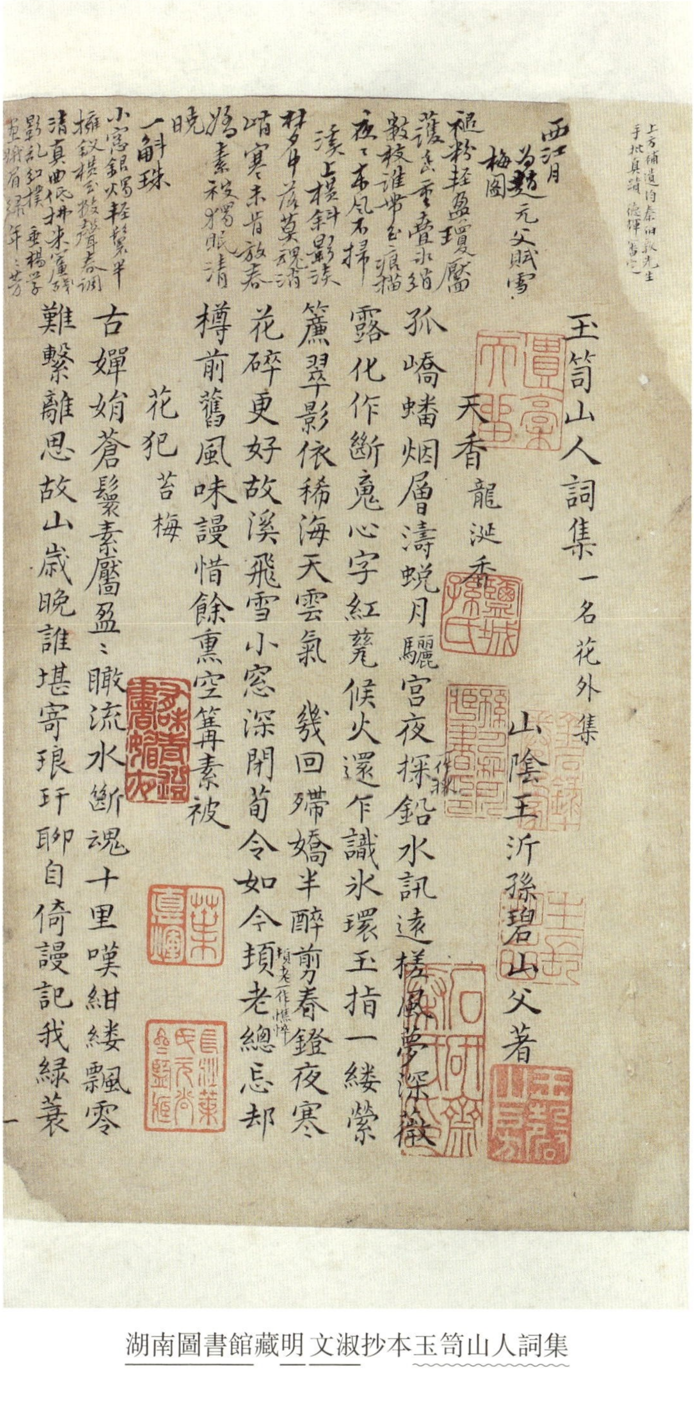

上方補遺詞秦伯敦先生手批真蹟 德輝書之

西江月 為趙元父賦雪梅圖
褪粉輕盈瓊靨護香重疊冰綃數枝誰帶玉痕描夜夜東風不掃 溪上橫斜影淡夢中落莫魂消峭寒未肯放春嬌素被獨眠清曉

一斛珠
小窗銀燭輕鬟半擁釵橫玉數聲春調清真曲拂拂朱簾殘影亂紅撲垂楊學畫蛾眉綠年年芳

玉笥山人詞集一名花外集
山陰王沂孫碧山父著

天香 龍涎香

孤嶠蟠烟層濤蛻月驪宮夜採鉛水訊遠槎風夢深薇露化作斷魂（作魂）心字紅甆候火還乍識冰環玉指一縷縈簾翠影依稀海天雲氣 幾回殢嬌半醉剪春鐙夜寒花碎更好故溪飛雪小窗深閉荀令如今頓老（頓老一作憔悴）總忘却樽前舊風味謾惜餘熏空篝素被

花犯 苔梅

古嬋娟蒼鬟素靨盈盈瞰流水斷魂十里嘆紺縷飄零難繫離思故山歲晚誰堪寄琅玕聊自倚謾記我綠蓑

湖南圖書館藏明文淑抄本玉笥山人詞集

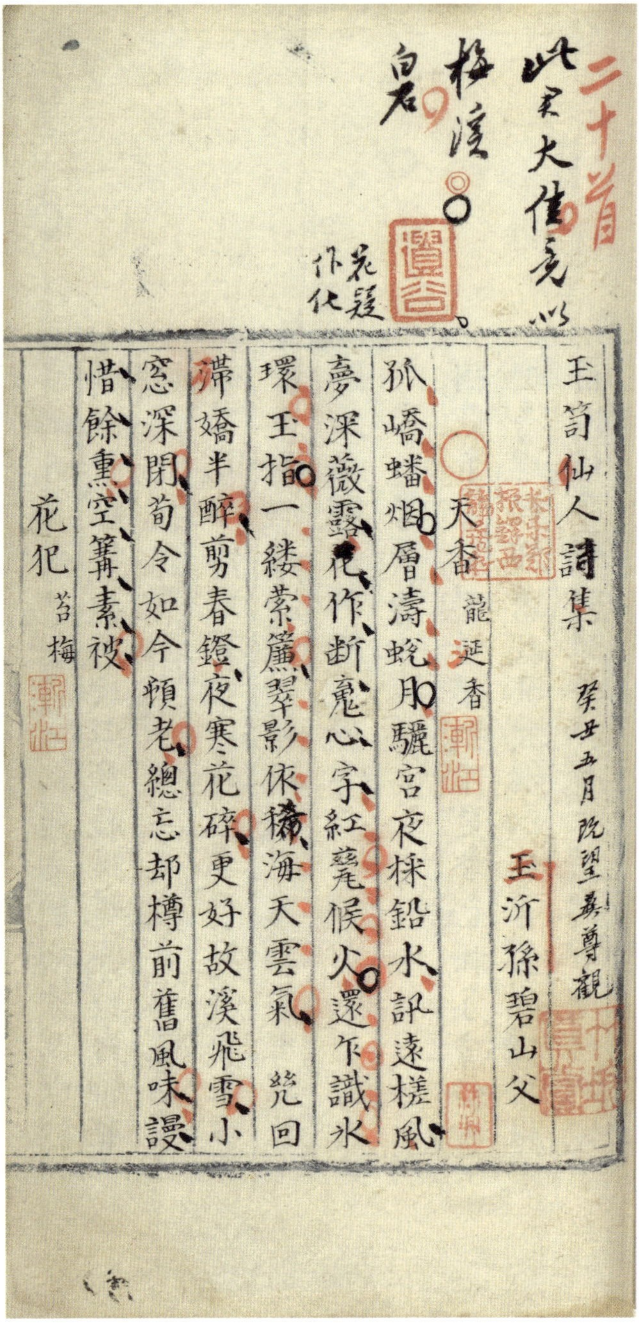
二十首

此宋大作家以梅溪白石

花疑作化

玉笥仙人詞集

癸丑五月既望彝尊觀

王沂孫碧山父

天香　龍涎香

孤嶠蟠烟層濤蛻月驪宮夜採鉛水訊遠槎風
夢深薇露花作斷魂心字紅甆候火還乍識冰
環玉指一縷縈簾翠影依稀海天雲氣　幾回
殢嬌半醉剪春鐙夜寒花碎更好故溪飛雪小
窗深閉荀令如今頓老總忘却樽前舊風味謾
惜餘熏空篝素被

花犯　苔梅

國家圖書館藏明石村書屋抄本玉笥山人词集（宋元明三十三家詞之一）

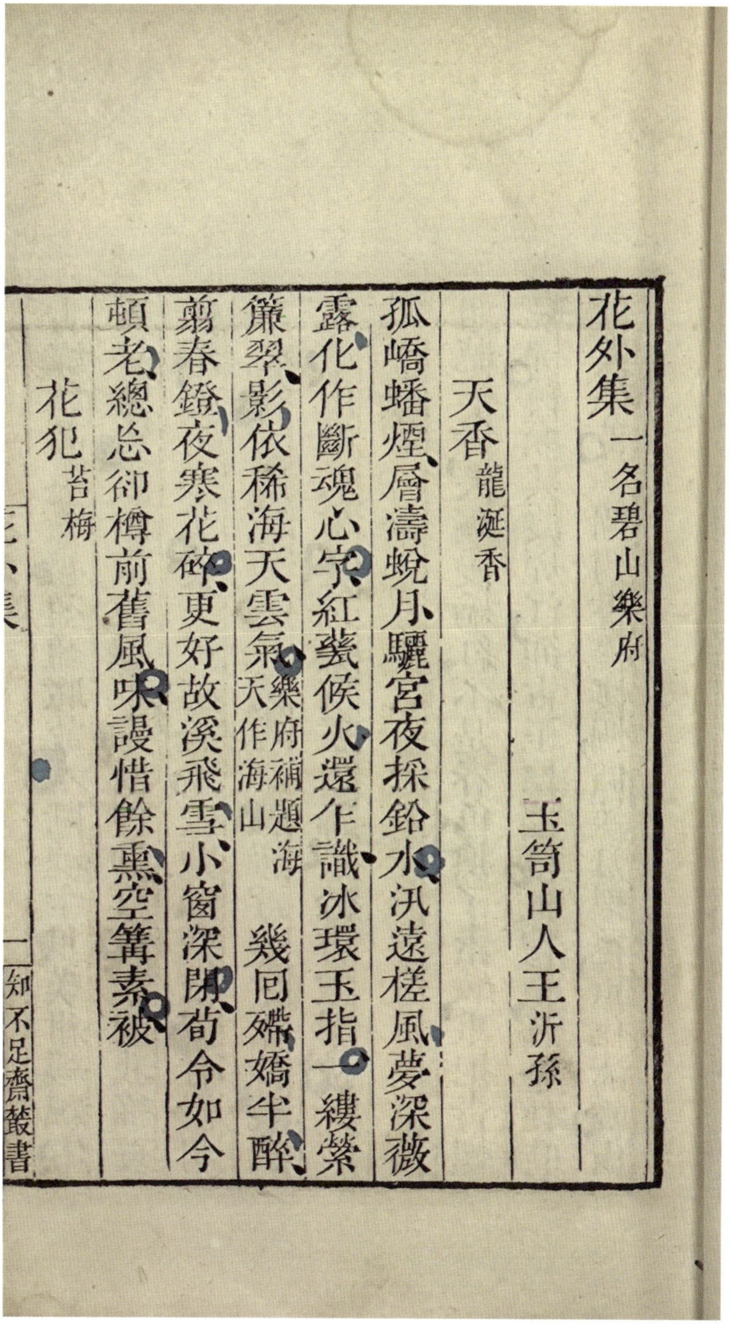

花外集　一名碧山樂府

玉笥山人王沂孫

天香　龍涎香

孤嶠蟠煙，層濤蛻月，驪宮夜採鉛水。汎遠槎風，夢深薇露，化作斷魂心字。紅甆候火，還乍識、冰環玉指。一縷縈簾翠影，依稀海天雲氣。樂府補題海天作海山　幾回殢嬌半醉。翦春鐙、夜寒花碎。更好故溪飛雪，小窗深閉。荀令如今頓老，總忘卻、樽前舊風味。謾惜餘熏，空篝素被。

花犯　苔梅

花外集　一　知不足齋叢書

復旦大學圖書館藏清乾隆、道光間鮑廷博刻本花外集（知不足齋叢書之一）

花外集

宋　會稽　王沂孫　聖與

天香

龍涎香

孤嶠蟠煙層濤蛻月驪宮夜採鉛水汎遠槎風夢深薇露化作斷魂心字紅甆候火還乍識冰環玉指一縷縈簾翠影依稀海天（樂府補題作山）雲氣　幾回殢嬌半醉翦春鐙夜寒花碎更好故溪飛雪小窗深閉荀令如今頓老總忘卻樽前舊風味謾惜餘熏空篝素被

花犯

蘇州圖書館藏清光緒王鵬運四印齋刻本花外集（四印齋所刻詞之一）

玉笥山人詞集

王沂孫碧山父

天香 龍涎香

孤嶠蟠煙層濤蛻月驪宮夜採鉛水訊遠槎風夢深薇露化作斷魂心字紅甆候火還乍識冰環玉指一縷縈簾翠影依稀海天雲氣 幾回殢嬌半醉翦春鐙夜寒花碎更好故溪飛雪小窗深閉荀令如今頓老總忘卻樽前舊風味謾惜餘熏空篝素被

花犯 苔梅

古嬋娟蒼鬟素靨盈盈瞰流水斷魂十里嘆紺縷飄零難繫離思故山歲晚誰堪寄琅玕聊自倚謾記我綠蓑

國家圖書館藏清蔣氏別下齋抄本玉笥山房詞集（宋九家詞之一）

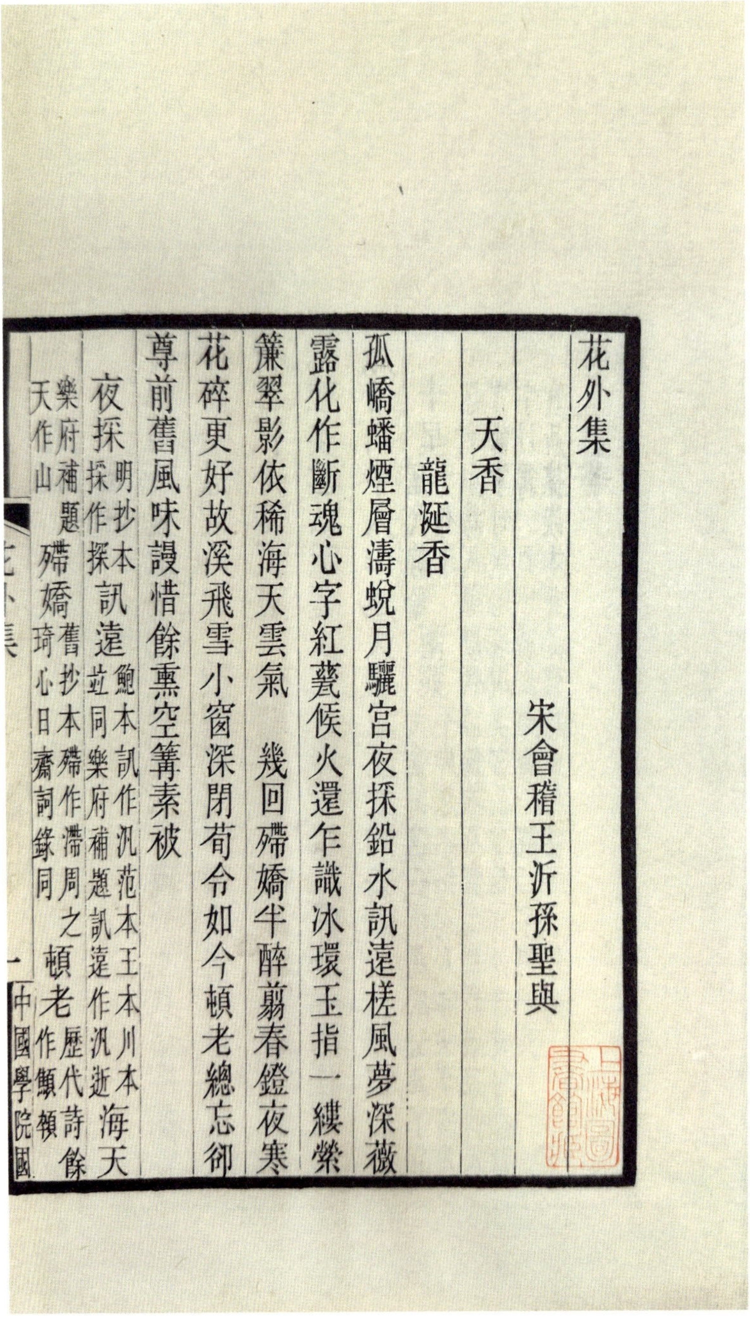

花外集

宋會稽王沂孫聖與

天香

龍涎香

孤嶠蟠煙，層濤蛻月，驪宮夜採鉛水。訊遠槎風，夢深薇露，化作斷魂心字。紅甆候火，還乍識、冰環玉指。一縷縈簾翠影，依稀海天雲氣。　幾回殢嬌半醉。翦春鐙、夜寒花碎。更好故溪飛雪，小窗深閉。荀令如今頓老，總忘卻、尊前舊風味。謾惜餘熏，空篝素被。

夜採〔明抄本採作探〕訊遠〔鮑本訊作汎，范本、王本、川本竝同，樂府補題訊遠作汎逝〕海天〔樂府補題天作山〕殢嬌〔舊抄本殢作滯，周之琦心日齋詞錄同〕頓老〔歷代詩餘作顛頓〕

花外集　一　中國學院國

上海圖書館藏民國二十二年孫人和校刻本花外集（中國學院國學系叢書之一）

浙江省文化研究工程指導委員會

浙江文化研究工程成果文庫總序

習近平

有人將文化比作一條來自老祖宗而又流向未來的河，這是説文化的傳統，通過縱向傳承和横向傳遞，生生不息地影響和引領着人們的生存與發展；有人説文化是人類的思想、智慧、信仰、情感和生活的載體、方式和方法，這是將文化作爲人們代代相傳的生活方式的整體。我們説，文化爲群體生活提供規範、方式與環境，文化通過傳承爲社會進步發揮基礎作用，文化會促進或制約經濟乃至整個社會的發展。文化的力量，已經深深熔鑄在民族的生命力、創造力和凝聚力之中。

在人類文化演化的進程中，各種文化都在其内部生成衆多的元素、層次與類型，由此決定了文化的多樣性與複雜性。

中國文化的博大精深，來源於其内部生成的多姿多彩；中國文化的歷久彌新，取決於其變遷過程中各種元素、層次、類型在内容和結構上通過碰撞、解構、融合而産生的革故鼎新的强大動力。

中國土地廣袤、疆域遼闊，不同區域間因自然環境、經濟環境、社會環境等諸多方面的差異，建構了不同的區域文化。區域文化如同百川歸海，共同匯聚成中國文化的大傳統，這種大傳統如同春風化雨，滲透於各種區域文化之中。在這個過程中，區域文化如同清溪山泉潺潺不息，在中國文化的共同價值取向下，以自己的獨特個性支撐着、引領着本地經濟社會的發展。

從區域文化入手，對一地文化的歷史與現狀展開全面、系統、扎實、有序的研究，一方面可以藉此梳理和弘揚當地的歷史傳統和文化資源，繁榮和豐富當代的先進文化建設活動，規劃和指導未來的文化發展藍圖，增强文化軟實力，爲全面建設小康社會、加快推進社會主義現代化提供思想保證、精神動力、智力支持和輿論力量；另一方面，這也是深入瞭解中國文化、研究中國文化、發展中國文化、創新中國文化的重要途徑之一。如今，區域文化研究日益受到各地重視，成爲我國文化研究走向深入的一個重要標誌。我們今天實施浙江文化研究工程，其目的和意義也在於此。

千百年來，浙江人民積澱和傳承了一個底蘊深厚的文化傳統。這種文化傳統的獨特性，正在於它令人驚歎的富於創造力的智慧和力量。

浙江文化中富於創造力的基因，早早地出現在其歷史的源頭。在浙江新石器時代最爲著名的跨湖橋、河姆渡、馬家浜和良渚的考古文化中，浙江先民們都以不同凡響的作爲，在中華民族的文明之源留下了創造和進步的印記。

浙江人民在與時俱進的歷史軌跡上一路走來，秉承富於創造力的文化傳統，這深深地融匯在一代代浙江人民的血液中，體現在浙江人民的行爲上，也在浙江歷史上衆多傑出人物身上得到充分展示。從大禹的因勢利導、敬業治水，到勾踐的卧薪嘗膽、勵精圖治；從錢氏的保境安民、納土歸宋，到胡則的爲官一任、造福一方；從岳飛、于謙的精忠報國、清白一生，到方孝孺、張蒼水的剛正不阿、以身殉國；從沈括的博學多識、精研深究，到竺可楨的科學救國、求是一生；無論是陳亮、葉適的經世致用，還是黄宗羲的工商皆本；無論是王充、王陽明的批判、自覺，還是龔自珍、蔡元培的開明、開放，等等，都展示了浙江深厚的文化底蘊，凝聚了浙江人民求真務實的創造精神。

代代相傳的文化創造的作爲和精神，從觀念、態度、行爲方式和價值取向上，孕育、形成和發展了淵源有自的浙江地域文化傳統和與時俱進的浙江文化精神，她滋育着浙江的生命力、催生着浙江的凝聚力、激發着浙江的創造力、培植着浙江的競争力，激勵着浙江人民永不自滿、永不停息，在各個不同的歷史時期不斷地超越自我、創業奮進。

悠久深厚、意韻豐富的浙江文化傳統，是歷史賜予我們的寶貴財富，也是我們開拓未來的豐富資源和不竭動力。黨的十六大以來推進浙江新發展的實踐，使我們越來越深刻地認識到，與國家實施改革開放大政方針相伴隨的浙江經濟社會持續快速健康發展的深層原因，就在於浙江深厚的文化底蘊和文化傳統與當今時代精神的有機結合，就在於發展先進生産力與發展先進文化的有機結合。今後一個時期浙江能否在全面建設小康社會、加快社會主義現代化建設進程中繼續走在前列，很大程度上取決於我們對文化力量的深刻認識、對發展先進文化的高度自覺和對加快建設文化大省的工作力度。我們應該看到，文化的力量最終可以轉化爲物質的力量，文化的軟實力最終可以轉化爲經濟的硬實力。文化要素是綜合競争力的核心要素，文化資源是經濟社會發展的重要資源，文化素質是領導者和勞動者的首要素質。因此，研究浙江文化的歷史與現狀，增强文化軟實力，爲浙江的現代化建設服務，是浙江人民的共同事業，也是浙江各級黨委、政府的重要使命和責任。

二〇〇五年七月召開的中共浙江省委十一届八次全會，作出《關於加快建設文化大省的決定》，提出要從增强先進文化凝聚力、解放和發展生産力、增强社會公共服務能力入手，大力實施文明素質工程、文化精品工程、文化研究工程、文化保護工程、文化産業促進工程、文化陣地工程、文化傳播工程、文化人才工程等『八項工程』，實施科教興國和人才强國戰略，加快建設教育、科技、衛生、體育等『四個强省』。作爲文化建設『八項工程』之一的文化研究工程，其任務就是系統研究浙江文化的歷史成就和當代發展，深入挖掘浙江文化底藴、研究浙江現象、總結浙江經驗、指導浙江未來的發展。

浙江文化研究工程將重點研究『今、古、人、文』四個方面，即圍繞浙江當代發展問題研究、浙江歷史文化專題研究、浙江名人研究、浙江歷史文獻整理四大板塊，開展系統研究，出版系列叢書。在研究内容上，深入挖掘浙江文化底藴，系統梳理和分析浙江歷史文化的内部結構、變化規律和地域特色，堅持和發展浙江精神；研究浙江文化與其他地域文化的異同，釐清浙江文化在中國文化中的地位和相互影響的關係；圍繞浙江生動的當代實踐，深入解讀浙江現象，總結浙江經驗，指導浙江發展。在研究力量上，通過課題組織、出版資助、重點研究基地建設、加强省内外大院名校合作、整合各地各部門力量等途徑，形成上下聯動、學界互動的整體合力。在成果運用上，注重研究成果的學術價值和應用價值，充分發揮其認識世界、傳承文明、創新理論、諮政育人、服務社會的重要作用。

我們希望通過實施浙江文化研究工程，努力用浙江歷史教育浙江人民、用浙江文化薰陶浙江人民、用浙江精神鼓舞浙江人民、用浙江經驗引領浙江人民，進一步激發浙江人民的無窮智慧和偉大創造能力，推動浙江實現又快又好發展。

今天，我們踏着來自歷史的河流，受着一方百姓的期許，理應負起使命，至誠奉獻，讓我們的文化綿延不絕，讓我們的創造生生不息。

二〇〇六年五月三十日於杭州

重版説明

吴則虞先生精研倚聲之學，尤擅長箋注詁釋。本書爲其宋人詞集注本之一，原名花外集斠箋，於王沂孫花外集通體施注，每詞下分校、箋注、斠律、彙評四部分，相關資料又輯爲附録，體例完備，校注詳覈，允稱精善。此書吴則虞先生生前未刊，一九八八年，上海古籍出版社根據遺稿加以整理，納入宋詞別集叢刊，改題爲花外集。

此次重版，除恢復本名花外集斠箋，增添版本書影，覆覈引文訂正文字訛誤外，又於卷首增加兩篇文章，一爲與吴則虞論碧山詞書，出自龍榆生詞學論文集，一爲此書文言自序，見於手稿本，其餘則基本保持排印本原貌，不作更動。

花外集斠箋手稿本尚存兩種，均藏於吴受瓌研究員家中。兩稿本保存完整，爲吴則虞先生箋注花外集前後兩稿。兩稿之間頗有異同，稿本與排印本間又有異同，三本並觀，此書撰集出版過程大略可知。爲使名家手蹟不致湮晦，故一併彩色影印，據成稿先後分爲甲、乙二本，置於排印本之後，以饗讀者。

本書出版，得吴受瓌研究員、俞震先生鼎力相助，謹申謝忱。

浙江古籍出版社

二〇二三年二月

前言

在宋末元初，曾出現了很多的愛國詞人，其中最著名的有劉辰翁、周密、張炎和王沂孫等。花外集的作者王沂孫，一向被推爲大家。清代周濟編宋四家詞選，把王沂孫和周邦彦、辛棄疾、吴文英並列，認爲是四派的首領；而把張炎歸在王沂孫這一派内。宋四家詞選編于道光十二年（一八三二），過了六十年，陳廷焯在光緒十七年（一八九一）作白雨齋詞話，對王沂孫更備加推崇，説是：「王碧山（沂孫）詞，品最高，味最厚，意境最深，力量最重。感時傷世之言，而出以纏綿忠愛，詩中之曹子建、杜子美也。」又説：「詩有詩品，詞有詞品，碧山詞性情和厚，學力精深。……論其詞品，已臻絶頂，古今不可無一，不能有二。」這些過高的評價，當然不盡恰當，但是把王沂孫看做獨立的一派，看出王沂孫詞有感時傷世之言，却有道理，值得我們注意。

現在談談王沂孫和他的作品本身。

王沂孫字聖與，號碧山，又號中仙，會稽人，生卒年不詳。根據他稱呼周密爲「丈」，同時人張炎也稱周密爲「翁」，張炎又寫過悼念他的瑣窗寒詞，可知他是周密的晚輩，和張炎平輩，又比張炎早卒，年齡可能是略大於張炎。周密生于宋理宗紹定五年壬辰（一二三二），張炎生于宋理宗淳祐八年戊申（一二四八），比周密小十六歲。那末王沂孫至遲生于公元一二四八年。再根據志雅堂雜鈔的記録，在元至元二十八年辛卯（一二九一）十二月時，王沂孫已經逝世，那末他至遲是死于這一年。如果是這樣的話，他不過活了四十三四歲。宋亡時，他大概三十歲左右，此後過了十幾年的遺民生活。

王沂孫在元朝有没有做官，是有争論的。根據絶妙好詞箋中引延祐四明志，王沂孫在至元中爲慶元路學正。四明志是他同時人袁桷寫的，這記載應該可靠。（其事蹟見後附王沂孫事蹟考略，兹從略）

從宋末元初的整個政治環境和王沂孫活動來看，不管這學正是什麽性質的職務，也不管擔任學正的時間長短，畢竟是白圭有玷，這是一面。再從另一面看，他在宋亡後參加了十四位遺民宛委山房等的秘密集會，寫出了懷念故君故國的許多詞曲（後人編爲樂府補題），這些詞，有的是指斥元代統治者盜發會稽宋陵，有的是議及當時的一些大事，不同程度地表現了作者的愛國思想。厲鶚論詞詩：

頭白遺民涕不禁，補題風物在山陰。殘蟬身世香蓴興，一片冬青冢畔心。

這評價我認爲是對的。樂府補題的内容可能是如此，作者的身世、思想、情感大致也是如此。

再從花外集來看，現存六十五闋中，可分爲四類：

第一類：是有寄託的，主題思想比較鮮明。

第二類：是拈題分詠之作，不一定有寄託的。

第三類：是沒有寄託的。

第四類：是贋品——如補遺内望梅、青房並蒂蓮等。那贋品，我們姑且不管。所要談的是前面三類。

從第一類來看，如水龍吟牡丹：

曉寒慵捲珠簾，牡丹院落花開未？玉闌干畔，柳絲一把，和風半倚。國色微酣，天香乍染，扶春不起。自真妃舞罷，謫仙賦後，繁華夢，如流水。池館家家芳事，記當時、買栽無地。争如一朵，幽人獨對，水邊竹際。把酒花前，賸拚醉了，醒來還醉。怕洛中、春色忽忽，又入杜鵑聲裏。

這詞表面是寫的牡丹，暗中寫的是南宋時勢，從過去到現在，從盛到衰。這裏面的洛中，當然不一定就是指的洛陽，它可以指汴梁，也可能就是指着淪沒後的臨安。這詞，儘管極其含蓄，只在收聲結尾處隱隱約約地點了一下，但是作者的「纏綿忠愛」之情，却已傳導給讀者了。

再看他寫作比較成功的一首詞——眉嫵新月：

漸新痕懸柳，澹彩穿花，依約破初暝。便有團圓意，深深拜，相逢誰在香徑？畫眉未穩，料素娥、猶帶離恨。最堪愛、一曲銀鉤小，寶簾掛秋冷。千古盈虧休問。歎謾磨玉斧，難補金鏡。太液池猶在，淒涼處、何人重賦清景。故山夜永，試待他、窺户端正。看雲外山河，還老盡桂花影。

的確，句句是在寫月，而且是寫新月，反過來説，换頭以後，句句並不是寫月，句句也不是刻畫新月。作者通過想象，借題發揮，把月兒的圓和缺，來譬喻祖國河山的完整和破碎。國土被敵人侵占了，當然是要問的，可是不直率地説出「問」，而反過來要説「休問」；金甌缺了，當然是要補的，可是不説要「補」，而惋惜着「難補」。從「問」到「休問」，從「補」到「難補」，作者用「休」字和「難」字，把無限的傷心舊事，概括進去了。但作者還是殷望着復國的志士，能够磨起玉斧，來挽救淪没的河山。所以下面兩句緊接着説，在那更闌寂静的長夜裏，人們仍然等待着月兒再圓，金鏡重光。這期待是殷切的，又是渺茫的，作者爲了表達在元朝統治下千千萬萬人民迫切期待和徬徨、恐懼的心情，於是千錘百鍊地才用上了一個「試」字。真的，這個嘗試，没有成功，這個希望，終歸消失。流亡粤海的南宋政權，終於失掉最後的根據地，給人民帶來的只是絶望而已。作者的内心，是多麽的沉痛！

花外集中像這類的詞，還有天香龍涎香、水龍吟落葉、又白蓮二首、齊天樂螢、又蟬二首、一蕚紅題花光卷、慶宫春水仙花、高陽臺懷陳君衡等。作者用隱喻的語言，淒惋的聲音，描畫出他所傷心和所關心的時事和朋友，這些詞裏追念故國的思想，是比較明顯的。

我們不同意胡適所説王沂孫的詞是「八股」，是「燈謎」，是「詞匠的笨把戲」，「没有文學價值」；也不同意像張爾田等人的一些看法，他們認爲王沂孫每一首詞都有寄託，都是忠君愛國；同時也不贊成某些人給樂府補題和王沂孫詞作過高的評價，説成爲民族鬬爭的號角。即以慶清朝榴花、摸魚兒蓴而言，他們認爲是指楊璉盜發六陵這件事，但是經過反覆推敲，還令人無法置信。我認爲王沂孫有一部分詠物詞，并不一定全有寄託，因此劃爲第二類。

至於南浦春水二首、聲聲慢催雪、高陽臺紙被、露華碧桃、解連環橄欖、三姝媚櫻桃、掃花游秋聲、又緑陰等等，雖然也有人用盡心思地去曲解附會，終於没有辦法找出他究竟有什麽深邃的思想内容，也不能具體的説出它是反映了什麽。這類詞，歸到第三類。

自然，這二、三類詞，是有争論的，見解不會一致。遠者如李商隱的無題、王士禛的秋柳，近者如朱古微的某些詞，有人是那樣猜，有人又這樣説，有的説是本無其事，有的説是原來如此。這個姑且不作肯定的結論吧。

因此説，王沂孫的詞，有一部分是有現實意義的，是有愛國思想的，正由於此，所以説他是一家。可是從分量上看，這類詞僅占全集的四分之一左右；從表現上看，態度是消極的，情緒是低沉的。不過是吞吞吐吐地借東説西，不過是嗚嗚咽咽的向隅而泣。比不上謝翺冬青樹的空山痛哭，也比不上劉辰翁蘭陵王的悲歌送春。這是各人的風格，這也是作者政治立場、政治態度的不同反映。像王沂孫這樣的一個人及其在亡國之後的表現，態度是不够堅强，立場也不够堅定，不可能要求他作品裏有什麽更光輝更積極的東西。陳廷焯説他有「感時傷世之言」，是對的；而把他比做偉大的愛國詩人杜甫，那就有點荒唐了！

從宋代的詞風來看，音律格調，寫作技巧，到南宋末更趨於成熟，形成一套完整的寫作法程。這些法程，王沂孫似乎都廣泛地加以采用。據我的看法，他是學習了周邦彦的鉤勒，學習了吴文英的鍊字，學習了姜夔的提空手法（借用劉師培論漢魏文作法的術語），由於這樣地從各方面學習，因此他的詞不是單純地摹仿那一家那一派，而是通過吸收融化，出現了他自己的風貌，成爲獨立的一派。

問題正在這裏，王沂孫成爲一派是可以的，但是周濟把這派和辛棄疾一派相提並論，又是不妥當的。用譬喻來説：正如下弦的殘月不能比上弦的新魄，西下的夕陽，不能比東升的旭日。辛棄疾的詞派，如同吕梁龍門之水，澎湃千里；王沂孫的詞派，却像渟滀的水池，儘管反映天光雲影，畢竟是死水，或則還是回旋的逆流。從詞史上看，詞到了王沂孫這一派，逐漸地凝固和僵化了。

他的缺點首先是有些詞没有思想内容，没有生活氣息，只是在那裏堆垛字眼和描頭畫角。試看他錦堂春七夕與中秋兩詞，除了拼湊了有關七夕、中秋的一些典故詞藻而外，還有什麼傳給讀者呢？其次，王沂孫的學問，既比不上周密的閎富，也比不上周邦彦的雜博，他詞裏用典用字，一部分直接取材於宋時通行本類書——如事類賦。遽然看來，好像金碧輝煌，光彩奪目，仔細推敲一下，反而覺得詞彙貧乏，不够豐滿，造句有時不够靈活，用典生吞活剥、奄奄無生氣。像這類的詞在集内也占了一定的分量。

綜上以觀，再結合周濟、陳廷焯的話來看，王沂孫的詞，的確有「感時傷世之言」，但是不過是其中的一部分；王沂孫無忝是獨成一派，但究竟是末派；王沂孫詞是有較高的藝術成就，但有形式主義的傾向。

這是我對王沂孫詞的一點粗淺之見。

此書，孫人和先生二十多年前校勘過，我根據近來發現的材料，略加補充。這個「箋注」是我在抗日戰爭期間寫的（近來也稍有修訂）。這兩部稿子，到今天才有機會合併一起發表，我和孫先生一致表示：這些校勘、箋注工作僅僅爲讀者鈔集了一些資料，其中還有不少的缺點和錯誤，希望得到大家的指正。

此外，斠律部分，似乎對詞的格律和形式説得多了一點。但是，我的目的，不只是爲花外集訂律，而是通過格律嚴整的花外集，來闡述南宋詞的格律變化。二十年前邵次公指導他的學生寫了部周詞訂律（開明書店出版），在詞律方面，有點用處。王沂孫和周邦彦又相隔百餘年，詞的形式和樂律都有些變化。詞是中國文學中一種特殊形式，其本身自然有其演化過程，懂得這些，并不一定是毫無意義的。因此斠律部分只是在舊稿中壓縮了一些而没有全部删去。

吴則虞

一九五八年七月于青島海濱

【上海古籍出版社編者附記】本集爲吴則虞先生遺稿。此次出版，除對注釋作了少量必要的增删，并對匯評的編次略作調整外，内容基本上保持了原貌。封面題箋爲吴先生遺墨。

自序

詞有浙派，猶文之有桐城派也，規矱法度乃以立。浙派開自樊榭，碧山爲之尸祝，逮清季而益昌。此集以鮑刻爲佳，戈、周、范、孫遞相讎補。余經年握玩，積爲斠箋，並爲碧山事蹟考略，歲甲申辟寇湖外作也。

注緝之業，莫難乎詞。蓋詞者，婉以託事，曲以遯情，當淪胥傾覆之時，史廢於上，詩亡於下，而幽渺怊悵之詞作矣。百世之下，於恍惚影響之間，較量乎摘章隸事之末，得毋哂其徒勞耶？雖然，音實難知，而尋聲於焉覘變；言授於意，辨言適以通微。論世知人，量裁在我，會心處其則不遠，併所謂規矱法度者，自得之於脣吻行墨之中矣，詎非學宋詞者之一助歟？

涼秋九月，烽火流離，勉寄丹鉛，聊以遣日，備他日刪取焉。

涇縣　吴則虞。

與吳則虞論碧山詞書

澫廎詞長撰席：

前荷寄示尊著花外集斠箋，困於羸病，未暇細讀爲愧。至其考覈之精審，數易稿而後定，使碧山心事，歷數百年，猶能與讀者精爽相接，其有功詞苑，又豈待短拙之仰贊耶？碧山生天水末造，躬罹亡國之慘，舉其幽潔芳悱、淒涼怨慕之懷，一托之於詠物，危絃自咽，欲吐還茹。集中如齊天樂之詠蟬、詠螢，眉嫵之詠新月，疏影之詠梅，慶宮春之詠水仙，天香之詠龍涎香，皆詞外別有事在。試一詳其身世，有不爲之低徊往復，臨風掩涕，而深歎其無涯之戚，故有難於自已者乎？在當時朋輩中，如周公謹、張叔夏，已深氣類之感，叔夏且贊其琢語峭拔，有白石意度，其可言者如此。其在彼時有絶不能言者，則有待於陵谷遷變後之知人論世，於嘲風雪、弄花草之中，故自猿嘯鵑啼，淚盡而繼之以血，此亦歷來選家所不敢明言，至晚清周止庵、譚復堂輩，乃稍稍逗露消息耳。碧山詞見采於公謹絶妙好詞者十首、朱竹垞氏詞綜者三十一首，二氏故已心知其意，至武進張氏茗柯詞選，以比興言詞，始標舉碧山詠新月、詠蟬、詠梅、詠榴花四闋，而各綴以識語，使讀者得知其用心之所在。周止庵氏宋四家詞選，則逕取碧山與清真、稼軒、夢窗並列，而又爲之説云：『清真，集大成者也。稼軒斂雄心，抗高調，變温婉，成悲涼。碧山饜心切理，言近旨遠，聲容調度，一一可循。夢窗奇思壯采，騰天潛淵，返南宋之清泚，爲北宋之穠摯。是爲四家，領袖一代。』又云：『問途碧山，歷稼軒、夢窗以還清真之渾化。余所望於世之爲詞人者，蓋如此。』自周選一出，碧山乃大爲世重，花外一集，既於沉霾數百年後，由鮑氏知不足齋、王氏四印齋次第刊行，一時作者如端木子疇、王佑霞、況夔笙輩，幾無不染指於碧山，有如薇省同聲集、庚子秋詞、春蟄吟等，更唱疊和之作，亦駸駸乎樂府補題之嗣響。蓋自甲午以來，外侮頻仍，國幾不國，有心之士，故不能漠然無動於中，一事一物，引而申之，以寫其幽憂憤悱之情，以結一代詞壇之局，碧山詞所以特盛於清季，殆不僅因其隸事處以意貫串，渾化無痕，爲有矩度可循也。彊邨先生序半塘定稿，且贊其與止庵周氏之説契若鍼芥，至其晚歲，始稍稍欲脱常州羈絆，以東坡之清雄，運夢窗之緜密，卓然有以自樹。弟曾以周選叩諸先生，先生謂以碧山儕諸周、辛、吴之列，微嫌未稱，蓋由其格局較小耳。拉雜書此，質之左右，以爲何如？幸有以教之。

一九五六年九月，弟龍元亮謹上。

凡例

（一）校訂凡例（孫人和）

一、參校各本，擇善而從，異文分注每首之後。

一、長沙葉氏所藏抄本，後跋定爲文淑手寫，殊無確證，今但稱明抄本。其天津圖書館所藏，則稱舊抄本以别之。

一、本書標題：明抄本作玉笥山人詞集，注云「一名花外集」；舊抄本僅題玉笥山人詞集；鮑氏知不足齋本作花外集，注云「一名碧山樂府」；范鍇刻本及王氏四印齋本僅題花外集。今以玉田題詞已稱花外詞集，故從范本、王本。又結銜標稱各本亦異，明抄本作「山陰王沂孫碧山父著」，舊抄本作「王沂孫碧山父」，鮑本作「玉笥山人王沂孫」，范本作「元會稽王沂孫聖與」，王本作「宋會稽王沂孫聖與」。今亦從王本，並不别注，以免繁複。

一、各詞先後次第，概依王本。明抄本原有踏莎行、望梅二首，鮑刻以來皆入「補遺」，今但注明，並不改從明抄本。

一、明抄本嘗爲江都秦氏所藏，故有「秦恩復校補」，今稱「秦校」、「秦補」云云。

一、本集刊行，余所見者鮑本爲先，范本、王本俱從之出，范本别采金桐孫校，今稱「范本注」云云。王本雖采戈順卿校，但多見宋七家詞選及其後跋，故逕引「戈校」，其爲戈選所無，則稱「王本注」云云。至于四川所刊，全依鮑本，不復别出，如有誤文，間亦標注，以明板本之精粗。

一、范、王諸本，多襲鮑校，今從其朔，僅稱「鮑注」云云。又各選本往往同出一源，雖録異文，並不疊舉。

（二）斠箋凡例（吴則虞）

一、「補校」。此本以鹽城孫氏校本爲底本，並取别下齋藏宋九家詞抄本玉笥山人詞、意禪室藏宋八家詞抄本碧山詞及吴訥唐宋百名家詞本樂府補題補校。校語内以「則虞按」三字别之。

一、「箋注」。原有繁簡二本，繁本成於一九四四年秋日，稿散落，今存者簡本。徵考雖略，然亦足以訓文通意。

一、「斠律」。辨律訂聲，爲讀南宋詞者不可少之事。初於諸家句法及四聲異同，考别尤詳，嫌其繁冗，擇要而存之。

一、「附録」。鮑本、孫本原有「題詞」若干首，兹增補之；並附碧山事蹟考略、序跋、詞評、詞話，載於卷末。

花外集斠箋目録

花外集斠箋

天香 龍涎香〔一〕

孤嶠蟠煙，層濤蜕月，驪宫夜採鉛水〔二〕。訊遠槎風，夢深薇露，化作斷魂心字〔三〕。紅瓷候火，還乍識、冰環玉指。一縷縈簾翠影，依稀海天雲氣〔四〕。　幾回殢嬌半醉。翦春燈、夜寒花碎。更好故溪飛雪，小窗深閉。荀令如今頓老，總忘却、尊前舊風味〔五〕。謾惜餘熏，空篝素被〔六〕。

【校】

〔夜採〕明抄本「採」作「探」。則虞按：明抄本誤，見下斠律。　〔訊遠〕鮑本作「汎遠」，范本、王本、川本同。樂府補題作「汎逝」。則虞按：别下齋抄本玉笥山人詞作「訊遠」，説見下。吴訥百家詞本樂府補題仍作「訊遠」。　〔海天〕樂府補題「天」作「山」。　〔殢嬌〕舊抄本「殢」作「滯」，周之琦心日齋詞録同。　〔花碎〕則虞按：吴訥百家詞本樂府補題「花」作「光」。　〔頓老〕歷代詩餘作「顛頽」。

【箋注】

［一］樂府補題，宛委山房調寄天香同賦龍涎香者有：周密、王易簡、馮應瑞、唐藝孫、吕同老、李彭老、王沂孫、無名氏八人，蓋有所寄託而作也。莊希祖以爲指謝太后北遷事；周止庵始以爲白蓮諸詠指發六陵事，夏瞿禪教授作樂府補題考益張其説，且引此詞「驪宫夜採鉛水」句爲證，是以此詞爲發宋陵而作也。謝后無北遷事，王觀堂考辨甚詳，莊氏之説，固不足信。厲樊榭論詞絶句：「頭白遺民涕不禁，補題風物在山陰。殘蟬身世香蓴興，一片冬青冢畔心。」所謂「冬青冢畔心」者，言作者丁桑海之會不忘故君故國，非謂補題諸作盡指發六陵之一事言也。適作年在發陵之先後，而玉潛又適爲植樹瘞骨之人，以此宛委盍簪，似盡爲越陵而作，以一賅全，致遠恐泥。蟬、蓴諸什，頗似清初之秋柳、秋草，題雖一而託意各殊，發陵則特其一端耳。天香一闋，王易簡：「煙嶠收痕，雲沙擁沫，孤槎萬里春聚。」吕同老：「蜿蜒夢斷瑶島……待寄相思，仙山路杳。」李居仁：「萬里槎程……隱約仙洲路杳。」與碧山此作，疑皆指帝昺厓山之事。龍涎香産自海嶠，龍爲人君之象，地即瀛壖之鄉，龍歸大海，而龍失其靈，蜕月蟠煙，殆謂此耶？龍涎香，張世南遊宦紀聞：「諸香中龍涎最貴。廣州市直每兩不下百千，次等亦五六十千，係蕃中禁榷之物，出大食國。近海傍常有雲氣罩山間，即知有龍睡其下。或半載或二三載，土人更相守視，俟雲散則知龍已去，往觀必得龍涎，或五七兩或十餘兩，視所守人多寡均給之。」明人以龍涎入藥，産量漸多，在宋則用以和香。蔡絛鐵圍山叢談：「時於奉宸中得龍涎香……分錫大臣近侍，其模製甚大而外視不甚佳，每以一豆大爇之，輒作異花氣，芬鬱滿座，終日略不歇，於是太上大奇之。」

〔二〕鉛水　李賀金銅仙人辭漢歌詩：「憶君清淚如鉛水。」又五月詩：「井汲鉛華水。」

〔三〕心字　楊慎詞品：「詞家多用心字香。蔣捷詞云：『銀字箏調，心字香燒。』張于湖詞：『心字夜香清。』晏小山詞：『記得年時相見，兩重心字羅衣。』范石湖驂鸞録云：『番禺人作心字香，用素馨茉莉半開者著净器中，以沉香薄劈，層層相間，密封之，日一易，不待花蔫花過香成。』所謂心字香者，以香末縈篆成心字也。」

〔四〕「一縷」二句　嶺外雜記：「……和香而用真龍涎焚之，則翠煙浮空，結而不散，坐客可以用一剪以分煙縷。所以然者，蜃氣樓臺之餘烈也。」

〔五〕「荀令」二句　吴文英天香詞：「荀令如今老矣，但未減、韓郎舊風味。」荀令，李商隱韓翃舍人即事詩：「橋南荀令過，十里送衣香。」習鑿齒襄陽記：「荀令君至人家坐處三日香。」朱鶴齡以荀令君爲荀勗，誤。案晉書荀顗傳：「魏時以父勳除中郎，宣帝輔政，見顗奇之，曰：荀令君之子也。」顗爲荀彧（字文若）第六子。魏志注引彧别傳：「司馬宣王常稱……逮百數十年間，賢才未有及荀令君者也。」案彧爲尚書令，故稱「荀令」。昭明太子銅博山香爐賦：「粤文若之留香。」正指文若言。

〔六〕「謾惜」二句　周邦彦花犯詞：「更可惜、雪中高樹，香篝熏素被。」

【斠律】

「夜採」明抄本作「夜探」，此字有用平聲者，不如用仄爲是。「訊遠槎風」句，「汛」，「訊」本古字假借，而詞中不必用古字，使意義略變，致對法意境，俱爲减色。「紅瓷候火」句，「紅」字可仄而「候」字必去。「冰環玉指」句，「玉」字通平。「一縷」之「一」字亦同。「依稀海天」句，「海」字應去，而此處去上可通。

後片起句，草窗作「素被瓊篝夜悄」，夢窗二首，其一作「銀燭淚深未曉」，句調不同。「更好句」十字，有作上六下四者，語氣一貫，可以不拘。「苟令如今頓老」句，「老」字不叶韻；觀夢窗篠巧韻作「豆蔻釵梁恨裊」，草窗同韻，作「空趁斷煙飛繞」，英發紙止韻作「幾片菱花鏡裏」，可竹語御韻作「好是芳鈿翠嫵」，俱叶韻。碧山失叶。

篇中諸去聲字，如「候」、「半」、「夜」、「頓」、「舊」、「素」等字，各名家皆同，此爲音響關鍵處，萬氏詞律論之甚詳。又篇中去上聲字用於句中或句尾者，有「夜採」、「訊遠」、「候火」、「翠影」、「更好」、「頓老」、「素被」（「被」字宋人讀去聲），計七處之多。夢窗此調「蟫葉黏霜」一首，用「未曉」、「恨裊」、「雁杳」，草窗「碧腦浮冰」一首，用「素被」、「夜悄」、「漸少」、「漸老」，英發用「候暖」、「鏡裏」、「翠被」，可竹用「萬里」、「透曉」、「最苦」、「謾省」、「翠嫵」、「寄與」。以碧山所用爲最多。

【彙評】

陳廷焯白雨齋詞話：碧山天香龍涎香一闋，莊希祖云：「此詞應爲謝太后作，前半所指，多海外事。」此論正合余意。惟後疊云：「苟令如今漸老，總忘却、尊前舊風味。」必有所興，但不知其何所指，讀者各以意會可也。

陳亦峯雲韶集碧山詞評（王氏晴靄廬抄本）：起八字高。　字字嫻雅，斟酌於草窗、西麓之間。　亦有感慨，却不激迫，深款處得風人遺旨。

花犯 苔梅〔一〕

古嬋娟，蒼鬟素靨，盈盈瞰流水。斷魂十里。歎紺縷飄零，難繫離思。故山歲晚誰堪寄〔二〕，琅玕聊自倚〔三〕。謾記我、緑蓑衝雪〔四〕，孤舟寒浪裏〔五〕。　三花兩蕊破蒙茸，依依似有恨〔六〕，明珠輕委。雲臥穩，藍衣正〔七〕，護春顦顇。羅浮夢、半蟾掛曉〔八〕，幺鳳泠、山中人乍起〔九〕。又喚取、玉奴歸去〔一〇〕，餘香空翠被〔一一〕。

【校】

〔十里〕歷代詩餘「十」作「千」。〔兩蕊〕戈載詞選「蕊」作「花」。跋云，此字宜平。周録亦作「花」。人和按：草窗用「怨」字，亦爲仄聲。歷代詩餘收草窗詞前段「謾記得、漢宮仙掌」句，誤爲「謾説漢宮仙掌」。後段「誰歎賞」句脱「歎」字。以爲一百字體，與碧山一百二字體别，其實所據誤本，非異體也。故仍從各本作「蕊」。

【箋注】

〔一〕苔梅　周密武林舊事：「淳熙五年二月，上過德壽宮起居，太上留坐看古梅。太上曰：苔梅有二種，宜興張公洞者苔蘚甚厚，花極香；一種出越上，苔如緑絲，長尺餘。今歲二種同時着花，不可不少留一觀。」此詞蓋在越中作。

〔二〕「故山歲晚」句　荆州記：「陸凱自江南寄梅花一枝詣長安范曄，並贈詩曰：『折梅逢驛使，寄與隴頭人。江南無所有，聊寄一枝春。』」史繩祖學齋佔畢云：「劉向説苑已載越使諸發執一枝梅遺梁王，梁之臣曰韓子者顧左右曰：『烏有一枝梅乃遺列國之君？』則折梅遺使始此矣。」按：碧山此云「誰堪寄」者，恐亦用説苑折梅贈君之意，言無可寄也。

〔三〕「琅玕」句　琅玕，竹也。竹坡詩話：「（陶潛）讀山海經云『亭亭明玕照，落落清瑶流。』……明玕，謂竹。」李紳南庭竹詩：「粉開春籜聳琅玕。」碧山此用杜甫佳人詩：「天寒翠袖薄，日暮倚修竹。」高觀國金人捧露盤賦梅詞：「天寒翠袖，可憐是、倚竹依依。」同。

〔四〕緑蓑衝雪　張志和漁父詞：「青篛笠，緑簑衣。」蘇軾送趙寺丞詩：「莫忘衝雪送君時。」

〔五〕孤舟寒浪　柳宗元江雪詩：「孤舟簑笠翁，獨釣寒江雪。」

〔六〕「依依」句　周邦彦花犯詞：「相逢似有恨，依依愁悴。」

〔七〕藍衣　説文：「菭，水衣也。」清異録：「苔，一名緑衣。」此平仄不合，故用「藍衣」。

〔八〕羅浮夢　龍城録載隋趙師雄遊羅浮，日暮，於林間酒肆旁舍見美人淡粧素服出迎。與語，因叩酒家共飲。師雄醉卧，久之，東方既白，起視乃大梅花樹下，上有翠羽啾嘈，月落參横，但惆悵而已。

〔九〕幺鳳　蘇軾次韻李公擇梅花詩：「故山亦何有，桐花集幺鳳。」又西江月詞：「海仙時遣探芳叢，倒掛緑毛幺鳳。」王文誥注：「次公曰：西蜀有桐花鳥，似鳳而小，而先生眉山人，故稱故山也。」雞肋篇：「東坡在惠州，作梅詞云云。廣南有緑羽丹觜禽，其大如雀，狀類鸚鵡，棲集皆倒懸於枝上，土人呼爲倒掛子，北人所未知者。」古今詞話：「幺鳳，惠州梅花上珍禽，名倒掛子，似緑毛鳳而小……東坡西江月云『倒掛緑毛幺鳳』是也。」碧山此處上用羅浮典，下用東坡詩意，皆切梅言。「緑毛鳳」又映帶

「苔」字。

〔一〇〕玉奴　蘇軾次韻楊公濟奉議梅花十首詩：「月地雲階漫一樽，玉奴終不負東昏。」王文誥注：「南史王茂傳：東昏妃潘氏玉兒有國色，武帝將留之。王茂曰，亡齊者此物，恐貽外議。帝乃出之。軍主田安啓求爲婦，玉兒義不受辱，乃自縊。」蘇軾用玉兒典并不太切梅花，碧山又用蘇詩意，故義益晦。

〔一一〕「餘香」句　何遜嘲劉郎詩：「猶憐翠被香。」李商隱夜冷詩：「西亭翠被餘香薄。」

【斠律】

此調創自清真梅詞，方千里和之，規矩森嚴，四聲咸合。自來詞家作此調者無不字字摹擬，不敢易一字，碧山、夢窗無不如此。此篇仿清真風度，用「素靨」、「紺縷」、「歲晚」、「自倚」、「記我」、「浪裹」、「臥穩」、「掛曉」、「鳳冷」、「乍起」、「喚取」、「翠被」，十二處去上字，夢窗亦如此森嚴，名家無不恪守。「斷魂十里」句，「十」字宋人本可作平，然亦恐爲「千」字之誤，「記」字、「可」字亦不合。

後片起句「三花兩蕊破蒙茸」，「蕊」字清真用「花」字，「今年對花最怱怱」是也。夢窗二首，其一爲「行雲夢中認瓊娘」，俱爲拗句；草窗作「冰絃寫怨更多情」，西麓作「溪松徑竹素知心」，則不拗。「依依」以下九字，可於五字逗，亦可於三字逗，一氣貫下，本不拘也。

【彙評】

白雨齋詞話：碧山花犯苔梅云：「三花兩蕊破蒙茸，依依似有恨、明珠輕委。雲臥穩，藍衣正，護春顦顇。

羅浮夢、半蟾掛曉，幺鳳泠、山中人乍起。」筆意幽索，得屈宋遺意。

露華　碧桃〔一〕

紺葩乍坼。笑爛漫嬌紅〔二〕，不是春色。換了素粧，重把青螺輕拂。舊歌共渡煙江〔三〕，却占玉奴標格〔四〕。風霜峭，瑤臺種時〔五〕，付與仙骨。閒門晝掩悽惻。似淡月梨花，重化清魄。常帶唾痕香凝，怎忍攀摘。嫩綠漸滿溪陰，蔌蔌粉雲飛出〔六〕。芳豔冷，劉郎未應認得〔七〕。

【校】

〔風霜峭〕明抄本「峭」作「悄」，舊抄本同。杜文瀾云：「花外集『風霜峭』句『霜』作『露』，此字應去聲，可從。」人和按：今見諸本均作「霜」，杜氏所見，蓋別一本也。○則虞按：別下齋抄本亦作「悄」，「霜」爲「露」之誤。

〔漸滿〕詞綜「滿」作「暖」，詞律同。

【箋注】

〔一〕碧桃　戴表元剡源集有碧桃花賦，謂王丞公家燬於火，亂定，有碧桃生其間。句有云：「西山之陽，孤竹之子，亭亭冰映，皦皦玉峙，惋塗炭之在前，欲潔身而趨避也。」此詞之旨似之。玉田亦用此調賦碧桃，蓋同爲當時倡和之作，樂府補題失收耳。

〔二〕爛漫嬌紅　杜甫春日江村詩：「栽桃爛漫紅。」吳融桃花詩：「滿樹如嬌爛漫紅。」

〔三〕「舊歌」句　王獻之愛妾名桃葉，妹曰桃根，獻之嘗臨渡作歌以送之曰：「桃葉復桃葉，渡江不用楫。但渡無所苦，我自來迎接。」見古今樂録。案陶宗儀露華賦碧桃用南湖韻，有云：「素靨暈鉛，巧把黛螺輕冪。莫是歌渡煙江，浣却舊時顏色。」即自碧山此詞蜕出。

〔四〕玉奴　見前七頁花犯苔梅注〔一〇〕。

〔五〕「瑶臺」句　瑶臺，西王母所居。漢武帝内傳載七月七日，西王母降，以仙桃四顆與帝，桃甘且美，「帝食輒留其核。王母問帝，帝曰欲種之。母曰：『此桃三千年一生實，中夏地薄，種之不生。』帝乃止。」殷璠帝京二首詩之一：「迎春別賜瑶池宴，捧進金盤五色桃。」韋莊南省伴直詩：「文昌二十四仙曹，盡倚紅簷種露桃。」

〔六〕粉雲　杜牧殘春獨來南亭因寄張祜詩：「暖雲如粉草如茵。」

〔七〕「劉郎」句　范成大次韻周子充正字館中緋碧兩桃花詩：「碧城香霧赤城霞，染出劉郎未見花。」麈史：「劉禹錫爲主客郎，遊玄都觀，花如紅霞，劉賦詩曰：『百畝庭中半是苔，桃花盡净菜花開。種桃道士歸何處？前度劉郎今又來。』」

【斠律】

詞之句調變化，往往在於换頭煞尾處。此首换頭「閒門」句，比起句多二字；煞尾「劉郎」句，比前結少二字，中間前後片俱同。要注意者「是」字、「素」字與「化」字及「唾」字，不惟用仄，且須去聲：此爲詞之起調處，不可以其非四聲調而忽之也。「换了」十字一韻與「尚帶」十字一韻，前者上四下六，後者上六下四，此在一韻之中，一氣貫下，分句不拘。「凝」字本讀去聲，「怎」字可平，故前片相對之「青」字可仄。「舊歌」六字兩句一韻，與「嫩緑」六字兩句一韻，「緑」字入可通平，證以陶九成此句爲「嫩緑護出溪頭」，正與此同。「風霜悄」與「芳豔冷」兩三字句必平仄仄，證以陶九成用「還又訝」、「春晚也」，張仲舉用「風露起」、「秋夢冷」，可知「霜」字爲「露」字之誤，杜氏之説是也。

南浦 春水〔一〕

柳下碧粼粼，認麴塵乍生，色嫩如染〔二〕。清溜滿銀塘〔三〕，東風細、參差縠紋初徧〔四〕。別君南浦〔五〕，翠眉曾照波痕淺。再來漲緑迷舊處〔六〕，添却殘紅幾片。葡萄過雨新痕〔七〕，正拍拍輕鷗〔八〕，翩翩小燕〔九〕。簾影蘸樓陰，芳流去、應有淚珠千點。滄浪一舸，斷魂重唱蘋花怨。采香幽徑鴛鴦睡〔一〇〕，誰道湔裙人遠〔一一〕。

【校】

〔色嫩如染。清溜滿銀塘〕戈選作「清溜初滿。色嫩染銀塘。」跋云：「染出韻。」〔初徧〕戈選作「如翦」。〔波痕淺〕周濟詞選「痕」作「紋」。〔輕鷗〕則虞按：別下齋本「鷗」作「漚」。〔千點〕戈選作「流徧」。〔幽徑〕歷代詩餘「徑」作「逕」，詞綜、周選並同。○則虞按：作「逕」是也。見下箋注。〔鴛鴦睡〕鮑本注云，別本「睡」誤作「暖」。人和按：舊抄本亦作「暖」。○則虞按：意禪室藏抄本亦作「暖」。

【箋注】

〔一〕玉田南浦春水，獨步當時，皆以張春水目之。碧山此詞蓋亦同時倡和之什，樂府補題失收。

〔二〕麴塵　麴上所生菌，色淡黄如塵，因以稱淡黄色。也作「鞠塵」。周禮天官「鞠衣」注：「黄桑服也，色如鞠塵，象桑葉始生。」吴文英齊天樂詞：「麴塵猶沁傷心水。」

〔三〕「清溜」句　按此用梁簡文帝和武帝宴詩二首詩：「銀塘瀉清溜。」

〔四〕縠紋　杜牧江上偶見詩：「水紋如縠燕差池。」蘇軾庚辰歲正月十二日天門冬酒熟詩：「汎溢東風有縠紋。」

〔五〕別君南浦　楚辭：「送美人兮南浦。」江淹別賦：「春草碧色，春水緑波，送君南浦，傷如之何！」

〔六〕「漲緑」句　趙師俠酹江月詞：「桃花浪煖，緑漲迷津浦。」

〔七〕「葡萄」句　庾信春賦：「葡萄醱醅。」李白襄陽歌詩：「遥看漢水鴨頭緑，恰似葡萄初醱醅。」宋祁蝶戀花詞：「雨過葡萄新漲緑。」葉夢得賀新郎詞：「浪黏天、葡萄漲緑。」

〔八〕拍拍輕鷗　蘇軾遊桓山得澤字詩：「春風在流水，鳧雁先拍拍。」

〔九〕翩翩小燕　按此用魏明帝短歌行詩「翩翩春燕」句。

〔一〇〕采香幽徑　歷代詩餘作「采香幽逕」，是。蘇州府志：「采香逕在香山之傍，小溪也。吴王種香於香山，使美人泛舟於溪以采香。今自靈巖山望之，一水直如矢，故又名箭溪。」

〔一一〕湔裙　義同「湔裳」、「濺裙」。杜臺卿玉燭寶典：「元日至於月晦，民並爲酺食渡水，士女悉湔裳，酹酒水湄，以爲度厄。」李商隱擬意詩：「濯錦桃花水，濺裙杜若洲。」

【斠律】

仄韻南浦，各家句法平仄不同，原校甚詳，兹以各家不同之處比證之。首句五字，各家皆同。次句「認麴塵乍生、色嫩如染」，又一首亦然，爲上五下四句。梅溪作「待倩他、和愁點破粧鏡」，句法上三下六，而「和」字平聲；虛舟句法平仄，與梅溪同；玉田作「燕飛來、好是蘇堤春曉」，句法亦與梅溪同，而「是」字用仄，「堤」字用平。次韻「清溜滿銀塘，東風細、參差縠紋初徧」，下九字句玉田作「流紅去、翻笑東風難掃」，梅溪作「平白地、都護雨昏煙暝」，「笑」字、「護」字俱用仄，而碧山「差」字用平。第三韻「別君南浦」十一字兩句一韻各家俱同，惟玉田後片第三韻「餘情渺渺」之「渺」字撞韻耳。最複雜者在結韻十三字，碧山前結「再來漲緑迷舊處，添却殘紅幾片」，後結「采香幽徑鴛鴦睡，誰道湔裙人遠」；與玉田前結「回首池塘青欲徧，絕似夢中芳草」，後結「前度劉郎歸去後，溪上碧桃多少」，同爲上七下六句法，而玉田平仄與碧山相反。又虛舟前結「碧雲欲暮，空惆悵韶華，一時虛度」，後結「可堪杜宇，空只解聲聲，催他歸去」；與梅溪前結「謝屐未蠟，安排共文鴛，重遊芳徑」，後結「海棠夢在，相思過西園，秋千紅影」，同爲上四中五下四句法，平仄亦同。但虛舟「暮」字、「宇」字叶韻，而梅溪不叶；中五字句虛舟以一領四，而梅溪如五言詩，又不同耳。至「謝屐」之「屐」字，原以入作平。作者摹擬誰家即誰家，不可亂也。

【彙評】

許昂霄詞綜偶評：（「別君南浦」四句）點化文通別賦，却又轉進一層，匪夷所思。　（「應有淚珠千點」）用東坡詞意。

白雨齋詞話：碧山南浦春水云：「簾影蘸樓陰……重唱蘋花怨。」寄慨處清麗紆徐，斯爲雅正。

雲韶集碧山詞評：題極清秀，却合碧山手法。　寄慨處亦清麗閑雅，非蔣竹山，亦非周草窗也。

又 前題

柳外碧連天，漾翠紋漸平、低蘸雲影。應是雪初消，巴山路、蛾眉乍窺清鏡〔一〕。綠痕無際，幾番漂蕩江南恨。弄波素襪知甚處〔二〕，空把落紅流盡。何時橘里蓴鄉〔三〕，泛一舸翩翩，東風歸興。孤夢繞滄浪，蘋花岸、漠漠雨昏煙暝。連筒接縷，故溪深掩柴門靜〔四〕。只愁雙燕銜芳去，拂破藍光千頃〔五〕。

【校】

〔題〕則虞按：別下齋抄本無「前題」二字。〔知甚處〕歷代詩餘「知」誤作「至」。〔翩翩〕歷代詩餘作「翻然」，詞綜作「翩然」，周録同。〔蘋花岸〕鮑本注云，別本「岸」誤作「冷」。人和按：舊抄本無「岸」字。詞綜同。〔銜芳〕鮑本注云，別本「芳」誤作「春」。人和按：明抄本、歷代詩餘、詞綜並作「春」。「銜春」誼亦可通。○則虞按：別下齋抄本亦作「春」。

【箋注】

〔一〕「巴山路」句　李商隱巴江柳詩：「巴江可惜柳，柳色綠侵江。」吴文英浣溪沙詞：「柳搖蛾綠妬春眉。」此檃括其意。

〔二〕弄波素襪　曹植洛神賦：「凌波微步，羅襪生塵。」此改「凌」爲「弄」以諧平仄。

〔三〕橘里蒪鄉　橘里，玉隱記：「洞庭有橘里。」林外洞仙歌詞：「橘里漁村半烟草。」蒪鄉，顏氏家訓：「露葵是蒪，水鄉所出。」故稱蒪鄉。

〔四〕「連筒」二句　杜甫春水詩：「三月桃花浪，江流復舊痕。朝來没沙尾，碧色動柴門。接縷垂芳餌，連筒灌小園。已添無數鳥，争浴故相喧。」

〔五〕藍光　杜牧丹水詩：「沈定藍光徹。」

聲聲慢　催雪

風聲從臾，雲意商量〔一〕，連朝滕六遲疑〔二〕。茸帽貂裘〔三〕，兔園準擬吟詩〔四〕。紅爐旋添獸炭〔五〕，辨金船、羔酒鎔脂〔六〕。問翦水〔七〕，恁工夫猶未，還待何時？　休被梅花争白〔八〕，好誇奇鬬巧，早徧瓊枝〔九〕。綵索金鈴〔一〇〕，佳人等塑獅兒〔一一〕。怕寒繡幃慵起，夢梨雲、説與春知〔一二〕。莫誤了，約王猷、船過剡溪〔一三〕。

【校】

〔從臾〕明抄本作「慫恿」，歷代詩餘同。范本作「容裔」。人和按：方言十：「食閻、慫慂，勸也。南楚凡己不欲喜而旁人説之，不欲怒而旁人怒之，謂之食閻，或謂之慫慂。」王念孫廣雅釋詁疏證云：漢書衡山王傳，日夜縱臾王謀反事。顏師古注云，縱臾，謂奬勸也。史記作從容。汲黯傳，從諛承意，並與慫慂同。慫慂者，從旁動之也。因而物之自動者，亦謂之慫慂。漢書司馬相如傳，紛鴻溶而上厲。張注云，鴻溶，竦踊也。竦踊、鴻溶，又語之轉矣。據知從臾、慫慂，並與慫慂同。從臾有自旁上厲之誼。以之比肖風聲，最爲微妙。與雲意商量，工力相匹。又考此調首句末字當用仄聲。周禮考工記弓人釋文，臾音庾，蓋讀以主切。是此詞作臾，或作慂，並不讀羊朱切，明矣。范本作容裔者，疑不明從臾之誼。又以臾字平聲，不合本調，故易爲容裔，不足據也。

〔鎔脂〕明抄本「鎔」作「溶」，舊抄本、歷代詩餘並同。　〔恁工夫〕各本無「恁」字。范本據歷代詩餘補。今從之。

【箋注】

〔一〕雲意商量　徐昌圖天香詞：「雲共雪、商量不了。」方岳瑞鶴仙詞：「正同雲，商量雪也。」

〔二〕滕六　雪神名。牛僧孺幽怪録：「蕭至忠欲獵，有老麋求救，一黄冠曰：『若滕六降雪，巽二起風，即蕭使君不出矣。』翌日風雪大作。」

〔三〕茸帽貂裘　吴文英十二郎詞：「貂裘茸帽，重向淞江照影。」

〔四〕兔園　謝惠連雪賦：「梁王不悦，游於兔園……俄而微霰零，密雪下，王乃歌北風於衛詩，詠南山於周雅。」

〔五〕「紅爐」句　晉書羊琇傳：「琇性豪侈，費用無復齊限，而屑炭和作獸形以温酒，洛下豪貴咸競效之。」駱賓王冬日宴詩：「當爐獸炭然。」

〔六〕「辦金船」句　金船，葉廷珪海録碎事六飲器門：「金船，酒器中大者。」晏幾道臨江仙詞：「流霞淺酌金船。」羔酒，清異録載陶穀買党太尉家姬，遇雪，取雪水烹團茶，謂姬曰：「党太尉家應不識此。」姬曰：「彼粗人也，安有此景，但能銷金暖帳下，淺酌低唱，飲羊羔美酒耳。」

〔七〕翦水　陸暢雪詩：「天人寧許巧，翦水作花飛。」趙長卿玉蝴蝶詞：「片片空中翦水。」

〔八〕梅花争白　盧梅坡雪梅二首詩：「梅雪争春未肯降，騷人擱筆費平章。梅須遜雪三分白，雪却輸梅一段香。」

〔九〕「好誇奇」二句　辛棄疾鷓鴣天用前韻和趙文鼎提舉賦雪詞：「從教犬吠千家白，且與梅成一段奇。」王初早春詠雪詩：「珠蕊瓊花鬬剪裁。」

〔一〇〕綵索金鈴　寧王春時於後園中，紉紅絲爲繩，密綴金鈴，繫於花梢之上。每有鳥鵲翔集，則令園吏掣鈴索以驚之。見開元天寶遺事。

〔一一〕獅兒　雪獅兒。朱淑真念奴嬌詞：「笑捏獅兒隻。」張耒有雪獅兒詩，詞調又有雪獅兒。

〔一二〕夢梨雲　王建夢看梨花雲詩：「落落寞寞路不分，夢中唤作梨花雲。」

〔一三〕「莫誤了」二句　世説新語任誕：「王子猷居山陰，夜大雪，眠覺，開室命酌酒。四望皎然，因起傍徨，詠左思招隱詩。忽憶戴安道，時戴在剡，即便夜乘小船就之，經宿方至，造門不前而返。人問其故，王曰：『吾本乘興而行，興盡而返，何必見戴？』」

【斠律】

此調據萬紅友詞律所定有九十七字平仄韻各一體，又有九十九字平仄韻各一體，此爲九十六字平韻體，與碧山另二首九十七字平韻體者不同。其别即在「問翦水、工夫猶未」一句，此非落一字，有石次仲一首可證。次仲此句爲「最苦是、殷勤密約」，與此句法同。「問翦水」三字，能逗而不能斷，范本據歷代詩餘有「恁」字。又元遺山「林間雞犬」一首，前結作「任人笑、風雲氣少，兒女情多」亦似，然朱彊村校定遺山樂府，據平定張碩洲、華亭張調甫兩本有「甚」字，錢塘凌彦翀本脱「甚」字，此未必纏聲伸縮關係，以「任人笑」可以斷句，而「翦水工夫」四字中間不當斷也。起句「從臾」即「慫慂」，與「商量」爲疊韻對，原校考證綦詳，示學者以規範，甚是也。現以石次仲「花前月下」一首相證，惟「好詩奇鬭巧」一句次仲作「魂斷處高城」，平仄相反。結句「船過剡溪」，必用平仄仄平，次仲「着箇甚醫」，「着」以入作平，中間二字，去上可通而入聲不可通也。

高陽臺　紙被〔一〕

霜楮刳皮，冰花擘繭〔二〕，滿腔絮溼湘簾〔三〕。抱甕工夫〔四〕，何須待吐吴蠶〔五〕。水香玉色難裁翦〔六〕，更繡鍼、茸線休拈。伴梅花、暗卷春風，斗帳孤眠〔七〕。　篝熏鵲錦熊氈〔八〕，任粉融脂涴，猶怯癡寒〔九〕。我睡方濃，笑他欠此清緣。揉來細軟烘烘暖，儘何妨、挾纊裝綿〔一〇〕。酒魂醒、半榻梨雲，起坐詩禪〔一一〕。

【校】

〔熊氈〕范本「氈」下有「了」字，注云：此調换頭皆作七字句。御選本作「一任」，屬下讀。鮑本誤作六字句。今擬補「了」字，與後之數首方同一律。人和按：高陽臺有一百字者，有九十九字者。其異處即换頭有六字協韻、七字不協韻二種，增一字者少一韻，蓋由纏聲伸縮所致也。此詞换頭六字，「氈」字協韻，其爲九十九字體無可疑議，不得彊同後數首也。范本所校，出自金氏桐孫。既不明高陽臺之體别，而所補「了」字，又不言其依據，至爲謬妄。　〔清緣〕明抄本「清」作「情」。　〔揉來〕舊抄本「揉」作「操」。　〔起坐〕舊抄本「起」作「記」。

【箋注】

〔一〕紙被　紙被宋人多用之，産自閩浙。劉子翬有答吕居仁惠建昌紙被詩：「高人擁楮眠，巒卷意自適……嘗聞盱江藤，蒼崖走虬屈。斬之霜露秋，漚以滄浪色。粉身從澼絖，蛻骨齊麗密。乃知瑩然姿，故自漸陶出。」

〔二〕「霜楮」二句　蘇易簡紙譜：「吴人以繭，楚人以楮。」楊慎謂：越俗製楮以敲冰時爲之，故韌潔也。見外集。

〔三〕絮滏湘簾　通俗文：「方絮白紙。」古時造紙皆以簾取漿，北紙用横簾，南紙用豎簾。湘簾即指此。

〔四〕抱甕　莊子天地：「子貢南遊於楚，反於晉，過漢陰。見一丈人方將爲圃畦，鑿隧而入井，抱甕而出灌，搰搰然用力甚多而見功寡。」蘇軾次韻李公擇梅花詩：「各抱漢陰甕。」此云「抱甕工夫」，養拙之意。

〔五〕吴蠶　李賀春晝詩：「吴蠶作繭。」

〔六〕水香　即「香皮紙」，見嵇含南方草木狀及段公路北户雜録。　玉色　紙譜：「玉版紙瑩潤如玉。」

〔七〕「伴梅花」二句　遵生八牋：「梅花紙帳，即榻牀外立四柱，各柱掛以銅瓶，插梅數枝……用白楮作帳罩之。」

〔八〕鵲錦　格古要論：「古有鸞鵲錦。」　熊氈　拾遺記：「周靈王設紫羆文縟。」

〔九〕癡寒　韓愈送侯參謀赴河中幕詩：「癡如遇寒蠅。」李廷忠瑞鷓鴣詞：「蝶不禁寒總是癡。」

〔一〇〕挾纊　左傳宣十二年：「申公巫臣曰：王巡三軍，拊而勉之，三軍之士，皆如挾纊。」　裝綿　杜甫遊何將軍山林詩：「衣冷欲裝綿。」

〔一一〕「酒魂醒」三句　蘇軾沐浴起聖僧舍詩：「酒清不醉休休暖，睡穩如禪息息勻。」陸游謝朱元晦紙被詩：「紙被圍身度雪天，白於狐腋軟於綿。放翁用處君知否？絕勝蒲團夜坐禪。」

【斠律】

此調平仄最寬，句法只換頭起韻有異，「抱甕」以下與「我睡」以下皆同。前後片第六句如七言詩。「伴梅花」「酒魂醒」兩三字句，必仄平平，且有叶韻者。換頭「篝熏鵲錦熊氈」爲六字句，必叶韻。原校極當，且斥范本之謬，是也。碧山另三首，一爲「雙蛾不拂青鸞鏡」，一爲「一枝芳信應難寄」，一爲「江南自是離愁苦」，如七言詩者不叶韻。萬紅友詞律謂：「如此長調，必不以一字多少而分兩調。」此爲九十九字之高陽臺，正同於一百字之高陽臺。蓋明乎纏聲住字之説，則雖宮調失考，而讀者能心知其意，自然不作刻舟求劍之論矣。

疏影　詠梅影〔一〕

瓊妃臥月〔二〕。任素裳瘦損，羅帶重結。石逕春寒，碧蘚參差，相思曾步芳屧。離魂分破東風恨〔三〕，又夢入、水孤雲闊。算如今、也厭娉婷，帶了一痕殘雪。　猶記冰匳半掩，冷枝畫未就，歸櫂輕折。幾度黃昏，忽到窗前，重想故人初別〔四〕。蒼虬欲卷漣漪去，慢蜕却、連環香骨。早又是、翠蔭蒙茸，不似一枝清絕〔五〕。

【校】

〔調〕則虞按：别下齋抄本無此首。〔詠梅影〕歷代詩餘無「影」字。〔冷枝〕戈選「冷」作「凍」，舊抄本脱「枝」字。〔早又是〕歷代詩餘、范本、戈選並如此。他本無「又是」二字，考此調始於姜夔，實當有此二字。「是」字似當用平聲，然此調趙以夫、陳允平、周密、張炎諸作，平仄頗有出入，亦難一例論也。〔翠蔭〕舊抄本「蔭」誤作「陰」。

【箋注】

〔一〕玉田、草窗同調賦梅影，蓋亦倡和之作。此類詞足補樂府補遺之遺。

〔二〕瓊妃　鄭愔奉和幸上官昭容院詩：「更覓瓊妃伴。」

〔三〕「離魂」句　用唐人小説「倩女離魂」事。

〔四〕「忽到窗前」二句　盧仝有所思詩：「相思一夜梅花發，忽到窗前疑是君。」

〔五〕一枝清絶　齊己早梅詩：「前村深雪裏，昨夜一枝開。」周密疏影詞：「瘦倚數枝清絶。」

【斠律】

疏影、暗香二調，爲姜白石詠梅自度曲，碧山以之詠梅影（草窗、玉田皆有梅影和作），夢窗以之賦墨梅，巽吾以之賦尋梅（元草堂詩餘題彭元遜詞調爲解佩環，就詞句立新名耳，其實即疏影也。又山中白雲詞有紅情、緑意二調，詠荷花、荷葉，亦即暗香、疏影調也），各家四聲，俱遵白石，絶少變動。前片「羅帶」以下，後片「歸櫂」以下同。

「瓊妃臥月」四字句叶韻，平仄各家俱同。「任素裳瘦損，羅帶重結」二句，與白石原作「有翠禽小小，枝上同宿」同。草窗「素」字作「横」字，「帶」字作「花」字，玉田、巽吾皆與白石、碧山同。「石徑春寒，碧蘚參差」二句，白石原作「客裏相逢，籬角黄昏」，除夢窗詞有殘缺外，各家俱同，「籬」字、「碧」字，平入本通。「相思曾步芳屧」句，白石原作「無言自倚修竹」，夢窗則作「凌曉東風吹裂」，與其後片之「香滿玉樓瓊闕」相同。此句草窗作「彷彿玉容明滅」，玉田作「幾度背燈難折」；此句與後片之「重想故人初別」同，亦與白石原作「早與安排金屋」相同。惟白石前後平仄有異，夢窗與白石至交，精通律吕，改其平仄，必有至理存焉。「離魂分破東風恨」句，白石原作「昭君不慣胡沙遠」，「分」字與「不」字平入相通，草窗、玉田、巽吾俱用仄聲字。「又夢入、水雲孤闊」句，白石原作「但暗憶、江南江北」，「水」字、「江」字，平上相通，玉田、巽吾俱用平，草窗用入，正平上入可以相通。「算如今、也厭娉婷」句，白石原作「想珮環、月下歸來」，「如」字平，「珮」字去，草窗用「美」字，玉田用「夜」字，巽吾用「孤」字，此字四聲通用。「帶了一痕殘雪」句，白石原作「化作此花幽獨」，草窗、玉田俱同，「一」字巽吾用「江」字，平入相通也。

後片「猶記冰奩半掩」句，白石原作「猶記深宫舊事」，各家俱同，只巽吾「猶」字用「日」字，平入相通。「冷枝畫未就」句，白石原作「那人正睡裏」，玉田同，草窗「畫」字用「漪」字，巽吾「畫」字用「年」字，是四聲相通之字。「歸櫂輕折」句，白石原作「飛近蛾緑」，各家俱同。「幾度黄昏，忽到窗前」二句，白石原作「莫似春風，不管盈盈」，「忽」字、「不」字，玉田、巽吾俱用平聲，平入相通。「重想故人初別」句，白石原作「早與安排金屋」，草窗、玉田、巽吾俱同，碧山用「重」字，平上相通。「蒼虬欲卷漣漪去」句，白石原作「還教一片隨波去」，「欲」字、

「一」字俱入聲，草窗用「誰」字，玉田用「海」字，巽吾用「窈」字，上與入本可相通。「謾蜕却、連環香骨」句，白石原作「又却怨、玉龍哀曲」，「連」字、「玉」字，本平入相通，草窗用「煙」字，玉田用「珊」字，巽吾用「浮」字，又「香」字用「澧」字，平上入之相通也；但「謾」字、「却」字巽吾用「遺」字、「環」字爲異耳。「早又是、翠蔭蒙茸」句，原刻脱「又是」二字，據戈順卿選本補入，但白石原作「等恁時、重覓幽香」，「時」字平而「是」字宋人讀上聲，亦可通，草窗用「回」字，玉田用「得」字，巽吾用「鷗」字，是平入相通。「不似一枝清絶」句，白石原作「已入小窗横幅」，「已」字草窗用「瘦」字，玉田用「空」字，巽吾用「寄」字，此字四聲可通用也。

露華　碧桃

晚寒竚立，記鉛輕黛淺，初認冰魂〔一〕。紺羅襯玉，猶凝茸唾香痕〔二〕。净洗妬春顔色，勝小紅、臨水湔裙〔三〕。煙渡遠，應憐舊曲〔四〕，換葉移根〔五〕。　山中去年人到，怪月悄風輕，閒掩重門。瓊肌瘦損，那堪燕子黄昏〔六〕。幾片故溪浮玉，似夜歸、深雪前村〔七〕。芳夢冷，雙禽誤宿粉雲。

【校】

〔題〕則虞按：别下齋抄本無此首。　〔紺羅〕歷代詩餘「紺」作「碧」，詞譜同。　〔猶凝〕戈選「凝」作「疑」。　〔人到〕歷代詩餘「到」作「别」。詞譜、戈選並同。　〔那堪〕明抄本「堪」作「看」。舊抄本同。疑誤。

〔故溪〕歷代詩餘「故」作「過」。詞譜、戈選並同。

【箋注】

〔一〕冰魂　蘇軾再用前韻（松風亭下梅花盛開）詩：「玉雪爲骨冰爲魂。」

〔二〕茸唾　李煜一斛珠詞：「爛嚼紅絨，笑向檀郎唾。」絨，通茸。

〔三〕小紅　杜甫江雨有懷鄭典設詩：「點注桃花舒小紅。」　湔裙　見前一二頁南浦春水注〔一一〕。

〔四〕「煙渡」二句　見前九頁露華碧桃注〔三〕。

〔五〕換葉移根　周邦彦解連環詞：「想移根換葉。」

〔六〕燕子黃昏　周邦彦燭影摇紅詞：「燕子來時，黄昏庭院。」

〔七〕「似夜歸」句　見前二一頁疏影詠梅影注〔五〕。

【斠律】

此平韻露華也。「記鉛輕」以下至「煙渡遠」，與「怪月悄」以下至「芳夢冷」前後片同。換頭多二字，煞尾少二字。其與仄韻異者，一爲換頭六字句不叶韻，二爲前片第七句、後片第六句皆七字而非六字。「認」字、「襯」字、「掩」字、「瘦」字，不僅用仄，且須用去，觀玉田用「洞」字、「淡」字、「惱」字，去上可通，「觀」字爲「宫觀」之「觀」本去聲。草窗用「淡」字、「弄」字、「下」字、「試」字，名家重視去聲，音響所關，決不輕輕放過。

【彙評】

雲韶集碧山詞評：字字精鍊，句句雅秀，無一毫纖小之態。　精湛之句，結筆寄慨。

無悶　雪意〔一〕

陰積龍荒，寒度雁門〔二〕，西北高樓獨倚〔三〕。悵短景無多〔四〕，亂山如此。欲喚飛瓊起舞〔五〕，怕攪碎、紛紛銀河水。凍雲一片〔六〕，藏花護玉，未教輕墜。清致，悄無似。有照水一枝〔七〕，已攙春意。誤幾度憑闌，莫愁凝睇〔八〕。應是梨花夢好〔九〕，未肯放、東風來人世。待翠管、吹破蒼茫〔一〇〕，看取玉壺天地。

【校】

〔題〕明抄本校云，一作「催雪」。歷代詩餘無「意」字。周録無此題。〔悵短景〕明抄本「悵」作「恨」。〔凍雲一片〕夢窗催雪詞亦四字句，與此同。陽春白雪卷一載丁葆光無悶一首，此上多一仄聲領句，此亦纏聲伸縮之故，非王詞有脱文也。〔照水一枝〕詞綜「一」作「南」，詞律、歷代詩餘並同。人和按：上疏影詞云「不似一枝清絶」，周邦彦玉燭新詠梅花云「終不似、照水一枝清瘦」，則作「一枝」是也。且此字各家皆仄聲，不當用平聲，疑後人以與上一片複而改之，不足據也。

【箋注】

〔一〕此恐亦當時拈題倡和之作。

〔二〕「陰積」二句　虞世南結客少年場詩：「雲起龍沙暗，木落雁門秋。」

〔三〕西北高樓　古詩：「西北有高樓。」
〔四〕短景　杜甫閣夜詩：「歲暮陰陽催短景。」
〔五〕飛瓊起舞　逸史：「唐許瀍病起題壁句：坐中惟有許飛瓊。」飛瓊，仙女名。漢武帝内傳：「（王母）又命侍女董雙成吹雲和之笙，石公子擊昆庭之鐘，許飛瓊鼓震靈之簧。」瓊玉似雪，借以爲喻。
〔六〕凍雲一片　方干冬日詩：「凍雲愁暮色。」
〔七〕照水一枝　周邦彦花犯詞：「但夢想、一枝瀟灑，黄昏斜照水。」又玉燭新詞「詠梅花」：「終不似、照水一枝清瘦。」
〔八〕莫愁　按莫愁爲古女子之名，不盡指石城女子莫愁也。梁武帝河中之水歌詩：「洛陽女兒名莫愁。」韋莊憶昔詩：「南國佳人號莫愁。」皆然。此云「莫愁凝睇」，猶言「佳人凝睇」。
〔九〕梨花夢好　即用王建夢看梨花雲詩，詳前一六頁聲聲慢首注〔一二〕。
〔一〇〕翠管　杜甫臘日詩：「翠管銀罌下九霄。」

【斠律】

此詞與吴夢窗、丁葆光三首互勘，其相通處，皆在平入、平上、去上之間，絶少四聲相通之字。起首兩四字句，碧山用龍荒、雁門，爲地名對；夢窗用飛瓊、弄玉，爲人名對。其平入相通之字，正在落句上，此例甚尠。前片結韻，夢窗作「正蹇驢吟影」，用「正」字領一韻，而碧山無之。原校謂纏聲伸縮之故，非王詞有脱文也，此説亦是。蓋此正如高陽臺换頭有六字叶韻、七字不叶韻之異同。洞仙歌、二郎神、安公子等調亦率類此。大抵一句之中，有一字至二、三字之伸縮，皆由所填纏聲之多寡而定，深知音律之宋賢，類知之而能爲之。猶元明人之製南北曲者，同一牌調而所填襯字之多寡有無，可以任意爲之也。「照水一枝」之「一」字，原校更引證詳明，作「南」字者必爲後人所妄改，宋詞正不避複字也。　詞中换頭用促拍者，加一短韻，如滿庭芳、憶舊游之類；更促者連用兩短韻，此詞「清致，悄無似」，即連用二短韻；鎖窗寒亦如此。

【彙評】

白雨齋詞話：（碧山）無悶雪意後半闋云：「清致，悄無似。……看取玉壺天地。」無限怨情，出以渾厚之筆。惟「南枝」句中含譏刺，當指文溪、松雪輩。

雲韶集碧山詞評：筆致翩翩，音調和雅。　是雪意，不是落雪。　寫「意」字，描色取神，極盡能事。

眉嫵　新月〔一〕

漸新痕懸柳，澹彩穿花，依約破初暝〔二〕。便有團圓意〔三〕，深深拜〔四〕，相逢誰在香徑？畫眉未穩〔五〕，料素娥、猶帶離恨。最堪愛、一曲銀鉤小，寶簾掛秋冷〔六〕。　千古盈虧休問。歎謾磨玉斧，難補金鏡〔七〕。太液池猶在，淒涼處、何人重賦清景〔八〕。故山夜永，試待他、窺户端正〔九〕。看雲外山河，還老盡桂花影〔一〇〕。

【校】

〔澹彩〕詞律「彩」作「影」。　〔團圓〕范本「圓」作「圞」。　〔寶簾〕張惠言詞選「簾」作「匳」。　〔難補〕

詞譜作「猶掛」，掛字與上複。〔還老盡桂花影〕歷代詩餘、詞譜如此，別本並作「還老桂花舊影」。萬樹云，石帚後結云「又爭似相攜，乘一舸，鎮長見」。「乘一舸」下，與此篇不同，想亦可如此。然石帚在前，定宜從之。愚又疑此或是「還老桂、舊花影」。于「桂」字豆，本與姜同，而誤以桂花連寫耳。杜文瀾云，詞譜後結作「還老盡桂花影」，有「盡」字，無「舊」字。查姜白石、張仲舉二詞後結作折腰句法，應遵改。人和按：杜説是也。今據改。○則虞按：別下齋抄本作「還老桂花舊影」。

【箋注】

〔一〕此爲王昭儀清惠而作，且以悲金甌之缺也。王清惠滿江紅題驛壁詞：「太液芙蓉，渾不似、舊時顏色。曾記得、春風雨露，玉樓金闕。名播蘭簪妃后裏，暈潮蓮臉君王側。忽一聲、鼙鼓揭天來，繁華歇。　龍虎散，風雲滅。千古恨，憑誰説。對山河百二，淚盈襟血。客館夜驚塵土夢，宮車曉碾關山月。問姮娥、於我肯從容，同圓缺。」陶宗儀輟耕録：「至元十三年丙子春正月十八日，淮安王伯顔以中書右相統兵入杭。宋謝、全兩后以下皆赴北。有王昭儀者題滿江紅於驛。」又，詞林紀事引女史：王昭儀抵上都，懇爲女道士，號沖華，碧山此詞似詠其事。「畫眉未穩」，即當日承恩之事，即昭儀詞中之首段；「太液池」數語，即詞中「太液芙蓉，渾不似、舊時顏色」之意；「老盡桂花影」似指女冠之請，以素娥耐冷爲喻。「千古盈虧休問」三句，且以悲悼國破之不可重光。

〔二〕破初暝　賀方回吴門柳詞：「好月爲人重破暝。」

〔三〕便有團圓意　牛希濟生查子詞：「新月曲如眉，未有團圞意。」此反用其意。

〔四〕深深拜　王昌齡甘泉歌詩：「昨夜雲生拜初月。」施肩吾幼女詞詩：「學人拜新月。」李端拜新月詞：

「開簾見新月，便即下階拜。」

〔五〕畫眉　用張敞事，見漢書張敞傳。新月似眉，此假用。吴文英聲聲慢詞：「新彎畫眉未穩。」

〔六〕「最堪愛」二句　秦觀浣溪沙詞：「寶簾閑掛小銀鉤。」

〔七〕「歎謾磨」二句　酉陽雜俎：「太和中鄭仁本表弟與王秀才游嵩山，將暮，忽聞林中鼾睡聲。尋之，見一人布衣甚潔白，枕一襆物方眠，呼之起，問所自。其人笑曰：君知月乃七寶合成乎？月勢如丸，其影，日爍其凸處也。常有八萬二千户修之。因開襆有斤鑿數事，玉屑飯兩裹。」辛棄疾滿江紅詞：「誰做冰壺涼世界，最憐玉斧修時節。」又乾淳起居注：「九年八月十五日曾覿進壺中天慢云：『雲海塵清，山河影滿，桂冷秋香雪。何勞玉斧，金甌千古無缺。』上皇大喜曰：『從來月詞，不曾用金甌事，可謂新奇。』」碧山易「缺」爲「補」，言金甌缺而無可復圓矣。此用本朝故實。

〔八〕「太液池」二句　盧多遜新月應制詩：「太液池邊看月時，好風吹動萬年枝。誰家玉匣開新鏡，露出清光些子兒。」

〔九〕窺户端正　姜夔玲瓏四犯詞：「端正窺户。」

〔一〇〕桂花影　酉陽雜俎：「月桂高五百丈，下有一人常斫之，樹創隨合。」

【斠律】

此調不知所始。除碧山外，只見白石、仲舉二詞，四聲相應，一字不苟，不啻方千里之和清真也。「便有」至「離恨」，與後片「太液」至「端正」相同。「新痕懸柳，澹彩穿花」兩句，白石作「垂楊連苑，杜若侵沙」，仲舉作「蛛分天巧，鵲誤秋期」。後片「謾磨玉斧，難補金鏡」兩對句，白石作「暗藏弓履，偷寄香翰」，仲舉作「翠屏天遠，清夢雲去」，屬對奇工。「畫眉未穩」、「故山夜永」用去平去上，白石作「翠尊共款」、「亂紅萬點」，仲舉作「此情更苦」、「竊香伴侶」，仲舉第一字雖不用去而仍皆仄聲。更有注意者，「漸」字、「破」字、「拜」字、「在」字、「帶」字、「最」字、「掛」字；後片之「謾」字、「補」字、「處」字、「賦」字、「户」字、「看」字、「桂」字，俱用去聲。「補」字亦去上相通，詞譜「難補」作「猶掛」，「掛」字仍去聲。「柳」字、「小」字、「古」字、「盡」字，皆用上聲。是此調定格，非此不足以見其音響之佳。白石用「未」字、「妙」字、「意」字、「夜」字；後片之「寄」字、「解」字、「水」字，「解」、「水」二字亦去上相通。仲舉用「會」字、「限」字、「夜」字、「影」字，後片之「夢」字、「綴」字、「畫」字、「影」字，亦去上相通。前結「寶簾掛秋冷」，白石作「愛良夜微暖」，仲舉作「漸涼影催曙」，皆上一下四句。碧山上二下三，如五言拗律句，正如霜葉飛之五言句，清真、夢窗不同也。换頭「千古盈虧休問」，白石作「無限風流疏散」，仲舉作「私語釵盟何處」，似叶短韻，碧山不叶。煞尾「還老桂花舊影」，白石作「乘一舸鎮長見」，爲折腰句。詞譜刻「還老盡桂花影」，姜詞在前，固宜遵之，原校是也。

【彙評】

雲韶集碧山詞評：句句是新月，却句句是望到十五。「漸」字及「便有」字，用得婉約。「千古」句忽將上半闋意一筆撇去，有龍跳虎臥之奇。結更高簡。

水龍吟 牡丹〔一〕

曉寒慵揭珠簾，牡丹院落花開未〔二〕？玉闌干畔，柳絲一把，和風半倚〔三〕。國色微酣，天香乍染〔四〕，扶春不起〔五〕。自真妃舞罷，謫仙賦後，繁華夢，如流水〔六〕。池館家家芳事，記當時、買栽無地〔七〕。争如一朵，幽人獨對，水邊竹際〔八〕，把酒花前，賸拚醉了，醒來還醉〔九〕。怕洛中、春色忽忽〔一〇〕，又入杜鵑聲裏〔一一〕。

【校】

〔獨對〕周選「獨」作「相」。〔舞罷〕則虞按：意禪室藏抄本作「浴罷」。

【箋注】

〔一〕宋翔鳳曰：「南宋詞人繫情舊京，凡言歸路、言家山、言故國，皆恨中原隔絶。」此詠洛中牡丹，即寓此意。撫洛下之風流，哀宗周之禾黍，婉轉體物，以寄哀思。

〔二〕牡丹院落　花品序：「洛下永寧院有僧種花最盛，謂之牡丹院。」

〔三〕「玉闌干」三句　此檃括徐仲雅宫詞詩：「内人曉起怯春寒，輕揭珠簾看牡丹。一把柳絲收不得，和風搭在玉闌干。」

〔四〕「國色天香」二句　摭異記：「太和中有程修己者，以善畫得進謁……會内殿賞花，上問修己曰：今京邑傳唱牡丹詩誰稱首？對曰：中書舍人李正封詩：『國色朝酣酒，天香夜染衣。』」

〔五〕扶春不起　吴文英漢宮春詞：「休謾道，花扶人醉，醉花却要人扶。」又喜遷鶯詞：「還倩東風扶起。」

〔六〕「自真妃舞罷」四句　事見松窗雜録：禁中初有木芍藥植於沉香亭前，時花盛開，上乘照夜，太真以步輦從。李龜年手捧檀板押衆樂工，將歌。上曰：「賞名花，對妃子，焉用舊樂章？」命龜年持金箋賜李白，詔進清平調詞三章。

〔七〕「池館」二句　羅鄴（瀛奎律髓作羅隱）牡丹詩：「買栽池館恐無地。」辛棄疾杏花天詞：「買栽池館多何益。」

〔八〕「幽人」二句　酉陽雜俎：「牡丹前史中無説處，惟謝康樂集中言竹間水際多牡丹。」劉僎木蘭花慢詞：「肯來水邊竹下，與幽人、相對説淒涼。」

〔九〕「賸拚醉了」二句　趙長卿西江月詞：「醉了還醒又醉。」

〔一〇〕洛中春色　事物紀原：「武后冬月遊後苑，花俱開，而牡丹獨遲，遂貶於洛陽。故今言牡丹者，以西洛爲冠首。」花品序：「牡丹出洛陽者爲天下第一。」羣芳譜：「唐宋時洛陽之花爲天下冠，故牡丹竟名『洛陽花』。」

〔一一〕杜鵑聲裏　見聞録：「嘉祐末，康節邵先生行洛陽天津橋，忽聞杜宇之聲，歎曰：『……異哉！不及十年其有江南人以文字亂天下者乎？』」此用杜鵑聲裏，喻洛陽之淪没。

【斠律】

此調平仄極寛，句法亦多參差，未必如紅友之定論。「曉寒」以下十三字，上六字句、下七字句如七言詩，但亦有作上七下六者。東坡「露寒煙冷蒹葭老，天外征鴻嘹唳」，白石作「夜深客子移舟處，兩兩沙禽驚起」，劉叔安作「弄晴臺館收煙候，時有燕泥香墜」，稼軒、竹山亦俱有之，想不拘也。但「牡丹院落」必上四下三句法，不可易。前後片四字三句爲一韻者各二，而晁次膺一首後片作「最是闕情處，高樓上、一聲羌管」，夢窗一首前片作「紺玉鉤簾處，横犀麈、天香分鼎」，一首後片作「攜手同歸處，玉奴喚、緑窗春近」，伯雨一首後片作「不須十載光陰，渭水相逢，又入非熊夢了」，字數增加而平仄不差。結韻以一領字領三四字句，而少游作「念多情、但有當時皓月，照人依舊」，東坡作「細看來、不是楊花，點點是離人淚」，清真作「恨玉容不見，瓊英謾好，與何人比」，白石作「甚謝郎、也恨飄零，解道月明千里」，碧山此首作「怕洛中、春色怱怱，又入杜鵑聲裏」，應在「怱怱」斷句，又海棠一首「怕明朝、小雨濛濛，便化作燕支淚」，亦在「濛濛」斷句，夢窗九首則上例皆有。詞律所謂後結必一五字句兩四字句，是一定鐵板，亦未免爲削足就屨之論。換頭必上六下七句，如晁補之一首，作「此去濟南，爲説道愁腸，不醒猶醉」。總之詞本以韻定拍。一韻之中，字數既可因纏聲而伸縮，爲曼爲促，又各字不同。謳者只須節拍不誤，而一拍以内，不必以文句語氣爲句逗。作詞者亦只求節拍不誤，而行氣遣詞具有揮灑自如之地，非必拘拘於字句。兩宋知音者多明此理，故有各各不同之句也。不獨水龍吟如此，憶舊游、尉遲盃、瑞龍吟、念奴嬌皆有相似之例。是以同在一韻之中，出於知音之筆，任何句逗皆可。「怕洛中、春色怱怱，又入杜鵑聲裏」，應於怕字逗，下接四字二句，再接一二一之四字句，爲正格。清真「恨玉容不見，瓊英謾好，與何人比」，碧山此不合。然雪舟「待問春、怎把千紅，換得一池緑水」，亦如此。

【彙評】

詞綜偶評：以下三首俱明雋清圓，無堆垛之習。（「曉寒慵揭珠簾」四句）用徐仲雅宮詞。

雲韶集碧山詞評：牡丹極富豔，作者易入俗態。此作精工富麗，却又清虚騷雅，絶不作一市井語，詞可占品。結有感慨。

又 海棠〔一〕

世間無此娉婷〔二〕，玉環未破東風睡〔三〕。將開半斂，似紅還白〔四〕，餘花怎比〔五〕。偏占年華，禁煙纔過，夾衣初試〔六〕。歎黄州一夢〔七〕，燕宫絶筆〔八〕，無人解，看花意。　猶記花陰同醉，小闌干、月高人起〔九〕。千枝媚色，一庭芳景〔一〇〕，清寒似水。銀燭延嬌，緑房留豔，夜深花底〔一一〕。怕明朝、小雨濛濛，便化作燕支淚〔一二〕。

【箋注】

〔一〕雲麓漫鈔：「徽廟既内禪，尋幸淮浙，嘗作小詞名月上海棠，末句云：『孟婆且與我做些方便。』」弇州山人四部稿以爲渡黄河詞，蓋道君北狩時作也。此云「燕宫絶筆」疑指此而言。全章之意，亦得於此窺之。

〔二〕「世間」句　劉處静燭影摇紅詞「詠海棠」：「世間還有此娉婷。」

〔三〕「玉環」句　明皇登沉香亭，召太真，宿酒未醒，釵横鬢亂，不能再拜。上笑曰：「豈海棠春睡未足耶？」見太真外傳。

〔四〕「將開半斂」二句　青箱雜記載晏殊詩句：「似紅如白野棠花。」楊廷秀海棠詩：「絶憐欲白仍紅處，政是微開半吐時。」史達祖海棠春令詞：「似紅如白含芳意。」

〔五〕餘花怎比　此似用崔得符海棠詩「便教桃李能言語，西子嬌妍比得無」之意。

〔六〕夾衣初試　林逋春日寄錢都使詩：「宅院時情漸夾衣。」一本作「時清試夾衣」。

〔七〕黄州一夢　許昂霄謂「黄州」句指王元之知黄州事，似非。疑用蘇軾事。東坡寓居定惠院之東雜花滿山有海棠一株土人不知貴也詩純以海棠自寓。詩人玉屑卷十七：「東坡作此詩，詞格超逸，不復蹈襲前人……平生喜爲人寫，蓋人間刊石者自有五六本，云軾生平得意詩也。」「一夢」，本事詞載蘇軾在儋耳，一日遇一媪，謂坡曰：「學士昔日富貴，一場春夢耳。」

〔八〕燕宫絶筆　見本篇注〔一〕。此用本朝典以寓慨。

〔九〕月高人起　唐裴潾白牡丹詩：「别有玉盤承露冷，無人起就月中看。」

〔一〇〕一庭芳景　徐伸二郎神詞：「門掩一庭芳景。」

〔一一〕「銀燭」三句　蘇軾海棠詩：「只恐夜深花睡去，故燒高燭照紅妝。」

〔一二〕燕支淚　王炎念奴嬌詞「詠海棠」：「曉來雨過，正海棠枝上，燕支如滴。」

【彙評】

詞綜偶評：（「歎黄州一夢，燕宫絶筆，無人解，看花意」）王元之知黄州有海棠詩，燕宫謂宣和畫譜也。兩首前後結句彷佛相似，尚少變化。

雲韶集碧山詞評：起筆絶世丰神。字字是痛惜之深，花耶人耶？吾烏乎測其命意之所至。纏綿嗚咽，風雨葬西施，同此凄豔。

又　落葉〔一〕

曉霜初著青林，望中故國淒涼早。蕭蕭漸積〔二〕，紛紛猶墜〔三〕，門荒徑悄。渭水風生〔四〕，洞庭波起〔五〕，幾番秋杪。想重厓半没，千峯盡出，山中路，無人到。　前度題紅杳杳，遡宫溝、暗流空繞〔六〕。啼螿未歇，飛鴻欲過，此時懷抱。亂影翻窗，碎聲敲砌，愁人多少。望吾廬甚處〔七〕，只應今夜，滿庭誰掃〔八〕？

【校】

〔宫溝〕明抄本「宫」作「官」，疑誤。

【箋注】

〔一〕白雨齋詞話以爲此詞「重厓半没」數語有慨乎厓山之事，此説是也。兹申説之：「渭水風生」，蓋指西北之敗；「洞庭波起」，似指德祐二年潭、袁、連、衡、永、郴、全、道之陷落。湖外之戰，李芾、尹穀之死，爲渡江來死事之烈者也。厓山板屋，飄寓水裔，荃橈蘭旌，揚靈未極，此上片之意也。「望吾廬甚處」，與靖節同一貞抱。玉田三姝媚詞亦有「古意蕭閒，問結廬人遠，白雲誰侶」之句。風颯颯兮木蕭蕭，思公子兮徒離憂。哀吾生之無樂，幽獨處乎山中。此下片之意也。

〔二〕「蕭蕭」句　杜甫登高詩：「無邊落木蕭蕭下。」

〔三〕「紛紛」句　范仲淹御街行詞：「紛紛墜葉飄香砌。」

〔四〕渭水風生　賈島憶江上吴處士詩：「秋風吹渭水，落葉滿長安。」

〔五〕洞庭波起　楚辭湘夫人：「洞庭波兮木葉下。」謝莊月賦：「洞庭始波，木葉微脱。」

〔六〕「前度題紅」二句　唐僖宗時，于祐於御溝中拾一紅葉，見題詩云：「流水何太急，深宫盡日閒。慇懃謝紅葉，好去到人間。」祐亦題一詩于上云：「曾聞葉上題紅怨，葉上題詩寄阿誰？」置溝逆流，爲宫人韓拾得之。後祐託韓泳門館，因帝放宫女三千人，泳以韓有同姓之親，作伐嫁祐。按：本事詩、雲溪友議俱以爲顧況事，侍兒小名録則以爲賈山虚事，北夢瑣言以爲李茵事，玉溪編事又以爲侯繼圖事，山堂肆考則以爲于祐事。

〔七〕「望吾廬」句　陶淵明讀山海經詩：「吾亦愛吾廬。」

〔八〕滿庭誰掃　白居易長恨歌詩：「落葉滿階紅不掃。」

【彙評】

雲韶集碧山詞評：淒涼奇秀，屈宋之遺。　此中無限怨情，只是不露，令讀者心怦怦焉。

又　白蓮〔一〕

淡粧不掃蛾眉〔二〕，爲誰佇立羞明鏡。真妃解語〔三〕，西施净洗，娉婷顧影。薄露初勻，纖塵不染，移根玉井〔四〕。想飄然一葉，颼颼短髮〔五〕，中流臥，浮煙艇。　可惜瑶臺路迥，抱淒涼、月中難認〔六〕。相逢還是，冰壺浴罷，牙牀酒醒〔七〕。步襪空留，舞裳微褪，粉殘香冷。望海山依約，時時夢想，素波千頃。

【校】

〔爲誰〕范本「誰」作「伊」。〔佇立〕則虞按：吴訥百家詞本樂府補題作「玉立」。〔難認〕樂府補題「難」作「誰」。〔舞裳〕樂府補題作「羽衣」，歷代詩餘同。

【箋注】

〔一〕樂府補題浮翠山房賦白蓮調寄水龍吟，同賦者九人：周密、王易簡、陳恕可、唐珏、吕同老、趙汝鈉、王沂孫、李居仁、張炎，皆遺民也。學齋佔畢云：「楚辭頌橘，取其渡淮爲枳，秉性不移；茂叔愛蓮，以其濯水彌鮮，出塵不染。是則故老拈題，聲家調律，依微擬義，其志皭然矣。玉潛之『翠輿難駐』，竹山之『別浦重尋』，和甫之『流水斷魂』，碧山之『海山依約』，皆暗寓趙昺之南去，不盡切盗發六陵也。」

〔二〕「淡粧」句　張祜集靈臺詩：「淡掃蛾眉朝至尊。」

〔三〕真妃解語　開元天寶遺事：「太液池有千葉白蓮數枝盛開，帝與貴戚宴賞焉。左右皆歎羨久之，帝指貴妃示於左右曰：『争如我解語花？』」

〔四〕移根玉井　韓愈古意詩：「太華峯頭玉井蓮，開花十丈藕如船。」

〔五〕颼颼短髮　陸游秋夜池上作詩：「短髮颼颼病骨輕。」

〔六〕「可惜瑶臺」二句　李白清平調詞：「若非羣玉山頭見，會向瑶臺月下逢。」李商隱無題詩：「如何雪月交光夜，更在瑶臺十二層。」

〔七〕牙牀酒醒　趙彦端鵲橋仙「詠蓮」詞：「夜深風露逼人懷，問誰在、牙牀酒醒。」

又　前題〔一〕

翠雲遥擁環妃〔二〕，夜深按徹霓裳舞〔三〕。鉛華净洗〔四〕，涓涓出浴〔五〕，盈盈解語〔六〕。太液荒寒，海山依約，斷魂何許。甚人間别有，冰肌雪豔，嬌無奈〔七〕，頻相顧。　三十六陂煙雨〔八〕，舊淒涼、向誰堪訴。如今謾説，仙姿自潔，芳心更苦〔九〕。羅襪初停，玉璫還解〔一〇〕，早凌波去〔一一〕。試乘風一葉，重來月底，與修花譜〔一二〕。

【校】

〔題〕則虞按：别下齋抄本無「前題」二字。〔夜深〕歷代詩餘「深」作「涼」。〔涓涓〕則虞按：百家詞本作「娟娟」。〔無奈〕樂府補題「奈」作「那」，戈選同。〔舊淒涼〕樂府補題「舊」作「甚」。〔向誰〕鮑本注云，别本作「有誰」。〔花譜〕范本作「簫譜」。

【箋注】

〔一〕此闋疑指王清惠爲女冠事，參見前二八頁眉嫵新月注〔一〕。

〔二〕環妃　三餘帖：「蓮花一名玉環。」此故稱「環妃」。

〔三〕霓裳舞　羅公遠多秘術，嘗與玄宗至月宫，仙女數百皆素練霓裳，舞於廣庭。問其曲，曰：霓裳羽衣。見逸史。此自「玉環」之名而引出，用此典蓋所以切清惠身世。

〔四〕鉛華　曹植洛神賦：「鉛華弗御。」

〔五〕出浴　杜衍荷花詩：「晚開一朵煙波上，似畫真妃出浴時。」宋祁蝶戀花「詠蓮」詞：「温泉初試真妃浴。」

〔六〕解語　見前三九頁前首注〔三〕。

〔七〕嬌無奈　辛棄疾最高樓詞：「漢妃翠被嬌無奈。」

〔八〕「三十六陂」句　康與之洞仙歌詞：「恨回首、西風波淼淼，三十六陂煙雨。」姜夔惜紅衣詞：「問甚時同賦，三十六陂秋色。」

〔九〕「芳心」句　賀鑄踏莎行詞：「紅衣脱盡芳心苦。」

〔一〇〕「玉璫」句　李商隱春雨詩：「玉璫緘札何由達。」此用「玉璫」實即玉珮，以平仄不合，故用「璫」字。列仙傳載，江妃二女遊於江濱，逢鄭交甫，遂解珮與之，交甫受珮而去。數十步，懷中無珮，二女亦不見。

〔一一〕早凌波去　姜夔念奴嬌詞：「情人不見，争忍凌波去。」

〔一二〕修花譜　姜夔側犯詞：「寂寞劉郎，自修花譜。」

綺羅香　秋思

屋角疏星，庭陰暗水〔一〕，猶記藏鴉新樹〔二〕。試折梨花，行入小闌深處。聽粉片、簌簌飄階，有人在、夜窗無語。料如今、門掩孤燈，畫屏塵滿斷腸句。佳期渾似流水〔三〕，還見梧桐幾葉，輕敲朱户。一片秋聲〔四〕，應做兩邊愁緒。江路遠、歸雁無憑〔五〕，寫繡牋、倩誰將去。謾無聊、猶掩芳尊，醉聽深夜雨。

【校】

〔秋思〕詞綜無此題，歷代詩餘同。〔流水〕戈選「流」作「逝」。人和按：此字當用仄聲。作「逝」近是。〔還見〕周選「見」作「有」。〔一片〕歷代詩餘作「一派」。〔將去〕歷代詩餘「將」作「持」。〔深夜〕歷代詩餘「深」作「秋」。

【箋注】

〔一〕暗水　杜甫夜宴左氏莊詩：「暗水流花徑。」

〔二〕藏鴉　梁簡文帝金樂歌詩：「楊柳正藏鴉。」

〔三〕「佳期」句　秦觀鵲橋仙詞：「柔情似水，佳期如夢。」

〔四〕一片秋聲　周邦彥慶春宮詞：「動人一片秋聲。」

〔五〕歸雁無憑　晏幾道蝶戀花詞：「欲盡此情書尺素，浮雁沉魚，終了無憑據。」

【斠律】

此調中間兩韻「試折」至「孤燈」，與後片「一片」至「芳尊」同，後片第一韻比前片多二字，句法亦異，結句比前片少二字。前後結句與換頭句，絶似齊天樂，前結「畫屏塵滿斷腸句」必用仄平平仄去平仄，只第一字可以平仄移動。仲舉作「蕭蕭金井斷蛩暮」，梅溪第一字用「鈿」字，本可仄；第五字必用去聲，萬一不能，亦僅上聲可代。後結「醉聽深夜雨」必仄平平去上，換頭「佳期渾似流水」以平平平仄仄仄爲準，原校極是。更有可注意者，「庭陰暗水」與「梧桐幾葉」，必平平仄仄；「藏鴉新樹」與「輕敲朱户」，必平平平仄；「小闌深處」、「夜窗無語」與「兩邊愁緒」、「倩誰將去」，必仄平平仄。此爲詞中用字關鍵處，不可疏忽而失却音響，古人名作，無不如此。

又 紅葉〔一〕

玉杵餘丹〔二〕，金刀膩綵〔三〕，重染吴江孤樹〔四〕。幾點朱鉛，幾度怨啼秋暮。驚舊夢、緑鬢輕凋，訴新恨、絳脣微注。最堪憐、同拂新霜，繡蓉一鏡晚粧妬〔五〕。 千林摇落漸少，何事西風老色，爭妍如許。二月殘花，空誤小車山路〔六〕。重認取、流水荒溝〔七〕，怕猶有、寄情芳語〔八〕。但淒涼、秋苑斜陽，冷枝留醉舞〔九〕。

【校】

〔留醉舞〕明抄本「留」作「流」，疑誤。

【箋注】

〔一〕玉田亦賦此詞，且同調同題，蓋亦當時同賦之作。

〔二〕玉杵　裴航過藍橋，渴甚，一舍有老嫗，揖之求漿。嫗令雲英以一甌漿水飲之。航欲娶雲英，嫗曰：得玉杵臼當與。後航得玉杵臼，遂娶而仙去。見裴硎傳奇。

〔三〕金刀賸綵　李白白紵辭詩：「吴刀剪綵。」晏幾道蝶戀花詞：「金剪刀頭芳意動。綵蕊開時，不怕朝寒重。」歐陽修蝶戀花詞：「金刀剪綵呈纖巧。」

〔四〕吴江孤樹　此用「楓落吴江冷」之句，「吴江」以切楓丹。新唐書崔信明傳載崔嘗矜其文，謂過李百藥，議者不許。鄭世翼遇之於江中，曰：「聞公有『楓落吴江冷』，願見其餘。」信明欣然多出衆篇與觀。世翼覽未終，曰：「所見不逮所聞！」投諸水，引舟去。

〔五〕一鏡晚粧妬　吴文英過秦樓詞：「一鏡萬粧爭妬。」

〔六〕「二月」二句　杜牧山行詩：「停車坐愛楓林晚，霜葉紅於二月花。」

〔七〕流水荒溝　李賀勉愛行詩：「荒溝古水光如刀。」

〔八〕寄情芳語　即御溝紅葉事，見前三七頁水龍吟落葉注〔六〕。

〔九〕冷枝留醉舞　姜夔法曲獻仙音詞：「誰念我、重見冷楓紅舞。」

又　前題

夜滴研朱〔一〕，晨粧試酒〔二〕，寒樹偷分春豔。賦冷吴江，一片試霜猶淺。驚漢殿、絳點初凝〔三〕，認隋苑、綵枝重翦〔四〕。問仙丹、煉熟何遲〔五〕，少年色换已秋晚。疏枝頻撼暮雨，消得西風幾度，舞衣吹斷。緑水荒溝，終是賦情人遠。空一似、零落桃花，又等閒、誤他劉阮〔六〕。

且留取、閒寫幽情，石闌三四片。

【校】

〔題〕則虞按：別下齋抄本無「前題」二字。　〔研朱〕王本「研」誤作「妍」。　〔煉熟〕舊抄本脱「煉」字。

【箋注】

〔一〕夜滴研朱　高駢步虛詞：「滴露研朱點周易。」

〔二〕晨粧試酒　楊廷秀秋山詩：「小楓一夜偷天酒。」

〔三〕「驚漢殿」句　三輔黄圖：「漢宫殿中多植楓，故曰楓宸。至霜後葉丹可愛，騷人多稱詠之。」

〔四〕「認隋苑」句　通鑑隋煬帝紀：「大業元年築西苑……宫樹秋冬凋落，則剪綵爲華葉綴於枝條，色渝則易以新者，常如陽春。」

〔五〕仙丹　漢武内傳：「西王母云：仙之上藥有玄霜絳雪。」裴硎傳奇：「薛昭遇仙女得絳雪丹度世。」此暗用「絳」字以切紅葉之色。

〔六〕劉阮　漢明帝永平五年，剡縣劉晨、阮肇，共入天台山。迷路不得返。糧盡，得山上數桃啖之，遂不飢。下山，一大溪邊有二女，姿質妙絶，因要還家，勅婢速作食，有胡麻山羊脯，甚美。遂留半載餘，懷土求歸，女曰：「宿福所牽，何復欲還？」因指示還路。既出，無復相識，問得七世孫，傳聞上世入山迷道不得歸。見幽明録。

齊天樂　螢〔一〕

碧痕初化池塘草〔二〕，熒熒野光相趁〔三〕。扇薄星流〔四〕，盤明露滴〔五〕，零落秋原飛燐〔六〕。練裳暗近。記穿柳生涼，度荷分瞑。誤我殘編，翠囊空歎夢無準〔七〕。樓陰時過數點，倚闌人未睡，曾賦幽恨。漢苑飄苔，秦陵墜葉〔八〕，千古淒涼不盡〔九〕。何人爲省，但隔水餘暉，傍林殘影〔一〇〕。已覺蕭疏，更堪秋夜永。

【校】

〔飛燐〕明抄本「燐」誤「憐」。〔練裳〕人和按：「練」當作「綀」。玉篇「綀，紡粗絲也」。集韻「綌屬」，引後漢禰衡著綀巾。説文新附：「綀，布屬。」今本後漢書禰衡傳作「疎巾」，可知戴良傳之疎裳布被，亦綀裳布被也。即世説新語識鑒篇注引續晉陽秋，與晉書車胤傳之「練囊」，亦「綀囊」之誤。蓋「綀」「練」形近，後人多見「練」，少見「綀」，故「綀」譌爲「練」也。且此字周邦彦、史達祖、吴文英、周密諸人並用平聲，即碧山集中其餘四首，亦並用平聲。廣韻魚韻「綀，所葅切」，徐鉉詩「好風輕透白綀衣」，尤可證明此字當作「綀」，不作「練」也。

【箋注】

〔一〕此亦當時拈題同賦之什，餘詞鮮傳耳。自來詠螢詞賦，多爲弔古哀時之作，取其宵燐碧血，助人淒冷。碧山此詞，且有所指，其爲瀛國公之事乎？後漢書孝靈帝紀：建寧六年中常侍張讓、段珪劫少帝、陳留王走小平津。尚書盧植追讓、珪等，斬殺數人。帝與陳留王協，夜逐螢火，走行數里，得民家露車共乘之，辛未還宮。少帝、帝㬎，同爲亡國殤主；露車共載，輿櫬北行，事又相類。託爲熠燿之飛，以抒覆亡之痛。漢苑秦陵，已顯言之矣。

〔二〕「碧痕」句　禮記月令：「季夏之月，腐草爲螢。」

〔三〕「熒熒」句　月令疏引李巡爾雅注：「熒火夜飛，腹下如火光。」埤雅：「螢，夜飛腹下有火，故字從熒。」

〔四〕「扇薄」句　杜牧秋夕詩：「輕羅小扇撲流螢。」

〔五〕盤明露滴　漢武故事：「帝以銅作承露盤，上有仙人掌，擎玉盤以承雲表之露。」

〔六〕飛燐　詩東山傳：「熠燿，燐也。燐，螢火也。」古今注：「螢，一名燐。」駱賓王螢火賦：「知戰場之飛燐。」

〔七〕「誤我」二句　車胤好學不倦，貧無燈火，夏日用練囊盛數十螢火以照夜讀。見續晉陽秋。

〔八〕「漢苑」二句　劉禹錫秋螢引詩：「漢陵秦苑遥蒼蒼，陳根腐葉秋螢光。」吴彦高春從天上來詞：「漢苑秦宮，墜露飛螢。」

〔九〕「千古淒涼」句　歐陽修玉樓春詞：「滿眼淒涼愁不盡。」周邦彦丁香結詞：「此恨自古，銷磨不盡。」

〔一〇〕「但隔水」二句　杜甫螢火詩：「帶雨傍林微。」又駱賓王螢火賦：「泛灩乎池沼，徘徊乎林岸。」按此云「隔水餘暉」，蓋指帝昺之入海；「傍林殘影」，指帝㬎之北征。

【斠律】

首句如七言詩，一三字平仄可動，有起韻者，亦可不叶，不拘也。次句必平平仄平平仄。前後片兩四字對句，「扇薄星流」與後片「漢苑飄苔」，必用仄仄平平。「盤明露滴」與後片「秦陵墜葉」，必用平平仄仄。「度荷分暝」與後片「傍林殘影」，必用仄平平仄。更要注意者，中間「綀裳暗近」，與後片「何人爲省」兩四字叶韻句，必用平平去上，叶入聲韻者用平平去入。原句「近」字，宋人本讀上聲。「綀」字各刻皆如此而不知爲「綀」字之誤。「綀」字本北朝俗體書，由「疏」變而爲「踈」，又由「踈」變而爲「綀」，隋唐以來，久經沿用，原校引證，最爲詳盡。此字自有齊天樂以來，無有用仄聲者。試觀碧山後二闋咏蟬作「淒涼倦耳」、「窗明月碎」，又一首作「西窗過雨」、「餘音更苦」，贈秋崖一首作「江南恨切」、「江雲凍結」，清真「雲窗靜掩」，千里「重門向掩」，西麓「牙牀半掩」，逃禪「紗幃半掩」是也，各家無不如此。前結「翠囊空歎夢無準」，必用仄平平仄去平仄，「夢」字亦可以上代去。後結「更堪秋夜永」，必用仄平平去上，叶入聲韻者用去入。此爲本調鐵板注脚，不可稍動，蓋此雖非四聲調而兩結必四聲相合。詞有特別注重於前後煞拍者，此其一例也。換頭「樓陰時過數點」，以平平平仄仄仄爲準。間有用平平仄平仄仄者，如白石「西窗又吹暗雨」；用仄平平平仄仄者，如夢窗「寂寥西窗久坐」，可以變動。「倚闌人未睡」句，可上一下四，如後闋「歎攜盤去遠」。「曾賦幽恨」句，「賦」字以用仄爲準，如後二闋「都是秋意」、「難貯零露」。更後二首「如今休説」、「涼生江滿」，固可用平聲，然亦當依此爲是。紅友謂調中字句有拗而古人多數從之者，正要從其多處，捨易就難，爲詞家必經之路；拗者正是大家名作，順者不及，此理極易明。原校固有見地，而戈選亦可從也。

【彙評】

雲韶集碧山詞評：淒淒切切，秋聲秋色，秋氣滿紙。　感慨蒼茫。　末二語一往歎惜。

又

蟬〔一〕

綠槐千樹西窗悄〔二〕，厭厭晝眠驚起。飲露身輕，吟風翅薄〔三〕，半翦冰箋誰寄。淒涼倦耳，漫重拂琴絲，怕尋冠珥〔四〕。短夢深宫，向人猶自訴憔悴。殘虹收盡過雨，晚來頻斷續，都是秋意。病葉難留〔五〕，纖柯易老，空憶斜陽身世。窗明月碎，甚已絶餘音，尚遺枯蜕。鬢影參差〔六〕，斷魂青鏡裏。

【校】

「綠槐」舊抄本「槐」作「陰」，樂府補題亦作「陰」。〔西窗悄〕樂府補題「悄」作「曉」。〔驚起〕鮑本注云，詞綜誤「睡」。按明抄本「起」亦作「睡」。戈載云，「睡」與上「眠」字犯。〔飲露身輕，吟風翅薄〕樂府補題作「嫩翼風微，流聲露悄」。〔短夢深宫〕樂府補題作「夢短宫深」。〔猶自〕樂府補題「自」作「與」。〔殘虹〕舊抄本「虹」作「紅」。疑誤。○則虞按：别下齋抄本亦作「紅」。許昂霄曰：「紅當作虹。」〔窗明月碎〕舊抄本「窗」作「山」，脱「月」字。樂府補題「窗」亦作「山」。〔尚遺〕樂府補題「遺」作「餘」，與上複。〔青鏡〕詞綜「青」作「清」。

【箋注】

〔一〕周濟詞選以爲詠蟬諸詞爲元僧楊璉真伽發宋陵而作，王樹榮、夏瞿禪益張其説。周密癸辛雜識：一村翁於孟后陵得一髻，髻長六尺餘，其色紺碧。謝翱爲作古釵歎。詠蟬十詞九用鬟鬢，即其本事也。此説極是。樂府補題諸詞，往往題同而託興各異，惟賦蟬一闋，作者八人，寓意則一。詞意尤顯者，如呂同老：「早枯翼飛仙，暗嗟殘景。見洗冰奩，怕翻雙翠鬢。」陳恕可：「任翻鬢雲寒，綴貂金淺。蛻羽難留，頓驚仙夢遠。」王易簡：「怕寒葉凋零，蛻痕塵土。」仇遠：「滿地霜紅，淺莎尋蛻羽。」非即林景熙之「親拾寒瓊出幽草」之意乎？然則此詞之「枯蛻」、「嬌鬢」不言可喻矣。是則陳廷焯「全后爲尼」，端木埰「禾黍之悲」（見王鵬運跋花外集所引），特得半之論耳。

〔二〕「緑槐」句　蘇軾阮郎歸詞：「緑槐高柳咽新蟬。」

〔三〕「飲露」二句　曹大家蟬賦：「吸清露於丹園。」沈鵬蟬詩：「依樹愧身輕。」駱賓王在獄詠蟬詩序：「有翼自薄，不以俗厚而易其真。吟喬樹之微風，韻姿天縱；飲高秋之墜露，清畏人知。」

〔四〕「冠珥」句　蔡邕獨斷：「趙武靈王效胡服，始施貂蟬之飾，秦滅趙，以其君冠賜侍中。」漢官儀：「貂蟬冠，侍中、中常侍服。黄金璫附蟬爲文，貂尾爲飾，侍中插左，常侍插右。」宛委餘編：「冠加金璫貂蟬者，金取剛强百煉不耗，蟬居高飲清，口在腋下。」蓋本徐廣車服志之説。

〔五〕「病葉」句　陸游秋後一日風雨詩：「病葉風吹盡，鳴蟬雨打疏。」

〔六〕「鬢影」句　崔豹古今注：「魏文帝宮人絶所愛者，有莫瓊樹……日夕在側。瓊樹乃製蟬鬢，縹眇如蟬，故曰蟬鬢。」駱賓王在獄詠蟬詩：「不堪玄鬢影。」此用以切「蟬」，且以切后妃身世。

【彙評】

雲韶集碧山詞評：較草窗一作稍覺婉雅，其借題抒寫身世之感，情則一也。有骨有韻，不獨哀感。後半直與草窗作無二。

又 前題

一襟餘恨宮魂斷〔一〕，年年翠陰庭樹。乍咽涼柯，還移暗葉，重把離愁深訴。西窗過雨，怪瑶佩流空，玉筝調柱。鏡暗粧殘，爲誰嬌鬢尚如許。銅仙鉛淚似洗，歎攜盤去遠，難貯零露〔二〕。病翼驚秋，枯形閱世〔三〕，消得斜陽幾度。餘音更苦，甚獨抱清高〔四〕，頓成淒楚。謾想薰風，柳絲千萬縷。

【校】

〔餘恨〕樂府補題「餘」作「遺」。戈選同。〔庭樹〕樂府補題「樹」作「宇」。〔深訴〕樂府補題「深」作「低」。〔西窗〕樂府補題「窗」作「園」。〔怪瑶佩流空〕樂府補題作「漸金錯鳴刀」。○則虞按：藝苑雌黄：「錢昭度詩：荷揮萬朵玉如意，蟬鳴一聲金錯刀。」較瑶佩流空尤切。〔鏡暗〕舊抄本「暗」作「掩」。樂府補題亦作「掩」。〔如許〕周選「許」作「此」。人和按：借此字協語御韻。白石長亭怨慢有其例。然歷代詩餘所載姜詞，與今本白石道人歌曲異，殊難確定，此處似不必借協。且各本並作「如許」，惟周選作「如此」，孤證亦難從也。〔似洗〕張選「似」作「如」。人和按：此字不當用平聲。〔攜盤〕明抄本、舊抄本、鮑本並作「移盤」。「移」「攜」誼得兩通。碧山慶宮春詠水仙花云「攜盤獨出，空想咸陽，故宮落月」，並用魏明帝事。李賀金銅仙人辭漢歌詩云：「空將漢月出宮門，憶君清淚如鉛水。衰蘭送客咸陽道，天若有情天亦老。攜盤獨出月荒涼，渭城已遠波聲小。」亦作「擕盤」。今從樂府補題及周録。○則虞按：別下齋抄本作「移」。〔斜陽〕歷代詩餘「斜」作「殘」。〔清高〕詞綜「高」作「商」。歷代詩餘同。〔謾想〕舊抄本「想」誤「相」。

【箋注】

〔一〕宫魂　馬縞中華古今注：「昔齊后忿而死，尸變爲蟬，登庭樹嘒唳而鳴。王悔恨。故世名蟬爲齊女焉。」此云「宫魂」即用其典。

〔二〕「銅仙鉛淚」三句　李賀金銅仙人辭漢歌詩序云：「魏明帝青龍元年八月，詔宫官牽車西取漢孝武捧露盤仙人，欲立置前殿。宫官既拆盤，仙人臨載，乃潸然淚下。」詩見原校引，注略。

〔三〕枯形閲世　孫楚蟬賦：「形如枯槁。」

〔四〕清高　案詞綜作「清商」者非是。李商隱蟬詩：「本以高難飽」，如作「清商」，則與下句「淒楚」意複。

又　贈秋崖道人西歸〔一〕

冷煙殘水山陰道，家家擁門黄葉〔二〕。故里魚肥，初寒雁落，孤艇將歸時節。江南恨切，問還與何人，共歌新闋？換盡秋芳，想渠西子更愁絶。　當時無限舊事，歎繁華似夢，如今休説。短褐臨流，幽懷倚石，山色重逢都別。江雲凍結。算只有梅花〔三〕，尚堪攀折。寄取相思〔四〕，一枝和夜雪〔五〕。

【校】

〔如今休説〕戈選作「今向誰説」，跋云「『今』字宜仄。人和按：下四明别友一首，作『凉生江滿』，是此字亦可用平聲也。」

【箋注】

〔一〕秋崖有五，皆與碧山年代相近。李萊老，字周隱，號秋崖，咸熙六年任嚴州知府，與李彭老爲昆季。周密刊其詞十二闋于絶妙詞選，浩然齋雅談復著其人。此其一。奚㵄，字倬然，號秋崖，西湖志收有芳草南屏晚鐘詞，又校輯宋金元人詞有秋崖詞十首，如醉蓬萊蓬萊閣懷古等。張玉田詞源有云：「近代楊守齋神於琴，故深知音律……與之遊者周草窗、奚秋崖，每一聚首，必分題賦曲。」此其二。敖秋崖，仕迹未詳。劉辰翁一剪梅、燭影摇紅、齊天樂諸詞皆和秋崖韻，辰翁丙子國變後居浙者猶十餘載，秋崖蓋亦同遊之人。此其三。方岳，字巨川，號秋崖，祁門人，有秋崖先生小集，有詞名，卒於景定之後。此其四。戴表元剡源集有贈天台潘山人秋崖詩：「老潘雙眸如紺珠，帶以秋陽朝露之清腴。山形水態出没千百變，經君指顧不得藏錙銖。」隱遯士之也。此其五。許昂霄詞綜偶評以爲贈方秋崖，恐非。似以奚秋崖爲相近。奚氏芳草詞有云：「笑湖山紛紛歌舞，花邊如夢如薰。」此云：「當時無限舊事，歎繁華似夢，如今休説。」是皆慨乎臨安昔日之繁盛。至題稱「西歸」者指杭越，言錢塘之西也。碧山賦此詞時，當在會稽，故云「想渠西子更愁絶」。由是推知奚氏登蓬萊閣懷古之作，疑賦於此時。

〔二〕擁門　柳宗元答問：「擁門填肩。」

〔三〕「算只有梅花」二句　按此指秋崖長相思慢詞「幾多年、江湖浪識，知心只許梅花」句而言。

〔四〕寄取相思　用陸凱事，見前六頁花犯苔梅注〔二〕。

〔五〕一枝夜雪　用齊己早梅詩句，見前二一頁疏影詠梅影注〔五〕。

【彙評】

白雨齋詞話：碧山贈秋崖道人西歸（調齊天樂）云：「冷煙殘水山陰道，家家擁門黄葉。」一起令人魂銷。又云：「换盡秋芳，想渠西子更愁絶。」亦不堪多誦。後疊云：「短褐臨流，幽懷倚石，山色重逢都别。」黍離麥秀之悲。「山色」六字，淒絶警絶，覺「國破山河在」猶淺語也。下云「江雲凍結，算只有梅花，尚堪攀折」，此亦必有所指，骨韻高絶。玉田感傷處亦自雅正，總不及碧山之厚。

雲韶集碧山詞評：起得淒秀。　一味感惜，情見乎詞。　淋漓曲折，白石化境。

又　四明别友〔一〕

十洲三島曾行處〔二〕，離情幾番悽惋。墜葉重題，枯條舊折，蕭颯那逢秋半。登臨頓懶，更葵箑難留〔三〕，苧衣將换〔四〕。試語孤懷，豈無人與共幽怨。　遲遲終是也别〔五〕，算何如趁取，涼生江滿。挂月催程〔六〕，收風借泊，休憶征帆已遠。山陰路畔，縱鳴壁猶蛩，過樓初雁。政恐黄花，笑人歸較晚〔七〕。

【校】

〔四明別友〕周録無此題。　〔曾行處〕歷代詩餘「行」作「遊」。周録同。　〔悽惋〕舊抄本「惋」作「婉」。鮑本、王本並同。○則虞按：別下齋抄本則作「婉」。　〔幽怨〕鮑本注云，一作「愁怨」。　〔何如〕歷代詩餘作「何時」。　〔趁取〕明抄本「取」作「耳」。　〔挂月〕舊抄本「挂」誤「桂」。　〔休憶〕歷代詩餘「憶」作「意」。○則虞按：別下齋抄本亦作「意」。　〔政恐〕周録「政」作「正」。○則虞按：別下齋抄本亦作「正」。

【箋注】

〔一〕四明　山名。唐六典：江南道名山曰四明山。在浙江省寧波市西南。

〔二〕十洲三島　史浩喜遷鶯詞：「著向十洲三島。」十洲者，謂祖、瀛、懸、炎、長、元、流、生、鳳麟、聚窟。見舊題東方朔撰十洲記。「三島」謂蓬萊、方丈、瀛洲。

〔三〕葵箑　世説新語輕詆注引續晉陽秋：「（謝）安鄉人有罷中宿縣詣安者。安問其歸資，答曰：『嶺南凋弊，唯有五萬蒲葵扇，又以非時爲滯貨。』安乃取其中者捉之。京師士庶競慕而服焉，價值數倍，旬月無賣。」

〔四〕苧衣　韓偓卜隱詩：「藜藿充腸苧作衣。」

〔五〕遲遲　孟子萬章下：「遲遲吾行也，去父母國之道也。」

〔六〕挂月　吴均詠懷二首詩：「挂月青山下。」

〔七〕「政恐黄花」二句　此用陶淵明歸去來辭「三徑就荒，松菊猶存」意。

一萼紅　石屋探梅〔一〕

思飄飄。擁仙姝獨步〔二〕，明月照蒼翹。花候猶遲，庭陰不掃，門掩山意蕭條。抱芳恨、佳人分薄，似未許、芳魄化春嬌。雨澀風慳〔三〕，霧輕波細，湘夢迢迢〔四〕。　誰伴碧尊雕俎〔五〕，笑瓊肌皎皎，緑鬢蕭蕭。青鳳啼空，玉龍舞夜，遥睇河漢光摇〔六〕。未須賦、疏香淡影，且同倚、枯蘚聽吹簫。聽久餘音欲絶，寒透鮫綃〔七〕。

【校】

〔飄飄〕絶妙好詞作「飄颻」。〔雨澀〕歷代詩餘作「雨溼」。〔笑瓊肌〕絶妙好詞作「唤瓊姬」。箋注本作「唤瓊肌」，歷代詩餘作「歎瓊肌」。〔緑鬢〕絶妙好詞作「緑髮」。〔遥睇〕絶妙好詞「睇」作「盼」。箋注本作「睇」。戈選亦作「盼」。〔鮫綃〕舊抄本脱「鮫」字。

【箋注】

〔一〕石屋　洞名，在浙江省杭州市南高峯下。董嗣杲西湖百詠注：「石屋在大仁院内，錢氏建，嵒石虛廣若屋，下有洞路，石上鐫五百羅漢。其屋上建閣三層。」

〔二〕仙姝　此用蘇軾留題仙遊潭中興寺詩「還訪仙姝款石閨」句意。

〔三〕雨澀風慳　蘇軾約公擇飲是日大風詩：「曉來顛風塵暗天，我思其由豈坐慳。」注：「俗諺慳值風、嗇值雨。」

〔四〕湘夢　宋孝武帝登魯山詩：「湘夢極南流。」

〔五〕雕俎　莊子達生：「加汝肩尻乎雕俎之上。」

〔六〕光摇　蘇軾雪夜書北堂壁詩：「光摇銀海眩生花。」

〔七〕鮫綃　南海出鮫綃，一名龍紗，以爲服，入水不濡。見述異記。

【斠律】

此調以碧山五首、草窗一首、玉田三首互相對照，其平仄可通者有「獨」、「花」、「庭」、「門」、「芳」、「恨」、「似」、「未」、「霧」、「湘」、「誰」、「雕」、上「皎」字、「遥」、「須」、「賦」、「同」、「倚」、「寒」諸字。惟白石於「聽久餘音欲絶」句，作「待得歸鞍到時」，「時」字用平；詞綜載劉天迪一首，作「夢破梅花角聲」，正白石用法。碧山、草窗、玉田俱不如此，從其多者故舉出。

又　丙午春赤城山中題花光卷〔一〕

玉嬋娟。甚春餘雪盡，猶未跨青鸞〔二〕。疏萼無香，柔條獨秀，應恨流落人間。記曾照、黄昏淡月〔三〕，漸瘦影、移上小闌干〔四〕。一點清魂，半枝空色，芳意班班。　重省嫩寒清曉，過斷橋流水，問信孤山〔五〕。冰粟微銷，塵衣不浣，相見還誤輕攀。未須訝、東南倦客〔六〕，掩鉛淚、看了又重看。故國吴天樹老，雨過風殘。

【校】

〔丙午春赤城山中題花光卷〕明抄本「卷」作「菴」。歷代詩餘作「赤城山中題梅花卷」，周録同。范本「花光」亦作「梅花」。人和按：「花光卷」是也。黄山谷内集十九，花光仲仁出秦蘇詩卷，思兩國士不可復見，開卷絶歎。因花光爲我作梅數枝，及畫煙外遠山，追少游韻記卷末。内有云：「雅聞花光能畫梅，更乞一枝洗煩惱。」又云：「寫盡南枝與北枝，更作千峯倚晴昊。」黄集又有題花光畫、題花光畫山水二詩，則此所謂花光卷者，當即舊傳花光老所作之梅花卷也。故詞中多寫梅花，以寄感慨。別本作「梅花卷」者，疑不知花光之誼。又以詞中多寫梅花，故易爲梅花卷，不足據也。○則虞按：丙「午」應爲丙「子」之誤，説詳拙撰碧山事蹟考略（附後）。〔影移〕舊抄本作「移影」，鮑本同。〔空色〕明抄本「空」作「寒」，周録同。〔芳意〕明抄本「芳」作「苦」。〔問信〕歷代詩餘「信」作「訊」，范本同。〔冰粟〕明抄本「粟」作「肌」，舊抄本同。歷代詩餘作「骨」，周録同。○則虞按：別下齋抄本亦作「冰肌」。〔未須訝〕鮑本「須」作「許」，王本同。按此字當用平聲。〔重看〕明抄本「看」誤作「見」。

【箋注】

〔一〕題　赤城山，在浙江省天台縣北六里。孔靈符會稽記：「赤城山土皆赤，狀似雲霞，望之如雉堞。」孫綽天台山賦：「赤城霞起而建標。」花光，周密志雅堂雜鈔：「衡州有華光山，其長老仲仁能作墨梅，所謂華光梅是也。」王惲秋澗集有題花光墨梅二絶序云：「蜀僧超然字仲仁，居衡陽花光山，避靖康亂，徙江南之柯山，與參政陳簡齋並舍而居。山谷所謂研墨作梅，超凡入聖，法當冠四海，而名後世。嘗有『移船來近花光住，寫盡南枝與北枝』之句。其丰度可想見矣。」按：簡齋集有送僧超然詩，即其人也。東坡、少游亦皆有贈詩，元好問亦有題花光梅詩。

〔二〕青鸞　光武時有大鳥高五尺，五色備舉而多青，蔡衡曰：「凡象鳳者有五，多青色者鸞也。」見洽聞記。

〔三〕黄昏淡月　林逋山園小梅詩：「暗香浮動月黄昏。」

〔四〕移上小闌干　王安石夜直詩：「月移花影上闌干。」

〔五〕「重省」三句　華光長老寫梅，黄魯直觀之曰：「如嫩寒春曉，行孤山水邊籬落間。」並賦蝶戀花及西江月二詞。見冷齋夜話及羣芳譜。此蓋用其事。辛棄疾念奴嬌詞：「還似籬落孤山，嫩寒清曉。」斷橋，武林舊事：「斷橋又名段家橋。」西湖遊覽志：「本名寶祐橋，自唐時呼爲斷橋。斷橋荒蘚合，以孤山之路至此而斷，故以爲名。」孤山，在杭州，爲林和靖隱居處。

〔六〕東南倦客　周邦彦滿庭芳詞：「憔悴江南倦客。」

【彙評】

白雨齋詞話：（碧山）一萼紅赤城山中題梅花卷云：「疏萼無香，柔條獨秀，應恨流落人間。」後半云：「重省嫩寒清曉……雨過風殘。」身世之感，君國之恨，一一可見。

又　紅梅

占芳菲。趁東風嫵媚，重拂淡燕支。青鳳銜丹〔一〕，瓊奴試酒，驚換玉質冰姿〔二〕。甚春色、江南太早，有人怪、和雪杏花飛〔三〕。蘚佩蕭疏，茜裙零亂，山意霏霏〔四〕。　空惹別愁無數，照珊瑚海影，冷月枯枝〔五〕。吴豔離魂，蜀妖浥淚〔六〕，孤負多少心期。歲寒事、無人共省，破丹霧、應有鶴歸時。可惜鮫綃碎翦〔七〕，不寄相思。

【校】

〔枯枝〕戈選「枯」作「孤」。〔鶴歸時〕川本「鶴」作「偶」，舊抄本「歸時」作「時歸」，疑並非是。〔可惜〕歷代詩餘「惜」作「恨」。

【箋注】

〔一〕青鳳銜丹　杜甫麗人行詩：「青鳥飛去銜紅巾。」

〔二〕玉質冰姿　毛滂木蘭花詞：「玉骨冰肌元淡泞。」

〔三〕「甚春色」二句　西清詩話：「紅梅清豔兩絶，昔獨盛於姑蘇。晏元獻始移植西岡第中，特珍賞之。一日，貴游賂園吏得一枝分接，由是都下有二本。公嘗與客飲花下賦詩，曰：『若更遲開三二月，北人應作杏花看。』客曰：『公詩固佳，特北俗何淺也。』公笑曰：『顧傖父安得不然？』一坐絶倒。……王介甫紅梅詩云：『春半花纔發，多應不耐寒。北人初未識，渾作杏花看。』與元獻之詩暗合。」

〔四〕山意　杜甫小至詩：「山意衝寒欲放梅。」

〔五〕「照珊瑚」二句　蕭德藻古梅詩：「海月冷挂珊瑚枝。」與此意同。

〔六〕吴豔、蜀妖　見後六二頁又前題注〔四〕〔五〕。

〔七〕鮫綃碎翦　蘇軾梅詩：「鮫綃剪碎玉簪輕。」

又 前題

翦丹雲〔一〕。怕江皋路冷，千疊護清芬。彈淚綃單，凝粧枕重，驚認消瘦冰魂〔二〕。爲誰趁、東風換色，任絳雪、飛滿緑羅裙〔三〕。吴苑雙身〔四〕，蜀城高髻〔五〕，忽到柴門。欲寄故人千里，恨燕支太薄，寂寞春痕〔六〕。玉管難留，金尊易泣〔七〕，幾度殘醉紛紛。謾重記、羅浮夢覺〔八〕，步芳影、如宿杏花村〔九〕。一樹珊瑚淡月，獨照黄昏〔一〇〕。

【校】

〔易泣〕鮑本「泣」作「注」，王本同。人和按：白石暗香詞云：「翠尊易泣，紅萼無言耿相憶。」作「泣」爲是。

【箋注】

〔一〕丹雲　辨命論：「丹雲不卷。」

〔二〕冰魂　陸游梅詩：「醫得冰魂雪魄回。」

〔三〕絳雪　毛滂紅梅詩「渾將絳雪點寒枝」。　緑羅裙，魯逸仲南浦詞：「故國梅花歸夢，愁損緑羅裙。」

〔四〕吴苑雙身　晏元獻移紅梅植西岡第中。一日，貴游賂園吏得一枝分接，由是都下有二本。王君玉以詩遺公曰：「園吏無端偷折去，鳳城從此有雙身。」見梅譜及西清詩話。

〔五〕蜀城高髻　蜀州有紅梅數本，郡侯鍵閣扃户，游人莫得見。忽有兩婦人高髻大袖憑闌笑語，郡侯啓鑰，閴不見人，唯東壁有詩曰：「南枝向暖北枝寒，一種春風有兩般。憑仗高樓莫吹笛，大家留取倚闌干。」見摭遺。

〔六〕春痕　毛滂南歌子詞：「零落酴醾，花片損春痕。」

〔七〕金尊易泣　姜夔暗香詞：「翠尊易泣。」黄孝邁湘春夜月詞：「空尊夜泣。」

〔八〕羅浮夢覺　見前六頁花犯苔梅注〔八〕。

〔九〕杏花村　杏花村有三：一在朱陳村，一在池州城外，一在江寧境。此「杏花村」係泛言，非地名。

〔一〇〕「一樹」二句　李商隱小桃園詩：「猶憐未圓月，先出照黄昏。」

又　初春懷舊

小庭深。有蒼苔老樹，風物似山林。侵户清寒，捎池急雨，時聽飛過啼禽。掃荒徑、殘梅似雪，甚過了、人日更多陰〔一〕。壓酒人家〔二〕，試燈天氣〔三〕，相次登臨。　猶記舊游亭館，正垂楊引縷，嫩草抽簪〔四〕。羅帶同心〔五〕，泥金半臂〔六〕，花畔低唱輕斟〔七〕。又争信、風流一别，念前事、空惹恨沈沈。野服山笻醉賞，不似如今。

【校】

〔清寒〕戈選作「寒風」。〔飛過啼禽〕歷代詩餘「啼」作「鳴」，周録同。戈選作「啼斷幽禽」。

【箋注】

〔一〕人日更多陰　杜甫人日詩：「元日到人日，未有不陰時。」此又用杜詩「花風纔一信，人日故多陰」之句。西清詩話：都人劉克者該貫典籍，人多從之質。嘗注杜詩：「元日到人日，未有不陰時。」舉東方朔占書示客。凡歲後八日，一日雞，二日犬，三日豕，四日羊，五日牛，六日馬，七日人，八日穀。其日晴，則所主之物育，陰則災。少陵之意，謂天寶離亂，四方雲擾幅裂，人物歲歲俱災。豈非春秋書「王正月」之意邪？碧山此詞蓋作於丙子之後，有所寄慨。

〔二〕壓酒　李白金陵酒肆留别詩：「吴姬壓酒勸客嘗。」

〔三〕試燈天氣　舊俗元宵節張燈結綵，以祈豐收。正月十四日爲試燈日。范成大丙午新正書懷詩：「酥花芋葉試新燈。」陸游初春詩：「元日人日來聯翩，轉頭又見試燈天。」

〔四〕「正垂楊」二句　復齋漫録：「政和中一貴人使越州回，得辭於古碑陰，無名無譜。亦不知何人作也。録以進御……因詞中語賜名『魚遊春水』。中有句云：『嫩草方抽碧玉簪，媚柳輕窣黄金縷。』」耆舊續聞：「『嫩草初抽碧玉簪，緑楊輕拂黄金縷』，蓋用唐人詩句。」按又見唐詞紀。

〔五〕羅帶同心　駱賓王帝京篇詩：「同心結縷帶。」
〔六〕半臂　東軒筆録：「宋子京……多内寵，後庭曳綺羅者甚衆。嘗宴於錦江，偶微寒，命取半臂，諸婢各執一枚，凡十餘枚俱至。」
〔七〕低唱句　柳永鶴沖天詞：「忍把浮名，換了淺斟低唱。」

解連環　橄欖

萬珠懸碧，想炎荒樹密〔一〕，□□□□。恨絳娣、先整吴帆，政鬟翠逞嬌，故林難别。歲晚相逢，薦青子、獨誇冰頰，點紅鹽亂落〔二〕。最是夜寒，酒醒時節。　霜槎蝟芒凍裂，把孤花細嚼，時嚥芳冽。斷味惜、回澀餘甘〔三〕，似重省家山，舊游風月。崖蜜重嘗〔四〕，到了輸他清絶。更留人、紺丸半顆，素甌泛雪。

【校】

〔到了〕范本「到」上有「也」字，注云：「也字鮑本脱，擬補。」人和按：以宋人諸作及本調前後段證之，則此句似脱一字。但范本補「也」字，不言所據。今但注於此。　〔絳娣〕則虞按：别下齋抄本作「綈姊」，誤。見下斠律。　〔青子〕則虞按：别下齋抄本作「青字」，誤。見下箋注。

【箋注】

〔一〕炎荒樹密　南州異物志：「閩廣諸郡及緣海浦嶼皆産橄欖。」

〔二〕「薦青子」二句　蘇軾橄欖詩：「紛紛青子落紅鹽。」按廣東人皆以鹽製。

〔三〕回澀餘甘　王禹偁橄欖詩：「北人將薦酒，食之先顰眉。皮肉苦且澀，歷口復棄遺。良久有回味，始覺甘如飴。」

〔四〕崖蜜　蘇軾橄欖詩：「待得微甘回齒頰，已輸崖蜜十分甜。」賈思勰齊民要術：「櫻桃，爾雅云：楔，荆桃。郭注：今櫻桃。孫炎注：即今櫻桃，最大而甘者謂之崖蜜。」鼠璞：「東坡橄欖詩『崖蜜』注引杜詩『崖蜜松花落』。本草：崖蜜蜂黑色，作房於巖崖高峻處。然坡與橄欖對説，非真蜜也。鬼谷子：崖蜜，櫻桃也。他無經見。予讀南海志，崖蜜子小而黄，殼薄味甘，增城、惠陽山間有之，雖不知與櫻桃爲一物與否，要其同類也。」

【斠律】

此調初見於柳永望梅，後以清真此調有「信妙手、能解連環」之句，後人題爲解連環，猶之齊天樂有「緑蕪凋盡臺城路」之句而題爲臺城路也。此調一般用入聲韻，亦間有用上去韻者。「想炎荒」至「冰頰」，與後片「把孤花」至「清絶」同。要注意者首句必仄平平仄，「絳娣」必去上，而後片之「味惜」則不必。「逞」字、「夜」字、「醒」字、「嚥」字必俱仄。「游」字各家多用平，而清真、竹山用仄。後片第八句「到了輸他清絶」，各家俱作七字句，清真作「望寄我、江南梅萼」，仲舉作「恨回首、雨南雲北」，白石作「又見在、曲屏近底」。原校云脱一字，是也。結韻「紺丸半顆，素甌泛雪」，「紺」字、「半」字、「素」字、「泛」字必用去聲，是定格，清真作「對花對酒，爲伊淚落」，白石作「夜來皓月，照伊自睡」，竹山作「醉歌醉舞，勸花自樂」，皆用去聲字；仲舉作「此情此恨，甚時盡得」，以上代去也。此詞俱能守律，惟有數字未合：「想」字宜平此仄，「舊游」之「游」當用去上，此用平。「崖」

字亦不應用平。

三姝媚　次周公謹故京送別韻〔一〕

蘭缸花半綻〔二〕。正西窗淒淒，斷螢新雁。別久逢稀，謾相看、華髮共成銷黯。總是飄零，更休賦、梨花秋苑〔三〕。何況如今，離思難禁，俊才都減〔四〕。　今夜山高江淺，又月落帆空，酒醒人遠。綵袖烏紗，解愁人、惟有斷歌幽婉。一信東風，再約看、紅腮青眼〔五〕。只恐扁舟西去，蘋花弄晚。

【校】

〔故京〕歷代詩餘無此二字。〔蘭缸〕歷代詩餘「缸」作「釭」。〔半綻〕舊抄本「綻」作「吐」，花草粹編同。人和按：草窗原詞作「綻」起韻，「吐」字誤。○則虞按：別下齋抄本亦作「吐」。〔江淺〕歷代詩餘「江」作「水」。〔綵袖〕明抄本「綵」作「絲」，舊抄本同。〔烏紗〕詞綜「紗」作「絲」，歷代詩餘同。〔幽婉〕舊抄本「婉」作「怨」，草窗原詞作「惋」。

【箋注】

〔一〕歷代詩餘無「故京」二字，非也。此故京者，臨安也，其時宋已亡數載矣。公謹，南宋詞人周密之字。咸淳十年甲戌碧山至杭別公謹，丙子後蓋又至杭，法曲獻仙音數詞疑賦於此時。未幾還越，公謹賦三姝媚以送之，此即答其韻也。碧山稱公謹曰「丈」，此題直呼其字，當爲後人所録，非原題如是。公謹原韻送聖與還越：「淺寒梅未綻。正潮過西陵，短亭逢雁。秉燭相看，歎俊遊零落，滿襟依黯。露草霜花，愁正在、廢宮蕪苑。明月河橋，笛外尊前，舊情消減。莫訴離觴深淺。恨聚散怱怱，夢隨帆遠。玉鏡塵昏，怕賦情人老，後逢悽惋。一樣歸心，又喚起、故園愁眼。立盡斜陽無語，空江歲晚。」

〔二〕蘭缸　謝朓詠幔詩：「蘭缸當夜明。」

〔三〕梨花秋苑　李賀三月詩：「曲水飄香春不歸，梨花落盡成秋苑。」姜夔淡黄柳詞：「梨花落盡成秋色。」

〔四〕俊才　漢書王褒傳：「聞褒有俊才。」

〔五〕紅腮青眼　段成式柔卿解籍戲呈飛卿三首詩：「遮却紅腮交午痕。」杜甫短歌行贈王郎司直詩：「青眼高歌望吾子。」

【斠律】

詞中有四字五字連用平聲者，必爲定格，如少游夢揚州之「輕寒如秋」，梅溪壽樓春之「裁春衫尋芳」，此調「西窗淒淒」，定格如此。碧山另一首作「金鈴枝深」；夢窗三首，一作「清波明眸」，一作「王孫重來」，一作「春衫啼痕」；草窗一首作「潮過西陵」，「過」字平聲。結句「蘋花弄晚」，另一首「花陰夢好」；夢窗一作「花深未起」，一作「青梅已老」，一作「斜陽淚滿」；草窗作「空江歲晚」，各名家無不如此。「謾相看」句九字與後片「解愁人」句九字，可上三下六，亦可上四下五，此在一韻之中，只求節拍不誤，而行氣遣詞非必拘拘於字句，即萬氏所謂一氣貫下不拘也。

【彙評】

雲韶集碧山詞評：情詞都勝。同是天涯淪落，可勝浩歎。情景兼工，秦柳不得專美於前。

又 櫻桃

紅纓懸翠葆〔一〕。漸金鈴枝深，瑤階花少。萬顆燕支〔二〕，贈舊情、争奈弄珠人老〔三〕。扇底清歌〔四〕，還記得、樊姬嬌小〔五〕。幾度相思，紅豆都銷〔六〕，碧絲空裊〔七〕。芳意荼蘼開早〔八〕。正夜色瑛盤，素蟾低照〔九〕。薦筍同時〔一〇〕，歎故園、春事已無多了〔一一〕。贈滿筠籠〔一二〕，偏暗觸、天涯懷抱。謾想青衣初見，花陰夢好〔一三〕。

【校】

〔紅纓〕明抄本「纓」作「櫻」，詞綜同。〔贈滿筠籠〕鮑本以下，「贈」並作「貯」。人和按：「贈」、「貯」誼得兩通，但杜甫野人送朱櫻詩云：「西蜀櫻桃也自紅，野人相贈滿筠籠。」此似襲用其語。至前後段同字，亦詞中所慣見，不爲複也。今從明抄本及舊抄本。

【箋注】

〔一〕翠葆　謝朓侍宴華光殿曲水奉敕爲皇太子作詩：「翠葆隨風。」

〔二〕萬顆　杜甫野人送朱櫻詩：「萬顆勻圓訝許同。」

〔三〕「贈舊情」句　南都賦：「游女弄珠於漢皋。」二女佩珠，見韓詩外傳鄭交甫事：鄭交甫將南適楚，遵彼漢皋臺下，乃遇二女，佩兩珠大如荆雞之卵，交甫贈以橘柚。此假用，珠以喻櫻桃之圓。

〔四〕清歌　李後主一斛珠詞：「一曲清歌，暫引櫻桃破。」

〔五〕樊姬　范攄雲溪友議：「白樂天有二妾，樊素善歌，小蠻善舞，有詩曰：『櫻桃樊素口，楊柳小蠻腰。』」曾覿浣溪沙：「樊素扇邊歌未發。」此用樊姬即以切櫻桃。

〔六〕「幾度相思」二句　王維相思詩：「紅豆生南國，春來發幾枝。願君多采擷，此物最相思。」

〔七〕碧絲　李白春思詩：「燕草如碧絲。」

〔八〕「芳意荼蘼」句　唐召侍臣學士食櫻桃，飲以荼蘼酒。見羣芳譜。

〔九〕「正夜色瑛盤」二句　漢明帝月夜宴羣臣於照園，太官進櫻桃，以赤瑛爲盤，賜羣臣。月下視之，盤與桃一色，羣臣皆笑，云是空盤。見東觀漢紀。李德裕瑞橘賦：「盤映皎月，與赤瑛而俱妍。」韓愈和張水部勅賜櫻桃詩：「色映銀盤寫未停。」方回云：「詩話常評此詩謂雖工，不及老杜氣魄。然色映銀盤之句，亦佳。陳後山答魏衍送朱櫻有云：『傾盤的皪沾朝露，出袖熒煌得寶珠。會薦瑛盤驚一座，覓腸藜口未良圖。』末句赤瑛盤事乃漢明帝以此盤賜羣臣櫻桃，羣臣月下視之疑爲空盤也。以此事味昌黎色映銀盤語，豈不益奇？王維集中有敕賜百官櫻桃詩，亦以『青絲籠』對『赤玉盤』，甚妙。」

〔一〇〕薦筍　宋史禮志：「景祐三年，禮官宗正條定逐室時薦，請每歲春季月薦蔬以筍，果以含桃。」韓偓食含桃詩自注云：「秦中謂三月爲櫻筍時。」南部新書引李綽秦中歲時記：「長安四月十五以後，自堂廚至百司厨，通謂之櫻筍廚。」山堂肆考：「秦中以三月爲櫻筍節。」

〔一一〕「歎故園」句　李煜臨江仙詞：「櫻桃落盡春歸去。」

〔一二〕贈滿筠籠　杜甫野人送朱櫻詩：「西蜀櫻桃也自紅，野人相贈滿筠籠。」

〔一三〕「謾想」二句　天寶初有范陽盧子在都應舉，不第。嘗暮行至一精舍，有僧開講，盧子倦寢。夢至精舍門，見一青衣攜一籃櫻桃在下坐，盧子訪其誰家，因與青衣同餐櫻桃。青衣云娘子姓盧，適崔，即盧子再從姑。因拜姑，以外甥女鄭氏許焉，盧子喜甚。秋試捷，官至宰相。復以閒步至昔年逢攜櫻桃青衣精舍門，復見其中有講筵。忽昏醉間，講僧喝云：檀越何久不起！夢覺，日向午矣。自是無功名之念。事見太平廣記卷二百八十一夢遊上櫻桃青衣。

【彙評】

詞綜偶評：（「紅纓懸翠葆」三句）正寫起。（「萬顆燕支」）以下三層，俱是借用法。

慶清朝　榴花〔一〕

玉局歌殘〔二〕，金陵句絶〔三〕，年年負却薰風〔四〕。西鄰窈窕，獨憐入户飛紅〔五〕。前度緑陰載酒，枝頭色比舞裙同〔六〕。何須擬，蠟珠作蔕，緗綵成叢〔七〕。誰在舊家殿閣，自太真仙去〔八〕，掃地春空〔九〕。朱旛護取〔一〇〕，如今應誤花工。顛倒絳英滿徑，想無車馬到山中〔一一〕。西風後，尚餘數點，還勝春濃〔一二〕。

【校】

〔舞裙〕明抄本「舞」作「似」，詞綜、歷代詩餘並同。　〔緗綵〕明抄本「緗」作「湘」，舊抄本、鮑本、范本、王本並同。人和按：温庭筠海榴詩云：「蠟珠攢作蔕，緗綵剪成叢。」此詞「蠟珠」二語，全本温詩。今從歷代詩餘、張選、戈選作「緗」。〔太真〕歷代詩餘作「玉真」。人和按：温陽七聖殿，繞殿石榴，皆太真所植。出洪氏雜俎。〔掃地〕則虞按：别下齋抄本作「拂地」。〔朱旛〕鮑本「旛」作「蟠」。

【箋注】

〔一〕張爾田答夏承燾論樂府補題書，謂此詞指元僧發宋陵事。按「朱旛護取」、「絳英滿徑」，語頗相似；但「西風後，尚餘數點，還勝春濃」，又何所指耶？張氏之説，似未可確信，録之以存一説。

〔二〕玉局歌殘　按「玉局」蓋指蘇軾言，軾曾提舉玉局觀，有賀新郎詞，下片專詠榴花，「歌殘」疑即指此。

〔三〕金陵句絶　此金陵蓋指王荆公。「金」對「玉」以求對仗之工。荆公詠石榴詩：「萬緑叢中紅一點，動人春色不須多。」

〔四〕負却薰風　姜夔訴衷情詞：「孤負薰風。」

〔五〕「西鄰」二句　朱熹榴花詩：「窈窕安榴花，乃是西鄰樹。墜蕚可憐人，風吹落幽户。」

〔六〕「枝頭」句　萬楚五日觀妓詩：「紅裙妬殺石榴花。」

〔七〕蠟珠、緗綵　注見本篇校。

〔八〕太真　楊太真，小名玉環，得玄宗寵，封爲貴妃。餘見本篇校。

〔九〕春空　李白陽春歌詩：「長安白日照春空。」

〔一〇〕「朱旛」句　天寶中崔玄徽於春夜遇數美人，自通姓名曰楊氏、李氏，又緋衣少女姓石，名醋醋。有封家十八姨來，諸人命酒。十八姨命酒污石醋醋，石作色謂玄徽曰：「諸女伴每被惡風所撓，常求十八姨相庇。處士每歲旦，作一朱旛，圖以日月五星其上，樹苑中，則免矣。」崔許之。其日立旛，東風刮地，折木飛花，而苑中花不動。崔方悟封家姨乃風神也，石醋醋乃石榴也。見博異記。

〔一一〕「顛倒」二句　韓愈榴花詩：「五月榴花照眼明，枝間時見子初成。可憐此地無車馬，顛倒青苔落絳英。」

〔一二〕春濃　杜甫灞上游詩：「春濃停野騎。」

【斠律】

此調妥順易填，然於「窈」字、「緑」字、「載」字、「作」字、「舊」字、「殿」字、「太」字、「護」字、「絳」字、「滿」字、「數」字，皆宜用仄；此等字在句中地位，似可平可仄，然究以用仄爲起調。詞律、詞譜之注，於可平可仄之字，歷考各家，足資遵守，此非泥古不化，而音響本來如此也。

【彙評】

雲韶集碧山詞評：榴花題難於諸花，以可説者少。此獨寫得宜風宜雅，清新綺麗，兼而有之。感慨繫之。

慶宫春 水仙花〔一〕

明玉擎金〔二〕，纖羅飄帶〔三〕，爲君起舞回雪〔四〕。柔影參差，幽芳零亂，翠圍腰瘦一捻〔五〕。歲華相誤，記前度、湘皋怨别〔六〕。哀絃重聽〔七〕，都是淒涼，未須彈徹。國香到此誰憐〔八〕，煙冷沙昏，頓成愁絶〔九〕。花惱難禁〔一〇〕，酒銷欲盡，門外冰澌初結。試招仙魄，怕今夜、瑶簪凍折〔一一〕。攜盤獨出，空想咸陽，故宫落月〔一二〕。

【校】

〔慶宫春〕范本作「慶春宫」。〔水仙花〕歷代詩餘無「花」字，戈選同。〔柔影〕舊抄本「柔」作「葉」。○則虞按：别下齋抄本亦作「葉」。〔幽芳〕詞律「芳」作「香」。〔翠圍腰瘦〕詞律「圍」作「闌」。戈選作「翠瘦腰圍」，跋云，此句與下「門外冰澌初結」，平仄宜同。人和按：入韻慶春宫，諸家所作此句第二字多用平聲，第四字多用仄聲，「門外」句第二字多用仄聲，第四字多用平聲，前後相反。戈説非也。〔湘皋〕詞律「湘」作「江」。〔重聽〕詞律「聽」作「訴」。〔都是〕詞律「都」作「却」。〔獨出〕周録「出」作「去」。〔落月〕杜文瀾云，後結原作「落葉」，戈氏因韻率易。人和按：今檢各本並作「落月」，惟詞律作「落葉」，杜説未確。

【箋注】

〔一〕詠水仙者，始於高似孫之水仙前後兩賦。其序云：「水仙花，非花也，幽楚窈眇，脱去埃滓。」「錢塘有水仙王廟，林和靖祠堂近之。東坡以爲和靖清節映世，遂移神像配食水仙王。然則水仙者，花中之伯夷也。」碧山此詞，託旨蓋亦如是。

〔二〕明玉擎金　趙溍長相思詞詠水仙：「金璞明，玉璞明，小小杯柈翠袖擎。」

〔三〕纖羅　阮籍詠懷詩：「被服纖羅衣。」

〔四〕起舞回雪　張衡觀舞賦：「裾似飛鸞，袖如回雪。」姜夔琵琶仙詞：「玉尊起舞回雪。」

〔五〕腰瘦一捻　毛滂粉蝶兒詞：「楚腰一捻。」

〔六〕湘皋怨別　陳摶水仙詩：「湘君遺恨付雲來。」

〔七〕哀絃重聽　水仙操，樂府琴曲名。春秋時，伯牙在海島，聞水聲，有感而作。見樂府解題。

〔八〕「國香」句　黄庭堅次韻中玉水仙花二首詩：「可惜國香天不管，隨緣流落野人家。」

〔九〕頓成愁絶　黄庭堅王充道送水仙詩：「是誰招此斷腸魂，種作寒花寄愁絶。」

〔一〇〕花惱難禁　杜甫江畔獨步尋花七絶句：「江上被花惱不徹。」黄庭堅水仙詩：「坐對真成被花惱。」朱熹用子服韻謝水仙花詩：「報道幽人被渠惱。」

〔一一〕瑶簪　羣芳譜：「水仙花大如簪頭。」

〔一二〕「攜盤」三句　見前五二頁齊天樂蟬注〔二〕。

【斠律】

「柔影」以下與後片「花惱」以下同。「怨」字、「凍」字，必用去聲，此在平聲調中更易見到。「翠圍」句與後片「門外」句，原校考定各家平仄極是，但清真平韻一首，仍第二字平，第四字仄，「夜深簧暖聲清」與前片「動人一片秋聲」相同耳。

【彙評】

雲韶集碧山詞評：若有人兮，立而望之，翩姍姍其來遲。「哀絃」三句，淒冷。　寄慨無窮。　結筆高，謫仙之遺也。

高陽臺

殘蕚梅酸〔一〕，新溝水緑，初晴節序暄妍。獨立雕闌，誰憐枉度華年。朝朝準擬清明近，料燕翎、須寄銀箋〔二〕。又争知、一字相思，不到吟邊。　雙蛾不拂青鸞冷〔三〕，任花陰寂寂，掩户閒眠。屢卜佳期，無憑却恨金錢〔四〕。何人寄與天涯信，趁東風、急整歸船。縱飄零、滿院楊花，猶是春前。

【校】

〔殘蕚〕鮑本注云，詞綜「殘」誤作「淺」。按明抄本「殘蕚」作「蕚淺」，舊抄本同。歷代詩餘及周選並作「淺蕚」，與詞綜同。○則虞按：別下齋抄本亦作「蕚淺」。　〔初晴〕鮑本注云，絶妙好詞誤作「東風」，戈載亦云下有「趁東風」句複。　〔誰憐〕歷代詩餘「憐」作「云」。　〔燕翎〕歷代詩餘作「燕頜」，疑誤。　〔不拂〕戈選作「懶埽」。　〔却恨〕絶妙好詞「恨」作「怨」。　〔歸船〕鮑本注云，詞綜「船」誤作「鞭」。按歷代詩餘、周選亦並作「鞭」。

【箋注】

〔一〕梅酸　楊廷秀初夏睡起詩：「梅子流酸濺齒牙。」

〔二〕「料燕翎」句　周密水龍吟詞：「燕翎誰寄愁椾。」

〔三〕青鸞　李賀謝秀才有妾改從於人詩第二首：「銅鏡立青鸞。」

〔四〕「屢卜佳期」二句　于鵠江南曲：「暗擲金錢卜遠人。」施肩吾望夫詞詩：「自家夫婿無消息，却恨橋頭賣卜人。」

【彙評】

詞綜偶評：（「縱飄零、滿院楊花，猶是春前」）與竹山「縱然歸近，風光又是，翠陰初夏」各有其妙。

又

陳君衡遠游未還，周公謹有懷人之賦，倚歌和之〔一〕。

駝褐輕裝〔二〕，狨韉小隊〔三〕，冰河夜渡流澌〔四〕。朔雪平沙，飛花亂拂蛾眉。琵琶已是淒涼調，更賦情、不比當時〔五〕。想如今、人在龍庭〔六〕，初勸金巵。一枝芳信應難寄，向山邊水際，獨抱相思。江雁孤回，天涯人自歸遲〔七〕。歸來依舊秦淮碧〔八〕，問此愁、還有誰知？對東風、空似垂楊，零亂千絲。

【校】

〔陳君衡〕詞綜「陳」上有「西麓」二字，周選同。　〔倚歌和之〕詞綜作「倚其歌而和之」，周選同。　〔初勸〕舊抄本「勸」作「賜」。

【箋注】

〔一〕陳允平，字君衡，一字衡仲，號西麓，自號莆鄮澹室後人，四明人。德祐時授沿海制置司參議官，祥興初與蘇劉義書，期以九月以兵船下慶元，當内應。爲怨家所訐，張弘範遣招討使王世强圍捕，同官袁洪解之得釋。後徵至北都，不受官放還。著西麓繼周集、日湖漁唱。○「周公謹有懷人之賦」云者，公謹詞集内無懷君衡之作，惟有高陽臺送陳君衡被召一首，碧山即用此詞之韻。原詞云：「照野旌旗，朝天車馬，平沙萬里天低。寶帶金章，樽前茸帽風欹。秦關汴水經行地，想登臨、都付新詩。縱英遊、疊鼓清笳，駿馬名姬。　酒酣應對燕山雪，正冰河月凍，曉隴雲飛。投老殘年，江南誰念方回？東風漸緑西湖柳，雁已還、人未南歸。最關情、折盡梅花，難寄相思。」○陳世宜曰：「此詞言遠游未還，未著何地。就詞觀之，當在被薦以後，放還以前，脱罪膺薦，時必有傳其仕元者，然未聞薦居何職。玉田拜西麓墓解連環詞且有『歎貞元朝士無多』之句，殆以病免保節。碧山此詞有勸善規過之雅焉。起句『駝褐輕裝』，北行之服。『狨韉小隊』，北行之伴。『冰河』確指北道。『朔雪平沙』，渡河後景物。『飛花』承雪，『蛾眉』取譬，起下『琵琶』。君衡非和親，非淪落，故曰『賦情不比當時』。加一

『更』字，若有不能曲諒者矣。『想如今』三字，詼諧而劇刻。『龍庭』即岳武穆所謂黄龍府。『初勸金卮』，未還之故，已不啻以趙孟頫視之，語似興會，然在碧山實極不堪之傷心話也。過變就自身立言，『一枝芳信應離寄』，反用陸凱詩，微露割席之意。『山邊水際』，無形之首陽。『相思』而曰『獨抱』，盍各之旨也。開一筆曰『江雁孤回』，『孤回』者，『獨抱』者，同在一面。江與河映照。仇遠贈玉田詩曰：『金臺掉頭不肯住。』其借此輩以相形乎？『天涯人自歸遲』一合，不曰不歸，而曰歸遲，是終望其歸，意仍忠厚也。『歸來』二句，令威華表之感，語極沉痛，此愁者『獨抱相思』『江雁孤回』之心境，無人知之，無人言之，惟秦淮兩岸之垂楊零亂千絲與東風相對，差堪彷彿耳。」

〔二〕駝褐　歐陽修下直詩：「輕寒漠漠侵駝褐。」陳與義縱步至董氏園亭三首詩：「客子今年駝褐寬。」

〔三〕狨韉　吕渭老選冠子詞：「細馬狨韉。」

〔四〕夜渡流澌　後漢書王霸傳：「傳聞王郎兵在後，從者皆恐。及至虖沱河，候吏還白河水流澌。」

〔五〕「琵琶」二句　此用王昭君事，始見石崇明君詞序。

〔六〕龍庭　班固封燕然山銘：「焚老上之龍庭。」

〔七〕「江雁」二句　薛道衡人日思歸詩：「人歸落雁後。」此用其意。

〔八〕「歸來」句　蘇軾和王鞏南遷初歸詩：「歸來萬事非，惟見秦淮碧。」

【彙評】

雲韶集碧山詞評：上半闋是叙其遠游未還，懸揣之詞。　數語是懷西麓正面。　下半闋是言其他日歸後情事，逆料之詞。

又 和周草窗寄越中諸友韻

殘雪庭陰，輕寒簾影〔一〕，霏霏玉管春葭〔二〕。小帖金泥〔三〕，不知春在誰家〔四〕。相思一夜窗前夢〔五〕，奈個人、水隔天遮。但淒然、滿樹幽香，滿地横斜〔六〕。江南自是離愁苦，況游驄古道，歸雁平沙〔七〕。怎得銀箋，殷勤與説年華。如今處處生芳草〔八〕，縱憑高、不見天涯。更消他、幾度東風，幾度飛花。

【校】

〔和周草窗寄越中諸友韻〕明抄本無此題，舊抄本、鮑本並同。周録有題，無「周」字。張惠言云，此題應是梅花。人和按：草窗高陽臺寄越中諸友云：「小雨分江，殘寒迷浦，春容淺入蒹葭。雪霽空城，燕歸何處人家。夢魂欲渡蒼茫去，怕夢輕、還被愁遮。感流年、夜汐東還，冷照西斜。淒淒望極王孫草，認雲中煙樹，漚外春沙。白髮青山，可憐相對蒼華。歸鴻自趁潮回去，笑倦遊、猶是天涯。問東風、先到垂楊，後到梅花？」是王詞次草窗韻殆無可疑。張説最誤。○則虞按：别下齋抄本無題。〔庭陰〕張選「陰」作「除」。〔春在〕鮑本注云，詞綜「在」作「是」，誤。〔個人〕舊抄本「個」作「似」。○則虞按：别下齋抄本亦作「似」。〔天遮〕周録「天」作「山」。戈選作「雲」。○則虞按：别下齋抄本作「天」。〔更消他〕舊抄本「消」下衍「得」字。

【箋注】

〔一〕輕寒簾影 元稹表夏詩：「輕風動簾影。」

〔二〕玉管春葭　杜甫小至詩：「吹葭六管動飛灰。」

〔三〕金泥　歐陽修南歌子詞：「鳳髻金泥帶。」

〔四〕「不知」句　此用王建十五夜望月詩「不知秋思在誰家」之意。

〔五〕「相思」句　盧仝有所思詩：「相思一夜梅花發，忽到窗前疑是君。」史達祖憶瑶姬詞：「一夜相思玉樣人。但起來、梅發窗前，哽咽疑是君。」

〔六〕「滿樹幽香」二句　林逋山園小梅詩：「疏影横斜水清淺，暗香浮動月黄昏。」

〔七〕歸雁平沙　蔣捷金蕉葉詞：「平沙斷雁落。」

〔八〕「如今」句　牛希濟生查子詞：「記得緑羅裙，處處憐芳草。」

掃花游　秋聲〔一〕

商飈乍發〔二〕，漸淅淅初聞，蕭蕭還住。頓驚倦旅，背青燈弔影，起吟愁賦〔三〕。斷續無憑，試立荒庭聽取。在何許？但落葉滿階〔四〕，惟有高樹。迢遞歸夢阻。正老耳難禁，病懷淒楚。故山院宇，想邊鴻孤唳，砌蛩私語。數點相和，更著芭蕉細雨〔五〕。避無處，這閒愁、夜深尤苦。

【校】

〔迢遞〕歷代詩餘「遞」作「遥」，戈載云，此字宜仄。〔難禁〕舊抄本「禁」作「奈」，誤。〔砌蛩〕歷代詩餘

「蛩」作「蟲」。〔這閒愁〕范本「這」作「者」，戈選作「只」。

【箋注】

〔一〕詞家有隱括古人詩文而爲詞者，蘇軾哨遍即隱括陶潛歸去來辭，黃庭堅瑞鶴仙即隱括歐陽修醉翁亭記，方岳沁園春即隱括王羲之蘭亭叙，若此者不可殫數。歐陽修秋聲賦：「予謂童子：『此何聲也，汝出視之。』童子曰：『星月皎潔，明河在天，四無人聲，聲在樹間。』予曰：『噫嚱悲哉，此秋聲也！』」此詞上片即隱括此一段文字。

〔二〕商飈乍發　韓愈聯句：「安得發商飈。」

〔三〕起吟愁賦　姜夔齊天樂詞：「庾郎先自吟愁賦。」

〔四〕落葉滿階　白居易長恨歌詩：「落葉滿階紅不掃。」

〔五〕芭蕉細雨　歐陽修生查子詞：「深院鎖黃昏，陣陣芭蕉雨。」

【斠律】

詞句中各字，有四聲固定者，前已論及：如齊天樂之「西窗過雨」、「練裳暗近」，爲平平去上；眉嫵之「畫眉未穩」爲去平去上。更有近而爲四聲句者，方千里和周詞掃花遊首句「野亭話別」，爲上平去入，夢窗、碧山皆依聲填詞，不差一字。夢窗五首，作「冷空澹碧」、「水雲共色」、「草生夢碧」、「水園沁碧」、「暖波印日」；碧山另三首，作「小庭蔭碧」、「卷簾翠色」、「滿庭嫩碧」，而獨此首作「商飈乍發」，「商」字有疑問。然用平者亦有之，草窗二首，一爲「柳花颺白」，固是，而另一首作「江蘺怨碧」，玉田一首作「煙霞萬壑」，一首作「嫩寒禁暖」，四聲稍有移動，紅友謂爲誤刻，以從其多者論，「商」字恐有誤也。「蕭蕭」第一字亦不當用平。「續」字亦可用上去，用入聲太響。又此詞「落葉」之「葉」字，只夢窗二首，一用「陰」字，一用「湖」字，其餘西麓、清溪諸作俱同。又去上聲字如「倦旅」、「弔影」、「聽取」、「夢阻」、「院宇」、「細雨」及諸仄聲字，俱爲定例。蓋某人創調，則後之作者四聲悉應遵守，如方千里之和清真，夢窗填清真、白石自度腔之類。詞集中某人獨有而不見他集之調，皆應定依四聲爲是。此首「商」、「淅」，第二「蕭」字、「住」、「影」、「賦」、「續」、「立」、「滿」、「夢」、「老」、「耳」、「楚」、「想」、「孤」、「淚」、「語」、「點」、「避」，皆不合律。

【彙評】

詞綜偶評：不似竹山羅列許多秋聲，命意與歐公一賦仿佛相似。但從旅客情懷説來，倍覺愴然。（「頻驚倦旅」）主意。（「想邊鴻孤唳」四句）借以作波，亦如歐公賦末用「蟲聲唧唧」也。

雲韶集碧山詞評：前半摹仿歐陽公秋聲賦，後半則自寫身世飄零之感。寫出許多愁景，攪人愁思。

又　緑陰

小庭蔭碧，遇驟雨疏風，賸紅如掃〔一〕。翠交徑小，問攀條弄蘂，有誰重到〔二〕？謾説青青，比似花時更好。怎知道，□一別漢南，遺恨多少〔三〕。清晝人悄悄。任密護簾寒，暗迷窗曉。舊盟誤了，又新枝嫩子，總隨春老〔四〕。漸隔相思，極目長亭路杳。攪懷抱，聽蒙茸、數聲啼鳥〔五〕。

【校】

〔緑陰〕周選無此題，次二首同。〔遇驟雨〕舊抄本「遇」作「過」。〔□〕周濟云，「一別」句本應五字，減一字耳。紅友詞律未及是，誤忘檢校也。按此類甚多，若依紅友，即應另列一體矣。人和按：明抄本、舊抄本、詞綜、歷代詩餘並無空格。范本、周録、戈選並作「自」，而不言其所據，今依鮑本、王本。其實止庵之説，未可非也。〔極目〕歷代詩餘脱此二字。

【箋注】

〔一〕「小庭」三句　此用孟浩然春曉「夜來風雨聲，花落知多少」詩意。

〔二〕攀條　古詩：「攀條折其榮。」

〔三〕「一別漢南」二句　世説新語言語：「桓公北征，經金城，見前爲瑯琊時種柳皆已十圍，慨然曰：『木猶如此，人何以堪！』攀枝執條，泫然流淚。」庾信枯樹賦：「桓大司馬聞而歎曰：昔年種柳，依依漢南。今看摇落，悽愴江潭。樹猶如此，人何以堪。」

〔四〕「舊盟誤了」三句　此暗用杜牧事。杜牧遊湖州，有老姥引鬟髻女十餘歲，牧曰：此真國色也。接至舟中，姥女皆懼。牧曰：且不即納，吾十年後，必爲此郡，十年不來，乃從爾所適。以重幣結之。後周墀入相，上箋乞守湖州，至郡，已十四年矣，女嫁已三年。牧賦詩曰：「自是尋春去較遲，不須惆悵怨芳時。狂風落盡深紅色，緑葉成陰子滿枝。」見麗情集。

〔五〕「攬懷抱」二句　此用戎昱事。韓滉鎮浙西，戎昱爲部内刺史。郡有妓善歌舞，昱情屬甚厚。滉聞其名，置籍中，昱不敢留，爲歌詞贈之曰：「好去春風湖上亭，柳條藤蔓寄離情。黄鶯久住渾相識，欲别頻啼四五聲。」見本事詩。

【彙評】

詞綜偶評：（「賸紅如掃」）來路。　過變處一線相承。（「舊盟誤了，又新枝嫩子，總隨春老」）去路。

雲韶集碧山詞評：低徊曲折，感慨不盡。　可勝痛惜。　結於不得意中加點染。

又　前題〔一〕

卷簾翠溼，過幾陣殘寒，幾番風雨。問春住否？但怱怱暗裏，换將花去〔二〕。亂碧迷人，總是江南舊樹。謾凝佇，念昔日采香〔三〕，今更何許？　芳徑攜酒處。又蔭得青青，嫩苔無數〔四〕。故林晚步〔五〕，想參差漸滿，野塘山路。倦枕閒牀，正好微曛院宇。送凄楚，怕凉聲、又催秋暮。

【校】

〔今更〕明抄本「今」作「人」，舊抄本、詞綜、歷代詩餘並同。○則虞按：别下齋抄本亦作「人更」。〔微曛〕明抄本「曛」作「薰」，舊抄本同，歷代詩餘作「醺」。〔又催〕周録「又」作「頓」。

【箋注】

〔一〕譚獻曰：「此刺朋黨日繁。」

〔二〕「過幾陣」五句　辛棄疾摸魚兒詞：「更能消幾番風雨，匆匆春又歸去。」此用其意。

〔三〕采香　晏幾道臨江仙詞：「與誰同醉采香歸。」

〔四〕嫩苔　貫休山居詩：「嫩苔如水没金瓶。」

〔五〕故林　李白白頭吟詩：「落花辭條羞故林。」

【彙評】

雲韶集碧山詞評：寫惜春情意，亦藴藉深婉，不作激迫之詞，自是碧山本色。　嗚咽。

又　前題

滿庭嫩碧，漸密葉迷窗，亂枝交路。斷紅甚處，但匆匆换得，翠痕無數〔一〕。暗影沈沈，静鎖清和院宇〔二〕。試凝竚，怕一點舊香，猶在幽樹。　濃陰知幾許。且拂簟清眠〔三〕，引笻閒步。杜郎老去，算尋芳較晚，倦懷難賦〔四〕。縱勝花時，到了愁風怨雨。短亭暮，謾青青、怎遮春去？

【校】

〔甚處〕詞綜「甚」作「任」，歷代詩餘作「灑」。

【箋注】

〔一〕翠痕　韓維登湖光亭詩：「翠痕滿地初生草。」

〔二〕清和院宇　柳永女冠子詞：「清和院落。」

〔三〕拂簟清眠　周邦彥滿庭芳詞：「先安簟枕，容我醉時眠。」

〔四〕「算尋芳較晚」二句　見前八五頁掃花游緑陰注〔四〕。

【斠律】

换頭第二字必仄，孫人和原校（見掃花游秋聲）甚是。各家俱用去上聲，只玉田一首用「碧天」二字，又同首「滿」字用「荒」字，萬紅友謂玉田於此中最精深，必不如此，皆誤刻也。

瑣窗寒　春思

趁酒梨花〔一〕，催詩柳絮〔二〕，一窗春怨。疏疏過雨，洗盡滿階芳片。數東風、二十四番〔三〕，幾番誤了西園宴〔四〕。認小簾朱户〔五〕，不如飛去，舊巢雙燕。　曾見，雙蛾淺〔六〕。自别後多應，黛痕不展〔七〕。撲蝶花陰，怕看題詩團扇。試憑他、流水寄情，遡紅不到春更遠〔八〕。但無聊、病酒厭厭〔九〕，夜月荼蘼院。

【校】

〔春思〕詞綜無此題，周選同。　〔撲蝶花陰〕周之琦云四字平仄與本調不合，自是誤筆。

【箋注】

〔一〕趁酒梨花　白居易杭州春望詩：「青旗沽酒趁梨花。」

〔二〕催詩柳絮　世説新語言語：「謝太傅寒雪日内集，與兒女講論文義。俄而雪驟，公欣然曰：『白雪紛紛何所似？』兄子胡兒曰：『撒鹽空中差可擬。』兄女曰：『未若柳絮因風起。』公大笑樂。」

〔三〕二十四番　自初春至夏，五日一風，謂之花信風。小寒節三信：梅花、山茶、水仙。大寒節三信：瑞香、蘭花、山礬。立春節三信：迎春、櫻桃、望春。雨水三信：菜花、杏花、李花。驚蟄三信：桃花、棠棣、薔薇。春分三信：海棠、梨花、木香。清明三信：桐花、麥花、柳花。穀雨三信：牡丹、荼蘼、楝花。見通考。

〔四〕西園　曹植公讌詩：「清夜遊西園」。

〔五〕小簾朱户　周邦彦瑣窗寒詞：「小簾朱户。」

〔六〕雙蛾淺　白居易贈同座詩：「春黛雙蛾嫩」。

〔七〕黛痕　陸游雨後快晴步至湖塘詩：「山掃黛痕如尚濕」。

〔八〕「試憑他」二句　見前三七頁又（水龍吟）落葉注〔六〕。

〔九〕病酒厭厭　毛滂散餘霞詞：「更懨懨病酒。」

【斠律】

「撲蝶花陰」句，亦係平平去上句法，方千里和周詞，此句作「連飛並羽」，全篇矩矱森嚴，一字不易。萬氏謂周詞「小唇秀靨今在否」之「在」字，他家有作平聲者，但千里和詞此句爲「楚蛾鬢影依舊否」，用「舊」字，碧山三首，用「更」字、「雁」字、「蕙」字，故知當從去聲也。換頭急拍，接連用兩短韻，此爲異於月下笛之處。「認小簾朱户」以下十三字，高竹屋作「悵佳人、有約難來，綠遍滿庭芳草」，楊無咎作「恨遲留、載酒期程，孤負踏青時候」，皆爲上七下六句；此在一韻之中，出於知音者之手筆，只要平仄不差，句逗可以自由，亦即萬氏所謂一氣貫下本不拘也。此調「出谷鶯遲」首與清真詞相勘，不合者有「出」、「谷」、「踏」、「少」、「殢」、「沈」、「雪」、「趁」、「去」、「一」、「住」、「眉」、「怯」、「立」、「處」、「問」、「水」、「共」等十八字，其中亦有可通者。

又　春寒

料峭東風〔一〕，廉纖細雨〔二〕，落梅飛盡。單衣惻惻〔三〕，再整金猊香燼〔四〕。誤千紅、試粧較遲，故園不似清明近。但滿庭柳色，柔絲羞舞，淡黃猶凝。芳景，還重省。向薄曉窺簾，嫩陰欹枕。桐花漸老，已做一番風信〔五〕。又看看、綠偏西湖，早催塞北歸雁影。等歸時、爲帶將歸，併帶江南恨〔六〕。

【校】

〔春寒〕周録無此題。　〔羞舞〕舊抄本「羞」作「差」，似誤。　〔薄曉〕詞綜「曉」作「晚」，周録同。　〔又看看〕則虞按：別下齋抄本作「□又看」。「又看看」語極無味，別下齋抄本是也，然未知「又」上是何字。　〔將歸〕鮑本注云，詞綜誤作「春歸」。按周録「將」亦作「春」。

【箋注】

〔一〕料峭東風　歐陽修蝶戀花詞：「簾幕東風寒料峭。」婁元禮田家五行：「元宵前後，必有料峭之風。」

〔二〕廉纖細雨　李元膺洞仙歌詞：「廉纖細雨，殢東風如困。」周邦彦虞美人詞：「廉纖小雨池塘過。」

〔三〕單衣惻惻　姜夔淡黄柳詞：「馬上單衣寒惻惻。」

〔四〕金猊香燼　陸游老學庵筆記：「故都紫宸殿有二金狻猊，蓋香獸也。故晏公冬宴詩云：『金猊樹立香煙度。』」洞天清録：「狻猊爐，則古之踽足豆也。」

〔五〕「桐花」二句　按清明風三信，有桐花。

〔六〕「早催塞北」三句　陸游聞雁詩：「過盡梅花把酒稀，薰籠香冷换春衣。秦關漢苑無消息，又在江南送雁歸。」此處三句與放翁意近，蓋有所寄慨。

又

出谷鶯遲〔一〕，踏沙雁少，殢陰庭宇。東風似水，尚掩沈香雙户〔二〕。恁莓階、雪痕乍鋪，那回已趁飛梅去。奈柳邊占得，一庭新暝，又還留住。前度，西園路。記半袖争持〔三〕，鬬嬌眉嫵〔四〕。瓊肌暗怯，醉立千紅深處。問如今、山館水村，共誰翠幄熏蕙炷〔五〕。最難禁、向晚淒涼，化作梨花雨〔六〕。

【校】

〔踏沙〕舊抄本「踏」作「離」，歷代詩餘同。○則虞按：別下齋抄本亦作「離」。〔殢陰〕周録「殢」作「滯」。〔庭宇〕舊抄本「庭」作「亭」。〔恁莓階〕明抄本「莓」作「梅」，舊抄本「恁」字闕。歷代詩餘「恁莓」作「看梅」。○則虞按：別下齋抄本亦闕「恁」字。〔淒涼〕舊抄本作「淒淒」。○則虞按：別下齋抄本亦作「淒淒」。

【箋注】

〔一〕出谷鶯遲　詩經小雅伐木：「伐木丁丁，鳥鳴嚶嚶。出自幽谷，遷於喬木。」尚書故實：「今謂進士登第爲鶯遷，蓋出自伐木詩，然詩中並無『鶯』字。頃歲省試鶯出谷詩，別書固無證據，此亦沿當世習俗而然。」

〔二〕「尚掩」句　吴文英鶯啼序詞：「掩沉香繡户。」

〔三〕半袖　張祜五絃詩：「斜抽半袖紅。」

〔四〕眉嫵　漢書張敞傳：「敞爲京兆……又爲婦畫眉。長安中傳張京兆眉憮。」張説贈崔二安平公樂世詞：「自憐京兆雙眉嫵」。

〔五〕蕙炷　歐陽修漁家傲詞：「畏日亭亭殘蕙炷。」

〔六〕梨花雨　白居易長恨歌詩：「梨花一枝春帶雨。」趙令時蝶戀花詞：「彈到離愁淒咽處，絃腸俱斷梨花雨。」

應天長

疏簾蝶粉〔一〕，幽徑燕泥〔二〕，花間小雨初足。又是禁城寒食，輕舟泛晴渌。尋芳地，來去熟。尚彷彿、大堤南北〔三〕。望楊柳、一片陰陰，摇曳新緑。　重訪豔歌人，聽取春聲〔四〕，猶是杜郎曲。蕩漾去年春色，深深杏花屋。東風曾共宿，記小刻、近窗新竹〔五〕。舊游遠，沈醉歸來，滿院銀燭。

【校】

〔禁城〕歷代詩餘「禁」作「楚」。　〔晴渌〕舊抄本「晴」作「暗」，似誤。此字當平。○則虞按：别下齋抄本亦誤。　〔東風曾共宿〕周録「東風」下有「裏」字，王本同；范本作「東風暖，曾共宿」，補「暖」字。人和按：調例似脱一字，然因纏聲伸縮之故，詞中前後相當之處，間亦不同。如李之儀卜算子詞，前段末句五字，後段末句六字是也。今考明抄本、舊抄本、鮑本及詞綜、歷代詩餘等，並作五字句。「東風」下亦無空格，而周、王補「裏」字，范補「暖」字，並不言其所據，故未敢輒增。

【箋注】

〔一〕蝶粉　張耒夏日詩：「蝶衣曬粉花枝午。」

〔二〕燕泥　薛道衡昔昔鹽詩：「空梁落燕泥。」

〔三〕「尋芳地」三句　周邦彦迎春樂詞：「桃蹊柳曲閒蹤跡，俱曾是、大堤客……他日水雲身，相望處，無南北。」此三句隱括之。

〔四〕春聲　元稹早春詩：「誰送春聲入棹歌。」

〔五〕「記小刻」句　周邦彦迎春樂詞：「牆裏修篁森似束，記名字、曾刊新緑。」

【斠律】

此調只有數字平仄可易，竹山和周詞，四聲一字不改。「正是夜堂無月」句，竹山作「轉眼翠籠池閣」，非脱一字；「似瓊花」之「花」字，本爲「苑」字，亦不誤。夢窗作「梁間燕」二句，本爲「芙蓉鏡，詞賦客」，亦未脱一字。碧山「東風曾共宿」句，清真原爲「青青草，迷路陌」，夢窗爲「淩波路，簾户寂」，竹山爲「驕驄馬，嘶路陌」，皆六字句，而碧山爲「東風曾共宿」五字句；有人疑脱一字，其實非脱，此有葉少藴一首可證。原校謂因纏聲伸縮之故，是也。此義並萬氏亦有所未解，故常拘泥於字數，字少者在前，字多者在後，稱爲又一體。不知詞句中有時字有多有少，其關係全在於纏聲，並非體製之有異。苟明乎纏聲伸縮之作用，則此疑早迎刃而解。若能將古詞中字數多少不同之句，注明某人某句多一字或少一字，再就句中平仄四聲，參互比照，即可察見纏聲之所在，而所以致此之故，亦瞭然於心目中，而萬氏定體之辨，可以不作矣。所可惜者，詞之音律拍眼，自元曲行後即漸失傳，今無可詳考；後人填詞只能依宋賢名作按字填之，不得任意增損，免蹈明人妄爲自度腔之轍。

八六子

掃芳林，幾番風雨，忽忽老盡春禽〔一〕。漸薄潤侵衣不斷〔二〕，嫩涼隨扇初生，晚窗自吟。沉沉，幽徑芳尋。晻靄苔香簾净，蕭疏竹影庭深。謾淡却蛾眉、晨粧慵掃，寶釵蟲散〔三〕，繡屏鸞破〔四〕，當時暗水和雲泛酒，空山留月聽琴。料如今，門前數重翠陰。

【校】

〔掃芳林〕鮑本注云，一作「洗芳林」。〔薄潤〕明抄本「潤」作「澗」。葉德輝云，玉篇：澗，水盈貌。本詞首句云「掃芳林，幾番風雨」，故下句以水盈承接。鮑刻以習見之「潤」字易之，失詞旨矣。〔簾净〕戈選「净」作「静」。〔謾淡却〕明抄本「淡」作「忘」，歷代詩餘同。〔蛾眉晨粧慵掃〕明抄本此六字闕。舊抄本及歷代詩餘亦並無此六字。〔蟲散〕鮑本注云，「散」一作「拆」。按花草粹編作「拆」，舊抄本作「拆」，歷代詩餘、范本並同。○則虞按：别下齋抄本亦作「折」。〔繡屏〕明抄本「繡」作「綃」，歷代詩餘、詞譜並同，范本作「絹」。

戈選「繡屏」作「繡衾」。〔泛酒〕鮑本注云，「酒」一作「雨」。

【箋注】

〔一〕春禽　梁元帝春日篇詩：「日日春禽變。」

〔二〕薄潤侵衣　葉德輝云：「玉篇：潤，水盈貌。本詞首句云『掃芳林，幾番風雨』，故下句以水盈承接。鮑刻以習見之『潤』字易之，失詞旨矣。」按葉氏之説，失之好奇。「潤」字生僻，不可以入詞。周邦彦滿庭芳詞：「衣潤費爐烟」，即此所本。

〔三〕寶釵蟲散　李賀謝秀才妾改從於人詩第三首：「髮冷青蟲簪。」張元幹浣溪沙詞：「翡翠釵頭綴玉蟲。」

〔四〕繡屏　韋莊應天長詞：「寂寞繡屏香一炷。」

【斠律】

此詞摹倣秦少游，四聲俱同，只易二三字而已。前結「晚窗自吟」，必去平去平；後結「門前數重翠陰」，必平平去平去平，爲此調定格。「漸薄潤侵衣不斷」用「漸」字領兩六字對句。「謾淡却蛾眉」句，秦本上三下六，而此爲上五下四句，一氣貫下不拘。「當時暗水和雲泛酒」句，「當時」爲兩領字，領兩六字對句。換頭秦詞不用短韻而此用「沉沉」短韻，以下三句見韻，再下六句見韻，接以三字短韻。萬氏恐秦詞誤傳，其實柳氏樂章集中，曲玉瑄換頭四句一韻，結拍五句一韻，而中間夾以三字短韻。夜半樂前兩片爲曼聲，後片逐句用韻者相連至四句之多，則改用促拍。故此詞後片中間三句一韻，六句一韻而前有二字短韻，後有三字短韻，中間句多而節拍少，前後增加其急拍。詞之節拍，今雖無徵，而徵之孔廣森之言曰：「急則承之以緩，緩則承之以急；密則承之以疏，疏則承之以密；不知此者，不可以言聲學。」此乃至當之論也。

【彙評】

白雨齋詞話：碧山八六子云：「謾淡却蛾眉……門前數重翠陰。」宛雅幽怨，殊耐人思。

摸魚兒

洗芳林、夜來風雨〔一〕，匆匆還送春去〔二〕。方纔送得春歸了，那又送君南浦〔三〕。君聽取，怕此際、春歸也過吴中路〔四〕。君行到處，便快折湖邊，千條翠柳，爲我繫春住〔五〕。春還住。休索吟春伴侣，殘花今已塵土〔六〕。姑蘇臺下煙波遠〔七〕，西子近來何許？能唤否？又恐怕、殘春到了無憑據。煩君妙語，更爲我將春，連花帶柳，寫入翠箋句。

【校】

〔湖邊〕詞綜「湖」作「河」。〔翠柳〕周録「翠」作「細」。〔又恐怕〕舊抄本無「怕」字。詞綜「又恐怕」作「又只恐」，周録同。〔將春〕鮑本注云，詞綜「將春」上衍「且」字。

【箋注】

〔一〕夜來風雨　孟浩然春曉詩：「夜來風雨聲，花落知多少。」周邦彦六醜詞：「爲問家何在，夜來風雨。」

〔二〕「忽忽」句　辛棄疾摸魚兒詞：「更能消幾番風雨，忽忽春又歸去。」

〔三〕送君南浦　見前一一頁南浦春水注〔五〕。

〔四〕吴中　今江蘇吴縣，春秋時爲吴國都，古亦稱吴中。

〔五〕「便快折」三句　張先訴衷情令詞：「此時願作，楊柳千絲，絆惹春風。」此用其意。

〔六〕「殘花」句　蘇軾水龍吟次韻章質夫楊花詞詞：「春色三分，二分塵土，一分流水。」

〔七〕姑蘇臺　江蘇吴縣西南有姑蘇山，上有姑蘇臺，相傳爲吴王闔閭造。見越絶書。

【斠律】

此調抑揚抗墜，即朗誦亦覺幽咽頓挫，最爲可聽，然平仄一亂，便意味全失。如「忽忽還送春去」句，「殘花今已塵土」句，必平平平仄平仄；「那又送君南浦」句，「西子近來何許」句，必仄（平）仄仄平平仄；而「休索吟春伴侣」句，必仄（平）仄平平平仄；「君行到處」、「煩君妙語」兩句，要平平去上；前結「爲我繫春住」之「繫」字，後結「寫入翠箋句」之「翠」字，必用仄，尤以去上爲響，皆爲定格。「君聽取」、「能喚否」，爲三字短句，「怕此際、春歸也過吴中路」，「又恐怕、殘春到了無憑據」皆爲十字句，以上三字爲逗而下爲七字相連方妙，若截作兩五字句，雖不礙音律而調情不愜，熟味自知之耳。

【彙評】

詞綜偶評：疑失題。　筆路與想路俱極尖巧，尤妙在無一點俗氣，否則便類市井小兒聲口矣。

白雨齋詞話：碧山「洗芳林、夜來風雨」一闋，花外集中惟此篇最疏快。風骨稍低，情詞却妙。

又　蕙〔一〕

玉簾寒、翠痕微斷〔二〕，浮空清影零碎。碧芽也抱春洲怨〔三〕，雙卷小緘芳字〔四〕。還又似，繫羅帶、相思幾點青鈿綴。吴中舊事，悵酪乳争奇〔五〕，鱸魚謾好〔六〕，誰與共秋醉〔七〕。　江湖興，昨夜西風又起，年年輕誤歸計。如今不怕歸無準，却怕故人千里。何況是，正落日、垂虹怎賦登臨意〔八〕。滄浪夢裏，縱一舸重游，孤懷暗老，餘恨渺煙水。

【校】

〔題〕則虞按：別下齋抄本無題。　〔玉簾〕歷代詩餘「簾」作「奩」，周録同。　〔翠痕〕舊抄本「痕」作「絲」，歷代詩餘、周録並同。○則虞按：吴訥百家詞本樂府補題亦作「絲」。　〔江湖〕舊抄本倒作「湖江」。〔落日〕舊抄本「日」作「月」，歷代詩餘同。　〔滄浪〕川本作「滄波」。

【箋注】

〔一〕樂府補題紫雲山房賦蓴，調寄摸魚兒者五人：王易簡、唐珏、王沂孫、李彭老、無名氏。按歷代詩餘此無名氏作陳恕可。

〔二〕玉簾　僧齊己送節大德歸闕詩：「紫氣玉簾前。」

〔三〕「碧芽」句　梅聖俞河豚詩：「春洲生荻芽。」

〔四〕芳字　李涉和尚書舅見寄詩：「遠飛芳字警沉迷。」

〔五〕酪乳爭奇　晉書陸機傳：「（機）又嘗詣侍中王濟，濟指羊酪謂機曰：『卿吴中何以敵此？』答曰：『千里蓴羹，未下鹽豉。』時人稱爲名對。」

〔六〕鱸魚謾好　晉書張翰傳：「翰因見秋風起，乃思吴中菰菜蓴羹鱸魚膾，曰：『人生貴得適志，何能羈宦數千里以要名爵乎？』遂命駕而歸。」

〔七〕秋醉　杜牧贈李給事敏詩：「憶君秋醉餘。」

〔八〕垂虹　亭名，在江蘇吴江縣長橋上。王安石送裴如晦宰吴江詩：「他時散髮處，最愛垂虹亭。」

【彙評】

白雨齋詞話：碧山詠蓴云：「碧芽也抱春洲怨，雙卷小緘芳字。」下云「江湖興，昨夜西風又起，年年輕誤歸計。如今不怕歸無準，却怕故人千里。」玉田長亭怨云：「故人何計，渾忘了、江南舊雨。」下云：「如今又、京國尋春，定應被、薇花留住。」自甘終隱而亦不願其友之枉道徇人，同一用意忠厚。

聲聲慢〔一〕

啼螿門静，落葉階深，秋聲又入吾廬。一枕新涼，西窗晚雨疏疏。舊香舊色换却〔二〕，但滿川、殘柳荒蒲。茂陵遠，任歲華冉冉，老盡相如〔三〕。　昨夜西風初起，想蓴邊呼櫂，橘後思書〔四〕。短景淒然，殘歌空叩銅壺〔五〕。當時送行共約，雁歸時、人賦歸歟？雁歸也，問人歸、如雁也無〔六〕？

【校】

〔冉冉〕歷代詩餘作「荏苒」。　〔空叩〕舊抄本「叩」作「扣」，詞綜、歷代詩餘、范本並同。

【箋注】

〔一〕此闋疑指西麓事。「橘下思書」，謂與蘇劉義事。雁歸時，人未歸，西麓北行尚未還也。

〔二〕舊香舊色　周邦彦玲瓏四犯詞：「休問舊色舊香。」

〔三〕「茂陵」三句　李商隱寄令狐郎中詩：「休問梁園舊賓客，茂陵秋雨病相如。」

〔四〕橘後思書　洞庭君有小女，謂柳毅曰：「敢寄尺牘如洞庭之陰，其傍有大橘樹，君擊之三，當有應聲者。」毅如其言，即召入，毅因得見洞庭君。見異聞録。

〔五〕「殘歌」句　世説新語豪爽：「王處仲每酒後，輒詠『老驥伏櫪，志在千里。烈士暮年，壯心不已』，以如意打唾壺，壺口盡缺。」周邦彦浪淘沙慢詞：「怨歌永、瓊壺敲盡缺。」

〔六〕「當時」四句　閻選河傳詞：「幾回邀約雁來時，違期，雁歸人不歸。」

【斠律】

此在前聲聲慢催雪一首中，已曾言及。余以爲詞之由來，實以歌詩（民歌）加入纏聲爲最確，其關鍵全在於拍眼。詞之令、引、近、慢，即由拍眼而分；南曲音律即從此出也。後人不能明其拍眼，於是專論字數，不知字有多少，調仍一體，此於應天長調下，已詳言。明乎此，南曲音律，可解其半，當別文論之。本集編者拘於字數，故本調與高陽臺之少一字者列於前端，而多一字者合列於後，此明清人之風氣，實則不明於纏聲之所致。然則纏聲又從何而來？曰：纏聲者，有聲無詞之聲也。在毛詩爲「兮」爲「只」，在楚詞爲「些」，在古樂府爲「妃呼豨」之類。今之歌崑曲，歌皮簧者，皆有無字之腔。南曲增板亦由此出。玉田詞源，實首明之。

【彙評】

雲韶集碧山詞評：一片蕭索之聲，如聞如見，真神作也。　感慨悽惻之情，以飄灑之筆出之，絶有姿態。

又

高寒户牖，虚白尊罍〔一〕，千山盡入孤光。玉影如空，天葩暗落清香〔二〕。平生此興不淺，記當年、獨據胡牀〔三〕。怎知道，是歲華換却，處處堪傷。已是南樓曲斷，縱疏花淡月，也只淒涼。冷雨斜風，何況獨掩西窗。天涯故人總老，謾相思、永夜相望。斷夢遠，趁秋聲、一片渡江。

【校】

〔千山〕明抄本作「十人」，歷代詩餘「山」亦作「人」。〔是歲華〕周録「是」作「自」。〔疏花〕歷代詩餘「花」作「光」。〔總老〕歷代詩餘「總」作「縱」，與上複。〔秋聲〕則虞按：別下齋抄本作「秋風」。

【箋注】

〔一〕虛白尊罍　楊簡寶蓮官舍偶作詩：「三杯虛白浴天真。」

〔二〕天葩　陸龜蒙寂上人院聯句詩：「風合落天葩。」

〔三〕「平生此興不淺」二句　世説新語容止：「庾太尉在武昌，秋夜氣佳景清，使吏殷浩、王胡之之徒登南樓理詠。音調始遒，聞函道中有屐聲甚厲，定是庾公。俄而率左右十許人步來，諸賢欲起避之。公徐曰：『諸君少住，老子於此處興復不淺。』因便據胡床與諸人詠謔，竟坐甚得任樂。」

又〔一〕

迎門高髻，倚扇清吭，娉婷未數西州。淺拂朱鉛，春風二月梢頭〔二〕。相逢靚粧俊語，有舊家、京洛風流〔三〕。斷腸句，試重拈綵筆，與賦閒愁〔四〕。猶記凌波欲去，問明璫羅襪〔五〕，却爲誰留？枉夢相思，幾回南浦行舟。莫辭玉尊起舞〔六〕，怕重來、燕子空樓〔七〕。謾惆悵，抱琵琶、閒過此秋。

【校】

〔題〕范本、王本並有「和周草窗」四字題。人和按：草窗詞題云「送王聖與次韻」，是周和碧山詞也。

〔西州〕絶妙好詞箋引「州」作「洲」，戈選同。人和按：草窗次韻作「州」。〔猶記〕絶妙好詞箋脱「猶」字。

〔欲去〕歷代詩餘「欲」作「斷」，絶妙好詞箋「欲去」作「去後」。〔羅襪〕周録「羅」作「素」。〔此秋〕戈選作「暮秋」。

【箋注】

〔一〕按蘋洲漁笛譜集外詞，此首題作「送王聖與次韻」，似碧山首唱，周密倚聲和之。碧山此賦，蓋亦即席賦贈之什，一爲留別，且爲尊前侑酒人而設。蘋洲漁笛譜一枝春序云：「寄閒飲客春窗，酒酣意洽，命清吭歌新製，余因爲之霑醉。」此云「高髻」、「清吭」蓋指其人。又明月引序云：「余有西州之恨。」此云「娉婷西州」抑亦指此耶？周詞有「白髮簪花」之句，公謹生於宋理宗紹定五年，賦此詞時，當在至元二十四五年之間。周詞有「落葉長安」之語，蓋秋暮同在杭州之時。疑與三姝媚作時相近。碧山是時還越也。周詞聲聲慢云：「瓊壺歌月，白髮簪花，十年一夢揚州。恨入琵琶，小憐重見灣頭。尊前謾題金縷，奈芳情、已逐東流。還送遠，甚長安亂葉，都是閒愁。次第重陽近也，看黃花綠酒，也合遲留。脆柳無情，不堪重繫行舟。百年正消幾別，對西風、休賦登樓。怎去得，怕淒涼時節，團扇悲秋。」

〔二〕「春風」句　杜牧贈別詩：「娉娉嫋嫋十三餘，豆蔻梢頭二月初。」

〔三〕京洛風流　姜夔鷓鴣天詞：「京洛風流絶代人。」

〔四〕「斷腸句」三句　賀鑄青玉案詞：「彩筆新題斷腸句。試問閒愁都幾許？」

〔五〕「猶記」二句　曹植洛神賦：「獻江南之明璫。」又：「凌波微步，羅襪生塵。」姜夔慶宮春詞：「明璫素襪。」

〔六〕玉尊起舞　姜夔琵琶仙詞：「爲玉尊、起舞回雪。」

〔七〕燕子空樓　唐元和中，張建封鎮武寧。有關盼盼者，徐之奇色，建封納之燕子樓。公薨，盼盼感懷深恩，不再適。見麗情集。蘇軾永遇樂詞：「燕子樓空，佳人何在？空鎖樓中燕。」

補遺

醉蓬萊 歸故山

掃西風門徑，黄葉凋零，白雲蕭散。柳換枯陰，賦歸來何晚。爽氣霏霏〔一〕，翠蛾眉嫵，聊慰登臨眼。故國如塵，故人如夢，登高還嬾。　數點寒英〔二〕，爲誰零落，楚魄難招〔三〕，暮寒堪攬。步屧荒籬，誰念幽芳遠。一室秋燈，一庭秋雨，更一聲秋雁。試引芳尊，不知消得，幾多依黯？

【校】

〔歸故山〕周録無此題，川本「山」作「里」。　〔步屧〕歷代詩餘「屧」作「屐」。○則虞按：别下齋抄本作「屣」。

【箋注】

〔一〕爽氣　世説新語簡傲載王子猷謂桓沖曰：「西山朝來，致有爽氣。」

〔二〕寒英　柳宗元早梅詩：「寒英坐銷落。」

〔三〕楚魄　范成大苦熱詩：「鑠石誰能招楚魄。」

【斠律】

此調多四字句，而中間夾以四五字句，以一領四爲常，亦可以如五言詩。「黄葉」下與「楚魄」下同。徐誠庵詞律拾遺引此詞脱一「更」字，遂定爲補萬氏之體，鮑本、四庫本俱不脱字，不知其所據何本。换頭四字四句，萬氏謂爲定格，而東坡作「此會應須爛醉，仍把紫竹紅萸，細看重嗅」，上三四字句化爲兩六字句。不知此在一節拍之中，遣詞行氣，自有盤旋餘地，東坡何嘗不知音律，不可以形式繩之，而謂某也合，某也不合。只後之依律填詞者，須有名作爲據，夢窗、白石之水龍吟，其良師矣，豈必一定稼軒哉？

法曲獻仙音　聚景亭梅，次草窗韻。〔一〕

層緑峨峨〔二〕，纖瓊皎皎，倒壓波痕清淺。過眼年華，動人幽意，相逢幾番春换。記唤酒，尋芳處，盈盈褪粧晚。　已銷黯。况凄涼、近來離思，應忘却、明月夜深歸輦。荏苒一枝春，恨東風、人似天遠。縱有殘花，灑征衣、鉛淚都滿〔三〕。但殷勤折取，自遺一襟幽怨。

【校】

〔褪粧〕秦補「粧」作「花」。　〔已銷黯〕戈選作「已悲惋」。人和按：草窗原詞作「共凄黯」，戈氏蓋因韻而改。其實「黯」字與「换」、「晚」諸字協韻，前三姝媚、醉蓬萊並其例也。　〔明月〕秦補作「月明」。

【箋注】

〔一〕聚景亭在聚景園中。董嗣杲西湖百詠注云：「聚景園在清波門外。阜陵致養北宫，拓圃西湖之東，斥浮屠之廬九，曾經四朝臨幸，繼以諫官陳言，出郊之令遂絶。園今蕪圮，惟柳浪橋、花光亭存。」○草窗原題作「弔雪香亭梅」。絶妙好詞李彭老法曲獻仙音繼草窗韻，題爲「官圃賦梅」。王、李皆和周韻，三詞所詠之事物皆同，而一爲雪香亭，一爲聚景亭，一爲官圃。江昱云：「武林舊事葛嶺集芳園内有『雪香』扁，説者因謂周詞乃即指此。不知集芳初雖張婉儀别墅，理宗朝即賜賈似道，改名後樂園，終屬賈氏，并未復還官家。今觀倡和諸作，皆苑籞興亡之感，無一語涉賈，則據王詞稱『聚景』者爲得之。而當時以諫官陳言，罷絶臨幸，以致培桑蒔果，廢爲荒圃，則李詞『官圃』之名，復相信也。況咸淳臨安志載聚景諸亭名，又有亭植紅梅而不載亭名，安知其不亦名『雪香』乎？故此詞以指聚景園爲是。」按江説是也。公謹原詞云：「松雪飄寒，嶺雲吹凍，紅破數椒春淺。襯舞臺荒，浣粧池冷，淒涼市朝輕换。歎花與人凋謝，依依歲華晚。　共淒黯。問東風、幾番吹夢，應慣識、當年翠屏金輦。一片古今愁，但廢緑、平煙空遠。無語消魂，對斜陽、衰草淚滿。又西泠殘笛，低送數聲春怨。」李彭老詞云：「雲木槎枒，水葓摇落，瘦影半臨清淺。翠羽迷空，粉容羞曉，年華柱絃頻换。甚何遜風流在，相逢共寒晚。　總依黯。念當時、看花遊冶，曾錦纜移舟，寶筝隨輦。池苑鎖荒涼，嗟事逐、鴻飛天遠。香徑無人，甚蒼蘚、黄塵自滿。聽鴉啼春寂，暗雨蕭蕭吹怨。」

〔二〕峨峨　宋玉招魂：「層冰峨峨。」

〔三〕鉛淚　李賀金銅仙人辭漢歌詩：「憶君清淚如鉛水。」

【斠律】

此調平仄悠揚，雖非四聲調而四聲可通者，只後片第三句「明月夜深歸輦」之「歸輦」，周作「間阻」，方作「尚阻」，夢窗作「佩響」、「恨染」，俱用去上聲，而白石作「紅舞」，玉田作「春感」，俱用平上聲，此其不同也。且首句第二字，次句第四字，三句第二字，五句第四字，清真、千里、夢窗、白石俱用入聲，而玉田、碧山不如此，此又不同也。

【彙評】

白雨齋詞話：「翠華不向苑中來，可是年年惜露臺。水際春風寒漠漠，官梅却作野梅開。」高似孫過聚景園詩也，可謂淒怨。碧山法曲獻仙音聚景亭梅次草窗韻：「層綠峨峨……自遣一襟幽怨。」較高詩更覺淒婉。

醉落魄

小窗銀燭，輕鬟半擁釵横玉。數聲春調清真曲。拂拂朱簾，殘影亂紅撲。垂楊學畫蛾眉緑〔二〕，年年芳草迷金谷〔三〕。如今休把佳期卜。一掬春情，斜月杏花屋。

【校】

〔拂拂〕歷代詩餘作「低拂」。

【箋注】

〔一〕「垂楊」句　吴文英花心動柳詞：「斷腸也、羞眉畫成未就。」

〔二〕金谷　金谷園，舊址在河南洛陽，晉太康中石崇修築。

【斠律】

七字句皆如七言詩，一三字句可移動。前後結「殘影亂紅撲」、「斜月杏花屋」之「亂」字、「杏」字必去聲，此爲宋人定格，五代人不如此。又此調宋人多押入聲，五代人亦不如此。

【彙評】

碧山醉落魄云：「垂楊學畫蛾眉緑……斜月杏花屋。」婉麗中見幽怨，殆亦借題言志耶？

長亭怨　重過中庵故園

泛孤艇、東皋過偏。尚記當日，緑陰門掩。屐齒莓階〔一〕，酒痕羅袖、事何限〔二〕。欲尋前迹，空惆悵、成秋苑〔三〕。自約賞花人，別後總、風流雲散〔四〕。水遠。怎知流水外，却是亂山尤遠。天涯夢短，想忘了、綺疏雕檻。望不盡、冉冉斜陽〔五〕，撫喬木、年華將晚〔六〕。但數點紅英，猶識西園淒婉。

【校】

〔長亭怨〕戈選下有「慢」字。〔過偏〕詞綜「偏」作「訊」，王本同。戈載云：「訊」失韻。人和按：此調首句亦有不起韻者，然歷代詩餘、鮑本、周録並作「偏」，可從也。〔當日〕戈選「日」作「時」。鄭文焯云：「日」字當作平聲，疑「時」之譌。〔門掩〕戈選作「庭院」。〔莓階〕秦補「階」作「苔」。〔怎知流水外〕戈選作「問水流何處」。人和按：此句亦有作二三句法者，不必易作一領四句也。〔雕檻〕戈選作「吟伴」。人和按：戈氏蓋因韻而改，與法曲獻仙音易「黯」作「惋」同，並非也。〔猶識〕鮑本注云：一作「猶試」。〔淒婉〕王本「婉」作「惋」，是也。

【箋注】

〔一〕屐齒莓階　葉紹翁遊園不值詩：「應憐屐齒印蒼苔。」姜夔清波引詞：「屐齒印蒼蘚。」

〔二〕酒痕羅袖　白居易琵琶行詩：「血色羅裙翻酒污。」

〔三〕成秋苑　吴文英水龍吟詞：「古陰冷翠成秋苑。」

〔四〕風流雲散　王粲贈蔡子篤詩：「風流雲散，一别如雨。」

〔五〕冉冉斜陽　周邦彦蘭陵王詞：「斜陽冉冉春無極。」

〔六〕「撫喬木」句　姜夔江梅引詞：「俊遊巷陌，算空有、古木斜暉。」

【斠律】

此調爲白石自製曲，其四聲惟有字字遵守，草窗、玉田、碧山皆稍後於白石之人，觀其所作，亦微有異同。第一句草窗、碧山叶韻而玉田不叶，原校之意甚是。第七句草窗、碧山句法與白石同爲折腰六字句，而玉田作「愁千折、心情頓別」七字句。第八句草窗、碧山皆五字句，而玉田作「露粉風香」四字句。後片第五句玉田、碧山皆爲上三下四句，而草窗作「燕樓鶴表半飄零」，如七言詩。「望不盡」，玉田作「恨西風」，可謂平上相通也。又「尚記當日」之「日」字，草窗、玉田皆平聲，而碧山用「日」字，平入相通；「酒痕羅袖」之「酒」字，草窗作「間」字，平上相通；「空惆悵、成秋苑」之「惆」字，草窗作「幾」字，亦平上相通。綜上異同，即所謂宋賢用字審音容或有數處可以變換者，但今日已無法知其變換之方矣。

西江月　爲趙元父賦雪梅圖〔一〕

褪粉輕盈瓊靨〔二〕，護香重疊冰綃〔三〕。數枝誰帶玉痕描，夜夜東風不掃。　溪上橫斜影淡〔四〕，夢中落莫魂銷〔五〕。峭寒未肯放春嬌〔六〕，素被獨眠清曉。

【校】

〔落莫〕范本「莫」作「漠」。

【箋注】

〔一〕趙元仁字元父，號學舟。宋史宗室世系表：「燕王德昭十世孫，希挺長子。」張炎八聲甘州賦寄趙學舟詞，即此人。

〔二〕褪粉　范成大紅梅詩：「午枕乍醒鉛粉褪。」

〔三〕冰綃　李商隱利州江潭作詩：「水宮帷箔卷冰綃。」

〔四〕橫斜　林逋山園小梅詩：「疏影橫斜水清淺。」

〔五〕落莫　王建夢看梨花雲詩：「落落寞寞路不分，夢中喚作梨花雲。」

〔六〕春嬌　元稹連昌宮詞詩：「春嬌滿眼睡紅綃。」

【斠律】

明人小說開篇，最喜先演此調，真所謂一、三、五不論，二、四、六分明也。然則後結由平換仄，必在同部，謂之通叶而非轉韻。三聲通叶，已開元曲之風，轉韻則仍詩之遺耳。

踏莎行　題草窗詞卷

白石飛仙〔一〕，紫霞悽調〔二〕，斷歌人聽知音少〔三〕。幾番幽夢欲回時，舊家池館生青草〔四〕。

風月交游，山川懷抱，憑誰說與春知道。空留離恨滿江南〔五〕，相思一夜蘋花老〔六〕。

【校】

〔悽調〕歷代詩餘「悽」作「淒」。○則虞按：別下齋抄本亦作「淒」。〔斷歌人聽〕明抄本「人聽」作「重恨」，歷代詩餘作「新歌舊恨」，戈選同。〔幾番幽夢欲回時，舊家池館生青草〕明抄本作「沈沈幽夢小池荒，依依芳意閒窗悄」；歷代詩餘作「沈沈幽夢小池荒，依依芳草閒庭悄」。〔風月〕明抄本作「風日」。〔離恨〕明抄本「離」作「遺」，歷代詩餘、戈選並同。〔蘋花〕明抄本「蘋」作『蕢』。

【箋注】

〔一〕白石飛仙　案此白石指姜夔言，而假用白石先生事。白石先生，中黄丈人之弟子也。至彭祖時，已二千歲矣。不肯修昇天之道，但取不死而已。常煮白石爲糧，因就白石山而居，時人號之曰「白石飛仙」。見神仙傳。

〔二〕紫霞　周密玉漏遲詞：「紫霞聲杳。」王易簡慶春宫謝草窗惠詞卷詞：「紫霞洞窅雲深。」紫霞者，楊纘也。纘字繼翁，號守齋，嚴陵人，居錢塘，寧宗楊后兄次山之孫。圖繪寶鑑云：「度宗時女爲淑妃，官列卿，好古博雅，善彈琴，有紫霞洞譜傳世。」

〔三〕「斷歌人聽」句　此句切周密與紫霞翁事。蘋洲漁笛譜木蘭花慢詞序云：「西湖十景尚矣。張成子嘗賦應天長十闋，余冥搜六日而詞成。異日紫霞翁見之曰：『語麗矣，如律未協何？』遂相與訂正，閱數月而後定。是知詞不難作，而難於協律。翁往矣，賞音寂然。」碧山即用其意。

〔四〕池館生青草　謝靈運登池上樓詩：「池塘生春草。」
〔五〕離恨滿江南　鄭文寶柳枝詞：「載將離恨過江南。」
〔六〕蘋花　周密水龍吟次張斗南韻詞：「悵江南望遠，蘋花自采，寄將愁與。」

【彙評】

雲韶集碧山詞評：草窗詞清峭，得白石之妙，故歷言其品格。　南宋白石出，詩冠一時，詞冠千古，諸家皆以師事之。

淡黃柳

甲戌冬，別周公謹丈於孤山中。次冬，公謹游會稽，相會一月。又次冬，公謹自剡還，執手聚別，且復別去。悵然於懷，敬賦此解。

花邊短笛，初結孤山約，雨悄風輕寒漠漠。翠鏡秦鬟釵別，同折幽芳怨搖落。素裳薄，重拈舊紅萼。歎攜手，轉離索。料青禽、一夢春無幾。後夜相思，素蟾低照，誰掃花陰共酌？

【校】

〔孤山中〕戈選無「中」字。　〔且復〕范本「且」作「旦」。　〔悵然於懷，敬賦此解〕戈選作「悵然賦此」。
〔無幾〕戈選作「無著」，跋云「幾」失韻。鄭文焯云：此句不叶，按白石自度此曲「怕梨花、落盡成秋色」，「色」字是韻。中仙專學石帚，豈於此未之深考邪？姚梅伯校本，謂「秋色」本作「秋苑」，引碧山此句不叶爲證。然嘉泰本固作「秋色」。詞律從同。按戈選碧山詞是闋「幾」字，據舊本校改作「著」，可知姜詞是韻。人和按：此處似當協韻，但戈氏多以意改，鄭氏雖從戈説，亦未確言其所據之本也。〇則虞按：别下齋抄本亦作「幾」。

右七闋見絶妙好詞。踏莎行一首，明抄本有此闋，鮑本入補遺，今仍之。

【斠律】

此首摹倣白石，四聲俱合，焉有「料青禽、一夢春無幾」之「幾」字失叶之理？戈載改「幾」爲「著」甚是，惟不知所據何本。原校謂此處似當叶韻，應從戈改。

望梅〔一〕

畫闌人寂。喜輕盈照水，犯寒先坼。裊數枝、雲縷鮫綃，露淺淺塗黄，漢宫嬌額〔二〕。翦玉裁冰，已占斷、江南春色。恨風前素豔，雪裏暗香〔三〕，偶成拋擲。如今眼穿故國。待拈花嗅蘂，時話思憶。想隴頭、依約飄零，甚千里芳心，杳無消息。粉怯珠愁，又只恐、吹殘羌笛。正斜飛、半窗曉月，夢回隴驛。

【校】

〔望梅〕舊注云，一名解連環。〔畫闌〕王本作「畫閒」。〔先坼〕粹編「坼」作「折」。〔數枝〕梅苑

「數」作「芳」。戈云，此字宜仄。〔暗香〕梅苑誤作「晴香」。〔嗅蘂〕王本「嗅」作「弄」。〔隴驛〕戈選「隴」作「古」，跋云「隴」與上「隴頭」複。

右一闋見梅苑、花草粹編。明抄本有此闋，鮑本入補遺，今仍之。

【箋注】

〔一〕梅苑作無名氏，花草粹編作王碧山，金本粹編作王夢應。梅苑爲黄大輿所輯，黄之時代事蹟無可考，而所輯之詞多北宋人及南北宋之交作者。曹元忠重刻梅苑，序中引清波雜志：「紹興庚辰得蜀人黄大輿梅苑。」黄果爲高宗時人，決不能見碧山之作，況白石、梅溪在碧山前者亦未録入，何能及宋末之碧山耶？且玩其詞意，係因臨安之盛而追憶北狩之二帝者，亦非碧山口吻，蓋非王作而誤入者。全宋詞謂「此首誤入花外集」，是也。

〔二〕「露淺淺」二句　太平御覽時序部引雜五行書：「宋武帝女壽陽公主人日臥於含章殿簷下，梅花落公主額上，成五出花，拂之不去。皇后留之，看得幾時。經三日，洗之乃落。宮女奇其異，競效之，今梅花粧是也。」

〔三〕「雪裏」句　王安石詠梅詩：「遥知不是雪，爲有暗香來。」

【彙評】

白雨齋詞話：碧山望梅云：「剪玉裁冰，已占斷、江南春色。恨風前素豔，雪裏暗香，偶成拋擲。」寄慨往事，必有所指。後半云：「如今眼穿故國，待拈花弄蕊，時話思憶。想隴頭、依約飄零，甚千里芳心，杳無消息。粉怯珠愁，又只恐、吹殘羌笛。正斜飛、半窗曉月，夢回隴驛。」惓惓故國，忠愛之心，油然感人，作少陵詩讀可也。

雲韶集碧山詞評：諸家梅詞，各極其盛。白石尚矣，餘則各具一幟，不分短長也。「粉怯珠愁」四字警鍊。結二語是題神，亦是抒情。

金盞子

雨葉吟蟬，露草流螢，歲華將晚。對靜夜無眠，稀星散、時度絳河清淺〔一〕。甚處畫角淒涼，引輕寒催燕。西樓外、斜月未沈，風急雁行吹斷。此際怎消遣。要相見、除非待夢見〔二〕。盈盈洞房淚眼，看人似、冷落過秋紈扇〔三〕。痛惜小院桐陰，空啼鴉零亂。厭厭地、終日爲伊，香愁粉怨。

【校】

〔吟蟬〕〔厭厭地〕范本「蟬」下補空格一，「地」下補空格二，注云：此調夢窗、竹山之作，皆百三字，萬氏詞律亦然，其空處鮑本脱去，似誤。人和按：此調各家平仄句法，互有不同，趙以夫尚有一百一字體，范本妄補，殊不足據。周之琦謂此與梅溪、夢窗、竹山金盞子詞句調互異，蓋各爲一體。其説最爲閎通。〔流螢〕周録「流」作「棲」。

【箋注】

〔一〕絳河清淺　楊泉物理論：「（天河）又名曰絳河。」古詩：「河漢清且淺。」

〔二〕除非待夢見　宋徽宗燕山亭北行見杏花詞：「怎不思量，除夢裏、有時曾去。」

〔三〕「看人似」句　班婕妤怨歌行詩：「常恐秋節至，涼飆奪炎熱。棄捐篋笥中，恩情中道絶。」

【斠律】

原校從周之琦之説甚是。碧山此首比夢窗、梅溪、竹山俱有小異。范本「蟬」字下空一格，緣於吴、史、蔣之第一句獨立，第二句用領字領下二四字句，而碧山以第一、二句爲對句。「地」字下空二格，緣於史亦以上七下四兩句結拍，「空遺恨、當時秀句，蒼苔蠹壁」，又與吴、蔣上九下四者異而與史同。蓋詞中遺詞行氣，有關於纏聲定拍，不能拘於平仄字數之形式而謂誰是誰非，故周之琦之説，原校稱其閎通也。

更漏子

日銜山，山帶雪，笛弄晚風殘月。湘夢斷，楚魂迷，金河秋雁飛〔一〕。　別離心，思憶淚，錦帶已傷憔悴〔二〕。蛩韻急，杵聲寒，征衣不用寬。

【箋注】

〔一〕「金河」句　盧照鄰秋霖賦：「金河別雁。」

〔二〕「錦帶」句　柳永蝶戀花詞：「衣帶漸寬終不悔，爲伊消得人憔悴。」

錦堂春　七夕

桂嫩傳香，榆高送影〔一〕，輕羅小扇涼生〔二〕。正鴛機梭静〔三〕，鳳渚橋成〔四〕。穿線人來月底，曝衣花入風庭〔五〕。看星殘靨碎，露滴珠融〔六〕，笑掩雲扃〔七〕。　綵盤凝望仙子〔八〕。但三星隱隱，一水盈盈〔九〕。暗想憑肩私語〔一〇〕，鬢亂釵横〔一一〕。蛛網飄絲罥恨〔一二〕，玉籤傳點催明〔一三〕。算人間待巧，似恁怱怱，有甚心情。

【校】

〔三星〕戈選「三」作「雙」。

【箋注】

〔一〕「桂嫩」二句　江總七夕詩：「漢曲天榆冷，河邊月桂秋。」李商隱壬申七夕詩：「桂嫩傳香遠，榆高送影斜。」

〔二〕「輕羅小扇」句　杜牧秋夕詩：「銀燭秋光冷畫屏，輕羅小扇撲流螢。天街夜色涼如水，臥看牽牛織女星。」

〔三〕鴛機梭静　張文恭七夕詩：「龍梭静夜機。」

〔四〕橋成　白孔六帖、歲時廣紀卷二十六引淮南子：「七夕，烏鵲填河成橋，渡織女。」

〔五〕「穿線」二句　李賀七夕詩：「鵲辭穿線月，花入曝衣樓。」開元天寶遺事：宫中結綵樓祀牛女二星，嬪妃各以九孔針、五色絲向月穿之。西京雜記：太液池西有漢武帝曝衣樓，七月七日宫女出后衣曝之。

〔六〕露滴　李賀河南府試十二月詞七月詩：「露滴盤中圓。」

〔七〕雲扃　鮑照從登香爐峯詩：「羅景靄雲扃。」

〔八〕綵盤　温庭筠七夕歌詩：「露濕綵盤蛛網多。」

〔九〕一水盈盈　古詩十九首：「盈盈一水間，脈脈不得語。」

〔一〇〕憑肩私語　長恨歌傳：「（楊妃）曰：『昔天寶十載，侍輦避暑驪山宫，秋七月，牽牛織女相見之夕……上憑肩而立，因仰天感牛女事，密相誓心，願世世爲夫婦。』」

〔一一〕鬢亂釵横　太真外傳：「太真宿酒未醒，釵横鬢亂。」

〔一二〕「蛛網」句　開元天寶遺事：「帝與貴妃每至七月七日夜在華清宫游宴。時宫女輩陳瓜花酒饌列於庭中，求恩於牽牛、織女星也。又各捉蜘蛛於小盒中，至曉開視蛛網稀密，以爲得巧之候。」

〔一三〕「玉籤」句　温庭筠更漏子詞：「玉籤初報明。」

又 中秋

露掌秋深〔一〕，花籤漏永，那堪此夕新晴。正纖塵飛盡，萬籟無聲。金鏡開奩弄影，玉壺盛水侵稜〔二〕。縱簾斜樹隔，燭暗花殘，不礙虛明〔三〕。　美人凝恨歌黛，念經年間阻，只恐雲生。早是宮鞵鴛小，琴鬢蟬輕〔四〕。蟾潤粧梅夜發，桂熏仙骨香清。看姮娥此際，多情又似無情〔五〕。

【校】

〔多情〕范本「多」上有「道是」二字。

【箋注】

〔一〕露掌　盧照鄰七日登樂遊故墓詩：「中天擢露掌。」

〔二〕「金鏡」二句　朱華月詩：「影開金鏡滿，輪抱玉壺清。」

〔三〕虛明　蘇軾碧落桐詩：「幽龕入窈窕，别户穿虛明。」

〔四〕翠鬢蟬輕　崔豹古今注下雜注：「魏文帝宫人絶所愛者，有莫瓊樹……瓊樹乃製蟬鬢，縹眇如蟬，故曰蟬鬢。」

〔五〕「多情」句　杜牧贈别詩：「多情却似總無情。」周密江城子詞：「樓中燕子夢中雲，似多情，似無情。」

如夢令

妾似春蠶抽縷〔一〕，君似箏絃移柱〔二〕。無語結同心〔三〕，滿地落花飛絮。歸去，歸去，遥指亂雲遮處。

【校】

〔妾似〕范本「似」作「如」。按此字宜仄。

【箋注】

〔一〕「春蠶」句　李商隱無題詩：「春蠶到死絲方盡。」

〔二〕「移柱」句　馮正中蝶戀花詞：「誰把鈿箏移玉柱。」

〔三〕結同心　蘇小小歌：「何處結同心。」

青房並蔕蓮

醉凝眸，是楚天秋曉，湘岸雲收〔一〕。草緑蘭紅，淺淺小汀洲。芰荷香裏鴛鴦浦，恨菱歌、驚起眠鷗〔二〕。望去帆、一片孤光〔三〕，棹聲伊軋櫓聲柔。愁窺汴隄翠柳，曾舞送當時，錦纜龍舟〔四〕。擁傾國、纖腰皓齒〔五〕，笑倚迷樓〔六〕。空令五湖夜月，也羞照三十六宮秋〔七〕。正朗吟、不覺回橈，水花楓葉兩悠悠。

【校】

〔青房並蔕蓮〕鮑本注云：一作美成作，誤。

【箋注】

〔一〕湘岸　柳宗元從崔中丞過盧少尹郊居詩：「寓居湘岸四無隣」。

〔二〕「恨菱歌」句　朱熹採菱詩：「一曲菱歌晚，驚飛欲下鷗。」

〔三〕孤光　沈約詠湖中雁詩：「單泛逐孤光。」

〔四〕錦纜龍舟　錦纜，大業拾遺記：「至汴，帝御龍舟，蕭妃乘鳳舸，錦帆綵纜，窮極侈靡。」龍舟，穆天子傳：「天子乘鳥舟、龍舟。」按此上句有「汴堤翠柳」，此龍舟當指隋煬帝言。煬帝遣王宏、于士澄往江南採木造龍舟萬艘。見大業拾遺記。又：大業年開汴築堤，自大梁至灌口，龍舟所過，香聞百里。既過雍丘，漸達寧陵，水勢緊急，龍舟阻礙。見開河記。

〔五〕傾國　漢書佞幸傳：「（李）延年侍上歌曰：『北方有佳人，絕世而獨立。一顧傾人城，再顧傾人國。』」　纖腰皓齒　陸雲爲顧彥先贈婦詩：「雅步擢纖腰，巧言發皓齒。」

〔六〕迷樓　項昇能構宮室，經歲而成，千門萬牖，工巧之極，自古無有，誤入者雖終日不能出。煬帝幸之，大喜，顧左右曰：使真仙遊其中，亦當自迷也，可目之曰「迷樓」。見迷樓記。

〔七〕三十六宮　班固西都賦：「離宮別館，三十六所。」駱賓王帝京篇詩：「秦塞重關一百二，漢家離宮三十六。」

右六闋見陽春白雪。

【附録一】　王沂孫事蹟考略

吴則虞

碧山身淪名微，其姓氏不見於史乘，詩文盡佚。

玉田瑣窗寒題稱其「能文工詞」。

四朝聞見録有碧山「陶土或如此，何爲殉玉魚」詩句。

志雅堂雜鈔：「辛卯十二月初夜，天放絳仙，江寧王大圭至，問王中仙今何在。云：『在冥司有滯未化。』有詩云：『天上人間只寸心，煙花雨意抑何深。十年尚有梢頭恨，燕子樓空斷素琴。』又詩云：『繡閣珠簾半未殘，中年何事早拘攣。春風詞筆時塵暗，手拂冰絃昨夢寒。』」按此詩與碧山詞同一筆路，疑碧山生前早爲，特附會其死後事耳。

撰對苑亦無傳。

志雅堂雜鈔謂「聖與猶緝對苑一書，甚精，凡十餘册，止於三字，如『獅兒橘』、『鳳兒花』之類」。

其詞流存於今者僅六十餘闋。其生平事蹟則視可竹、仁父猶寂寂，爲摭考之，不能悉備。

一、生卒

碧山生年無記載，惟有以同時人周公謹、張玉田之年以推索之。公謹生於宋理宗紹定五年壬辰（一二三二），殁於元成宗大德二年戊戌（一二九八）。玉田生於宋理宗淳祐八年戊申（一二四八），後公謹十六歲。玉田稱公謹曰「翁」（見一萼紅序），碧山稱公謹曰「丈」（見淡黄柳序），以是推知玉田、碧山之年必相若。玉田殁年無確證，集中有瑣窗寒弔碧山玉笥山之詞，是碧山之卒在玉田之前無疑。享年促永，有兩説不同：

據志雅堂雜鈔所載（見前引），則辛卯十二月之前已卒，既云「有滯未化」，其卒也或更早於此年。辛卯爲元至元二十八年（一二九一），假令碧山與玉田同年生，卒年約在四十一二歲之間，其説一。

玉田山中白雲詞聲聲慢詞題云「己亥歲自台回杭」，下又有同調西湖一首，別本作「與王碧山泛舟鑑曲」云云，説者以兩詞賦於同時，是大德三年己亥碧山猶在。又花外集一萼紅詞題云「丙午春赤城山中題花光卷」，丙午爲大德十年（一三〇六），其卒年自在大德十年之後，假令與玉田同庚，死時年約六十以上，其説二。

余以爲前説是，後説非也。龔本山中白雲詞出於朱彝尊、李符所編次，已非陶南村及明水竹居本之舊，年月頗凌亂，茗柯批校，於此頗有譏彈。其聲聲慢泛舟鑑曲一首，本未注明作詞年月，不得以其次於「己亥」一詞之後，即目爲己亥同時之作。反證一也。碧山淡黄柳題云「甲戌冬別周公謹丈於孤山中，次冬公謹游會稽，相會一月，又次冬公謹自剡還，執手聚別，且復別去」云云，是丙子歲碧山在會稽與公謹相值。赤城山在越，其題花光卷亦在此時，詞序「丙午」當爲「丙子」，形近而譌。苟丙午歲碧山尚在，是公謹先碧山八年而卒，志雅堂雜鈔何得復有記碧山死後之事耶？反證二也。碧山、玉田交契最深，然自玉田辛卯北歸之後，十六年中無復與碧山往還之跡，亦無倡和之詞，蓋碧山辛卯之前已下世。玉田歸，不及見之，故玉田有悼逝之詞，而碧山無喜歸之詠。反證三也。余以前説爲足信，據此以定碧山卒於辛卯之前，且據此以勘出淡黄柳「丙午」之誤文。

玉田瑣窗寒序云「王碧山，越人也」，四明志題曰「會稽人」。按史記太史公自序，正義引括地志云：「石簣山一名玉笥山，又名宛委山，即會稽山一峯也。在會稽縣東南十八里。」十道記以玉笥即石簣，在會稽。然則碧山號爲「玉笥山人」者以此。碧山當終於故里，其葬地亦在玉笥之下，故玉田弔之於玉笥山云。近有人謂碧山葬於金華玉笥山，不足信。

二、仕歷

宋理宗淳祐八年戊申（一二四八），玉田生。碧山生年似在此年之前後。

宋度宗咸淳十年甲戌（一二七四），碧山年約二十五六歲，是年至杭，遇公謹於孤山。（見花外集淡黄柳序）

宋度宗咸淳十一年恭帝德祐元年乙亥（一二七五），碧山在會稽。公謹游會稽，與之遇。（見淡黄柳序）

宋端宗景炎元年丙子（一二七六），在會稽，公謹自剡還，又與之遇。（見淡黄柳序）是年杭州陷，宋亡。

宋端宗景炎二年丁丑（一二七七），是年似在越。

宋端宗景炎三年戊寅（一二七八），在越。是年六陵盜發。（據輟耕録及周廣業會稽六陵考定於此年）

宋帝昺祥興二年（元至元十六年）己卯（一二七九），在越（酬唱之所宛委山房、天柱山房等皆在越），與李彭老、仇遠、張炎等賦白蓮諸詞，編爲樂府補題。

元世祖至元十七年庚辰（一二八〇）——元世祖至元二十一年甲申（一二八四），爲慶元路學正，蓋在此五年。（見絶妙好詞箋引延祐四明志）

元世祖至元二二年乙酉（一二八五），此年似已至杭。

元世祖至元二三年丙戌（一二八六），在杭，與徐天祐、戴表元、周密讌集於楊氏池堂（見剡源集楊氏池堂讌集詩序）。法曲獻仙音詞疑在此一二年間作（聚景亭在杭，此詞有滄桑之感，當作於宋亡之後。碧山國亡後只此一二年在杭，故疑法曲獻仙音詞作於此時）。

元世祖至元二四年丁亥（一二八七），公謹得保母帖，碧山題詩。此年還越，公謹賦三姝媚贈之。花外集「蘭缸花半綻」即和公謹之詞。

元世祖至元二五年戊子（一二八八），與張玉田、徐平野泛舟剡溪，賦詞，惜佚。（見玉田湘月詞序）

元世祖至元二六年己丑（一二八九），此年疑在越。

元世祖至元二七年庚寅（一二九〇），玉田入都。碧山疑卒於此年。

元世祖至元二八年辛卯（一二九一），玉田北歸，處杭逾歲。弔碧山於玉笥山，蓋在壬辰之後。

至元十七年至至元二十二年五年間，事蹟無考，絶妙好詞箋引延祐四明志：「至元中王沂孫慶元路學正」，花外集齊天樂四明別友末句云：「政恐黄花，笑人歸較晚。」似賦於慶元時。玉田洞仙歌觀花外集「野鵑啼月，便角巾還第」云云，蓋亦指此言。延祐四明志爲袁桷所修，清容爲碧山同時人，當不爲誣妄。汪兆鏞力辨其誤，云：

元史百官志：各行省設儒學提舉司，每司提舉一員，副提舉一員，吏目一員，司吏二人，屬官無學正之名。宋史職官志：有提學事司，掌一路學政，王聖與南宋末掌慶元路學政，宋亡歸隱。（微尚齋雜文卷三）

按元史選舉志：

凡儒師之命於朝廷者曰教授，路、府、上中州置之。命於禮部及各行省及宣慰司者曰學正、山長、學録、教諭，路、州、縣及書院置之。路設教授、學正、學録各一員，散府上中州設教授一員，下州設學正一員，縣設教諭一員，書院設山長一員。……

元典章禮部載之尤詳，汪氏之説，顯然有誤。宋之遺民於國亡之後，出爲山長學正者，如王應麟（鮚埼亭集外編宋王尚書畫像記）、應龜（金華黄先生文集山南先生行述），皆爲一時之名儒。碧山朋輩之中，若戴表元於大德八年拜信州教授（清容集戴先生墓誌銘），仇遠於大德九年爲溧陽教授（四庫提要謂於至元中，茲據杭州府志），張楧爲江陰學正（牟氏陵陽集卷七、十六），白珽亦出爲太平路學正（宋濂湛淵先生白公墓誌銘），故家鷗鷺，戢羽坫壇，又豈碧山一人而已。全謝山謂山長、學正爲師儒之職，非朝廷命官，與廁立僞朝者有間。胡適不知，直斥爲降志事仇（見詞選），且併其韻語而黜之，乃若所爲，所謂「放飯流歠，而問無齒決」者矣。

二、朋輩

趙松雪風流籍甚，袁清容承剡源之緒，奕葉繼華，公謹、叔夏皆有文字之契，獨碧山無往還。其生平儔輩，公謹則居師友之間，玉田爲要終始。餘則：

陳允平——見高陽臺。允平字君衡，號西麓，四明人，有日湖漁唱。

趙元任——見西江月。元任字元父，號學舟，辰州教授。

李彭老——樂府補題同賦龍涎香者。彭老字商隱，號篔房。按彭老年輩爲高，與公謹相若。

王易簡——同賦龍涎香諸詞。易簡字理得，號可竹，宋亡隱居城南，有山上觀史吟。

馮應瑞——同賦龍涎香諸詞。應瑞字祥父，號友竹。

唐珏——同賦白蓮諸詞。珏字玉潛，號菊山，越人，六陵瘞骨，樹以冬青樹者。

吕同老——同賦白蓮諸詞。同老字和甫，濟南人。

趙汝鈉——同賦白蓮者。汝鈉字真卿，號月洲，商王元份七世孫，善沱之次子。

陳恕可——同賦蟬者。恕可字行之，固始人，以吴縣尹致仕，自號宛委居士。

李居仁——同賦白蓮者。居仁字師吕，號五松。

唐藝孫——同賦龍涎香者。藝孫字英發，有瑶翠山房集。

仇遠——同賦蟬者。遠字仁近，號山村，錢塘人，入元爲溧陽學正，未幾歸隱，有興觀集，似同輩中年最少者。

以上十二人皆樂府補題之作者。

王廷吉——見玉田聲聲慢序、剡源集蕺隱記。廷吉於越中爲故家，在蕺山之陽，因名讀書之齋曰蕺隱。

徐平野——戊子與碧山泛舟山陰，見玉田湘月序。

戴表元、白珽（廷玉）、屠約（存博）、張楧（仲實）、徐天祐（斯萬）、陳方（申夫）、洪師中（中行）、孫晉（康侯）、曹良史（之才）、朱棻（文芳），均與碧山似相識而交不密。（見戴表元楊氏池堂讌會詩序）

林景熙——同爲六陵瘞骨者。

謝翺——同爲六陵瘞骨者。

王英孫——同爲六陵瘞骨者。汪兆鏞誤英孫爲沂孫伯仲，非是。英孫字才翁，會稽人，克謙之子，當爲碧山之友。（同題保母帖者，尚有鮮于樞等多人，恐非同時，故不列。）

鄧牧——似亦相識，唯不見於文字。

秋崖道人——碧山齊天樂贈秋崖道人西歸。秋崖有五，皆與碧山年代相近。李萊老，字周隱，號秋崖，咸熙六年任嚴州知府，與彭老爲昆季，此其一；奚㵟字倬然，號秋崖，西湖志有芳草南屏晚鐘，又趙本秋崖詞凡十首，華胥引中秋紫霞席上，醉蓬萊會稽蓬萊閣懷古，公謹絶妙好詞中曾載其詞，張玉田詞源有云：「近代楊守齋神於琴，故深知音律，與之游者，周草窗、奚秋崖，每一聚首，必分題賦曲。」此其二；敖秋崖仕迹未詳，劉辰翁一剪梅、燭影摇紅、齊天樂諸闋，皆和秋崖韻，辰翁丙子國變後至浙，秋崖蓋亦同遊之士，此其三；方岳，字巨川，號秋崖，祁門人，有秋崖先生小集，有詞名，卒於景定之後，此其四；戴表元剡源集有贈天台潘山人秋崖詩：「老潘雙眸如紺珠，帶以秋陽朝露之清腴。山形水態出没千百變，經君指顧不得藏錙銖。」隱遯之士也，此其五。許昂霄詞綜偶評以爲贈方秋崖，恐非，似以奚秋崖爲是。奚氏芳草詞有云：「笑湖山紛紛歌舞，花邊如夢如薰。」碧山贈秋崖詞云：「當時無限舊事，歎繁華如夢，如今休說。」是皆慨乎臨安昔日之繁盛。至題稱「西歸」者，指杭、越而言，錢塘之西也。然則「故里魚肥，江南恨切」，奚氏爲吴下之人與？碧山賦此解時，當在會稽，故云「想渠西子更愁絶」，由是推知奚氏登蓬萊閣懷古之作，疑即賦於此時。

四、詞集

草窗之詞，得力於紫霞翁；君衡受詞於伯父菊坡先生；玉田爲功甫後裔，寄閒之子。惟碧山師承家學，靡得而聞。玉田瑣窗寒序云：「聖與琢語峭拔，有白石意度。」後之論者，周稚圭、王半塘相與宗之。以余考之，碧山之詞，辭采則乞靈於昌谷、温、李（公謹題其詞曰「錦囊昌谷」），沉鍊則取法乎片玉，提空運筆，略似鄱陽，其天香、無悶二闋，尤肖君特。規模雖隘，然規矩準繩，非玉田之能迨。

適園藏玉笥山人詞集舊鈔本，後有馮氏手跋云：「此種詞在南宋至爲純正，然亦多可學到。山中白雲全稿中出色者固多，率意腐庸亦不少，未若玉笥之全美。」譚復堂亦云：「玉田正是勁敵，但士氣則碧山勝。」

其詞集原題花外集（見玉田洞仙歌序），又名玉笥山人詞集。

文鈔本名玉笥山人詞集，注云「一名花外集」。張石銘、江賓谷藏鈔本及天津圖書館藏舊鈔本均題曰玉笥山人詞集。鮑本及范、王、孫本均作花外集，注云「一名碧山樂府」。當以花外集爲是。

「花外」者，蓋竹邊花外之意。又曰碧山樂府，「碧山」其字，牧之句云：「碧山終日思無盡。」青山故國，有餘思焉。

今所存者僅五十一闋。據絶妙好詞補醉蓬萊、法曲獻仙音、醉落魄、長亭怨、西江月、踏莎行、淡黄柳七闋，又據陽春白雪補金盞子、更漏子、錦堂春二首、如夢令、青房並蔕蓮六闋（花草粹編望梅一闋誤入），凡六十四闋而止焉。其與玉田、山陰所賦，又陸輔之詞旨所引醉落魄、霜天曉角、謁金門，及「挑雲研雪」諸句，今皆不在集中，是知花外集早非完帙。今所存者，太半詠物及倡和之作，蓋出於後人之輯次，非碧山自訂。與公謹所題，玉田所觀者，迥非一本。

其版本有：

江都秦氏、南陽葉氏藏明文淑鈔本——郘園讀書志云：

文淑字端容，爲衡山之曾女孫。祖嘉，字休承，衡山仲子，世稱文水道人。父從簡，字彦可，又號枕煙老人，三世皆以書畫名。後適趙宧光凡夫子靈均爲婦，事蹟見錢牧齋列朝詩集小傳、初學集。此本前有「玉磬山房」白文長印，玉磬山房者，衡山齋名也，是未適趙時在閨中之作。後有「鮑氏正本」四字朱文印，則又鮑刻叢書所自出矣。又首葉有「石研齋秦氏」朱文印，則又展轉藏於秦氏矣。此爲鮑刻之所自出，其中亦多異別，豈鮑氏刻書時頗有出入耶？

天一閣藏玉笥山人詞一卷——綿紙鈔本，見天一閣書目。

張石銘藏鈔本——見適園藏書志卷十六。

江賓谷藏兩鈔本——一名玉笥山人花外集，爲廣陵吴氏本；一名玉笥山人詞集，爲白門周司農櫟園藏，凡南宋鈔本詞十六家，較吴本爲多。——陳世宜云：「天津圖書館舊鈔本，疑即江氏所獲之一。」

別下齋藏宋九家詞本——名玉笥山人詞。慶宫春「雪亂」下，羼高陽臺「蕚淺梅酸」一首，而此首後又重出。無「補遺」之目，醉蓬萊下只有法曲獻仙音、淡黄柳、長亭怨、高陽臺、西江月、踏莎行、醉落魄七首。此書今在北京圖書館。

天津圖書館藏舊鈔本。

意禪室藏宋八家詞舊鈔本。

鮑氏知不足齋刊本。

黎二樵鈔本——見詒莊樓書目。

道光辛丑金望華、范鍇同校刊三家詞本。
朱士楷藏舊鈔本並校——見詒莊樓書目。
王氏四印齋本。
四川官印刷局本——宋四家詞之一。
孫人和校本。
全宋詞本。
箋注斠律之事，則始於余云。

【附録二】 序跋

宋七家詞選碧山詞跋

戈載

王中仙，越人也。玉田稱其能文工詞，琢語峭拔，有白石意度。特譜瑣窗寒詞弔之玉笥山，又有洞仙歌題其詞集。玉田之於中仙，可謂推獎之至矣。要其詞筆洵是不凡。余嘗謂白石之詞，空前絶後，匪特無可比肩，抑且無從入手；而能學之者，則惟中仙。其詞運意高遠，吐韻妍和。其氣清，故無沾滯之音；其筆超，故有宕往之趣：是真白石之入室弟子也。詞名花外集，一名碧山樂府，原有二卷，今鮑氏刻入知不足齋叢書者僅五十一闋，似非完璧，補遺復得十四闋。予因取各選本互校之，從其是者。如：淡黄柳「料青禽、一夢春無著」，「著」，絶妙好詞作「幾」，失韻。掃花游「自一別漢南」，「自」字諸本落去，鮑本則闕而未補其字。又「迢遞歸夢阻」，「遞」字歷代詩餘作「遥」，此字宜仄。長亭怨慢「泛孤艇、東皋過偏」，「偏」，詞綜作「訊」，失韻。「緑陰庭院，忘了綺疏吟伴」，絶妙好詞「庭院」作「門掩」，「吟伴」作「雕闌」，出韻。錦堂春「但雙星隱隱」，「雙」，陽春白雪作「三」。高陽臺「初晴節序暄妍」，「初晴」，絶妙好詞作「東風」，下有「趁東風」，句複。又「不知春在誰家」，「在」，詞綜作「是」。齊天樂「厭厭晝眠驚起」，「起」，詞綜作「睡」，與上「眠」字犯。又「今日誰説」，鮑刻作「如今休説」，「今」字宜仄。花犯「三花兩花破蒙茸」，「兩花」，歷代詩餘、詞律作「兩蕊」，鮑刻同，此字宜仄。慶春宫「翠瘦腰圍一捻」，諸本作「翠圍腰瘦一捻」，此句與下「門外冰澌初結」句對，平仄宜同。南浦「清溜初滿」，諸本作「色嫩如染」，出韻。下「色嫩染銀塘」，作「清溜滿銀塘」，實則顛倒之誤耳。望梅「梟數枝、雲縷鮫綃」，「數」，梅苑作「芳」，此字宜仄。「夢回古驛」，「古」，花草粹編作「隴」，與上「隴頭」複。兹所校正四十一首，皆其精美之作，可誦可歌者矣。猶憶同社中有王井叔名嘉禄者，負不羈才，跌蕩自喜，時露英鋭。詩集甚富，始猶規規于明七子門面，繼而肆力唐賢，卓然成家。填詞則謬附鄙見，亦堅持律與韻不苟之説，曾偕同志刻吴中七家詞，沈蘭如、朱酉生、沈閏生、吴清如、陳小松之外，井叔與予也。井叔詞名桐月修簫譜，後幕遊廣陵，則曰騎鶴移家集，筆意絶類碧山樂府，人皆以爲中仙後身稱之。辛未、壬午間，知心聚首，疊舉消寒會，嘗修島佛故事，祭所作詞，分用宋名家詞韻，予得清真，井叔則取中仙，且爲余言欲重刊花外集，以志私淑之意。嗟乎！言猶在耳，而「斷碧分山，故人天外」，計歸道山時，年僅二十八。予哭之青桐仙館，賦徵招一闋，又作楹帖挽之云：「夢酣紅葉春風，瓊簫俊賞，繼白石之前游，騎鶴更移家，題襟邗上成千古；淚灑青桐秋雨，玉笛離愁，成碧山之遺集，盟鷗重結社，領袖吴中少一人。」是歲爲甲申九月，轉瞬已一紀矣。今選録是詞，尤不勝懷舊之感云。戈載識。

四印齋刊本花外集跋

王鵬運

右玉笥山人花外集，一名碧山樂府，一卷。碧山詞頡頏「雙白」，揖讓「二窗」，實爲南宋之傑。顧其集傳本絶少，諸家譜録，均未之及。鮑氏知不足齋叢書所刊爲詞六十有五，御選歷代詩餘云碧山樂府二卷，則此刻似非完書。光緒戊子春日覆刊元本蘇、辛詞畢，復取鮑氏刻本重加校訂，並增入戈順卿校勘數則，付諸手民，以公同志。張皋文云：「碧山詠物，並有君國之憂。」周止庵云：「詠物最争託意，隸事處以意貫串，渾化無痕，碧山勝場也。」年丈端木子疇先生釋碧山齊天樂詠蟬云：「詳味詞意，殆亦黍離之感。『宫魂』字點出命意。『乍咽還移』，慨播遷也。『西窗』三句，傷敵騎暫退，燕安如故。『鏡暗』二句，殘破滿眼，而修容飾貌，側媚依然。衰世臣主，全無心肝，千古一轍也。『銅仙』三句，宗器重寶，均被遷敚，澤不下究也。『病翼』二句，更是痛哭流涕，大聲疾呼，言海島棲流，斷不能久也。『餘音』三句，遺臣孤憤，哀怨難論也。『漫想』二句，責諸臣到此尚安危利災，視若全盛也。」其論與張、周兩先生適合，詳録於後，以資學者隅反焉。臨桂王鵬運識。

碧山樂府書後

汪兆鏞

宋王聖與碧山樂府二卷，又名花外集，見御選歷代詩餘。四庫未著録，毛氏汲古閣宋六十家詞無之。今惟存花外集一卷，鮑氏知不足齋本、范氏宋三家詞本、王氏四印齋本、鹽城孫氏本，並同，實非完帙（絶妙好詞所録詞旨警句及詞眼，集中均未盡載），而精粹爲南宋之傑。顧宋史無傳，浙江通志未載，其仕履行誼未詳。絶妙好詞箋引延祐四明志謂「至元中爲慶元路學正」。按元史百官志：「各行省設儒學提舉司，每司提舉一員，副提舉一員，吏目一人，司吏二人。」屬官無學正之名。宋史職官志有「提學事司，掌一路學正」。慶元路本明州，以集中四明別友、歸故山等詞揆之，殆王聖與南宋末掌慶元路學正，宋亡歸隱。張叔夏題其詞集云：「野鵑啼月，便角巾還第，輕擲詩瓢付流水。」情事脗合。厲箋引延祐四明志，未加深考也。樂府補題，四庫提要謂皆宋遺民詞，其中聖與之詠龍涎香、白蓮、蓴、蟬諸篇，皆與唐玉潛（珏）倡和，聖與、玉潛同里，六陵埋骨，玉潛主其事。陶篁村全浙詩話：「玉潛之前有王英孫字才翁，必聖與昆季。篁村謂玉潛寒士，才翁富而好禮，六陵事，非才翁慷慨揮金，里中諸惡少何能一呼衆應，成此良謀？故黄文獻以茲舉歸功於才翁。是聖與、玉潛之結祠社，淵源如此，決非貶節仕元，尤可信。善乎竹垞翁之言曰：「王聖與宋末隱君子也，其詞於身世之感，有淒然言外者，其騷人橘頌之遺音乎！」此可爲定論，無惑於四明志之説矣。第詞集分調編録，未臻完善，竊意如青房並蔕蓮詞：「愁窺汴堤翠柳，曾舞送當時，錦纜龍舟。」水龍吟牡丹云：「怕洛中、春色忽忽，又入杜鵑聲裏。」是南渡初追憶汴京，宜編次於前。如眉嫵新月、高陽臺詠梅、慶清朝榴花，張皋文謂並有君國之憂。及慶宮春水仙云：「國香到此誰憐，煙冷沙昏，頓成愁絶。」「試招仙魄，怕今夜、瑶簪凍折。」一萼紅紅梅云：「歲寒事、無人共省，破丹霧、應有鶴歸時。」無悶雪意云：「陰積龍荒，寒度雁門，西北高樓獨倚。」「待翠管、吹破蒼茫，看取玉壺天地。」是懷蒙塵之慟而不忘恢復之思，宜編録次之。至天香龍涎香云：「孤嶠蟠煙，層濤蜕月。」是厓山之恨。齊天樂蟬云：「甚已絶餘音，尚遺枯蜕。」是冬青之悲。法曲獻仙音聚景亭梅云：「淒涼，近來離思，應忘却、明月夜深歸輦。」「縱有殘花，灑征衣、鉛淚都滿。」是荆駝之感。綺羅香紅葉云：「何事西風老色，争妍如許。」「但淒涼、秋苑斜陽，冷枝留醉舞。」是責亡國大夫不知恥辱也。循此微恉，重加排比，較有條理。因校録一過，並掇拾羣書之關涉者，附於卷尾，以資參考。既訂正四明志之誤，復推論之，以質諸世之知言者。

微尚齋雜文

郋園讀書志

葉德輝

玉笥山人詞集一卷 明文端淑女史手鈔本

右玉笥山人詞集，下注云「一名花外集」。前有「玉磬山房」白文長印。玉磬山房者，明文衡山徵明齋名也（先生書畫墨蹟多用此印），則是明鈔本矣。後有「鮑氏正本」四字，朱文印。「知不足齋」四字，白文印。則又鮑刻叢書所自出矣。又首葉有「石研齋秦氏」五字朱文印，尾葉有「秦伯敦父」四字，「秦印恩復」四字，兩白文印。則又展轉藏於江都秦氏矣。首葉又有

「金石録十卷人家」七字，朱文印。按韓泰華小亭無事爲福齋隨筆云：「金石録，阮文達有宋槧十卷，余得之，刻『金石録十卷人家』小印。」則此又爲錢塘韓氏物。自後則不知轉徙幾人，至廠肆，而乃爲余得也。鮑刻標題云花外集，小注「一名碧山樂府」，與此不同。其結銜稱「玉笥山人王沂孫」，此本作「山陰王沂孫碧山父著」，亦迥然各别。鮑刻天香詠龍涎香「汎遠槎風」，此本「汎」作「訊」。露華詠碧桃「風霜峭」，此本「峭」作「悄」。聲聲慢詠催雪「風聲從臾」，此本作「慫恿」；「羔酒鎔脂」，此本「鎔」作「溶」。高陽臺咏紙被「笑他欠此清緣」，此本作「情緣」。無悶咏雪意「悵短景無多」，此本「悵」作「恨」。綺羅香詠紅葉「冷枝留醉舞」，此本「留」作「流」。齊天樂第二首詠蟬「厭厭晝眠驚起」，此本「起」作「睡」。第五首四明别友「離情幾番悽婉」，此本作「悽惋」；「算何如趁取涼生」，此本作「趁耳」。一萼紅第二首丙午春赤城山中題花光卷「半枝空色」，此本作「寒色」；「冰粟微消」，此本作「冰肌」；「未許訝、東南倦客」，此本作「未須訝」；「又重看」，此本作「又重見」。第四首詠紅梅「金尊易注」，此本「注」作「泣」。三姝媚第一首次周公謹故京送别韻「綵袖烏紗」，此本作「絲袖」；「斷歌幽婉」，此本作「幽怨」。第二首詠櫻桃「紅纓懸翠葆」，注云「别本作紅櫻」，此本正作「紅櫻」；「貯滿筠籠」，注云「别本作贈滿筠籠」，此本正作「贈」。慶清朝詠榴花「枝頭色比舞裙同」，此本「舞」作「似」。高陽臺第一首「殘萼梅酸」，此本作「萼淺梅酸」。掃花游第三首詠緑陰「念昔日采香，今更何許」，此本「今」作「人」；「正好微曛院宇」，此本「曛」作「薰」。八六子「漸薄潤侵衣不斷」，此本「潤」作「濶」；「謾淡却蛾眉、晨粧慵掃」，此本作「謾忘却」，又「蛾眉晨妝慵掃」六字空白；「繡屏鸞破」，注「詞譜繡屏作綃屏」，此本正作「綃屏」。望梅小注云「一名解連環」，此本只題「望梅」，無一名注；「晝閒人寂」注「梅苑晝閒作晝闌」，此本正作「晝闌」。踏莎行題草窗詞卷「斷歌人聽知音少」，注云「別本人聽作重恨」，此本正作「重恨」；「幾番幽夢欲回時，舊家池館生青草」，注云「別本作沉沉幽夢小池荒，依依芳意閒窗悄」，此本正與別本合；「風月交遊」，此本作「風日」；「空留離恨滿江南」，此本作「遺恨」；「相思一夜蘋花老」，此本作「蕢花」。凡若此者多以此本爲優，而鮑本爲絀。如天香「訊遠槎風」與「夢深薇露」對語也，若如鮑刻作「汎遠槎風」，不獨格律不合，語亦木强矣。八六子「漸薄濶侵衣不斷」，玉篇「濶，水盈貌」，本詞首句云「掃芳林，幾番風雨」，故下句以水盈承接，鮑刻以習見之「薄潤」字易之，失詞旨矣。此皆鮑刻之臆爲竄易，不可據也。至二本篇第之異，鮑本自十九葉以下「補遺」有醉蓬萊、法曲獻仙音、醉落魄、長亭怨、西江月、踏莎行、淡黄柳七首，注云「見絶妙好詞」。有望梅一首，注云「見花草粹編」。有金盞子、更漏子各一首、錦堂春二首、如夢令、青房並蔕蓮各一首，注云「見陽春白雪」。而此本原有踏莎行、望梅二首，不知鮑刻何以攙入「補遺」。其西江月、法曲獻仙音、醉蓬萊、長亭怨四首，此本亦補録書之上方。慶宮春一首，鮑刻文全，此本有題無詞，而上方亦一并采録。而西江月後有一斛珠一首，則又鮑刻所無，豈鮑氏刻此書時，頗有出入耶？若此本旁注「一本作某」者，臚載頗多，往往與鮑刻引一本者不合，且較鮑刻所引，亦加詳審，其字跡蓋石研齋主人筆，他人亦無此博洽也。近桂林王氏重刊鮑本，雜引戈順卿校勘列於逐句之下，亦不及此校之賅備云。光緒壬辰九月二十一日長沙葉德輝跋。

錢遵王讀書敏求記卷一金石録三十卷，云：「昔者吾友馮硯祥有不全宋槧本，刻一圖記曰『金石録十卷人家』，長牋短札，帖尾書頭，每每用之，亦藝林中美談也。」按此事在韓小亭以前，此書卷首印記，蓋馮氏舊藏耳。乙巳立秋德輝再記。

此明文淑手鈔本也。文淑字端容，爲衡山之曾女孫。祖嘉，字休承，衡山仲子，世稱文水道人。父從簡，字彦可，又號枕煙老人。三世皆以書畫名。後適趙宧光凡夫子靈均爲婦，事蹟見錢牧翁列朝詩集小傳、初學集及魯駿畫人姓氏録；姜紹書無聲詩史以爲衡山孫女者誤也。曩讀孫慶曾藏書紀要論鈔録本，盛稱文待詔、文三橋、趙凡夫鈔本之精，恒以未得一見爲恨。壬辰三月寓都門，從廠肆購得此本，去價銀四金，喜其字蹟有待詔家風。又見首有「玉磬山房」印，固知其爲文鈔本，驚喜出望外，然不知爲端容手鈔物也。近見文淑墨竹一幀，傍題款字與此絶似，再三比證，乃知此本即出端容手鈔，諦視筆致，字秀而腕弱，亦確是女郎手筆，然則此書又文鈔中之無尚品矣。據「玉磬山房」印，是未適趙時在閨中之作。一門韻事，照燿詞林，而又佳耦天成，同以書畫名海内，且同以藏書名海内，方之易安之於德父，有蘭閨唱隨之樂，無流離顛沛之苦，女子遭遇，固亦有幸有不幸耶！甲午嘉平臘八日麗廔主人再跋。

喬葉貞蕤絶世姿，生來嬌小愛臨池。衡山山水三橋印，鼎足蘭閨一卷詞。（「喬葉」、「貞蕤」，端

容印文也。又有「蘭閨」二字朱文印，見書畫真蹟）

玉磬山房小宛堂，兩家卷軸列琳瑯。絳雲一炬雲煙散，從此寒山富秘藏。（趙凡夫珍藏印文曰「小宛堂」，此書又經絳雲樓藏過）

鉅集都推鮑本精，一經改竄欠分明。不從星宿探源過，誰信黄河澈底清？（鮑氏知不足齋本即從此出，書中改竄處最多）

朱印纍纍押角多，興衰閲盡似恒河。何年更别郎園去，一卷黄庭寫换鵝。

乙未季春月展上巳日檢閲此書，復題四絶句於後。麗廔漫記。

適園藏書志

張鈞衡

玉笥山人詞集一卷（舊鈔本），馮氏（則虞按，此馮氏，疑爲馮硯祥）手跋曰：「此種詞在南宋至爲純正，然亦多可學到者。山中白雲全稿中出色者固多，率意腐庸亦不少，未若玉笥之全美。惟白石不可及。玉笥可與梅溪方駕，竹山固不及也。」

校訂花外集題識

孫人和

右花外集一卷，五十一首，補遺十四首，宋末王沂孫碧山撰。延祐四明志：至元中王沂孫慶元路學正。其餘事跡無可考見。徐光溥自號録引及周草窗，而於碧山條下，獨闕其姓字，當時聲聞未遠，此可徵也。詞綜、歷代詩餘、絶妙好詞箋並謂碧山樂府二卷。陸輔之詞旨引碧山「挑雲研雪」之句，今本所無，則此六十五首非完書也。近世所刻，鮑本爲先。烏程范氏、臨桂王氏，並遞爲校補，士之所尚，王本而已。王增戈順卿校勘數則，范用金桐孫手校之本。戈校似精，而苦無確證。又如齊天樂送秋崖道人西歸云「如今休説」，戈云「今」字宜仄，故選作「今向誰説」。考四明别友一首，作「涼生江滿」，則「今」字亦可用平，所謂失之眉睫者也。集中高陽臺詞，換頭多七字無韻，惟紙被一首六字協韻，揆諸本調，實有二體，范本妄補「了」字，彊使齊一，又所謂知其一而不知其二也。遂檢點各本，參互校訂：凡徵引事類，必尋其源；字句差池，必準於律；臆説無考，惟分注詞後；誼得兩通，亦摘録靡遺。雖未敢謂爲善本，比於諸家所校，則加詳矣。昔江賓谷得兩鈔本，一名玉笥山人花外集，一名玉笥山人詞集，不知與余所見兩鈔本異同如何。他日别有所獲，當重勘也。一九三三年夏六月二十四日鹽城孫人和識。

【附録三】 詞評詞話

朱彝尊詞綜：王聖與又號碧山，碧山樂府又名花外集。詞皆春水秋聲新月落葉物情之句，往來止有贈方秋崖、周公謹數闋，而曼聲爲多。

周濟介存齋論詞雜著：中仙最多故國之感，故著力不多，天分高絶，所謂意能尊體也。

又：中仙最近叔夏一派，然玉田自遜其深遠。

周濟宋四家詞選目録序論：碧山胸次恬淡，故黍離麥秀之感，只以唱歎出之，無劍拔弩張習氣。

又：詠物最争託意，隸事處以意貫串，渾化無痕，碧山勝場也。

又：詞以思筆爲入門階陛，碧山思筆，可謂雙絶。幽折處大勝白石，惟圭角太分明，反覆讀之，有水清無魚之恨。

鄧廷楨雙硯齋詞話：王聖與工於體物而不滯色相，如天香詠龍涎云：「汛遠槎風，夢深薇露，化作斷魂心字。」「荀令如今頓老，總忘却、尊前舊風味」。南浦詠春水云：「蒲萄過雨新痕，正拍拍輕鷗，翩翩小燕。簾影蘸樓陰，芳流去、應有淚珠千點。」皆態濃意遠，如曳五銖。眉嫵詠新月之「千古盈虧休問。歎謾磨玉斧，難補金鏡。太液池猶在，淒涼處、何人重賦清景。故山夜永，試待他、窺户端正。看雲外山河，還老桂花舊影」，則别有懷抱，與石帚揚州慢、淒涼犯諸作異曲同工。至慢詞换頭處最忌横亘血脈，碧山集中獨無此病。如摸魚兒云：「洗芳林、夜來風雨，怱怱還送春去。方纔送得春歸了，那又送君南浦。君聽取，怕此際、春歸也過吴中路。君行到處，便快折湖邊，千條翠柳，爲我繫春住。　春還住，休索吟春伴侣，殘花今已塵土。姑蘇臺下煙波遠，西子近來何許？能唤否？又恐怕、殘春到了無憑據。煩君妙語，更爲我將春，連花帶葉，寫入翠箋句。」通體一氣卷舒，生香不斷。鄱陽家法，斯爲嗣音矣。

陳廷焯白雨齋詞話：王碧山詞，品最高，味最厚，意境最深，力量最重。感時傷世之言而出以纏綿忠愛，詩中之曹子建、杜子美也。詞人有此，庶幾無憾。

又：南宋詞家，白石、碧山純乎純者也。梅溪、夢窗、玉田輩大純而小疵，能雅不能虚，能清不能厚也。

又：詞法之密，無過清真。詞格之高，無過白石。詞味之厚，無過碧山。詞壇三絶也。

又：詩有詩品，詞有詞品。碧山詞性情和厚，學力精深，怨慕幽思，本諸忠厚而運以頓挫之姿，沈鬱之筆。論其詞品，已臻絶頂，古今不可無一，不能有二。

又：白石詞雅矣正矣，沈鬱頓挫矣，然以碧山較之，覺白石猶有未能免俗處。

又：少游、美成詞壇領袖也。所可議者，好作豔語，不免於俚耳。故大雅一席，終讓碧山。

又：碧山詞，觀其全體，固自高絶，即於一字一句間求之，亦無不工雅。瓊枝寸寸玉，旃檀片片香，吾於詞見碧山矣，於詩則未有所遇也。

又：看來碧山爲詞只是忠愛之忱，發於不容已，並無刻意争奇之意，而人自莫及，此其所以爲高。

又：詞選云：「碧山詠物諸篇，並有君國之憂。」自是確論。讀碧山詞者，不得不兼時勢言之，亦是定理。或謂不宜附會穿鑿，此特老生常談，知其一不知其二。古人詩詞有不容穿鑿者，有必須考鏡者，明眼人自能辨之。否則徒爲大言欺人，彼方自謂識超，吾則笑其未解。

又：碧山詠物諸篇，固是君國之憂。時時寄託，却無一筆犯複，字字貼切故也。就題論題，亦覺躊躇滿志。

又：碧山眉嫵、高陽臺、慶清朝三篇，古今絶搆，詞選取之，確有特識。眉嫵新月云：「漸新痕懸柳，澹彩穿花，依約破初暝。便有團圓意，深深拜，相逢誰在香徑？畫眉未穩，料素娥、猶帶離恨。最堪愛、一曲銀鉤小，寶簾挂秋冷。千古盈虧休問。歎謾磨玉斧，難補金鏡。太液池猶在，淒涼處、何人重賦清景。故山夜永，試待他、窺户端正。看雲外山河，還老桂花舊影。」詞選云：「此喜君有恢復之志，而惜無賢臣也。」高陽臺詞選云：「此題應是梅花。」後半闋云：「江南自是離愁苦，況遊驄古道，歸雁平沙。怎得銀箋，殷勤與説年華。如今處處生芳草，縱憑高、不見天涯。更消他、幾度東風，幾度飛花。」詞選云：「此傷君臣晏安，不思國恥，天下將亡也。」慶清朝榴花後半闋云：「誰在舊家殿閣，自太真仙去，掃地春空。朱旛護取，如今應誤花工。顛倒絳英滿徑，想無車馬到山中。西風後，尚餘數點，還勝春濃。」詞選云：「此言亂世尚有人才，惜世不用也。不知其何所指。」右上三章，一片熱腸，無窮哀感，小雅怨誹不亂，諸詞有焉。以視白石之暗香、疏影，亦有過之無不及，詞至是，乃蔑以加矣。

又：碧山水龍吟諸篇，感慨沉至。詠牡丹云：「自真妃舞罷，謫仙賦後，繁華夢，如流水。」詠海棠云：「歎黄州一夢，燕宮絶筆，無人解，看花意。」感寓中出以騷雅之筆，入人自深。詠白蓮云：「太液荒寒，海山依約，斷魂何許。」又云：「三十六陂煙雨，舊凄涼、向誰堪訴。如今謾説，仙姿自潔，芳心更苦。」寫出幽貞，意者亦指清惠乎？詠落葉云：「渭水風生，洞庭波起，幾番秋杪。想重厓半没，千峯盡出，山中路，無人到。」筆意幽冷，寒芒刺骨，其有慨於崖山乎？

又：碧山齊天樂諸闋，哀怨無窮，都歸忠厚，是詞中最上乘。詠螢云：「漢苑飄苔，秦陵墜葉，千古凄涼不盡。何人爲省，但隔水餘暉，傍林殘影。」詠歎蒼茫，深人無淺語。「隔水」二句，意者其指帝昺乎？詠蟬首章云：「短夢深宮，向人猶自訴憔悴。」言中有物。其指全太后祝髮爲尼事乎？後疊云：「病葉難留，纖柯易老，空憶斜陽身世。窗明月碎，甚已絶餘音，尚遺枯蛻。鬢影參差，斷魂清鏡裏。」意境雖深，然所指却瞭然在目。次章起句云：「一襟餘恨宮魂斷。」下云：「鏡暗粧殘，爲誰嬌鬢尚如許。」合上章觀之，此當指王昭儀改裝女冠。後疊云：「銅仙鉛淚如洗，歎移盤去遠，難貯零露。病翼驚秋，枯形閱世，消得斜陽幾度。餘音更苦，甚獨抱清商，頓成淒楚。」字字淒斷，却渾雅不激烈。「餘音」數語，或有感於「太液芙蓉」一闋乎？

又：讀碧山詞，須息心静氣沈吟數過，其味乃出。心粗氣浮者，必不許讀碧山詞。

又：（碧山）疏影梅云：「籬根分破東風恨，又夢入、水孤雲闊。」後疊云：「幾度黄昏，忽到窗前，重想故人初别。蒼虬欲捲漣漪去，慢蜕却、連環香骨。」高陽臺云：「屢卜佳期，無憑却怨金錢。何人寄與天涯信，趁東風、急整歸船。縱飄零、滿院楊花，猶是春前。」幽情苦緒，味之彌永。

又：少陵每飯不忘君國，碧山亦然。然兩人資質不同，所處時勢又不同。少陵負沈雄博大之才，正值唐室中興之際，故其爲詩也悲以壯；碧山以和平中正之音，却值宋室敗亡之後，故其爲詞也哀以思。推而至於國風、離騷則一也。

又：詞法莫密於清真，詞理莫深於少游，詞筆莫超於白石，詞品莫高於碧山，皆聖於詞者。而少游時有俚語，清真、白石間亦不免，至碧山乃一歸雅正。後之爲詞者，首當服膺勿失，一切游詞濫語，自無從犯其筆端。

又：詞有碧山，而詞乃尊。否則以爲詩之餘事，遊戲之爲耳。必讀碧山詞，乃知詞所以補詩之闕，非詩之餘也。

又：草窗與碧山相交最久，然絶妙好詞中所選碧山諸篇，大半皆碧山次乘，轉有負於碧山。

又：聰明纖巧之作，庸夫俗子每以爲佳，正如蜣蜋逐臭，烏知有蘇合香哉？若以王碧山、莊中白之詞，不經有識者評定，猝投於庸夫俗子之前，恐不終篇而思臥矣。

又：或問比與興之别。余曰：宋德祐太學生百字令、祝英臺近兩篇字字譬喻，然不得謂之比也。以詞太淺露，未合風人之旨。如王碧山詠螢、詠蟬諸篇，低回深婉，託諷於有意無意之間，可謂精於比義。若興則難言之矣，託喻不深，樹義不厚，不足以言興；深矣厚矣，而喻可專指，義可强附，亦不足以言興。所謂興者，意在筆先，神餘言外，極虚極活，極沈極鬱，若遠若近，可喻不可喻，反覆纏綿，都歸忠厚。求之兩宋，如東坡水調歌頭、卜算子雁，白石暗香、疏影，碧山眉嫵新月、慶清朝榴花、高陽臺（「殘雪庭除」一篇）等篇，亦庶乎近之矣。

又：馮正中蝶戀花云：「誰道閑情拋棄久。每到春來，惆悵還依舊。日日花前常病酒，不辭鏡裏朱顔瘦。」可謂沈著痛快之極，然却是從沈鬱頓挫來，淺人何足知之。碧山詞何嘗不沈著痛快，而無處不鬱，無處不厚，反覆吟咏數十過，有不知涕之何從者。粗心人讀之，戞釜撞甕，何由識其真哉！

又：碧山有大段不可及處，在懇摯中寓温雅；蒿庵有大段不可及處，在怨悱中寓忠厚；而出以沈鬱頓挫則一也。皆古今絶特之詣。

又：雲韶集碧山詞評（王氏晴靄廬鈔本）：碧山詞自是取法白石，風流飄灑，如春雲秋月，令人愛不忍釋手。

又：碧山詞與陳西麓彷彿，但陳以和雅勝，王以清麗勝，要皆師白石而得其正者。

又：碧山詞高者入白石之室，而與竹屋並驅中原。

又：碧山學白石得其清者，他如西麓得白石之雅，竹山得白石之俊快，夢窗、草窗得白石之神，竹屋、梅溪得白石之貌，玉田得其骨，仲舉得其格，蓋諸家皆有專司，白石其總萃也。

張德瀛詞徵：王聖與多詠物詞，掃花游賦緑陰云：「舊盟誤了，又新枝嫩子，總隨春老。」齊天樂詠蟬云：「病翼驚秋，枯形閲世，消得斜陽幾度。」家國之恨，惻然傷懷，殆畫傳中之馬半角也。

況周頤蕙風詞話：初學作詞最宜作碧山樂府，如書中歐陽信本，準繩規矩極佳。

楊希閔詞軌（手稿本）：周穉圭題碧山詞云：「碧山才調劇翩翩，風格鄱陽好比肩。姜史姜張饒品目，人間别有藐姑仙。」此論允愜。

又：碧山佳處却出梅溪、玉田上，但不多耳。

沈道寬話山草堂集論碧山詞：孰云王後孰盧前，花外蒲江各一編。若把哀蟬方蟋蟀，故應詞法屬中仙。

馮煦蒿庵類稿論詞詩：青禽一夢春無著，頗愛中仙絶妙詞。一自冷雲埋玉笥，黄金不復鑄相思。

楊鐵夫題樂府補題：聲家律細到鄱陽，浙派千秋一瓣香。騷雅清空成一手，掃除風格玉笥王。

【附録四】 諸家題贈詞

聲聲慢 送王聖與次韻

周密

瓊壺敲月，白髪簪花，十年一夢揚州。恨入琵琶，小憐重見灣頭。尊前漫題金縷，奈芳情、已逐東流。還送遠，甚長安亂葉，都是閒愁。 次第重陽近也，看黄花緑酒，只合遲留。脆柳無情，不堪重繫行舟。百年正消幾別，對西風、休賦登樓。怎去得，怕淒涼時節，團扇悲秋。

踏莎行 題中仙詞卷

周密

結客千金，醉春雙玉，舊遊宫柳藏仙屋。白頭吟老茂陵西。清平夢遠沈香北。 玉笛天津，錦囊昌谷。春紅轉眼成秋緑。重翻花外侍兒歌，休聽酒邊供奉曲。

憶舊遊 寄王聖與

周密

記移燈翦雨，换火篝香，去歲今朝。乍見翻疑夢，向梅邊攜手，笑挽吟橈。依依故人情味，歌舞試春嬌。對婉娩年芳，漂零身世，酒趁愁消。 天涯未歸客，望錦羽沉沉，翠水迢迢。歎菊芳薇老，負故人猿鶴，舊隱誰招？疏花漫撩愁思，無句到寒梢。但夢繞西泠，空江冷月，魂斷隨潮。

三姝媚 送聖與還越

周密

淺寒梅未綻。正潮過西陵，短亭逢雁。秉燭相看，歎俊遊零落，滿襟依黯。露草霜花，愁在廢宮蕪苑。明月河橋，笛外尊前，舊情消減。莫訴離腸深淺。恨聚散忽忽，夢隨帆遠。玉鏡塵昏，怕賦情人老，後逢悽惋。一樣歸心，又喚起、故園愁眼。立盡斜陽，無語空江歲晚。

瑣窗寒 王碧山又號中仙，越人也。能文工詞，琢語峭拔，有白石意度，今絕響矣。余悼之玉笥山，所謂長歌之哀，過於痛哭。

張炎

斷碧分山，空簾剩月，故人天外。香留酒殢，蝴蝶一生花裏。想如今、醉魂未醒，夜臺夢語秋聲碎。自中仙去後，詞牋賦筆，便無清致。　都是，淒涼意。悵玉笥埋雲，錦袍歸水。形容憔悴，料應也、孤吟山鬼。那知人、彈折素絃，黃金鑄出相思淚。但柳枝、門掩枯陰，候蛩愁暗葺。

洞仙歌　觀王碧山花外詞集有感　　張炎

野鵑啼月，便角巾還第，輕擲詩瓢付流水。最無端、小院寂歷春空，門自掩，柳髮離離如此。可惜歡娱地。雨冷雲昏，不見當時譜銀字。舊曲怯重翻，總是離愁，淚痕洒、一簾花碎。夢沈沈、知道不歸來。尚錯問桃根，醉魂醒未。

湘月　余載書往來山陰道中，每以事奪，不能盡興。戊子冬晚，與徐平野、王中仙曳舟溪上，天空水寒，古意蕭颯。中仙有詞雅麗，平野作晉雪圖，亦清逸可觀。余述此調，蓋白石念奴嬌鬲指聲也。　　張炎

行行且止，把乾坤收入，蓬窗深裏。星散白鷗三四點，數筆横塘秋意。岸觜衝波，籬根受葉，野徑通村市。疏風迎面，溼衣原是空翠。　堪歎敲雪門荒，争棋墅冷，苦竹鳴山鬼。縱使如今猶有晉，無復清游如此。落日沙黄，遠天雲淡，弄影蘆花外。幾時歸去，翦取一半煙水。

聲聲慢　與碧山泛舟鑑曲，王薿隱吹簫，余倚歌而和。天闊秋高，光景奇絶，與姜白石垂虹夜游，同一清致也。　　張炎

晴光轉樹，曉色分嵐，何人野渡横舟。斷柳枯蟬，涼意正滿西州。匆匆載花載酒，便無情、

也自風流。芳晝短，奈不堪深夜，秉燭來游。　誰識山中朝暮，向白雲一笑，今古無愁。散髮吟商，此興萬里悠悠。清狂未應似我，倚高寒、隔水呼鷗。須待月，許多清、都付與秋。

踏莎行　讀花外集，即用碧山題草窗詞卷韻。

凌廷堪

積玉敲聲，兼金鑄調，除將樂笑齊驅少。一從花外翠簾空，天涯處處生芳草。　梅影深情，蓴香幽抱，於今俊語無人道。孤吟山鬼語秋心，鑑湖霜後芙蓉老。

花外集斠箋自序

詞有浙派猶文之有桐城派也規矱法度乃以立浙派開自樊榭碧山為之尸祝逮清季而益昌此集以鮑刻為佳弋周芝孫遐相讎補余經年推玩積為斠箋並為碧山事蹟考略歲甲申辟寇湖外作也注觧之業莫難乎詞蓋詞者婉以託事曲以遯情當淪胥傾覆之時史廢於上詩亡於下而幽渺怡悵之詞作矣百世之下於恍惚影響之間較量乎摘章隸事之末得毋哂其徒勞耶雖然音實難知而寄聲於焉[illegible]覘變言授於意辭言適以通微論世知人[illegible]此理應會心處[illegible]其則不遠併所謂規矱法度者自得之於行墨之中矣詎非學宋詞者之一助歟涼秋九月[illegible]備他日刪

烽火流離[illegible]聊以遺[illegible]

取焉涇縣吳則虞

花外集斠箋目錄

補遺

花外集斠箋

涇縣吳則虞

天香

龍涎香○樂府補題[redacted]宛委山房賦龍涎香調寄
天香同賦者王沂孫周密王易簡馮應瑞唐藝孫
呂同老李彭老無名氏凡八人莊希祖以此詞為
謝太后北還而作[redacted]
[redacted]李謝后未北行王觀堂考之甚詳
[redacted]竊謂
此詞實從夢窗天香一闋蛻出吳詞末云荀令如
今老矣但未減韓郎舊風味還寄相思餘熏夢裏
而用以綰興致情耳龍涎香產自嶺嶠龍為人君
之象也即瀛澥之鄉龍歸大海龍失其靈其暗指
[redacted]井澳厓山之恨乎史言厓山下元卒求物於尸
間者遇帝昺尸衣黃衣負詔書之寶卒取寶獻張
弘範弘範函往求之已不獲矣疑此詞之[redacted]隱
意也八表波靡斷彈[redacted]丸[redacted]尚在桂風孤嶠雲氣依稀[redacted]慟
趙氏之孫裔猶[redacted]烟之一縷此上片之意也荀令
餘香故溪深雪承恩夢裏授老剩闕易代之悲更

夏氏之說尤偏洵

傷搖落此下片之旨也[redacted]周止庵夏瞿禪謂
補題諸詞指發宋陵事[redacted]發千載之覆細繹詞旨
似亦有未盡然者龍涎白蓮題雖一而託事各[redacted]
殊[redacted]猶清初之詠秋柳秋草[redacted]者[redacted]各有所屬
也即以天香而言玉易簡烟嶠收痕雲沙擁沫張
桂萬里春聚待翦秋雲殿勤寄與唐藝孫海蜃樓
高仙娥鈿小呂同老蛻蛀夢斷瑤島侍寄相思仙
山路杳李居仁萬里槎程隱約仙洲路杳似[redacted]指帝
昺之南死[redacted]而周公謹碧腦浮冰驪宮玉唾誰擣
馮應瑞驪宮夜蟄驚起李彭老誰喚覺鮫人春睡
又似[redacted]指發宋帝骨憑勇求珠事矣龍吟詠白蓮碧
山兩詞疑一指崖山一指沖華入道陳恕可詞上[redacted]似
片[redacted]有繹娟謨疑亦指沖華下片中流一葉又
指海飛[redacted]唐珏詞上片冰魄猶在玉簪為誰輕墜
[redacted]似指孟后諸殯之見發過變別有一轉素波千里
又似屬意南天[redacted]耳如摸魚兒賦蓴碧山詞有
西山薇蕨之[redacted]玉易簡詞箕唯有淵明黃花歲晚
此與共千古與碧山詞意合而佚名之碧龍驚起
冰涎猶蘸鬢影正指宋帝試翦取纖條玉溜青絲
瑩又蕭蕭兩鬢羞與共秋鏡又似指孟后之鬢翠

張嶠蟠烟
宮紀聞云
睡其下土
[redacted]

格律不合語亦不強矣案范玉川及意禪室藏舊鈔宋八家詞
本均作汎孫本改作訊似作汎爲是又文本及樂府補題遠作
逝夢深薇露案後唐龍輝殿中安假山川以沈香爲山薔薇露爲池榜曰靈芳國薇露蓋指此[redacted]
[redacted]化作斷魂心字戴叔倫詩金鴨香消欲斷魂楊慎詞
品云詞家多用心字香蔣捷詞云心字香燒張于湖詞心字夜
香清晏小山詞記得年時初見兩重心字羅衣范石湖驂鸞錄
云番禺人作心字香用素馨茉莉半開者著淨器中以沈香薄
劈層層相間密封之日一易不待花蔫花過香成所謂心字香
者以香末縈篆成心字也[redacted]紅瓷候火許仲企詩定州紅花瓷[redacted]
[redacted]還乍識冰環玉指色韋應物詩玉指霜毛本同[redacted]
一縷縈簾翠影依稀海天雲氣樂府補題天作山意禪室藏舊鈔本同案作海山者[redacted]是柯敬
仲詩海山夜半剪腥雲玉易簡帶得海山風露皆云海山香譜
龍涎出海旁有雲氣籠山間故云海山雲氣一縷云云者嶺南
雜記云龍涎和香焚之則翠縷浮空結而不散坐客可以用一
剪以分烟縷所以然者蜃氣樓臺之餘烈也[redacted]

夏氏之說尤備

傷離意也下片之旨又案[redacted]

鈿淨似指古釵唐玨賦人夜翦龍髯均堪與皋羽[redacted]

古釵歎互發餘詞亦復如是雁磔只集賦蟬詞首[redacted]

月[redacted]是則補題諸詞不盡指發陵而言固可以[redacted]知

之又綠[redacted]山詞中如南浦賦春水疎影賦梅[redacted]同

[redacted]一葉紅詠紅梅諸詞又田詞中復多此類

調同題之作疑亦當時酬唱之什同賦者不止此二[redacted]

人餘詞未傳惜補題失載耳時有先後

山陵之痛僅其一端以一概全致遠遜泥敢[redacted]一

得之愚冀[redacted]寸莛之[redacted]動

[redacted]詳齊天樂題下箋

補題中惟齊天樂詠蟬以此人詞旨相合

[redacted]更[redacted]國多矣

張嶠蟠煙層濤蛻月驪宮夜採鉛水

採樂府補題及[redacted]文叔鈔本作采李賀詩井汲鉛華水滸作

宦紀聞云龍涎出大食國近海旁常見雲氣罩山間即知有龍

睡其下土人候雲散則知龍已去往採必得龍涎[redacted]

[redacted]

汛遠槎風汛文渉鈔本作訊葉煥彬謂上下二句對語也若作如魚刻作汛不獨

格律不合語亦不强矣案范玉川及意禪室藏舊鈔宋八家詞
本均作汎孫本改作訊似作汎為是又文本及樂府補題遠作
逝夢深薇露案後唐龍輝殿中安假山川以沉香為山薔薇露為池榜曰靈芳國薇露盖指此[redacted]
[redacted]化作斷魂心字戴叔倫詩金鴨香消欲斷魂楊慎詞
品云詞家多用心字香蔣捷詞云心字香燒張于湖詞心字夜
香清晏小山詞記得年時初見兩重心字羅衣范石湖驂鸞錄
云番禺人作心字香用素馨茉莉半開者著淨器中以沉香薄
劈層層相間密封之日一易不待花蔫花過香成所謂心字香
者以香末縈篆成心字也[redacted]
紅瓷候火許仲企詩定州紅花瓷[redacted]
[redacted]
還乍識冰環玉指色韋應物詩玉指霜毛本同[redacted]
一縷縈簾翠影依稀海天雲氣樂府補題天作山意禪室藏舊鈔本同案作海山者[redacted]是柯敬
仲詩海山夜半剪腥雲玉易簡帶得海山風露皆云海山香譜龍涎出海旁有雲氣籠山間故云海山雲氣一縷云云者嶺南
雜記云龍涎和香焚之則翠縷浮空結而不散坐客可以用一剪以分烟縷所以然者蜃氣樓臺之餘烈也[redacted]

[redacted]幾回殢嬌半醉天津圖書館藏舊鈔本殢作滯周之琦心日齋詞錄同寧當作殢洞天清錄焚香忌龍涎篤耨兒女態者故云殢嬌半醉剪春燈夜寒花碎[redacted]更好故溪[redacted]飛雪清真西平樂故溪歇雨小窗深閉荀令如今頓老歷代詩餘頓老作頧穨[redacted]總忘卻樽前舊風味襄陽記荀令君至人家坐幕三日香氣不歇夢窗天香荀令如今老[redacted]矣但未滅韓郎舊風味又清真花犯依然舊風味謾惜餘熏空篝素被清真花犯香篝熏素被

[redacted]

花犯苕梅○西湖志餘淳熙五年孝宗過德壽宮起居太上留坐冷泉堂至石橋亭子看梅太上曰苕梅有二種一種出張公洞者苕蘚甚厚一種出越上苕如綠絲絲長尺餘縹緗漫志云南宋西湖苕梅最盛陷後花亦凋疎

蘇舜欽淮山喜雨聯句
媚若映緗縷

古嬋娟蒼鬟素靨盈盈瞰流水斷魂十里歷代詩餘作千里歎緗縷飄
零難繫離思故山歲晚誰堪寄一枝荊州記陸凱自江南寄梅花一枝詣長安范曄並贈詩曰折
梅逢驛使寄與隴頭人江
南無所有聊贈一枝春琅玕聊自倚杜甫詩天寒翠袖薄日暮倚修竹高觀國金人
捧露盤賦梅天寒翠袖可憐是倚竹依依
姜白石疏影籬角黃昏無言自倚修竹謾記我綠蓑衝雪張志和漁
父詞青箬笠綠蓑衣山谷浣溪沙綠蓑衣底一孤舟寒浪裏柳宗元
時休東坡送趙寺丞詩莫忘衝雪送君時
詩孤舟蓑笠翁
獨釣寒江雪三花兩蕊破蒙茸孫校云戈載詞選藻作花跋云此字宜平周錄
亦作花菴草窗用怒字亦為仄聲歷代詩餘收草窗詞前段謾
記得漢宮仙掌句誤為謾說漢宮仙掌後段誰歎賞句脫歎字
以為一百字體與碧山一百二字體別其實所據[redacted]誤本非
異體也故以作藻者為是孫說是也案張雨雪獅兒三花兩蕊
寒泉坐谷本此史記晉世家
狐裘蒙茸服虔曰以言貌亂依依似有恨明珠輕委明珠句用傳玄詩意
清真花犯相逢似有恨依依
愁悴碧山最能融化周詞雲臥穩藍衣正護春顦顇羅浮夢

中蟾桂曉（龍城錄隋趙師雄遷羅浮日暮於林間酒肆旁舍見美人淡妝素服出迎與語因叩酒家共飲師雄醉臥久之東方既白起視乃大梅花樹下上有翠羽啾嘈月落參橫但惆悵而已）么鳳冷山中人乍起（東坡西江月海仙時遣探芳叢倒掛綠毛么鳳）又喚起玉奴歸去[redacted]（齊東昏侯潘妃名玉奴東坡梅詩玉奴終不負東昏）餘香空翠被（何遜嘲劉郎詩猶憐翠被香義山夜冷詩西亭翠被餘香薄）

露華（碧桃〇戴表元剡源集有碧桃賦謂王贊公家燬於火亂之定有碧桃生其間因有云西山之陽欲竹之子亭亭冰映皦皦雪峙惋塗炭之在前欲潔身而趨遊也此詞之旨似之花神外紀□橋碧桃变歌後清光天所赦宋末元初多有賦詠碧桃文字至田亦賦此調詠碧桃□國□懷逝之所也）

緗葩乍坼笑爛漫嬌紅不是春色（杜詩栽桃爛漫紅吳融詩滿樹如嬌爛漫紅）換了素妝重把青螺輕拂（劉夢得詩白銀堆裏一青螺）舊歌共渡煙江卻占標（玉奴）格（古今樂錄王獻之愛妾名桃葉妹曰桃根獻之嘗臨渡作歌以送之曰桃根復桃葉渡江不用楫但渡無所苦我自來迎）

高時酬唱之詞
樂府補題矣
補題之宜補
者多矣

接卻博念奴嬌無物堪儕標格陶宗儀鷺華賦碧桃素質留暈鉛
巧把黛螺輕寫莫是歌渡烟江浣卻舊時顏色本此四詞境合
風霜峭峭文本作悄舊鈔本同杜文瀾云風霜峭句霜作露此字應去聲可從孫氏云今本均作霜杜氏所見蓋別一
本也瑶臺種時付與仙骨殷瑶詩迎春別似瑶池宴捧出金盤五色桃韋莊詩文昌二十四仙曹盡倚紅
簷種碧桃窠尹喜內傳老子西遊肴太真王母共食碧桃紫梨閑門晝掩悽惻似淡月梨
花重化清魄杜詩淡月失梨花尚帶啼痕香凝怎忍攀折後主一斛珠爛嚼紅茸笑
向檀郎唾嫩綠漸滿溪陰詞綜詞律俱作漸暖陶元儀嫩綠護出溪頭意同簌簌粉[redacted]雲飛
出杜牧詩煖雲[redacted]如粉草如[redacted]茵芳豔冷劉郎未應認得范成大[redacted]次韻周子充碧桃詩碧[redacted]城香霧
赤城霞染出劉郎未見花俱用劉禹錫玄都觀事
南浦春水○[redacted]
玉田詞南浦賦春水獨步當時
皆以張春水目之碧山此[redacted]蓋每同時唱和之什
雖不及玉田之清虛騷雅然於平直處能紆徐寄

慨處能蘊藉詞家正則無愧大宗且兩闋同調同題無一複筆尤為難事況蔓笙云碧山樂府如書中之歐陽[redacted]準繩規矩一一可循於此可見

柳下碧粼粼 玉田波暖綠粼粼 認麴塵乍生色嫩如染 周禮天官注麴塵象桑葉始生劉禹錫詩龍墀遙望麴塵絲夢窗齊天樂麴塵猶沁傷心水 清溜滿銀塘 戈選作清溜初滿色嫩染銀塘跋云染出韻 東風細參差縠紋初徧 初徧戈選作如剪杜牧詩水紋如縠燕差池東坡詩汎灔東風有縠紋 別君南浦翠眉曾照波痕淺 楚辭送美人兮南浦江淹別賦春草碧色春水綠波送君南浦傷如之何 再來漲綠迷[redacted]舊處添卻殘紅幾片 趙師俠酹江月桃花浪煖綠漲迷津浦夢窗齊天樂早柔綠迷津許昂霄點化文通別賦卻又轉進一層 葡萄過雨新痕 宋祁蝶戀花雨過蒲萄[redacted]新漲綠葉夢得賀新郎浪黏天葡萄漲綠皆出自襄陽歌遙看漢水鴨頭綠恰似蒲萄初醱醅 正拍拍輕鷗翩翩小燕 劉長卿詩拍拍江上鷗魏明帝詩翩翩春燕 簾影蘸樓陰芳流去應有

楊巨源崔小玉傳
采蘋歌怨木蘭舟

淚珠千點千點弌作流徧東坡水龍吟春色三分二分塵土一分流水細看來不是楊花是點點離人淚此用其意

滄浪一舸斷魂重唱蘋花怨采香幽徑鴛鴦睡歷代詩餘詞綜徑皆作逕是也又鮑本注云別本睡誤作暖案舊鈔本亦然似未必誤也蘇州府志采香徑在香山之傍小溪也吳王種香於香山使美人泛舟於溪以采香今自靈巖山望之一水直如矢故又名箭溪[redacted]誰道湔裙人遠李義山詩湔裙杜若洲

南浦　前題

柳外碧連天漾翠紋漸平低蘸雲影應是雪初消巴山路蛾眉乍窺清鏡李義山巴江柳詩巴江可惜柳柳色綠侵江草窗浣溪沙柳搖蛾綠妬春眉此隱括其意綠痕無際幾番漂蕩江南恨弄波素襪知甚處歷代詩餘知作至誤洛神賦淩波微步羅襪生塵空把落紅流盡　何時橘里蓴鄉玉隱記洞庭有橘里杜外洞仙歌橘里漁村半

蘇軾詩孤夢猶可續

烟草顏氏家訓露葵是蓴水鄉所出仙居縣志蓴湖縣北二里蓴生其側昔人呼為蓴鄉泛一舸翩翩歷代詩餘作翩然誤詞綜周錄作翩然東風歸興孫夢繞滄浪蘋花岸鮑本注云別本岸作令詞綜無岸字漠漠雨昏煙暝連筒接縷故溪深掩柴門靜杜甫春水詩三月桃花浪江流復舊痕朝來沒沙尾碧色動柴門接縷垂芳餌連筒灌小園已添無數鳥爭浴故相喧只恐雙燕銜芳去文鈔本舊鈔本歷代詩餘詞綜均作銜春去拂破藍光千頃杜牧詩沉水藍光徹史達祖雙雙燕飄然快拂花梢翠尾分開紅影此從史詞蛻出語亦俊雅

聲聲慢 催雪

風聲從臾文鈔本歷代詩餘作慫恿范本作容裔非是雪意商量古詩雲情雨意商量雪徐昌圖天香雲共雪商量不少方岳瑞[redacted]鶴仙正同雲商量雪也連朝滕六遲疑牛僧孺幽怪錄蕭至忠為晉州刺史欲獵羣獸行遲至深巖有黃冠一人老麋哀請黃冠曰若令滕六降雪巽二起風即蕭使君不復出矣張堅飛雪滿羣山是誰邀滕

六醲薄暮同雲江寒茸帽貂裘國策黑貂之裘敝夢窗十二郎貂裘茸帽重向淞江照影兔園準擬吟
詩謝惠連雪賦梁王不悅游於兔園俄而微霰零密雪下王廼歌北風於衛詩詠南山於周雅朱淑真念奴嬌催雪擔閣梁
吟紅爐旋添獸炭唐丁[redacted]仙芝詩子獸炭燃紅爐待辦金船羔酒鎔脂文本舊鈔本歴
代詩餘俱作溶晏幾道臨江仙流霞淺酌金[redacted]船清異錄黨太尉遇雪於帳中飲羊羔美酒問剪水工夫猶
未[redacted]還待何時歴代詩餘范本工夫上有恁字爲本據補唐陸暢雪詩天
人寧許巧剪水作花飛楊誠齋詩探雲剪水作風毬趙長卿玉蝴蝶片片空中剪水休敎梅花爭白
盧梅坡詩梅雪爭春未肯降詩人擱筆費平章梅須遜雪三分白雪却輸梅一段香辛稼軒鷓鴣天且教犬吠千家白且與梅
花一段奇好誇奇鬬巧早徧瓊枝唐王初詩瓊枝鬬剪裁繚惹絲索金鈴天寶遺事寧王
好聲樂至春時於後園中紉紅絲為繩密綴金鈴繫於花梢之上每有鳥鵲翔集則令園吏掣鈴索以驚之東坡聚星堂雪詩
晨起不待鈴索掣佳人等塑獅兒朱淑真念奴嬌笑捏雪獅兒隻張文潛有雪獅詩文詞調有雪獅兒怕

緋幃慵起夢梨雲說與春知梨雲指梅也王建夢看梨花雲詩落落寞寞路不分夢中喚作梨花雲高觀國金人捧露盤詠梅為春瘦却怕春知莫誤了約王猷船過剡溪世說新語王徽之嘗居山陰夜雪初霽日色清朗四望浩然忽憶戴逵逵時在剡便夜乘小船詣之未至而返人問其故徽之曰吾乘興而來興盡而返何必見安道耶

高陽臺紙被○紙被宋人多用之産自閩浙劉子翬有答呂居仁惠建昌紙被詩云日高擁楮眠應倦意自適嘗聞盱江藤蒼崖走虬屈斬以霜露秋漚以滄浪色粉身從澼洸蜺首齊蜃吞乃知瑩然姿故自漸陶出其製法可以想見

霜楮剥皮冰花辟手繭蘇易簡紙譜吳人以繭楚人以楮楊升庵謂越俗製楮以敲冰時為之故敲潔也滿腔絮澀湘簾通俗文方絮白紙抱甕工夫莊子子貢過漢陰見一丈人方為圃畦鑿隧而入井抱甕而出灌子貢曰有械於此一日浸百畦用力甚寡而見功多其名為槔圃者曰有機械者必有機事有機事者必有機心

吾非不知羞而不為也此晉云挹霞工夫養拙之謂也何須待吐吳蠶李嶠詩吳蠶落繭抽出絶僧智船詩春絲
爭似蠶吐吳水香玉色難裁剪段公路北戶雜錄羅州多箋香樹身如柜柳皮堪搗紙土人號為香皮紙
嵇含南方草木狀蜜香紙以蜜香樹皮葉作之極香而堅韌水漬之不潰爛而香紙譜玉版紙瑩潤如玉更繡鍼茸
綠休拈伴梅花暗卷春風遵生八牋梅花紙帳即榻床外立四柱各柱掛以銅瓶插梅數枝用白楮
作帳罩之謝宗可詠梅花紙帳詩清懸四壁剡溪霜高臥梅花月半林斗帳孤眠清真柳梢青斗帳香清陳鍾秀
刊本草堂詩餘滿江紅斗帳高眠寒窗靜簷熏鵲錦熊氈范本氈下有了字注云此調換頭皆作七
字句御選本作一任屬下讀鮑本誤作六字句今擬補了字與後之數首方同豫以范說非是此九十九字之高陽臺換頭處
六字協韻者也格古要論古有鸞鵲錦拾遺記周靈王設紫羅文褥任粉融脂涴猶怯癡寒韓愈詩癡
如過寒蠅李廷忠瑞鷓鴣蝶不禁寒總是癡我睡方濃笑他欠此清緣文本清作情揉來
細軟烘烘暖揉舊鈔本作操儘何妨挾纊裝綿左宣十二年傳申公巫臣曰王巡三軍拊而勉

鄭愔奉和幸上官昭容院詩更覓瓊妃伴

杜牧有寄詩雲澗煙深樹

之二軍之士皆如挾纊杜甫詩衣冷欲裝綿酒魂醒半榻梨雲起坐詩禪舊鈔本起作記東坡
詩酒清不醉休休煖睡穩如禪息息勻陸游寄謝侍制紙被詩紙被圍身度雪天白於狐腋煖於綿放翁用處君知否不是蒲
團夜坐禪

疎影詠梅影○歷代詩餘無影字疑脫玉田同調賦梅影有云枝北枝南疑有疑無幾度背燈難折寫影
字工絕尚不及此詞蒼虬句之沉厚高雅草窗亦以同調同韻賦梅影蓋亦倡和之作此類詞足補樂府補題之遺
瓊妃臥月任素裳瘦損羅帶重結石徑春寒北山移文石徑荒涼徒延佇碧
蘚參差李義山詩白石巖扉碧蘚滋相思曾步芳屧離魂分破東風恨又夢
用唐人小說倩女離魂事
入水孤雲澗算如今也歇傳傳帶了一痕殘雪猶記冰奩
半掩冷枝畫未就[redacted]戈選冷作凍非杜詩蕭蕭掛冷枝[redacted]歸櫂輕折幾度黃昏忽
到窗前重想故人[redacted]別初盧仝詩相思一夜梅花發忽到窗前疑是君蒼虬欲捲連

温庭筠詩自從香骨化

梅堯臣和叔治晚春梅花詩却驚春半見瓊肌

漪去施肩吾詩小仙乘月繫蒼虯慢蛻却連環香骨早翠陰蒙茸孫校云歷代詩餘范

本戈選並[redacted]作早又是也本無又是二字考此調始於姜白石實有此二字是字似當用平聲然此調趙以夫陳允平周

密張炎諸作平仄頗有不似一枝清絕白石疎影瘦倚數枝清絕出入亦難一例論也

露華碧桃○此露華之又一體九十四字惜萬氏未之收

晚寒竚立記鉛輕黛淺初認冰魂[redacted]東坡詩玉雪為骨冰為魂絹羅襯玉歷代

詩餘詞譜絹作碧猶凝茸唾香痕戈選凝作疑夢窗燭影搖紅櫻桃茸唾聽吟詩淨洗妬春顏

色勝小紅臨水湔裙杜詩臨注桃花鋪小桃王安石詩晴日蒸桃出小紅煙渡遠應憐舊

曲換葉移根見上清真解連環想移根換葉山中去年人到歷代詩餘詞譜戈選到作

別怪日情風輕閒掩重門瓊[redacted]肌瘦損那堪燕子黃昏舊鈔本堪作看

清真燭影搖紅燕子来時黃昏庭院又玉說憶故人燕子來時黃昏庭院幾片故溪浮玉歷代詩餘詞選戈選

慶信全作山銘瑞雪一片
方千冬日詩凍雲愁暮色

故均作過誤清真似夜歸深雪前村劉長卿詩風雪夜歸人僧齊己詩前村深雪裏昨夜
三部樂浮玉飛瓊一枝開宋神宗聲聲慢芳夢冷雙禽誤宿粉[redacted]雲李紳重別西湖詩波上雙禽去寂寞
前村夜來雪裏暑同
無問雪意○文本云一作催雪歷代詩餘無意字周錄及意禪室藏舊鈔本無題陳亦峯云謂南枝句中
含譏刺當指文溪松雪輩案夢窗無問賦催雪疑此亦當時拈題唱和之作
陰積龍荒寒度雁門虞世南結客少年場陰積龍沙暗木落雁門昏西北高樓獨倚古詩
西北有高樓悵短景無多文本悵作恨杜詩歲暮陰陽催短景亂山如此白石解連環算如此溪山
欲喚飛瓊起舞史達祖水龍吟白石清波引均有玉妃起舞句逸史唐許渾病起題壁句坐中惟有許飛瓊飛
瓊仙名瓊玉似雪借以為喻怕攪碎紛紛銀河水凍雲一片藏花護玉未教
輕墜清致暗韻情無似有照水一枝詞綜一作南詞律歷代詩餘並同孫校云此字
各家皆作仄聲不當用平聲疑後人以與上一片複而改之不足據也清真花犯想一枝瀟灑黃昏斜照水又玉燭新詠梅花

云終不似照[redacted]水一枝清[redacted]瘦已攪春意誤幾度憑欄莫愁凝睇應是梨花夢

好草窗水龍吟梨雲好夢未肯放東風來人世待翠管吹破蒼茫看取玉

[redacted]壺天地鮑照詩清如玉壺冰

杜甫臘日詩翠管銀罌下九霄

眉嫵

新月○此為王昭儀清惠而作且以悲金甌之缺也清惠字冲華宋史后妃傳失載南宋書昭儀名清蕙嘗題滿江紅詞於驛壁隨至燕即度為女道士亦不詳詞苑云丙子元兵入杭宋全謝兩后以下皆赴北昭儀題詞於驛壁即所傳滿江紅詞也詞云太液芙蓉渾不是舊時顏色曾記得春風雨露玉樓金闕名播蘭簪妃后裏暈生蓮臉君王側忽一聲鼙鼓揭天來繁華歇龍虎散風雲絕無限事憑誰說對山河百二淚霑襟血驛館夜驚鄉國夢宮車曉碾關山月願嫦娥相顧肯從容隨圓缺文文山讀至末句歎曰惜哉夫人于此少商量矣為代作二首全用其韻其一云回首昭陽離落日傷心銅雀迎新月算妾身不願似天家金甌缺其二云世態便如翻覆雨妾身原是分明月算樂昌

一段好風流菱花缺女史載王昭儀抵上都懇為女道士與汪水雲湖山類稿周密浩然齋雅談及輟耕錄相同南宋書蓋本據此所補也碧山此詞實詠其事畫眉未穩者指當月承恩之事清惠詞中曾生蓮臉者然也太液池數語即清惠首句之意末句指女冠之請以素娥耐冷為喻詞中本事[redacted]大抵如此[redacted]音惋怨深殊係人思

漸新痕懸柳澹彩穿花詞律彩作影譚復堂云蹊徑顯然依約破初暝賀方回吳門柳好月為人重破暝便有團圓意范本作團團深深拜相逢誰在香徑王昌齡甘泉歌昨夜雲生拜[redacted]初月施肩吾幼女詞學人拜新月又李端拜新月詞開簾見新月便即下階拜畫眉未穩畫眉見漢書張敞傳夢窗聲聲慢新彎畫眉未穩料素娥猶帶離恨素娥喻[redacted]月月如無恨月常圓反用典貼切新月最堪愛一曲銀鉤小寶簾掛秋冷[redacted]張皐[redacted]文詞選簾作奩非是少游浣溪沙寶簾閑掛小銀鉤千古盈虧休問歎慢磨玉斧

慢當作謾詞譜不誤難補金鏡難補詞譜作猶掛非是酉陽雜俎太和中鄭仁本表弟與王秀才游嵩山將暮忽聞
林中鼾睡聲尋之見一人布衣甚潔白枕一襆物方眠呼之起問所自其人笑曰君知月乃七寶合成乎月勢如丸其影日爍
其凸處也常有八萬二千戶修之予即一數因開襆有斤鑿數事玉屑飯兩裹稼軒滿江紅誰做冰壺涼世界最憐玉斧修時
節又案乾淳起居注云九年八月十五日曾覲進壺中天慢云雲海塵清山河影滿桂冷吹香雪何勞玉斧金甌千古無缺上
皇大喜曰從來月詞不曾用金甌事可謂新奇此反用其意太液池猶在淒涼處何人重賦
清景盧多遜詩太液池邊看月時晚風吹動萬年枝誰家玉匣開新鏡露出清光些子兒故山夜永試待
池窺戶端正白石玲瓏四犯端正窺戶玉田探春慢亦云休忘了盈盈端正窺戶看雲外山河還
老桂花舊影歷代詩餘詞譜作還老盡桂花影萬樹云石帚後結云又爭似相攜乘一舸鎮長見乘一舸下與此
篇不同想亦可如此然石帚在前定宜從之愚又疑此或是還老桂舊花影子桂孛互本與姜同而誤以桂花連寫耳杜文瀾
云詞譜後結作還老盡桂花影有盡字無舊字查姜白石張仲舉二詞後結作折腰句法應遵改酉陽雜俎佛氏謂月中所有

乃大也山河影又云月中有桂樹下有一人常斫之

[redacted]

水龍吟 牡丹○懷故京也宋于庭謂南宋詞人繫情舊京凡言歸路言家山言故國皆恨中原隔絕莊子云舊國舊都望之暢然丘陵草木之緡入之者十九猶之暢然婉轉體物以寄哀思撫洛下之風流悵宗周之禾黍綿邈餘音憐其蕉萃

曉寒慵揭珠簾，牡丹院落花開未。花品序洛下永寧院有僧玉種花最盛謂之牡丹院 闌干畔，柳絲一把，和風半倚。此四語隱括徐仲雅宮詞內人曉起怯春寒輕揭珠簾看牡丹一把柳絲收不得和風搭在玉欄杆 國色微酣，天香作染。摭異記太和中有程修已者以善畫進會內殿賞花上問修已曰今京邑傳唱牡丹詩誰稱首對曰中書舍人李正封詩國色朝酣酒天香夜染衣 扶春不起。夢窗漢宮春休讓道花扶人醉醉花却要人扶又喜還鶯還倩東風扶起 自真妃浴罷，謫仙賦後，天寶遺事禁中初有木芍藥植於沈香亭前時花盛開上乘照夜太真以步輦從李龜年手捧檀板押衆樂工將歌上曰賞名花對妃子

馬用舊樂章命龜年持金牋賜李白詔進清平調詞三章繁華夢如流水池館家家芳
事記當時買栽無地羅鄴詩買栽池館恐無地稼軒杏花天買栽池館多何益爭如一朵幽
人獨對周邃獨作相水邊竹際酉陽雜俎牡丹前史中無考惟謝康樂始言永康水際竹間多牡丹劉從
木蘭花慢肯來水邊竹際與幽人相對說淒涼把酒花前剩拚醉了醒來還醉趙長卿西江月
醉了還醒又醉怕洛中春色匆匆又入杜鵑聲裏事物紀原武后詔遊後苑百花俱開惟牡
丹獨遲后怒貶於洛陽故洛陽之花冠天下歐陽修花品敘牡丹出洛陽者為天下第一羣芳譜宋唐時洛陽之花為天下冠
故牡丹竟名洛陽花見聞錄嘉祐末康節邵先生行洛陽天津橋忽聞杜宇之聲歎曰異哉不及十年其有江南人以文字亂
天下者乎

水龍吟海棠○雲麓漫鈔云徽廟既內禪幸淮浙嘗作小詞名月上海棠末句云孟婆且與我做些方便弇州山人四部稿以為渡黃河詞蓋道君北狩時作也此云燕宮絕筆疑指此而言或云指宣和

畫譜託意亦不以寄深情義亦通可

世間無此娉婷劉處靜燭影搖紅詠海棠有云世間還有此娉婷玉環未破東風睡太真外傳明皇登沈香亭召太真宿酒未醒釵橫鬢亂不能再拜上笑曰豈海棠春睡未足耶將開半斂似紅還白楊誠齋詩絕憐欲白仍紅處正是微開半斂時又宋真宗海棠詩紅白間纖條晏元獻詩似紅如白海棠花餘花怎比崔得符海棠詩便教桃李能言語西子嬌妍比得無偏占年華禁煙纔過夾衣初試林逋詩亭臺物景並飄絮宅院時清試夾衣又[redacted]曹組詩海棠時節又清明歎黃州一夢燕宮絕筆許昂霄謂黃州句指王元之知黃州事似非蘇東坡黃州定惠院東山小上有海棠一株特繁茂每歲盛開必携客置酒已五醉其下矣古今詩話東坡謫黃州居於定惠院之東雜花滿山而獨海棠一株土人不知貴東坡為作長篇平生喜為人寫人間刻石者自有五六本吾平生最得意詩也又東坡在儋耳一日遇一媼謂坡曰學士昔日富貴一場春夢耳燕宮句見題下無人解看花意張孝祥錦園春賦海棠杜老情味黃州賦冷與此意相近猶

記花陰同醉小闌干月高人起唐裴璘海棠詩別有玉盤承露冷無人起向月中看[redacted]

千枝媚色一庭芳景徐伸二郎神掩一庭芳景門清寒似水別本寒作愁非銀燭延

嬌東坡詩只恐夜深花睡去故燒高燭照紅妝范成大滿江紅紅妝高處燒銀燭王炎念奴嬌從教睡去為留銀燭終夕宵

自蘇詩出綠房留豔李賀詩一夜綠房迎白曉[redacted]夜深花底怕明朝小

雨濛濛便化作臙支淚王炎念奴嬌詠海棠曉來雨過正海棠枝上燕支如滴案水龍吟各體末三句

皆作五四四句法未有作七六字為兩句者此當從雨字化字斷句詞之分句有以意斷者有以聲斷者應以聲為主

水龍吟落葉○白雨齋詞話以為重崖半段數語有慨乎崖山之事深以為然畧申說之渭水風生指

西北之險溯洞庭波起指德祐二年丙子潭袁連

衡永郴全道桂陽武岡寶慶之敗李芾尹穀之死

湖外之戰為渡江來死事之烈者也崖山板屋飄

寓水窗蓋撓蘭旌揚靈未極此上片之意也望吾

廬甚處與靖節同一貞抱王田三姝媚亦有古意

蕭閒問結廬入境白雲誰侶之句風颯颯兮木蕭

十二

劉長卿石樓詩 隔河映青林

夢窗三姝媚 紫曲門荒

蕭思公子徒離憂哀吾生之無樂幽獨處乎山中怨慕之情居然騷雅此下片之意也江南之家早毁其室長懷顧影望古茫然

曉霜初著青林望中故國淒涼早蕭蕭漸積紛紛猶墜門荒徑悄渭水風生賈島詩秋風吹渭水落葉滿長安清真齊天樂渭水西風長安亂葉洞庭波起楚辭洞庭波兮木葉下謝希逸月賦洞庭始波木葉微脫幾番秋杪想重崖半沒千峯盡出山中路無人到前度題紅杳杳遡宮溝暗流空繞文本作官溝誤唐僖宗時于祐於御溝中拾一紅葉題詩云流水何太急深宮盡日閑殷勤謝紅葉好去到人間祐題一詩云曾聞葉上題紅怨葉上題詩寄阿誰置清逆流為宮人韓拾得之後祐託韓泳門館因帝放宮女三千人泳以韓有同姓之親作伐嫁祐案本事詩雲溪友議則以為顧況事侍兒小名錄則以為賈山虛事北夢瑣言則以為李茵事玉溪編事則以為侯繼圖事山堂肆考則以為于祐事啼蛩未歇飛鴻欲過此時懷抱亂影翻窗碎聲敲砌愁

人多少望吾廬甚處陶潛讀山海經詩吾亦愛吾廬只應今夜滿庭誰掃白居易詩落葉滿階紅不掃

水龍吟

龍吟白蓮○樂府補題浮[redacted]翠山房擬賦白蓮調寄水龍吟同賦者九人周密王易簡陳恕可唐珏呂同老趙汝鈉王沂孫李居仁張炎皆遺民也李齋咕嗶云楚詞橘頌取其渡淮為枳秉性不移茂叔愛蓮以其濯水彌鮮出塵不染是則故老拈題詞家調律依微擬義其志皭然矣王潛之翠輿難駐竹山之別浦重尋和甫之流水斷魂聖與之海山依約[redacted]安得槎回首嶠重來太乙之星花發洹流護取靈修之種[redacted]以意逆志是為得之[redacted]

皆暗指翠輿之事 南宿

蘇軾詩淡妝濃抹亦相宜

淡妝不掃蛾眉李白詩淡掃蛾眉朝至尊為誰佇立羞明鏡范本誰作伊真妃解語開元天寶遺事太液池千葉白蓮開帝與貴妃宴賞指妃謂左右曰何如此解語花西施淨洗娉婷顧影王易簡西子妝殘環兒初起未須勻注薄露初勻纖塵不染李居仁水壺凝露紅塵洗盡移

似用楊妃留襪事

根玉井韓愈古意太華峯頭玉井蓮花開十丈藕如船想飄然一葉颼颼短髮中流臥浮煙艇唐珏別有凌空一葉泛清寒素波千里陳恕可中流一葉共凌波去可惜瑤臺路迴抱淒涼月中難認樂府補題難作誰離騷望瑤臺之偃蹇兮李白詩若非羣玉山頭見會向瑤臺月下逢李義山詩如何曾月交光夜更在瑤臺十二層[redacted]溫飛卿詩抱月飄烟一尺腰東坡詩相逢月下是瑤臺[redacted]

[redacted]相逢還是冰壺浴罷許渾詩月寒水在壺牙牀酒醒趙彥端鵲橋仙詠蓮夜深風入通人寒牙牀酒醒問誰在步襪空留舞裳微褪粉殘香冷樂府補題歷代詩望餘舞裳作羽衣海山依約時時夢想素波千頃碧山兩言海山依約又曰時時夢想玉潛素波千里周老浩波千里故疑指崖山而言

水龍吟前題○此闋疑指冲華事蓮花一名玉環因以為喻仙姿自潔芳心更苦指女冠之請詞意顯然也

翠雲遙擁環妃三餘帖蓮花一名玉環典雖隱晦然意極貼切夜深按徹霓裳舞歷代詩餘深作涼樂府詩集唐逸史曰羅公遠多秘術嘗與玄宗至月宮仙女數百皆素練霓裳舞於廣庭問其曲曰霓裳羽衣帝默記其音調而還明日名樂工依其調作霓裳羽衣曲後主玉樓春重按霓裳歌遍徹鉛華淨洗涓涓出浴杜衍荷花詩曉開一朵煙波上似畫真妃出浴時宋祁蝶戀花詠蓮溫泉初試真妃浴盈盈解語見前太液

洛神賦鉛華弗御

荒寒海山依約斷魂何許[redacted]

[redacted]甚人間別有冰肌雪豔趙汝鈉風裳水佩冰肌雪豔嬌無奈頻相顧樂府補遺弋選奈作那通三十六陂煙雨康與之洞仙歌恨回首西風波淼淼三十六陂烟雨白石惜紅衣問甚時重賦三十六陂秋色舊淒涼向誰堪訴樂府補題舊作甚鮑注云一如本向作有又案別本作誰向

朱熹詩仙姿蕭灑出風塵

今謾說仙姿自潔苦心更苦賀鑄踏莎行紅衣脫盡芳心苦案此喻冲華之入道羅襯初傳玉璫還解羅襯箋見南浦列仙傳江妃二女遊於江濱逢鄭交甫透解珮與之交甫受珮而去數十步懷中無珮

二女亦不見[redacted]早淩波去白石念奴嬌情人不見爭忍淩波去試乘風一葉重來月底與修花譜范本作簫譜非是白石側犯寂寞劉郎自修花譜

綺羅香 秋思○詞綜無此題歷代詩餘同

屋角疎星庭陰暗水杜詩暗水流香徑猶記藏鴉新樹李白楊柳可藏鴉李義山寂霧少藏鴉試折梨花行入小闌深處聽粉片簌簌飄階有人在夜窗無語料如今門掩孤燈一本料作想畫屏塵滿斷腸句佳期渾似流水戈選流作逝孫校云此字當用仄聲作逝近是還見梧桐幾葉輕敲朱戶[redacted]周選作有見一片秋聲歷代詩餘作一派非是清眞慶春宮動人一片秋聲應做兩邊愁緒江路遠歸雁無憑晏幾道蝶戀花欲盡此情書尺素浮雁沉[redacted]魚終了無憑據[redacted]寫繡箋倩誰

張耒卯飲賦千林霜曉

李賀詩荒溝古水光如刀

將去歷代詩餘將作持謾無聊猶掩芳樽醉聽深夜雨歷代詩餘深作秋

綺羅香紅葉○樂笑翁亦賦此且同調同題蓋亦當時同賦之作

玉杵餘丹裴硎傳奇裴航過藍橋渴一舍有老嫗揖之求漿嫗令雲英以一甌漿水飲之航欲娶雲英嫗曰得玉杵臼當與後航得玉杵臼遂娶而仙去金刀剩綵晏幾道蝶戀花金剪刀頭芳意動綵蕊開時不怕朝寒重歐陽修蝶戀花金刀剪綵呈纖巧又漁家傲金刀剪綵功夫異重染吳江孤樹南史崔信明嘗矜其文過李百藥鄭世翼遇之於江曰聞云有楓落吳江冷之句願見其餘信明出餘篇與觀世翼覽未終曰所見不逮所聞投之水中引舟而去此用吳江以點楓丹幾點朱鉛幾度怨啼秋暮驚舊夢綠鬢輕凋訴新恨絳脣微注蕪城賦玉貌絳脣最堪憐同拂新霜繡蓉一鏡晚妝妒夢窗過秦樓一鏡萬妝爭妒

千林搖落漸少何事西風老色爭妍如許二月殘花空誤小車山路杜牧詩停車坐愛楓林晚霜葉紅於二月花重認取流水荒溝怨

十五

猶有奇情芳語箋見前但淒涼秋苑斜陽冷枝留醉舞文本留作流白石法

曲獻仙音誰念我重見冷楓醉舞

綺羅香 前題

夜滴研朱王本研誤作妍[redacted]高駢詩滴露研朱點周易晨妝試酒楊誠齋詩小楓一夜偷天酒

成大詩薇帳半年春豔

寒樹偷分春豔吳融詩一時衰颯無多恨看著春風綵剪成玉田寒樹又招春妬花賦冷吳江一

片試霜猶淺玉田賦冷吳江獨客又吟愁句驚漢殿絳點初凝說文楓木厚葉弱枝善搖漢宮殿中多植之至霜後葉丹可愛認隋苑綠枝重剪通鑑隋煬帝紀大業元年築西苑宮樹秋冬凋落則剪綵為華葉綴於枝條色渝則易以新者常如陽春然問仙丹煉熟何遲舊鈔本脫煉字漢武內傳西王母云仙之上藥有絳雪元霜裴硎傳奇薛昭遇仙女得絳雪丹度世少年色換已秋晚疎枝頻

撼暮雨消得西風幾度舞衣吹斷綠水荒溝終是賦情人遠箋見

前玉田是荒溝一片淒涼空一似零落桃花又等閒誤他劉阮
載情不去載愁去語尤惋
幽明錄漢明帝永平五年剡縣劉晨阮肇共入天台取穀皮迷
路不得返糧盡得山上數桃啖之遂不飢下山一大溪邊有二
女姿質妙絕因[redacted]要還家勅婢速作食有胡麻山羊脯甚美遊留
半載餘懷土求歸女曰宿福所牽何復欲還因指示還路既出
無復相識問得七世孫傳
聞上世入山迷道不得歸且[redacted]留取閒鸞幽情石闌三四片

齊天樂 螢○此亦當時指題同賦之什餘詞解傳耳自
來詠螢詞賦多為弔古哀時之作取其宵燐碧
血助人淒冷碧山此詞且有所指[illegible]其為瀛國公
之事乎後漢書孝靈帝紀建寧六年中常侍張讓
段珪劫少帝陳留王走小平津尚書盧植追讓珪
等斬殺數人帝與陳留王協夜逐螢火走行數里
得民家露車共乘之辛未還宮孝靈帝崩同為亡
國殤主露車共載輿櫬北行事又相類託為熠燿
之飛以抒覆亡之痛秦陵漢苑陽水傍林已顯言
之[redacted]詠歎蒼茫吞吐渾雅鄱陽家法斯為嗣音
碧痕初化池塘草
月令季夏之月腐草為螢本草陶注此是腐
草及爛竹根所化初時猶如蛹蟲腹下已有

光數日便夐而能飛熒熒野光相趁月令疏引李巡爾雅注熒火夜飛腹下如火光埤雅螢夜腹飛下有火故
字從熒扇薄星流杜牧詩輕羅小扇撲流螢盤明露滴漢武故事帝以銅作承露盤上有仙人掌擎玉
盤以承雲表之露零落秋原飛燐詩東山傳熠燿燐也燐螢火也古今注螢一名燐駱賓王螢火賦知戰場
之飛燐練裳暗近禮記檀弓練練衣也說文練湅繒也記穿柳生涼李建勛詩衡入穿柳樹度
荷分暝王安石詩嶺雲分暝與黃昏誤我殘編翠囊空歎夢無凖續晉陽秋車允好學
不倦貧無燈火夏日用練囊盛數十螢火以照夜讀樓陰時過數點倚闌人未睡曾
賦幽恨漢苑飄苔秦陵墜葉劉禹錫秋螢引漢陵秦苑遙蒼蒼陳根腐草秋螢光吳彥高春從天
上來漢苑秦宮墜露飛螢千古淒涼不盡歐陽修玉樓春滿眼淒涼愁不盡又清真丁香結比恨自古銷磨不
盡何人為省但隔水餘暉傍林殘影杜甫螢火詩帶雨傍林微駱賓王螢火賦之瀲乎池
沿徘徊乎林岸已覺蕭疎更堪秋夜永[redacted]

齊天樂

蟬○樂府補題餘閒書屋賦蟬調寄齊天樂同
賦者八人呂同老王易簡王沂孫周密陳恕可
唐珏仇遠唐藝孫故老拈題每有所屬求龍
累也言之陳亦峯謂上闋短夢深宮為指全太后
為尼事次章鏡暗妝殘指王清惠為女道士事而
王聿塘跋花外集云年丈端木子疇先生釋碧山
齊天樂詠蟬云詳味詞意殆亦黍離之感宮魂字
點出命意作咽還移慨播遷也西窗三句傷敵騎
暫退燕安如故鏡暗二句殘破滿眼而修容飾貌
側媚依然衰世臣主全無心肝千載一轍也銅仙
三句宗器重寶均被遷奪不下宄也病翼二句更
是痛哭流涕大聲疾呼言海島棲流斷不能久也
餘音三句遺臣孤憤哀怨難論也漫想二句責諸
臣到此尚安危利災視若全盛也其論似亦近理
周齊宋詞選始疑[redacted]蟬諸詞為元僧
楊璉真伽發宋陵而作歸安[redacted]王樹犖永嘉夏承
燾益張其說夏氏有與張孟劬論樂府補題書及
樂府補題考[redacted]其言補題賦蟬屢用齊姬
齊宮深宮如呂同老惆悵齊姬薄倖王易簡翠陰
深鎖齊姬恨唐珏怨結齊姬仇遠齊宮往事漫省
皆託喻后妃也周密癸辛雜識一村翁於孟后陵

得一髻髮長六尺餘其色紺碧謝翱為作古釵歎

有玄白烟淚溼樵叟來拾得[redacted]戀獻陵中髻蕭虞
七尺光照地髮下究轉金釵二此賦蟬十詞九用鬟
鬢之本事也[redacted]
[redacted]觀癸辛
雜識記梁棟莫爲詩獄元初文網之密可知補題託
物起興而又亂以他辭者亦猶林景熙冬青之詩必託
於夢中之作也寧夏氏此極確切[redacted]補題諸詞往
往題同而旨異[redacted]推賦
蟬一闋作者八人寓意[redacted]國䫉旨尤顯者如
同老早枯翼飛仙暗嗟殘景見蛻水奩怕翻雙翠
影[redacted]言貴[redacted]髻遺[redacted]雙鬢究然也[redacted]易簡怕寒葉凋
㪍蛻痕塵土[redacted]仇遠滿地霜紅
淺蒔尋蛻羽非即親拾寒瓊出幽草之[redacted]意乎
[redacted]然則碧山詞中枯蛻嬌鬢[redacted]不
待歸言矣

想可任翻歌寒雲
寒綴貂金淺蛻羽
雖留頓驚仙夢遠
又謹前意蛻痕枯葉

綠槐千樹西窗悄[redacted]
舊鈔本槐作陰別本又作楊寧非是柬收[redacted]
阮郎歸綠槐高柳咽新蟬樂府補題悄作曉

厭厭晝眠驚起詞綜文鈔本起俱作睡弋載云睡與上眠字犯飲露身輕曹大家蟬賦吸清露於丹
園沈鵬蟬詩吟風翅薄陸雲寒蟬賦舒輕翅而迅翰寧陳思可依樹愧身輕比作露濕身輕風生翅薄樂府補題此
作嫩翼風微流聲露情疑今本沿陳詞而訛半剪冰箋誰寄[redacted]淒涼倦耳漫
重拂琴絲[redacted]怕尋冠珥徐廣車服志侍臣加貂蟬者取其清高飲露而不食也梁書朱异傳
异為通事舍人後除中書郎時秋日始拜有飛蟬正集异武冠上時咸謂有珥蟬之兆短夢深宮樂府補題作夢
短[redacted]宮深向人猶自訴憔悴補題自作與殘虹收盡過雨舊鈔本及詞綜虹作紅杜審言詩月氣抱殘虹
晚來頻斷續都是秋意[redacted]病葉難
留纖柯易老[redacted]空憶斜陽身世[redacted]窗明月
碎舊鈔本樂府補題均作山明箏是也草庭老際葉燈明疎枝月也[redacted]甚已絕餘音尚遺枯蛻
樂府補[redacted]題作尚餘與上複非是[redacted]鬢影參差斷魂青鏡

裏詞綷作清鏡中華古今注魏文帝宮人莫瓊樹始制為蟬鬢望之縹緲如蟬[redacted]翼故曰蟬鬢唐玨晚妝清鏡裏猶記嬌鬢

齊天樂　前題○

[redacted]

一襟餘恨宮魂斷樂府補題弋選餘作遺[redacted]古今注牛亨問董仲舒曰蟬名齊女何故答曰昔齊王之后怨王而死尸變為蟬登庭樹嘒唳而鳴王悔恨之故名齊女此云宮魂即用其典譚復堂云此是李唐人句法章法庾郎先自吟愁賦逐年年翠陰庭樹樂府補題作庭宇[redacted]作咽涼柯其蔚跋[redacted]還移暗葉重把離愁深訴樂府補題深作傾西窗過雨補題窗作園怪瑤珮

宋之問經梧州詩青林換暗葉

常建詩高樓彈玉箏

流空補題作漸金錯鳴刀[redacted]玉箏調柱鏡暗妝殘補題及舊
鈔本暗均作掩為誰嬌鬢尚如許[redacted]銅仙鉛淚似洗
李賀金銅仙人辭漢歌序云魏明帝青龍元年八月詔宮官牽
車西取漢孝武捧露盤仙人欲立置前殿宮官既折盤仙人臨
載乃潸然淚下歎移盤去遠難貯零露孫校云明抄本舊抄本鮑本並作移盤移攜謂通李似當作攜
李賀金銅仙人辭漢歌攜盤獨出月荒涼此用其典病翼驚秋[redacted]枯形閱世消
得斜陽幾度歷代詩餘斜作殘餘音更苦甚獨抱清高補題作高詞綜歷代詩餘俱作
商寧作高是也駱賓王詠蟬詩本以高難飽如作清高則與下句淒楚意複頓成淒楚謾想薰風柳
絲千萬縷舊鈔本想誤相

齊天樂 贈秋崖道人西歸○秋崖有五皆與碧山年代
相近李萊老字周隱號秋崖咸淳六年任嚴州
知府與彭老為昆季此其一奚淢字偉然號秋崖
西湖志有芳草南屏晚鐘又趙本秋崖詞凡十首

華胥引中秋紫霞席上醉蓬萊會稽蓬萊閣懷古
公謹絕妙好詞中曾載其詞張玉田詞源有云近
代楊守齋神於琴故深知音律與之游者周草窗
奚秋崖每一聚首必分題賦曲此其二教秋崖仕
迹未詳劉辰翁一剪梅獨影搖紅齊天樂諸闋皆
和秋崖韻辰翁丙子國變後居浙者猶十餘載有
和聖與壽詞秋崖蓋亦同遊之士此其三方岳字
巨川號秋崖祁門人有秋崖先生小集有詞名卒
於景定之後此其四戴表元剡源集有贈天台潘
山人秋崖詩老潘雙眸如紺珠帶以秋陽朝露之
清腴山形水態出沒千百變絲居指顧不得藏錙
銖隱遯之士也此其五許昂霄詞綜偶評以為贈
方秋崖恐非似以奚秋崖為是奚氏芳草詞有云
笑湖山紛紛歌舞花邊如夢如薰此云當時無限
舊事歎繁華如夢如今休說是皆慨乎臨安昔日
之繁盛至題稱西[redacted]歸者指杭越而言錢唐之西
也然則故里魚肥江南恨切奚氏為吳下之人與
碧山賦此解時當在會稽故云想渠西子更愁絕
由是推知奚氏登蓬萊閣
懷古之作疑即賦於此時

柳宗元答問
擁門填扃

冷煙殘水山陰道陸龜蒙詩冷雲殘水出吳橋家家擁門黃葉故里魚肥用張翰事初寒雁落孤艇將歸時節江南恨切問還與何人共歌新闋換盡秋芳想渠西子更愁絕當時無限舊事歎繁華似夢如今休說戈選作今向誰說戈云今字宜仄短褐臨流幽懷倚石山色重逢都別白雨齋詞話碧山此詞山色重逢都別六字淒絕警絕覺國破山河在猶淺語也案玉田疏影感舊遊縱豔游得似當年早是舊情都別亦淺江雲凍結算只有梅花尚堪攀折亦峯謂此句必有所指案奚秋崖長相思慢幾多年江湖浪識知心只許梅花疑即指此寄取相思一枝和夜雪

齊天樂四明別友○周[redacted]錄無此題

十洲三島曾行處歷代詩餘行作遊史浩喜遷鶯著向十洲三島海內十洲記舊題東方朔撰十洲者謂祖瀛懸炎長元流生鳳麟聚窟是三島謂蓬萊方丈瀛洲離情幾番悽惋舊鈔本鮑本王本俱作婉墜葉

王安石遊土山詩亦擬蒲葵箑

韓偓卜隱詩藜藿先賜芋作衣

蘇軾詩還訪仙妹款石閭

皮日休詩庭陰落病蟬

重題枯條舊折蕭颯那逢秋半登臨頓懶更葵箑難留芋衣將換試語孤懷豈無人與共幽怨鮑本注云一本作愁怨遲遲終是也別算如[redacted]何趁取凉生江滿文鈔本作趁耳非挂月催程吳均詩挂月青山下收風借泊陸龜詩收風重泊洞庭湖休憶征帆已遠歷代詩餘憶作意山陰路畔縱鳴璧猶墜過樓初雁政恐黃花笑人歸較晚

一萼紅石屋探梅〇董嗣杲西湖百詠注云石屋在大仁院內錢氏建留石虛廣若屋下有洞路石上鐫五百羅漢其屋上建閣二層

思飄飄絕妙好詞作飄飄攜仙妹獨步明月照蒼趄花候猶遲庭陰不掃門掩山意蕭條艷芳恨佳人分薄似未許芳魄化春嬌高駢詩疏萼吐春嬌雨澀風慳歷代詩餘作雨澀蘇軾約公擇飲是日大風詩曉來顛風塵暗天我思其由豈坐慳注俗諺慳

値風値雨畫霧輕波細湘夢迢迢湘川本作緗宋孝武帝登魯山詩湘夢極南流誰伴

碧樽雕俎莊子加爾肩尻乎雕俎之上笑瓊肌皎皎絶妙好詞作喚瓊姬歷代詩餘作歎瓊肌棄作姬者是廣羣芳譜引亦作姬樓鑰詩泛商流羽看瓊姬綠鬟蕭蕭絶妙好詞作綠髮青鳳啼空玉

龍舞夜朱子詩晝寒亭下玉龍飛遥睇銀漢光搖絶妙好詞戈選睇作盼東坡詩光搖銀海眩生花未須賦疎香淡影蓋指暗香疎影且同倚枯蘚聽吹簫聽久餘音欲絶

寒透鮫綃北夢瑣言張建章為幽州司馬曾以府命往渤海遇水仙遺鮫綃軸之如箸以紅綠纏之夏天溽暑展之滿堂凛然述異記南海出鮫綃一名龍[redacted]紗以為服入水不濡以為異

一萼紅丙午山中題花光卷○文鈔本卷作菴歷代詩餘作赤城山中題梅花卷周錄同范本花光亦作梅花棄作花光者是孔靈符會稽記赤城山土皆赤狀似雲霞望之如雉堞孫綽天台山賦赤城霞起而建標王秋澗集題花光墨梅二絶序蜀僧超然字仲仁居衡陽花光山避靖康亂從江南之

柯山與參政陳簡齋並舍而居山谷所為研墨作梅超凡入聖法當冠四海而名垂後世嘗有放船來近花光住寫盡南枝與北枝之句其半庋可想見矣僧號花光道人東坡山谷少游皆有贈詩元遺山亦有題花光梅詩周密志雅堂雜鈔衡州有華光山其長老仲仁能作墨梅所謂華光梅是也

玉嬋娟是春餘雪盡猶未跨青鸞洽聞記光武時有大鳥高五尺五色備舉而多青蔡衡曰凡象鳳者有五色多青者鸞也疎蕚無香柔條獨秀應恨流落人間記曾照、黃昏淡月林逋詩暗香浮動月黃昏漸瘦影移上小闌干舊鈔本鮑本作移影誤荆公詩月移花影上闌干一點清魂半枝空色文鈔本作寒色芳意班班文鈔本芳作苦非重著嫩寒清曉過斷橋流水問訊孤山羣芳譜華光長老寫梅黃魯直觀之曰如嫩寒春曉行孤山水邊籬落間此蓋用其事又見冷齋夜話武林舊事云斷橋又名段家橋[redacted]西湖遊覽志本名寶祐橋自唐時呼為斷橋張祐志斷橋荒蘚合以孤山之路至此而斷故以為名冰粟微銷文鈔本粟作肌舊鈔本同歷代詩餘

作骨周錄同麼衣不浣相逢還誤輕攀未許訴東南倦客文鈔本作未須許寧是

也此字當用平聲[redacted]此文本之可貴也清真[redacted]滿庭芳憔悴江南倦客掩鉛淚看了

又重看文鈔本看誤作見故國吳天樹老雨過風殘李白詩翔雪落吳天

一萼紅紅梅○玉田亦以同調賦此疑[redacted]亦當時同賦之什夫屈宋徧陳香草獨不及梅八代暨唐篇題

亦寡炎宋始重此花刻葩擢采各擅風流虛谷撰

瀛奎律髓於著題之外別出梅花一類不使溷於

羣芳惟紅梅之作自羅隱王安石王十朋范成大

而外猶所罕覯詞家題詠蘇軾菩薩蠻定風波高

國觀留春令毛滂木蘭花數闋而已梅苑所載祇添

字浣溪沙二闋又何其寥落也[redacted]

編纂之未安歟抑

占芳菲趁東風嫵媚重拂淡烟支青鳳銜丹青鳳即綠毛幺鳳見上苔梅箋

瓊奴試酒王十朋紅梅詩霞觴瀲灩玉妃醉高觀國留春令玉妃春醉驚換玉質冰姿毛滂木蘭

菁甫生日詩山谷集
倚寒欲放梅

花玉骨冰甚春色江南太早有人怪和雪杏花飛荊公紅梅詩
肌元淡野春半花纔發
多應不耐[redacted]寒北人初不識渾作杏花看同叔紅梅詩若使
開遲二三月北人應作杏花看玉田幾銷凝把做杏花看蘇
珮蕭疎玉蘇佩杜詩蟲書茜裙零亂白石小重山令風冷香遠茜裙歸東山意霏霏
空惹別愁無數照珊瑚海影冷月枯枝戈選作孤枝張繼樂府海上珊瑚枝玉田樹挂
珊瑚冷月以珊瑚喻紅色吳豔離魂蜀妖泣淚見下闌箋孤負多少心期歲寒事
無人共省破月霧應有鶴歸時舊鈔本歸時作時歸川本鶴作偶可惜鮫綃碎
剪不寄相思歷代詩餘惜作恨東坡梅詩鮫綃剪碎玉簪輕

一[redacted]蘉紅前題

翦丹雲辨命論丹雲不卷怕江皐路冷千疊護清芬彈淚綃單凝妝枕
重驚認消瘦冰魂放翁梅詩冰魂雪魄同醫得為誰嫠東風換色任絳雪飛

許景先折柳篇芳樹朝催玉管新

滿綠羅裙毛滂紅梅詩深將絳雪點寒枝曾逸仲南浦故園梅花得夢愁損綠羅裙吳苑雙身梅譜吳之
獻移紅梅植西園圃中一日貴遊賂園吏得一枝分接由是都下有二本王君玉以詩遺公曰園吏無端偷折去鳳城從此有
雙身蜀城高髻摭遺蜀州有紅梅數本郡侯鍵閣扃戶遊人莫得見忽有兩婦人高髻大袖憑闌笑語郡侯啟鑰閱
不見人唯東壁有詩曰南枝向暖北枝寒一種春
風有兩般憑仗高樓莫吹笛大家留取倚闌干　忽到柴門
欲寄故人千里恨燕支太薄寂寞春痕毛滂詞零落酴醾花片損春痕玉管
難留金樽易注文鈔本作泣案是也白石暗[redacted]翠樽易泣黃孝邁湘春夜月空樽夜泣幾度殘
醉紛紛謾重記羅浮夢覺步芳影如宿杏花村箋見前杏花村有三一在朱陳
村一在池州城外一在江寧府境一樹珊瑚淡月獨照黃昏李義山詩猶憐未圓月先出照黃昏

一萼紅初春懷舊

小庭深有蒼苔老樹風物似山林侵戶清寒戈選作寒風捎池急雨

時聽飛過啼禽戈選作啼斷幽禽歷代詩餘啼作鳴掃荒徑殘梅似雪甚過了人日更多陰杜詩元日至人日未有不陰時又花風纔一信人日故多陰緗素雜記西青詩話云都人劉克者窮該典籍之事多從之質嘗注杜詩元日到人日未有不陰時人知其一不知其二惟子美與克會耳此東方朔占書也歲後八日一日雞二日犬三日豕四日羊五日牛六日馬七日人八日穀其日晴所主之物育陰則災少陵意謂天寶離亂四方雲擾幅裂人物歲歲俱災此豈春秋書王正月之意耶察碧山此詞蓋作於丙子之後與少陵同一寄慨下云念前事空惹恨沉沉又曰不似如今天時人事可以淒愴傷心者矣題曰懷舊思故國也壓酒人家李白詩吳姬壓酒勸客嘗試燈天氣范成大詩酥花芋葉試新燈陸游詩曲水已過修禊集餘寒不減試燈時相次登臨猶記舊游亭館正垂楊引縷嫩草抽簪復齋漫錄政和中一貴人使越州回得辭於古碑陰不知何人所錄以進御因詞中語賜名魚遊春水中有句云嫩草方抽碧玉茵媚柳輕窣黃金縷耆舊續聞云嫩草初抽碧玉簪綠楊輕拂黃金縷蓋用唐人詩羅帶同心駱賓王詩同心結縷帶又李白詩擣垂寶帶結同心泥金半臂夢窗

採芳信舞衣疊損金泥鳳 東軒筆錄宋子京多内寵嘗宴於錦江偶微寒命半臂諸婢各送一枚恐有厚薄不敢服忍寒而歸
花畔低唱輕斟 柳屯田鶴冲天忍把浮名換了淺斟低唱 趙長卿玉蝴蝶應須淺斟低唱 又爭信風流一別念前事空惹恨沉沉野服山筇醉貰不似如今

解連環 橄欖

萬珠懸碧想炎荒樹密 南州異物志閩廣諸郡及緣海浦嶼皆產橄欖 □□□恨絳婷先整吳帆 許渾詩吳帆乘月下清江 政鬓翠逞嬌故林難別歲晚相逢薦青子獨誇冰頰 東坡橄欖詩紛紛青子落紅鹽 點紅鹽亂落 又夢窗暗香疏影相將初試紅鹽味 最是夜寒酒醒時節 霜槎蝟芒凍裂 葉顒詩形容枯似餓霜槎 把孤花細嚼時嚥芳冽斷味惜回澀餘甘似重省家山舊游風月 王禹偁詩北人將薦酒食之先顰眉皮肉苦且澀歷口復棄遺良久有回味始覺甘如飴 崖蜜重嘗到了輸他清

絶范本到上有也字注云鮑本脱擬補東坡橄欖詩待得微甘回齒頰已輸崖蜜十分甜案賈思勰齊民要術云櫻桃爾雅云楔荆桃郭注今櫻桃孫炎注即今櫻桃最大而甘者謂之崖蜜鼠璞東坡橄欖詩崖蜜注引杜詩崖蜜松花落本草崖蜜蜂黑色作房於巖崖高峻處然坡與橄欖對説非蜜真也鬼谷子崖蜜櫻桃也他無經見予讀南海志崖蜜子小而黄穀薄味甘增城惠陽山間有之雖不知與櫻桃為一物與否要其同類也更留人紺丸半顆素甌泛雪鄭義茶廣志櫻桃大者如彈丸白色而多肌梅堯臣詩一任狂花落素甌

三姝媚次周公謹故京送別韻○歷代詩餘無故京二字案故京者臨安也其時宋亡已數載矣咸淳十年甲戌碧山在杭州別公謹丙子後蓋又至杭法曲獻仙音數詞疑賦於此時未幾還越公謹賦三姝媚以送之此即答其韻也碧山稱公謹以文此直呼其姓[redacted]字當有舛誤公謹原詞[redacted]

見後附録

[redacted]

蘭釭花半綻（歷代詩餘釭作缸花草粹編舊鈔本綻作吐孫校云草窗原詞作綻起韻吐字誤謝朓詩蘭釭當夜）明正西窗淒淒斷螢新雁別久逢稀謾相看華髮共成銷黯總是飄零更休賦梨花秋苑（李賀詩曲水飄香春不歸梨花落盡成秋苑白石淡黃柳梨花落盡成秋）色何況如今離思難禁俊才都減（漢書王襃傳聞襃有俊才）今夜山高江淺（歷代詩餘江作水）又月落帆空酒醒人遠綵袖烏紗（文鈔本舊鈔本八家詞鈔本綵作綵歷代詩餘詞綜紗作綵）解愁人惟有斷歌幽婉（舊鈔本婉作怨李原詞本作惋）一信東風再約看紅腮青眼（段成式詩退卻紅腮又年猿杜詩青眼高歌望吾子）只恐扁舟西去蘋花弄晚

三姝媚　櫻桃

紅纓懸翠葆（文鈔本纓作櫻詞綜同范成大題櫻詩大寶齊櫻珞垂於綠繭綠作櫻非是謝朓詩翠葆隨風許昂）

李白春思詩
燕草如碧絲

實五正寫起漸金鈴枝深見聲聲慢箋瑤階花步萬彩燕支杜[redacted]甫野人送櫻桃詩萬
顆勻圓許詩許同許昂實五以下三層俱是借用法贈舊情爭奈弄珠人老南都賦遊女弄珠於漢皋
之曲韓詩外傳鄭交甫將南適楚遵彼漢皐臺下乃遇二女佩兩珠大如荆雞之卵交甫贈以橘柚此假用也扇底清
歌還記得樊姬嬌小李後主一斛珠一曲清歌暫引櫻桃破東坡蝶戀花一顆櫻桃樊素口曾覿浣溪沙
樊素扇邊歌未發案范攄雲溪友議白樂天有二妾樊素善歌小蠻善舞有詩曰櫻桃樊素口楊柳小蠻腰
思紅豆都銷碧綠空裊芳意荼蘼開早羣芳譜唐召侍臣學士食櫻桃飲以
荼蘼酒取具同時也正夜色瑛盤素蟾低照東觀漢記明帝月夜宴羣臣於照園大官進櫻桃以赤瑛
為盤賜羣臣月下視之盤與桃一色羣臣皆笑云是空盤李德與櫻桃賦盤映皎月與赤瑛而俱妍陳與義詩赤瑛盤裏雖殊
遇薦筍同時歎故園春事已無多了宋史禮志景祐三年禮官宗正條定逐室時薦請每
歲春季月薦蔬以筍果以櫻又山堂肆考秦中以三月為櫻筍節案唐人亦有櫻筍會事貯滿筠籠偷暗觸

廿五

天涯懷抱貯文鈔本作贈寧作贈是杜詩西蜀櫻桃也自紅野人相贈滿筠籠陳與義詩何似筠籠相發揮[redacted]
謾想青衣初見花陰夢好太平廣記天寶初有范陽盧子在都應舉不第嘗暮行至一精舍有僧開講盧子從寢夢至精舍門見一青衣携一籃櫻桃在下坐盧子訪其誰家因與青衣同餐櫻桃青衣云娘子姓盧適崔即盧子再從姑因拜姑以外甥女鄭氏許馬盧子喜甚秋捉試官至宰相復以間步至昔年逢携櫻桃青衣精舍門復見其中有請筵忽倚醉聞講僧唱云檀越何久不起夢覺日向午矣自是無功名之念

慶清朝榴花○張孟劬夏瞿禪論樂府補題書謂指元僧發宋陵事案其用典隸事張說似未能確信錄此存參

玉局歌殘東坡賀新郎石榴半吐紅巾蹙之詞是也其後段單說榴花東坡曾提舉玉局觀此故云[redacted]金陵句絕王介甫萬綠叢中紅一點動人春色不須多年年負卻薰風白石訴衷情端午孤負薰風西鄰窈窕獨憐入戶飛紅朱熹榴花詩窈窕安榴花乃是西鄰樹墜萼可憐人風吹落幽戶前度綠陰載酒枝頭色比舞裙同文鈔本歷代詩餘舞俱作似非唐萬楚詩紅裙妒殺石榴

李白陽春歌長安白日照春空

花何須擬蠟珠作帶緗縟成叢又鈔本舊鈔本范本王本緗俱作湘非溫庭筠詩蠟珠攢作帶緗縟剪成叢誰在舊家殿閣自太真仙去掃地春空洪氏雜俎溫湯七聖殿遶階石榴皆太真所種掃地見漢書掃地盡矣朱旛護取如今應誤花工鮑本旛作蟠非博異記天寶中崔元徽於春夜遇數美人自通姓名曰楊氏李氏又緋衣少女姓石名醋醋有封家十八姨來諸人命酒十八姨翻酒污石醋醋作色謂元徽曰諸女伴每被惡風所撓常求十八姨相庇處士每歲旦與作一朱旛圖以日月五星其上樹苑中則免矣崔許之其日五旛東風刮地折木飛花而苑中花不動崔方悟衆花之精封家姨乃風神也石醋醋乃石榴也[redacted]

顛倒絳英滿徑想無車馬到山中韓愈榴花詩五月榴花照眼明枝間時見子初成可憐此地無車馬顛倒青苔落絳英西風後尚餘數點還勝春濃杜甫灞上遊詩春濃停野騎

慶宮春水仙花○范本作慶春宮歷代詩餘弋選無花字詠水仙者始於宋之高似孫水仙前後兩賦其序云水仙花非花也幽楚窈眇脫去埃滓云錢唐有水仙王廟林和靖祠堂近之東坡以為和靖

原唱詩撥毋貫休下第送友人下第還遊
直送詩沙昏碩月新

清節睽世遂移神像配食水仙王然則水仙者花
中之伯夷也碧山此詞託旨蓋亦如是與水龍吟
之賦白蓮殊為相近詞境詞格別一
妙諦清虛高絜全自白石詞中蛻出
明玉擎金趙溍長相思詠水仙金璞明玉璞明小小杯柈翠袖擎此用其意纖羅飄帶阮籍詠懷詩被
服纖羅衣為君起舞回雪白石琵琶仙玉尊起舞回雪柔影參差幽芳零亂詞律芳作
香翠圍腰瘦一捻戈選作翠瘦腰圍詞律圍作闌毛滂粉蝶兒楚腰一捻歲華相誤記前
度湘皋怨別[redacted]詞律湘作江陳摶水仙詩湘君遺恨付雲來哀絃重聽詞律聽作訴都是
淒涼詞律都作卻未須彈徹樂有水仙操國香到此誰憐山谷劉邦直送水仙
詩可惜國香天不管隨緣流落野人家煙冷沙昏頓成愁絕山谷王充道送水仙詩是誰招此斷腸魂
種作寒花寄愁絕花惱難禁杜詩江上被花惱不徹朱子[redacted]用子服韻謝水仙花詩報道幽[redacted]人被渠惱山谷詩
坐對真成被花惱酒銷欲盡門外冰澌初結試招仙魄怕今夜瑤簪凍

折羣芳譜水仙花大如簪頭攜盤獨出周錄作獨去空想咸陽故宮落月孫校云杜文瀾云後結原作落葉戈氏因韻牽易案今檢各本並作落月惟詞律作落景杜說未塙

高陽臺

殘萼梅酸文鈔本舊鈔本作萼淺詞綜歷代詩餘作淺萼東坡詩冰盤未薦含酸子楊誠齋詩梅子流酸濺齒牙新溝水綠初晴節序暄妍鮑本注云絕妙好詞誤作東風戈載亦云下有趁東風句複獨立雕闌誰憐枉度華年歷代詩餘憐作云案此即少游東風暗換年華之意又望海潮朝朝準擬清明近張先青門引庭軒寂寞近清明料燕翎須寄銀箋歷代詩餘作燕領非草窗水龍吟燕翎誰寄愁椾又爭知一字相思不到吟邊　雙蛾不拂青鸞冷戈選作嬾掃李賀詩銅鏡立青鸞任花陰寂[redacted]寂掩戶閒眠屢卜佳期無憑卻恨金錢絕妙好詞恨作怨施肩吾詩自家夫婿無消息卻恨橋頭賣卜人　何人寄與天涯信趁東風急整歸

船詞綜、歷代詩餘、周選船均作鞭縱漂零滿院楊花猶是春前

高陽臺 陳居衡遠遊未還周公謹有懷人之賦倚歌和之○詞綜陳上有西麓二字又倚歌和之作倚其歌而和之陳允平字君衡一字衡仲號西麓自號蒲節澹室後人四明人德祐時授沿海制置司參議官祥興初與蘇劉義書期以九月以兵船下慶元當內應為怨家所訐張弘範遣柏討使王世強閩捕同官袁洪解之得釋後徵至北都不受官放還著西麓詩稿繼周集日湖漁唱陳世宜曰續甬上耆舊傳陳允平德祐時官制置司參議官入元以仇家告變云謀與崖山接應遭榜掠後事得脫被薦以病免歸此題言遠遊未還未著何地就詞觀之當在被薦以後病免以前度脫罪膺薦時必有傳其仕元者然傳未言薦居何職玉田拜西麓墓解連環詞且有歎貞元朝士無多之句殆以病免保節碧山此詞有勸善規過之雅焉[redacted]起句駝褐輕裝北行之服狨韉小隊北行之伴冰河雖指北道朔雪平沙渡河後景物飛花承雪蛾眉取譬起下琵琶君衡非和親非淪落故曰賦情不[redacted]

此當時加一更字若有不能曲諒者矣想如今三字訴諸而劉刻龍庭即岳武穆所謂黃龍府初勸金危未還之故已不寧以趙孟頫規之語似與會然在碧山實極不堪之傷心語也過變就自身立言一枝芳信難應寄反用陸凱詩微露割席之意山邊一水際無形之首陽相思而曰獨抱蓋各之旨也開一筆曰江雁孤回孤回者獨抱者同在一面江與河映照仇遠贈玉田詩曰金臺掉頭不肯住且借此輩以相形乎天涯人自歸遲一合不曰不歸而曰歸遲是終望其歸意仍忠厚也歸來二句合咸華表之感語極沈痛比愁者獨抱相思江雁孤回之心境無人知之無從言之惟秦淮兩岸之垂楊零亂千絲與東風相對考堪彷彿耳此說甚是誰謂聲家無裨世教耶么謹送君衡被白原詞云[redacted]照野旌旗朝天車馬平沙萬里天低寶帶金章尊前茸帽風欹秦關汴水經行地想登臨都付新詩縱英游疊鼓清笳駿馬[redacted]名姬酒酣應對燕山雪正冰河月凍曉隴雲飛投老殘年江南誰念方回東風漸綠西湖柳雁已還人未南歸最關情折盡梅花難寄相思

駝褐輕裘歐陽修詩輕寒漠漠侵駝褐陳簡齋詩客子今年駝褐寬狨韉小隊呂渭老選冠子細馬狨韉冰河夜渡流澌後漢書光武聞王郎兵在後從者皆恐及至滹沱河候吏還曰河水流澌無船不可濟光武命王霸往視之霸恐眾驚詭曰冰堅可渡比至河河冰亦合乃令霸護渡朔雪平沙飛花亂拂蛾眉琵琶已是淒涼調案此用王明妃事琵琶始見石崇明君詞序杜詩亦有千載琵琶作胡語分明怨恨曲中論句更賦情不比當時想如今人在龍庭班固封燕然山銘焚老上之龍庭勸酒金卮舊鈔本勸作賜一枝芳信難誰寄反用陸凱事見前箋向山邊水際獨抱相思江雁孤回天涯人自歸遲薛道衡詩人歸落雁後歸來依舊秦淮碧東坡和王鞏南遷初歸詩歸來萬事非惟見秦淮碧問此愁還有誰知對東風空似垂楊零亂千絲此自夢窗金縷曲化出其詞有云華表月明歸夜鶴歎當時花竹今如此亡國餘思長歌當哭

高陽臺和周草窗寄越中諸友韻○文鈔本舊鈔本鮑本皆無此題張惠言云此題應是梅花案皋文

似未以草窗原詞對勘，故有此誤耳。原詞云：小雨分江，殘寒迷浦，春容淺入蒹葭。雪霽空城，燕歸何處人家。夢魂欲渡蒼茫去，怕夢輕、還被愁遮。感流年，夜汐東還，冷照西斜。萋萋望極王孫草，認雲中烟樹，鷗外春沙。白髮青山，可憐相對蒼華。歸鴻自趁潮回去，笑倦游、猶是天涯。問東風，先到垂楊，後到梅花。

殘雪庭陰 張選陰作除。譚復堂云：詩品云：反虛入渾，妙處傳矣。孟浩然詩：空翠落庭陰 輕寒簾影 元稹表夏詩：輕風動簾影 霏霏玉管春葭 杜詩：吹葭六管動飛灰 小帖金泥 沈約詩：易紀氣金泥 不知春在誰家 詞綜在作是。王建詩：不知秋思在誰家 相思一夜窗前夢，奈個人水隔天遮 舊鈔本個作似，周錄天作山，戈選作雲 但淒然滿樹幽香，滿地橫斜。江南自是離愁苦，況遊驄古道，歸雁平沙 宋迪瀟湘八景有平沙落雁。蔣捷金蕉葉：平沙斷雁落 怎得銀箋，殷勤說與年華。如今處處生芳草 牛希濟生查子：記得綠羅裙，處處生芳草 縱凭高不見天涯

更消他幾度東風幾度飛花（舊鈔本消下衍得字）

掃花游（秋聲○詞家有以古[redacted]之文而為詞者號曰隱括體東坡哨遍即隱括歸去來辭山谷瑞鶴仙即隱括翁醉亭記方岳沁園春即隱括蘭亭敘不可彈數此詞上片即永叔秋聲賦予謂童子此何聲也汝出視之童子曰星月皎潔明河在天四無人聲聲在樹間予曰噫嘻悲哉此秋聲也一段文字中蛻來却渾然無迹）

商飈乍發（韓愈聯句安得發商飈）漸漸漸初聞蕭蕭還住頓驚旅倦（謝暉詩云結髮倦為旅許昂霄云不似竹山羅列許多秋聲命意與歐公相彷彿但從旅客情懷說來倍覺愴然）背青燈弔影起吟愁賦（白石齊天樂庾郎先自吟愁賦）斷續無憑試立荒庭聽取在何許但落葉滿階（白居易詩落葉滿階紅不掃）惟有高樹迢遞歸夢阻（歷代詩餘遞作遙此字宜仄戈云）正老耳難禁病懷淒楚故山院宇想邊鴻孤唳砌

蛩私語歷代詩餘蛩作蟲夢窗宴清都幽蛩韻苦哀鴻叫絕許昂霄云借以作波亦如歐公賦末用蟲聲唧唧也數點相和更著芭蕉細雨呂本中夢斷添惆悵更長轉寂寥如何今夜雨只是滴芭蕉[redacted]避無處這閒愁夜深尤苦范本這作者戈選作只通

掃花游綠陰○周選無此題次首同王氏四印齋本綠陰下有三解二字[redacted]

小庭蔭碧遇驟雨疎風舊鈔本遇作過剩紅如掃夢窗掃花游亂紅休掃翠交徑小問攀條弄蘂古詩攀條折其榮有誰重到謾說青青比似花時更好怎知道□一別漢南遺恨多少周濟云一別句本應五字減一字耳紅友詞律未及是誤忘檢校耳按此類甚多若依紅友即應另列一體芙孫校云按明鈔本舊鈔本詞綜歷代詩餘並無空格范本周鈔戈選作自而不言其所據今依鮑本王本其實止廣之說未可非也晉書桓溫傳溫自江陵北伐行經金城見少所為瑯琊時所種柳皆已十圍慨然曰木猶如此人何以堪又庾子山枯樹賦桓大司馬云昔年種柳依依漢南今看搖落悽愴江潭樹猶如此人何以堪

羅隱寄徵士魏員外詩
窗曉雜譚佳

劉子翬元日詩山
冬亂碧到尊前

清晝人情悄悄任客護簾寒暗迷窗曉舊盟誤了又新枝嫩

子總隨春老 [redacted]麗情集杜牧遊湖州有老姥引鬟髻女十餘歲牧曰此真國色也接至舟中姥女皆懼牧曰且不即納吾十年後必為此郡十年不來乃從爾所適以重幣結之後周墀入相上箋乞守湖州至郡已十四年矣嫁已三年自是尋春去較遲不須惆悵怨芳時牧賦詩曰狂風落盡深紅色綠葉成陰子滿枝此暗用其事 漸隔相思

極目長亭路杳 歷代詩餘無極目二字 攬懷抱聽蒙茸數聲啼鳥 本事詩韓滉鎮浙西戎昱為部內刺史郡有妓善歌舞昱情屬甚厚滉聞其名置籍中昱不敢當為歌詞贈之曰好去春風湖上亭柳條藤蔓寄離情黃鶯久住渾相識欲別頻啼四五聲

掃花游 前題○譚復堂云此刺朋黨日繁

捲簾翠溼過幾陣寒[redacted]殘幾番風雨問春住否但匆匆暗裏換將花去 稼軒摸魚兒更能消幾番風雨匆匆春又歸去 亂碧迷人總是江南舊樹謾凝

昔休詩嫩苔　如水沒銀瓶

司空曙詩倦枕欲徐行

韓維登湖光亭詩翠痕滿地初生草

仃念昔日采香晏幾道臨江仙誰同醉采香歸與今更何許文鈔本舊鈔本歷代詩餘今俱作入

芳徑攜酒處又蔭得青青嫩苔無數故林晚步想參差漸

滿野塘山路倦枕閒牀正好微曛院宇文鈔本曛作薰歷代詩餘作醺送淒楚

李白頭吟落花辭條羞故林

怕淒聲又催秋暮

掃花游　前題

滿庭嫩碧漸蓋草迷窗亂[redacted]枝文路亂紅甚處詞綜甚作任歷代詩餘作灑殊

佳但匆匆換得翠痕無數暗影沉沉靜鎖清和院宇柳永女冠子清和院

落試凝佇怕一點[redacted]香舊猶在幽樹　濃陰知幾許且拂草

清眠清真滿庭芳先安簟枕容我醉時眠引節閒步杜郎老去怕尋芳較晚倦懷

難賦閱箋見前縱勝花時到了愁風怨雨短亭暮永叔夜行船短亭春暮謾青

白居易贈同座詩春黛雙蛾斂

青忩遮春去（八家詞鈔本去作住亦佳）

鎖窗寒　春思（○詞綜周選無此題）

趁酒梨花（香山詩青旂沽酒趁梨花）催詩柳絮（徐呂圖謝女雪詩栽柳絮）一窗春怨踈踈過雨洗盡滿階芳片數東風二十四番（一通考自初春至夏五日一風謂之花信風小寒節三信梅花風山茶風水仙風大寒節三信瑞香蘭花山礬立春節三信迎春櫻桃望春雨水三信菜花杏花李花驚蟄三信桃花棣棠薔薇春分三信海棠梨花木香清明三信桐花麥花柳花穀雨三信牡丹荼蘼楝花徐俯詩一百五十寒食雨二十四番花信風）幾番誤了西園宴（曹植詩清夜遊西園）認小簾朱户不如飛去舊巢雙燕

曾見雙蛾淺自別後多應黛痕不展（陸游雨晴步至湖塘詩山掃黛痕如尚溼）撲蝶花陰（孫校云周之琦云四字平仄與本調不合自是誤筆）怕看題詩團扇（此致）

夢窗掃花游倦蝶慵飛故撲簪花破帽

試憑他流水寄情遡紅不到春更遠（見綺羅香）

箋但無聊病酒[redacted]厭厭毛滂散餘霞更懨懨病酒夜月荼蘼院

鎖窗寒 春寒

料峭東風歐陽修蝶戀花簾幕東風寒料峭婁元禮田家五行元宵前後必有料峭之風簾纖細雨李元膺洞仙歌簾纖細雨殢東風周清真虞美人簾纖小雨池塘過如落梅飛盡單衣惻惻白石淡黃柳馬上單衣寒惻惻百整金猊香燼老學庵筆記故都紫宸殿有二金狻猊蓋香獸也故晏公冬宴詩云金猊樹五香烟度洞天清錄狻猊爐則古之蹈足豆也誤千紅試妝較遲故園不似清明近但滿庭柳色柔絲羞舞孫校云舊鈔本羞作差誤淡黃猶凝芳景還重省向薄曉窺簾詞綜周錄曉俱作晚嫩陰欹枕桐花漸老已做一番風信清明風三信有[redacted]桐花風又看看綠徧西湖早催塞北歸雁影等歸時為帶將歸詞綜周錄將俱作春併帶江南恨陸游聞雁詩過盡梅花把酒稀薰籠香冷換春衣秦關漢苑無消息

三十二

殢陰見周語氣無滯陰

眉嫵見漢書張敞傳京兆眉
吾詩眉嫵吳娘笑是顰

張祜五絃詩
斜抽半袖紅

歐陽修漁家傲畏
日亭亭殘蕙炷

又在江南送雁歸碧山此詞與放翁詩意相近蓋皆有所寄慨

鎖窗寒

出谷鶯遲 詩伐木丁丁鳥鳴嚶嚶出自幽谷遷于喬木尚書故實今謂進士登第爲遷鶯蓋出自伐木詩然詩中並無鶯字頃歲省試鶯出谷詩別書因無證據以爲沿當世習俗而然 踏沙雁少 舊鈔本歷代詩餘踏作離 殢陰庭宇 周選殢作滯 鈔本庭作亭 東風似水 尚掩沉香雙戶 夢窗鶯啼序掩沉香繡戶 恁苺階雪痕乍鋪 又鈔本苺作梅 舊鈔本恁字闕 歷代詩餘恁梅作看梅 李嘉祐詩風潮歛雪痕 那回已趁飛梅去 奈柳邊占得一庭新暝 又還留住 前度西園路 記半袖爭持 鬭嬌眉嫵 璚肌暗怯 醉立千紅深處 問如今山館水村 共誰翠幄熏蕙炷 最難禁 向晚淒涼 舊鈔本作淒淒 八家詞鈔本作悽然 化作梨花雨 趙令畤蝶戀花彈到離愁淒咽處絃腸俱斷梨花雨

薛道衡昔昔鹽
空梁落燕泥

元稹早春詩誰送
春聲入櫂歌

應天長

疎簾蝶粉幽徑燕泥花間小雨[redacted]初足又是禁城寒食歷代詩餘[redacted]禁
作楚輕舟泛晴漆舊鈔本晴作暗尋芳地來去熟尚彷彿大堤南北案此襆拈
清真迎春樂而成周詞挑蹊柳曲閒蹤跡俱望楊柳一片陰陰
曾是大堤客他日水雲身相望處無南北
搖成新綠重訪艷歌人聽取春聲猶是杜郎曲雍錄樊川東十里有
南杜北杜杜固謂之南杜杜曲謂之北杜蕩漾去年春色深深杏花屋東風曾共宿
孫校云周錄東風下有裏字王本同范本作東風燬曾共宿補
燬字案調例似脫一字從因纏聲伸縮之故詞中前後相當之
處間亦不同如李之儀卜算子詞前段末句五字後段末句六
字是也今考明抄本舊鈔本鮑本及詞綜歷代詩餘等並作五
字句東風下亦無空格而周王補裏字范補燬字俱未知所據記小刻近窗新竹清真迎春樂牆裏修篁森
似束記名字曾刊新綠夢窗玉燭新嫩篁細掐相思字舊遊處沈醉歸來滿院銀燭香山詩笙

歌歸院落燈火下樓臺樂府水調歌云樓前紅燭夜迎人猶遜此句華麗

八六子

掃芳林鈍本注云掃一本作洸幾番風雨匆匆老盡春禽漸薄潤侵衣不

（稼軒詞更能消幾番風雨）

（梁元帝春日篇日日春禽變）

斷也文鈔本潤作潤葉燦彬云玉篇潤水盈貌本詞首句云掃芳林幾番風雨故下句以水盈承接鈍刻以習見之潤字易之失詞旨矣寧葉氏失之好奇潤字生僻斷不可以入詞清真滿庭芳[redacted]衣潤費爐烟即此所據嫩涼隨扇初生晚

窗自吟　沈沈幽徑芳尋晚靄苔香簾淨弋選淨作靜蕭疏竹影

庭深謾[redacted]淡却蛾眉[redacted]晨妝慵掃文鈔本作謾忌却又蛾眉晨妝慵掃六字皆空白歷

代詩餘同寶釵蟲散鈍本注云敵一作折孫校云花草粹編作折舊鈔本作折歷代詩餘范本並同李賀詩髮冷青蟲

簪張元幹卜算子翡翠釵頭綴玉蟲[redacted]作折者是也繡屏鸞破文鈔本歷代詩餘詞譜繡俱作綃范本作綃弋選作

繡衾等作繡屏者是韋莊應天長寂寞繡屏香一炷[redacted]當時暗

蘇軾詩妙語嚼芳鮮

水和雲送酒（鮑本注云：酒一作雨）空山留月聽琴料如今門前數重翠陰

摸魚兒（案此與劉辰翁蘭陵王丙子送春陳允平摸魚兒西湖送春同一淒警）

洗芳林夜來風雨（清真六醜為問家何在夜來風雨白石月中笛梅花過了夜來風雨）匆匆還送

春去方纔送得春歸了那又送君南浦（楚辭子交手兮東行送美人兮南浦別賦送君南浦傷如之何）君聽取怕此際春歸也過吳中路君行到處便快折湖

邊千條翠柳為我繫春住（詞綜湖作河張先蝶戀花此時願作楊柳千絲絆惹春風夢窗西子妝慢垂楊漫舞總不解將春留住）春還住休索吟春伴侶殘花今已塵土姑

蘇臺下煙波遠（越絕書胥門外有九曲路闔閭[redacted]造以遊姑蘇臺而望太湖）西子近來何許能

喚否又恐怕殘春到了無憑據（舊鈔本無怕字詞綜周選作又只恐）煩君妙語更

為我將春連花帶柳寫入翠箋句（詞綜將春上行且字）

齊己送節大德歸閩詩紫氣玉簾前

梅堯臣詩春洲生荻芽

李涉和尚書舅見寄詩遠飛芳字警沉迷

杜牧贈李給事敏詩憶居秋醉餘

摸魚兒 蓴〇樂府補題云紫雲山房賦蓴調寄摸魚兒同賦者五人王易簡唐珏王沂孫李彭老無名氏寀無名氏歷代詩餘作陳恕可此五人者皆宋之遺民也尊羹之賦蓋寓西山蕨薇之意未句餘恨渺烟水[redacted]暗指[redacted]崖山之狩歟

玉簾寒翠痕微斷歷代詩餘周錄簾作奩痕作絲文鈔本同補題浮空清影零碎碧芽也抱春洲怨雙捲小緘芳字還又似繫羅帶相思幾點青鈿綴[redacted]吴中舊事悵酪乳爭奇陸機傳機入洛嘗詣侍中王濟濟指羊酪謂機曰卿吴中何以敵此答曰千里蓴羹未下鹽豉時人稱為名對鱸魚謾好張翰傳翰有清才善屬文齊王冏辟為大司馬東曹椽冏時執權翰因見秋風起乃思吴中菰菜蓴羹鱸魚膾曰人生[redacted]貴適志何能羈宦數千里以要名爵乎誰與共秋醉 江湖興昨夜西風又起年年輕誤歸計如今不怕歸無準卻怕故人千里何況是正落日垂虹怎賦登臨

晉書顧悅之傳蒲柳常質望秋先零

意 舊鈔本歷代詩餘皆作落月東天目志及臨安志橋架兩峯白水自峯頂瀉下白虹倒飲至天入澗窗句研洋聽之神爽在觀瀑亭數十步名曰垂虹 滄浪夢裏 蜀本浪作波亦佳 縱一舸重游孤懷暗老餘恨渺煙水

聲聲慢 此闋疑指西湖事橋下書謂與蘇劉義事雁歸時人未賦單時西湖北行當未還也

啼螿門靜落葉增深秋聲又入吾廬一枕新涼西窗晚雨踈踈舊香舊色換卻 清真玲瓏四犯休問舊色舊香 但滿川殘柳荒蒲茂陵遠任歲華苒苒 歷代詩餘作荏苒 [redacted] 老盡相如 李義山詩休問梁園舊賓客茂陵秋雨病相如 昨夜西風初起想蓴邊呼棹 鱸晁補 橘後思書 異聞錄洞庭君有小女謂柳毅曰敢寄尺牘於洞庭之陰其傍有大橘樹君擊之三當有應聲者毅如其言即白入毅目得見洞庭居白石詩橘洲相見詩無書 短景淒然殘歌空叩銅壺 舊鈔本歷代詩餘詞綜花本叩作扣 世說王處仲每飲酒輒歌老驥伏櫪志在

千里烈士暮年壯心未已以如意擊唾壺壺口盡缺清真浪淘沙慢怒歌永覆壺敲盡缺當時送行共約雁歸時人賦歸歟雁歸也問人歸如雁也無閻選河傳幾回邀約雁歸時違期雁歸人不歸

聲聲慢

高寒户牖虚白尊罍千山盡入孤光文鈔本千山作十人歷代詩餘山亦作人楊慈湖詩三杯虛白浴天真沈約詠湖中雁詩單汎逐孤光玉影如空天葩暗落清香陸龜蒙詩風合落天葩平生此興不淺記當年獨攬胡牀晉書庾亮在武昌諸佐吏殷浩之徒乘秋夜往共登南樓俄而不覺亮至諸人將起避之亮徐曰諸君少住老子於此處興復不淺便據胡牀與浩等談詠竟夕怎知道是歲華換卻處處堪傷周錄是作自[redacted]已是南樓曲斷縱疏花淡月歷代詩餘花作光也只淒涼冷雨斜風何況獨掩西窗天涯故人總

老八家詞鈔本總作暗歷代詩餘作縱與上復謾相思不夜相望斷夢遠趁秋聲一片渡江

聲聲慢

和周草窗○范本王本有此題他本無案草窗詞題云送王聖與次韻似碧山首唱草窗倚聲和之碧山此詞疑即席賦贈之作周詞有落葉長安之語蓋秋暮同客杭州而碧山將有遠行也其詞一為留別又為草窗賦情僅酒人而云蘋洲漁笛譜一枝春序云寄閒飲客春窗酒酣意洽命清吭歌新製余因為之罷醉此云高髻清吭蓋指其人又草窗明月引序云[redacted]余有西州之恨此云娉婷西州柳亦指此草窗詞有白髮簪花之句案公謹生於宋寧宗嘉定十三年庚辰賦此解時當在丙子宋亡之十年之後公謹原詞見後附錄[redacted]

迎門高髻倚扇清吭娉婷未數西州弋選詞箋引州作洲及絕妙好淺拂朱鉛
春風二月梢頭杜牧詩娉娉裊裊十三餘豆蔻梢頭二月初相逢靚妝俊語有舊家
京洛風流白石鷓鴣天京洛風流絕代人斷腸句試重拈綵筆為賦閒愁
猶記凌波[redacted]欲去歷代詩餘欲作斷絕妙好詞箋欲去作去後問明璫羅襪周錄作素襪白
[redacted]石霓裳中序第一明璫素襪部為誰留枉夢相思幾回南浦行舟莫辭玉樽
起舞白石琵琶仙為玉尊起舞回雪怕重來燕子空樓麗情集唐元和中張建封鎮武寧有聞盼盼者
徐之奇色建封納之燕子樓以處盼盼感激深恩不再謾惆悵
適東坡永遇樂燕子樓空佳人何在空鎖樓中燕
抱琵琶閒過此秋弋選作暮秋

范成大詩鍊石誰能[redacted]招楚魄

補遺

醉蓬萊 歸故山○周選無此題蜀本山作里

掃西風門徑，黃葉凋零，白雲蕭散。柳換枯陰，賦歸來何晚。爽氣霏霏，翠蛾眉嫵，聊慰登臨眼。故園故塵，故人如夢，登高還嬾。數點寒英，為誰零落，楚魄難招[redacted]暮寒堪攬。步屧荒籬歷代詩餘屧作[redacted]筱，誰念幽芳遠。一室秋燈，一庭秋雨，更一聲秋雁東坡水龍吟春色三分二分塵土一分流水葉清臣賀聖朝三分春色二分愁悶一分風雨事法相同。試引芳樽，不知消得，幾多依黯。

法曲獻仙音 聚景亭梅次草窗韻○董嗣杲西湖百詠注云聚景園在清波園外阜陵致養北宮拓圃西湖之東斥浮屠之廬九曾經四朝臨幸繼以諫官陳言出郊之令遂絕園今無也惟柳浪橋

花亭光在夢梁錄云高似孫過聚景園詩云翠雲不向苑中來可是年年惜露臺水際春風寒漠漠官梅卻作野梅開碧山此詞較高詩尤為淒惋惟案草窗原題作弔雪香亭梅雪香亭者武林舊事[redacted]云集芳園在葛嶺元係張婉儀園後歸太后殿內有古梅老松甚多理宗賜賈平章舊有清勝堂望江亭雪香亭是一為內苑一為賈宅非一處也又案李篔房法曲獻仙音題云官圃賦梅和草窗韻三詞意境事物相同而題名互異草窗原詞云松雪飄寒嶺雲吹凍紅破數椒春淺襯舞臺荒浣妝池冷淒涼市朝輕換歎花與人凋謝依依歲華晚共淒黯問東風幾番吹夢應慣識當年翠屏金輦一片古今愁但廢綠平煙空遠無語銷魂對斜陽衰草淚滿又西泠殘笛低送數聲春怨

層綠峩峩宋玉招魂層冰峩峩纖瓊皎皎倒壓波痕清淺過眼年華動人

幽意相逢幾番春換記喚酒尋芳處盈盈褪妝晚秦補妝作花

已銷黯戈選作已悲惋非況淒涼近來離思應忘卻明月夜深歸輦秦補

作月明荏苒一枝春恨東風人似天遠縱有殘花灑征衣鉛淚都
滿但殷勤折取自遺一襟幽怨

醉落魄

小窗銀燭賈至詩小窗銀燭夜催詩輕鬟半擁釵橫玉數聲春調清真曲拂
拂珠簾歷代詩餘作低拂殘影亂紅撲陳克菩薩蠻花晴簾影紅垂楊手畫蛾
眉綠夢窗花心動賦柳斷腸也蓋眉畫成[redacted]未就章窗浣溪沙柳[illegible]搖蛾綠如春眉年年芳草迷金谷
如今休把佳期卜一掬春情斜月杏花屋

長亭怨重過中庵故園○戈選作長亭怨慢

泛孤艇東皋過遍詞綜王本遍作訊誤[redacted]尚記當日戈選日作時鄭文焯云日字當作平聲疑時字
之謁綠陰門掩戈選門掩作庭院屐齒莓階秦補階作苔朱松蘆檻詩且將屐齒印蒼苔白石清波引

王粲贈蔡子篤詩風流雲散一別如雨

魚玄機詩紅英只稱生宮裏

王昌齡詩莫莫落落路不分夢中喚作梨花雲

蔵為卬蒼薛酒痕羅袖事何限欲尋前迹空惆悵成秋苑夢窗水龍吟古陰冷翠戍秋苑自約賞花人別後總風流雲散水遠怎知流水外戈選作問水流何處却是亂山尤遠天涯夢短想忘了綺疏雕檻戈選作吟伴望不苒苒斜陽清真蘭陵王斜陽苒苒春無極斜陽撫喬木年華將晚白石江梅引俊遊巷陌算空有古木斜曛但數點紅英猶識西園淒婉鮑本注云一作猶試王本婉作惋

西江月　為趙元父賦雪梅圖○趙元仁字元父號孝舟宋史宗室世系表燕王德昭十世孫希掞長子張玉田八聲甘州賦寄趙孝舟即此人也

褪粉輕盈瓊靨石湖紅梅詩午枕乍醒紅粉褪護香重疊冰綃李商隱利州江潭作水宮帷箔卷冰綃數枝誰帶玉痕描夜夜東風不掃　溪上橫斜淡影林和靖詩疎影橫斜水清淺夢中落莫魂消范本莫作漠峭寒未肯放春嬌素被獨眠清曉元稹連昌宮詞春嬌滿眼睡紅綃

踏莎行（題草窗詞卷）

白石飛仙（此白石指堯章而用白石先生事神仙傳白石先生中黄丈人弟子也至彭祖時已二千歲矣不肯修昇天之道但取不死而已常煑白石為糧因就白石山而居時人號之曰白石飛仙）紫霞淒調（草窗玉漏遲紫霞聲杳王易簡慶春宮謝草窗惠詞卷紫霞洞窅雲深寮紫霞者楊纘也纘字繼翁號守齋嚴陵人居錢塘甯宗楊后兄次山之孫圖繪寶鑑云度宗朝女為淑妃官列卿好古博雅善彈琴有紫霞洞譜傳世）斷歌人聽知音少（文鈔本人聽作重恨歷代詩餘亦選作新歌舊恨寮蘋洲漁笛譜木蘭花慢序云西湖十景尚矣張成子嘗賦應天長十闋余冥搜六日而詞成異日霞翁見之曰語麗矣如律未協何遂相與訂正閱數月而後定是知詞不難作而難於協翁往矣賞音寂然碧山此用其意）幾番幽夢欲回時舊家池館生青草（又本作沈沈幽夢小池荒依依芳意閑窗悄歷代詩餘作依依芳草閑庭悄謝運靈登池上樓詩池塘生春草）

風月交遊山川懷抱（文鈔本作風日空留山谷詩人得交遊似風月天開畫圖即江山）憑誰說與春知道空留離恨滿

岑參詩花邊勢欲敧

江南文鈔本歷代詩餘戈選離作遺張文潛詩載將離恨過江南草窗水龍吟次張斗南韻悵江南望遠蘋花自采寄將愁與相思一夜蘋花老文鈔本作黃花

淡黃柳甲戌冬別周公謹文於孤山中次冬公謹游會稽相會一月又次冬公謹自剡還執手聚別且復別去悵然於懷敬賦此解

花邊短葺初結孤山約雨悄風輕寒漠漠翠鏡秦鬟釵別同折幽芳怨搖落素裳薄重拈舊紅萼歎攜手轉離索料青禽一夢春無幾戈選作無書跋云戈失韻鄭文焯云此句不叶按白石自度此曲怕梨花落盡成秋色色字是韻中仙尊李石帚豈於此未之深考耶姚梅伯校本謂秋色本作秋苑引碧山此句不叶為證然嘉泰本固作秋色詞律從同按戈選碧山詞是闋幾字據舊本校改作暮可知姜詞是韻後夜相思素蟾低照誰掃花陰共

右七闋見酌絕妙好詞

稼軒詞詩句夜裁冰又鏤玉裁冰著句

元稹詩拈花盡意憐

望梅

一名解連環○文鈔本無此五字梅苑作無名氏花草粹編作碧山金本粹編則作玉夢應窗梅苑撰集於己酉之歲時為高宗建炎三年先碧山尚百年■作■夢炎者■是矣又窗詞中想隴頭依約飄零甚千里芳心杳無消息粉怯珠愁又只恐吹徹殘羌笛與嚴宗眼兒媚家山何在忍聽羌笛吹徹梅花同一哀艷詞亦婉約因箋而存之

晝閑人寂梅苑晝閑作晝闌文鈔本玉本又作晝闌喜輕盈照水花寒先坼粹編坼作折裊數枝雲縷鮫綃梅苑數作芳戈云此字宜仄王安石詩祇裁雲縷想衣裳露淺塗黃漢宮嬌額王安石詩漢宮嬌額半塗黃翦玉裁冰已占斷江南春色恨風前素艷雪裏暗香偶成拋擲梅苑作晴香如今眼穿故國待拈花弄蘂梅苑弄作嗅時話相憶想隴頭依約飄零甚千里芳心杳無消息粉怯珠愁又只恐吹殘羌笛陸凱詩寄與隴頭人陸游詩玉笛孤吹怨夜殘正■斜飛

半窗曉月夢回隴驛梅苑回作向戈選隴作古跋云與上隴複○右一闋見花草粹編

金盞子

雨葉吟蟬露草流螢周錄流作捷歲華將晚對靜夜無眠稀星散時度絳河清淺楊泉物理論星者元氣之英水之精氣上浮宛轉隨流名曰天河又名曰絳河甚處畫角淒涼引輕寒催燕西樓外斜月未沉風急雁行吹斷　此際怎消遣要相見除非待夢見徽宗宴山亭怎不思量除夢裏有時曾去盈盈洞房淚眼看人似冷落過秋紈扇班婕妤詩常恐秋節至涼飆奪炎熱棄捐篋笥中恩情中道絕痛惜小院桐陰空啼鴉零亂厭厭地終日為伊香愁粉怨孫校云苑本於蟬下補空格一地下補空格二注云此調夢窗竹山之作皆百三字萬氏詞律亦然其空處蓋本脫去似誤案此調各家平仄句法互有不同趙以夫尚有一百一字體苑本妄補殊不足據周之琦謂此與梅溪夢窗竹山金盞子詞句調互異蓋各為一體其

說最為閎通

更漏子

月銜山山帶雪笛弄晚風殘月湘夢斷楚魂[redacted]送李賀詩楚魂尋夢風颸然金

河秋雁飛盧照鄰詩金河別雁飛別離心思憶淚錦帶已傷憔悴柳永

蝶戀花衣帶漸寬終不悔為伊消得人憔悴[redacted]蛩韻急杵聲寒征衣不用寬

錦堂春七夕

桂嫩傳香榆高送影江總七夕詩漢曲天榆冷河邊月桂秋李義山壬午七夕桂嫩傳香遠榆高送影斜

輕羅小扇涼生杜牧詩銀燭秋光冷畫屏輕羅小扇撲熒螢天街夜色涼如水臥看牽牛織女星正鴛

機梭靜張文恭詩龍梭靜夜機鳳渚橋成淮南子七夕烏鵲填河成橋渡織女李嶠詩橋渡鵲填河穿

線人來月底曝衣花入風庭李賀詩鵲辭穿線月風入曝衣樓天寶遺事宮中結綵樓祀牛女二

星嬪妃各以九孔針五色絲向月穿之西京雜記太液池西有漢武帝曝衣樓七月七日宮女出后衣曝之看星殘
靨碎露滴珠融吕谷七夕詩露滴盤中圓笑掩雲扃鮑照詩羅景藹雲扃綵盤凝
望仙子天寶遺事帝與貴妃每至七月七日夜在華清宮遊宴時宮女輩陳瓜花酒饌列於庭中求恩於牽牛織女星
也又各捉[redacted]蜘蛛於小盒中至曉開視蛛網稀密以為得巧之候密者言得巧多云但三星隱隱戈選三作雙賓
常詩三星髣髴[redacted]秋一水盈盈古詩盈盈一水間脉脉不得語暗想憑肩私語鬢亂釵橫
長恨歌傳玉妃曰昔天寶十年侍輦避暑驪山宮秋七月牽牛織女相見之夕上憑肩而立因仰天感牛女事密相誓心願世
世為夫婦長恨歌七月七日長生殿夜半無人私語時蛛網飄絲罥恨見天寶遺事箋見上夢窗惜秋華七
夕露罥蛛絲玉籤傳點催明李義山詩玉壺傳點咽銅龍溫飛卿更漏子玉籤為報明算人間待
巧似恁奴奴有甚心情

錦堂春　中秋

露掌秋深盧照鄰詩中天擢露掌花籤漏永那堪此夕新晴正纖塵飛[redacted]盡萬籟無聲金鏡開奩弄影玉壺盛水侵稜綴簾斜樹隔燭暗花殘不礙虛明　美人凝恨歌黛念經年間阻只恐雲生早是宮鞋鴛小鄭琰詩又鴛並著交歡鳥翠鬟蟬輕箋見前蟾潤妝樟夜發桂熏仙骨香清看姮娥此際多情又似無情范本多上有道是二字杜牧贈別多情卻是總無情草窗江城子樓中燕子夢中雲似無情似多情

如夢令

妾似春蠶抽縷范本似作如李義山詩春蠶到死絲方盡君似箏絃移柱馮延巳蝶戀花誰把鈿箏移玉柱無語結同心蘇小小歌何處結同心滿地落花飛絮歸[redacted]去歸去遙指亂雲遮處

四十二

沈約詠湖中雁詩單汎逐孤光

青房並蒂蓮 鮑本注云一作美成作

醉凝眸是楚天秋曉湖岸雲收 柳子厚詩寓居湘岸四無隣 草綠蘭紅淺淺小汀洲芰荷香裏鴛鴦浦恨菱歌驚起眠鷗 朱熹采菱詩一曲[redacted]菱歌晚驚飛欲 下鷗 望去帆一片孤光棹聲伊軋櫓聲柔 愁窺汴隄翠柳曾舞送當時錦纜龍舟 吴志甘寧水則連輕舟侍從皆被文繡住止常以繒錦纜舟去輒割棄以示奢穆天子傳天子乘鳥舟龍舟大業拾遺記煬帝遣王宏于士澄往江南採木造龍舟萬艘開河記隋大業年開汴築隄自大梁至灌口龍舟所過香聞百里既過雍丘漸達寧陵水勢緊急龍舟阻礙虞世基請為鐵脚木鵞驗水深淺自雍[redacted]州至灌口約一百二十九淺處今亦名隋隄 權傾國纖腰皓齒笑倚迷樓 迷樓記項昇能構宮室經藏而成千門萬牖工巧之極自古無有誤入者雖終日不能出煬帝幸之大喜顧左右曰使真仙遊其中亦當自迷也可目之曰迷樓空 今五湖夜月也羞照三十六宮秋 花蕊夫人詩三十六宮連內苑 正朗吟不覺

回橈水花楓葉兩悠悠右六闋見陽春白雪

玉田鎖窗寒稱其詠文工詞四朝聞見錄後有碧山陶士或若此何為殉玉魚詩曰志雅堂雜鈔辛卯十二月初夜天放降仙江寧王大主至閣王中仙今何在云在冥司有滯未化有詩云天上人間只寸心煙花雨意柳何深十年尚有梢頭恨燕子樓空斷素琴 又詩云綃閣珠簾半未殘中年何事早拘言春風詞筆時塵暗手拂冰絃昨夢寒此事不經然亦異聞也

碧山事蹟考略

聖與自論名微其姓氏不見於史乘諸家記敘亦莫詳焉其文詩又撰對苑亦無傳盡佚其詞流[redacted]於[redacted]今者僅五六十闋（志雅堂雜鈔謂聖與所緝對苑凡十餘冊止於三字如獅兒對鳳兒花精）其事則視可竹仁父猶寂寂為撫考之不能悉備

一曰生卒 聖與生卒無記載惟有以公謹玉田之年以推索之公謹生於宋寧宗嘉定十三年庚辰一二二〇歿於元武宗至大元年戊申一三〇八壽八十有九玉田生於宋理宗淳祐[redacted]八年[redacted]戊申一二四八去公謹二十有八歲玉田稱公謹曰翁一萼紅序聖與稱公謹曰文淡黃柳序由是知玉田聖與之年相若玉田歿年無考其臨江仙序云甲寅年六十七而玉田有瑣窗寒弔玉笥是聖與

四十四

之歿在玉田之前假擬與玉田同庚其丙午赤城山中題花光

卷時年五十有九則歿年當在大德十年之後也[redacted]其壽[redacted]約在六十歲之上可以推見

二曰邑里　玉田瑣窗寒序云玉碧山越人也四明志題曰會

稽人案史記太史公自序注曰石簣山一名玉笥山即會稽一

峯十道記以玉笥即石[redacted]簣在會稽然則聖與號為玉笥山人者

以此聖與垂老歸田當終於故里其葬也亦當在玉笥之下故
玉田詞序謂弔之於玉笥山云今人謂聖與葬於金華玉笥山
則未知所據
三曰游歷　咸淳十年甲戌在杭初過公謹於孤山乙亥公謹
自會稽至剡丙子復由會稽還杭草窗詞中憶舊游寄王聖與
者當賦於此時丙子宋亡又數年聖與復至杭法曲獻仙音衆
景園之詠[redacted]俱作於此時[redacted]
[redacted]未幾還越公謹賦三姝媚贈之有廢宮蕪苑之語
正指國變後景物故知非甲戌冬間之事延祐四明志云至元
中王沂孫慶元路學正按至元元年為宋景定五年宋亡於德

時補題曰賦者有唐珏援陶宗
儀輟耕錄周廣業會稽諸陵
寺塔撰冬青樹引知君前年是
在尾欵為至元十五年戊寅是十
五年碧山尚在越為李亚史在十五
年之後完善山房紫霞山房皆
越也

至元二十四年碧山已還越 丁亥周 至元二十四年
山陰得王獻之保母帖碧山題一
閤之或若此三云是已還越矣

祐二年即至元十四年也出仕之歲約在十[redacted]六年至二十[redacted]三年
之間為時似暫[redacted]豈年戊子與玉田徐平野泛舟山陰
平野依晉雪圖玉田賦湘月聖與亦有詞惜佚湘月序[redacted]庚寅玉田北游
山中白雲詞臺城路序
[redacted]
[redacted]巳亥至抗與玉田王蕺隱泛舟鑑曲玉田賦聲聲慢紀其事
丙午於赤城山中題花光卷蓋已賦歸矣自是行迹無考[redacted]不[redacted]周
[redacted]既傾首陽猶在一時遺老如王易簡馮應瑞唐藝孫呂同老李
彭老陳行之唐珏李居仁[redacted]玉田諸輩跧伏窮莽瞭然不
染而聖與俛首一官為少玷焉惜哉[redacted]
[redacted]
元史地理志至元十四年改置慶元路上推似可信

四日朋輩 戴表元獨步當時趙松雪風流籍甚袁清容承剡源之緒奕葉繼華公謹叔夏皆有文字之契獨聖與謝與往還可謂自好者矣其生平儕輩公謹則居師友之間玉田為要終始餘則陳允平 見高陽臺詞允平字君衡號西麓四明人有日湖漁唱 [redacted] 趙元任 見西江月元仁字元父號季舟辰州教授 李彭老 樂府補題同賦龍涎香者彭老字商隱號篔房案彭老年事為高與公謹相若 王易簡 同賦龍涎香諸詞易簡字理得號可竹宋已隱居城南有山上觀史吟 馮應瑞 同賦龍涎香諸詞應瑞字祥父號竹友遺民也 唐珏 同賦白蓮諸詞珏字玉潛號菊山越州人瘞六陵遺骨樹以冬青樹者 呂同老 同賦白蓮諸詞者同老字和甫濟南人宋遺民也 趙汝鈉 同賦白蓮者汝鈉字真卿號月洲商王元份七世孫善湲之次子也 李居仁 同賦白蓮者居仁字師呂號五松 陳恕可 同賦蟬者恕可字行之固始人以吳縣尹致仕自號委宛居士 唐藝孫 同賦龍涎香者藝孫字英發有瑤翠

山房集仇遠同賦蟬者遠字仁近號山村錢塘人入元仕為溧陽學正未幾歸隱有與觀集與聖與出處相似（同輩中年最少者）王廷吉玉田聲聲慢序剡源集蔵隱記王廷吉於越中為故家在蔵山之陽而名讀書之齋曰蔵隱徐平野戊子與聖與泛舟山陰見玉田湘月可考見者止此而已

五日詞集　草窗之詞得力於紫霞翁居衛受詞於伯父菊坡先生玉田為功甫後裔耆聞之乎惟聖與師承家學靡有聞焉玉田瑣窗寒序云聖與琢語峭拔有白石意度後之論者周稚圭玉半塘相與宗之以余考之碧山之詞辭采則乞靈於昌谷溫李觀余斠箋可知又云謹題其詞曰錦囊昌谷猶溪贈詞曰嘔心囊內沈鍊則取法乎片玉夢窗棄居特與弁陽交篤聖與或能親炙之其天香無悶二闋故得金襲其神貌焉圓照之象務在博觀兼綜遠蓄斯臻大雅故

又鈔本名玉笥山人詞集注云名花外集張石銘及天津圖書館藏舊鈔江蒼谷藏鈔本曰玉笥山人詞集鮑本及范玉聯本均依花外集汪云一名碧山樂府當以花外集為是

又杜甫柏學士茅屋詩碧山學士焚銀魚白馬走却身巖居

能質直清空内明外潤李之者踐迹死之者忌疲規矩準繩過於玉田遠矣適園藏玉笥山人詞集舊鈔本後有馮氏手跋云此種詞在南宋至為純正然亦多可李到者山中白雲全稿中出色者固多平意腐庸亦不少未若玉笥之時際全美譚復堂亦云玉田正是勁敵但士氣則碧山勝矣遭迹而風流彌劭豈非天[redacted]假餘暉迴光煥采者乎其詞原題花外詞集見玉田洞仙歌序又名[redacted]玉笥山人詞集花外者蓋取竹邊花外之意又曰碧山樂府碧山其字牧之句云碧山終日思無盡青山故國有餘思焉斷碧分山猶淺語也明王九思亦有碧山樂府今所存者僅五十一闋援絕妙好詞補七闋又據陽春白雪補六闋花草粹編梅一闋誤入望凡六十四闋而止焉其與玉田山陰所賦[redacted]俱佚又陸輔之詞旨所引醉落魄霜天曉角謁金門及[redacted]挑雲研雪諸句

為白門周司農櫟園藏凡南宋鈔本詞十六家較吳本為多

今皆不在[redacted]集中是知花外集早非完帙今所存者太半詠物及倡和之作益出於後人之輯次非聖與自訂與公謹所題玉田所觀者適然非一本也其版本有江都秦氏南陽葉氏藏明文淑鈔本

郎園讀書志云文淑字端容為衡山之曾女孫祖嘉字休承衡山仲子世稱文水道人父從簡字彥可又號枕煙老人三世皆以書畫名後適趙宧光凡夫子靈均為婦事蹟見錢牧齋列朝詩集小傳初學集此本前有玉磬山房白文長印玉磬山房者衡山齋名也是未適趙時在閨中之作後有鮑氏正本四字朱文印則又鮑刻叢書所自出矣又首葉有石研齋秦氏朱文印則又展轉藏於秦氏矣此為鮑刻之張石銘藏所自出其中舛多異別豈鮑氏刻書時頗有出入耶

舊鈔本 見適園藏書志卷十六

江賓谷吳藏兩鈔本 一名玉笥山人花外集 一名玉笥山人詞 陳世宜云天津圖書館藏舊鈔本疑即江氏所獲之一

天津圖書館藏舊鈔本 為扁陵吳氏本

惠禪室藏宋八家詞舊鈔本 鮑氏知不足齋本 道光辛丑金望華范鍇同

校刊三家詞本王氏四印齋本四川官刷局本孫人和校本全宋詞本叢書集成本四部備要本箋注之事則始於余云涇縣吳則虞

附諸家題贈詞

聲聲慢 送王聖與次韻　周密

瓊壺歌月白髮簪花十年一夢揚州恨入琵琶小憐重見灣頭
尊前漫題金縷奈芳情已逐東流還送遠甚長安落葉都是閒
愁　次第重陽近也看黃花綠酒也合遲留脆柳無情不堪
重繫行舟百年正消幾別對西風休賦登樓怎去得怕淒涼時
節團扇悲秋

踏莎行 題中仙詞卷

結客千金醉春雙玉舊遊宮柳藏仙屋白頭吟老茂陵西清平
夢遠沉香北　玉笛天津錦囊昌谷春紅轉眼成秋綠重翻

四十九

花外侍兒歌休聽酒邊供奉曲

憶舊遊 寄王聖與

記移燈剪雨換火篝香去歲今朝乍見翻疑夢向梅邊攜手笑挽吟橈依依故人情味歌舞試春嬌對婉娩年芳漂零身世酒趁愁消 天涯未歸客望錦羽沉沉翠水迢迢歎菊荒薇老負故人猿鶴舊隱誰招拍疎花漫撩愁思無句到寒梢但夢繞西泠空江冷月魂斷隨潮

三姝媚 送聖與還越

淺寒梅未綻正潮過西陵短亭逢雁秉燭相看歎俊遊零落滿襟依黯露草霜花愁正在廢宮蕪苑明月河橋笛外尊前舊情

消滅　莫訴離腸深淺恨聚散匆匆夢隨帆遠玉鏡塵昏怕賦情人老後逢淒惋一樣歸心又喚起故園愁眼立盡斜陽無語空江歲晚

瑣窗寒　玉碧山又號中仙越人也能文工詞琢語峭拔有白石意度今絕響矣余悼之玉笥山所謂長歌之哀過於痛哭　張炎

斷碧分山空簾剩月故人天外香留酒殢蝴蝶一生花裏想如今醉魂未醒夜臺夢語秋聲碎自中仙去後詞箋賦筆便無清致　都是淒涼意悵玉笥埋雲錦袍歸水形容憔悴料應也孤吟山鬼那知人彈折素絃黃金鑄出相思淚但柳枝門掩枯陰候蛩愁暗葦

五十

洞仙歌 觀王碧山花外詞集有感

野鵑啼月便角巾還第輕擲詩瓢付流水最無端小院寂歷春空門自掩柳髮離離如此 可惜歡娛地雨晴雲昏不見當時譜銀字舊曲怯重翻總是離愁淚痕灑一簾花碎夢沉沉知道不歸來尚錯問桃根醉魂醒未

湘月 余載書往來山陰道中每以事奪不能盡興戊子冬晚與徐平野王中仙曳舟溪上天空水寒古意蕭颯中仙有詞雅麗平野作晉雪圖亦清逸可觀余述此調蓋白石念奴嬌鬲指聲也

行行且止把乾坤收入蓬窗深裏星散白鷗三四點數筆橫塘秋意岸嘴衝波籬根受葉野徑通村市疏風迎面溼衣原是空翠 堪歎敲雪門荒爭棋墅冷苦竹鳴山鬼縱使如今猶有

晋無復清游如此落日沙黄遠天雲淡弄影蘆花外幾時歸去翦取一半煙水

聲聲慢 與碧山泛舟鑑曲王戴隱吹簫余倚歌而和天澗秋高光景奇絕與姜白石垂虹夜游同一清致也

晴光轉樹曉色分嵐何人野渡橫舟斷柳枯蟬涼意正滿西州匆匆載花載酒便無情也自風流芳晝短奈不堪深夜秉燭來游　誰識山中朝暮向白雲一笑今古無愁散髮吟商此興萬里悠悠清狂未應似我倚高寒隔水呼鷗須待月許多清都付與秋

[redacted]

五十一 [redacted]

[redacted]

踏莎行 讀花外集即用碧山題草窗詞卷韻

淩廷堪

積玉敲聲，兼金鑄調，除將樂笑齊驅少。一從花外翠簾空，天涯處處生芳草。　梅影深情，蘋香幽抱，於今俊語無人道。孤吟山鬼語秋心，鑑湖霜後芙蓉老。

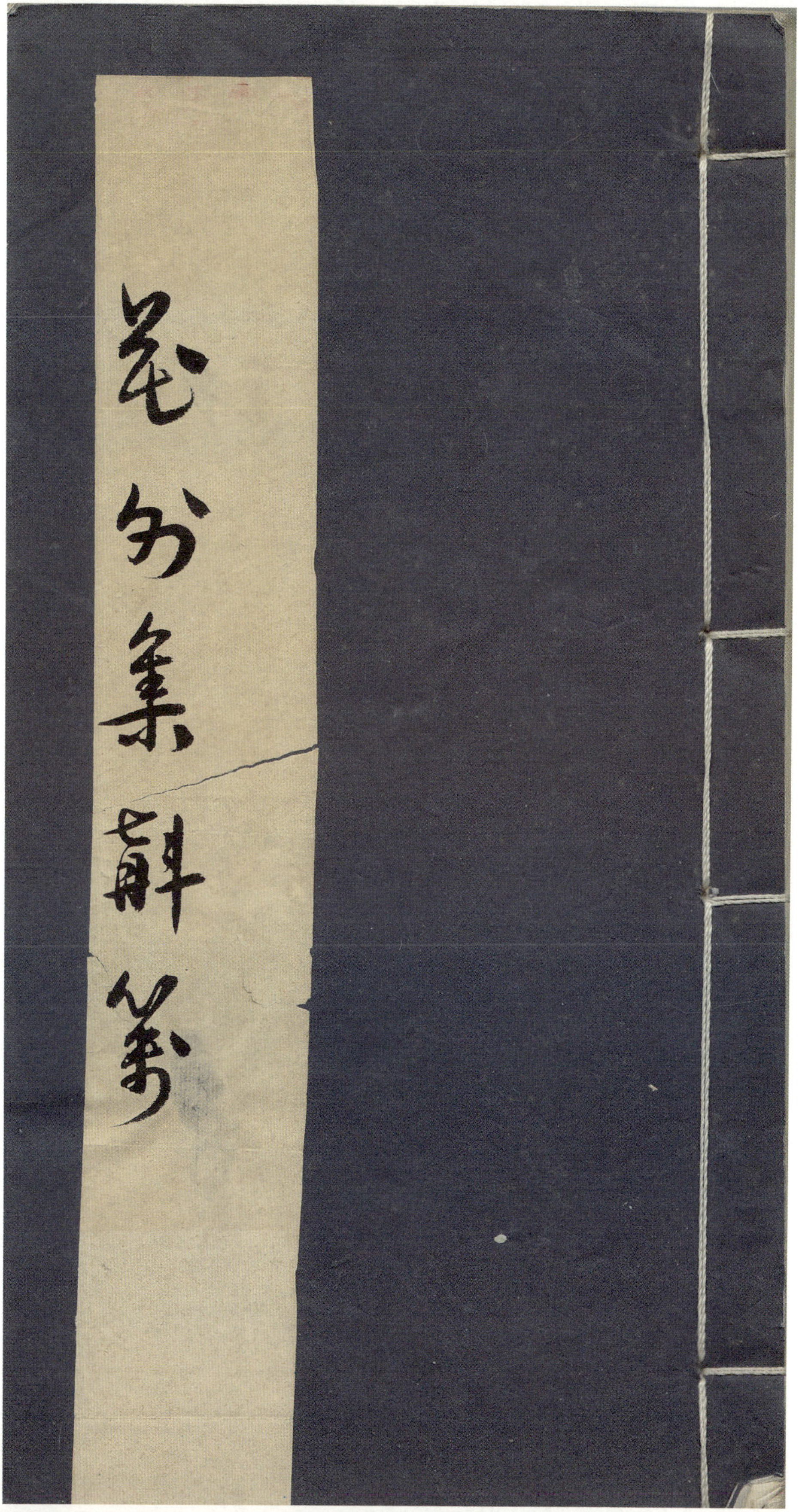
花外集斠箋

花外集斛箋目錄

補遺

碧山事蹟考略

諸家題贈詞

花外集斠箋

涇縣吳則虞

天香

龍涎香○樂府補題宛委山房賦龍涎香調寄天香同賦者王沂孫周密王易簡馮應瑞唐藝孫呂同老李彭老仇名凡八人茬希祖以此詞為謝太后北遷而作序謝后本北行王觀堂考之甚詳[redacted]龍涎香[redacted]崖自嶺嶠龍為人居之象地即瀛壖之鄉龍歸大海龍失其靈具暗指井瀕崖山之恨乎史言崖山下元卒求物於尸間者遇帝昺尸衣黃衣負詔書之寶卒取寶獻張弘範弘範亟往求之已不獲矣疑此詞之隱義也八表昏墊[redacted]雲氣依稀慟趙氏之孤裔猶斷煙之一縷此上片之意也前令餘香故溪深雪承恩夢裏投老荆闕易代之悲更傷搖落此下片之旨也又案周止[redacted]庵夏瞿禪謂補題諸詞指發宋陵事夏氏之説尤備猶發千載之覆然細繹詞旨似亦有未盡然者龍涎白蓮題雖一而記事各殊猶清初之賦秋草秋

柳者各有所屬也即以天香而言玉易簡烟嶠收痕雲沙擁沫孤槎萬里春聚唐藝孫海蜃樓高仙娥鈿小呂同老蜿蜒夢斷瑤島待寄相思仙山路杳李居仁萬里槎程隱約仙洲路杳似皆指帝昺之南征而周公謹碧腦浮冰驪宮玉唾誰搗馮應瑞驪宮夜蟄驚起李彭老誰喚覺鮫人春睡又似指發宋帝陵瘞頂求珠之事矣水龍吟詠白蓮碧山兩詞疑一指厓山一指冲華入道陳恕可詞上片有嬋娟誤語疑亦指冲華下片中流一舉又似指海天之殘祚矣唐珏詞上片冰魂猶在玉簪為誰輕墮似指孟后諸殯之見發過變別有一轉又似屬意南天再如摸魚兒賦蓴碧山詞有西山蕨薇之志玉易簡算唯有梅花黄花歲晚共千古與碧山詞肯相合而佚名之碧龍驚起冰涎猶護髯影正指宋帝試翦取纖條玉溜青縧瑩又蕭蕭兩鬢蓋與其秋鏡又指孟后之髮髻矣翠鈿更切古釵堪與皐君古釵歎互發餘詞說事亦各有别是則樂府補題不盡指發陵而言固可以知之又案碧山詞内知南浦賦春水疎影賦梅綺羅香詠紅葉一萼紅詠紅梅於玉田樂笑翁詞中復多此類同調同題之作疑亦當時詶唱之什同賦者且不止此二人餘詞未傳樂府補題闕載者固多矣時有後

先思無定契山陵之痛僅其一端以一概全致遠恐泥
敢效一得之愚冀助寸莛之響補題中惟齊天樂詠蟬
同賦八人詞旨[redacted]相
合詳齊天樂題下箋

孤嶠蟠煙層濤蛻月驪宮夜採鉛水採樂府補題及文淑鈔本作探李賀詩井汲鉛華水游宦紀聞云龍涎出大食國近海旁常見雲氣罩山間即知有龍睡其下土人俟雲散則知龍已去往採必得龍涎汎遠槎風汎文淑鈔本作訊景煥彬謂上下二句對語也若知鮑刻作汎不獨格律不合語亦未强矣案范鍇王半塘川官書局本及意禪室藏宋八家詞舊鈔本均作汎孫人和改作訊似以作[redacted]汎者為是又補題及文本遠作逝夢深薇露孳後唐龍輝殿安假山川以沈香為山薔薇露為池榜曰靈芳國薇露義恐指此化作斷魂心字戴叔倫詩金鴨香消欲斷魂楊慎詞品云詞家多用心字香蔣捷詞云心字香燒張于湖詞心字夜香[redacted]清晏小山詞記得當年相見兩重心字羅衣范石湖驂鸞錄云番禺人作心字香用素馨茉莉半開者著淨器中以沈香薄劈層層相間密封之日一易不待花蔫花過香成所謂心字香者以香末縈篆成心字也紅瓷候火許仲企詩定州紅花瓷還作識冰環玉指韋應物詩玉指霜毛本同色一縷縈簾翠影依

稀海天雲氣 樂府補題天作山意禪室藏舊鈔本同賓作海山者是王易簡帶得海山風露柯敬仲詩海山夜半剪腥雲皆云海山香譜龍涎出海旁有雲氣籠山間故云海山雲氣一縷云者嶺南雜記云龍涎和香焚之則翠縷浮空結而不散坐客可以用一剪以分烟縷所以然者蜃氣樓臺之餘烈也 幾回殢嬌半醉 天津圖書館藏舊鈔本殢作滯周之琦心日齋詞錄同賓作殢者是洞天清錄焚香忌龍涎篤耨兒女態者故云殢嬌半醉 剪春燈夜寒花碎更好故溪飛雪 清真西平樂故溪歇雨 小窗深閉荀令如今頓老 歷代詩餘頓老作顦顇 總忘卻尊前舊風味 襄陽記荀令君至人家坐幕三日香氣不歇夢窗天香荀令如今老矣但未減韓郎舊風味又清真花犯依然舊風味 謾惜餘熏空篝素被 清真花犯香篝熏素被

花犯 苔梅○西湖志餘淳祐五年孝宗過德壽宮起居太上留坐冷泉堂至石橋亭子看梅太上曰苔梅有二種一種出張公洞者苔蘚甚厚一種出越上苔如綠絲長尺餘縹緗漫志云南宋西湖苔梅最盛隔後花亦凋疎

古嬋娟蒼鬟素靨盈盈瞰流水斷魂十里 歷代詩餘作千里 歎紺縷飄零難

繫離思蘇舜欽淮山喜雨聯句媚若映組纓故山歲晚誰堪寄荊州記陸凱自江南寄梅花一枝詣長安范曄
並贈詩曰折梅逢驛使寄與隴頭人江南無所有聊贈一枝春瑯玕聊自倚杜甫詩天寒翠袖薄日暮倚修竹高觀國金人
捧露盤賦梅天寒翠袖可憐是倚竹依依姜白石疎影籬角黃昏無言自倚修竹謾記裁綠蓑衝雪張志和漁父詞
青箬笠綠蓑衣山谷浣溪沙綠蓑衣底一時休東坡送趙寺丞詩莫忘衝雪送居時孤舟寒浪裏柳宗元詩孤舟蓑笠翁獨
釣寒江雪三花兩蕊破蒙茸孫枝云戈載詞選蘗作花跋云此字宜平周錄亦作花案草窗用怨字亦為仄
聲歷代詩餘收草窗詞前段謾記得漢宮仙掌句誤為謾說漢宮仙掌後段誰歎賞句脫歎字以為一百字體與碧山一百二字體別其
寶所援誤本非異體也故以作蘗者為是案張雨雪獅兒三花依依兩蕊寒泉幽谷本此史記晉世家狐裘蒙茸服虔曰以言貌亂
似有恨明珠輕委明珠句用傳玄詩意清真花犯相逢似有恨明珠愁悴碧山最能融冶周詞雲臥穩藍
衣正護春顦顇羅浮夢半蟾挂曉龍城錄隋趙師雄遊羅浮月暮於林間酒肆傍舍見美人淡妝素服
出迎與語因叩酒家共飲師雄醉臥久之東方既白起視乃大梅花樹下上有翠羽啾嘈月落參橫但惆悵而已么鳳冷山

中入作起東坡西江月海仙時遣探芳叢倒掛綠毛么鳳又喚起玉奴歸去齊東昏侯潘妃名玉奴東坡梅詩玉奴終不負東昏餘香空翠被何遜嘲劉郎詩猶憐翠被香李義山夜冷詩西亭翠被餘香薄

露華 碧桃○玉田再賦此調詠碧桃疑為當時唱和之詞樂府補題失載耳夢窗又譔玉田集中此類詞不少補題之宜補者蓋亦多矣戴表元剡源集有碧桃賦謂玉贊公家燬於火亂定有碧桃生其間向有云西山之陽抵竹之子亭亭冰映燬燬雪峙梡奎炭之在前欲潔身而趨避也此詞之旨似之

紺葩乍坼笑爛漫嬌紅不是春色杜詩栽桃爛漫紅吳融詩滿樹如嬌爛漫紅換了素妝重把鉛華輕拂劉夢得詩白銀堆裏一青螺舊歌共渡煙江卻占玉奴標格古今樂錄王獻之愛妾名桃葉妹曰桃根獻之嘗渡作歌以送之曰桃根復桃葉渡江不用楫但渡無所苦我自來迎接御博念奴嬌無物堪齊標格陶宗儀露華賦碧桃亦鬭暈鉛巧把螺輕冪莫是歌渡烟江浣卻舊時顏色本此風霜峭峭文本作悄舊鈔本同杜文瀾云風霜句峭霜作露此字應去聲可從孫校云今本均作霜杜氏所見蓋別本瑤臺種時付與仙骨殷璠詩迎

春別似瑤池宴捧出金盤五色桃韋莊詩文昌二十四仙曹盡侍紅薔種碧桃寨尸喜內傳老子西遊省太真王母共食碧桃紫梨

閒門晝掩悽惻似淡月梨花重化清魄杜詩淡月失梨花尚帶唾痕香凝

怎忍攀[redacted]摘後主一斛珠爛嚼紅茸笑向檀郎唾嫩綠漸滿溪陰詞綜詞律[redacted]滿俱作暖陶元儀嫩綠護出溪頭本此

籤籤粉雲飛出杜牧詩煖雲如粉草如茵芳豔冷劉郎未應認得范成大次韻周子充碧桃詩碧城香霧赤城霞染出劉郎未見花俱用劉禹錫玄都觀事

南浦春水○玉田南浦賦春水獨步當時皆以張春水目之碧山此詞蓋此同時唱和之作雖不及玉田之清虛騷雅然於平直處能紆徐寄慨處能蘊藉且兩闋同調同題無一複筆複意尤為不易況夔笙云碧山樂府如書中之歐陽準繩規矩一一可循於此信然

柳下碧粼粼認麴塵作生色嫩如染周禮天官注麴塵象桑葉始生劉禹錫詩龍墀遙望麴塵絲夢窗齊天樂麴塵猶沁傷心水清溜滿銀塘戈選作清溜初滿色染銀塘跋云染出韻嫩東風細參差縠

紋初徧（初徧戈選作如剪杜牧詩水紋[redacted]如剪燕差池東坡詩汎溢東風有縠紋）別君南浦翠眉曾照波痕淺（楚辭送美人兮南浦江淹別賦春草碧色春水綠波送君南浦傷如之何）再來漲綠迷舊處添卻殘紅幾片（趙師俠醉江月桃花浪煖綠漲迷津浦夢窗齊天樂早柔綠迷津許昂霄云點化文通別賦又轉進一層）葡萄過雨新痕（宋祁蝶戀花雨過葡萄新漲綠葉夢得賀新郎浪黏天葡萄漲綠皆出自襄陽歌遙看漢水鴨頭綠恰似葡萄初發醅）正拍拍輕鷗翩翩小燕（劉長卿詩拍拍江上鷗魏明帝詩翩翩春燕）簾影蘸樓陰芳流[redacted]去應有淚珠千點（千點戈作流徧東坡水龍吟春色三分二分塵土一分流水細看來不是楊花是點點離人淚此用其意）滄浪一舸斷魂重唱蘋花怨（楊巨源罝小玉傳采蘋歌怨木蘭舟）采香幽徑鴛鴦睡（歷代詩餘詞綜徑皆作逕是也又鮑本注云別本睡誤作暖寧舊鈔本同未必誤也蘇州府志采香逕在香山之傍小溪也吳王種香於香山使美人泛舟於溪以采香今自靈巖山望之一水直如矢故又名箭溪）誰道湔裙人遠（李義山詩湔裙杜若洲）

南浦　前題

柳外碧連天，漾翠紋漸平，低蘸雲影。應是雪初消，巴山路、蛾眉乍窺清鏡（李義山巴江柳詩：巴江可惜柳，柳色綠侵江。草窗浣溪沙：柳搖蛾眉佰春眉。此隱括其意）。綠痕無際，幾番漂蕩江南恨。弄波素襪知甚處（歷代詩餘知作至，誤。洛神賦：凌波微步，羅襪生塵），空把落紅流盡。

何時橋里蕁鄉（玉隱記：洞庭有橋里。杜外洞仙歌：橋里漁村半烟草。顏氏家訓：露葵是蕁水鄉所出。仙居縣志：蕁湖在縣北二里，蕁生其側，俗呼為蕁鄉），泛一舸翩翩（歷代詩餘作翻然，誤。詞綜周錄作翩然），東風歸興。孤夢繞滄浪（東坡詩：孤夢猶可續），蘋花岸（鮑本注云：別本岸作冷。詞綜無岸字，非是[redacted]），漠漠雨昏煙暝。連筒接縷，故溪深、掩柴門靜（杜甫[redacted]春水詩：三月桃花浪，江流復舊痕。朝來沒沙尾，碧色動柴門。接縷垂芳餌，連筒灌小園。已添無數鳥，爭浴故相喧）。只恐雙燕銜芳去（又鈔本、舊鈔本、歷代詩餘、詞綜均作銜春去），拂破藍光千頃（杜牧詩：沈水藍光徹。史達祖雙雙燕：飄然快拂花梢，翠尾分開紅影。此從史詞蛻出）。

聲聲慢　催雪

風聲從臾文鈔本歷代詩餘作慫恿范本作容與非是雪意商量古詩雲情雨意商量雪徐昌圖天香雲共雪商量不少方岳[redacted]瑞鶴仙正同雲商量雪也連朝滕六遲疑牛僧孺幽怪錄蕭至忠為晉州刺史欲獵羣獸行避至深嚴有黃冠一人老麋哀請黃冠曰若令滕六降雪巽二起風即蕭使君不復出矣張榘飛雪滿羣山有云是誰邀滕六釀薄暮同雲沍寒茸帽貂裘國[redacted]策黑貂之裘敝夢窗十二郎貂裘茸帽重向淞江照影兔園準擬吟詩謝惠連雪賦梁王不悅遊於兔園俄而微霰零密雪下王迺歌北風於衛詩詠南山於周雅朱淑真念奴嬌催雪擔閣梁吟紅爐旋添獸炭丁仙芝詩待子獸炭燃紅爐辦金船羔酒[redacted]脂鎔文本舊鈔本歷代詩餘俱作落晏幾道臨江仙流霞淺酌金船清異錄黨太尉遇雪於帳中飲羊羔美酒問剪水工夫猶未還待何時歷代詩餘范本工夫上有僝字孫本撰補唐陸暢雪詩天人寧許巧剪水作花飛楊誠齋詩諸雲剪水作風毬趙長卿玉蝴蝶片片空中剪水休放梅花爭白辛稼軒鷓鴣天且教犬吠千家白且與梅花一段奇又案盧梅坡詩梅雪爭春未肯降詩人擱筆費平章梅須遜雪三分白雪

却輸梅一段香與此意同好詩奇鬬巧早徧瓊枝王初詩綵蕊瓊枝鬬剪裁綵窠金鈴天寶遺事寧王好聲樂至春時於後園中級紅絲為繩密綴金鈴繫於花梢之上每有鳥鵲翔集則令園吏掣鈴索以驚之東坡聚星堂雪詩晨起不待鈴索掣佳人等塑獅兒朱淑真念奴嬌笑捏雪獅兒隻張文潛有雪獅詩又詞調有雪獅兒怕繡幃慵起夢梨雲說與春知梨雲指梅也王建夢看梨花雲詩落落寞寞路不分夢中喚作梨花雲高觀國金人捧露盤詠梅為春瘦却怕春知莫負了約王猷船過剡溪世說新語王徽之嘗居山陰夜雪初霽日色清朗四望浩然忽憶戴逵逵時在剡便夜乘小船詣之未至而返人問其故徽之曰吾乘興而來興盡而返何必見安道耶

高陽臺紙被○紙被宋人多用之產自閩浙劉子翬有答呂居仁恵建昌紙被詩云日高擁楮眠意惓意自適嘗聞盱江藤蒼崖走虯屈斬以霜露秋漚以滄浪色粉身從澼洸蛻首齊麗密乃知瑩然姿故自漸陶出其製法可以想見

霜楮剡皮冰花擘繭蘇易簡紙譜吳人以繭楚人以楮楊升庵謂越俗製楮以敲冰時為之故敲潔也滿腔

絮澄湘簾通俗文方絮白紙抱甕工夫莊子子貢過漢陰見一丈人方為圃畦鑿隧而入井抱甕而出灌子貢曰有械於此一日浸百[redacted]畦用力甚寡而見功多其名為槔圃者曰有機械者必有機事有機事者必有機心吾非不知羞而不為也此云抱甕工夫拙之謂也養何須待吐吳蠶李嶠詩吳蠶落繭抽尚絕智舩詩春[redacted]繇爭似吐吳蠶僧水香玉色難裁剪段公路北戶雜錄羅州多箋香樹身如柜柳皮堪擣紙土人號為香皮紙糙含南方草木狀密香紙以密香樹皮葉作之極香而堅韌水漬之不潰爛而香紙譜玉版紙瑩潤如玉更緗絨茸線休拈伴梅花暗卷春風遵生八牋梅花紙帳即牀外立四柱各柱掛以銅瓶插梅數枚用白楮作帳罩之謝宗可詠梅花紙帳詩清懸四壁剡溪霜高臥梅花月半牀斗帳孤眠清真柳梢青斗帳香消陳鍾秀刊本草堂詩餘滿江紅斗帳高眠寒窗靜篝熏鵲錦熊氈范本氈下有了字注云此調換頭皆作七字句御選本作一任屬下讀鮑本誤作六字句今擬補了字與後之數首方同孫以范說非是以九十九字之高陽臺換頭處六字協韻者也格古要論古有鸞鵲錦拾遺論周靈王設紫羅文褥任粉融脂涴猶怯癡寒韓愈詩癡如遇寒蠅李廷忠瑞鷓鴣[redacted]蝶不禁寒總是癡我睡方濃笑他欠此清緣文本清作

情抙來細軟烘烘暖白居易醉言贈蕭殷二協律吳綿細軟桂布密儘何妨挾纊裝綿左宣十二
年傳申公巫臣曰王巡三軍拊而勉之三軍之士皆如挾纊杜甫詩衣冷欲裝綿酒魂醒半榻梨雲起坐詩
禪舊鈔本起作記東坡詩酒清不醉休休煖睡穩如禪息息勻陸游寄謝侍制紙被詩紙被圍身度雪天白於狐腋煖於綿放翁用處
君知否不是蒲團夜坐禪

疎影詠梅影○歷代詩餘無影字疑脫玉田[redacted]草窗均以此調賦梅影蓋亦倡和之作是以補樂府補題之遺

瓊妃臥月鄭愔奉和幸上官昭容院詩更覓瓊妃伴任素裳瘦損羅帶重結石徑春寒北山
移文石徑荒涼徒延佇碧蘚參差李義山詩白石巖扉碧蘚滋相思曾步芳塍離魂分破東
風恨用唐人小說倩女離魂事又夢入水孤雲闊杜甫有寄詩雲闊烟深樹算如今也猷傳傳
帶了一痕殘雪　猶記冰奩半掩冷枝畫未就戈選冷作凍非杜詩蕭蕭掛冷枝
歸櫂輕折幾度黃昏忽到窗前重想故人[redacted]別初盧仝詩相思一夜梅花發忽到窗前

崑居是蒼虬欲捲連漪去施肩吾詩小仙乘月繫蒼虬慢蜿却連環香[redacted]胃温庭筠詩自從香胃化早翠陰蒙茸孫校云歷代詩餘花本戈選並作早又是他本無又是二字考此調始於姜白石實有此二字是字似當用平聲然此調趙以夫陳允平周密張炎諸作平仄頗有出入亦難一例論也不似一枝清絕白石疏影瘦倚數枝清絕

露華碧桃○此露華之又一體九十四字惜萬氏未之收

晚寒竚立記鉛輕黛淺初認冰魂東坡詩玉雪為骨冰為魂緗羅襯玉歷代詩餘詞譜緗作碧猶凝茸唾香痕戈選凝作疑夢窗燭影搖紅櫻桃茸唾聽吟詩淨洗鉛春顏色勝小紅臨水蒨裙杜詩注點桃花舒小紅安石詩晴[redacted]蒸桃出小紅玉煙渡遠應憐舊曲換葉移根見上又清真解連環想移根揻[redacted]葉山中去年人到歷代詩餘詞譜戈選到作別怪月悄風輕閒掩重門瓊肌瘦損梅堯臣和叔治晚春梅花詩却驚春半見瓊肌那堪燕子黃昏舊鈔本堪作看清真燭影搖紅燕子來時黃昏庭院又玉說憶故人燕子來時黃昏庭院幾片故溪浮玉歷代詩餘詞選戈選故均作過誤清真三

部樂浮玉飛瓊似夜歸深雪前村劉長卿詩風雪夜歸人僧齊己詩前村深雪裏昨夜一枝開宋神宗聲聲慢前村夜
來雪裏芳夢冷雙禽誤宿粉雲李紳重別西湖詩波上雙禽去寐莫
無悶雪意○文本云一作催雪歷代詩餘無意字周鐩及意禪室藏舊鈔本無題陳亦峯云謂南枝內中含譏諷當
指文溪松雪輩[redacted]疑此亦當時唱和之作
陰積龍荒寒度雁門虞世南結客少年場陰積龍沙暗本落雁門昏西北高樓獨倚古詩西北有高
樓悵短景無多文本悵作恨杜詩歲暮陰陽催短景亂山如此白石解連環算如此溪山欲與飛瓊
起舞史達祖水龍吟白石清波引均有玉妃起舞內逸史唐許瀍病起題壁內坐中惟有許飛瓊飛瓊仙名瓊玉似雪借以為喻
怕攪碎紛紛銀河水凍雲一片庾信至仁山銘瑞雲一片方干冬月詩凍雲懸暮色藏花護玉
未教輕墜　清致暗韻情無似有照水一枝詞綜一作南詞律歷代詩餘並同孫枝云此字
各家皆作反聲不當用平聲疑後人以與上一片複而改之不足據也清真花犯想一枝蕭灑黃昏斜照水又玉燭新詠梅花云終不似

汪伯彥謂懷蒙塵之慟
而不忘恢復之思

照水一枝清絕，已攙春意，誤幾度憑欄，莫愁凝睇。應是梨花夢好，草窗水龍吟梨雲好夢。未肯放東風來人世。待翠管吹破蒼茫，杜甫臘日詩翠管銀罌下九霄。看取玉壺天地。鮑照詩清如玉壺冰。

眉嫵 新月

○此為王昭儀清惠而作，且以悲金甌之缺也。清惠字冲華，宋史后妃傳失載，南宋書昭儀名清蕙，嘗題滿江紅詞於驛壁，隨至燕邸，度為女道士，亦不詳。詞苑云：丙子元兵入杭，宋全謝兩后以下皆赴北，昭儀題詞於驛壁，即所傳滿江紅詞也。詞云：太液芙蓉渾不是舊時顏色，曾記得春風雨露，玉樓金闕，名播蘭簪妃后裏，暈生蓮臉君王側，忽一聲鼙鼓揭天來，繁華歇，龍虎[illegible]散，風雲絕，無限事憑誰說，對山河百二淚霑襟血，驛館夜驚鄉國夢，宮車曉碾關山月，願嫦娥相顧肯從容，隨圓缺。文文山讀至末句，歎曰：惜哉夫人于此少商量矣。為代作二首，全用其韻。其一云：回首昭陽離落日，傷心銅雀迎新月，算妾身不願似天家，金甌缺。其二云：世態便如翻覆雨，妾身原是分明月，算樂昌一段好風流，菱花缺。女史載王昭儀抵上都，懇為女道士，與汪水雲湖山類稿周密浩然齋雅談又輟耕所載相同南宋書蓋亦擬此所補也碧山此詞疑詠其事畫眉未穩者指當日承恩之事清惠詞中華生蓮臉者然也太液池數語即清惠首句之意末句指女冠之請以素娥耐冷為喻詞中本事大抵如此音悅忽深殊係人思

漸新痕懸柳澹彩穿花詞律彩作影譚復堂云蹊徑顯然依約破初暝賀方回吳門柳好月為人重破暝便有團圓意苑本作團圞深深拜相逢誰在香徑王昌齡甘泉歌昨夜雲生拜初月施肩吾幼女詞李人拜新月又李端拜新月詞開簾見新月便即下階拜畫眉未穩畫眉見漢書張敞傳夢窗聲聲慢新彎畫眉未穩料素娥猶帶離恨顧素娥喻月月如無恨月常反用典以貼切新月最堪憐一曲銀鉤小寶簾掛秋冷張皋文詞選簾作奩非是少游浣溪沙寶奩閒掛小銀鉤千古盈虧休問歎慢磨玉斧慢當作謾詞譜不誤難補金鏡難補詞譜作猶掛非是酉陽雜俎太和中鄭仁本表弟與王秀才游嵩山將暮忽聞林中鼾睡聲尋之見一人布衣甚潔白枕一襆物方眠呼之起問所自其人笑曰君知月乃七寶合成乎月勢如丸其影日爍

其凸處也常有八萬三千戶修之予即一數因開襆有斤鑿數事玉屑飯兩裹稼軒滿江紅誰做冰壺涼世界最憐玉斧修時節又察乾淳起居注云九年八月十五日曾覿進壺中天慢云雲海塵清山河影滿桂冷吹香雪何勞玉斧金甌千古無缺上皇大喜曰從來月詞不曾用金甌事可謂新奇此反用其意

太液池猶在淒涼處何人重賦清景盧多遜詩太液池邊看月時晚風吹動萬年枝誰家玉匣開新鏡吹動清光些子兒

故山夜永試待他窺戶端正白石玲瓏四犯端正窺戶玉田探春慢休忘了盈盈端正窺戶

看雲外山河還老桂花舊影歷代詩餘詞譜作還老盡桂花影萬紅友曰石帚後結云又爭似相攜乘一[redacted]舸鎮長見乘一舸下與此篇不同想亦可如此然石帚在前定宜從之愚又疑此或是還老桂舊花影乎桂字豆本與姜同而誤以桂花連寫耳杜文瀾云詞譜後結作還老盡桂花影有盡字無舊字查姜白石張仲舉二詞後結作折腰句法應遵改酉陽雜俎佛氏謂月中所有乃大地山河影又云月中有桂樹下有一人常斫之

水龍吟牡丹〇懷故京也宋于庭謂南宋詞人繫情舊京凡言歸路言家山言故國者皆恨中原隔絕莊子云舊國舊都望之暢然丘陵草木之緡入之者十九猶之暢然娩轉附物以寄哀思撫洛下之風流慨宗周之禾黍

綿邈餘音搆其蕉萃

曉寒慵揭珠簾牡丹院落花開未花品序洛下永寧院有僧種花最盛謂之牡丹院玉欄干畔柳絲一把和風半倚此四語隱括徐仲雅宮詞內人曉起怯春寒輕揭珠簾看牡丹一把柳絲收不得和風搭在玉欄杆國色微酣天香乍染摭異記太和中有程修己者以善畫進會內殿賞花上問修己曰今京邑傳唱牡丹詩誰稱首對曰中書舍人李正封詩國色朝酣酒天香夜染衣扶春不起夢窗漢宮春休謾道花扶人醉醉花卻要人扶又喜遷鶯是東風扶起倩自真妃[redacted]舞羅謫仙賦後天寶遺事禁中初有木芍藥植於沈香亭前時花盛開上乘照夜太真以步輦從李龜年手捧檀板押衆樂工將歌上曰賞名花對妃子焉用舊樂章命龜年持金箋賜李白詔進清平調詞三章繁華夢如流水池館家家芳事記當時買栽無地羅鄴詩買栽池館恐無地稼軒杏花天買栽池館多何益爭如一朵幽人獨對周遷獨作相水邊竹際酉陽雜俎牡丹前史中無考惟謝康樂始言永康水際竹間多牡丹劉儗木蘭花慢肯來水邊竹際與幽人相說對淒涼把酒花前剩拚醉了醒來

汪伯彦謂是南渡初追憶汴京

還醉趙長卿西江月醉了還醒又醉怕洛中春色匆匆又入杜鵑聲裏事物紀原武后詔遊後苑百花俱開惟牡丹獨遲后怒貶於洛陽故洛陽之花冠天下歐陽修花品敘牡丹出洛陽者為天下第一羣芳譜唐宋時洛陽之花為天下冠故牡丹竟名洛陽花見聞錄嘉祐末康節邵先生行洛陽天津橋忽聞杜宇之聲歎曰異哉不及十年其有江南人以文字亂天下者乎

水龍吟 海棠○雲麓漫鈔云徽廟既內禪幸淮浙嘗作小詞名月上海棠末句云孟婆且與我做些方便弁州山人四部稿以為渡黃河詞蓋道君北狩時作也此云燕宮絕筆疑指此而言或云指宣和畫譜託意卉木以寄情深義亦通

世間無此娉婷劉處靜燭影搖紅詠海棠亦有云世間還有此娉婷玉環未破東風睡太真外傳明皇登沈香亭召太真宿酒未醒釵橫鬢亂不能再拜上笑曰豈海棠春睡未足耶將開半斂似紅還白楊誠齋詩絕憐欲白仍紅處正是微開半斂時又宋真宗海棠詩紅白間纖條晏元獻詩似紅如白海棠花餘花怎比崔得符海棠詩便教

桃李能言語西子嫣妍比得無偏占年華禁煙纔過夬衣初試林逋詩亭臺物景並飄絮宅院時清試夬
衣又曹組詩海棠時節又清明歎黃州一夢樂宮總筆許昂霄謂黃州句指[redacted]王元之知黃州事恐非是蘇東坡黃州定惠院東山小上
有海棠一株特繁茂每歲盛開必攜客置酒已五醉其下矣古今詩話東坡謫黃州居於定惠院之東雜花滿山而獨海棠一株土人不
知貴東坡為作長篇平生[redacted]喜為人寫人間刻石者自有五六本云平生最得意詩也又東坡在儋耳一日遇一媼謂坡曰學士昔日富貴
一塲春夢耳宮見題下箋燕無人解看花意張孝祥錦園春賦海棠杜老情疎量州賦冷與此意相近猶
記花陰同醉小闌干月高人起唐裴璘海棠詩別有玉盤承露冷無人起向月中看千枝媚色
一庭芳景徐伸二郎神門摘一庭芳景清寒似水別本寒作愁非銀燭延嬌東坡詩只恐夜深花睡去
故燒高燭照紅妝范成大滿江紅紅妝高處燒銀燭王炎念奴嬌從教睡去為留銀燭終夕綠房留艷李賀詩一夜綠房留
白曉[redacted]夜深花底怕明朝小雨濛濛便化作臙支淚王炎念奴嬌詠海棠曉來雨過正海
棠枝上燕支如滴案水龍吟各體末三句皆作五四四句法未有作七六字為兩句者此當從兩字化字斷句詞之分句有以意斷者有

以聲斷者當從聲斷為主

水龍吟 落葉○白雨齋詞話以為重崖半沒數語有慨于[redacted]厓山之事，深以為然。略中說之。渭水風生，指西北之陷溺；洞庭波起，指德祐二年丙子潭、袁、連、衡、永、郴、全、道、桂陽、武岡、寶慶之敗，李芾、尹穀之死，湖外之戰，為渡江來死事之烈者[redacted]以上片之意也。望吾廬甚處，與晴節同一貞挺。玉田三姝媚亦自古意蕭閒，問結廬人境，白雲誰侶之句。風颯颯兮木蕭蕭，思公子徒離憂，哀吾生之無樂，幽獨處乎山中，怨慕之情，居然騷雅。此下片之意也。[redacted]

曉霜初著青林劉長卿石樓詩隔河映青林望中故國淒涼[redacted]早蕭蕭漸積紛紛猶墜門荒徑悄夢窗三姝媚紫曲門荒渭水風生賈島詩秋風吹渭水落葉滿長安清真齊天樂渭水西風長安亂葉洞庭波起楚辭洞庭波兮木葉下謝希逸月賦洞庭始波木葉微脫幾番秋杪想重崖半沒千峯盡出山中路無人到 前度題紅杳杳遡宮溝暗流空繞文本作宮溝誤

唐僖宗時于祐於御溝中拾一紅葉題詩云流水何太急深宮盡日閒殷勤謝紅葉好去到人間祐題一詩曰曾聞葉上題紅怨葉上題詩寄阿誰置溝逆流為宮人韓拾得之後祐託韓泳門館因帝放宮女三千人泳以韓有同姓之親作伐嫁祐案本事詩雲溪友議則以為顧況事侍兒小名録則以為賈山盧事北夢瑣言則以為李茵事玉溪編事則以為侯繼圖事山堂肆考則以為于祐事嗁螢

未歇飛鴻欲過此時懷抱亂影翻窗[redacted]碎聲敲砌愁人多少望吾廬甚處陶潛讀山海經詩吾亦愛吾廬只應今夜滿庭誰掃白居易詩落葉滿階紅不掃

水龍吟 白蓮○樂府補題浮翠山房擬賦白蓮調寄水龍吟同賦者九人周密王易簡陳恕可唐珏呂同老趙汝鈉王沂孫李居仁張炎皆遺民也李齋咕嗶云楚詞橘頌取其渡淮為枳秉性不移茂叔愛蓮以其濯水彌鮮出塵不染是則故老拈題詞家調律依微擬義其志皭然矣玉潛之翠輿難駐竹山之別浦重尋和甫之流水斷魂聖予之海山依約似皆指乘桴南狩之慟[redacted]

淡妝不掃蛾眉李白詩淡掃蛾眉朝至尊為誰佇立羞明鏡花本誰作伊真妃解語開元天寶遺事太液池千葉白蓮開帝與貴妃宴賞指妃謂左右曰何如此解語花西施淨洗娉婷顧影溥露初身纖塵不染移根玉井韓愈古意太華峯頭玉井蓮花開十丈藕如船想飄然一葉颼颼短髮中流臥浮煙艇唐珏別有凌空一葉泛清寒素波千里陳恕可中流一葉共凌波去可惜瑤臺路迴抱淒涼月中難認樂府補遺難依誰離騷望瑤臺之偃蹇兮李白詩若非羣玉山頭見會向瑤臺月下逢李義山詩如何雪月交光夜更在瑤臺十二層溫飛卿詩抱月飄烟蘇東坡詩相逢月下是瑤臺案此用瑤臺似亦暗喻瓊島之意相逢還是冰壺浴罷許渾詩月寒水在壺牙牀酒醒趙彥端鵲橋仙詠蓮夜深風入逼人寒問誰在牙牀酒醒步襪空留紉用楊妃留襪事舞裳微褪粉殘香冷樂府補題歷代詩餘舞裳作羽衣望海山依約時時夢想素波千頃碧山兩言海山依約又曰時時夢想玉潛素波千里同老浩波千里似俱指厓山

水龍吟

前題○此闋疑指沖華事蓮花一名玉環因以為喻仙姿自潔芳心更苦指女冠之請詞意顯然也

椽軒最高樓漢妃翠被嬌無奈

翠雲遥擁環妃三餘帖蓮花一名玉環典雖隱晦然意極貼切夜深按徹霓裳舞歷代詩餘深作涼樂
府詩集唐逸史曰羅公遠多秘術嘗與玄宗至月宮仙女數百皆素練霓裳舞於廣庭問其曲曰霓裳羽衣帝默記其音調而還明日召
樂工依其調作霓裳羽衣曲李後主玉樓春重按霓裳歌遍徹鉛華淨洗洛神賦鉛華[redacted]芾御娟娟出浴杜衍荷花
詩曉開一朵煙波上似畫真妃出浴時宋祁蝶戀花詠蓮溫泉初試真妃浴盈盈解語見前太液荒寒海山
依約斷魂何許是人間別有冰肌雪豔趙汝鈉風裳水佩冰肌雪豔嬌無奈頻相
顧樂府補題戈選奈均作那三十六陂煙雨康與之洞仙歌恨回首西風波淼淼三十六陂煙雨白石惜紅
衣問甚時重賦三十六陂秋色舊淒涼向誰堪訴樂府補題舊作甚豔注云一本向作有又案別本作誰向如今
謾說仙姿自潔朱熹詩仙姿蕭灑出風塵芳心更苦賀方回踏莎行紅衣脫盡芳心苦羅襪初停
玉鐺還解羅襪箋見南浦列女傳江妃二女遊於江濱逢鄭交甫遂解佩與之交甫受佩而去數十步懷中無珮二女亦不見
早凌波去白石念奴嬌情人不見爭忍凌波去試乘風一葉重來月底與修花譜范本作簫

譜非是白石側犯寂寞劉郎自修花譜

綺羅香 秋思○詞綜無此題歷代詩餘同

屋角疎星庭陰暗水杜詩暗水流香徑猶記藏鴉新樹李白楊柳可藏鴉李義山詩密處少藏鴉
試折梨花行入小闌深處聽粉片簌簌飄階有人在夜窗無語料如
今門掩孤燈一本料作想畫屏塵滿斷腸句佳期渾似流水戈選流作逝孫
枝云此字當用仄聲作逝近是還見梧桐幾葉輕敲朱戶周選見作有一片秋聲歷代詩餘作一
派非是清真慶春宮動人一片秋聲應傚兩邊愁緒江路遠歸雁無憑晏幾道蝶戀花欲盡此情書尺
素浮雁沈魚終了無憑據寫繡箋倩誰將去歷代詩餘將作持謾無聊猶掩芳樽醉聽深
夜雨歷代詩餘深作秋

綺羅香 紅葉○樂笑翁亦以同調賦此蓋亦當時唱酬之什

伯序謂此數語為責亡國大夫不知恥辱

玉杵餘丹裴鉶傳奇裴航過藍橋渴一舍有老嫗揖之求漿嫗令雲英以一甌漿水飲之航欲娶雲英嫗曰得玉杵臼當與後航得玉杵臼遂娶而仙去金刀剩綵晏幾道蝶戀花金剪刀頭芳意動綵蕊開時不怕朝寒重歐陽修蝶戀花金刀剪綵呈纖巧又漁家傲金刀剪綵功夫異重染吳江孤樹南史崔信明嘗矜其文過李百藥鄭世翼世翼遇之於江曰聞公有楓落吳江冷之句願見其餘信明出餘篇與觀世翼覽未終曰所見不逮所聞投之水中引舟而去此云吳江孤樹為點楓丹以貼切紅葉幾點朱鉛幾度怨啼秋暮驚舊夢綠鬢輕凋訴新恨絳脣微注蕪城賦玉貌絳脣最堪憐同拂新霜繡奩一鏡晚妝妒夢窗過秦樓一鏡萬妝爭妒千林搖落漸少張耒外飲賦千林霜曉何事西風老色爭妍如許二月殘花空誤小東山路杜牧詩停車坐愛楓林晚霜葉紅於二月花重認取流水荒溝李賀詩荒溝古水光如刀怕猶有寄情芳語箋見前但淒涼秋苑斜陽冷枝留醉舞又本留作流白石法曲獻仙音誰念我重見冷楓醉舞注

綺羅香 前題

夜滴研朱王氏四印齋本研誤作妍高駢詩滴露研朱點周易晨妝試酒楊誠齋詩小楓一夜偷天酒寒樹偷分春豔吳融詩一時衰颯無多恨看著春風剪綵成玉賦今吳江田寒樹不招春妬范成大詩薇悵半年春豔一片試霜猶淺箋見前玉田賦今吳江獨客又吟愁句驚漢殿絳點初凝說文楓木厚葉弱枝善搖漢宮殿中多植之霜後葉丹可愛誤隋苑綵枝重剪通鑑隋煬帝紀大業元年築西苑宮樹秋冬凋落則剪綵為華葉綴於枝條色渝則易以新者常如陽春然問仙丹煉熟何遲舊鈔本脫煉字漢武內傳西王母云仙之上藥有絳雪元霜裴鉶傳奇薛昭遇仙女得絳雪丹度世少年色換已秋晚

疎林頻撼暮雨消得西風幾度舞衣吹斷綠水荒溝終是賦情人遠箋見前玉田甚荒溝一片淒涼載情不去載愁去空一似零落桃花又等閒誤他劉阮幽明錄漢明帝永平五年剡縣劉晨阮肇共入天台取穀皮迷路不得返糧盡得山上數桃啖之遂不飢下山一大溪邊有二女姿質絕妙因要還家勅婢速作食有胡麻山羊脯甚美遂留

半載餘懷土求歸女曰宿福所牽何復欲還因指示還路既出無復相識問得七世孫傳聞上世入山求道不得歸且留取閒

寫[redacted]幽情石闌三四片

齊天樂 螢○此亦當時拈題同賦之什餘詞鮮傳耳自來詠螢詞賦多為弔古哀時之作取其宵燐碧血助人淒冷碧山此詞且有所指具為瀛國公之事孚後漢書孝靈帝紀建寧六年中常侍張讓段珪劫少帝陳留王走小平津尚書盧植追讓珪等斬殺數人帝與陳留王協夜逐螢火走行數里得民家露車共乘之辛未還宮孝靈帝紀同為亡國殤主露車共載與櫬北行事又相類託為熠燿之飛以抒覆亡之痛秦陵漢苑隔水傍林已題言之詠歎蒼茫香吐渾雅鄱陽家法斯為嗣音

碧痕初化池塘草月令季夏之月腐草為螢本草陶注此是腐草及爛竹根所化初時猶如蛹蟲腹下已有光數日便變而能飛熒熒野光相趁月令疏引李巡爾雅注熒火夜飛腹下如火光埤雅螢夜飛腹下有火故字從熒扇薄星流杜牧詩輕羅小扇撲流螢盤明露滴漢武故事帝以銅作承盤露上有仙人掌擎玉盤以承雲表之露零落

秋原飛燐詩東山傳熠燿燐也燐螢火也古今注云螢一名燐駱賓王螢火賦知戰場之飛燐練裳暗近禮記檀弓
練練衣也說文練湅繒也記穿柳生涼李建勛詩衝人穿柳樹度荷分暝王安石詩嶺雲分暝與黃昏誤
我殘編翠囊空歎夢無準續晉陽秋車允好學不倦貧無燈火夏日用練囊盛數十螢火以照夜讀
樓陰時過數點倚闌人未睡曾賦幽恨漢苑飄苔秦陵墜葉劉禹錫秋螢引
漢陵秦苑遙蒼蒼陳根腐草秋螢光吳彥高春從天上來漢苑秦宮墜露飛螢千古淒涼不盡歐陽修玉樓春淚眼淒涼
愁不盡又清真丁香結此恨自古銷磨不盡何人為省但隔水餘輝傍林殘影杜甫螢火詩帶雨傍
林微駱賓王螢火賦泛灎乎池沼徘徊乎林岸已覺蕭疏更堪秋夜永

齊天樂 蟬○樂府補題餘閒書屋賦蟬調寄齊天樂同賦者
八人呂同老王易簡王沂孫周密陳恕可唐珏仇遠
唐藝孫故老拈題每多所屬前已言之陳亦峯謂上闋
短夢深宮為指全太后為尼事次章鏡暗妝殘指王清
惠為女道士事而王半塘跋花外集云年丈端木子疇
先生釋碧山齊天樂詠蟬云詳味詞意殆亦黍離之感

宮魂字點出命意作咽還移悅搖遲也西窗三句傷敵
騎暫退燕安如故鏡暗二句殘破滿眼而修容飾貌側
媚依然衰世臣主全無心肝千載一轍也銅仙三句宗
器重寶均被遷奪不下究也病翼二句更是痛哭流涕
大聲疾呼言海島棲流斷不能久也餘音三句遺臣孤
憤哀怨難論也漫想二句責諸臣到此尚安危利災視
若全盛也其論似亦近理周濟宋詞選始疑詠蟬諸詞
為元僧楊璉真伽發宋陵而作歸安王樹榮永嘉夏承
燾蓋張其說夏氏為樂府補題考及與張孟劬論樂府
補題書具言賦蟬詞屢用齊姬齊宮深宮如呂同老捐
張齊姬薄倖王易簡翠陰深鎖齊姬恨唐珏怨結齊姬
仇遠齊宮往事漫者皆託喻后妃也周密癸辛雜識一
村翁於孟后陵得一髻長六尺餘其色紺碧謝翶為作
古釵歎有云白烟淚濕野叟來拾得慈獻陵中髻青長
七尺光照地髮下宛轉金釵二此賦蟬十詞九用鬟鬢
之本事也癸辛雜識記梁棟莫崙詩獄元初文網之密
可知補遺記物起興而又亂以他辭者亦猶林景熙冬
青之詩必託於夢中之作也案夏氏之說極確切餘詳
天香題下箋補題諸詞往往題同而旨異惟賦蟬一闋
作者八人寓意相同題旨尤顯者如同老早枯翼飛仙

暗嗟殘景見洗氷奩怕翻雙翠影怨可任翻鬟雲寒綴
貂金淺蛻羽難留頓驚仙夢遠以言[redacted]遺骼遺
殘雙鬟宛然也又如易簡怕寒葉凋零蛻痕塵土公謹
前夢蛻痕枯葉仁近滿地霜紅淺莎尋蛻羽非即龍拾
寒瓊出幽草之意乎然則碧山詞
中枯蛻嬌鬟之喻自不待再言矣

綠槐千樹西窗悄舊鈔本槐作陰別本又作楊非是東坡阮郎歸綠槐高柳咽新蟬樂府補題悄作晚厭厭晝眠驚起文鈔本詞綜起俱作睡[redacted]戈[redacted]載云睡與上眠字犯飲露身輕曹大家蟬賦吸清露於丹園沈鵬蟬詩依樹槐身輕吟風翅薄陸雲寒蟬賦舒輕翅而迅翰寥陳怨可此作露濕身輕風生翅薄樂府補題此作嫩翼風微流聲露悄疑今本沿陳詞而訛半剪冰箋誰寄淒涼倦耳漫重拂琴絲怕尋冠珥徐廣車服志侍臣加貂蟬者取其清高飲露而不食也梁書朱异傳异為通事舍人後除中書郎時秋日始拜有飛蟬正集异武冠上時咸謂有珥蟬之兆短夢深宮樂府補題作夢短宮深向人猶自訴憔悴補題自作與殘虹收盡過雨舊鈔本及詞綜虹作紅杜審言詩日氣抱殘虹晚來頻斷續都是秋意病葉難留纖柯易

藕花雖黃錢脂度詩[redacted]荷禪萬條玉如意蟬鳴一聲金錯刀

老去憶斜陽身世窗明月碎[redacted]舊鈔本樂府補題均作山明案是也是呂同老墜葉山明疎枝月小

已絕餘音尚遺枯蛻樂府補題作出餘與上韻鬢影參差斷魂青鏡裏詞綜青作清中華古

今注魏文帝宮人莫瓊樹始制於蟬鬢望之縹緲如蟬[redacted]翼唐珏晚妝清鏡裏故曰蟬鬢猶記嬌鬢

齊天樂 前題

一襟餘恨宮魂斷樂府補題戈選餘作遺古今注牛亨問董仲舒曰蟬名齊女何故答曰昔齊王之后怨王而死尸變為蟬登庭樹嘒唳而鳴王悔恨之故名齊女此云宮魂即用其典譚復堂云此是李唐人句法章法庾郎先自吟愁賦遜其蔚跂年年翠陰庭樹樂府補題作庭宇乍咽涼柯還移暗葉宋之問經梧州詩青林換暗葉重把離愁深訴樂府補題深作低西窗過雨補題窗作園怪瑤珮流空補題作漸金錯鳴刀玉箏調柱常建詩高樓彈玉箏鏡暗妝殘補題及舊鈔本暗均作掩為誰嬌鬢尚如許銅仙鉛淚似洗李賀金銅仙人辭漢歌序云魏明帝青龍元帝八月詔宮官牽車西取漢孝武捧露盤仙人欲立置前殿宮官既折盤仙

人臨載乃歎移盤去遠難貯零露孫校云明鈔本舊鈔本鮑本並作
潸然淚下移盤別本移作携移携誼通案似
當作携李賀金銅仙人辭漢歌病翼驚秋枯形閱世消得斜陽幾度
携盤獨出月荒涼此用其典
歷代詩餘餘音更苦甚獨抱清高碩頌作清高詞綜歷代詩餘俱作
斜作殘清商案作高者是駱賓王詠蟬詩
本以高難飽如作清商頓成淒楚謾想薰風柳絲千萬縷舊鈔本
則與下句淒楚意複想作相

齊天樂　贈秋崖道人西歸○秋崖有五言與碧山年代相近
李萊老字周隱號秋崖咸熙六年任嚴州知府與彭
老為昆季此其一奚淢字倬然號秋崖西湖志有芳草
南屏晚鐘又趙本秋崖詞凡十首單首引中秋紫霞席
上醉蓬萊會稽蓬萊閣懷古公謹絕妙好詞中曾載其
詞張玉田詞源有云近代楊守齋神於琴故深知音律
與之游者周草窗奚秋崖每一聚首必分題賦曲此其
二教秋崖仕迹未詳劉辰翁一剪梅燭影搖紅齊天樂
諸闋皆和秋崖韻辰翁於丙子國變後居浙者猶十餘
載有和聖與壽詞秋崖蓋亦同遊之士此其三方岳字
巨川號秋崖祁門人有秋崖先生小集有詞名卒於景
定之後此其四戴表元剡源集有贈天台潘山人秋崖

詩老潘雙眸如細珠帶以秋陽清露之清腴山形水態
出沒千百變繇石指顧不得藏錙銖隱遯之士也此其
五許昂霄詞綜偶評以為贈方秋崖恐非是以吳秋崖
為是吳氏芳草詞有云笑湖山紛紛歌舞花邊如夢如
薰此云當時無限舊事歎繁華如夢如今休說皆慨乎
臨安昔日之繁盛至於題云西歸者指杭越而言錢塘
之西也然則故里魚肥江南恨切吳氏為吳下之人歟
碧山賦此解時當在會稽故云想渠西子更愁絕由是
推知吳氏登蓬萊閣懷
古之作疑即賦於此時

冷煙殘水山陰道陸龜蒙詩冷雲殘水出吳橋家家擁門黃葉柳宗元答問擁門填扃故里魚
肥用張翰事初寒雁落孤舟將歸時節江南恨切問還與何人共歌新闋
換盡秋芳想渠西子更愁絕　當時無限舊事歎繁華似夢如今
休說戈選作今向誰說跋云今字宜仄短褐臨流幽懷倚石山色重逢都別白雨齋詞話碧
山此詞山色重逢都別六字淒絕警絕覺國破山河在猶淺語也參玉田疏影感舊游縱豔游得似當年早是舊情都別亦淺　江雲

凍結箕只有梅花尚堪攀[redacted]折亦峯謂此句必有所指萊老秋崖長相思慢幾多年江湖浪識知心只許梅花疑即指此寄取相思一枝和夜雪

齊天樂四明別友○周錄無此題

十洲三島曾行處歷代詩餘行作遊史浩喜遷鶯壽向十洲三島指內十洲記舊題東方朔撰十洲者謂祖瀛懸炎長元流生鳳麟聚窟是三島謂蓬萊方丈瀛洲離情幾番悽惋舊鈔本鮑本王本俱作婉墜葉重題枯條舊折蕭颯那逢秋半登臨頓懶更葵箑難留王安石遊土山詩亦捉蒲葵扇苧衣將換韓偓卜隱詩藜藿充腸苧作衣試語孤懷豈無人與共幽怨鮑本注云一本作愁怨

迢遞終是也別算如何載取涼生江滿文鈔本作載耳非挂月催程吳均詩挂月青山下收風借泊陸融詩收風重泊洞庭湖休憶征帆已遠歷代詩餘憶作意山陰路畔縱鳴壁猶蛩過樓初雁政恐黃花笑人歸較晚

一萼紅 石屋探梅○董嗣杲西湖百詠注云石屋在大仁院內錢氏建鑿石虛廣若屋下有洞路石上鐫五百羅漢其屋上建閣二層

思飄飄絶妙好詞作飄飄擁仙姝獨步蘇東坡詩還訪仙姝款石闈明月照蒼翹花候猶遲庭陰不掃皮日休詩庭陰落病蟬門掩山意蕭條抱芳恨佳人分薄似未許芳魄化春嬌高駢詩疏萼吐春嬌雨溼風慳歷代詩餘作雨溼蘇軾約公擇飲是日大風詩曉來顛風塵暗天我思其由豈坐慳注值風畫值雨俗諺慳霧輕波細湘夢迢迢湘川本作緗宋孝武帝登魯山詩湘夢極南流誰伴碧樽雕俎莊子加爾肩尻乎雕俎之上笑瓊肌皎皎絶妙好詞作喚瓊姬歷代詩餘作歎瓊肌寧作姬者是廣羣芳譜引亦作姬樓鑰詩泛商流羽看瓊姬綠鬢蕭蕭絶妙好詞作綠髮青鳳啼空玉龍舞夜朱子詩晝寒亭下玉龍飛遙睇銀漢光搖絶妙好詞戈選睇作盼東坡詩光搖銀海眩生花未須賦疎香淡影疑指暗香疎影且同倚枯蘚聽吹簫聽久餘音欲絶寒透鮫綃

一萼紅 丙午山中題花光卷○文鈔本卷作菴歷代詩餘作赤城山中題梅花卷周錄同苑本花光卷作梅花菴作花光者是孔靈符會稽記赤城山土皆赤狀似雲霞望之如雉堞孫綽天台山賦赤城霞起而建標王秋澗集題花光墨梅二絕序蜀僧超然字仲仁居衡陽花光山遊[redacted]靖康亂從江南之柯山與參政陳簡齋並舍而居山谷所為所墨作梅超凡入聖法當冠四海而名垂後世嘗有放船來近花光住寫盡南枝與北枝之句甚半度可想見矣又周密志雅堂雜[redacted]鈔衡州有華光山其長老衆仁能作墨梅所謂華光梅是也案僧一號花光道人東坡山谷少游皆有贈詩元遺山亦有題花光梅詩○此丙午當作丙子詳事蹟考畧

玉嬋娟甚春餘雪盡猶未跨青鸞洽聞記光武時有大鳥高五尺五色備舉而多青蔡衡曰凡象鳳者有五色多赤者鳳多青者鸞也疎萼無香柔條獨秀應恨流落人間記曾照黃昏淡月林逋詩暗香浮動月黃昏漸瘦影移上小闌干舊鈔本鮑本作移影誤王荊公詩月移花影上闌干一點清魂半枝空色文鈔本作寒色芳意班班文鈔本芳作苦非重省嫩寒清曉過斷橋

稼軒念奴嬌還似籬落孤山嫩寒清曉

流水問訊孤山羣芳譜華光長老寫梅黃魯直觀之曰如嫩寒春曉行孤山水邊籬落間此蓋用其事又見冷齋夜話式林舊事[redacted]云斷橋又名段家橋西湖遊覽志本名寶祐橋自唐時呼為斷橋張祜志斷橋荒蘚合以孤山之路至此而斷故以為名冰粟徵銷文鈔本粟作耽舊鈔本同歷代詩餘作骨周錄同屢衣不浣相[redacted]見還誤輕攀未許訴東南倦客文鈔本作未須訴案是也此字當用平聲此文[redacted]本之可貴也清真滿庭芳憔悴江南倦客掩鉛淚看了又重看文鈔本看誤作見故國吳天樹老雨過風殘李白詩朔雪落吳天

一萼紅紅梅○玉田亦以同賦調此疑亦當時唱和之詞夫屈宋衙陳香草獨不及梅八代暨唐篇題亦寡炎宋始重此花刻葩耀采各擅風流虛谷撰瀛奎律髓於著題之外別出梅花一類不使溷於羣芳惟紅梅之作自羅隱王安石王十朋范成大而外猶所罕覯詞家題詠蘇軾菩薩蠻定風波焉觀國留春令毛滂木蘭花數闋而已梅苑所載祇添字浣溪沙二闋又何其寥落也此詞庽意惟未知其所指

占芳菲趁東風嫵媚重拂淡胭支青鳳銜丹青鳳即綠毛么鳳見上苔梅箋瓊奴

試酒王十朋紅梅詩霞觴瀲灩玉妃醉高觀國留春令玉妃春醉鸞換玉質冰姿毛滂木蘭花玉骨冰姿元淡竚

甚春色江南太早有人怪和雪杏花飛荆公[redacted]紅梅詩春半花纔發多應不耐寒北人初不識渾

作杏花看同叔紅梅詩若使開遲二三月北人應依杏花看玉田幾銷凝把微杏花看意畧同蘚珮蕭疎杜詩蟲書玉蘚珮

茜裙零亂白石小重山令東風冷香遠茜裙歸山意霏霏杜詩山意衝寒欲放梅空惹別愁

無數照珊瑚海影冷月枯枝戈選作孤枝張鑾樂府海上珊瑚枝玉田樹挂珊瑚冷月以珊瑚喻紅色吳

豔離魂蜀妖泣淚見下闋箋孤負多少心期歲寒事無人共省破丹霧應

有鶴歸時舊鈔本歸時作時歸川本鶴作偶可惜鮫綃碎剪不寄相思歷代詩餘惜作恨東坡[redacted]

梅詩鮫綃剪碎玉簪輕

一萼紅 前題

剪丹雲辨命論丹雲不卷怕江皐路冷千疊護清芬彈淚綃單凝妝枕重驚

認消瘦冰魂放翁梅詩醫得冰魂雪魄同為誰趁東風換色任絳雪飛滿綠羅裙

毛滂紅梅詩深將絳雪點寒枝魯逸仲南浦故園梅花將夢愁損綠羅裙吳苑雙身梅譜晏元獻移紅梅植西園圃中一日貴

遊賂園吏得一枝分接由是都下有二本以詩遺之曰園吏無端偷折去鳳城從此有雙身王居玉蜀城高髻摭遺蜀州有紅

梅數本郡侯鍵閣扃之遊人莫得見忽有兩婦人高髻大袖凭闌笑語郡倅啟鑰闃不見人唯東壁有詩曰南枝向暖北枝寒一種春風

有兩般凭仗高樓莫吹笛大家留取倚闌干忽到柴門欲寄故人千里恨燕支太薄

寂寞春痕毛滂詞零落酴醾花片損春痕玉管難留許景先折柳篇芳樹朝催玉管新金樽易注文鈔

本作泣棄是也白石暗香翠尊易泣黃孝邁湘春夜月空尊夜泣幾度殘醉紛紛謾重記羅浮夢覺

步芳影如宿杏花村箋見前杏花村有三一在朱陳村一在池州城外一在江寧府一樹珊瑚淡月

獨照黃昏李義山詩猶憐未圓月先出照黃昏

一萼紅初春懷舊

小庭深有蒼苔老樹風物似山林侵戶清寒戈選作寒風捎池急雨時聽
飛過啼禽戈選作啼斷幽禽歷代詩餘啼作鳴掃荒徑殘梅似雪甚過了人日更多陰
杜詩元日至人日未有不陰時又花風纔一信人日故多陰緗素雜
記西青詩話云鄱人劉克者窮該典籍之事多從之質嘗注杜詩元
日到人日未有不陰時人知其一不知其二惟子美惟克會耳此東
方朔占書也歲後八日一日雞二日犬三日豕四日羊五日牛六日
馬七日人八日穀其日晴所主之物育陰則災少陵意謂天寶亂離
四方雲擾幅裂人物歲歲俱災此豈春秋書王正月之意耶李碧山
此詞蓋作於丙子之後與少陵同一寄慨下云念前事空惹恨沉沉
又曰不似如今天時人事可以悽愴傷心者矣題曰懷舊思故國也
壓酒人家李白詩吳姬壓酒勸客嘗試燈天氣范成大詩酥花芋葉試新燈陸游詩曲水已過修禊集餘寒不減試
燈時相次登臨猶記舊游亭館正垂楊引縷嫩草抽簪復齋漫錄政和中一
貴人使越州回得辭於古碑陰不知何人所錄以進御因詞中語賜
名魚游春水中有句云嫩草方抽碧玉簪綠楊輕拂黃金縷蓋用唐
人羅帶同心駱賓王詩同心結縷帶又李白詩橫垂寶帶結同心泥金半臂夢窗探芳信舞衣疊損金泥鳳東軒

筆錄采子京多內寵嘗宴於錦江偶微寒命半臂諸婢各送一枚恐有厚薄不敢服忍寒而歸花畔低唱輕斟柳屯田鶴冲天忍把浮名換了淺斟[redacted]低唱趙長卿玉蝴蝶應須淺斟低唱又爭信風流一別念前事空惹恨沉沉野服山節醉賞不似如今

解連環 橄欖

萬珠懸碧想炎荒樹密南州異物志閩廣諸部及緣海浦嶼皆產橄欖□□□□恨絳綃先螫吳帆許渾詩吳帆乘月下清江政鬢翠遲嬌故林難別歲晚相逢薦青子獨誇冰頰[redacted]點紅鹽亂落東坡橄欖詩紛紛青子落紅鹽又夢窗暗香疏影相將初試紅鹽味最是夜寒酒醒時節 霜樣蝟甚凍裂葉顒詩形容枯似餓霜樣把猻花細嚼時嚥芳冽斷味惜回澀餘甘似重省家山舊游風月王禹偁詩北人將薦酒食之先顰眉皮內苦且澀歷口復棄遺良久有回味始覺甘如飴崖蜜重嘗到了輸他清絕范本到上有也字注云鮀本脫據補東坡橄欖詩待

得微甘回盇類已輸崖蜜十分甜案賈思勰齊民要術云櫻桃爾雅云楔荆桃郭注今櫻桃孫炎注即今櫻桃最大而甘者謂之崖蜜鼠璞東坡橄欖詩崖蜜注引杜詩崖蜜松花落本草崖蜜蜂黑色作房於巖崖高峻處然坡與橄欖對說非真蜜也鬼谷子崖蜜櫻桃也他無經見予讀南海志崖蜜子小而黄殼薄味甘增城惠陽山間有之雖不知與櫻桃為一物與否要其同類也更留人紺丸半顆素甌泛雪郭義恭廣志櫻桃大者如彈丸白色而多肌梅堯臣詩一任狂花落素甌

三姝媚次周公謹故京送別韻○歷代詩餘無故京二字案故京者臨安也其時宋亡已數載矣咸淳十年甲戌碧山在杭州別公謹丙子後蓋又至杭法曲獻仙音數詞疑賦於此[redacted]時未幾還越公謹賦三姝媚以送之此即答此韻也碧山稱公謹以丈此直呼其字疑刻本題下有誤公謹原詞見後附錄

蘭缸花半綻歷代詩餘缸作釭花草粹編舊鈔本綻作吐孫校云正草窗原詞作綻起韻吐字誤謝朓詩蘭缸當夜明西窗淒淒斷螢新雁別久逢稀[illegible]謾相看華髮共成銷黯總是飄零更休賦梨花秋苑李賀詩曲水飄香春不歸梨花落盡成秋苑白石淡黄柳梨花落盡成秋苑何況如今

離思難禁
俊才都減漢書王褒傳聞褒有俊才今夜山高江淺歷代詩餘江作水又月落帆空
酒醒人遠綵袖烏紗又鈔本舊鈔本八家詞鈔本綵作綠歷代詩餘詞綜紗作綠解愁人惟有斷
歌幽苑舊鈔本苑作怨案原詞本作悅一信東風再約看紅腮青眼段成式詩遮却紅腮交午痕杜
詩青眼高歌望吾子只恐扁舟西去蘋花弄晚

三姝媚 櫻桃

紅纓懸翠葆又鈔本纓作櫻詞綜同范成大題櫻詩火齊寶瓔珞垂於綠繭絲作櫻非是謝朓詩翠葆隨風許昂霄云正寫
起漸金鈴枝深見聲聲慢箋瑤階花少萬顆燕支杜甫野人送櫻桃詩萬顆勻圓訝許同許昂霄
云以下三層俱是借用法贈舊情爭奈弄珠人老南都賦遊女弄珠於漢皋之曲韓詩外傳鄭交甫將南適楚遵
彼漢皋臺下乃遇二女佩兩珠大如荊雞之卵交甫贈以橘柚此假用也扇底清歌還記得樊姬嬌小李後
主一斛珠一曲清歌暫引櫻桃破東坡蝶戀花一顆櫻桃樊素口曾覿浣溪沙樊素扇邊歌未發案范攄雲溪友議白樂天有二妾樊素

善歌小蠻善舞有詩曰櫻桃樊素口楊柳小蠻腰幾度相思紅豆都銷碧絲空裊李白春思詩燕草如碧絲

芳意荼蘼開早羣芳譜唐召侍臣學士食櫻桃飲以荼蘼酒取其同時也正夜色暎盤

素蟾低照東觀漢記明帝月夜宴羣臣於照園大官進櫻桃以赤瑛為盤賜羣臣月下視之盤與桃一色羣臣皆笑云是空盤李德與櫻桃賦盤映皎月與赤瑛俱妍陳與義詩赤瑛盤裏雖殊遇而薦筍同時歎故園春事已無多

了宋史禮志景祐三年禮官宗正條定逐室時薦請每歲春季月薦蔬以筍果以櫻又山堂肆考泰中以三月為櫻筍節案唐人已有櫻筍會事貯滿筠籠偏暗觸天涯懷抱貯文鈔本作贈是杜詩西蜀櫻桃也自紅野人相贈滿筠籠陳與義詩何必筍籠相發揮謾想青衣初見花陰夢好太平廣記天寶初有范陽盧子在都應舉不第嘗暮行至一精舍有僧開講盧子倦寢夢至精舍門見一青衣攜一籃櫻桃在下坐盧子訪其誰家因與青衣同餐櫻桃青衣云娘子姓盧適崔即盧子再從姑因拜姑以外甥女鄭氏許焉盧子喜甚秋試擢官至宰相復以閒步至昔年逢攜櫻桃青衣精舍門復見其中有講筵忽醉昏聞講僧唱云檀越何久不起夢覺日向午矣自是無功名之念

慶清朝 榴花○張孟劬答夏瞿禪論樂府補題書謂[redacted]此詞亦指元僧發宋陵事案詞中用典隸事張説似未可碻信錄此存參

玉局歌殘東坡賀新郎半吐紅巾蹙之詞是也其後段單説榴花東坡曾提舉玉局觀以故云金陵句絕王介甫萬綠叢中一點紅動人春色不須多年年負卻薰風白石訴衷情端午孤負薰風西鄰窈窕獨憐入戶飛紅朱熹榴花詩窈窕安榴花乃是西鄰樹墮蕚可憐人風吹落幽戶前度綠陰載酒枝頭色比舞裙同文鈔本歷代詩餘舞俱作似非唐萬楚詩紅裙妒殺石榴花何須擬蠟珠作帶緗綵成叢文鈔本舊鈔本范本王本緗俱作湘非溫庭筠詩蠟珠攢作帶緗綵剪成叢誰在舊家殿閣自太真仙去掃地春空洪氏雜俎溫湯七聖殿遶階石榴皆太真所種掃地見漢書掃地盡矣李白陽春歌長安白日照春空朱旛護取如今應誤花工鮑本旛作蟠非博異記天寶中崔元徽於春夜遇數美人自道姓名曰楊氏李氏又緋衣少女姓石名醋醋有封家十八姨來諸人命酒十八姨翻酒汚石醋醋作色謂元微曰諸女伴勿被惡風所撓常求十八姨相

庇處士每歲旦與作一朱旛圖以日月五星其上樹苑中則免矣崔
許之其日立旛東風刮地折木飛花而苑中花不動崔方悟衆花之
精封家姨乃風神也 顛倒絳英滿徑想無車馬到山中 韓愈榴花詩
石醋醋乃石榴也 五月榴花照
眼明枝間時見子初成可憐此 西風後出餘數點還勝春濃 杜甫瀼
地無車馬顛倒青苔落絳英 上遊詩
春濃停
野騎

慶宮春 水仙花 ○范本作慶春宮 歷代詩餘戈選無花字 詠
水仙者始於宋之高似孫水仙前後兩賦其序云水
仙花非花也幽楚窈眇脫去埃滓云錢唐有水仙王廟
林和靖祠堂近之東坡以為和靖清節映世遂移神像配
食水仙王然則水仙者花中之伯夷也碧山此詞託旨
蓋亦如是與水龍吟之賦白蓮殊為相近詞境詞格別
一妙 歸清虛高絜仝
自白石詞中蛻出
明玉擎金 趙滑長相思詠水仙金璞明玉璞 纖羅飄帶 阮籍詠懷詩
明小小杯柈翠袖擎映意相同 被服纖羅衣
為君起舞回雪 白石琵琶仙 玉柔影參差幽芳零亂 詞律芳翠圍瘦
尊起舞回雪 作香

腰瘦一捻戈選作翠瘦腰圍詞律圍作闌毛滂蝶粉兒楚腰一捻歲華相誤記前度湘皋怨別
詞律湘作江陳摶水仙詩湘君遺恨付雲來哀絃重聽詞律聽作訴都是淒涼詞律都作却未須彈
徹[redacted]樂府有水仙操國香到此誰憐山谷劉邦直送水仙詩可惜國香天不管隨緣流落野人家煙
冷沙昏貫休送友人下第遊邊詩沙昏磧月新頓成愁絕山谷王充道送水仙詩是誰招此斷腸魂種作寒花寄愁
絕花惱難禁杜詩江上被花惱不徹朱子用子服韻謝水仙花報道幽人被渠惱山谷詩坐對真成被花惱酒銷
欲盡門外冰澌初結試招仙魄怕今夜瑤簪凍折羣花譜水仙花大如簪頭攜盤
獨出周錄作獨去空想咸陽故宮落月孫校云杜文瀾云後結原作落葉戈氏因韻率易棄今檢各本並作
落月惟詞律作落葉杜說未塙

高陽臺

殘夢梅酸文鈔本舊鈔本作夢淺詞綜歷代詩餘作淺夢東坡詩冰盤未薦含酸子楊誠齋詩梅子流酸濺齒牙新清

水綠初晴節序暄妍鮑本注云絶妙好詞誤作東風戈載亦云下有趁東風句複獨立雕闌誰憐
枉度華年歷代詩餘憐作云案此即少游望海潮東風暗換年華之意朝朝準擬清明近張先青門
引庭軒寂寞近清明料燕翎須寄銀箋歷代詩餘作燕領非草窗水龍吟燕翎須寄愁摘又爭知一字
相思不到吟邊雙蛾不拂青鸞冷戈選作懶拂李賀詩銅鏡立青鸞任花陰寂
寂掩戶閑眠屢卜佳期無憑却恨[redacted]金錢絶妙好詞恨作怨施肩吾詩自家夫婿無消息却恨橋頭
賣卜人何人寄與天涯信趁東風急整歸船詞綜歷代詩餘周選船均作鞭縱漂零滿
院楊花猶是春前

高陽臺陳君衡遠遊未還周公謹有懷人之賦倚歌和之○詞綜陳上有西麓二字又倚歌和之作倚其歌而和
之陳允平字君衡一字衡仲號西麓自號鄮蒲滄室後
人四明人德祐時授沿海制置司參議官祥興初與蘇
劉義書期以九月以兵船下慶元當內應為怨家所訐
張弘範遣招討使王世強圍捕因官袁洪解之得釋後

徵至北都不受官放還著西麓詩稿繼周集日湖漁唱
陳世宜曰續甬上耆舊傳陳允平德祐時官制置司參議
官入元以仇家告變云謀與崖山接應遭榜掠後事得
脫被薦以病免歸此題言遠遊未還未著何地就詞觀
之當在被薦以後病免以前度脫罪膺薦時必有傳其
仕元者然傳未言薦居何職玉田拜西麓墓解連環詞
且有歎貞元朝士無[redacted]之多句殆以病免保節碧山此
詞有勸善規過之雅焉起句馳褐輕裝北行之服狨韉
小隊北行之伴冰河確指北道翔雪平沙渡河後景物
飛花承雪蛾眉取譬起下琵琶君衡非和親非淪落故
日賦情不比當時加一更字若有不能曲諒者矣想如
今三字詠諧而劉[redacted]刻龍庭即岳武穆所謂黃龍府勸
金巵未還之故已不啻以趙孟頫視之語似與會然在
碧山實極不堪之傷心語也過變就自身立言一枝芳
信應難寄反用陸凱詩微露劃席之意山邊水際無形
之首陽相思而曰獨抱者蓋各之旨也開一筆曰江雁
孤[redacted]回孤回者獨抱者同在一面江與河映照仇遠贈
玉田詩曰金臺掉頭不肯住其借此輩以相形乎天涯
人自歸遲[redacted]合一不曰不歸而曰歸遲是終望其歸意
仍忠厚也歸來二句令威華表之感語極沈痛比愁眷

獨花相思江雁孤回之心境無人知之無人言之惟秦
淮兩岸之垂楊零亂千絲與東風相對差堪彷彿耳此
說甚是誰謂聲家無裨世教耶公謹是君衡被名原詞
云照野旌旗朝天車馬平沙萬里天低寶帶金章尊前
茸帽風欹秦關汴水經行地想登臨都付新詩縱英游
疊鼓清笳駿馬名姬酒酣應對燕山雪正冰河月凍曉
隴雲飛投老殘年江南誰念方回東風漸綠西湖柳
雁已還人未南歸最關情折盡梅花難寄相思

駝褐輕裝歐陽修詩輕寒漠漠侵駝褐陳簡齋詩客子今年駝褐寬韉狨小隊呂渭老選冠子細馬拭韉冰河
夜渡流澌後漢書光武聞王郎兵在後從者皆恐及至滹沱河候吏還曰河水流澌無船不可濟光武命王霸往視之霸恐眾
驚詭曰冰堅可渡比至河因河冰亦合乃令霸護渡朔雪平沙飛花亂拂蛾眉琵琶已是淒涼
調案此用王明妃事琵琶始見石崇明君詞序杜詩亦有千載琵琶作胡語分明怨恨曲中論也更賦情不比當時
想如今人在龍庭班固封燕然山銘焚老上之龍庭勸酒金巵舊鈔本勸作賜一枝芳
應信難[redacted]寄反用陸凱事見前箋向山邊水際獨花相思江雁孤回天涯人自歸

遲薛道衡詩人歸落雁後歸來依舊秦淮碧東坡和王鞏南遷初歸詩歸來萬事非惟見秦淮碧問吳愁

還有誰知對東風空似垂楊零亂千絲此自夢窗金縷曲化出其詞有云華表月明歸夜鶴歎當

時花竹今如此亡國餘思長歌當哭

高陽臺和周草窗寄越中諸友韻是文鈔本舊鈔本鮑氏皆無此題張惠言云此題應梅花寮皋文似未以草窗

原詞對勘故有此誤耳原詞云小雨分江殘寒迷浦春容淺入蒹葭雪霽空城燕歸何處人家夢魂欲渡蒼茫

去怕夢輕還被愁遮感流年夜汐東還冷照西斜萋萋

望極王孫草認雲中烟樹鷗外春沙白髮青山可憐相

對蒼華歸鴻自趁潮回去笑倦遊猶是天涯問東風先到垂楊後到梅花

殘雪庭陰張選陰作除孟浩然詩空翠落庭陰譚復堂云詩品曰反虛入渾妙處傳矣輕寒簾影元稹表夏詩輕

風動簾影霏霏玉管春葭杜詩吹葭六管盡飛灰小帖金泥沈約詩易紀金泥架不知春在誰

家詞綜在作是王建詩不知秋思在誰家相思一夜窗前夢奈個人水隔天遮舊鈔本但作似

周錄天作山　戈選作雲　但淒然滿樹幽香，滿地橫斜。江南自是離愁苦，況遊驄古道，歸雁平沙。宋迪瀟湘八景有平沙落雁　蔣捷金蕉葉平沙斷雁落　怎得銀箋，殷勤說與，年華如今，處處生芳草。牛希濟生查子記得綠羅裙處處生芳草　■縱憑高不見天涯，更消他幾度東風，幾度飛花。舊鈔本消下有得字

掃花游　秋聲〇詞家有以古人之文而為詞者，號曰檃括體。東坡哨遍即檃括歸去來辭，山谷瑞鶴仙即檃括醉翁亭記，方岳沁園春即檃括蘭亭敘，不可殫數。此詞上片即永叔秋聲賦「予謂童子此何聲也，汝出視之。童子曰：星月皎潔，明河在天，四無人聲，聲在樹間。予曰：嘻嚱悲哉，此秋聲也」一段文字中蛻來，却渾然無迹。

商飆乍發，韓愈聯句安得發商飆　漸淅淅初聞，蕭蕭還住。頓驚倦旅。謝玄暉詩結髮倦為旅　許昂霄云：不似竹山羅列許多秋聲，命意與歐公相仿佛，但從旅客情懷說來，倍覺愴然。背青燈弔影，起吟愁賦。白石齊天樂庾郎先自吟愁賦　斷續無憑，試立荒庭聽取。在何許，但落葉滿階，白居

居詩滿階紅不掃幽落葉惟有高樹迢遞歸夢阻歷代詩餘遞作遙戈云此字宜仄正老耳
難禁病懷淒楚故山院宇想邊鴻孤唳砌蛩私語歷代詩餘蛩作蟲夢窗宴清都幽蟲
韻苦哀鴻叫絕許昂霄云借以作波亦如歐公賦末用蟲聲唧唧也數點相和更著芭蕉細雨呂本中夢斷添
惆悵更長轉寂寥如何今夜雨只是滴芭蕉避無處這閒愁夜深尤苦范本這作者戈選作只適

掃花游 綠陰○周選無此題次首同王氏四印齋本綠陰下有三解二字

小庭蔭碧遇驟雨疎風舊鈔本遇作過剩紅如掃夢窗掃花游亂紅休掃翠交徑小問
攀條弄蘂古詩攀條折其榮有誰重到謾說青青比似花時更好怎知道□
一別漢南遺恨多少周濟云一句別本應五字減一字耳紅友詞律未及是誤忘檢校耳按此類甚多若依紅友
即應另列一體矣孫校云案明鈔本舊鈔本詞綜歷代詩餘並無空格范本周錄戈選作自而不言其所據今依鮑本王本其實止庵之
說未可非也晉書桓溫傳溫自江陵北伐行經金城見少所為琅琊時所種柳皆已十圍慨然曰木猶如此人何以堪又庾子山枯樹賦

（桓大司馬云昔年種柳依依漢南今看搖落悽愴江潭樹猶如此人何以堪）清晝人情悄悄任客護簾寒暗迷窗曉（羅隱寄徵士魏員外詩窗曉雞譚倦）舊盟誤了又新枝嫩子總隨春老（麗情集杜牧遊湖州有老姥引髽髻女十餘歲牧曰此真國色也接至舟中姥女皆懼牧曰且不即納吾十年後必為此郡十年不來乃從爾所適以重幣結之後周墀入相上箋乞守湖州至郡已十四年矣嫁已三年牧賦詩曰自是尋春去較遲不須惆悵怨芳時狂風落盡深紅色綠葉成陰子滿枝此暗用其事）漸隔相思極目長亭路杳（歷代詩餘無極目二字）攬懷抱聽蒙茸數聲啼鳥（本事詩韓滉鎮浙西戌昱為部內刺史郡有妓善歌舞昱情屬甚厚滉聞其名置籍中昱不敢當為歌詞贈之曰好去春風湖上亭柳條藤蔓寄離情黃鶯久住渾相識欲別頻啼四五聲）

掃花游（前題○譚復堂云此刺朋黨日繁）

捲簾翠溼過幾陣殘寒幾番風雨問春住否但匆匆暗裏換將花去（稼軒摸魚兒更能消幾番風雨匆匆春又歸去）亂碧迷人（劉子翬元日詩山寒亂碧到尊前）總是江南舊樹

謾凝佇念昔日采香（晏幾道臨江仙與誰同醉采香歸）今更何許（文鈔本舊鈔本歷代詩餘今俱作人）芳徑攜酒處又蔭得青青嫩苔無數（貫休詩嫩苔如水沒金瓶）故林晚步（李白白頭吟落花辭條羞故林）想參差漸滿野塘山路倦枕閑牀（司空曙詩倦枕欲徐行）正好微曛院宇（文鈔本曛作薰歷代詩餘作醺）送凄楚怕涼聲又催秋暮

掃花游 前題

滿庭嫩碧漸孞葉迷窗亂枝交路亂紅甚處（詞綜甚作任歷代詩餘作灑）但匆匆換得翠痕無數（韓維登湖光亭詩翠痕滿地初生草）暗影沉沉靜鎖清和院宇（柳永女冠子清和院落）試凝佇怕一點舊香猶在幽樹 濃陰知幾許且拂簟清眠（清真滿庭芳先安簟枕容我醉時眠）引筇閑步杜郎老去怕尋芳較晚倦懷難賦（見前闋箋）縱勝花時到了愁風怨雨短亭暮（永叔夜行船短亭春暮）謾青青怎遮春去（八家

詞鈔本去作佳亦佳

鎖窗寒 春思○詞綜周選無此題

鼓酒梨花白居易詩青旂沽酒趁梨花催詩柳絮徐昌圖詩謝女雪詩栽柳絮一窗春怨踈踈過雨洗盡滿階芳片數東風二十四番遁齋閑覽自初春至夏五日一風謂之花信風小寒節三信梅花風山茶風水仙風大寒節三信瑞香蘭花山礬立春節三信迎風櫻桃望春雨水三信菜花杏花李花驚蟄三信桃花棠棣薔薇春分三信海棠梨花木香清明三信桐花麥花柳花穀雨三信牡丹荼蘼楝花徐俯詩一百五十寒食雨二十四番花信風幾番換了西園宴曹植詩清夜遊西園認小簾朱戶不如飛去舊巢雙燕曾見雙蛾淺白居易贈同座詩春黛雙蛾嫩自別後多應黛痕不展陸游雨晴步至湖塘詩山掃黛痕如尚濕撲蝶花陰孫校云周之琦云四字平仄與本詞不合自是誤筆怕看題詩團扇此故夢窗掃花游倦蝶慵飛故撲簪花破帽試憑他流水寄情遡紅不到春更遠見綺羅香箋但無聊病酒厭

飲毛滂散餘霞夜月荼蘼院更慊慊病酒

鎖窗寒　春寒

料峭東風歐陽修蝶戀花簾幕東風寒料峭婁元禮田家五行元宵前後必有料峭之風廉纖細雨李元膺洞仙歌

廉纖細雨彈東風如困清真虞美人廉纖小雨池塘過落梅飛盡單衣惻惻白石淡黃柳馬上單衣寒惻惻再

整金猊香爐老學庵筆記故都紫宸殿有二金狻猊蓋香獸也故晏公冬宴詩云金猊樹立香烟度洞天清錄狻猊爐則古

之踏足[redacted]也豆誤千紅試妝較遲故園不似清明近但滿庭柳色柔絲羞舞

孫枝云舊鈔本萎作羞誤淡黃猶淺芳景還重省向薄曉窺簾詞綜周錄曉俱作晚嫩

陰欺挑桐花漸老已做一番風信清明風三信有桐花風又看看綠遍西湖早

催塞北歸雁影等歸時為帶將歸詞綜周錄將俱作春併帶江南恨陸游聞雁詩過盡梅

花把酒稀薰籠香冷換春衣秦關漢苑無消息又在江南送雁歸碧山此詞與放翁詩意相近蓋皆有所寄慨

鎖窗寒

出谷鶯遲詩伐木丁丁鳥鳴嚶嚶出自幽谷遷于喬木尚書故實今謂進士登第為鶯遷蓋出自伐木詩然詩中並無鶯字頌

歲省試鶯出谷詩別書固無證據以亦沿當世習俗而然踏沙雁少舊鈔本歷代詩餘踏作離殢陰庭宇周選殢作

滯舊鈔本庭作亭殢陰見國語氣無殢陰東風似水尚掩沈香雙戶夢窗鶯啼序掩沈香繡戶恁莓階

雪痕乍鋪文鈔本莓作梅舊鈔本恁字闕歷代詩餘恁梅作看梅李嘉祐詩風潮斂雪痕那回已趁飛梅去

奈柳邊占得一庭新暝又還留住　前度西園路記半袖爭持張祜

五絃詩斜抽半袖紅鬭嬌眉嫵眉嫵見漢書張敞傳詩眉嫵吳娘笑似鹽庾肩吾瓊肌暗怯醉立千

紅深處問如今山館水村共誰翠幄熏蕙炷歐陽修漁家傲日亭亭殘蕙炷最難

禁向晚淒涼舊鈔本作淒淒八家詞鈔本作悽然化作梨花雨趙令時蝶戀花彈到離愁淒咽處絃腸俱斷梨

花雨

應天長

疎簾蝶粉（杜詩蝶衣曬粉花枝午）幽徑燕泥（薛道衡昔昔鹽空梁落燕泥）花間小雨初足又是禁城寒食（歷代詩餘禁作楚）輕舟泛晴漾（舊鈔本晴作暗）尋芳地來去熟尚彷彿大堤南北（案吳檃括清真迎春樂而成周詞桃蹊柳曲閑蹤跡俱是曾大堤客他日水雲身相望處無南北）望楊柳一片陰陰搖曳新綠　重訪豔歌聽取春聲（元稹早春詩誰送春聲入櫂歌）猶是杜郎曲（雍錄樊川東十里有南杜北杜杜固謂之南杜杜曲謂之北杜）蕩漾去年春色深深杏花屋東風曾共宿（孫校云周錄東風下有裏字王本同范本作東風緩曾共宿補緩字案調例似脫一字然因纏聲伸縮之故詞中前後相當之處間亦不同如李之儀卜算子詞前段末句五字後段末句六字是也今考明鈔本舊鈔本毛本及詞綜歷代詩餘等並作五字句東風下亦無空格而周王補裏字范補緩字俱未知所據）記小刻近窗新竹（清真迎春樂橋裏修篁森似束記名字曾刊新綠夢窗玉燭新嫩篁細掐相思字）舊遊遠沈醉歸來滿院銀燭（白居易詩笙歌

歸院落燈火下樓臺樂府水調歌
樓前紅燭夜迎人猶遜此句華艷

八六子

掃芳林鮑本注云一本作洗掃幾番風雨匆匆老盡春禽梁元帝春日篇日日春禽變漸薄
潤侵衣不斷文鈔本潤作潤葉煥彬云玉篇潤水盈貌本詞首句云掃芳林幾番風雨故下句以水盈承接鮑刻以習見之潤字易之失詞旨矣案葉氏失之好奇潤字生僻不可以入詞清真滿庭芳衣潤費爐烟即此所援嫩涼隨扇初生晚
窗自吟洸洸幽徑芳尋晻靄苔香簾淨戈選作靜淨蕭疎竹影庭深
謾茂卻蛾眉晨妝慵掃文鈔本作謾忘卻又蛾眉晨妝慵掃六字皆空白歷代詩餘同
寶釵蟲散鮑本注云散一作拆孫校云花草粹編作拆舊鈔本作折歷代詩餘花本並同李賀詩髮冷青蟲簪張元幹卜算子
翡翠釵頭綴玉蟲作折者是也繡屏鸞破文鈔本歷代詩餘詞譜繡俱作綃花本作綃戈選作繡衾案作繡屏者是韋莊
應天長寂寞繡屏香一炷當時[redacted]暗水和雲泛酒鮑本注云酒一作雨空山留月聽琴料如今

門前數重翠陰

摸魚兒 案此與劉辰翁蘭陵王丙子送春陳允平摸魚兒西湖送春同一淒警

洗芳林夜來風雨 清真六醜為問家何在夜來風雨白石月中笛梅花過了夜來風雨 匆匆還送春去

方纔送得春歸了那又送君南浦 楚辭子交手兮東行送美人兮南浦別賦送君南浦傷如之何

君聽取怕此際春歸也過吳中路君行到處便快折湖邊千條翠柳

為我繫春住 詞綜湖作河張先蝶戀花此時願作楊柳千絲絆惹春風夢窗西子妝慢垂楊漫舞總不解將春留住

春還住休索吟春伴侶殘花今已塵土姑蘇臺下煙波遠 越絕書胥門外有九曲路闔閭造以遊姑蘇臺而望太湖

西子近來何許能喚否又恐怕殘春到了無憑據 舊鈔本無怕字詞綜周選作又只恐

煩君妙語 東坡詩妙語嚼芳鮮 更為我將春連花帶柳寫入翠箋句 詞綜將春上衍且字

摸魚兒蒓○樂府補題云紫雲山房賦蒓調寄摸魚兒同賦者五人王易簡唐珏王沂孫李彭老無名氏案無名氏歷代詩餘作陳恕可此五人者皆宋之遺民也

[redacted]

玉簫寒齊己送節大德歸閩詩紫氣玉簫前翠痕[redacted]微斷歷代詩餘同錄簾作匳痕作絲文鈔本補題同浮空清影零碎碧芽也抱春洲怨梅堯臣詩春洲生荻芽雙捲小緘芳字李涉和尚書剪見寄詩遠飛芽字警沉迷還又似縈羅帶相思幾點青鈿綴吳中舊事悵酪乳爭奇陸機傳機入洛嘗詣侍中王濟濟指羊酪謂機曰卿吳中何以敵此答曰千里蓴羹未下鹽豉時人稱為名對鱸魚謾好張翰傳翰有清才善屬文齊王冏辟為大司馬東曹掾冏時執權翰因見秋風起乃思吳中菰菜蓴羹鱸魚膾曰人生貴適志何能羈宦數千里以要名爵乎誰與共秋醉杜牧贈李給事敏詩憶君秋醉餘江湖興昨夜西風又起年年輕誤歸計如今不怕歸無準卻怕故人千里何況是正落

日垂虹怎賦登臨意舊鈔本歷代詩餘皆作落月東天目志及臨安志橋架兩峯白水自峯頂瀉下白虹倒飲丞天入澗劃匐砰湃聽之神爽觀瀑亭數十步名曰垂虹在滄浪夢裏川本浪作波縱一舸重游孤懷暗老餘恨渺煙水

聲聲慢此闋疑指西巖事橘下書謂與蘇劉義事雁歸時人未賦歸時西巖北行尚未還也

啼螿門靜落葉堦深秋聲又入吾廬一枕新涼西窗晚雨疎疎舊香舊色換却清真玲瓏四犯休問舊色舊香但滿川殘柳荒蒲晋書顧悅之傳蒲柳常質望秋先零茂陵遠任歲華苒苒歷代詩餘作荏苒老盡相如李義山詩休問梁園舊賓客茂陵秋雨病相如昨夜西風初起想蓴邊呼櫂橘後思書異聞錄洞庭居有小女謂柳毅曰敢寄尺牘於洞庭之陰其傍有大橘樹君擊之三當有應聲者毅如其言即名入毅月得見洞庭君白石詩橘洲相見訝無書短景淒然殘歌空叩銅壺舊鈔本歷代詩餘詞綜花本叩作扣世說王處仲每飲酒輒歌老驥伏櫪志在千里烈士暮年壯心未已以如意擊唾壺

壺口盡缺清真浪淘沙慢怨歌永瓊壺敲盡缺當時送行共約雁歸時人賦歸歟雁歸也問

人歸如雁也無聞選河傳幾回邀約雁歸時違期雁歸人不歸

聲聲慢

髙寒户牖虛白尊罍千山盡入孤光文鈔本千山作十人歷代詩餘山亦作人揚慈湖詩三杯虛白洛天真[redacted]玉影如空天葩暗落清香陸龜蒙詩風合落天葩平此坐興不淺記當[redacted]年獨據胡床晉書庾亮在武昌諸佐吏殷浩之徒乘秋夜往共登[redacted]南樓俄而不覺亮至諸人將起避之亮徐曰諸君少住老子於此處興復不淺[redacted]便據胡牀與浩等談詠竟夕[redacted]怎知道是歲華換卻處處堪傷周錄是作自已是南樓曲斷縱踈花淡月歷代詩餘花作光也只淒涼冷雨斜風何況獨掩西窗天涯故人總老八家詞鈔本總作暗歷代詩餘作縱上復與謾相思永夜相望斷夢遠趁秋聲一片渡江

聲聲慢　和周草窗○花本玉本有此題他本無案草窗詞題云送王聖與次韻似碧山首唱草窗倚聲和之碧山此詞疑即席賦贈之作周詞有落葉長安之語蓋秋暮同客杭州而碧山將有遠行也其詞一爲留别又爲草窗賦情佾酒人而云蘋洲漁笛譜一枝春序云寄閒飲客春窗酒酣意洽命清吭歌新製余因爲之瑶醉此云高髻清吭蓋指其人又草窗明月引序云余有西州之恨此云娉婷西州柳亦指此草窗詞有白髮簪花之句案公謹生於宋[redacted]理宗[redacted]紹定[redacted]五年[redacted]壬辰賦此解時當在丙子宋亡後十年公謹原詞見後附錄

迎門高髻倚扇清吭娉婷未數西州戈選及絶妙好詞箋引州作洲淺拂朱鉛春風二月梢頭杜牧詩娉娉裊裊十三餘豆蔻梢頭二月初相逢靚妝俊語有舊家京洛風流白石鷓鴣天京洛風流絶代人斷腸句試重拈綵筆爲賦閒愁　猶記凌波欲去歷代詩餘欲作斷絶妙好詞箋欲去作去後問明璫羅襪周錄作素襪白石霓裳中序第一明璫素襪卻爲誰留枉夢相思幾回南浦行舟莫辭玉樽起舞白石琵琶仙爲玉尊起舞回雪怕重來

燕子空[redacted]樓麗情集唐元和中張建封鎮武寧有關盼盼者徐之奇色建封納之燕子樓以處盼盼感激深恩不再適東坡永遇樂燕子樓空佳人何在空鎖樓中燕設惆悵抱琵琶閒過此秋戈選作暮秋

補遺

醉蓬萊歸故山○周邃無 此題蜀本山作里

掃西風門徑，黃葉凋零，白雲蕭散。柳換枯陰，賦歸來何晚。爽氣霏霏，翠蛾眉嫵，聊慰登臨眼。故園故塵，故人如夢，登高還嬾。數點寒英，為誰零落，楚魄難招，范成大詩錄石：誰能招楚魄 暮寒堪攬。步屧荒籬，歷代詩餘屧作屐 誰念幽芳遠。一室秋燈，一庭秋雨，更一聲秋雁。東坡水龍吟：春色三分，二分塵土，一分流水。葉清臣賀聖朝：三分春色二分愁悶，一分風雨。章法相同 試引芳樽，不知消得，幾多依黯。

法曲獻仙音聚景亭梅次草窗韻○董嗣[redacted]杲

西湖百詠注云：聚景園在清波園外，阜陵致養北宮，拓圃西湖之東，斥浮屠之廬九，曾經四朝臨幸，繼以諫官陳言出郊之令，遂絕。園今蕪圮，惟柳浪橋花亭光在。夢梁錄云高似孫過聚景園詩云翠雲不向苑中來可是年年惜露臺水際春風寒漠漠官梅卻作野梅開碧山此詞較高詩尤為淒惋惟案草窗原題作弔雪香亭梅雪香亭者武林舊事云集芳園在葛嶺元係張婉儀園後歸太后殿內有古梅老松甚多理宗賜賈平章舊有清勝堂望江亭雪香亭是一為內苑一為賈宅非一處也又案李賀房法曲獻仙音題云官圃賦梅和草窗韻三詞意境事物相同而題名互異草窗原詞云松雪飄寒嶺雲吹凍紅破數椒春淺襯舞臺荒浣妝池冷淒涼[redacted]市朝輕換歎花與人凋謝依依歲華晚共淒黯問東風幾番吹夢應慣識當年翠屏金輦一片古今愁但廢綠平煙空遠無語銷魂對斜陽衰草淚滿又西泠殘笛低送數聲春怨

層綠峩峩宋玉招魂層冰峩峩纖瓊皎皎倒壓波痕清淺過眼年華動人幽意相逢幾番春換記喚酒尋芳處盈盈褪妝晚秦補妝作花已銷黯戈選作已悲惋非況淒涼近來離思應忘卻明月夜深歸輦秦補作月明

荏苒一枝春恨東風人似天遠縱有殘花酒浥衣鉛淚都滿但殷勤折取自遣一襟幽怨

醉落魄

小窗銀燭賈至詩小窗銀燭夜催詩輕鬟半擁釵橫玉數聲春調清真曲拂拂珠簾歷代詩餘作低拂殘影亂紅撲陳克菩薩蠻花晴簾影紅垂楊斈畫蛾眉綠夢窗花心動賦柳斷腸也蓋眉畫成未就草浣溪沙柳搖蛾綠如春眉年年芳草迷金谷如今休把佳期卜一掬春情斜月杏花屋

長亭怨重過中菴故園○戈選作長亭怨慢

泛孤艇東皋過徧詞綜王本徧作訊誤尚記當日戈選日作時鄭文焯云日字當作平聲疑時字之譌綠陰門掩戈選門掩作庭院屐齒莓階秦補階作苔朱松蘆檻詩且將屐齒印蒼苔白石清波引屐齒印蒼蘚

酒痕羅袖事何限欲尋前迹空惆悵成秋苑夢窗水龍吟古陰冷翠成秋苑
自約賞花人別後總風流雲散王粲贈蔡子篤詩風流雲散一別如雨水遠怎知流水外
戈選作問水流何處却是亂山尤遠天涯夢短想忘了綺疏雕檻戈選作吟伴望不盡
苒苒斜陽清真蘭陵王斜陽苒苒春無極撫喬木年華將晚白石江梅引俊遊巷陌算空有古木斜暉
但數點紅英魚玄機詩紅英只稱生宮裏猶識西園淒婉鮑本注云一作猶試王本婉作惋

西江月為趙元父賦雪梅圖○趙元仁字元父歸李舟宋史宗室世系表燕王德昭十世孫希挺長子張玉田八聲甘州賦寄趙李舟即此人也

褪粉輕盈瓊靨石湖紅梅詩午枕作醒紅粉褪護香重疊冰綃李商隱利州江潭作水宮帷箔卷冰綃
數枝誰帶玉痕描夜夜東風不掃溪上橫斜淡影林和靖詩疏影橫斜水清淺
夢中落莫魂消花本莫作漠王昌齡詩莫莫落落路不分夢中喚作梨花雲峭寒未肯放春嬌

元稹連昌宮詞春嬌滿眼睡紅綃素被獨眠清曉

踏莎行 題草窓詞卷

白石飛仙此白石指堯章而用白石先生事神仙傳白石先生中黃丈人弟子也至彭祖時已二千歲矣不肯修昇天之道但取不死而已常煮白石為糧因就白石山而居時人號之曰白石飛仙紫霞悽調草窓玉漏遲紫霞聲杳王易簡慶春宮謝草窗惠詞卷紫霞洞窅雲深深案紫霞者楊纘也纘字繼翁號守齋嚴陵人居錢塘宿宗楊后兄次山之孫圖繪寶鑑云度宗朝女為淑妃官列卿好古博雅善彈琴有紫霞洞譜傳世斷歌人聽知音少文鈔本人聽作重恨歷代詩餘戈選作新歌舊恨案蘋洲漁笛譜木蘭花慢序云西湖十景尚矣張成子嘗賦應天長十闋[redacted]余冥搜六日而詞成異日霞翁見之曰語麗矣如律未協何遂相與訂正閱數月而後定是知詞不難作而難於協翁往矣賞音寂然碧山此用其意幾番幽夢欲回時舊家池館生青草文本作沈沈幽夢小池荒依依芳意間窓悄歷代詩餘作依依芳草間庭悄謝運靈登池上樓詩池塘生春草風月交游山川懷抱文鈔本作風日空留山谷詩人得交游似風月天開畫圖即江山憑誰

說與春知道空留離恨滿江南文鈔本歷代詩餘戈選離作遺張文潛詩載將離恨過江南相思

一夜蘋花老文鈔本作薲花草窓水龍吟次張斗南韻恨江南望遠蘋花自采寄將愁与

淡黃柳甲戌冬別周公謹丈於孤山中次冬公謹游會稽相會一月又次冬公謹自剡還執手聚別且復別去悵然於懷敬賦此解

花邊短笛岑參詩花邊勢欲歇初結孤山約雨悄風輕寒漠漠翠鏡秦鬟釵別同折幽芳怨搖落素裳薄重拈舊紅萼歎攜手轉離索料青禽一夢春無幾戈選作無著跋云幾失韻鄭文焯云此句不叶按白石自度此曲怕梨花落盡成秋色字是韻中仙傳李石帚豈於未之深考耶姚梅伯校本謂秋色本作秋苑引碧山此句不叶為證然嘉泰本固作秋色詞律從同按戈選碧山詞是闋幾字據舊本校改作著可知姜詞是韻後夜相思素蟾低照誰掃花陰共酌右七闋見絕妙好詞

望梅 一名解連環。文鈔本無此五字梅苑作無名氏花草粹編作碧山金本粹編則作王夢應案梅苑撰集於己酉之歲時為高宗建炎三年先碧山[redacted]尚百年作夢炎者是矣又案詞中想隴頭依約飄零甚千里芳心杳無消息粉怯珠愁又只恐吹殘羌笛与徽宗眼兒媚家山何在忍聽羌笛吹徹梅花同一哀艳詞亦婉約因箋而存之

[redacted]畫间人寂 梅苑[redacted]畫间作畫闌文鈔本王本又作畫闌 喜輕盈照水犯寒先坼 作折 粹編坼 梟數枝雲縷鮫綃 梅苑數作芳戈云此字宜仄 王安石詩祇裁雲縷想衣裳 露淺淺塗黃漢宮嬌額 王安石詩漢宮嬌額半塗黃 翦玉裁冰 稼軒詞詩句夜裁冰又鏤玉裁冰著句 已占斷江南春色恨風前素豔雪裏暗香偶成拋擲 梅苑作晴香 如今眼穿故國待拈花弄蘂 梅苑弄作嗅 元稹詩拈花盡意憐 時話[redacted]思 憶想隴頭依約飄零甚千里芳心杳無消息 陸[redacted]詩寄与隴頭人 粉怯珠愁又只恐吹殘羌笛 陸游詩玉笛孤吹怨夜殘 正斜飛半

窗曉月夢回隴驛梅苑回作向戈選隴作古跋云与上隴複○右一闋見花草粹[redacted]編

金盞子

雨葉吟蟬露草流螢周錄流作棲歲華將晚對靜夜無眠稀星散時度絳河清淺楊泉物理論星者元氣之英水之精氣上浮宛轉隨流名曰天河又名曰絳河甚處畫角淒涼引輕寒催燕西樓外斜月未沉風急雁行吹斷此際怎消遣要相見除非待夢見徽宗宴山亭怎不思量除夢裏有時曾去盈盈洞房淚眼看人似冷落過秋紈扇班婕妤詩常恐秋節至涼飈奪炎熱棄捐篋笥中恩情中道絕痛惜小院桐陰空啼鴉零亂厭厭地終日為伊香愁粉怨孫校云范本於蟬下補空格一[redacted]地下補空格二注云此調夢窗竹山之作皆百三字萬氏詞律亦然其空處鮑本脫去似誤案此調各家平仄句法互有不同趙以夫尚有一百一字體范本妄補殊不足據周之琦謂此与梅溪夢窗竹山金盞子詞句調互異蓋各為一體其說最為閎通

更漏子

日銜山　山帶雪　笛弄晚風殘月　湘夢斷　楚魂迷　李賀詩楚魂尋夢風颸然　金河秋

雁飛　盧照隣詩金河別雁飛　別離心思憶　淚錦帶已傷憔悴　柳永蝶戀花衣帶漸寬終不悔為伊消得人憔悴　蛩韻急　杵聲寒　征衣不用寬

錦堂春　七夕

桂嫩傳香榆高送影　江總七夕詩漢曲天榆冷河邊月桂秋　李義山壬午七夕桂嫩傳香遠榆高送影斜

輕羅小扇涼生　杜牧詩銀燭秋光冷畫屏輕羅小扇撲流螢天街夜色涼如水卧看牽牛織女星　正鴛機梭靜　張文恭詩鴛機梭靜夜機　龍鳳渚橋成　淮南子七夕烏鵲填成橋　渡織女　李嶠詩橋渡鵲填河　穿線入來　月底曝衣花入風庭　李賀詩鵲辭穿線月風入曝衣樓　天寶遺事宮中結綵樓祀牛女二星嬪妃各以九孔針五色絲向月穿之　西京雜記太液池西有漢武帝曝衣樓七月七日宮女出后衣曝之　看星殘靨碎露滴珠融　昌谷七夕詩露滴盤

中圓笑掩雲扃鮑照詩羅景藹雲扃　絲盤凝望仙子天寶遺事帝與貴妃每至七月七日夜在華清宮遊宴時宮女輩陳瓜花酒饌列於庭中求恩於牽牛織女星也又各捉蛛絲於小盒中至曉開視蛛網稀密以為得巧之候密者言得巧多云　但三星隱隱弋選三作竇常詩三星鬢髮秋　一水盈盈古詩盈盈一水間脈脈不得語　暗想憑肩私語鬢亂釵橫長恨歌傳玉妃曰昔天寶十年侍輦避暑驪山宮秋七月牽牛織女相見之夕上憑肩而立因仰天感牛女事密相誓心願世世為夫婦長恨歌七月七日長生殿夜半無人私語時　蛛網飄絲宵恨見天寶遺事箋見上夢窗惜秋華七夕露宵蛛絲　玉籤傳點催明李義山詩玉壺傳點咽銅龍溫飛卿更漏子玉籤為報明　莫人間待巧似恁匆匆有甚心情

錦堂春　中秋

露掌秋深盧照鄰詩中天擢露掌　花籤漏永那堪此夕新晴正纖塵飛盡萬籟無聲金鏡開奩弄影玉壺盛水侵稜縱簾斜樹隔燭暗花残不礙虛

明　美人凝恨歌黛念經年間阻只恐雲生早是宮鞋鴛小鄭玟詩文鴛竝著交歡鸾翠鬢蟬輕箋見前　蟾潤妝樓夜發桂熏仙骨香清看姮娥此際多情又似無情范本多上有道是二字杜牧贈別多情却是總無情草窓江城子樓中燕子夢中雲似多情似無情

如夢令

妾似春蠶抽縷范本似作如李義山詩春蠶到死絲方盡　君似箏絃移柱馮延巳蝶戀花誰把鈿箏移玉柱　無語結同心蘇小小歌何處結同心　滿地落花飛絮　歸去歸去遥指亂雲遮處

青房並蒂蓮　鮑本注云一作美成作

醉凝眸是楚天秋曉湘岸雲收柳子厚詩寓居湘岸四無隣　草綠蘭紅淺淺小汀洲芰荷香裏鴛鴦浦恨菱歌驚起眠鷗朱熹采菱詩一曲菱歌晚驚鷗飛欲下　望去帆一片孤光沈約詠湖中雁詩單汎逐孤光　棹聲伊軋櫓聲柔　愁窺汴隄翠柳曾

舞送當時錦纜龍舟吳志甘寧水則連輕舟侍從皆被文繡住止常以繒錦纜舟去輒割棄以示奢穆天子傳[redacted]

[redacted]天子乘鳥舟龍舟大業拾遺記煬帝遣王宏于士澄往江南採木造龍舟萬艘開河記隋大業年開汴築堤自大梁至灌口龍舟所過香聞百里既過雍丘漸達寧陵水勢緊急龍舟阻礙虞世基請為鐵腳木鵝驗水深淺自雍州至灌口約一百二十九淺處今亦名隋堤

擁傾國纖腰皓齒笑倚迷樓迷樓記項昇能構宮室經歲而成千門萬牖工巧之極自古無有誤入者雖終日不能出煬帝幸之喜顧左右曰使真仙遊其中亦當自迷也可目之曰迷樓

空令五湖夜月也羞照三十六宮秋花蕊夫人詩三十六宮連內苑

正朗吟不覺回橈水花楓葉兩悠悠右六闋見陽春白雪

碧山事蹟考略

聖與身淪名微其姓氏不見於史乘諸家記敘亦莫詳焉其詩文盡佚玉田鎖窗寒祢其能文工詞四朝聞見錄後有碧山陶土或若此何謂殉玉魚詩句志雅堂雜鈔辛卯十二月初夜天放降仙江寧王大圭至問王中仙今何在云在冥司有滯未化有詩云天上人間只寸心煙花雨意抑何深十年尚有梢頭恨燕子樓空斷素琴又詩云繡閣珠簾半未殘中年何事早拘牽春風詞筆時塵暗手拂冰絃昨夢寒此事不經然亦罕聞也又撰對苑亦無傳志雅堂雜鈔謂聖予緝對苑一書甚精凡十餘冊止於三字如獅兒橋鳳兒花之類其詞流存於今者廑五六十闋其事則視可竹仁父猶寂寂為據考之不能悉備

一曰生卒　聖與生卒無記載惟有以公謹玉田之年推索之公謹生於宋理宗紹定五年壬辰一二三二歿於元武宗至大元年戊申壽七十有七玉田生於宋理宗淳祐八年戊申一二四八去公

謹十六歲玉田稱公謹曰翁（一萼紅序）聖與稱公謹曰丈（淡黃柳序）由是知玉田聖與之年相若碧山或稍長於玉田數歲玉田歿年無確證其臨江仙序云甲寅年六十七而玉田有瑣窗寒悼於玉笥山是聖與之歿在玉田之前無疑又據志雅堂雜鈔辛卯十二月碧山已卒假若卒於辛卯[redacted]之歲時為至元二十八年（一二九一）則碧山享年約四十三四歲此一說也玉田山中白雲詞已亥歲自台回杭聲聲慢西湖一首有與王碧山泛舟湖曲云云已亥為大德三年又花外集有丙午赤城山題花光卷之詞丙午為大德十年是碧山之死在大德十年之後則享年約六十歲然則志雅堂所記辛卯之歲有誤此二說也以余考之以第一說為是玉田聲聲慢之詞

次己亥之下其詞集年月極淩亂聲聲慢題下亦未標明年月故不足為據碧山題花光卷之丙午疑為丙子之誤淡黃柳別公謹文於孤山中次冬公謹游會稽相會一月又次冬公謹自剡還執手聚別是丙子歲碧山正在會稽其證一也玉田碧山文至深[redacted]玉田辛卯北歸之後無復与碧山遊跡則辛卯之後碧山必已逝矣其證二也

二曰邑里　玉田瑣窗寒序云王碧山越人也四明志題曰會稽人案史記太史公自序注云石簣山一名玉笥山即會稽一峯十道記以玉笥即石簣在會稽然則聖与號為玉笥山人者以此聖与當終於故里其葬地亦當在玉笥

之下故玉田詞序弔之於玉笥山云有人謂聖与葬於金華玉笥山則未知所據

三曰游歷咸淳十年甲戌在杭初遇公謹於孤山乙亥公謹自會稽至剡丙子復由會稽還杭草窗詞中憶舊游寄王聖与者當賦於此時丙子宋亡又數年聖与復至杭法曲獻仙音聚景園之詠俱作於此時未幾還越公謹賦三姝媚贈之有廢宫蕪苑之語正指國變後景物故知非甲戌冬間之事絶妙好詞引延祐四明志至元中王沂孫慶元路學正按至元元年為宋景定五年宋亡於景炎元年丙子即至元十四年也元史地理志至元十四年改置慶元路又案樂

府補題同賦者有唐珏諸人（補題之詞多為發陵而作）據陶宗儀輟耕録周廣業會稽六陵考皆據冬青樹引知君種年星在尾斷爲至元十五年戊寅翌年己卯与李彭老張玉田分詠龍涎香白蓮二十三年丙戌居杭与周公謹戴表元作楊氏池堂讌表元有文記之廿四年丁亥周密于山陰得王獻之保母帖碧山題云陶土或若此云云翌年戊子与玉田徐平野泛舟山陰平野作晉雪圖玉田賦湘月聖与亦有詞惜佚湘月序二十八年辛卯蓋卒於會稽矣碧山於至元十四年後固未見有至慶元之事除四明志外亦別無記敘汪伯彦云元史百官志各行省設儒學提舉司每司提舉一員副提舉一員吏目一員司

吏二人屬官無學正之名宋史職官志有提學事司掌一路學政王聖與南宋末掌慶元路學政宋亡歸隱張叔夏題其詞集云野鵑啼月便角巾還第情事脗合微尚齋雜文卷三學伯序之說亦非學正之名實見於元典章視同書院山長非命官也碧山苟有其事要亦不謂之敗節。四明朋輩戴表元獨步當時趙松雪風流蘊藉甚袁清容承剡源之緒奕葉繼華公謹叔夏皆有文字之契獨聖與謝往還可謂自好者矣其生平儔輩公謹則居師友之間玉田為要終始餘則陳允平見高陽臺詞允平字君衡號西麓四明人有日湖漁唱趙元任見西江月元任字元父號學舟長州教授李彭老見樂府補題同賦龍涎香彭老字商隱號筼房

高[redacted]案彭老年事為王易簡同賦龍涎香諸詞易簡字理得號可
[redacted]与公謹相若竹家亡隱居城南有山上觀史吟
馮應瑞同賦龍涎香諸詞應瑞字祥父號友竹遺民也唐鈺同賦白蓮諸詞鈺字玉潛號菊山越人六陵[redacted]瘞
骨樹以冬青樹者呂同老同賦白蓮諸詞者同老字和甫濟南人宋遺民趙汝鈉同賦白蓮者汝鈉字真卿號月
洲商王元份七世孫善沱之次子陳恕可同賦蟬者恕可字行之固始人以吳縣尹致仕自號宛委居士李居仁
同賦白蓮者居仁字師呂號五松唐藝孫同賦龍涎香者藝孫字英發有瑤翠山房集王廷吉聲々玉田
慢序剡源集蕺隱記王廷吉於越中為故家在蕺山之陽而名讀書之齋曰蕺隱仇遠同賦蟬者遠字仁遠號山村錢
塘人入元為溧陽李正未幾歸隱有興觀集似同輩中年最少者徐平野戊子与聖与泛舟山陰見玉田湘月
戴表元白珽屠約張榘徐天祐陳方洪師中孫晉曹良
史朱棻見戴表元楊氏池堂讌會詩序林景熙王英孫謝翱同為六陵瘞
骨者汪伯序誤英孫為沂孫伯仲非是英孫字才翁會稽人克謙之子當為碧山之友鄧牧似相識惟不

見文字耳

五曰詞集　草窗之詞得力於紫霞翁君衡受詞於伯父菊坡先生玉田爲功甫後裔寄閒之子惟聖與師承家學靡有聞焉玉田瑣窗寒序云聖與琢語峭拔有白石意度後之論者周稚圭王半塘相與宗之以余考之碧山之詞辭采則乞靈於昌谷温李觀余斠箋可知又公謹題其詞曰錦囊昌谷須溪贈詞曰幅心囊句沉鍊則取法乎片玉夢窗案君特與弁陽交篤聖與或能親炙之其天香無閒二窗故得全襲其神貌爲圖照之象務在摶觀兼綜遠蓄斯臻大雅故能質直清空内明外潤學之者踐迹玩之者忘疲規矩準繩過於玉田遠矣適園藏玉

筍山人詞集舊鈔本後有馮氏手跋云此種詞在南宋至爲純正
然亦多可采到山中白雲全稿中出色固多率意腐庸亦不少未若
玉筍之全美譚復堂亦云玉田正是勁敵但士氣則碧山勝矣時際遭迍而風流弥劭豈非天
假餘暉迴光煥采者乎其詞原題花外集見玉田洞仙歌序又名
玉筍山人詞集文鈔本名玉筍山人詞集注云一名花外集張石銘江賓谷藏鈔本及天津圖書館藏舊鈔本均題
曰玉筍山人詞集鮑本及范玉孫本均作花外集注云一名碧山樂府當以花外集爲是花外者蓋竹邊花外
之意又曰碧山樂府碧山其字收之句法云碧山終日思無
盡青山故國有餘思焉又杜甫柏學士茅屋詩碧山學士焚銀魚白馬走却身巖居斷碧
分山猶淺語也明王九思亦有碧山樂府今所存者廑五十一闋據絶
妙好詞補七闋又據陽春白雪補六闋花草粹編望梅一闋誤入凡
六十四闋而止焉其与玉田山陰所賦湘月又陸輔之詞旨

所引醉落魄霜天曉角謁金门及挑雲研雪諸句今皆
不在集中是知花外集非完帙今所存者太半詠物及
倡和之作蓋出於後人之輯次非聖與自訂與公謹所
題玉田所觀者迥非一本其版本有江都秦氏南陽葉
氏藏明文淑鈔本郇園讀書志云文淑字端容為衡山之曾孫女祖嘉字休承衡山仲子世稱文水道人父從簡
字彦可又號枕煙老人三世皆以書畫名後適趙宧光凡夫子靈均為婦
事蹟見錢牧齋列朝詩集小傳初季集此本前有玉磬山房白文長印玉
磬山房者衡山齋名也是未適趙時在閨中之作後有鮑氏正本四字朱文印
則又鮑刻叢書所自出矣又首葉有石研齋秦氏朱文印則又展轉藏於
秦氏矣此為鮑刻之所自出其中亦多異張石銘藏鈔本見適園藏
別豈鮑氏刻書時頗有出入耶書志卷十六
江賓谷昱藏兩鈔本一名玉笥山人花外集為廣陵吳氏本一名玉
笥山人詞集為白门周司農櫟園藏凡南宋
鈔本詞十六家較吳本為多陳世宜云天
津圖書館舊鈔本疑即江氏所獲之一天津圖書館藏舊鈔

本意禪室藏宋八家詞舊鈔本鮑氏知不足齋本道光辛丑金望華范鍇同校刊三家詞本[redacted]王氏四印齋本四川官刷局本孫人和校本全宋詞本叢書集成本箋注之事則始於余云甲申冬日　涇縣吳則虞

附諸家題贈詞

聲聲慢　送王聖與次韻　　周密

瓊壺歌月，白髮簪花，十年一夢揚州。恨入琵琶，小憐重見灣頭。尊前漫題金縷，奈芳情、已逐東流。還送遠，甚長安落葉，都是閒愁。　次第重陽近也，看黃花綠酒，也合遲留。脆柳無情，不堪重繫行舟。百年正消幾別，對西風、休賦登樓。怎去得，怕淒涼時節，團扇悲秋。

踏莎行　題中仙詞卷

結客千金，醉春雙玉，舊遊宮柳藏仙屋。白頭吟老茂陵西，清平夢遠沉香北。　玉笛天津，錦囊昌谷，春紅轉眼成秋綠。重翻花外侍兒歌，休聽酒邊供奉曲。

憶舊遊 寄王聖與

記移燈翦雨換火篝香去歲今朝乍見翻疑夢向梅邊携手笑換吟橈依依故人情味歌舞試春嬌對婉娩年芳漂零身世酒趁愁消天涯未歸客望錦羽沉沉翠水迢迢歎菊芳薇老負故人猿鶴舊隱誰招疏花漫撩愁思無句到寒梢但夢繞西泠空江冷月魂斷隨潮

三姝媚 送聖與還越

淺寒梅未綻正潮過西陵短亭逢雁秉燭相看歎俊遊零落滿襟依黯露草霜花愁正在廢宮蕪苑明月河橋笛外尊前舊情消減 莫訴離腸深淺恨聚散匆匆夢隨帆遠玉鏡塵昏怕賦情人老後逢悽惋一樣歸心又喚起故園愁眼立盡斜陽無語空江歲晚

瑣窗寒 王碧山又號中仙越人也能文工詞琢語峭拔有白石意度今絶響矣余悼之玉笥山所謂長歌之哀過於痛哭

張炎

斷碧分山空簾剩月故人天外香留酒殢蝴蝶一生花裏想如今醉魂未醒夜臺夢語秋聲碎自中仙去後詞箋賦筆便無清致 都是淒涼意悵玉笥埋雲錦袍歸水形容憔悴料應也孤吟山鬼那知人彈折素絃黃金鑄出相思淚但柳枝門掩枯陰候蛩愁暗葦

洞仙歌觀王碧山花外詞集有感

野鵑啼月便角巾還第輕擲詩瓢付流水最無端小院寂歷春空門自掩柳髮離離如此 可惜歡娛地雨暗雲昏不見當時譜銀字舊曲怯重翻總是離愁淚痕灑一簾花碎夢沉沉知道不歸來尚錯

門桃根醉魂醒未

湘月　余載書往來山陰道中，每以事奪不能盡興。戊子冬晚與徐平野、王中仙曳舟溪上，天空水寒，古意蕭颯。中仙有詞雅麗，平野作晉雪圖，亦清逸可觀。余述此調，蓋白石念奴嬌鬲指聲也

行行且止，把乾坤收入，蓬窗深裏。星散白鷗三四點，數筆橫塘秋意。岸觜衝波，籬根受葉，野徑通村市。疏風迎面，溼衣原是空翠。　堪歎雪門荒，爭棋墅冷，苦竹鳴山鬼。縱使如今猶有晉，無復清游如此。落日沙黃，遠天雲淡，弄影蘆花外。幾時歸去，翦取一半煙水。

聲聲慢　與碧山泛舟鑑曲，王蕺隱吹簫，余倚歌而和。天瀾秋高，光景奇絕，与姜白石垂虹夜游同一清致也

晴光轉樹，曉色分嵐，何人野渡橫舟。斷柳枯蟬，涼意正滿西州。匆匆載酒，便無情、也自風流。芳晝短，奈不堪深夜，秉燭來游。　誰識山

[redacted]

中朝暮向白雲一笑今古無愁散髮吟商此興萬里悠悠清狂未應似我倚高寒隔水呼鷗須待月許多清都付与秋

[redacted]

踏莎行讀花外集即用碧山題草窗詞卷韻

淩廷堪

積玉敲聲兼金鑄調除將樂笑齊驅少一從花外翠簾空天涯處處生芳草　梅影深情尊香幽抱於今俊語無人道孤吟　山鬼語秋心鑑湖霜後芙蓉老

浙江文化研究工程成果文庫

浙江文獻集成

浙江文叢

孫應時集

〔上册〕

〔宋〕孫應時 著　胡洪軍　胡　遐　輯注

慈溪市地方志編纂委員會辦公室　編

浙江古籍出版社

圖書在版編目(CIP)數據

孫應時集/(宋)孫應時著;慈溪市地方志編纂委員會辦公室編;胡洪軍,胡退輯注.—杭州:浙江古籍出版社,2023.12
ISBN 978-7-5540-2837-7

Ⅰ.①孫… Ⅱ.①孫… ②慈… ③胡… ④胡… Ⅲ.①古典文學—作品綜合集—中國—南宋 Ⅳ.①I214.422

中國國家版本館 CIP 數據核字(2024)第 007651 號

浙江文叢
孫應時集
(全二册)
〔宋〕孫應時 著　慈溪市地方志編纂委員會辦公室 編
胡洪軍　胡退 輯注

出版發行　浙江古籍出版社
(杭州市體育場路 347 號　郵編:310006)
網　　址　https://zjgj.zjcbcm.com
責任編輯　劉　蔚
文字編輯　王振中
封面設計　吴思璐
責任校對　吴穎胤
責任印務　樓浩凱
照　　排　浙江大千時代文化傳媒有限公司
印　　刷　浙江新華數碼印務有限公司
開　　本　710mm×1000mm　1/16
印　　張　39.5　插頁 4
字　　數　408 千
版　　次　2023 年 12 月第 1 版
印　　次　2023 年 12 月第 1 次印刷
書　　號　ISBN 978-7-5540-2837-7
定　　價　300.00 圓(精裝)

ISBN 978-7-5540-2837-7

孫應時像（原載光緒《孫境宗譜》）

孺人金氏諱志寧故家山東祖綬朝請大夫提[illegible]
書器資之女父崇承直郎知欽州安遠縣承直隨宦[illegible]而生孺
人少鞠於外家幾數歲承直死欽州訃至號哭曰恨我[illegible]不能扶柩歸
葬提刑初嘗為諸暨丞與尉沈公該同捍寇有功既登朝[illegible]及沈公相欲
厚撫金氏之後孺人曰吾門不幸乃受憐於人恥也竟不[illegible]
年十七歸黃氏夫家方未振孺人安之無慍色致養舅姑[illegible]
苦立門戶有餘則以施窮乏或貸之不償弗問也親戚鄰[illegible]
之如弗及性寬厚與物無競不喜言人過遇子婦撫臧獲[illegible]
常遣從名師必撫之曰汝勉就功名吾其與榮焉仲子貢[illegible]
慶壽恩果得封父母云晚年生理益充治新居畢婚嫁不[illegible]
酒常歡然自適雖老精神不衰卒之歲預飭衣衾棺槨[illegible]
曰吾數止此亟營吾終事言訖湛然而逝殆先知也夫黃[illegible]
致仕吉人長者五男子琮汝礪汝賢汝應皆有聲場屋季[illegible]
巖亦佳士孫男曰順孫外孫文孫孺人生於辛亥九月[illegible]
二十八日踰年九月丙申葬山陰縣承務鄉謝墅之[illegible]
黃君有連故為紀孺人本末納諸壙奉議郎餘姚孫[illegible]

孫應時書金氏墓誌

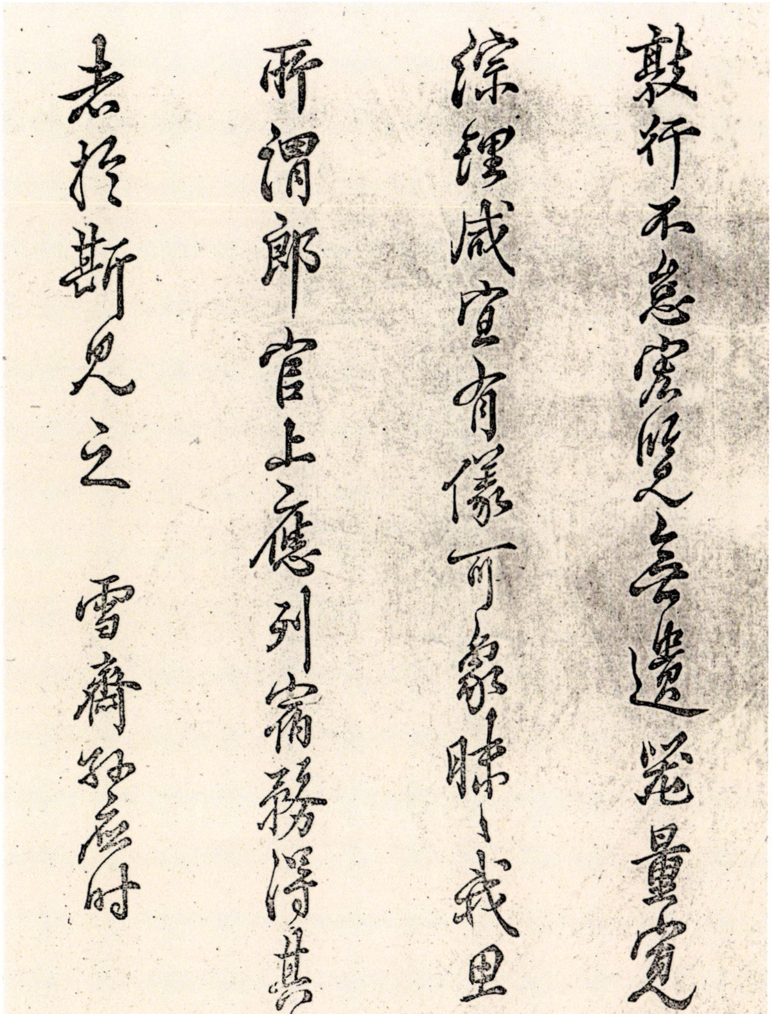

孫應時書毛謹倫像贊(原載光緒《餘姚豐山毛氏宗譜》)

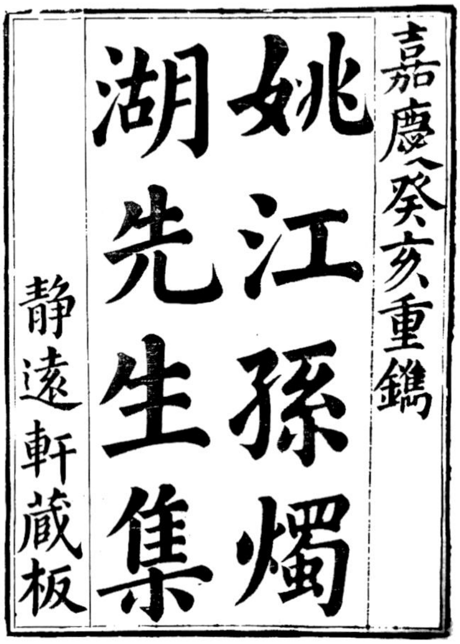
嘉慶癸亥重鐫

姚江孫燭湖先生集

靜遠軒藏板

《燭湖集》嘉慶八年刻靜遠軒本牌記

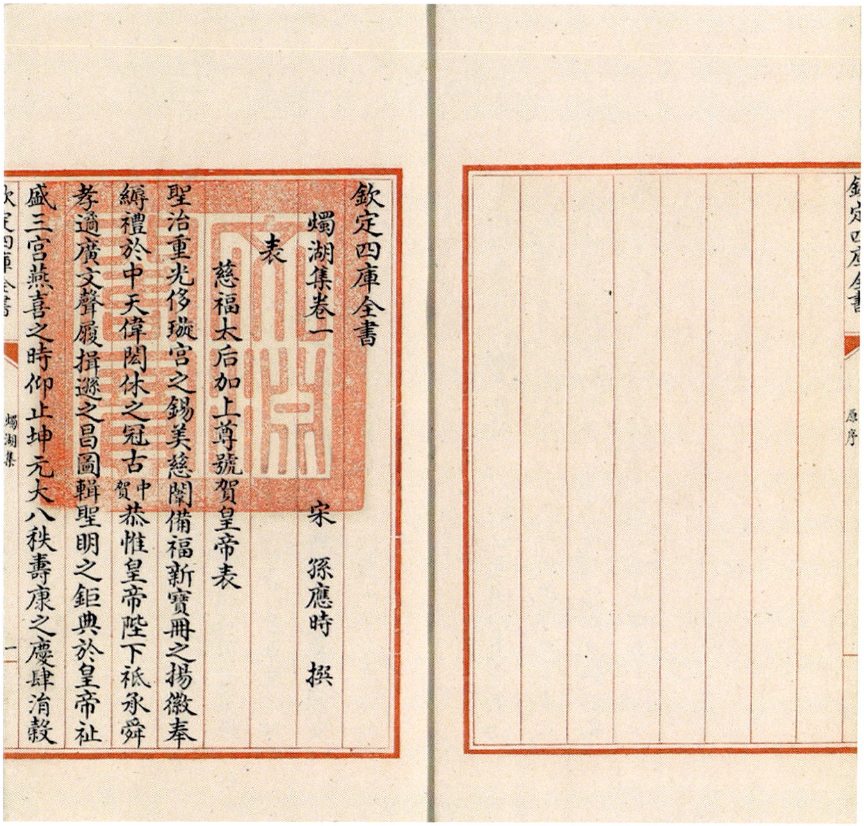
欽定四庫全書
原序

欽定四庫全書
燭湖集卷一
宋 孫應時 撰
表
慈福太后加上尊號賀皇帝表
聖治重光侈璇宮之錫美慈闈備福新寶冊之揚徽奉
縟禮於中天偉閎休之冠古中賀恭惟皇帝陛下祗承舜
孝適廣文聲履揖遜之昌圖輯聖明之鉅典於皇帝社
盛三宮燕喜之時仰止坤元大八秩壽康之慶肆消穀

欽定四庫全書 燭湖集 一

《燭湖集》四庫文淵閣本

浙江省慈溪市横河镇孙境宗祠

浙江省文化研究工程指導委員會

浙江文化研究工程成果文庫總序

習近平

有人將文化比作一條來自老祖宗而又流向未來的河，這是説文化的傳統，通過縱向傳承和横向傳遞，生生不息地影響和引領着人們的生存與發展；有人説文化是人類的思想、智慧、信仰、情感和生活的載體、方式和方法，這是將文化作爲人們代代相傳的生活方式的整體。我們説，文化爲群體生活提供規範、方式與環境，文化通過傳承爲社會進步發揮基礎作用，文化會促進或制約經濟乃至整個社會的發展。文化的力量，已經深深熔鑄在民族的生命力、創造力和凝聚力之中。

在人類文化演化的進程中，各種文化都在其内部生成衆多的元素、層次與類型，由此決定了文化的多樣性與複雜性。

中國文化的博大精深，來源於其内部生成的多姿多彩；中國文化的歷久彌新，取決於其變遷過程中各種元素、層次、類型在内容和結構上通過碰撞、解構、融合而産生的革故鼎新的强大動力。

中國土地廣袤、疆域遼闊，不同區域間因自然環境、經濟環境、社會環境等諸多方面的差異，建構了不同的區域文化。區域文化如同百川歸海，共同匯聚成中國文化的大傳統，這種大傳統如同春風化雨，滲透於各種區域文化之中。在這個過程中，區域文化如同清溪山泉潺潺不息，在中國文化的共同價值取向下，以自己的獨特個性支撑着、引領着本地經濟社會的發展。

從區域文化入手，對一地文化的歷史與現狀展開全面、系統、扎實、有序的研究，一方面可以藉此梳理和弘揚當地的歷史傳統和文化資源，繁榮和豐富當代的先進文化建設活動，規劃和指導未來的文化發展藍圖，增强文化軟實力，爲全面建設小康社會、加快推進社會主義現代化提供思想保證、精神動力、智力支持和輿論力量；另一方面，這也是深入瞭解中國文化、研究中國文化、發展中國文化、創新中國文化的重要途徑之一。如今，區域文化研究日益受到各地重視，成爲我國文化研究走向深入的一個重要標誌。我們今天實施浙江文化研究工程，其目的和意義也在於此。

千百年來，浙江人民積澱和傳承了一個底蘊深厚的文化傳統。這種文化傳統的獨特性，正在於它令人驚歎的富於創造力的智慧和力量。

浙江文化中富於創造力的基因，早早地出現在其歷史的源頭。在浙江新石器時代最爲著名的跨湖橋、河姆渡、馬家浜和良渚的考古文化中，浙江先民們都以不同凡響的作爲，在中華民族的文明之源留下了創造和進步的印記。

浙江人民在與時俱進的歷史軌跡上一路走來，秉承富於創造力的文化傳統，這深深地融匯在一代代浙江人民的血液中，體現在浙江人民的行爲上，也在浙江歷史上衆多傑出人物身上得到充分展示。從大禹的因勢利導、敬業治水，到勾踐的卧薪嘗膽、勵精圖治；從錢氏的保境安民、納土歸宋，到胡則的爲官一任、造福一方；從岳飛、于謙的精忠報國、清白一生，到方孝孺、張蒼水的剛正不阿、以身殉國；從沈括的博學多識、精研深究，到竺可楨的科學救國、求是一生；無論是陳亮、葉適的經世致用，還是黄宗羲的工商皆本；無論是王充、王陽明的批判、自覺，還是龔自珍、蔡元培的開明、開放，等等，都展示了浙江深厚的文化底藴，凝聚了浙江人民求真務實的創造精神。

代代相傳的文化創造的作爲和精神，從觀念、態度、行爲方式和價值取向上，孕育、形成和發展了淵源有自的浙江地域文化傳統和與時俱進的浙江文化精神，她滋育着浙江的生命力、催生着浙江的凝聚力、激發着浙江的創造力、培植着浙江的競争力，激勵着浙江人民永不自滿、永不停息，在各個不同的歷史時期不斷地超越自我、創業奮進。

悠久深厚、意韻豐富的浙江文化傳統，是歷史賜予我們的寶貴財富，也是我們開拓未來的豐富資源和不竭動力。黨的十六大以來推進浙江新發展的實踐，使我們越來越深刻地認識到，與國家實施改革開放大政方針相伴隨的浙江經濟社會持續快速健康發展的深層原因，就在於浙江深厚的文化底藴和文化傳統與當今時代精神的有機結合，就在於發展先進生産力與發展先進文化的有機結合。今後一個時期浙江能否在全面建設小康社會、加快社會主義現代化建設進程中繼續走在前列，很大程度上取決於我們對文化力量的深刻認識、對發展先進文化的高度自覺和對加快建設文化大省的工作力度。我們應該看到，文化的力量最終可以轉化爲物質的力量，文化的軟實力最終可以轉化爲經濟的硬實力。文化要素是綜合競争力的核心要素，文化資源是經濟社會發展的重要資源，文化素質是領導者和勞動者的首要素質。因此，研究浙江文化的歷史與現狀，增强文化軟實力，爲浙江的現代化建設服務，是浙江人民的共同事業，也是浙江各級黨委、政府的重要使命和責任。

二〇〇五年七月召開的中共浙江省委十一届八次全會，作出《關於加快建設文化大省的決定》，提出要從增强先進文化凝聚力、解放和發展生産力、增强社會公共服務能力入手，大力實施文明素質工程、文化精品工程、文化研究工程、文化保護工程、文化産業促進工程、文化陣地工程、文化傳播工程、文化人才工程等『八項工程』，實施科教興國和人才强國戰略，加快建設教育、科技、衛生、體育等『四個强省』。作爲文化建設『八項工程』之一的文化研究工程，其任務就是系統研究浙江文化的歷史成就和當代發展，深入挖掘浙江文化底藴、研究浙江現象、總結浙江經驗、指導浙江未來的發展。

浙江文化研究工程將重點研究『今、古、人、文』四個方面，即圍繞浙江當代發展問題研究、浙江歷史文化專題研究、浙江名人研究、浙江歷史文獻整理四大板塊，開展系統研究，出版系列叢書。在研究内容上，深入挖掘浙江文化底藴，系統梳理和分析浙江歷史文化的内部結構、變化規律和地域特色，堅持和發展浙江精神；研究浙江文化與其他地域文化的異同，釐清浙江文化在中國文化中的地位和相互影響的關係；圍繞浙江生動的當代實踐，深入解讀浙江現象，總結浙江經驗，指導浙江發展。在研究力量上，通過課題組織、出版資助、重點研究基地建設、加强省内外大院名校合作、整合各地各部門力量等途徑，形成上下聯動、學界互動的整體合力。在成果運用上，注重研究成果的學術價值和應用價值，充分發揮其認識世界、傳承文明、創新理論、諮政育人、服務社會的重要作用。

我們希望通過實施浙江文化研究工程，努力用浙江歷史教育浙江人民、用浙江文化薰陶浙江人民、用浙江精神鼓舞浙江人民、用浙江經驗引領浙江人民，進一步激發浙江人民的無窮智慧和偉大創造能力，推動浙江實現又快又好發展。

今天，我們踏着來自歷史的河流，受着一方百姓的期許，理應負起使命，至誠奉獻，讓我們的文化綿延不絕，讓我們的創造生生不息。

二〇〇六年五月三十日於杭州

浙江文化研究工程成果文庫序言

易煉紅

國風浩蕩，文脈不絶，錢江潮涌，奔騰不息。浙江是中國古代文明的發祥地之一，是中國革命紅船啓航的地方。從萬年上山、五千年良渚到千年宋韻、百年紅船，歷史文化的風骨神韻、革命精神的剛健激越與現代文明的繁榮興盛，在這裏交相輝映、融爲一體，浙江成爲了揭示中華文明起源的『一把鑰匙』，展現偉大民族精神的『一方重鎮』。

習近平總書記在浙江工作期間作出『八八戰略』這一省域發展全面規劃和頂層設計，把加快建設文化大省作爲『八八戰略』的重要内容，親自推動實施文化建設『八項工程』，構築起了浙江文化建設的『四梁八柱』，推動浙江從文化大省向文化强省跨越發展，率先找到了一條放大人文優勢、推進省域現代化先行的科學路徑。習近平總書記還親自倡導設立『文化研究工程』並擔任指導委員會主任，親自定方向、出題目、提要求、作總序，彰顯了深沉的文化情懷和强烈的歷史擔當。這些年來，浙江始終牢記習近平總書記殷殷囑托，以守護『文獻大邦』、賡續文化根脈的高度自覺，持續推進浙江文化研究工程，接續描繪更加雄渾壯闊、精美絶倫的浙江文化畫卷。堅持激發精神動力，圍繞『今、古、人、文』四大板塊，系統梳理浙江歷史的傳承脈絡，挖掘浙江文化的深厚底藴，研究浙江現象、總結浙江經驗、豐富浙江精神，實施『一八八戰略」理論與實踐研究』等專題，爲浙江幹在實處、走在前列、勇立潮頭提供源源不斷的價值引導力、文化凝聚力、精神推動力。堅持打造精品力作，目前一期、二期工程已經完結，三期工程正在進行中，出版學術著作超過一千七百部，推出了『中國歷代繪畫大系』等一大批有重大影響的成果，持續擦亮陽明文化、和合文化、宋韻文化等金名片，豐富了中華文化寶庫。堅持礪煉精兵强將，鍛造了一支老中青梯次配備、傳承有序、學養深厚的哲學社會科學人才隊伍，培養了一批高水平學科帶頭人，爲擦亮新時代浙江學術品牌提供了堅實智力人才支撑。

文化是民族的靈魂，是維繫國家統一和民族團結的精神紐帶，是民族生命力、創造力和凝聚力的集中體現。在以中國式現代化全面推進强國建設、民族復興偉業的新征程上，習近平文化思想在堅持『兩個結合』中，以『體用貫通、明體達用』的鮮明特質，茹古涵今明大道、博大精深言大義、萃菁取華集大成，鮮明提出我們黨在新時代新的文化使命，推動中華文脈綿延繁盛、中華文明歷久彌新，推動全黨全國各族人民文化自信明顯增强、精神面貌更加奮發昂揚。特别是今年九月，習近平總書記親臨浙江考察，賦予我們『中國式現代化的先行者』的新定位和『奮力譜寫中國式現代化浙江新篇章』的新使命，提出『在建設中華民族現代文明上積極探索』的重要要求，進一步明確了浙江文化建設的時代方位和發展定位。

文明薪火在我們手中傳承，自信力量在我們心中升騰。縱深推進文化研究工程，持續打造一批反映時代特徵、體現浙江特色的精品佳作和扛鼎力作，是浙江學習貫徹習近平文化思想和習近平總書記考察浙江重要講話精神的題中之義，也是浙江一張藍圖繪到底、積極探索闖新路、守正創新强擔當的具體行動。我們將在加快建設高水平文化强省、奮力打造新時代文化高地中，以文化研究工程爲牽引抓手，深耕浙江文化沃土、厚植浙江創新活力，爲創造屬於我們這個時代的新文化貢獻浙江力量。要在循迹溯源中打造鑄魂工程，充分發揮習近平新時代中國特色社會主義思想重要萌發地的資源優勢，深入研究闡釋『八八戰略』的理論意義、實踐意義和時代價值，助力夯實堅定擁護『兩個確立』、堅決做到『兩個維護』的思想根基。要在賡續厚積中打造傳世工程，深入系統梳理浙江文脈的歷史淵源、發展脈絡和基本走向，扎實做好保護傳承利用工作，持續推動優秀傳統文化創造性轉化、創新性發展，讓悠久深厚的文化傳統、源頭活水暢流於當代浙江文化建設實踐。要在開放融通中打造品牌工程，進一步凝煉提升『浙學』品牌，放大杭州亞運會亞殘運會、世界互聯網大會烏鎮峰會、良渚論壇等溢出效應，以更有影響力感染力傳播力的文化標識，展示『詩畫江南、活力浙江』的獨特韻味和萬千氣象。要在引領風尚中打造育德工程，秉持浙江文化精神中藴含的澄懷觀道、現實關切的審美情操，加快培育現代文明素養，讓陽光的、美好的、高尚的思想和行爲在浙江大地化風成俗、蔚然成風。

我們堅信，文化研究工程的縱深推進，必將更好傳承悠久深厚、意藴豐富的浙江文化傳統，進一步弘揚特色鮮明、與時俱進的浙江文化精神，不斷滋育浙江的生命力、催生浙江的凝聚力、激發浙江的創造力、培植浙江的競争力，真正讓文化成爲中國式現代化浙江新篇章中最富魅力、最吸引人、最具辨識度的閃亮標識，在鑄就社會主義文化新輝煌中展現浙江擔當，爲建設中華民族現代文明作出浙江貢獻！

二〇二三年十二月

前言

宋代科舉取士規模較前朝有了很大提高，不僅名額大爲增加，制度也日趨完善，使得寒門學子有了更多步入仕途從而改變家族命運的機會。南宋時，浙東一帶文風尤盛，官宦雲集，衆多士大夫供職於朝廷，滿朝朱紫貴，盡是四明人。在這樣的社會環境下，餘姚燭溪湖孫氏集三代人的發憤努力，孫應時終於成爲餘姚孫氏家族成功入仕的第一人。

一

孫應時（一一五四—一二〇六），字季和，號燭湖居士，一作竹湖，晚年又號竹隱，餘姚燭溪湖孫家（今浙江省慈溪市横河鎮）人。他是南宋著名的理學家，學者尊稱燭湖先生。

孫應時於乾道八年（一一七二）入太學，淳熙五年（一一七五）中進士，但仕途卻比較坎坷，歷任台州黃巖（今浙江台州）縣尉、泰州海陵（今江蘇泰州）縣丞、嚴州遂安（今浙江淳安）縣令。紹熙三年（一一九二）丘崈入蜀任四川安撫制置使兼知成都府，孫應時應丘崈之邀任其幕僚，協助丘崈爲南宋在四川軍事的穩定作出了很大的貢獻。因功升京官任平江府常熟（今江蘇常熟）縣令，期滿離任時受郡守誣陷被罷官。嘉泰四年（一二〇四）孫應時冤案獲得平反。開禧二年（一二〇六），朝廷授予孫應時通判邵武軍，赴任前病逝。孫應時逝世之後，南宋政局急劇動盪，四川發生吴曦叛亂被殺，開禧北伐失敗，史彌遠柄國，宋廷重新處理四川問題，孫應時在蜀功績終於獲得朝廷褒揚。户部侍郎沈詵、刑部侍郎蔡幼學、給事中曾焕、吏部侍郎黄度、兵部侍郎戴溪、工部侍郎汪逵六人聯名上奏孫應時的學問與爲國彌患的赤膽忠心，得以惠及幼子祖開。《會稽續志》也將其生平事蹟編入《人物志》，其作品集《燭湖集》得以出版流傳至今。

燭溪湖孫氏原本世代以務農爲業，據孫應時父孫介自撰墓誌稱：『族緒微寒，難援世譜，但聞五代祖自睦州徙居此，力田自業。』孫應時的高祖爲孫亮，有兩個兒子，長子孫政即孫應時的曾祖。孫政有四個兒子，分别是伯子昇、仲子什、叔子充、季子全。孫介是孫充的兒子，因爲孫全没有兒子，所以其伯父孫昇做主，將孫介過繼給孫全。孫家家貧，孫介的伯父出家爲僧。然孫昇『識趣不凡，間就儒生習《論語》《孟子》《詩》《禮》，輒通大義，慨然蕲變其家爲儒』，召集家族子弟，親自教授經史子集，開啟了孫氏子弟第一代儒學啟蒙。

孫介（一一一四—一一八八），字不朋，號雪齋野叟。四歲時即跟隨兄長孫疇（字壽朋）在郡庠讀書。七歲時，他伯父聽聞大儒胡宗伋（一〇七一—一一四〇）講授閭里，便帶領家中子弟負笈依其門，由此開始孫、胡兩家『四世百年相爲師友』的交情。孫介兄長壽朋『少凝遠有偉志，言動遵規矩』，師長稱讚其『萬金可有，孫壽朋不易得也』，不幸壽朋早逝，孫介被迫中斷學業，就館授書，邊教書，邊自學，雖幾次參加科舉，卻屢試不第。

儘管孫介本人科舉不第，但是他時刻牢記伯父孫昇和兄壽朋以儒業振興家族的遺志，爲更好地教育三個兒子，孫介辭館回家，親自教授。因家貧買不起書籍，就親手抄寫諸經正義、諸子書、《戰國策》、兩漢晉南北隋唐五代史、百氏文集、異聞雜説等，遇到荒年只能靠賣田維持生計，孫介專門就此事作《乾道乙酉鬻田訓子有作》詩，三個兒子均有唱和。

功夫不負有心人，孫介長子應求在淳熙四年（一一七七）通過鄉選，成爲鄉貢進士；次子應符雖然没有取得功名，但是有著作《歷代帝王纂要》二卷、《初學須知》五卷，並載於陳振孫《直齋書録題解》；幼子應時於淳熙二年（一一七五）中進士，實現了家族由農轉儒的跨界。

二

孫應時出身寒門，但他「問學深醇，行義修飭，自遊太學，已爲士友所推。登科以來，棲遲州縣，愛民潔己，聲譽藹然」，其「道德文章，師表一時」，「學行、政事、詞采、翰墨，動輒過人」，「見微慮遠，能爲國家弭患於未形」，可見孫應時無論才學還是政聲，皆爲一時之人望。

《會稽續志·孫應時傳》稱「公天才穎異，陶冶嚴訓，八歲能屬文。」集中收録孫應時《隆興甲申仲冬回自郡城宿龍泉寺遇雪》，是其十一歲時所作，充分顯示其少年詩才，也開啓了孫氏家族第一次家庭唱和，其父兄皆作詩唱和，且這個習慣長期保留了下來。朱熹曾稱讚孫應時的詩『語意清遠，讀之令人想見湖山之勝』，可見孫應時詩文上的藝術成就。

淳熙五年（一一七八）冬，孫應時獲得第一個任職，台州黄巖（今浙江台州）縣尉。孫應時没有因爲官小地偏而輕視，他認爲『州縣之官，莫如尉最卑，然而亦最近民。有志之士，如欲深知民生之艱與爲吏之不易，以推及乎世之遷變，觀古今風俗政事本末，求切於實用，而精思其所不及，則雖奔走勞悴於塵埃箠楚之地，疑非所當厭也。聞古之士不卑小官，而必行其義』。在任期間，他體察民情，深得民心。任滿離官時，『黄巖士民惜其去，欲共置田宅留居焉，辭不受』。他『愛民潔己』的政聲也得到上級和同僚的讚賞，浙東安撫使王希吕和浙東提刑張詔都曾先後向上級舉薦，而最賞識他的當是朱熹。淳熙八年（一一八一）十二月，浙東發生饑荒，朱熹調任提舉兩浙東路常平茶鹽公事，負責救災事宜，孫應時因才學品行，深得朱熹賞識，一見即與之定交。淳熙九年（一一八二）七月，孫應時離任後不久，朱熹至台州賑災，專人送信與他商量黄巖糴濟和水利事宜，『諸人欲得賢者復來，現欲差出縣丞，卻煩吾友攝其事，主此工役，不知可來否』，誠邀孫應時重返黄巖任縣丞，主持當地水利工程，可見朱熹對孫應時才識品行，尤其是執政能力的看重。

淳熙十一年（一一八四），孫應時應致仕宰相史浩邀請講學東湖書院，擔任史家子弟的塾師，史浩之子彌大、彌正、彌遠、彌堅均從之學。這段時間，孫應時不僅與史浩一家結下了深厚的友誼，也是他一生中專心問學，經史著述最爲豐碩的階段，其畢生的經史著述皆在此時完成。此外，他還協助史浩修訂《尚書講義》，在書信中他稱史浩之書「多所發明帝王、君臣精微正大之藴，剖訣古今異同偏見，開悟後學心目，使人沛然飽滿者，不下數十百條」，並應史浩要求提出了大量的修訂意見，「則不敢一一疏諸刊本下方，少見歸誠無隱之義」，故紀昀《四庫全書總目提要》「尚書講義」條目稱「此書實與應時商榷之」。

紹熙元年（一一九〇）六月，孫應時獲任嚴州遂安（今浙江淳安）令，原本應待次三年，卻提前於紹熙二年（一一九一）三月到任。當時的遂安「十年來八易令，攝事者又六七人，一以苟簡趣辦爲事，簿書不治，里正偏受其害，訴於諸司及省部者相踵，而郡拘月發期會甚威」，「地瘠民貧，賦役繁重」，「學校二十年不養士，縣廨傾敝，有覆壓之虞」。面對如此困境，孫應時一方面尋求長官的支持，借用史浩《送孫季和赴遂安序》的影響力，使該文「傳播一邑」，爲他在遂安的政務順利展開借勢。他修學校，請教授，並親自講學，改革教學内容，把道學貫穿在日常教學之中，並建立周敦頤、二程與張栻、吕祖謙等先賢祠堂，行鄉飲酒之禮等，多管齊下，推行「道化之訓」。一年多以後，遂安一片新氣象，「獄無重囚，學校粗修，人士知勸」。

正當孫應時的努力漸漸結出豐碩成果之時，他收到了丘崈的盛情邀請。紹熙三年（一一九二）四月丘崈獲任四川安撫制置使兼知成都府。此時的四川，以吴挺爲主的吴氏世襲兵權，在四川具有絶對影響力，他麾下的吴家軍甚至「不知有朝廷」。如何抑制吴氏勢力，是宋廷賦予四川安撫制置使丘崈的重要任務。丘崈亟需人才，他對孫應時的才华頗爲看重，誠懇邀請孫應時出任幕僚，同往四川。此時孫應時遂安令任期還没過半，聽説應時將『從蜀帥丘公崈之辟，邑人不得而留，至於哭送』。可見僅一年多的時間，孫應時的政声、政績已經深得遂安民衆的認同。最終孫應時還是接受了丘崈的邀請，隻身赴蜀。

四川是南宋邊防重地，孫應時入蜀之後，爲丘崈處理了大量的政務。而其中最主要的一件事情，是接受丘崈委託，親自臨武興探視吴挺病情，察吴家軍情，觀邊徼人情。吴氏對孫應時的到來除了盛情款待之外，還以『盛禮十獻』相贈，孫應時一一拒絶，回來後如實具禀。不久吴挺病逝，孫應時不僅代丘崈撰寫祭文，以四川地方最高長官的名义充分肯定吴挺在穩定四川與南宋邊防的重大貢獻，更重要的是對如何節制吴家軍建言獻策，『差統制官權領其軍，檄總領楊輔兼利西安撫節制之，草奏乞别選帥材以代吴氏，朝廷從之，以張詔爲興州都統，一方晏然』，逐步解除了吴家軍在四川擁兵獨大的危機。在處置這場危機時，孫應時智略過人，是丘崈與南宋朝廷處置吴家軍過程中，最爲得力的幕僚。丘崈也因治蜀有功，得朝廷褒獎，並續任蜀帥。而孫應時自身也取得了京官資歷。

慶元元年（一一九五），孫應時獲任平江府常熟（今江蘇省常熟市）縣令，代次一年，於慶元二年（一一九六）四月六日正式上任。常熟素以難治著稱，被爲官者視爲虎狼之地。

孫應時曾在給老上司丘崈的書信中寫到了自己面臨的困境：『此邑素號難治，真是名不虚得，法廢積久，民慢其上，稍裁以正，百怪横出，冥心禍福固不暇計，最以財用迫急。』給平江守鄭寺丞的啟中分析了常熟難治的原因：『以珥筆之民，氣勢之日滋；鑿空之賦，文移之雨至。期會太嚴，則才困於不展；喜怒爲用，則權輕而易摇。故二三十年以來，幾無一令之善去。』

面臨困境的孫應時並没有氣餒，而是全力以赴，希望以自身的努力在常熟任上有所作爲，他在《與王孝廉書》中寫道：『世道日變，士大夫欲行其志愈難，作縣爲尤甚。顧禍福利害有命，不足自計，隨事量力，其可爲者尚多。責上責下，而中自恕己，實所不敢。』

地方官的政績主要體現在税收、文教、治安等方面。孫應時在常熟具體的施政舉措記載不多，從文集中可以看到他對常熟的貢獻突出表現在文化傳承和傳播方面，一是編撰了常熟最早的地方志《琴川志》，對常熟的地方歷史文化保存作出了極大的貢獻。二是在常熟學宫之側建立了子游祠堂『吴公祠』，並在他的再三懇求下，朱熹專門爲子游祠堂作了《平江府常熟縣學吴公祠記》。另外他曾經在常熟推行義役，《餘姚縣義役記》曾記述『某贊成父老之初議，頗複效侯以勸常熟』，但推行起來阻力頗大，『而條貫靡竟，遠不逮侯』，這或許是對餘姚縣令施宿的讚美褒獎，也可以從另一側面反映他在常熟政務上受牽制頗多，才華難以施展的喟歎。

儘管他在常熟盡心竭力，兢兢度日，但時運不濟，又因朝廷黨禁牽連日重，儘管順利通過三考，但是與下任知縣的交接卻極不順利，接任的人一拖再拖，孫應時内心忐忑，在與丘崈的書信中寫道：『某冒昧試劇邑，不自意全。前月初六，幸足三考，唯是屢趣代者，而忽變約欲至六月，當去復縶，良復大閟。』

終於在他離去前出現變故，《孫燭湖壙志》和《會稽續志·孫應時傳》均記載常熟郡守誣陷孫應時『倉粟累政流欠三千斛』，並將此事上報朝廷而遭罷免。意外的是，在他蒙遭此冤時，他曾感歎過的氣勢日滋的珥筆之民，竟『至相率擔負詣郡，願代償』。由此可見，儘管他在常熟施政不易，但是其盡心竭力、兢兢業業的形象已經深入人心，孫應時離開常熟時曾作詩答謝當時士民的厚愛：『牛車擔負愧高義，豈知薄命非倪寬。』之後有許多朋友勸他伸冤，最終他卻選擇了沉默。直到嘉泰四年（一二〇四），孫應時的冤情在張孝伯等人的斡旋下，得以昭雪。

開禧二年（一二〇六），孫應時被授予邵武軍通判職位，不料在二月二十三日將赴任之前病逝，享年五十三歲。

縱觀孫應時的一生，爲官時，他是一位德才兼備、愛民潔己的良臣，清正廉明，澤被一方。爲師時，他是一位身體力行、傾心教授的師長，傳道解惑，春風化雨。做學問時，他更是一位滿腹經綸、著述豐富的理學名家，博採衆長，融會貫通。

三

《燭湖集》是孫應時侄子祖祐廣泛搜集整理而成。寶慶二年（一二二六），孫應時逝世二十年之後，編撰《會稽續志》，『采之鄉評』，載孫應時小傳於人物門，『訪問遺文，所存若干』，祖祐『即先會萃十卷以對』，此是《宋史·藝文志》所載《燭湖集》十卷。此後不久，孫應時門人司馬述出任浙西常平提舉，命應時另一侄子祖詒書寫《燭湖集》鋟諸版，又將應時在東湖書院講學時所編講義匯成《經史説》稿一卷，並孫雪齋行述、墓銘，孫應時壙記及《會稽續志》小傳，祖開補官省劄爲附録一卷，共十二卷出版。明代在編撰《永樂大典》時，《燭湖集》内容被依韻分別抄入《大典》之中。

清朝編輯《四庫全書》時，《燭湖集》因『年遠散佚，久無傳本，故厲鶚作《宋詩紀事》，僅於《吴禮部詩話》、王應麟《困學紀聞》、黄宗羲《姚江逸詩》内採掇數篇』。四庫館館臣只能從《永樂大典》所載重新排纂成編，以卷帙繁重，分二十卷。附編其父介及其兄應求、應符詩，並録應時父子誌、傳、行狀，子祖開補官省劄諸篇，爲上下二卷。此版本稱之爲『四庫全書本』（因本書以文淵閣鈔本作爲參照本，以下簡稱『文淵閣本』）。

嘉慶八年（一八〇三），孫氏後裔依文淵閣本重刊《姚江燭湖先生集》，世稱『静遠軒本』，此本與文淵閣本均爲正集二十卷，附編二卷。

經比勘，兩個版本有許多區别：一是編排順序有不同，某些篇名有差異；二是各有漏抄文字或失收之文，文淵閣本卷十三缺失尤爲嚴重，失收『青詞』『疏』『樂語』等三十六篇，全書共失收四十餘篇。三是静遠軒本增附朱熹答孫應時書八篇，附卷增附司馬父子唱和詩四首。四是静遠軒本書眉有三條案語考證文淵閣本從《永樂大典》中誤收他人文章，按考證及推斷，文淵閣本誤收他人文章六篇。五是静遠軒本認真考訂文集相關内容作爲案語刻於書眉，共四十二条，體現編校者嚴謹的態度，考證内容可以彌補史料和地志之缺失。六是静遠軒本另收録跋文五篇，分别由姚江學掾錢唐吴世安、邑人黄徵肅、孫應時宗裔熙載、二十五世孫景洛、二十六世孫元杏所撰，五人均是《姚江燭湖先生集》静遠軒本的校勘者。

四

十多年前，方若波先生得到『文淵閣四庫全書本』《燭湖集》複印本，得知家父胡洪軍喜歡，複製全本相贈。家父得書之後，視若珍寶，對《燭湖集》進行了點校。

幾年前，童銀舫、王孫榮先生得到静遠軒本《姚江燭湖先生集》电子版相贈於我，並問我有没有時間對兩個版本進行比勘。於是我接過了家父的接力棒。在父親點校文淵閣本的基礎上，對兩個版本進行比对點校，更書名爲《孫應時集》。以嘉慶八年静遠軒本《姚江燭湖先生集》爲底本，全書二十卷，外加附編上、下二卷。把能確認的誤收文章另列作爲附録。

卷一爲『表』『牋』『狀』，内容爲進呈給皇帝的賀表、謝表和奏表等等，均爲駢體四六文，是歌功頌德的官樣文章。

卷二至卷八，分别爲『啟』『簡』『書』，爲應時與上司僚屬師友親人的書信往來（内中有代作），有駢體也有散體。從這些信件中，得以窺見作者處世爲人，他從政勤瘁愛民，恩德普孚，潔身奉公，聲譽藹然；他品行端方純粹，待人真誠，獎掖後學，平易率直；他治學嚴謹醇正，見深識遠，追源尋幽，終老不倦。信件中對時局制度、地方風情，乃至應時的人際關係、交往資訊，也都有所反映，可作正史和地方文獻的佐證。

最有趣味的是其中還保留了十一則婚書，爲當時男女兩家舉行下聘訂婚禮儀時相互交換的文書，它們雖然不及現代政府機關頒發的『結婚證』那樣有權威，但也具有一定的法律文書作用。

書信中有給國相史浩的十封，頗談及國家政事，提出個人見解。有給朱熹的書信十一封，給陸九淵的兩封，他們一個是孫應時的摯友，一個是老師，應時與他們探討修身養性學問，道德經義文章。值得注意的是寫給史彌遠的三封書信。史彌遠仕途順利、步步高升之時，應時曾去信，中有『同叔以師相子，有賢稱，浸浸爲時用，不患無顯官貴仕，唯願益養器業，以揚先烈』，『不爲富貴之氣所移』，『其志念當倍切於衡門雍牖之士乃可』，諄諄致意，深相規誡。

卷九至卷十三，内容爲『策問』『記』『序』『銘』『跋』『説』『行狀』『墓誌銘』『壙記』『祭文』『告立文』『謁廟文』『辭廟文』『青詞』『疏』『樂語』等雜項文章，包羅萬象，成爲當時各類實用應用文的集大成者。其中《桐廬縣重作政惠橋記》《慈溪定香復教院記》《福昌院藏殿記》《蘭風酒庫廳壁記》《餘姚縣義役記》《南驛記》《客星橋記》《餘姚鄉飲酒儀序》等文，以及『行狀』『墓誌銘』『壙記』等篇章，都具有相當的文獻史料價值。

卷十四至卷二十，爲古今各體詩四百十一題六百三十餘首。孫應時不但是學者，也是詩人，詩風學老杜，詩作蔚然可觀。其中有即景記遊詩，其長詩《四明山記遊八十韻》，寫得氣勢磅礴。其他有感懷詩、記事詩、贈别詩、吊古詩、題詠詩、勸誡詩、悼唁詩，數量最多的是酬答和韻詩。

附編卷上收録應時父孫介詩二十首，現爲十九首，其中《偕同人登虞山乾元宫》乃是孫應時所作，虞山乾元宫在常熟，孫介在海陵時已經去世，《琴川志》也載此詩於孫應時名下，題爲《乾元宫》，已依律增補至卷十九末。伯兄應求詩十一首，仲兄應符詩十一首，讀來得以感受其闔家雍肅祥和、詩酒酬唱的模範家風，令人歆羡追慕不已。卷下系沈焕撰孫介行狀，樓鑰撰孫介夫婦墓誌銘、楊簡撰孫應時壙志、張淏撰《會稽續志·孫應時傳》和孫應時之子祖開補官省劄，是研究孫應時父子家世和生平的第一手資料。卷末有吴世安等五人的跋文五篇，記述了静遠軒本編撰始末。

本書在點校時，尊重底本原貌，編排順序、文字以静遠軒本爲主，以文淵閣本爲輔，兩者互補，補入漏抄或失收篇目、文字，有異處出校勘記。兩書異體字、通借字混用較多，其中異體字斟酌改爲通用字，通借字則予以保留，避諱字徑予改正。原目録和正文標題不統一之處也作了統一。如目録中卷十四第一首詩標題作《江有梁四章（有序）》，正文卻以《唐侯仲友之守台爲浮梁於江象山令蔣鶚考叔賦〈江有濟〉三章以獻余時官於台見而陋之作〈江有梁〉》爲題，現按目録以《江有梁四章（有序）》爲題，『唐侯仲友之守台爲浮梁於江象山令蔣鶚考叔賦《江有濟》三章以獻余時官於台見而陋之作《江有梁》』作爲詩序。静遠軒本原標題中同題文章均以《又》命名，現以首次出現的標題加序號的方式命名，如《上晦翁朱先生書》共有十一篇，除第一篇外，其餘篇目均作《又》，現按順序依次命名爲《上晦翁朱先生書（一）》至《上晦翁朱先生書（十一）》。另據上海辭書出版社二〇〇六年八月出版的《全宋文》卷六五八二—六五九四《孫應時》增補《謝留丞相到任狀》《謝執政狀》《代請陳僉事良翰謚狀》等三篇於卷一末，《謝廟堂啟》於卷三末，《長洲縣社壇記》《黄巖縣尉題名記》等兩篇於卷九末（另《商相巫公墓廟碑》原本應增補於此，台灣學者黄寬重先生考證，且證據充分，故列入附録。）《祭范致政文》於卷十三末。據上海古籍出版社二〇〇二年十二月出版的《朱子全書》二十三册《晦菴先生朱文公集》卷五十四《答孫季和》兩篇增補於卷五所附朱子答書末，原静遠軒本附朱子答書八篇，現增補到十篇；據北京大學出版社一九九八年十二月出版的《全宋詩》增補《題黄巖溪》《洞庭湖》、中華書局一九九〇年出版《琴川志》第二册增補《虞山登高》《詰旦喜晴》《瑞石菴》等共五首五言律詩於卷十七末；據中華書局一九九〇年出版《琴川志》第二册補入《秋晨至頂山》《遊勝法寺兼簡深公》等兩首於卷十九末。静遠軒本每卷末有校梓者姓名，今從略。另新發現軼文兩篇，《范氏義莊題名序》插入卷十，《黄良弼妻金志寧墓誌》插入卷十二。

附録中所列篇目，屬於文淵閣本誤收篇目，有三篇因静遠軒本有考證並於書眉指出文淵閣本誤收，分别是《大守入境與文太師先狀》《迎韓相自洛西由闕判北京狀》《迎蔡相裕陵還闕狀》，另外三篇是依以上考證結果推斷也屬於誤收，分別是《迎文太師到闕狀》《迎文太師入覲狀》《迎韓相入闕召以南郊陪位狀》。另據台灣學者黄寬重先生《孫應時的學宦生涯——道學追隨者對南宋中期政局變動的因應》附録二《孫應時書文的編年與整理》『疑錯入』編，認爲卷一《到闕與侍從先狀（一）》《到闕與侍從先狀（二）》《迎鄭資政狀》疑爲錯入，因没有確切證據，故仍保留在正集。而《商相巫公墓廟碑》證據充分，故從之，列入附録。另據高新航先生《孫應時及其詩歌研究》一文附録，認爲卷十六《正月二十八日避難至海陵從先流寓兄弟之招仍邂逅馮元禮故人二首之一》，卷十八《避難至海陵從先流寓兄弟之招仍邂逅馮元禮故人二首之一》是誤收，他認爲當時孫應時去海陵時赴任海陵縣丞。但我認爲孫應時亦有可能在蒙冤之後曾去海陵避過難，因無法佐證，此兩首仍保留在正集。高新航先生認爲《借韻跋林肅翁題詩》係誤收，説法可信，故從之。據祝尚書先生《燭湖集提要辨誤》一文，卷十九《閩憲克莊以故舊託文公五世孫明仲遠徵鄙文老退遺棄散逸荷伯宗用昭止善浩淵子勖至善及余表姪孫陳誼予兄子豐仲弟之壻賈熙用昭之從子大年等十餘人寒冬連旬日夜録之得五十卷亦已勞矣賦此爲謝》當爲誤收。以上九篇能確定誤收文字作爲附録。

静遠軒本校勘者吴世安在其跋中云：『先生之功德與言既上孚文治，復廣惠藝林，正非徒佑啟後昆之私，幸矣。』我深以爲然。此書從父親開始點校，到我接手，已歷時十餘年，今天能順利完工，完全是依賴童銀舫、王孫榮兩位摯友的鼎力相助。因家父離世多年，本人能力有限，特别是對古籍點校工作經驗不足，錯誤在所難免，懇請諸位方家不吝指正，不勝感激。

胡　遐

二〇二二年七月三十日

目録

孫應時集卷之三 ……… (五七)

孫應時集卷之四……（七七）

孫應時集卷之六……………………（一三五）

孫應時集卷之七

孫應時集卷之八……（一八三）

孫應時集卷之十三

孫應時集卷之十四

孫應時集卷之十五……（三七九）

孫應時集卷之十六……（三九九）

孫應時集卷之十七……（四三一）

孫應時集卷之十八

孫應時集卷之二十

孫應時集附編卷之上……（五二五）

欽定四庫全書總目·燭湖集提要

別集類燭湖集二十卷附編二卷　永樂大典本

提　要〔一〕

宋孫應時撰。應時，字季和，自號燭湖居士，餘姚人。登淳熙乙未進士。初尉黃巖，遷海陵丞，再遷遂安令，改知常熟縣。以倉粟流欠貶秩。移判邵武軍，未上而卒。

考楊簡作應時壙志，及張淏《會稽續志》，均稱其紹熙初，嘗應蜀帥丘崈辟，預料吴曦逆謀，白崈，以別將領其軍。後曦以叛誅，其言果驗。時應時已殁，三省奏官其子祖開。蓋亦智略之士。

又史彌遠受業於應時，集中與彌遠諸書，皆深相規戒。迨彌遠柄國，獨〔二〕超然自遠，無所假借，甘淪一倅而終，其人品尤不可及矣。

《宋史·藝文志》載《燭湖集》十卷。據應時詩中自序，蓋嘗應劉克莊之求，手編其稾爲五十卷。集末有其姪祖祐跋，稱涑水司馬述先以十卷付梓。後付以《問思録》五十條，《通鑒摘義》三十條，總名之曰《經史説》。又附雪齋父子倡和詩，及雪齋行狀、墓銘，楊簡所撰壙記，

《會稽續志》小傳，子祖開補官省劄等篇。是十卷爲祖祐所編，非其舊本也。年遠散佚，久無傳本，故厲鶚作《宋詩紀事》，僅於《吴禮部詩話》、王應麟《困學紀聞〔三〕》、黄宗羲《姚江逸詩》内採掇數篇，寥寥不備。兹從《永樂大典》所載排纂成編。惟《經史説》殘闕〔四〕特甚，僅存一篇。其餘則約略篇數，殆已十得八九。以卷帙繁重，分二十卷。仍附編其父介及其兄應求、應符詩，並録應時父子誌傳行狀，子祖開補官省劄諸篇，爲上下二卷。

應求，字伯起，嘗登鄉薦。應符，字仲潛，所著有《歷代帝王纂要》二卷，《幼〔五〕學須知》五卷，載於陳振孫《書録解題》，今並未見云。

校勘記

〔一〕嘉慶癸亥重鐫《姚江孫燭湖先生集》静遠軒藏板（以下簡稱静遠軒本）本篇文字無標題。文淵閣本四庫全書本《燭湖集》（以下簡稱文淵閣本）以『提要』爲題，在『宋孫應時撰』之前有『臣等謹案：燭湖集二十卷附編二卷』。文末有『乾隆四十六年九月，恭校上。總纂官臣紀昀、臣陸錫熊、臣孫士毅，總校官臣陸費墀。』

〔二〕文淵閣本無『獨』字。

〔三〕『聞』，文淵閣本誤作『問』。

〔四〕『闕』，文淵閣本作『缺』。

〔五〕『幼』，文淵閣本作『初』。

原序

司馬述

國家[一]人文之盛，列聖涵濡。逮熙、豐、元祐間，伊洛諸先生出焉，其於發揮洙泗微言，可謂至矣。高宗宏濟大業，首崇經術，天下舉知儒道之貴。孝宗稽古好學，敬事元老，天下益知師道之尊。聲應氣求，師儒輩出。若南軒張公、象山陸公、晦菴朱公、東萊吕公，皆以斯文自任。燭湖孫先生，早承學於象山、晦菴之門。天分既高，學力尤至，窮理盡性，深探閫域。四方之士，翕然景從，凡經指授，隨其才品，有以自立。淳熙甲辰，史忠定王延致先生講道東湖，今丞相魯國公與其昆弟[二]，實從之遊。誦集中詩文，可以想見當日傳習之要指，期待之盛心。惟先生道德文章，師表一世，而名高數奇，中道折軸，縉紳大夫士莫不嘆惜。然識者觀房、杜諸公尊主庇民之大略，而推本於河汾，則先生亦未爲不遇矣[三]。述獲在執經之列，丙午歲，先人宰海陵，先生適丞是邑，尤得朝夕侍左右。遐思渠矱，尚有遺文諸家藏得已會粹者十有二卷，敬鋟梓以惠後學。

述在海陵時，嘗升堂拜雪齋老先生，見手編家庭唱酬集，父子兄弟，自爲師友，讀之使人起敬。是歲，雪齋有《賞月》詩，先人與述兩兄，亦相與賡韻。感念疇昔，閱四十載。唱酬集有《遇雪》《鬻田》二詩，乃先生齠齔所作，因併《賞月》詩，撮十題刊於附録之末，既以表先生幼年識趣之偉，又以見雪齋源流之可敬也。

述不肖，安敢效李漢彙昌黎文而爲之序？姑序次刊集歲月，紀於卷首云。

寶慶丁亥長至日，門人涑水司馬述謹書。

校勘記

〔一〕『家』，文淵閣本作『朝』。

〔二〕『魯國公與其昆弟』，文淵閣本作『魯國公昆弟』。

〔三〕文淵閣本此處缺失以下文字：『誦集中詩文，可以想見當日傳習之要指，期待之盛心。惟先生道德文章，師表一世，而名高數奇，中道折軸，縉紳大夫士莫不歎息。然識者觀房、杜諸公尊主庇民之大略，而推本於河汾，則先生亦未爲不遇矣。』

原跋〔一〕

孫祖祐

先叔父燭湖所遺詩文，襲藏惟謹。寶慶丙戌歲，越帥、集撰大卿汪公綱修《會稽續志》，采之鄉評，載先叔父小傳於《人物門》，仍訪問遺文，所存若干，即先會粹十卷以對。既而浙西司馬庾使述，篤念平昔游從之誼，取而鋟諸版〔二〕，謹命從弟祖詒書之，而併以先叔父淳熙乙巳歲在東湖書院手著《問思録》稾五十條、《通鑑摘義》稾三十條爲《經史説》稾一卷，祖父雪齋行述〔三〕、墓銘，先叔父壙記及《會稽續志》小傳，從弟祖開補官省劄爲附録一卷，若其餘詩文存稾，與門人所記，《論語》《孟子》諸經口義，篇帙尚多，他日〔四〕又當彙次爲續集云。

丁亥歲良月望日，從子從事郎監華州西嶽廟祖祐敬識。

校勘記

〔一〕祖祐所撰《原跋》文淵閣本置於卷二十之末，静遠軒本則附於司馬述原序之後，無『原跋』兩字。今從文淵閣本以『原跋』爲題。

〔二〕『版』，文淵閣本作『木』。

〔三〕『述』，文淵閣本作『狀』。

〔四〕文淵閣本無『他日』兩字。

孫應時集卷之一

表

慈福太后加上尊號賀皇帝表

聖治重光，侈璇宮之錫美；慈闈備福，新寶册之揚徽。奉縟禮於中天，偉閎休之冠古。（中賀）

恭惟皇帝陛下，祗承舜孝，遹廣文聲。履揖遜之昌圖，輯聖明之鉅典。於皇帝祉，盛三宮燕喜之時，仰止坤元，大八秩壽康之慶。肆涓穀旦，登衍鴻名。極榮養於東朝，永延洪於奕世。臣身縻外閫，跡遠修門。揚厲鋪張，莫預千官之末議；詠歌舞蹈，徒均〔一〕四表之歡心。

校勘記

〔一〕『均』，文淵閣本作『切』。

賀壽皇聖帝表（一）〔一〕

今古一時，莫盛慈皇之事母；國家多慶，誕聞聖子之生孫。喜集叢霄，榮均廣宇。（中賀）

恭惟至尊壽皇聖帝陛下，循堯盡道，命禹執中。浹宇宙以歸仁，備天人之薦祉。龍樓就養，已欣付托之無憂；甲觀發祥，更卜繼承之有永。神民呼舞，宗社奠安。

臣身使蜀門，心存魏闕。丕惟盛事，遠超載籍之五三；益願慈顏，坐閲來昆之千億。

校勘記

〔一〕此文文淵閣編排秩序與下文互换。

賀壽皇聖帝表〔二〕

嗣聖總師，祗廣舜心之孝；重闈奉册，丕昭文母之尊。焕縟典於叢霄，施闓休於區宇。（中賀）

恭惟至尊壽皇聖帝陛下，仁深與子，道盡事親。置酒未央，踵十年之榮慶；問安長樂，新八秩之壽康。兹蒐舉於上儀，益光華於疊矩。動龍樓之喜色，沸鼇極之歡聲。

臣身使蜀門，心馳魏闕。親逢盛事，亶千古之一時；嘉與萬〔一〕民，共三呼於萬歲。

校勘記

〔一〕『萬』，文淵閣本作『遠』。

皇孫生賀皇帝表

元〔一〕主繼治，赫帝業之流光；神劒告祥，挺孫枝之毓秀。福全五世，喜浹四方。（中賀）

恭惟皇帝陛下，遠纘禹功，率行舜孝。重親悦豫，躬大安長樂之朝；世嫡蕃昌，新甲觀畫堂之慶。亶天人之嘉會，軼宇宙之前聞。遥知三日之親臨，想見五雲之佳氣。有室大競，無疆惟休。

臣遠去鴛行，阻陪虎拜。流傳盛事，實欣千古之一時；鼓舞斯民，同祝三宫之萬壽。

校勘記

〔一〕『元』，文淵閣本作『玄』。

代史魏公賀皇孫出閤表

帝祉鴻蒙，奕葉畀皇家之慶；孫謀燕翼，異宫開世嫡之尊。盛事難逢，函生胥悦。（中賀）恭惟皇帝陛下，率履堯道，紹新周邦。雍雍慈孝之傳，蟄蟄繁昌之緒。含飴弄膝，前知暎日之精神；賜服班朝，喜見成人之禮樂。爰疏恩於甲觀，俾開府於禁垣。光昭萬世之規，丕對三宫之訓。

臣身雖謝事，心敢忘君？欣聞國家典禮之行，敬爲宗社安榮之賀。

會慶節賀表（一）

宅位倦勤，高蹈清都之表；大德得壽，增多神筴之元。仰慶旦之虹流，溢歡心之鼇抃〔一〕。

（中賀）

恭惟至尊壽皇聖帝陛下，神[二]如天覆，道與時偕。法度循堯，底繼承之盡善；曆數命禹，知付托之無憂。龍樓臨五日之朝，鳳紀届千秋之節。合三宮而式燕，駢衆福以來同。

臣早濫周行，新蒙蜀寄。想望未央之前殿，雖覺岷江萬里之遥；竊與青城之老人[三]，同上嵩嶽三呼之祝。

校勘記

[一]『忭』，文淵閣本作『抃』。
[二]『神』，文淵閣本作『仁』。
[三]『人』，文淵閣本作『成』。

會慶節賀表（二）

祥開虹渚，適當盈月之期；慶溢龍樓，丕衍後天之算。三宮式燕，四表同歡。（中賀）

恭惟至尊壽皇聖帝陛下，德配兩儀，道超萬古。循堯繼治，巍巍其有成功；命禹執中，恢恢無復餘事。履大安之至養，奉長樂之慈顔。方將紀八千歲之春秋，爲億萬年之父母。屬臨慶節，益茂宏休。

臣簡[一]使遐方，欣逢盛際。玉卮在望，莫陪漢殿之群臣；芹獻不忘，但効華封之三祝。

校勘記

〔一〕『簡』，文淵閣本作『濫』。

會慶節賀表（三）

生商運啟，日月會析木之津；戴舜心同，麟鳳舞簫韶之奏。當玉巵之稱壽，想璇極之增懽。（中賀）

恭惟至尊壽聖皇帝〔一〕陛下，道與時行，仁如天大。倦法宫之事詔，遊姑射以神凝。集四世之全榮，冠百王之景鑠。流虹繞電，屬天人嘉會之期；就日望雲，均臣子愛君之意。臣綴班奎閣，將指坤維。尚想鴛行，聞九霄之警蹕；敢忘虎拜，歌萬壽之聲詩。

校勘記

〔一〕『壽聖皇帝』，文淵閣本作『壽皇聖帝』。

賀光宗皇帝登極代司馬通判儼進文正公奏劄表

葵藿無情，猶知向日；蟻蜂有㥛，能不忠〔一〕君？矧濫齒於衣冠，而久蒙於禄秩。撫躬忭蹈，際運休明。三聖相傳，信千古未聞之盛；六龍在御，當萬物咸覩之時。加以言路宏開，封囊交上。雖慚應詔之奇策，竊貢承家之舊聞。内激愚衷，死有餘罪。（中謝）

伏念臣曾叔祖臣光，見推一代，受任累朝。每懷入告之嘉猷，自信生平之力學。蓋嘗以曰仁曰明曰武，爲君人之德；以任官信賞必罰，爲政治之規。自仁廟、英廟之疇庸，逮神宗、哲宗之訪落，始終六説，懇切一辭。然九重不謂之迂疏，而四海咸稱其忠藎。巍巍底乂，往往由兹。曩者臣兄伋以州佐之微官，逢壽皇之初政，用謄奏藁，進徹宸聰，曲荷並容，俯嘉狂狷。

恭惟皇帝陛下，祗承内禪，遹濟中興。若稽本朝之典〔二〕章，追想當時之耆老，曾是先臣之獻替，久塵乙夜之覽觀。臣實無知，懷不自已。敢緣故事，特寓微衷。忝謂世家，久已厚乾坤之雨露，庶幾後裔，猶能增海嶽之涓塵。惟無忽於常談，斯立觀於實效。所有先臣光前件劄子四道，謹繕寫隨表，昧死以聞。

校勘記

〔一〕「忠」，文淵閣本誤作「忘」。

〔二〕「典」，文淵閣本作「憲」。

重明節賀表（一）

爲天下君，赫乾坤之眷命；祝聖人壽，均臣子之至情。瞻盛旦之虹流，溢歡〔一〕心之鼇忭。

（中賀）

恭惟皇帝陛下，嚴恭寅畏，緝熙光明。成禹萬世之功，興舜九韶之樂。三宮四世，方永保於歡榮；百姓群黎，悉陶成於仁壽。於皇嘉節，滋受宏休。

臣遠跡周行，分符蜀土。望天顏之玉晬，阻奉宸歡；占歲事之金穰，併爲國慶。

校勘記

〔一〕『歡』，文淵閣本作『懽』。

重明節賀表（二）

地闢天開，丕赫離明之照；虹流電繞，亶臨震夙之期。沸率土之歡聲，永皇穹之休命。（中賀）

恭惟皇帝陛下，道傳精一，功格平成。視膳問安，仰盡重闈之養；垂衣拱手，俯觀萬物之寧。星明南極之躔，神授泰元之筴。允茲慶旦，丕永〔一〕宏休。

臣叨被明恩，遠將使指。難趨漢殿，進都護萬年之觴；嘉與蜀民，致封人三祝之意。

校勘記

〔一〕『永』，文淵閣本作『擁』。

重明節賀表（三）

身縻萬里，忝西清學士之班；節過千秋，慶南極老人之見。仰致後天之祝，俯殫報上之勤。臣聞作善而降之祥，大德必得其壽。於皇上聖，出應昌期。

恭惟皇帝陛下，天錫九疇，躬行一道。總章衢室，不忘堯舜求賢之心；長樂大安，遠過漢唐事親之孝。是增神筴，以永帝齡。

臣遠去鵷行，阻陪虎拜。金莖沆瀣，惟願奉萬年之觴；玉殿罘罳，徒想聽九霄之蹕。

代丘制帥謝賜曆日表

寅正得天，亶在躬之曆數；昕朝頒朔，通薄海之車書。爰敕庶邦，以興嗣歲。（中謝）

恭惟皇帝陛下，繼舜一道，敘禹九疇。察治象於璇璣，凝聖功於玉燭。析因夷隩，庸敬授於人時；東西朔南，方大同於聲教。

臣夙浮江漢，來使岷峨〔一〕。初布詔條，恭逢驛賜。自天而下，仰星辰日月之旁羅；與物爲春，慶草木山川之咸若。

校勘記

〔一〕『峨』，文淵閣本作『嶓』。

牋

賀慈福宫牋

福盛東朝，極兩宫之敬養；慶鍾甲觀，全五世之歡榮。（中賀）

恭惟壽聖皇太后殿下，德啟姒、任，名光馬、鄧。聖而繼聖，萱庭素釋於憂勤；孫又生孫，椒匊坐觀於蕃衍。坤儀所鎮，帝祉滋多。

臣荷國厚恩，逢時嘉慶。含飴弄膝，想知霄極之怡顔；奉册稱觴，尚見雲礽之列侍。

賀壽成皇后牋

思齊之助，浹燕喜於三宫；長發其祥，見蟬聯之五世。畫堂毓秀，慈闈增輝。（中賀）

恭惟壽成皇后殿下，儷日並明，配天不老。媢自周姜之婦，格有王家；施於洛誦之孫，生蒙帝祉。榮超古昔，福萃宗祧。

臣夙荷國恩，遠違朝蹟。叢霄在望，惟祈萬壽之無疆；盛事難逢，敢後四方之來賀！

賀皇后牋

六宫治内，重光彤史之傳；五世全榮，俶奏畫堂之慶。福扶廟社，喜浹方維。（中賀）

恭惟皇后殿下，莘女篤周，塗山興夏。徽音是嗣，惠宗工〔二〕以御於家邦；景命有開，釐女士而從以孫子。厥鐘世嫡，其對天休。

臣叨際昌辰，欣聞盛事。祝釐朱邸，更符榴子之多；垂裕皇基，用卜椒條之遠。

校勘記

〔一〕『工』，文淵閣本作『公』。

狀

代請龍圖閣學士左通議大夫致仕胡沂謚狀

臣等輒瀝血誠，仰干宸聽。蟣蝨小臣，自揆孤遠，籲天有請，罪當誅戮，中心震懼，不敢逃死。

伏念臣先父龍圖閣學士、左通議大夫致仕、餘姚縣開國子、食邑六百户、賜紫金魚袋、贈宣奉大夫臣沂，奮身儒素，遭世休明。粵乾道七禩，當陛下肇啟東宮，壽皇聖帝屬意耆德，俾職端尹。惟先臣實與故從臣王十朋、陳良翰、周操首膺妙選，時論翕服。先臣初以前吏部侍郎、權尚書召還，專領是官。已乃除給事中，至禮部尚書，隨所遷官，皆命兼領。是以密侍東宮之日爲最久，蒙被引遇之禮爲最優，自是不與他比。後三年，丐歸得請，除龍圖閣學士，奉祠還里。不幸奄先朝露，遺奏既聞，贈宣奉大夫。臣等不肖，欲以先臣本末事實，上諸太常，請賜易名之典於朝。伏緣在法『官至光禄大夫始應得謚』，而先臣尚隔一階，未敢冒陳。重以先臣身後凋落，臣先兄拱，學行粗有聞於時，今太師史浩、同知樞密院事葛郯，皆嘗論薦，忽復早世，不得少見教忠報國之效。臣等碌碌，沉綿憂患，有懷歷年。

兹者千載幸會，恭值皇帝陛下光承揖遜，繼舜登極，恩覃薄海，遠近驩洽。乃若宫僚舊臣，尤悉奬記，寵光赫奕，振於前聞。臣等竊自感慨，先臣夙昔遭際在諸臣先，天不假年，莫瞻慶旦。獨有飾終一事，尚當乘時望賜，爲泉壤榮。上惟至仁如天，不遺小物，俯矜民欲，萬有一可。臣等苟不剴切陳露，乃是自絶於聖世。兼臣又睹著令：諸官不應得謚，而聲稱顯著者，亦許定謚，前後故事，尤多此比。再念先臣幼爲宣和諸生，險阻艱難，義不忘君。洎登紹興甲科，復值權臣用事，恬處選調，踰二十年。中居言路，排抑貴倖，發於忠愛。晚預論思，特受壽皇聖帝知遇，天語慰藉，每有『忠實不阿附』之褒。至於士推大雅，世載清德，束髮終老，不見玷缺。恭惟聖明委照，毋俟縷陳。臣等是敢妄意令文所指，不勝人子區區顯親之心，上叩帝閽，俯伏待命。

伏望皇帝陛下，興懷往舊，滲澤幽潛，特推非常之至恩，兼昭勸善之鉅〔一〕典，使先臣蒙一字以不朽，則臣等雖萬死而敢辭！所有先臣行狀，謹繕寫成册，隨狀投進。欲乞睿慈降付有司，特賜定謚施行。臣等無任瞻天望聖，激切屏營之至。

案〔二〕：此狀代胡沂之子撙所作。撙上此狀後賜謚獻簡。攷《宋史》沂本傳作獻肅，而施宿《會稽志》作獻簡，《餘姚志》沂初謚章簡，又以撙易謚獻簡，併附攷于此。

案：此狀當入奏疏類，集中無奏疏，故此篇不别爲門類，列入狀首。

案：《宋史》及《會稽志》，沂本傳不載餘姚縣開國子食邑六百户云云，可以補其闕。

案：《會稽志》沂宣和末補太學諸生，圍城之難，獨閉户肄業如故。篇中宣和諸生云云即指此事。

校勘記

〔一〕『鉅』，文淵閣本作『殊』。

〔二〕静遠軒本考訂文集相關内容，共有四十二條案語，文淵閣本無案語。

到闕與侍從先狀（一）

領藩護塞，久愧東垣之民；賜詔解符，亟趨北闕之覲。冀言逡於朝事，將造覿於高堂。獲序感藏，仰依休庇。敢馳緘牘，敬達記曹。惟蕲寛仁，先恕崖略。

到闕與侍從先狀（二）

東垣護塞，再易於歲華；北闕賜環，行瞻於霄極。佇接鷺班之後綴，因望梟舄之前絢。併導素誠，少紓勤想。敬馳緘牘，先達記曹。

賀范提刑交馳狀

疏恩天上，改使漢中。世祚益光，官襲滎公之舊；鄉關未遠，地忘蜀道之難。兹授任之實宜，於遠嫌而何有？

伏惟某官以家學之正大，輔天資之英明。闊步一時，希蹤諸老。當年聯璧，人稱二陸之俱來；今世一夔，天俾明公之更達。業登華貫，勇退急流。未嘗忘許國之忠，是以不擇地而處。輟梓潼之撫字，勞劍北之將輸。曾坐席之未温，復抗章而自列。肆膺天詔，改駕星軺。受王嘉師監祥刑，上非輕畀；以古法議決疑獄，民用不冤。行矣賜環，歸其持槖。

某謬叨重寄，實賴同寅。幸勿遐遺，益勤忠告。吾二人之心事，當不啻於弟兄；公四世之典刑，終有辭於家國。

與夔路趙安撫交馳狀

蜀兼四道，故唇齒之相依；夔控三巴，抑襟喉之尤重。竊將吾儕之協濟，共寬明主之顧憂。況平生所聞，一時人物之英；乃今日同好，萬里山川之外。問津不遠，傾蓋可知。

伏惟某官文名四方，義概千古。山立不倚，玉全無疵。騰輝使星，晉位郎宿。推轂北戍，易符西征。雖出入遠近，相尋於十年；而心迹本末，可考如一日。藹然士論，簡在帝衷。赤甲白鹽，寧久淹於嘯詠；黄扉青瑣，即歸罄於論思。

某志與年彫〔二〕，才於用短。謬將隆指，來牧遠民。内憐事力之未蘇，外恐羈縻之無術。何幸十連之合治，先聞五袴之興謡。得借餘光，更蘄忠告。瞿唐、灩澦，行當謁東道之主人；

汶嶺、峨眉，端不減右軍之奇事。詞難縷縷，意極拳拳。

校勘記

〔一〕『彫』，文淵閣本作『凋』。

賀瀘南郭安撫到任狀

詔從真館，寵畀雄藩。壯韜鈐戟纛之威，新壁壘旌旗之氣。群心自定，方面底寧。忝聯治以爲榮，實分光之有賴。

恭惟某官家世名將，朝廷信臣。訓齊邊圉之貔貅，軍聲震疊；彈壓天關之虎豹，帝寵便蕃。山林雖聽於少安，廟社不忘於倚重。屬東川之謀帥，發中詔以命公。開府建牙，便已息潢池之警；據鞍上馬，尚期收瀚海之勳。

某自笑疏頑，亦叨臨遣。所恃肺肝之無隱，遂容唇齒之相依。左右挈提，共修方伯連帥之職；邇遐安靖，庶答聖君賢相之知。

答新成州宇文知郡子震狀

少年虎榜，實忝儁遊；中歲鴛行，更深雅好。逮今茲之頭白，知相見之眼明。

恭惟某官人物極高，進用最早。何修能之見忌，逢積毁而遂疏。念公卧家，使我寤嘆。新傳詔劄，起畀守符。雖云關外之偏州，實亦國西之要地。壯心未折，諒趣駕而不辭；公論既開，佇賜環之非晚。

迺如薄質，猥被殊恩。才本無堪，恐貽羞於蜀道；心知有恃，得問政於鄭卿〔一〕。願言握手之餘，勿嫌提耳之告。

案：《宋史·地理志》成州本屬秦鳳路。紹興初，陝西地入于金，成州改隸利州路。篇中云關外偏州、國西要地，皆指成州而言。以宇文子震新有除命，故稱新成州。

校勘記

〔一〕『卿』，當從文淵閣本作『鄉』。

謝劉守陞陟狀

受縣無堪，幸當滿罷；脱身是望，何有薦論。眷然華衮之褒，疑於藻鑑之誤。再三自省，十倍爲榮。

竊念某少不如人，仕非所好。爲親黽勉〔一〕，與俗浮沉。萬里行游，恍蜀江之夢寐；三年坐縛，媿偃室之絃歌。文書眩而目昏，心慮煎而髮白。賴逢賢牧，來布寬恩。清獄訟而田里安，輯神人而年穀熟。公私之務益簡，上下之情易通。故盤根錯節，雖無利器之可稱；而凌雨震風，則有夏〔二〕屋以爲芘。苟終更而得去，真受賜之已多。豈伊鼠技之窮，乃畀鶚章之寵。性質中下，顧明敏之何居；吏事尋常，謂疏通而猶未。感公厚意，撫己汗顔。伏遇某官鍾玉笥之精神，富墨莊之文獻。以此閲天下之士，一見莫逃；而獨存古人之風，不求自與。遂令孤戇，亦借品題。某敢不補拙以勤，敬終如始。但憐鳧舄，難如葉令之仙〔三〕飛；猶恐龍門，或玷李公之容接。更惟矜念，早遂保全。懇謝之私，形容難究。

校勘記

〔一〕『黽勉』，文淵閣本作『黽俛』。

〔二〕『夏』，文淵閣本作『厦』。

〔三〕『仙』，文淵閣本作『僊』。

謝虞提刑陞陟狀

三年試劇，惟依六轡之光；一旦受知，足增九鼎之重。未敢言尺寸之進，實已倍尋常之榮。

伏念某門冷如冰，家窮至骨。閉户暎雪，少而讀父之書；漱石枕流，本無干世之念。苦緣升斗，浪走西東。天日一心，星霜再紀。常恐食焉而怠事，其禍莫逃；若云私爾而忘公，則吾豈敢？雅不善於覓舉，非輒求於自高。偶然從萬里之招，遂亦换七階之選。得邑於此，爲計更疏。犯天下之所難，取衆人之共棄。膏火煎熬而髮白，風波洶湧而迹危。不意自全，適有天幸。久寛銜勒，免於百謫之盈；終賜齒牙，眷然一顧之寵。知憐異甚，觀聽駭然。

茲蓋伏遇某官當代宗工，爲國膚使。閲人之鑑如月，芘士之厦若山。鬷明雖惡，不廢於一言；即墨可封，無間於多毁。且使四方，知不得罪於君子；庶幾他日，或能自及於古人。某敢不洗濯塵容，激昂素節。百里半九十，儻善後之可期；一身當三千，尚酬知之未晚。

謝浙東張提刑詔闕陞狀

吏役無〔一〕堪，甫及三年之課；使華所暨，猥加一顧之榮。睠知己之難酬，懼薦賢之非稱。敢陳平素，以瀆高明。

伏念某圭竇寒生，辟雍晚學。雙親白髮，方謀菽水之供；一命青衫，敢憚塵埃之役。間關巡徼，鞅掌簿書。羇危幾類於五窮，齟齬殆盈於百謫。竊守父兄之訓，重聞師友之箴。妄意古人，戒蓬心之不固；委身時運，悟蕉夢之俱非。紛進取以安能，獨迂疏而自笑。淒涼江海，俛仰星霜。方哦《歸去》之辭〔二〕，欲尋《遂初》之賦。忽聆使節，躬按遐陬。攬轡登車，既免澄清之及；下堂攜手，遽叨論薦之先。曾非意料之初，迥出尋常之外。

茲蓋伏遇某官，資文武忠孝之德，達詩書禮樂之原。白日青天，皦若襟期之素；清冰寒露，自然風鑑之高。名家百年，早膺帝眷；銜命萬里，蔚爲國光。釋州組於淮堧，分使臺於畿甸。六條問事，七郡向風。汲汲人才，恐負九重之寄；恂恂禮貌，俯咨一得之愚。謂朝家選舉之科，實銓曹進退之本。酌權衡而自當〔三〕，洞毫髮以難欺。爰拯頽波，以扶公論。遂使守株之士，初無躍治之尤。華衮蒙褒，搢紳興嘆。其〔四〕敢不益堅夙志，思勵遠圖。桃李春風，或託〔五〕公門之盛；松篁歲晚〔六〕，寧忘國士之知。

校勘記

〔一〕『無』，文淵閣本作『亡』。
〔二〕『辭』，文淵閣本作『詞』。
〔三〕『當』，文淵閣本作『用』。
〔四〕『其』，文淵閣本作『某』。
〔五〕『託』，文淵閣本作『詫』。
〔六〕『歲晚』，文淵閣本作『晚歲』。

謝越帥王尚書希呂闢陞狀

遐陬試吏，仰末照以自安；會府薦賢，潤餘波而下及。退省泥塗之陋，顧塵風裁之高。非分所蒙，雖榮而懼。

切〔一〕念某天資底滯，人事闊疏。守父兄之樸學，而錮其愚；習師友之緒言，而膠於用。擁書自嘆，徒妄意於古人；拊已自知，亦何取於斯世。悵田廬之無有，曾菽水之不謀。猥以諸生，進於禮部。上汙衡鑑，謬齒簪紳。復久逃於空虛，亦竟忘於贄謝。低徊巡徼，怵迫簡書。草澤漁樵，作封丘之清夢；江湖歲月，媿彭澤之高蹤。粵聞帥轂之東，雖喜師門之舊。雲天勢遠，棨戟難依；燕雀情卑，緘縢莫訴。託帡幪之甚大，實〔二〕箠楚其已多。云何駑散之流，忽畀鶚書之重。所施過甚，自視恍然。

兹蓋伏遇某官宗社名臣，乾坤間氣。垂紳入侍，朝廷增九鼎之安；授鉞開藩，京師蒙千里之潤。紀綱一面，襟帶列城。居天下之望，而寬以待人；位方伯之尊，而急於下士。明足以周庶物之情僞，大足以器群生之短長。雖是瑣微，盡從甄別。原選舉之初意，慨風流之久衰。權門爲之摩肩，市道幾於攘臂。棼棼至此，耿耿何言！敢圖後生，復見前輩。冶金不躍，寒谷自春。洋洋乎愛樂人物之心，表表焉扶持善類之力。

慙所取之非稱，尚有傷於至公。敢不砥礪前修，激昂壯節。流行坎止，聽造物之何如；松堅玉剛，庶酬知於未老。

校勘記

〔一〕『切』，當從文淵閣本作『竊』。

〔二〕『實』，文淵閣本作『寬』。

答單侍郎到狀

撇漩捎濆，纔脱巴江之險；捫參歷井，更知蜀道之難。喜漸近於平川，得首覯乎〔一〕會府。

恭逢法從之重，暫領价藩之尊。舊容接武於朝紳，今幸分光於鄰燭。資糧扉屨，不敢煩東道之主人；風流〔二〕江山，尚略訪南樓之故事。有懷欣遡，莫罄形容。

案：『捎潰』原本誤作『涓潰』，杜詩『最能行撇漩，捎潰無險阻』句，本此。

校勘記

〔一〕『乎』，文淵閣本作『於』。

〔二〕『流』，文淵閣本作『物』。

答漢州張大卿到狀

平生蜀道之難，今其飽見；咫尺房湖之勝，遂欲往遊。況黄堂之主人，乃白頭之舊友，更思一面，庸〔一〕寫寸心。屬冬温之異常，懼天意之當戒。將齋心而致禱，爰便道以遄驅。無煩五馬之郊迎，以爲民望；空復雙魚之踵至，有愧前言。

校勘記

〔一〕『庸』，文淵閣本作『容』。

回東路王提刑先狀

撇漩捎潰，飽見巴江之箭急；捫參歷井，更知蜀道之天難。喜漸入於平川，行少休於倦鞅。惟時膚使，緊我故人。新撫南瀘之師，方還東梓之治。想聲光之在望，慨會合之無從。而深眷不遺，惠言相命，乃勤玉節，特駐金淵。其於見君子之心，云胡不喜；如必設大賓之禮，則不敢承。

回朱都大到狀

初泝下牢，凛擻漩捎濆之險；載驅南浦，飽捫參歷井之難。幸川途之漸平，知官次之不遠。敢申聯事之好，預刻見賢之期。自省頭顱，定慙珠玉之在側；惟應臭味，便作芝蘭之相投。欣悚之私，語〔一〕言難究。

校勘記

〔一〕『語』，文淵閣本作『話』。

迎范户部狀

伏審顯膺召節，入覲嚴宸。解全蜀之冰符，臨西秦之驛道。隼旟抗路，將覿鸎鳴；星弁盍簪，佇聆燕語。緬惟春陽偃薄，福履冲安。方筆轡之尚勤，冀興居之益護。

迎鄭資政狀

伏承飭行自蜀，修覲還朝。旋聞日剡之來，繼有宫祠之請。雖燕安自便，聊適於雅懷；而傾矚攸同，未厭於輿誦。念山川之眇邈，丁暑雨之淹延，跋涉良勤，遵頤曷若。輒寓誠於簡牘，庸申敬於記曹。其在詠思，並留前敘。

迎李户部狀

伏審顯膺召節，入覲嚴宸。解全蜀之在危〔一〕，臨西秦之周道。抗摇摇之旆，將憩於近圻；覲兩兩之符，佇被於華采。緬維福襟冲裕，使騎勤煩。爰冒秋炎，尚屆館傳。即諧迎謁，預切瞻翹。

校勘記

〔一〕「在危」，文淵閣本作「大藩」。

迎張宣猷狀

遠驅台旆，甫次國都。朝論具依，上心虚佇。阻於官制，莫遂郊迎。冀趨命之勿違，副瞻風之已久。

迎周漕使狀

伏承遠馳台旆，俯及嵩郊。屬時霰之紛零，冒驛途之凝沍。切惟行李，倍想艱勤。某限官守之有常，阻畿封之納謁。冀加調護，副是依瞻。略布柔函，仰通典記。

迎吕龍圖知太平州狀

伏審肅馳戎旆，將届府城。惟兹跋涉之勤，尚冒炎歊之末。想惟妙養，無爽太和。即遂參迎，庶殫藴悃。更祈保佑，益副翹誠。

迎程參謀狀

肅驅大旆，將次郊坰。顧慕義之無從，喜瞻風之有便。

恭惟某官英才經世，遠略過人。仰膺當宁之知，出任臨邊之寄。折衝禦侮，坐肅蠻方。第賞策勳，徑躋法從。掇承休於詔檢，用參決於籌帷。行奉湛恩，入居近弼。

某曾移書之未果，忽枉教之先臨，悚佩兼深，敷陳罔既。

迎吕秦州狀

伏承改帥西秦，解符舊陝。歷關河之阻，將及於雍郊；均牛酒之歡，暫追於里社。切惟勤勞華轡，偃冒風埃，德履保和，道襟集祉。

某佇諧迎晤，冀釋瞻翹。倍祝養頤，下符依仰。

回楊總領賀冬至狀

天旋愛日，當圭景之丈三；地隱輕雷，在蓍爻之初九。惟德受祉，與陽俱亨。伏惟某官順履嘉辰，導迎叶〔一〕氣。觀臺曉望，已占嗣歲之祥；寒谷春生，益茂宜民之福。雖暫淹於使節，即歸捧於御床。善頌之私，報書難究。

校勘記

〔一〕『叶』，文淵閣本作『協』。

謝留丞相到任狀〔一〕

觀闕巖〔二〕嶤，望吴天其已遠；江山重複，知蜀道之信難。身許國以奚辭，用逾涯而自懼。若爲毫髮，可報陶鈞。伏念某本起書生，久名俗吏。遇清明之首政，蒙汲引之公言。驟有列於高華，迄無功於獻納。田園歸老，方圖遂於初心；岳牧用人，勿濫將於隆指。惟益梁之重地，實江漢之上游。古稱富饒，今可歎息。法張弓而不馳，書掣肘而難工。況夫弄兵之變甫寧，救災之事方急。匪資强濟，莫釋顧憂。云何衰病之餘，誤此光華之遣。兹蓋伏遇某官，法詔八柄，慮周四方。有其全而受人才之偏，爲於静以制天下之動。謂出力事世，宜不擇於内外；而視邦選侯，適莫重於西南。不忘父老當時之法思，欲宣聖明在上之德意。特加鞭策，俾效馳驅。某敢不仰企前規，精思本務。受牛羊，求芻牧，尚惟廊廟之主盟；爲保障，非繭絲，庶亦國家之後利。少安孤迹，當丐餘齡。《永樂大典》卷一八四〇二

校勘記

〔一〕此文與《謝執政狀》《代請陳詹事良翰謚狀》，静遠軒本與文淵閣本皆無收，據《全宋文》卷六五八二孫應時（一）補入。

〔二〕原注：『巖』，當是『岩』之訛。

謝執政狀

立朝無補，方深止足之思；奉使非才，猥玷光華之選。驅馳萬里，涉歷三時。初布詔條，少安官次。伏念某質本下下，意徒區區。老更憂患之餘，分絕功名之想。蒙上簡拔，致身清華。獻納論思，已孤中外之責望；諮詢謀度，更寄西南之顧憂。臨遣以來，回皇自失。厥惟蜀道，最遠君門。號名雖重於中權，體統似乖於本旨。圖於無事，既常掣肘而難爲；慮及未然，不亦寒心而可畏。矧狂凶之新定，復賑救之急先。諒非有威風知大體之人，豈稱命將帥衛中國之意。若爲勉竭，不負吹噓。茲蓋伏遇某官，文武憲邦，忠嘉錫帝。主盟公論，推轂群才。不遺千慮一得之愚，謂堪五屬十連之用。諗于淵聽，加此誤恩。某敢不率義而行，量力所至。或容隻手，少裨天地之全功；仰恃寸心，素辱廟堂之異獎。過此以往，未知所裁。《永樂大典》

卷一八四〇二

代請陳詹事良翰謚狀

臣等孤遠小臣，微比螻蟻，輒干萬死，仰叩九閽。臣竊以榮親者人子之至情，章善者朝廷之令典，矧逢際會，敢從控陳。伏念臣等先父敷文閣直學士、左朝請大夫致仕、臨海縣開國男、食邑三百户、賜紫金魚袋、贈左太中大夫臣良翰，早以儒生，進陪國論。頃乾道己丑歲，任左諫義大夫，方皇帝陛下潛德朱邸，而東宫虚位，天下屬心。惟先臣嘗手疏面陳，願早定議，以繫國本。壽皇聖帝察其樸忠，開懷獎納，以爲人所難言。越明年，下詔建儲。先臣已奉祠里居，首與故從臣王十朋並膺妙簡，除領詹事，兩降詔旨趣行，仍令州郡禮遣。暨入陛對，慰諭隆渥，專委調護，不兼他官。先臣亦感激自幸，每事罄竭。仰蒙皇帝陛下禮接尤重，度越常算。其冬，以疾求去，有詔特聽五日一參，問誰可代卿者。先臣即以故從臣胡沂、周操爲對，尋即相繼召用。病劇告甚，俾職領祠，遣使勞撫，賜以衣帶還家。踰年，無禄即世，遺奏贈秩具如彝章，惟是易名之請，限於階品，未敢上列。兹者恭遇皇帝陛下繼舜受曆，龍飛御天，振古大慶，恩施周普，至若官寮庶尹，并蒙超獎，榮耀連屬，爲千載一時之會。臣等私自慨念，先臣於諸舊僚名在第一，事迹本末如前所陳，已不及身見今日之盛，理勢隔絶，萬無他覬。唯有飾終一節，獨可望賜九泉。臣等不以此時籲天有請，大懼先臣有善弗傳，孤負聖明當時任遇之意。兼臣又睹著令，諸官不應得謚，而聲稱顯著者，亦許定謚。載念先臣平生正色立朝，直道事主，公論所與，信史所載，未可一二縷數。初任言責，論捨淮防江之非計，争唐、鄧、海、泗之不可損，辯張浚精忠老謀，湯思退姦邪誤國，反復剴切，天下韙之。太學諸生伏闕上疏，請復召用。去國未幾，還陟從列，封駁論諫，排抑權倖，益無所顧避，進退去就，截然明白。壽皇聖帝素加器遇，嘗有『卿以正直，爲朕所知』之褒。晚職端尹，尤號得人。至于事親處鄉，牧民察吏，行誼風績，靡不可書。揆之『聲稱顯著』之文，實亦無媿。臣等不敢欺罔，昧死以聞。伏望皇帝陛下天地垂仁，不遺細微，日月委照，罔間幽潛。推念舊之恩，可以示天下之厚；舉勸賢之義，亦以明天下之公。使先臣蒙節惠之榮，则臣等雖就戮不恨。所有知漳州朱熹前任迪功郎日撰先臣行狀一通，謹繕寫成册，随狀投進。欲乞聖慈降付有司，特賜定謚施行。臣等無任瞻天望聖、激切屏營之至。《宋會要輯稿》禮五八之一一三，第二册第一六六八頁

孫應時集卷之二

啟一

發舉謝鄉帥啟（一）

獻賦秋闈，慙非飽學；登名天府，猥預薦書。顧揣己以何堪，實知恩之有自。

切以朝廷廣至公之路，誠樂取於臺萊；鄉〔二〕國有大比之常，懼或遺於草野。考其來之自古，皆藉此以得人。在周家則賢能俊造之賓興，至漢氏而茂異孝廉之歲舉，無非本平生踐履之素，是以成天下純實之風。有如進士之名科，號爲後世之重選。雖文章決一日之勝，然規摹〔二〕亦三代之遺。自唐世以相高，迨國朝而尤盛。竊觀前輩，歷數鉅公。宏才實學，涵養於未試之先；偉績元勳〔三〕，發揮於可行〔四〕之日。非若悠悠世俗之志，苟遂區區利名之私。士而未及於古人，心豈無愧於茲舉！矧今天子振非常之烈，深詔執事求有用之才。六經之學，孰深造於聖門；三策之條，孰兼通於世務。凡在持衡之下，宜無濫吹之容。

如某者詩禮家傳，簪紳世舊。念宣獻以來，源流學術之粹；顧春明之望，冷落艱難之餘。

銘心願復於青氊，束髮粗勤於黄卷。慨餘風之未遠，顧童子以何能。强習雕蟲，敬出諸先生之後；敢圖薦鶚，乃玷卿〔五〕大夫之知。

兹蓋伏遇某官爲國近臣，當今碩望。解喉舌中朝之任，分股肱輔郡之憂。適三年勸駕之時，助九重求士之切。淬勵作成，既出於尋常之外；甄收簡拔，不遺於尺寸之長。致此光榮，及於么麼。

某敢不力思遠大，深自激昂。進所學於未能，堅其志以有立。階梯今日，倘〔六〕不墜先世之名；鞭策他年，亦以爲門下之報。

校勘記

〔一〕『鄉』，文淵閣本作『郡』。
〔二〕『摹』，文淵閣本作『模』。
〔三〕『偉績元勳』，文淵閣本作『元勳偉節』。
〔四〕『行』，文淵閣本作『爲』。
〔五〕『卿』，文淵閣本作『鄉』。
〔六〕『倘』，文淵閣本作『儻』。

發舉謝鄉帥啟〔一〕

上公作牧，亦躬勸駕之勞；畸士應書，僅齒登名之末。羌衆儁之所笑，抑有司之至明。矧惟巖石之素贍，而使宮牆之自托。是爲徼幸，敢不知榮。

嘗考周家致太平之端，深識先王命鄉老之意。夫貴爲師保，本非一職之可名；而分總郊圻，使董三年之大比。出偕群吏，而舉賓興之禮；入見天子，而獻賢能之書。蓋道隆德駿，既足以使人才之向風；事重體尊，尤所以示朝廷之敬士。邈中古之既降，喟此道之莫追。郡之選舉，幾於具文；主者好惡，或其私意。禰鶚抱卑飛之嘆，齊竽多濫吹之譏。孰如今兹，適有幸會。屈衮衣繡裳之重，爲國求才；使蓽〔一〕門圭竇之人，逢時自奮。仰大公之在上，知小善之必收。

如某者生長窮鄉，抱持樸學。雖少而有志，初非富貴温飽之謀；而壯且益貧，實有父兄門户之責。三年之鳴未振，再鼓之氣不衰。忽驚鉛槧之生光，不作陶鈞之棄物。顧雕蟲篆刻之技，亦何足言；然攀鱗附翼之途，或由兹始。

兹蓋伏遇某官三朝公輔，一代宗師。衣鉢文章，五世襲爲儒之貴；鼎彝事業，九重深求助之思。方虚左以近歸，豈居東之淹久。興懷場屋之際，垂意權衡之間。曾是妄庸，及於甄録。

某敢不益加砥礪，仰稱作成。與計吏偕，雖曰肩衆人之下；見大敵勇，或能策第一之勳。

校勘記

〔一〕「蓽」，文淵閣本作「篳」。

發舉謝鄉帥啟(二)

家聲滿世，忍負讀書之傳；地著有年，許從寓里之選。曾謂雕蟲之陋，猥叨薦鶚之榮，知振起之可期，仰作成之有自。

蓋聞唐虞三代之治，所甚急者人才；恭惟祖宗列聖之心，尤加重於科舉。凡衣冠之胄子，與韋布之諸生，各盡力其所長，得乘時而自奮。彬彬繼出，卓卓可觀。學術議論，能追數千載之淵源；道德功名，遂以扶二百年之社稷。肆今初政，率由舊章。渙發明詔，匪爲虚文；風勵〔一〕名士，俾爲實學。豈使齊竽之濫，要求魯服之真。

如某者涑水諸孫，山陰北客。念中朝之盛，敢忘先訓之箕裘；顧南渡以來，未覩世科之衣鉢。喟夙宵之黽勉，驚歲月之蹉跎。何獻賦之末工，忽登名之誤及。雙親一笑，粗不爲燈火之羞；小已〔二〕自量，猶恐作權衡之玷。厥惟幸會，有此僥覦。

兹蓋伏遇某官文章經世，事業格天〔三〕。三公爲鄉老，薄煩袞繡之鎮臨；一氣轉洪鈞，共慶鳶魚之飛躍。親爲勸駕，俾與計偕。無患有司之不明，遂令小子之有造。

其〔四〕敢不激昂素志，磨勵新功。得雋南宫，儻可入〔五〕青氊之舊；拜恩東閣，正應歌赤舄之歸。

校勘記

〔一〕「勵」，文淵閣本作「厲」。

〔二〕「巳」，當從文淵閣本作「子」。

〔三〕「文章經世，事業格天」，文淵閣本作「事業格天，文章經世」。

〔四〕「其」，當從文淵閣本作「某」。

〔五〕「入」，文淵閣本誤作「拾」。

回京制帥賀交割啟

三邊重寄，豈堪承乏之非才；萬里遄驅，賴有告新之善政。問知封境，拜受印章，思稱上恩，敢違前躅。

伏惟某官胸襟度世，指掌謀王。以彌綸宇宙之才，先試於四路六十州之間；宜鎮拊〔一〕兵民之效，有光乎諸公二百載之蹟。盡洗岷峨悽愴之氣，不驚江漢朝宗之波。樂職宣布之詩，久熟諸生之誦；出車勞還之雅，式形明主之思。馳温詔以如綸，佇遄歸之補衮。中朝政地，方將繫天下之安危；西土人情，寧得計雪山之輕重。

某無能爲役，猥使代公。適當見吏民之初，何以慰父老之望。固知蔣公琰之於諸葛，不及前人；庶幾任中正之繼乖崖，悉遵成畫。尚須一面，庸寫寸心。

校勘記

〔一〕『拊』，文淵閣本作『撫』。

上葉知郡啟

學邑非才，持身受察。煌煌棨戟之下，凜凜簡書之明。一卻一前，爲榮爲懼。蓋聞千室之宰，孔門不輕許人；四長之賢，漢世以爲盛事。官無大小，責有重輕。使天下無太平之期〔一〕，亦縣令非其人之故。然而世變相激，吏途多端，文移旁午而交馳，賦斂鑿空而取辦。自簿書獄訟，不及經意；則教化風俗，又何暇知！加以位下權輕，法弊情巧，機穽難測，風波易摇。官民至於相視爲仇讎，郡邑不能交通如父子。自非道足以獲乎上，德足以長其人。遊刃肯綮之餘，收功繩墨之外。雖以高才而處此，僅亦俗吏所能爲。

如某者少無技能，長亦迂闊。驅馳升斗之養，黽勉塵埃之容。不能犯當世之至難，輒欲以書生而自試。捧檄趣戍，舂糧遠征。豈惟登車敗績之爲憂，正恐求牧與芻而不獲。獨欣天幸，首事我公。

恭惟某官，文獻承家，風流名世。器博大而方厚，識淵深而清明。天府浩穰，治中名重；山城瀟洒，節制體尊。固已謳吟一方，襦袴千里。幸寬下里〔二〕之轡策，使布仁侯之教條。察其悃愊之無華，赦其遲鈍之不及。誠殫千慮，稍答萬分。但恐帝方急賢，公且入輔，雖則雲天之在望，未知日月之何如。堂下一言，固不遁知人之鑑；歲終四善，其敢干考課之公。尺牘有窮，寸誠難究。

校勘記

〔一〕『期』，文淵閣本作『時』。

〔二〕『里』，文淵閣本作『吏』。

與李制幹啟

讀蜀道之歌，想見風采；依嚴公之幕，辱爲輩流。不孤萬里之遠遊，真成一段之奇事。恭惟某官，星精孕秀，月窟騰芳。滔滔岷江之詞源，峭峭石笋之風骨。固已陵轢多士，震驚一時。而且略無驕豪，厚自涵養。要窺從上聖賢之實地，不作隨世功名之近圖，定非尋常所可量度。蓬萊道山之召，人已遲之；芙蕖綠水之居，君寧久此？不愁黄卷之如律，便看黑頭之作公。

某偶然來訪於魚凫，幸甚獲陪於鸞鳳。媿非孫楚，不能爲參卿軍事之高；初見李翺，聊亦致得賢主人之駕〔一〕。渴須面語，款究心期。

校勘記

〔一〕『駕』，當從文淵閣本作『賀』。

通成都陳鈐幹啟

聞名以來，今幾歲月。快覩之願，巧相參商。安知四海兄弟之遊，乃在萬里山川之外。締交云始，寫敬敢忘？

伏惟某官，文妙穿楊，筆健扛鼎。激昂意氣，早披黄石之一編；游戲詞章，更中青錢之萬選。多士辟易，九重歎嘉。屹爲將相之儲，優俟功名之會。小遨遊於賓幕，雜談笑於邊籌。固〔一〕嘗身行危疑反側之間，坐收還定安集之效。兹特發硎之一試，徑須推轂之九遷。不對清光，式殫素藴。

某連檣璧海，傾蓋錦江。豈行止之偶然，何追隨之幸甚。大牀徑卧，能無〔二〕愧豪傑之交；閉户讀書，尚許聞切磋之益。

校勘記

〔一〕『固』，文淵閣本作『故』。

〔二〕『無』，文淵閣本作『毋』。

回盧鈐幹啟

謝傅堦庭之譽，久熟聽聞。嚴公幕府之遊，適相先後。交一臂而不見，摇寸心其可知。

伏惟某官天與奇才，家傳妙學。十二樓之飛鳳，文采何多；九萬里之摶鵬，功名方起。別巴山之枳棘，弄錦水之芙蕖。風流雍容，論議英發。陪碧幢而入奏，著采〔一〕服以歸寧。能無好官，徑壓餘子。

某人品卑甚，客遊偶然。所期雲霧之披，乃作參辰之避。群賢共席，空懷瓦礫之羞；百過開函，竟乏瓊瑤之報。

校勘記

〔一〕『采』，文淵閣本作『綵』。

回黃巖錢主簿啟

顧識韓荆州，竊有聞風之素；一詣習主簿，何如聯事之榮。欣奇氣之鼎來，愧函書之先及。

恭惟某官，家傳忠孝之烈，天與高明之姿，政事文章，不見全牛之迎刃；風流醖藉，自然野鶴之在群。猶四海之幾人，當一日而千里。紛簿書之細故，與州縣之徒勞，而屈大才，豈厭輿議。棘林鸞鳳，雖戢翅以卑棲；溟海鯤鵬，佇摶風而直上。

某一官不效，百謫且盈。緊讇薄其自知，處淒涼而何歎。願事大夫之賢者，以託〔二〕其身；而聞君子之至斯，云胡不喜！

校勘記

〔一〕『託』，文淵閣本作『訖』。

回常熟趙主簿啟

自笑癡兒，不了公家之事；新聞高士，肯爲簿領之來。天實借之，吾有助矣。伏惟某官，神明貴胄，洒落英姿。藏萬卷於胸中，掃千里〔一〕於筆下。鶚沖霄〔二〕漢，方自致於功名；鳳翔景雲，已亟蒙於褒表。不辭棲枳之陋，果趣戍瓜之行。祭竈請鄰，聽嘉音之已近；發硎游刃，知遠業之難量。

某漫浪平生，摧頹多病。兹强顏而試劇，幸聯事之得賢。尺素有書，便卜寫心於一見；寸誠所望，必無袖手以旁觀。

校勘記

〔一〕『里』，文淵閣本作『軍』。

〔二〕『霄』，文淵閣本作『秋』。

上平江守虞殿院儔啟

一札自天，雙旌易地。花驄京路幾年，真御史之名；銅虎守符三典，近長安之郡。肆陞華於堯閣，爰增重於吴門。公爲民而肯來，人有喜而相告〔一〕。維今茂苑，實古名藩。燕寢凝香，文物見詩人之賦；高臺臨遠，規模猶故國之遺。矧自中興以來，遂爲三輔之劇。夥舟車之繁會，坌金穀之浩穰。非屬諸有威風、知大體之人，或失夫治豪右、牧小民之意。日舒徐於弄印，衆想望於出綸。厥煩我公，大慰物論。昔焉耳目之任，糾正百官；今也股肱之邦，師帥千里。儼風霜之清節，布雨露之優恩。是於彈壓撫摩之間，必有光明俊偉之實。以兹選任，亶謂得人。

恭惟某官，粹學起家，高明華國。平生亹亹，要無毫髮之欺心；孤立堂堂，獨全天地之正氣。踐揚多矣，本末瞭然。一辭觸邪之冠，旋上行獄之節。焦勞荒政，恩波同霅水之長；嘯詠公堂，治象比婺星之煥。凡緩急弛張之時當，皆忠厚惻怛之所形。視彼民之去思，何吾土之多幸。松江草木，共知有腳之春來；魏闕雲霄，不礙舉頭之日近。第恐興懷於宣室，便須持橐於甘泉。則方喜而又憂，願少安而毋躁〔二〕。

某愚不諧世，仕專爲親。紛邑弊之有年，猥求自試；凛地寒之無與，知必易危。姑早夜以忘勞，奚始終之敢計。然疏遠之蹤，雖未有一日之舊；而仁明之下，定可託二天之私。將斂板以趨，真望塵而雀躍。考歲終之四善，則不敢有覬心；貢堂下之一言，庶或蒙於攜手。

校勘記

〔一〕『告』，文淵閣本作『合』。

〔二〕『毋躁』，文淵閣本作『無遽』。

迎知嚴州冷殿院啟

平生聞義，心願執鞭；今日望塵，職當負弩。聽父老之相語，喜使君之鼎來。仁聲先滿於一方，協氣頻回於千里。古有是事，今見其人。竊以嚴維名州，代得賢牧。廣平公之風烈，凌厲雲霄；樊川子之詞章，粉飾巖壑。爰及文正，最高本朝，瀟灑十詩，優遊中歲。留作桐廬之盛事，出爲慶曆之名臣。中興以來，行闕尤近。凡所選畀，固多循良。抑由賦重而民貧，未免水煩而土潡。慨想前哲，欣逢我公。

伏惟某官，名儒起家，耆德高世。青天白日，不容一毫之欺心；和氣春風，中函萬物之生意。龍遊之聲藉甚，烏臺之望凛然。誰憎長孺之立朝，坐小法免；即俟次公之治郡，以異政褒。必且〔一〕疏剔細苛，布宣寬大。盡消愁恨歎息之舊，一收安静和平之功。公優爲之，民有慶矣。

某才極下下，意懷區區。無可樂之簞瓢，聊自試於民社。非折腰之敢憚，顧掣肘之難爲。幸哉事賢，可以達志。受容受察，不待作河南尹之書；載欣載奔，庶免賡彭澤令之賦。有懷跂望，莫究形容。

校勘記

〔一〕『且』，文淵閣本作『將』。

與楊都大交馳啟

遄驅萬里，俶分卿月之光；申命九天，就易使星之次。均是一時之重寄，等令四蜀之蒙休。至於衣繡晝歸，早遂過家之樂；賓奎夜直，不殊在列之榮。時維茂恩，請以重賀。恭惟某官，英姿山立，妙學淵涵。風力局幹，自冠冕於當今；聲名事業，已權輿於大用。勇作急流之退，自請故鄉之行。北道宿師，初仰計臺之給餉；西山和市，更資牧使之得人。上於信臣，固無改命之嫌；公於王事，諒不擇地而處。肯眷錦江之舊，少淹玉節之華。佇宣室之興懷，即甘泉之入覲。

某側聆郵報，喜溢襟期。見天上之故人，當頓寬於衰病；問里中之父老，仍多惠於良規。

謝執政啟

名著丹書，尚噩風波之夢；恩叨黃敕，新諧香火之緣。永惟大造之至仁，不忍小夫之失所。拊躬增懼，没齒知歸。

伏念某門冷如冰，器頑弗琢。早年教學，目昏舉子之詞章；半世光陰，髮白癡兒之官事。然而衆紛紛其争進，已望望而愈疏。略無意於自媒，亦何名之敢[一]盗。故一第二紀之後，僅脱選階；萬里兩川之還，靡辭邑戍。猶云附黨，無乃傳虛。至於治劇之三年，竊亦盡心於百姓。横遭羅織，端有照臨。久而卒掛于微文，皆云可矣；然且驟騰於激〔二〕論，意或使之。公朝一付於無私，薄命再鐫而何愠。幸歸蓬户，私詠蘭陔。蕭條菽水之不充，寂寞郊原之獨往。事益久而既定，懷欲訴而尚羞。姑妄意於祝鼇，忽迎門而拜賜。山川安在，便如五峰雙練之遊；釜甑不空，奚啻一壺千金之濟。是何特達，出自矜存。

兹蓋伏遇某官，文武憲邦，道德藩世。謂國家方開大公〔三〕至正之路，所懲元祐之末流；而宫廟以待不才無過之人，是乃熙寧之本意。矧於么麽，夙所知憐。念其前枉之甚明，豈使盛時之終棄。肆從奏擬，稍示洗湔。

某謹當省咎圖新，祈福報上。收召魂魄，已驚〔四〕虎口之脱身；遊戲神仙，敢思鳥爪之爬背。

校勘記

〔一〕「敢」，文淵閣本作「可」。

〔二〕「激」，文淵閣本誤作「繳」。

〔三〕「公」，文淵閣本作「中」。

〔四〕「驚」，文淵閣本作「經」。

回常熟曾縣尉撲啟

草木吾味，占聯事之爲榮；金玉爾音，愧騰緘之先及。莫酬嘉會，因寫素心。

恭〔一〕惟某官，挺秀〔二〕天倪，叢芳世烈。南豐故篋，江漢星斗之長存；曲阜遺音，金石絲竹之未泯。英風是似，遠業可知。誰云黄綬之低，看即青氈之復。某頭顱四十，手段尋常。不辭治劇之難，姑取養親之便。計已大謬，悔將奈何。賴有賢寮，肯爲我助。一邑聯事，正如同舟之遇風；二人同心，勿效旁觀之袖手。

校勘記

〔一〕『恭』，文淵閣本作『伏』。

〔二〕『秀』，文淵閣本作『修』。

上平江守劉宗丞啟

詔歸節旄，寵畀符竹。刺史高第補二千石，故爲卿相之儲；天下邦伯得十數公，可占國家之福。望浙河之星渡，覺茂苑之春回。千里逢迎，一時鼓舞。

伏惟某官，以奕世之家學，爲當今之國光。經術詞章，發公是公非之妙藴；言論風旨，熟元豐元祐之舊聞。而其氣馥楚人之蘭，德粹和氏之玉。澹林皋而自潔，凛風露以彌温。徘徊早〔一〕年，黽勉〔二〕小吏。單父之績既著，海圻之歌繼聞。乃班朝行，極慰士論。平頒廩計，簿正禮常。鏤玉紀王宗之盟，含香上郎省之直。仲山甫之明哲，獨進退之俱榮；范孟博之澄清，亦始終之無撓。維吴今日，視漢扶風。地望雄强，民物繁會。常重此選，久難其人。厥酬四牡之功，來居五馬之貴。蓋良吏之傳，常觀其三輔之政；儒者之用，必先以百姓爲心。要無田里愁恨嘆息之聲，未妨池閣逍遥吟燕之樂。祇恐賜環之遽，不容暖席之淹。

某愚無吏能，貧爲親仕。昧於劇邑，甚矣拙謀。深淵薄冰，恐畏途之不免；盤根錯節，何利器之敢言！屬兹爲隸之新，不勝事賢之喜。行百里半九十里，實有小心；人一天我獨二天，竊深大願。

校勘記

〔一〕『早』，文淵閣本作『蚤』。

〔二〕『勉』，文淵閣本作『俛』。

通支使啟

古廉車之設屬，必選名流；今幕府之在州，端爲上客。有來試邑，何幸事賢。望履不遐，緘辭爲贄。

恭惟某官，器局宏裕，風猷老成，接物春温，持身玉潔，洞達時事，深懷民憂。於以裨贊大邦，表倡群吏。福被千里，名聞諸公。已看鶚表之交馳，會即鴛行之趨〔一〕入。

某才雖下下，意亦區區。顧其不閑〔二〕於簡書，何以自試於民社。惟公府教條之寛大，而君侯心事之慨慷。俾率官常，以安母養。紅蓮緑水，方將歌既見之詩；舊菊寒松，或可緩歸來之賦。

校勘記

〔一〕『趨』，文淵閣本作『趣』。

〔二〕『閑』，文淵閣本作『嫻』。

回漢州張少卿啟

鴈塔舊遊，各駸駸於白髮；鴛行近别，竊耿耿於丹心。忽萬里以相從，想一麾之在望。有來雲翰，重歎風期。

恭惟某官學海老龍，詞林孤鳳。名滿一代，氣橫九州。飽更夷險之途，澹無喜愠之色。遂煩北海，歸鎮西湖。然惟門闌三世所臨之邦，實爲衣冠一時甚盛之事。定知撫字之政，不肯鄙夷其民。長使頌聲，且〔一〕傳方志。旋入趨於宣室，庸徑上於甘泉。

某初乏邊籌，謬將使指，願持誠意，以累故人。何以告之，能勿替干旄之誼；永爲好也，其敢忘木瓜之詩。

校勘記

〔一〕『且』，文淵閣本作『具』。

賀楊總領啟

詔選近臣，出司外府。若時宰士，議以任漢公卿；自請故鄉，因使諭蜀父老。渴軺音之且至，藹輿論以交欣。

恭惟某官，妙學家傳，修能獨立。善刀餘地，無復三年之全牛；雋軌高馳，幾空萬古之凡馬。肆膺柬擢，歷上清華。領袖粉闈之群英，彌綸黄閣之餘議。名高内外，曰維山甫將相之才；家本西南，更識孔明運餉之法。是煩卿月之駕，來照屯雲之師。嗟蠒絲保障，豈老生之常談；惟本末源流，有君子之大道。况偃甲之益久，不弛弓其奈何。非至明莫能酌〔一〕變通之宜，非至勇無以起因循之病。顧賜環之亟下，知錦衣之難淹。公早圖之，民有望矣。

某强名闒寄，無取邊籌。每惟形格勢禁之難，徒有力小任重之歎。喜聞膚使，來秉要權。敢懷贈别之言，仰致蒙成之請。二人如左右手，庶爲兹土之祥；一毫懷私吝心，則豈吾徒之慮。

校勘記

〔一〕『酌』，文淵閣本作『灼』。

回楊總領交馳啟

一時人物，欽聞正始之音；萬里江山，得作皇華之使。豈謂民財之分治，而忘脈理之相關。惟公可依，使我知免。

恭惟某官，海涵地負，玉色金聲。文章滿家，真得長公、少公之衣鉢；道德名世，何止左生、右生之楷模。昔如三鵬之俱飛，今嘆一夔之獨步。倦丹鉛之夜直，懷錦繡之晝遊。燕寢凝香，田里爭歌於襦袴；節旄照日，山川盡入於襜帷。所臨有聲，見器愈偉。迺眷蠶叢之壤，久困繭絲之征。譬如弓不弛而引其弦，無亦毛可愛而反其裏。孰司軍餉，能解帝憂？簿領賢勞，俾惠鄉國。蓋凡本末源流之故，公實知之；則夫父兄子弟之思，今其時矣。竊仰九重之善任，想見〔一〕四牡之有功。《諭蜀文》高，應不起南夷之役；《出師表》在，更當恢北定之規。小訖外庸，入覲大用。

某髮雖種種，意亦區區。適叨制閫無實之名，來視籌邊已成之事。所期四路之蒙福，已卜二人之同心。叱吏驅之，何敢避王陽九折之險；及卿在彼，庶幾成逸少一段之奇。懷所欲言，書不能盡。

校勘記

〔一〕『見』，文淵閣本作『聞』。

賀張運使啟

易節疏恩，驅車按部。雖漕輓之權，未殊於委寄；而夔潼之地，相懸於重輕。粵從詔下於九天，想見民争於二境。公今近止，我亦歡然。

伏惟某官，敏手幹時，誠心利物。飽歷中外，平觀險夷。猗所臨之有聲，宜見器之愈偉。三巴聚落，已聞風采之澄清；東蜀山川，更俾皇華之照暎。亶爲高選，式勸懋功。不俟席温，且將環召。

某忝分憂顧，自省拙疏。矧當一道洊饑之餘，實有二人同心之賴。高才所了，應不負禮樂光華之時；遠慮何先，當共洗岷峨悽愴之氣。

賀王運使再任啟

伏審明綸疏寵，久任勸功。緣蜀父老之心，方歌廉叔之五袴；動漢天子之聽，特借寇君之一年。華節增輝，列城交慶。

恭惟某官，器博大而凝厚，識淵深而該通。慨然懷當今之憂，卓乎出流俗之表。肅將使指，思廣帝恩。絶憐蠶叢之墟，久困繭絲之政。周爰諮度，既自東而及西；有孚惠心，專損上而益下。遂令方二千里之内，頓能捐三十萬計之需〔一〕。自非厲冰壺之操，以滌衆人脂膏之汙；懸水鑑之明，以燭群吏毫髮之隱。酌盈虚而有制，權通變以無傷。孰於期年，辦此奇事。仁聲歆豔，褒詔煒煌。有臣若斯，上固難於使代；祝公勿去，民有恃〔二〕於將來。申即舊儀，實昭新渥。

某聞風自喜，見日匪遐。同寅協恭，已灼此心之不間；愛人節用，更知已事之可師。贊美之勤，編摩莫究。

校勘記

〔一〕『需』，文淵閣本作『輸』。

〔二〕『恃』，文淵閣本作『事』。

回利路范運使啟

西州偉望，孰踰太史之諸孫；北闕英流，得非天子之宰士？我當來於劒外，公適使於漢中。慨良覿之差池，幸餘光之照暎。

伏惟某官，學妙家法，名高世科。傳至和建策之精忠，存元祐愛君之誠意。源流大肆，華萼爭芳。昔二龍之長驅，今一夔之獨步。考册書之筆削，贊鼎席之彌綸。盍遂延登，乃令勇去。仗瀟湘之節，人歌雋尹之平反；建梓潼之牙，民賴陽公之撫字。屬謀流馬之運，又握軺車之旌。惟出入中外，要以報君爲心；故遠近險易，不復擇地而處。已聞宣室之渴見，即慶追鋒之鼎來。

某志與年衰，才於用拙。十行綸綍，不容辭九折之行；萬里風煙，將曷任三邊之寄。已托同寅之助，更惟規過之求。干旄何以告之，竊有衛臣之願；皇華言有光也，諒同周雅之思。

回成都王運使交馳啟

制閫虚名，老不堪事；計臺雅望，賢足芘民。不辭萬里跰足之來，爲有二人同心之喜。恭惟某官，有斐君子，爲時聞人。端倪開明，蹈履芳潔。孤立一意，利劍耿耿無邪心；泛應萬端，遊刃恢恢有餘地。自結真主，浸階顯途，令吾西州，得古膚使。宣暢德澤，燮和遠情。惟其正身率下，而知財貨之本末源流；故能捐賦於民，而消田里之歎息愁恨。藉甚綵綸之獎，赫然禮樂之光。

某意亦區區，髪今種種。適叨臨遣，敢憚捫參歷井之勞；仰體顧憂，實有臨淵履冰之懼。幸官聯之最密，而治所之相依。願推五善之餘，以爲三益之貺。侵人風露，未審褰帷問俗之如何；入眼雲山，已覺傾蓋論交之不遠。

孫應時集卷之三

啟 二

回常熟姚知丞汝龍啟

日於交際，嘗欣宿霧之披；今也官聯，似是德星之聚。方憂劇邑之難濟；何幸贊公之得賢。民其有依，吾乃知免。

恭惟某官，風姿冰玉，氣韻芝蘭。擅家法之文章，取世科於談笑。當年賈誼，已驚漢庭之老生；今日退之，寧媿唐人之博學。栖枳未酬於夙志，哦松又屑於此來。鳳凰池之判花，會當溷子；雁鶩行之摘紙，寧久負余？

某中年早衰，孤迹多懼。終日了公家事，未免兒癡；一時皆君子寮，則有天相。預倚英明之助，決無可否之嫌。白髮春風，況有板輿之共樂；青燈夜雨，尚兼樽酒之論文。

回常熟傅知丞良啟

蜀江萬里，不堪獨客之念親；震澤一帆，姑亦便家而爲養。安能了公家事，所恃有君子寮。惠言先之，此意厚矣。

伏惟某官，當今名勝，後進楷模。風流竹潤而蘭馨，文字日光而玉潔。抱鈎深致遠之絶識，有尊主庇民之盛心。再轉爲丞，雖未免負余之歎；萬家之縣，固已多及物之功。聲名甚都，薦召非晚。

某日從遠役，頓覺早衰。極思自放於清泉白石〔一〕之間，可能從事於盤根錯節之地。而況才薄力弱，名微位卑。獲乎上而甚難，施於民而未信。雖區區之有意，顧戛戛其奈何。敢有腹心之言，深求肘腋之助。涉筆占位，公勿復爲斯立之自嫌；學道愛人，我尚不辱言游之故里。心之所願，言亦奚殫。

校勘記

〔一〕『清泉白石』，文淵閣本作『白石清泉』。

代丘帥回興元宇文尚書啟

井絡之墟，勢雄南鄭；文昌所震〔一〕，聲動西州。云何至愚極陋之姿〔二〕，乃有聯事合治之幸。敬先尺素，庸寓寸衷。

恭惟某官學貫皇王，氣充宇宙。胸羅列宿，九精照曜於中霄；背負青天，萬里扶摇而直上。訂綿蕝之禮樂，秩本兵之簡書。請行老上單于之庭，歸贊中興天子之計。左坳簪筆，晝承三接之温；西掖演綸，夜直九霄之邃。批敕擅名於夕拜，訓戎顓掌於夏官。獻納論思，莫非大慮；人物風采，益尊本朝。方當衮職之疇庸，乃動錦鄉之高興。厥惟劍北，控在漢中。大將登壇之檄，用之席捲三秦；丞相出師之章，於以震摇四海。特煩君重，久爲上留。已聞進律之褒，行奉賜環之召。遂登端揆，以正六符。

某並轡曲江之遊，聯裾西府之掾。仰龍門之鼎峻，不使闊疏；致鴛鴦之推遷，悉歸芘賴。孰知天幸，亦賜〔三〕坤隅。乃令平生肝膽莫逆之交，正在今日輔車相依之地。用不辭於老鈍，來自托於聲威。何以告之？公勿替干旄之惠；永爲好也，我敢忘木瓜之心。

校勘記

〔一〕『震』，文淵閣本作『鎮』。

〔二〕『姿』，文淵閣本作『資』。

〔三〕『賜』，文淵閣本作『使』。

代丘帥回襄陽張尚書啟

龍門出入，飽天朝議論之餘；鴛鴦推遷，皆月旦品題之及。公適臨於荆雍，我亦使於岷峨。遂令肝膽莫逆之交，得在輔車相依之地。端容老鈍，密借聲光。載惟廣漢綿竹之間，實乃大門桑梓之舊。父兄故老，有魏公賓客之典刑；子弟貴遊，知葵軒師友之源派。矧鍾命世之傑，有赫前人之光。故凡西州之縉〔一〕紳，悉歸東閣之領袖。其所好惡，便爲重輕。如某之愚，於世何取。匪蒙〔二〕素奬，敢爲此行。

伏惟某官，心學對天，血誠許國。小郤夔龍之步武，來追羊杜之風流。號令精明，耕屯整暇。兩京形勢，已入胸中之規畫；三河豪傑，習知節下之威名。便應歸贊非常之原，遂可立定中興之業。輕裘緩帶，寧復久居此乎；衮衣繡裳，此直分内事耳。

某既已叨蒙於歸遺，亦思仰釋於顧憂。自度非才，願安承教。未敢與知功名之會，姑欲講求安集之方。曷調人情，以濟民瘼，使得慰鄭鄉之望，庶不爲漢節之羞。江浦扁舟，行可止瞿唐之險；風煙累驛，無從覘峴首之遊。心之所期，書不能盡。

校勘記

〔一〕「縉」，文淵閣本作「搢」。

〔二〕「蒙」，文淵閣本作「恃」。

代丘帥回潼川閻侍郎謝到任啟

出綍疏恩，建牙開府。西清學士，合歸日月之邊；東道主人，暫作山川之重。鄭鄉不遠，蜀士增榮。

恭惟某官，學海老龍，詞林威鳳。琅篇寶字，久照曜於人間；道骨仙風，早翱翔於天上。妙宣室雍容之對，煒甘泉扈從之聯。君恩郅隆，士論胥服。當晉登於兩地，忽勇退於急流。授鉞登壇，撫漢川之陳迹；輕裘緩帶，還荆渚之勝遊。高情何間於險夷，直道自孚於中外。猶煩棨戟，起鎮梓潼。正爾笑談，轉春風於十縣；行哉啟沃，齊夜色於三階。

某舊托襟期，新聯官事。修燕雀之賀，方道敝而未皇；傳鴻雁之書，媿詞高而難報。式期會面，以遂論心。

代胡崇禮通交代徐提幹啟

棲遲蓬户，分欲長閑；荏苒瓜時，猥當往戍。瞻在前之難繼，蹇將駕而自疑。敢贄尺書，以彰先敬。

恭惟某官，金玉凝粹，蘭荃絜芳。翰墨風流，孰與東湖之嗣子；典章文獻，尤多西府之異聞。乃以中興之故家，獨殿後來之諸彦。翱翔江漢，俛仰歲年。始從日旬之游，爰贊星臺之畫。縉紳爲之驚歎，廊廟稔於聞知。厥今解組之期，即慶班朝之渥。

某資材甚下，門户早衰。亦惟升斗之所驅，固甘瓦礫之在後。敢請告新之教，俾無廢職之羞。詩騷宗派之傳，雖非所及；子孫盟好之重，尚始自今。

通交代朱宰啟

及瓜已近，自憂善後之難；行李未通，是失告新之敬。可無先贄，以請來期。

伏惟某官，識察英明，涵養深厚。人門奕奕，早有聲乎諸公；績學〔一〕章章，尤見器於造物。頃更華秩，意有裹除。猶屈長才，少循近制。厥惟兹邑，雖難治之有年；然在君侯，則何施而不可！盤錯敢攖於利器，氛祅端避於德星。望風采之遥臨，覺山川之動色。諒亦假途於此，便當躐次而遷。

某了無一長，幾坐百謫。平平手段，知有媿古人之風；整整目前，亦不爲後來之累。計咫尺之相去，固毫釐之必知。公來勿遲，我拱而俟。簸揚久誤，難逃糠粃之譏；瑕纇或多，尚賴瑾瑜之掩。春寒尚爾，日用何如？善保天和，亟膺帝渥。

校勘記

〔一〕『學』，文淵閣本作『用』。

上黄巖吕知縣啟

五世相家，重見英賢之起；一同侯社，暫煩撫字之來。身得趨承，情知鼓舞。

恭惟某官，質粹以厚，器宏〔二〕且深。風流藹然，尚及前輩；名聲藉甚，見推一時。踐揚兹多，績用尤著。銀魚象簡，當入位於朝廷；墨綬銅章，猶肯勞於州縣。載惟有宋之名族，孰若東萊之一門。中國大宗〔二〕，維持宗社；滎陽正學，儀表縉紳。子孫之昌，簪紱無數。鬱名德以相望，儼典刑其具存。有如名〔三〕公，實對前烈；而爲師帥，肯負國家？斯邑驩然，大幸有此。必將訪吾民呻吟愁歎之故，致天子哀矜惠養之仁。正紀綱法度於絲棼紐解之餘，稽財貨源流於川竭谷虚之日。换規模於官府，還氣象於江山。用能慰千萬人之心，俾復三十年之舊。但恐鵬程激浪，立在九霄；驥足乘霜，難淹百里。不容暖席，即有賜環。

某鞅掌徼巡，憂危箠楚。五斗之俸不繼，已處淒涼；百謫之數且盈，正須澄汰。念平生之慕義，喜一旦之依仁。公疾其驅，我拱而俟。既見君子，庶幾寬忡惙之憂；善事上官，不敢廢寅恭之義。

校勘記

〔一〕『器宏』，文淵閣本作『氣閎』。

〔二〕『宗』，文淵閣本作『忠』。

〔三〕『名』，文淵閣本作『明』。

上黄巖范知縣啟

四海名流，夙仰相門之舊；萬家和氣，争看令尹之新。將斂板以趨承，實遡風而鼓舞。

恭惟某官，世傳清白之操，天與英明之姿。前輩典刑，凛風猷之未遠；朝家本末，熟文獻以相承。淵乎器局之深，藉甚聲稱之重。固已踐歷州縣之久，便當翱翔雲漢之間。云胡未復於青氊，而且再紆於墨綬。睠茲巖邑，迫在瀛壖。壯廬井之規模，偉江山之氣概。頃弊原之不剔，紛事變以相遭，曾歲華之幾何，而征〔一〕權之屢易。頹綱未整，誰無大手之思；珥筆猶多，肯受假王之鎮。屬聞中命，選畀賢侯，方興來暮之歌，欣覩趣行之檄。寒谷有陽春之望，冥蟲知霹靂之驚〔二〕。佇觀措之於一朝，立致風行於百里。此豈獨吏民不世之幸，抑亦係朝廷用人之功。第虞驥足之騰驤，不復牛刀之淹久。

某微官局束，斗粟凄涼。豈敢出位，以蒙君子之譏；固嘗端拜，而辭使者之命。低徊累月，怵迫萬端。及茲望履之期，猶恨事賢之晚。願公深念，爲我遄驅。弓矢秋風，請復徼巡之役；弦歌永日，行觀政化之成。

校勘記

〔一〕『征』，文淵閣本作『位』。

〔二〕『驚』，文淵閣本作『威』。

通海陵司馬知縣儼啟

扁舟相命，未忘越絶之山川；雙舄飛來，更共淮南之風月。託交雖舊，爲隸則新。可無緘辭，敬候行李。

恭惟某官器剛大而方重，識疏明而該通。其樂易真前輩之風，其豈弟有君子之道。況以傳家藉甚，滿世無之。蓋自聖賢統紀之微，已千六百歲；雖如國朝文獻之盛，凡數十巨公。卓乎天下之同稱，莫如温國之第一。忠誠揭於世業，道義載於典型〔一〕。遂令後人，克對前烈。瞻雁序聯升之地，豈牛刀小試之時。公雖爲百姓而來，勢不容三年之久。

某智不諧俗，仕真負丞。幸將日侍於弦歌，得以躬承於條教。文書鶱立，自知無裨贊之功；阡陌雉馴，尚亟見循良之效。

校勘記

〔一〕『型』，文淵閣本作『刑』。

回常熟交代葉知縣啟

治劇詎〔一〕堪，少幸林居之需暇；告新何寵，已復函書之鼎來。悵失計之難追，託餘光而自慰。

恭惟某官，人門具美，風采最高。阮氏阿咸，器青雲而獨秀；謝家康樂，庭玉樹之相輝。飽師友之淵源，探詞華之根柢。爲吏固其餘事，小試已有能聲。藍田千竹之間，雖種學績文之甚樂；零陵三亭之作，蓋推能濟弊之莫辭。從容談笑之餘，洒落塵埃之外。規模井井而能辦，善最章章而屢書。優游三年，始終一日。人所憚者，公則綽〔二〕然。乃知材用之絕殊，何等功名之不立。

某少學久落，中年早衰。已無宦情，專爲親屈。憚淵明之遠役，聊亦効公田之謀；訪子游之故鄉，豈能事弦歌之語。凛傳聞之可畏，撫進退以自疑。獨惟繼賢者之蹤，其必爲後〔三〕人之地。或容自免〔四〕，汔可少安。締金石之交，尚繼百年而未艾；課瓊瑶之報，徒慚一字之不能。心之相期，言亦奚盡。

校勘記

〔一〕『詎』，文淵閣本作『叵』。

〔二〕『綽』，文淵閣本作『易』。

〔三〕『後』，文淵閣本作『役』。

〔四〕『免』，當從文淵閣本作『勉』。

上提舉李郎中啟

不善自謀，謬當試劇；適有天幸，首獲事賢。一卻一前，且榮且懼。竊惟凡改秩而受縣，所以更治民而考功。本列聖相傳之規，在阜陵最惜此法。厥或巧免，適貽後難〔一〕。顧地有難易，皆欲趨易而避難；而缺〔二〕有久近，則亦善近而惡久。然非〔三〕序居於前列，安能各遂於己私。至取衆人之所遺，固非拙者之得已。乃如常熟，屬在東吴。昔言游之故鄉，今天子之近甸。謂亦壯邑，偏蒙惡聲。略計之二十年，無一令之善去；須入者累百數，孰半辭之請行。而某其班甚卑，無地可擇。輒抗聲而自丐，覺環聽之大驚。既而悔之，則無及矣〔四〕。待之過者，或意其有辦治之實；量之淺者，則譏其爲苟且之貪。不知本〔五〕出於無心，殆亦數奇之有命。然使稍獲乎上，因得自竭其愚。珥筆之民，頗摧牙角之雄長；鑿空之賦，聽裁期會之闊疏。小寬轡策，許就規模。雖居今之世，決不能收兩漢循良之名；而盡己之心，猶當勿負九重仁聖之澤。且使三輔無棄其民之地，奚止一士免瘝厥官之憂。前瞻星臺，敬想風采。欣我公之可恃，寫孤迹以自歸。

伏遇某官，一代楷模，多士冠冕。雖道骨仙風，久步於金閨蘭臺之上；而仁心德意，不忘于銅章墨綬之時。乃出使之幾何，嵩從公而自近。將倚諏謀詢度之廣，入爲獻納論思之方。冰鑑之明難欺，繡斧之威特重。則凡奉法守公之吏，是其畢智竭力之秋。敢自激昂，遂忘冒昧。伏望量其才而賜以進退之命，矜其情而略夫僭横之誅。廣厦萬間，從此委身於大芘；故園三徑，尚當緩賦於歸來。

校勘記

〔一〕『難』，文淵閣本作『艱』。

〔二〕『缺』，文淵閣本作『闕』。

〔三〕『非』，文淵閣本作『匪』。

〔四〕『矣』，文淵閣本作『已』。

〔五〕文淵閣本在『本』後有『初』字。

上台守唐大著啟

恭審懷章入奏，剖竹東來。宣室乍前，固喜賈生之見；淮揚不薄，竟煩汲黯之行。雖朝路之惜賢，而海邦之知慶。

恭惟某官，清明内澈，英達天成。遠韻孤標，落落塵埃之外；危言正色，堂堂宇宙之間。一從發軔於鸞棲，已見持身之山立。妙文章之滿世，赫聲譽於在朝。非勁氣之不回，豈要途之難致。頃謝著庭之直，常紆守事之勞。卓乎見義而必爲，深矣及民之實效。猗去思之猶在，炯公論而可知。惟其無愧怍於俯仰之中，是以能從容於進退之地。即山林而嘯詠，閲歲月以徘徊。斷簡遺編，更飽平生之嗜好；殘膏賸馥，不妨後進之師承。慰斯世之觀瞻，增群公之稱歎。忽丹丘之催戍，趨紫禁而得朝。寸心雖簡於上知，千里猶勤於君重。瞻此邦之瘠狹，安舊政之循良。而公繼來，斯民何幸。料將先寛大以廣朝廷之德意，據法度以存州縣之紀綱。詢土俗利害，而酌其舉措之中；稽財貨源流，而分其緩急之要。凡以維持静密，而紓四境之民命；非必刻厲奮發，以趨一時之事功。嗟吏道之可從，非公賢其誰望？

某服詩書於家訓，師節義於古人。惟其凡材淺學，而未明大道之傳；嘗欲躬耕灌園，以畢其終身之願。縈心親養，俛首吏除。憂危險之難全，豈淒涼之敢歎！念從壯歲，早服大名。一瓣而爲南豐，久云有志；四方而逐東野，每恨無從。何幸會之能然，遽趨承之在此。不獨帲幪之望，實欣模範之依。衛戟霜嚴，倘獲免曠官之罪；鈴齋日永，尚當蒙與進之温。

上平江守鄭寺丞啟

恭審最績登聞，明綸褒表。陞華中秘，易鎮雄藩。公道日開，列城風動。堯四岳之分治，方深宵旰之憂；漢三輔之得人，足爲京師之福。江山改觀，草木增春。眇爲隸之方新，竊與民而相慶。

恭惟某官，中和而英特，剛正而疏通。本其天資之極高，加以學力之獨到。文字五千卷，胸中之氣浩然；才名四十年，天下之望久矣。粤自鳴先六館，唾拾一科。徼循江湖，嘯詠松竹。收聲壯縣，篷迹修門。視衆人摩肩争進之途，多明公袖手旁觀之日。風波金石，要不隨萬物之奔流；宗廟圭璋，而獨無一毫之玷缺。搢紳推其舊德，廊廟挹其清風。方寖歷於高華，聊迭均於出入。輟〔二〕從省户，寵畀州麾。美哉期月報政之間，卓然今日諸道之冠。是膺中詔，改命大邦。郵音一傳，輿論交喜。敢以小夫之智，妄量君子之心。蓬山寓直，寧異數之爲榮；燕寢凝香，豈崇居之是樂。惟明天子憂勞共理之意，與彼父老歡呼望賜之情。想當五馬雙旌壓境之初，便有一襦五袴及民之惠。則若寬條之布，豈專下邑之私。惟是琴川之近封，實爲弦歌之故里。迺當昭代，獨著惡聲。蓋以珥筆之民，氣勢之日滋；鑿空之賦，文移之雨至。期會太嚴，則才困於不展；喜怒爲用，則權輕而易摇。故二三十年以來，幾無一令之善去；在數百縣之闕，久爲兩選之所遺。

而某本無尺寸之長，祇迫斗升之養，謀不能巧，名又甚卑。知擇地之無餘，輒抗顔而自請。銓曹環聽而大駭，朋友交書而見譏。尋雖悔而莫追，蹇欲行而彌懼。殆有天幸，適逢我公。伏望察其中心，粗知勤事而愛民；考其平日，亦不違道以干譽。未嘗恃書生之戇，而敢乏公上之供。但當始至之日[二]，未有可爲之地。非稍寛於銜勒，俾粗立於規模。則恐掣其肘無以責其書之工，揚其湯安得求其沸之止。徒令兹邑之愈弊，是亦大府之深憂。所以控陳，儻加識察。益州即召，方且歌《宣布》之詩；彭澤何心，尚可緩《歸來》之賦。有懷欣戴，莫究編摩。

校勘記

〔一〕『輟』，文淵閣本作『輒』。

〔二〕『日』，文淵閣本作『時』。

答大寧柳教授啟

閱龍虎榜久矣，爲同年生；隔馬牛風邈焉，無一日雅。我轉蓬於岷蜀，公采藻於巴巫。屬沿泝之往來，重參差而悵恨。捧華緘之勤甚，眷襟韻之藹然。

恭惟某官，標衡嶽之英，受蘇〔一〕湖之學。静而玩天下之理，穆如有古人之風。固當顯聞明時，振起斯道。何舒遲而至此，緬僻陋而與居？然而袖手閒吟，飽風月江山之觀；横經坐講，聆金石絲竹之音。猗所養之可知，雖不諧其何愠。世有公論，天豈困賢。隨遇則安，逢辰未晚。

某迂愚平素，漫浪獨遊。幕府十旬，頓辜黄卷之味；庭闈萬里，久切白雲之思。未嘗計己之窮通，豈足繫人之輕重。竊相期之不淺，遂盡意於此言。尚須歸棹之問津，或幾班荆而握手。

校勘記

〔一〕「蘇」，文淵閣本作「納」。

通某教授啟

二千石之賓師，名流所處；數百户之令長，俗狀可憎。載行李以驅馳，歌采芹而慕嘆。恭惟某官，學富千載，文鳴一時。焜耀曲江之雋躔，雍容泮水之講席。方且紬繹道妙，發揮聖傳。明明範模，藹藹觀聽。坐令山川草木之生氣，如聞金石絲竹之古音。少須詔書，亟寘册府。

某久爲小吏，本亦諸生。不善謀身，無端求邑。猶思抗志塵埃〔二〕之外，或可讀書松竹之林。頗容函丈之徜徉，稍陶方寸之紆鬱。天下善士，故應交際之有時；我輩中人，便想風期之不淺。

校勘記

〔一〕『塵埃』，文淵閣本作『埃𡐟』。

與江陰教授啟

學未優而入仕，深自媿於古人；道相同而爲謀，竊願交於君子。敢以徼巡之陋，託於俎豆之間。

恭惟某官天資英明，學力深厚。理博而造於約，才高而持以謙。坐〔一〕處工夫，接諸儒於布武；筆端游戲，收一第於摛髭。薄煩師道之尊，來作侯邦之重。餘波沾丐，多士蔚興。諒方諸公推轂之時，此豈君侯煖席之地。

某愚未聞道，用非適時。安能自拔於尋常，聊亦强謀於斗升。兹爲親而奉檄，將斂袂以趨風。幸因槐寺〔二〕之追隨，復奉芹宫之色笑。雖投身箠楚，難瞻地位之清高；然側耳弦歌，自冀塵埃之蕩滌。有懷欣係，莫罄形容。

校勘記

〔一〕『坐』，文淵閣本作『聖』。

〔二〕『寺』，當從文淵閣本作『市』。

答泰州顧教授啟

恭審整棹吴溪，問途淮浦。姓名焜耀，夙高當世之儒先；冠劍尊嚴，來作諸侯之師氏。披雲有便，指日以須。

伏惟某官，淵源六經，斧藻群物。《上林》《長楊》之賦，傳誦四方；昌黎、河東之文，步趨千載。加以氣〔一〕度寬雅，襟懷坦夷。典刑及於老成，仁意〔二〕信於朋友。太學六館，喜何蕃之成功；博士諸生，望平津之驟貴。胡一官之尚冷，方千里之來遊？東序弦歌，雖樂橫經之多暇；西清顧問，終期飛詔之九遷。

某越嶠寒生，虞庠後學。剽聞餘韻，沾被殘膏。悵遐迹之參辰，耿深衷之歲月。願容傾蓋，請遂執鞭。幸公事之無多，望庭除而〔三〕不遠。苦無松竹，可留客以對哦；惟詠藻芹，得從公而共樂。

校勘記

〔一〕『氣』，文淵閣本作『器』。

〔二〕『仁意』，文淵閣本作『行義』。

〔三〕『而』，文淵閣本作『之』。

回真州孫解元啟

棘闈論士，此後世之至公；天府得賢，自明時之美事。屬當選試之責，非有薦揚之私。偶然相逢，何足爲謝。

某人秀出州里，名聞江淮。昔〔一〕嘗得雋於先登，今欲成功於三戰。談經浩博，擅老成之波瀾；對策煒煌，駭兒童於雷電。竊喜登名之日，幸逃失士之譏。方將觀首奏於南宮，聽臚傳於北闕。一第正復溷子，亦何足云；六經故不誤人，當行所學。風期不淺，晤語末由。惟深涵養之功，以對亨嘉之會。

校勘記

〔一〕『昔』，文淵閣本誤作『兩』。

謝廟堂啟〔一〕

累日何功，幸脱選階之冗；自天有命，許班朝績之華。叨異數以若驚，凜微蹤之增懼。鈞陶所播，門户知榮。竊惟王朝百執之聯，莫非士論一時之選。在其公卿之子弟，或緣家世之勳勞。雖云恩出於上，所以厲其報國之心；亦必舉得其人，有以灼夫象賢之實。如寵光之誤及，則乳臭之交譏。如某者學不知方，才非適用。聞詩聞禮，未逃惡子之名；弗播弗堂，安有寧馨之譽。偶塵未第，浸竊隆私。免從計簿之卑棲，謬掌籌邊之秘畫。一辭月峽，三佐星臺。人方議其素餐，己亦慚於躐等。彤庭換秩，瞻日表以謝恩；墨綬占員，分火坑之上償債。豈謂出絲綸之新渥，軫簪紱之舊臣。榮其既老之年，施及不才之子。擢之常調，錫以清資。非夢寐之敢期，實吹嘘之有自。兹蓋伏遇某官，經綸四海，師表百僚。躬一德以格天心，官衆賢而爲己任。開明上意，無忘五龍夾日之初；長育人材，使有萬馬追風之鋭。是令嵬瑣，獲預甄收。某敢不沐浴國光，周旋家訓。壯所行，幼所學，無内負於夙心；孝於親，忠於君，用仰酬於大造。《永樂大典》卷一〇五三九

校勘記

〔一〕此文静遠軒本與文淵閣本皆無收，據《全宋文》卷六五八四孫應時（三）補入。

孫應時集卷之四

簡

賀張運使簡

某伏惟某官賦材超邁，用世精熟。更入迭出，譽處甚休。將漕巴庸，成績具在。東川地望固重，而歲比不登，公私枵然。且鹽酒粟帛之估太重，民之告病滋甚。自頃諸賢，終未有能爲久遠特達之計者。今遇執事，實有望焉。第恐未黔突，即掛席上南斗耳。

某於執事爲鄉人，中間出處若〔一〕不齊。不自意來蜀，乃賴同寅交修之助。天又移公，昔遠今近，尺書來往，可不淹旬，忠告之益，公毋我靳，抑何幸甚。

校勘記

〔一〕『若』，文淵閣本作『苦』。

回單侍郎賀到府簡

驅馳萬里，涉歷三時。甫合郡符，少安官次。深惟上指，思慰巴蜀父老之心；所賴邦交，共修魯衛兄弟之政。昨溷館舍，幸承誨言。猶勤行李之再三，更枉函牋之四六。禮誠已過，文又益奇。敢言亟拜之爲煩，蓋亦一詞之莫措。況在吾徒有襟期之舊，盍回古道於文勝之餘。一用真情，請堅此約。若夫耳目思慮之所及，凡可見規；則無毫髮形迹之或嫌，悉以相告。

賀王運使再任簡（一）

某伏審使事奏成，璽書回任。九重渴見，固欲四牡之來；百姓蒙仁，惟恐驪駒之去。少遲中詔，用慰遠方。然知執事人物之高，自是本朝公卿之選。即今褒表之意，可卜端歸之期。僉論則然，某言非過。

賀王運使再任簡（二）

某屬有錦城之役，幸託繡衣之光。嘗敘平生聞風慕義之心，並陳今兹涓日見賢之喜。寓諸尺牘，將此寸誠。餘所欲言，未敢以贅。

賀王運使再任簡（三）

某聞蜀民苦重賦良甚，朝廷數議所以寬之。自頃諸道使者，往往推布德澤，以代輸對減，聞者不一。然惟門下此舉爲尤難，且其惠尤大，是以其事尤偉。

某私心躍躍，他日亦願觀成式以講吾職之所得爲者，懼不能也。惟高明幸教之。

賀王運使再任簡(四)

某惓惓問意，敢嗣布之。風露高寒，江山淹久，不審比日禢用何如？伏惟對時節宣，與道消息，勉爲一路八州戀德之民加餐自壽。某望。

賀瀘南郭安撫到任簡

某竊惟瀘川控制夷落，兵民之事，委寄不輕。日者弛縱失律，繼以刻急生怨，變起一旦，駭聞四方。雖惡氛既清，而流言未靖。妙選名帥，無以踰公。公受詔不辭，疾驅入境，首安人情，次肅軍政，一方安堵，四蜀蒙休。聖主真善用人，太尉真不負國，甚盛甚美。少須報政，入借前籌。事會鼎來，勳業愈大。

上某官簡(一)

某申楮之問猶略，不審邇日雅[一]觀何如？恭惟殿嚴宿望，草木知名，仗鉞宣威，風行化洽。夙興晦息，幽顯實扶持之。御宜節宣，某不敢贅請。

校勘記

〔一〕『雅』，文淵閣本作『襟』。

上某官簡（二）

某伏審出綍中宸，建牙邊閫。旌旗改色，城郭回春，恭惟歡慶。某屬有錦城之役，幸依富壁之光。適此奔馳，無從趨賀。其爲慶賴，萬倍他人。尚惟高明，必垂融照。

上沈運使簡（一）

某伏以正陽之月，天産潔齊。恭惟玉節光華，星臺亢爽，明神衛相，台候動止萬福。某爲隸方新，蒙恩未斥，敢端拜奏記門下，伏惟幸察。

上沈運使簡（二）

某申候方初，歸誠未究。天實佑賢，用乂王家。福履綏之，川增山峙。麥寒未艾，梅溽欲起。更惟詔左右謹調護，重爲天下自壽。

上沈運使簡（三）

某越之鄙士，生長草莽，地遠勢疏，莫供掃門之役。竊亦伏聽諸公長者餘論，歸心道德之日舊矣。乃今就戍山區，齒名部屬，奉令承教，何榮如之！

上沈運使簡（四）

某竊惟大君子直德清規，砥柱流俗，崇名茂績，雷霆一時，天子、宰相所褒表信用，而下吏猶欲形容頌歎，模擬萬一，匪僭則贅。至若護漕京師，權異他路，甘泉法從，假道自玆，遂躋大任，爲天下福。此亦明公分内事，必厭聞之，某一不敢瀆。

上沈運使簡（五）

某人品下下，蚤歲僥倖，繇太學諸生，預禮部進士十有七年，稍知義命，不敢萌一毫攀援爭進之心。母〔一〕老家貧，低回禄仕。過不自計，輒試小邑。土敝民瘠，賦繁役重，簿書漫漶，百廢不修，乍到未知著手之處。古人有言：在下位不獲乎上，民不可得而治矣。

如某不肖，萬萬不足稱於大君子之前。有如察其區區，決非負名義、捐廉耻者，人〔二〕稍寬譴呵，使得展布四體，以觀分寸之效，幸甚過望。僭越陳情，俯伏戰慄。

校勘記

〔一〕『母』，文淵閣本作『親』。

〔二〕文淵閣本無『人』字。

上某官簡

某始通姓名，禮有先贄，敢奉短啟，貢諸典書。仰惟寬洪善下，一賜省覽，矜其由中之誠，宥其不敏之罪。某屏息退聽。

迎知嚴州冷殿院簡（一）

某伏以律鳴孟冬，曆紀〔一〕良月。恭惟某官千騎啟行，百神迎導，台候動止萬福。某試邑未斥，爲隸方新，拜謁不遐，歡喜無限。風威初勁，江路〔二〕早寒，善保天倪，來爲民福。某下情引領瞻遡之切。

校勘記

〔一〕『紀』，文淵閣本作『記』。

〔二〕『路』，文淵閣本作『露』。

迎知嚴州冷殿院簡(二)

某一遵新令之嚴，盡撤繁文之敬。某頃遊璧水，間寓琴川，過瞻門牆，想望丰采，於時尚少，不早見賢。已而萍梗迹遐，霄壤分絶。但聞識者之僉論，益以明公爲正人。竊自激昂，深懷慕用。不圖今日，隨戍此方。傳五馬雙旌之亟來，與一州六縣而相慶。通名有俶，欲嘿〔一〕不能。略抒真情，諒蒙照察。

校勘記

〔一〕『嘿』，文淵閣本作『默』。

迎知嚴州冷殿院簡(三)

某恭審詔起循良之守，公來瀟灑之邦。前騶遄驅，闔境歡動。蓋以龍游製錦之日，楷模四方；定知燕寢凝香之餘，襦袴千里。

載惟此郡，列在近畿。山川磽确而阻深，風俗狹隘而儉嗇。實資寬簡，專事拊循。教化舉而刑罰可清，政事修而財用自足。第虞環召，趣侍禁嚴，不使斯民，久私大惠，辭難縷縷，意實〔一〕惓惓。

校勘記

〔一〕『實』，文淵閣本作『寔』。

迎知嚴州泠殿院簡（四）

某地寒跡單，才下名薄。頗有書癖，本無宦情。苦爲飢寒〔一〕所驅，久墮塵埃之網。得邑於此，將母以來，年穀幸豐，訟獄差少。徒以鑿空取辦之賦，常有汗顔落筆之慙。誠本末源流之難言，顧期程督迫之已峻，願裁闊狹，少借寬容。惟庶幾通郡邑之情，亦不敢闕公上之計。非逢明德，何敢妄陳？

校勘記

〔一〕『寒』，文淵閣本作『凍』。

迎知嚴州泠殿院簡（五）

某小吏疏賤，固當循分守之嚴，大門〔一〕尊榮，不敢貢起居之禮。有如僻陋，可賜委令。奔走之常，愓息以俟。

校勘記

〔一〕『門』，文淵閣本作『府』。

通趙通判簡（一）

某名微位下，地寒迹遠，不獲早執鞭事君子。然英聲茂實，炳炳一世，雖愚無似，竊誦高山仰止之詩舊矣。天假幸會，今乃得齒名屬吏。奉令承教，托身宇下，何榮如之！

通趙通判簡（二）

某恭惟某官人物高明，學術正大。有謀王斷國之絶識，有尊主芘民之盛心。以文章取重名，以績業得顯仕。搢紳之論，所以期公者，未易涯也。三輔郡誠美地，監察御史亦尊官，然明公居之，則屈而不稱。嗣須中詔，徑陟要津，桐江父老，安得久私大惠哉！

通趙通判簡（三）

某越東鄙一寠人子，繇太學諸生第進士，尉黄巖，丞海陵。迂戇不能媚世，世亦莫之比數。貧無以養母，冒昧求邑於此，兢兢救〔一〕過，既踰年矣。幸公來臨，教告而鎮撫之，庶幾其遂免乎？君子之心，坦然大公，亦何敢以私請？某知恐懼而已。

校勘記

〔一〕『救』，文淵閣本作『捄』。

上知平江府鄭寺丞簡（一）

某竊自伏念生長姚邑，往來鄞江。巍〔一〕瞻夫子之宫牆，熟需前輩之膏馥。載欣疇昔之歲，獲親道德之光。雖邂逅之間，曾莫伸於雅敬；而顧盼之重，似特異於衆人。惟天淵之分既殊，故鱗羽之誠莫達。不自知妄意制錦之日，乃適在易鎮下車之初。斂板公庭，齒名屬吏，蓋天賜也，何榮如之。

校勘記

〔一〕『巍』，文淵閣本作『巋』。

上知平江府鄭寺丞簡（二）

某恭惟某官里敬于公之門，家傳諫議之録。花萼相繼，閥閲愈光。然少日俊躔，久合在一時之右；而平生心事，不欲争衆人之先。舒舒夷塗，凜凜舊德。民庸滋久，朝論自尊。故才名真四十年，而仕宦甫二千石。迨兹報政之神速，卓然逢時之休明。俾〔二〕延閣之華資，易近畿之重鎮。所以褒表治效，激昂吏心。惟上不私，惟公無愧。少須朝夕，以究論思，理有必然，辭不敢佞。

校勘記

〔一〕『俾』，文淵閣本作『界』。

上知平江府鄭寺丞簡（三）

某嘗妄論當世大概，以爲書生喜事虚名而乖實用，俗吏趣規近效而乏遠圖。故急公上之計者，不暇于憂民；而要道途之譽者，或疏於足國。知二者之胥失，集兩長而實難。厥惟明公，熟講兹事。以身先物，惟儉與明。撿扼〔一〕吏奸，準約邦賦。既無乏事，亦靡苛征。至於視時宜而弛張，裁期會之闊狹。上下之情不壅，是非之鑒莫逃。綱條簡而易遵，旨意厚而不薄。此足爲天下法矣，故願與輿人誦之。

校勘記

〔一〕『撿扼』，文淵閣本作『檢梔』。

上知平江府鄭寺丞簡（四）

某日干選部，始蒞此邑。自天官與郎吏，愕然屬目；退而朋儕姻戚，且責且笑且弔之。然某之愚，以爲天子畿内之縣，而人皆辭難，則如弗服官可也。聖明之世，不宜有此，則不敢以悔。

然此邑惡聲，實亦特甚。二三十年，自今户部侍郎劉公著績之後，無一令美〔一〕去者。逋滯弛壞，千條萬端，才薄勢孤，豈有濟理？獨望明使君察其如此，慨然扶持主張之，俾得稍自竭其不肖之力，猶或幸僥萬一。是非爲某一己利害計，爲此邑計也！殫誠自歸，伏惟少垂聽焉。

案：《宋史·劉穎傳》：紹興二十七年進士，知常熟縣，陳峒反，取擒賊多穎計策，帥上其功，召監進奏院。光宗時權户部侍郎，應時時爲常熟令，所指劉公即穎也。

校勘記

〔一〕『美』，文淵閣本作『善』。

上韓提舉簡（一）

某恭審詔授節旄，使臨邦甸。二千石有功爲刺史，雖選任之道當然；數千里之地環京師，則澄清之權重矣。聖明無私於親擢，中外相賀以得人。敬想攬轡登車，褰帷問俗，風采悚動，號令精明。某方與八州三十六縣吏民以望〔一〕，合詞以慶。

校勘記

〔一〕『以望』之前，文淵閣本有『延頸』兩字。

上韓提舉簡（二）

某恭惟先正魏國忠獻王，當嘉祐、治平之間，有大造於我國家。蓋兩朝顧命，定策元勳，見於裕陵所賜碑首，國史書之，天下誦之，非復言語所能贊述。傳德積慶，文定繼相。子孫千億，蟬聯圭〔一〕組。爰及今兹，紹起益光。坤儀内尊，作宋匹休。

而有如某官復以治郡著績，賢稱蓋世，自結主知，進膺揀〔二〕拔。惟忠獻、文定之心之德，詩人所謂『惟其有之，是以似之』者，又將于是乎？在某敢不重賀。

校勘記

〔一〕『圭』，文淵閣本作『絓』，誤。

〔二〕『揀』，文淵閣本作『簡』。

上何提刑簡（一）

某不肖而生晚，安能仰窺前輩大人德業之萬一，竊敢誦其所聞。

恭惟某官以文章爲宗匠，以政事爲吏師，以清名重德、忠言直節爲國品，『一代不數人。百年能幾見』，此語移之門下，未過也。職臺諫則公朝尊，使江湖則遠民悦。在高懷無中外之擇，而士論惜經綸之晚。祥刑畿甸，奏事京師，持橐之留，不夙則莫。某請以繼賀。

上何提刑簡（二）

某妄嘗忖度，惟今浙右，視漢三輔。王公列侯，將相大臣，勢家要人，廛市邸第，盤據相望。饕吏黠民，往往扳聯附託，貧弱失職，郡縣或不得舉手。明主遴選部刺史，督察澄治，如古司隸、祥刑之任，以屬我公，豈輕也哉。側聞風采所加，百城震動，養禾去莠，不茹不吐，齊民幸甚，奉法守公之吏幸甚。某將奔走麾部，敢爲輿人誦之。

上李提舉簡（一）

某愚陋，不足仰窺大君子之事業，竊嘗伏聽士論，恭惟某官，詞林威鳳，學海老龍。道德文章爲世師，人物風采爲國瑞。穎脱塵垢，蜚翔雲霄，雍容承明，出入省户。上深器之，業將大用。特緣故事，薄試外郡，畀節留都，趣徙畿甸。前席之思已切，持橐之召非遠。經綸康濟，皆公分内。某方與海内民物，同一跂望。

上李提舉簡（二）

某賤不敢妄論當世，嘗惟漢刺史以六條察所部，舉劾守相二千石，其權任甚重。而令行禁止，百吏奉法，豪猾斂手，貧弱得職，其功用甚大。今部使者諸道相望，皆得行刺史故事，然比日權少輕矣。夫任天子耳目之寄於畿甸之近，繩一小吏，反致動摇，則夫位下而勢孤者，將一伈伈睍睍，俛眉拱手，聽命於珥筆之民而可歟？我公仁勇，處此其必有道。而若某者，方將依倚臺治，以自存於風波之區，則不能無懼也，是以敢私言之。

回興元宇文尚書簡（一）

某俶問天倪，式循月令。維兹淒風戒寒，不審褒斜之南，氣候何似？敬惟命世哲人，當福天下。繁祉錫慶，山峙川增。然不勝惓惓，爲國自壽，重請於下執事。

回興元宇文尚書簡（二）

某伏以某官駕風鞭霆之氣，騎麟翳鳳之姿，溢爲文章，見於事業。海内人物，斂手莫敢争顔；行者文昌，碩望咫尺泰階。頃乃浩然西歸，兩屈藩翰。蓋膏澤將加於廣宇，而高情先厚於故鄉。小訖外庸，入秉端揆，維〔一〕此其時矣。

校勘記

〔一〕『維』，文淵閣本作『繼』。

回興元宇文尚書簡(三)

某惟漢中形勢,號五百里石穴,而南鄭爲都會,蓋西蜀六十州之命也。上倚公重,難以選代,進秩回任,此慮深遠。若某之愚,冒當西寄,襟喉所係,唇齒焉依?抑何幸甚!

回興元宇文尚書簡(四)

某無似,平生結契門牆,幸不薄慈恩聯題,樞屬接武,雖陞沉頓隔而獎念不遺。貪緣孤蹤,浸越涯分,敢不自知才疏性拙,年晚意衰,已萬萬不堪時用。誤蒙隆委,承乏西州,乃復與麾下分壤合治,講兄弟之政。伏惟不替舊好,借以輝光,賜之誨敕,使得寡過,是有大望。

回襄陽張尚書簡(一)

某一昨闕於起居之敬,誠以班行追逐罕暇日,尋復被命適萬里,大暑挈家浮江,意緒怱怱,不自知其疏怠,諒蒙寬察。旅泊沙市,望峴首七八馹,無從一造堦戺,瞻企胡可容言?風露益淒冷,敢乞爲天下國家,千萬自壽重。

回襄陽張尚書簡（二）

某恭以門下地望器業，聲威功績，傑出一世。調元造命之地，自其分内故物。分閫襄漢，雖誠當今上流形勢最急處，上之委重，公之請行，意故有在。然歲律一周，規模〔一〕既定，方略既明，可以歸中建策，而遂其所欲爲者。鋒車追召，理不淹久，便當趣裝以俟。

校勘記

〔一〕『模』，文淵閣本作『摹』。

回襄陽張尚書簡（三）

某疏拙孱戇，實無尺寸才力，可爲當世損益，蓋門下所素知。自頃過蒙推獎，僥踰涯分，每自媿恧。日思退處田里，而誤恩横加，畀以蜀寄。牢辭不獲，黽勉此行。深惟此方事力，積至今日，可爲寒心。而本末宏闊，未易著手。將何以稱塞明旨，慰答遠民？惟高明最愛我厚，且鄭鄉利病，瞭然胸中，切求良規，使得試自鞭策，非復肝膈常語，敢以敁陳。用布梗概，伏乞領略。

回成都王運使簡

某竊惟某官抱負宏偉，發揮精明。好仁惻怛，如木生春；見義勇敢，若水赴壑。敭歷中外，聲震業光。仗節兩川，益以宣布上恩，勤恤民隱爲事。古人所願得十數公，落落參錯天下，能令萬物吐氣者，公真其人。爲民小留，入階顯用，某實以爲世道慶。

回楊總領簡（一）

某肅候天倪，已循月令。鼎裀贅請，筆舌所慙。抑君子有四時，所以宣滯致和。豈曰私愛其身，實爲天下自重。伏惟執事，尚敬無忽。

回楊總領簡（二）

某竊惟某官於今天下爲文章家，所謂相如、子雲再生蜀，此搢紳韋布所户知也。至其清高正直，如金莖露，如朱絲絃。憂國忘家，用意至到，從容剸裁，動中繩尺，則非賢有識嘗交門下者，罕能知之。顓使西州，既四易節，委注益重，聲業益光。兹惟兩宫用人之明，而公之才德乃大信於中外。弼諧贊襄之任，將自今始。宗社幸甚！

案：此數篇皆代丘崈與楊輔簡。攷《宋史・輔本傳》：輔，遂寧人，登進士甲科，召試館職，由校書郎出知眉州，故此篇引『相如』『子雲』及下篇『擇西州之望』云云，以輔本蜀人也。

案：《宋史・輔本傳》，輔知眉州，累遷四川總領財賦，陞太守卿，仍爲總領，故云『顓領西州，既四易節』。

回楊總領簡（三）

某嘗從諸公長者論天下事，以爲蜀六十州，繫國家根本〔一〕地。而取民養兵，日朘月削，有司不知所補捄，又益甚之。士大夫自東南來，或未熟本末源流，徒毛舉細微，無以宣暢天子德澤。而旁觀相牽制，復有不容越俎之嘆。謂當就擇西州之望，付以軍計，使與父兄子弟，大議變通之策，要以上無兵興之憂，下有生聚之實，乃可恃以長久。

厥今天啟聖明，正以兹事屬公。公亦慨然以身任之，幸毋失時，熟計條上。某敢再拜以相贊。

校勘記

〔一〕『根本』，文淵閣本作『本根』。

回楊總領簡（四）

某孤直自信，少壯亦頗喜事，老至意衰，無能爲矣。上恩異甚，猥付全蜀，丁寧備至。怵惕此來，未知何以稱塞。然制閫虚名，亦無由大芘其民，獨倚門下蒐軍實、慮財用，汲汲如前所云者。

某雖無似，庶幾相與，挈持紀綱，以助成一段奇事。他日載名竹帛，某與有榮焉，是則大望。

回楊總領簡（五）

某浮家西來，方泊荆渚，候水稍落，當上瞿塘。敢馳素書，以通誠意。可笑荒蕪，尚惟恕覽。

回京制帥賀交割簡（一）

某謹時修問，未罄衷曲。載惟調元贊化之手，泰階六符，方將待以清理，旗纛次舍，嶽祇川后，實先後之，豈容有陰陽之沴干其間哉？抑重臣爲國憂身之道，尚其加毖無忽，則所大望。

案：《宋史·京鏜傳》：四川闕帥，以鏜爲安撫使兼知成都府，鏜到官，蜀以大治，召爲刑部尚書。今案此數簡代爲之者，即丘崈也，而《宋史》未詳，附識于此。

回京制帥賀交割簡（二）

某惟某官人物器度之偉，獨立一世。惟皇上帝，生此良弼，使光輔我國家。慈皇知之，而欲稔其功業聞望，以信服天下。用先畀四路六十州兵民之權，而屬諸嗣聖。今西南安靖，威烈赫然，無復上〔一〕顧憂。温詔東歸，麻案之宣有日，四海方傾耳企足，以觀真宰相之規摹方略，甚盛甚盛。

校勘記

〔一〕文淵閣本在『上』之前有『勞』字。

回京制帥賀交割簡（三）

某恭想趣駕鋒車，空留玉帳，頓失雪山之重，愁殺錦城之人。攀轅卧轍，割鐙截鞭，願公少徐其驅，不知當乎〔一〕側席之思，不容違也。

某願展交承之拜，躬陳賀謝之辭。敢請會期，使得候伺道左，不勝遡風以俟。

校勘記

〔一〕『乎』，當據文淵閣本作『宁』。

回京制帥賀交割簡（四）

某頭顱如許，才力闒然。惕承上命，冒爲此來。瞻言前躅，未知所繼。亦既拜受印章，見吏民於境上，憂深責重，懼不能任，以爲公羞。古人以告新爲忠，況門下之於某，愛予繾綣，非一日哉！條列事宜，明賜教示。鞭其愚而箴其疾，萬幸無斳。

回潼川劉漕交馳簡（一）

某伏以某官正大之學，邁往之氣，傑立一世，磊落瀟洒，如太華三峰，照暎霄漢，不待區區贊説。朝廷今極清明，决不使汲長孺久居外。鋒車旦夕且至，歸當益任《春秋》之責。惟公勉之。

回潼川劉漕交馳簡（二）

某一自執事去國，每獨西鄉[一]矯首，恍然想見英風勁氣，爽我毛髮，不知有山川道途萬里之隔也。又不自意被命西來，乃真得相從於雪山之東，月峽之西，握手吐心，快洗湮鬱，其何喜如之！

校勘記

〔一〕『鄉』，文淵閣本作『嚮』。

回潼川劉漕交馳簡（三）

某孤戇之迹，推遷過分，已媿無補。誤恩横加，付以蜀寄。受命引道，日夜自念，大懼不足塞職。

執事既副西州之望，又嘗參謀中權。念〔一〕復持節東道，耳目浹洽，思慮精遠。矧惟大中〔二〕至正，深懷國家根本之憂。皇華之詞，干旄之告，吾不於門下望而誰屬？面命耳提之未足，則條列畀之，使銘座〔三〕右，公無靳焉。

校勘記

〔一〕「念」，文淵閣本作「今」。

〔二〕「中」，文淵閣本作「忠」。

〔三〕「座」，文淵閣本作「坐」。

回新除楊總領簡（一）

某恭以某官人物議論之高，器業局度之偉，不獨西川〔一〕冠冕，正自中朝羽儀，優游東閣之上僚，咫尺甘泉之法從。而急流丐外，晝繡言歸。天令全蜀，邀〔二〕福于公，顧恐宣室興懷，予環在道，未必容旬月去君側耳。

校勘記

〔一〕「川」，文淵閣本作「州」。

〔二〕「邀」，文淵閣本作「徼」。

回新除楊總領簡（二）

某惟蜀民困於兵賦，將七十年，張弓不弛，識者寒心久矣。此其權在外，大府有如大尋根源，細論盈〔一〕縮，宜若有可爲者。然雖仁人君子居之，猶未免以爲難，則某之所未快而不敢必其説也。以大卿平日所自任，而鄭鄉父兄子弟，亦以注望於大卿，伏惟幸留意焉。

校勘記

〔一〕『盈』，文淵閣本作『贏』。

回新除楊總領簡（三）

某曩陪朝蹟，最蒙不鄙相善也。來時祖帳之繾綣，贈言之丁寧，銘心結佩，靡敢忘去。顧惭疏鹵，不任蜀事，有負相約〔一〕之篤。今其何幸，大卿自以玉節出董兵餉，而某也得委身以託同寅之賜，庶幾免於罪悔〔二〕，喜可勝言！

校勘記

〔一〕『約』，文淵閣本作『期』。

〔二〕『悔』，文淵閣本作『戾』。

與夔路趙安撫交馳簡（一）

某候問有俶，悃誠未殫。暑去涼多，山高峽急，坐嘯之樂，福履且宜。益尊其生，入當大任，某敢以重請。

與夔路趙安撫交馳簡（二）

某竊以某官學到古人，望隆國士。孤立一意，以結明主；至誠自盡，而憂吾民。出入中朝，勤勞外服，賢業良顯，師言甚都。夔門地雄，帥閫事重，小屈鎮抑〔一〕，用寬顧憂。宣室有懷，追鋒即至。期公者大，豈某之私。

校勘記

〔一〕『抑』，當從文淵閣本作『拊』。

與夔路趙安撫交馳簡（三）

某無似，嘗欲偏〔一〕交天下賢傑。然以執事之英聲茂實，平昔游居相望，不過數百里間，每獨差池，未一識面，致此缺然。

老適天涯，顧得分壤合治，聯兄弟之好，又幸道出府下，便當傾蓋，以寫此懷，喜何可言！

校勘記

〔一〕『偏』，文淵閣本誤作『徧』。

與夔路趙安撫交馳簡（四）

某疏戇，不善諧世。少頗喜事，老已息心。立朝無堪，蒙恩過厚，委寄全蜀，不堪遠行，地大力殫，憂深責重，未知所以稱塞隆指，慰答遠人。幸荷[一]名賢，分鎮要壤。肘腋之助，肝膽是同。公樂告之，某知免矣。

校勘記

〔一〕『荷』，文淵閣本作『倚』。

回夔路王提刑簡

某恭審顯奉贊書，肅將使節，光華鼎盛，慶愜可量。巴渝爲蜀東門，山谷阻深，與夷落相出入，民貧土瘠，刀耕火種。而吏或不奉法令，重侵擾之。誠得明刺史殫治撫摩，萬物吐氣，一道蒙福可待矣。幸甚幸甚！

回夔路趙安撫簡(一)

某竊以某官學博而才高，器大而識遠。握蘭省户，秀出班行；仗鉞邊陲，望聳夷夏。今兹撫鎮[一]三巴，威惠翕赫。儒者有用如此，真足爲吾道光。宣室思賢，召節當旦夕至，論思獻納，非公孰宜？欽竚欽竚。

校勘記

〔一〕『撫鎮』，文淵閣本作『鎮撫』。

回夔路趙安撫簡（二）

某比一再奉書，而亦疊拜子墨客卿之貺，荷甚慰甚。合并在望，非不願速長年三老，告以宿潦未收，船泊下牢，數日水落石出，始能西泝。今既入境，承教真不遠矣。何喜如之！

孫應時集卷之五

書 一

上晦翁朱先生書（一）

某每日不敢全自懶廢，但書院中教數小子弟，無半日閒。讀書既少工夫，朋友相聚又闊，時一相過，或只閒語數刻，彼此俱成荒唐，以是空度日月。雖自謂念念不忘，追計則無新功。豈不每知愧懼，思自砥礪，顧亦易成消歇。先生罪其懦弱，此安所逃？但某自驗，頃年雖頗分明奮迅，然卻全無經歷，意象落空，只成輕妄。後來屢僨屢起，不過如此。自去歲與子約相聚以來，乃稍收斂精神，向内實處較驗，大見欠闕。乃知俗心鄙習，殊未能去，與故人相去何啻天壤！

今來所用力處，且欲得信實不欺，虚己下人，取善掩惡，消磨平常矯僞好勝之心，庶幾循是以復乎情性之正，而益消其利欲之惡，病未能也。故且欲量力守分，簡静自養，而不敢過意作之使高，恐虚高而實無積累之地耳。

讀書未多，見理未廣，人情世故未諳，悉亦姑隨處自勉，未敢泛然欲速，以自病其心。不知此後竟有至時否？邈遠師門，無由考質，愚意如此，敢不〔一〕盡稟露，望賜痛加警誨。

校勘記

〔一〕文淵閣本無『不』字。

上晦翁朱先生書（二）

昨者不揆僭冒，輒以先人銘碣爲請。三月十日間，所遣人方還，拜領書賜，慰拊矜惻，不簡賤愚，緘致賻布，誠意是將，而興哀幽魄，追嘉其平生，而惠許以不朽之託，不肖子孫將何以任此！舉家感動，知幸知懼。

是月之末，崇禮被檄還，自台州來，相與讀尊誨，相泣云：『還家下，當即遣人詣伺候』。於時極匆匆，某不能便拜書附之，而託崇禮以併請，今未知其已遣與否〔一〕？然〔二〕晷景如流，不勝煢煢之心，大恐兩成因循。謹作此稟，趣崇禮速發，兩家儻遂皆拜大賜，泉壤交榮，諸孤死無恨矣。哀懇哀懇。

鄉邦不幸，石編修叔又下世。伏想先生聞之，尤爲悲傷。

某憂居未嘗出門，然無以爲家，不免於湖濱蕭寺聚集二十餘生，近墓且便家，往來其間，病軀近稍勝前矣，恐欲賜知。

案：『恐欲賜知』句下當有闕文，無别本可校，姑從原本。

校勘記

〔一〕文淵閣本在句首有『然』字。

〔二〕文淵閣本無『然』字。

上晦翁朱先生書（三）

六月二十二日，某拜覆先生知郡寶文郎中：今春崇禮所遣人還，伏領賜報之重，不勝敬感。比來杭都，得竊觀所遺應之近書，審已佩印開府，體力勝健。漳南僻遠，應接人事，簡於他邦，仁聲先路，固已消伏嚚獷，條流綱紀。拊馴兩月，伏想公堂穆然，不妨左《詩》右《書》之樂。即兹近秋，暑事行退，惟天壽斯文，尊候動止萬福。

某憂苦病瘁，偶不即死，四月朔遂已免喪。追痛罔極之心，寧能有意斯世！母養所驅，强復求禄，已調嚴之遂安。今三年缺，選人試邑，衆謂非宜。然既無他覬倖心，姑惟地近，可以盡室同甘苦是計。獨恨太貧，又須復作時文保社，不得閉門盡力教〔二〕書，以從素志，亦無可奈何也。某年已三十七，大禍以來，已覺目昏髮白，健忘特甚。此身他日不敢預知，惟是耿耿夙心，鄉慕義理，每對聖賢遺言，頗亦切身知味。邪思妄動，隨自剛制，不至甚難。閲世淡泊，忮求亦寡，然而氣質未重，規矩未嚴，析理語滯，應事膽薄，自視楞然一庸人耳。故願委身師範，日月漸摩，庶幾變化之益。始涼秋負笈武夷，此志已決，今望治所，道遠加倍，又復不能。伏惟先生憐軫特厚，念其如此，時教敕之。異時候伺請祠北還，猶可遂此大願也。

寧海一釋子名正因者，頃深於禪，且有實行，已忽省念人倫天分，不應絶滅，遂屏其書，歸心程子之訓，欲還冠巾，而母老無家，姑寄食一墓菴以爲養。其人未四十，言語氣象，殊非苟然者。某未識之，然得之於寧海一學子王定。定與因同志，不妄也。先生記此人，終成就之，乃一奇事，附便貢稟。

未究百一，惟乞相時保重，不備。

校勘記

〔一〕『教』，文淵閣本作『數』。

上晦翁朱先生書（四）

某年益長，讀書求己之念，自不容不切。然不能儲菽水，逃山林，恐終汩没妨奪，敢不兢兢自勉。惟淺暗疑塞，末由一一求正師門，殊自惜此日月也。

既牧一州〔一〕，又方奉行地政，良須多事。賓僚掾屬多賢才，不相負否？尚同之弊，遠佞之戒，昔賢所不敢忽。責大指，不小苛，長人之道。區區愚忠，伏惟先生不忘留意焉。

某先人墓碣之請，蒙念及不置，倘可令先衆人拜賜，豈勝存没！幸願事簡文直，或恐不大勞思慮耳。

僭越喋喋，死罪。

校勘記

〔一〕在『既牧一州』之前，文淵閣本有『先生』兩字，作『先生既牧一州』。

上晦翁朱先生書（五）

某拜覆先生運使修撰郎中：冬中霜晴，恭惟天壽斯文，尊體動止萬福。

某去冬寓狀之後，今春遂安趣戍，以三月十八日到官。小邑積弊不綱之餘，綿力支吾，日覺多事。久欲專人拜書，因循不克。八月間，潘恭叔處始傳至先生初夏漳南所賜教，及四經四子諸書，仰惟愛念不棄如此，捧拜不勝感激。惟是〔一〕間伏聞冢嗣之喪，想惟尊懷悲痛，何以堪處！區區失於犇問。今日月寖〔二〕久，當漸漸寬釋。或言自臨漳還，即卜居建陽邑中是否？比者護漕之除，亦既不聽辭免，不審尊意出處定何如？得子約書，卻言上意甚惓惓，恐先生必當一出來，未敢知其然否也。地政之行，諒有成緒，尋已寢罷。今之用人，欲使行志，不亦難乎？公論未忘〔三〕，故以虛名相容，直爲觀美耳。先生齒髮如此，豈堪駈馳〔四〕奔走於無能有爲之地邪？愚見妄發，僭易皇恐。

叔晦沈兄不幸謝世，此淛中之梁木，一壞豈易復得！先生必爲哀痛。身後家事，更是可怜。某適來此，不得致經理於其間也。念其所以不隨世磨滅之託，尤惟先生是望，未知已納事實與否？切願早成就之。某先人墓碣，幸蒙開諭，謂不渝前言，恨不得負笈款門，日日伏請，亦惟亟垂大惠。崇禮每書來，尤祝同申此意也。

某去冬本已諾史魏公之招，未成往，而爲此來作縣，雖勞苦無他出，得日夕老母之側，此其本計也。但地瘠民貧，月賦煩重，十年易九令，其間攝官又多，以此百事廢壞，隨力盡心，僅能去其太甚。所先者使民皆〔五〕得言其情，故饑渴易飲食之，人頗益相安，未知久復何如？學校廢三十年，稍爲整頓，招師受徒其中，雖未免令習時文，然法語所及，亦稍有相嚮者。區區於此，聊復自試，但應接不暇，無省事讀書之功，要非淺學所宜。且平生意念，自著丘壑，黽勉世事，常非所樂，若求知干進之累，則自省頗無夾帶也。

向來隨所讀《論》《孟》諸經，或思慮所及，極有欲質疑處。若得一二年閒静，可以抄出，今未知何時有此工夫。而歲年忽忽，聰明日不及前，奈何！素蒙教奬期待之重，固〔六〕自稟敘，僭瀆多矣。所刻經、子，極有益於學者，但所疑《古文書序》，實騃滯未能曉。且只一意尊信，以爲此漢、晉儒者所不見之書，而後人得見之，不可不謂大幸。若《中庸》〔七〕句中『哀公問政』一編，疑聖人於哀公未必直説許多，或者《家語》反抄《中庸》入之。又頗疑《大學》所定，其他皆分明，只『淇澳』一段，恐或本在首章正經之下，通證『明德新民』至『修身爲本』之意，似差混成，而於舊本下文連接亦順。然此乃先生數十年精思熟講，然後出之，豈可輕議？顧心之所懷，不敢不吐，既未由面請，復未及別録，輒附見於此，乞賜批誨。

師門尊眷，恭惟中外萬福。某老母留此安健，二兄在里中，常得書，不足勤念。道遠不勝依慕。伏惟以時倍萬保重。不備。

校勘記

〔一〕文淵閣本在『是』之後有『中』字。

〔二〕『寑』，文淵閣本作『浸』。

〔三〕『忘』，文淵閣本作『亡』。

〔四〕『駈馳』，文淵閣本作『馳驅』。

〔五〕『皆』，文淵閣本作『各』。

〔六〕『固』，當從文淵閣本作『因』。

〔七〕文淵閣本在《中庸》之後有『章』字。

上晦翁朱先生書（六）

某拜覆先生宫使修撰郎中：伏自去冬領報教，吏役鞅掌，忽忽〔一〕至兹，不克嗣狀，瞻慕之誠，所不容言。即此暑氣方盛，恭惟燕居超然，尊候神相萬福。向來足疾，當不復作。建陽宅第已畢工否？賓客書疏之勞，誠無所避之。然較之在官，要須得休養精神，緒成著書之功，以惠後學斯文，幸甚。

某將母戍邑十五閱月，不敢不隨力盡心，民情相向，頗驗古意之可復，至於精神文理之間，則益其難也。偶丘丈帥蜀，見挽爲從事，初亦辭之，而書來益勤。幸母氏强耐，不憚遠適，區區伏念因可求天下奇聞偉觀以自廣，遂許之行矣。士友之論，或謂不宜，然某自計，恐未害義，不審先生謂如何也？

夙昔所欲剖露請益，竟以汩没，不能條呈。輒有近作亭記等，録乞指誨。某踪跡愈遠，歸期大約在二年外，惟先生千萬爲國家天下自壽。下情至禱，師門大眷，伏惟中外萬福。

昨蒙教以孔安國《書序》非西漢文章，未知信然。但於《書》小序，猶未敢疑其非孔氏之舊耳。太史遷實效此體以敘其史，必嘗見魯壁之藏，未知其所見者，有與此小序異同可考否也。區區困於作吏，更無考訂之功，殊自恨。

潘端叔、袁和叔皆重罹憂患，極可念。某所遣人欲乞速發回，蓋踪跡恐月末離此，庶令追及於臨安也。不備。

校勘記

〔一〕『忽忽』，文淵閣本作『怱怱』。

上晦翁朱先生書（七）

某拜覆先生判府安撫修撰郎中：前年秋過武昌，拜狀託詹總卿，寓便必達。自入蜀，不能繼問起居，惟積瞻仰。即日季春暄和，伏惟天相道德，尊體動止萬福！比者恭承優詔，起畀雄藩，懇詞未聽，不審先生或可强且一出否？今當已有定處矣。

某曩者受辟之後，卒然改計，辭親獨遊，甚不自得，又聞伯兄之訃，便力謁歸。會同官吴斗南先謝去，而主人初到蜀，實有内外調護之責，迤邐苛留，歲晚乃得遂。今始過巴陵，四月末可到親旁耳。蜀中形勢，略所徧覽，北度劍棧，抵武興，西登岷峨，南過戎、瀘而歸。去年四路幸皆中熟。丘丈雖有嚴稱，而極簡静，吏憚而民德之，人或傳其過甚，皆妄也。邊久缺帥，亦賴是丘丈有以鎮壓之。然向時物議重於變置，故將之家尤過，今張侯往，自慰西人之望。但襄陽便爲的於其旁，良未宜耳。

去秋以來，伏想先生憂時特甚，幸已頓寬，未知後復何如耶？尊體康强，脚疾不作否？荆門陸先生遂止此，可痛。聞其啟手足，告學子，惟先生之教是從，惜其前此自任之稍過也。昨尊諭附劉殿院書，尋達之。近夔府款見，出所得先生去年書。劉卻付一緘，並文籍三捲〔一〕在此。丘丈亦有書捲，俟到鄉，專人賫〔二〕達，未敢輕附便。

某猶帶賤事，託稟議爲名，且徑歸省老母，而治伯氏之葬。到〔三〕家即申解職，來春卻到部。恐欲賜知，此狀託岳陽王使君候便，未究所欲稟。惟乞加護眠食，爲斯文自壽，師門大眷中外萬福！謹狀不備。

校勘記

〔一〕『捲』，文淵閣本作『掩』，下文同。
〔二〕『賫』，文淵閣本作『齎』。
〔三〕文淵閣本在『到』之前有『俟』字。

上晦翁朱先生書（八）

某自入蜀，不得訪便拜狀。北〔一〕歸過巴陵，見王使君，言與先生同里相厚善，託以一書，計無不達。即此首夏已微暑，恭惟天壽斯文，尊候動止萬福。長沙之命，再辭既不得請，或須强起，則當已引道矣。聞湖湘之民，久已望風鼓舞。但今時所至，索整頓處極多，坐視故非所忍，欲爲復未易遂，政恐纔出又當思歸耳。年來中外氣象如許，不勝草野惓惓之憂，知當奈何！

某江行多逆風，今方至秣陵。向來未曾游此，幸任兄伯起塹此盤礴，連日追隨登覽，更三兩日即去。過臨安未暇入城，徑歸親側。區區雅有隱居讀書之志，年逾四十，不應終自汨没，未敢徒言云爾〔二〕。頃蒙教以《易》學端緒，深願從事於斯。亦嘗求得先生《易説》，實多啟發，他日稍間〔三〕，得條所疑以請。惟是未知何日從容師席，庶幾於卒業也。

丘丈、劉丈各有書及文籍委轉達，恐先生成湘中之行，則負遷〔四〕迴淹久之罪。今輒寓留皇甫帥軍中，必無浮沉。皇甫公勤廉而好禮，其用意自非他將比。意中更欲其用晦而明，勿斥同列之短，則身安而國有賴。蓋此一路徑，更是實繫有徒，此帥或不容於時，所繫不小也。先生倘以爲然，因書戒之，可否？

舟中作禀，不謹，伏乞尊察。

校勘記

〔一〕『北』，當從文淵閣本作『比』。

〔二〕『爾』，文淵閣本作『耳』。

〔三〕『問』，當從文淵閣本作『閒』。

〔四〕『遷』，文淵閣本作『迂』。

上晦翁朱先生書（九）

某拜覆先生侍講待制：前者歸途，於巴丘、金陵兩拜狀。中夏抵家，則聞先生亦已視事長沙。入秋，又聞命召，固知先生必不得辭。近潘兄恭叔報已至闕下，且蒙書中寄問，並知前書已遂徹達，歡喜感激，言不勝陳。竊計今兹日侍經幃，格心正本之業，天實啟之，宗社幸甚！斯文幸甚！即日尊體起居，倍萬納福。

今歲國家事體之變，亦亘古所未有，臣子痛哭流涕之餘，逢嗣皇聖德日新，宗臣身任天下，求諫進賢如恐不及。我宋列聖垂休累德，中興之運，意其在兹。然而哀敬危懼之心，正未可頃刻釋也。深思長慮，厥惟難〔一〕哉！先生此來，上下之望至重，義不可以苟退，而志或難於遽伸。誠意之積，精義之發，固非門人小子所能贊也。起弊扶衰，似非因陋就簡所濟，而規模未足，文具未掃，中外在位，更易紛紛，果何見哉！區區戇愚，非因先生之前，豈敢妄一語及此？死罪死罪！

某還奉老母幸安，九月始克襄先兄之葬。歲惡糴貴，經營薪水，殊未能任〔二〕出入。欣聆恭叔之報，誠欲亟渡江侍師席，然尚少〔三〕牽制。且丘丈遭臺評，下客贊畫無狀，又有觀其所主之媿。固當伏匿，少定乃出，十一月之末，或可省拜也。自餘悃愊，悉俟躬稟，姑以此狀託潘兄遣達，仰乞尊照。

向寒，敬惟千萬自珍重，以慰四海祈嚮之切。不備。

校勘記

〔一〕「難」，文淵閣本作「艱」。

〔二〕「任」，文淵閣本作「他」。

〔三〕「少」，文淵閣本作「稍」。

上晦翁朱先生書（十）

某拜覆觀使殿撰侍講先生：即兹大冬祁寒，伏惟天壽斯文，尊體動止萬福！

某連年不貢起居之敬，私心慕仰，有不待言。蓋方其家居，僻左無便〔一〕。去春從禄此來，則劇邑勞苦異常，雖遇便輒不暇，且不無浮沉及意外之慮，遂以至今。間亦從朋友〔二〕詢知年高體康狀，默用慰喜。而比年事變如反覆手，死者沈痛，生者轉縶異方。然且屏心氣，務在拔本塞源。在先生可謂據高履危，而獨蒙全宥，天也。抑猶有未可知者，泰然俟命，當復何道！追惟所以致此，在當時諸公亦不得不任其責。用人〔三〕匪易，知幾實難。徒使後人終古太息，未審尊意謂何如也。敬想息交絶游，應酬簡少，其於怡性養壽，適足爲福，是則可賀。

某私幸守愚安分，粗得全身奉親。以〔四〕急禄，不復擇地，自請試劇，不免一循俗吏繩尺，差不至大得罪於民。目前上下且似相安，豈保其後？然亦未嘗敢强其所不能，而惟容悦是謀也。常熟乃惟〔五〕言游故里，橋巷猶存其名，且載於圖經，惜未有表而出之者已。即學宫之側，別爲堂以奉祀，扁曰『丹陽公祠』，念非乞記於先生，猶不爲也，不知先生肯特破例下筆否？重念先人墓碣，久蒙尊諾，併祈拜賜，自當深藏密刻，不輕以傳於人。倘可確然示報，春間即專人候請，惟矜許是望。

福州新節推大鼎，居此〔六〕村落間，今之官，覯其頗有識趣，且良吏也，過門下，願進拜，得不拒幸甚，因寓此稟。未期趣侍，惟乞倍萬保重，某不勝惓惓，不備。

校勘記

〔一〕文淵閣本在『僻左無便』之前有『則』字。

〔二〕『朋友』，文淵閣本作『友朋』。
〔三〕『人』，文淵閣本作『大』。
〔四〕文淵閣本在『以』之後有『貧』字。
〔五〕『乃惟』，文淵閣本作『實爲』。
〔六〕文淵閣本在『此』之後有『邑』字。

上晦翁朱先生書（十一）

某拜覆宫使侍講先生：昨歲福州錢推官行，得一寓狀，審遂呈達。且蒙與錢君之進而問及某之踪跡，聞之固已感幸。久欲專一力詣門下，疲劇煎熬之中，怱怱不果，以至於今，不勝自罪。間詢往來士友，知先生康健不衰，用慰瞻仰。新年尊壽正七十，實爲大慶。恭惟天相斯文，當此春和，尊體動止萬福！

先生數年來閒居無他出，賓客書疏之及門者，計省其舊十八九，免於應酬之煩，而可一意緒成諸經文字，以貽後之學者。此造物之大賜，國家之厚恩也。雅遂本懷，亮有餘樂，他復何言？

某爲親從禄，塵埃辛苦，所不得辭，於兹三年。偶幸未及於禍，亦不取知於人，惟無德於民是媿，此去一甲子，當受代，倘遂善去，爲宏多矣。後日升斗之圖，非所預計，亦不至失其初心也。久廢書册，俗狀已深，設復得閒，可再鞭策，而精力退矣，皇恐奈何！惟先生怜而教之。

某向來累以先人墓碣爲請，先生許之已確，竟未拜賜。今兹耑人戒使，候伺旬日，敢乞垂示。謹未敢泛投，唯當刻藏之家，爲泉壤無窮之榮，少寬不肖子没齒之責，不勝痛懇。

師門大眷，伏惟茂擁春祺，燕及中外，子舍學士昆仲各仕何地，孫枝已盛多否？某老母今七十八，幸康健，舉家隨養亦安，某昨未有嗣，去年方得一兒，以先生愛厚，敢及之。子約謫死可痛，然其死無媿矣。平時學者經此大爐鍾〔一〕，真贋盡見，知人實難，敢不自懼！

某昨書又嘗僭乞子游祠堂記，諒關尊抱，區區素不敢事衒飾，妄求品題以自表見，顧此邑實子游故里，今江浙所無有，不以請先生求一語爲信，某之罪大矣。亦望因賜揮染，當留俟他日託人刻之，乞無疑也。

末由趨拜，引領飛越。伏乞以時節宣，千萬自壽。不備。

校勘記

〔一〕文淵閣本無『鍾』字。

附朱子答書十篇〔一〕

一

史公入覲，不知後何所處？禮畢亟歸，亦佳事也。某去秋以病請祠不遂，此間亦可少安。

而忽有長子之喪，悲痛慘怛，無復生意。請祠諸公已相諾而未被命，旦夕即去此矣。久欲遣人至越中而未暇，及今始能作書。而迫行匆匆，又不暇詳悉，所委文字亦未能遂就，然不敢忘。異時未死，終當如志也。新刻數書各注一本，崇禮兄弟欲各寄一本，而偶盡，遂不能及。亦不暇作書，只煩爲道意也。寧海僧竟如何？秉彝好德，豈容泯滅？於此可驗。試寄語招呼之，若其意堅，可集朋友合力助之，以成其志，亦非細事也。

校勘記

〔一〕静遠軒本收入朱子答書八篇，據上海古籍出版社二〇〇二年十二月出版的《朱子全書》二十三册《晦菴先生朱文公集》補入兩篇，列在八篇之後。

二

先誌不敢忘，但以家居賓客應酬，無緣得就。今既之官，卻思應接稍希，可以具稿，便並送崇禮，令轉達也。但書石須更屬人。某目昏殊甚，不堪此役，一破例之後，求者繼至，無詞可以卻之。朋友間如楊子直，書儘有法，如不識之，當爲轉求也。

三

來諭諄悉，備詳爲學次第，甚慰所懷。大抵學者專務持守者見理多不明，專務講學者又無地以爲之本，能如賢者兼集衆善，不倚於一偏，或寡矣。更望虚心玩理，寛以居之，卒究遠大之業，幸甚！

武夷佳句，足見雅懷，更求小詩數篇，暇日見寄。

四

燭溪蕭寺頃歲蓋嘗一至其間，今聞挾書至彼，亦有學子相從，不勝遐想也。精舍諸題悉煩着語，屬意皆不淺，三復嘆息，恨不即同晤言也。比來觀書日用，必有程度，及所得所疑，有可見告者，因來及一二，以發講論之端爲幸。

五

示及《易》説，意甚精密。但近世言《易》者，直棄卜筮而虚談義理，致文義牽强無歸宿，此弊久矣。要須先以卜筮占決之意求經文本意，而後以傳釋之，則其命詞之意與其所自來之故，皆可漸次而見矣。舊讀此書，嘗有私記，未定而爲人傳出摹印。近雖收毁，而傳布已多，不知曾見之否？其説雖未定，然大概可見。循此求之，庶不爲鑿空强説也。如元亨利貞，只是以卜得此卦者大亨而利於正耳。《乾》卦《彖傳》《文言》乃孔子推説，非文王本意也。又嘗作《啟蒙》一書，久已板行，不知曾見之否？今注一通，試看如何？《書小序》不可考，但如《康誥》

等篇，決是武王時書，郤因『周公初基』以下錯出數簡，遂誤以爲成王時書。然其詞以康叔爲弟而自稱寡兄，近誦文王而不及武王，其非周公、成王時語的甚。吴才老、胡明仲皆嘗言之。至於《梓材》半篇，全是臣下告君之詞，而亦誤以爲周公誥康叔而不之正也。其可疑處類此非一，太史公雖用其體，而不全取其文，如云《商紀》所載《湯誥》，全非今孔氏《書》也。雖其詞龐亂，不如今《書》之懿然，亦見遷書之體，或未必全是師法《書》序也。按《漢書》，遷嘗從孔安國受《書》。大抵古書多此體，如《易・序卦》亦是此類，若便斷爲孔子之筆，恐無是理也。

先墓誌文不敢忘，但爲歸來悲冗中，未暇落筆。今當少暇，旦夕得求，當並寄叔度轉達也。記序諸篇大意皆正當，而詞音清婉可喜。此雖餘事，然亦見遊藝之不苟也。入蜀不過荆門否？近得劉德修一書，今有報章，並書册一匣寄之，煩爲帶行達之。此公未識面，而書來極勤懇。前日之舉，全類東漢諸賢。計程甚疏，而其意則甚誠切矣，亦可敬也。恐丘君以姻家之故，不能無嫌，須調護之。此非爲劉，乃爲丘計也。可嘆可嘆！

六

昨霈祠記，本不敢作，以題目稍新，不能自已，略爲草定數語，漫録去。度未可刻，以速涪城之禍，幸且深藏之也。

七

某衰老多病，益甚於前。今手足拘重，不復能動，已兩三月矣。度氣血已衰，無復完健之理。只得未死，且爾引年，已爲幸矣。然世道如此，臭味凋落，日見稀少，亦何用久生爲也。久欲告老，今方及格，不敢自請，而外郡不爲保奏，只得一申省狀，且亦發去，或恐觸禍機，然不暇顧也。向承諭及祠記碣文，以例不敢爲人作文字，遂不復曾致思。所示行實諸書，亦久已卷藏，不在目前。自此或有便，別爲寫一通來，暇日試爲整齊，看如何然後出之。時運固叵量，但恐壽非金石，不能俟耳。祀祠亦然。但子游之封在唐爲吴侯，在政和爲丹陽公，而淳熙所頒祀禮乃爲吴公。蓋十子皆因唐之舊自侯而公，然不知何時加。頃年曾爲申請禮寺行下，亦無的文。今納長沙所刻一通去，可試考之也。紙尾無可講説云云，可爲慨嘆。此固無復可以及人，但不知來年自己分上功夫又如何。似聞頗留意於詩文，此亦恐虚度光陰也。有如衰朽，至於今日，乃始返恨向來之懶惰。今欲加功，而日子鋪排已不遍矣。此當以爲戒，而不可學也。

八

某到此，緣所請未報，邦人恐虎兕復出於柙，邀留不得去，已申省且留此矣。黄巖糴濟，得伯和諸公在此商量，雖未有定論，然亦當不致疏脱。但水利一事，諸公以爲非得一見任官主持不可下手。某已撥萬緡，今使與合利人户興役矣。諸人欲得賢者復來，現欲差出縣丞，卻煩吾友攝其事，主此工役，不知可來否？專令此人奉問，幸子細籌度見報。若不穩當，則當別爲申奉，專差措置水利，亦無不可，但在賢者之來與否耳。如不來，幸爲計度見任官中有何人可委。謝户如何？欲煩詢之，不知渠肯來否？此事非小，若得黄巖無水旱，則鄰邑無飢饉之憂。向後乞得錢，更增益之耳。度本路水利未有大於此者。余姚之旱與上虞分數如何？幸博詢見寄。

九

所喻平生大病最在輕弱，人患不自知耳，既自知得如此，便合痛下功夫，勇猛舍棄，不要思前算後，庶能矯革。所謂『藥不瞑眩，厥疾不瘳』者也。明善誠身，正當表裏相助，不可彼此相推。若行之不力而歸咎於知之不明，知之不明而歸咎於行之不力，即因循擔閣，無有進步之期矣。它論數條，亦所當講，別紙奉報，幸併詳之。隱括程書，豈所敢當？當時諸先達蓋嘗有欲爲之而未果者，然自今觀之，卻似未爲不幸。況後學淺陋，又安敢議此乎？

子約漢、唐之論，在渠非有私心，然亦未免程子所謂乃邪心者，卻是教壞後生，此甚不便。近年以來，彼中學者未曾理會讀書脩己，便先懷取一副當功利之心；未曾出門踏著正路，便先做取落草由徑之計，相引去無人處私語密傳，以爲奇特，直是不成模樣，故不得不痛排斥之。

不知子約還知外面氣象如此否耳？

《中庸章句》《太極解義》方是略説大概，若論裏面道理，精微曲折，知它是更有何窮何盡，未須便慮説得太詳，且當以玩味未熟、分畫未明爲憂。蓋自頃年妄作此書，至今未見有人真實下功理會到究竟處也。《大事記》數條，其間誠有可疑者。如韓信事，向來伯恭面論，蓋嘗曰其不反。不知後來看得如何？須是别看出情節來，不然不應如此失入也。此可更問子約，看如何。然渠此書卻實自成一家之言，亦不爲無益於世。鄙意所疑，卻恐其間注脚有太纖巧處。如論張湯、公孫弘之姦，步步掇拾，氣象不好，卻似與渠輩以私智角勝負，非聖賢垂世立教之法也。

諸詩語意清遠，讀之令人想見湖山之勝，但亦不無前幅所論兩字之病謂『輕弱』耳。《子陵》《仲弓》二絶則甚佳。嘗觀荀淑能譏刺梁氏，而爽已不敢忤董卓，至彧，遂爲唐衡之婿、曹操之臣。人家父祖壁立千仞，子孫猶自倒東來西，況太丘制行如此，其末流之弊爲賊佐命，亦何足怪哉！

《太極》之説與《繫辭》詳略不同，乃是互相發明，以盡精微之藴，最爲有功。若只依本分模搨，則亦何用增此贅語，而學者又何由知得其中有許多曲折耶？大抵近日議論喜合惡離，樂含胡而畏剖析，所以凡事都不曾理會到底，此一世之通患也。

明道答横渠書誠似太快，然其間理致血脉精密貫通，儘須玩索。如大公順應，自私用智，忘怒觀理，便與主敬窮理互相涉入，不可草草看過。如上文既云以其情順萬事，即其下云而無情亦自不妨。明道、伊川論性疏密固不同，然其氣象亦各有極至處。明道直是渾然天成，伊川直是精細平實，正似文王治岐、周公制禮之不同，又似馬援論漢二祖也。

封建之論甚佳。范公之説，大抵切於時務，近而易行，但於制度規模久遠意思大段欠闕，如論租庸、兩税等處，亦甚疏略也。封建一事，向見胡丈明仲所論，大抵與來喻相似，不知曾見之否？要之，此論須以聖人不以天下爲一家之私作主意，而兼論六國形勢，以見其利害未嘗不隨義理之是非則可耳。以上諸説，有未安處，卻幸反復。

十

縣事想日有倫理，學校固不免爲舉子文，然亦須告以聖學門庭，令士子略知修己治人之實，庶義於中或有興起，作將來種子。浙間學問一向外馳，百怪俱出，不知亦頗覺其弊否？寧海僧極令人念之，亦可屬之端叔兄弟否？若救得此人出彼陷穽，足使聞者悚動，所係實不輕也。所疑三條，皆恐未然，試深味之，當自見得。

古今《書》文，雜見先秦古記，各有證驗，豈容廢絀？不能無可疑處，只當玩其所可知，而闕其所不可知耳。《小序》決非孔門之舊，安國序亦決非西漢文章。向來語人，人多不解，惟陳同父聞之不疑，要是渠識得文字體製意度耳。讀書玩理外，考證又是一種工夫，所得無義而費力不少，向來偶自好之，固是一病，然亦不可謂無助也。孔氏《書序》與《孔叢子》《文中子》大略相似，所書孔臧不爲宰相而禮賜如三公等事，皆無其實。而《通鑑》亦誤信之，則考之不精甚矣。

與王子知書（一）

某再拜子知主簿：賢友去春一見，慰甚。中夏抵臨安，憚暑不能相尋，爾來每有懷想。某旦夕將母就戍諸況，君保當具言之。

吾友英發有膽決，志度不小，一第分内事，諒不以自多。少年日月，家居無事，計當洗心聖賢之訓，博以古今之變，他日成就，未可量也。天姿不可恃，風俗易〔一〕溺人，願敬毋忽。益遠，末由合并，跡雖疏而情已厚，故附此略道所欲言者，餘惟爲遠業自壽。不宣。

校勘記

〔一〕文淵閣本在『易』之後有『以』字。

與王子知書（二）

某再拜子知主簿賢友：頃纔一見，喜於得友，因敢贈言。今書來，遽執師生之禮，甚過，不足當也。遠餉珍錯，更荷勤厚。春寒，伏惟侍奉母夫人起居萬福。

山陰闕在何時，未趣上否？某將母戍邑，幸無疾苦。區區獨自恨弱冠有意於學，今二十年，荒唐浮湛，無能庶幾古人百分之一。此非學問之難，直坐自暴棄耳。讀書一事，卻坐貧故、受徒急，兩者害之。又亦自無規程，紛雜不專精，至今茫然無可據，目昏髮白，方復置身塵埃中，此事幾於已矣。

以此嘆愛子知聰明英發，少脱科舉累，無求於外，而志氣偉然，有大受之器。乘此閒暇，汲汲從事，標準聖賢，著鞭從之，豈復僕輩所可及哉！所慮者用明於外，不能釋然刬去平生所挾，如蒙穉之德〔一〕於父師，則雖果敢辯裁，於大本猶未近也。來書所謂寡合易忤，異説横生，得非以此故耶？至如取友，惟君保一人，固驗親仁之益，然擇善無方，恂恂鄉黨，不可有餘子碌碌不足數之心也。

見箴《定香記》，甚幸，當時但不必作，業作之，卻當便以此意爲主。曾看南豐諸記否？然僕正自非作文手也。不宣。

校勘記

〔一〕『德』，當從文淵閣本作『聽』。

與石檢詳書（一）

某頓首再拜應之知郡秘書尊兄：去秋得書，尋附報必達。歲晚，忽聞與居厚皆去國，已而拜守滁之命。慨嘆之餘，亦以爲喜。即此春且暮，天氣多不佳，伏惟還剡優游，尊候萬福！中都慶闈，安問日至，賢弟子侄眷集均祉。

尊兄在朝時，上下調護之功固不少，不知此出於静中追念，亦復有遺恨否？人生禍福，本無可關防避就，一進一退，不能大爲斯世重輕，是則志士所甚懼耳。邊州今雖無可自展者，比兄爲之，當亦有分數可觀。如聞急欲議易幕，恐不必爾，若意不欲往，則臨時有請可也。如何？

某遂安偶成見次，匆匆辦行，二十五日，將母就道，兄何以教警之？盡言無留藏，乃見愛厚耳。子約之入久，近又當如何？監丞尊叔未可求外耶？某甚欲一詣剡與兄别，且哭編修之殯，計往回當八九日，遂不能，惟是矯首悵望，不勝依然。

舟中略奉此紙，專人致左右，餘續上狀。時中千萬以道自壽。不宣。

案：集中有《石編修行狀》，代石應之作。編修，諱斗文。

與石檢詳書（二）

某頓首再拜都運提刑華文檢詳尊兄：春初寓書，幸達齋几。久不能嗣問動静，第極馳仰。比以虞貫卿屢覓書，方於六月末作一紙，送莫簽魁入遞，計方在道。而專使遠臨，書意詳曲，餉遺腆重，感服眷誼之不忘，非言語所能謝也。即此新秋積暑，早晚亦已有涼意，伏惟德業有相，台候萬福！

某官守如昨，勞苦自其定分。所幸老人强健，舉家團圞，仰禄不啻足矣。此外恐不免罪，而何敢求知？不惟不敢，亦非所存。若兄事任既重，盡心其職，可以報國而及民者。方大人各有志，勢難盡同，自靖而已，遑多議乎？潘文叔遂可更選，可喜。劉全之後不相聞，今已得替，或言已是及格。近有傳，兄當改漕淮東，而趙子固丈亦有此報。趙丈病餘，未可必出也。兄或果動，未可知耳。

時中，伏惟爲君親自壽，大爲世道之福是禱。不宣。

與潘料院書

某頓首再拜上狀文叔知縣尊兄：即日方冬未霜，伏惟愷悌宜民，尊候萬福！

某昨自憂患中，遠辱存唁，繼嘗具報，不知達否？其後聞兄有悼亡之變，無便失於奉慰。謂兄當復還居上虞，可相往來，乃承同舍玉山憩止金華，遂成闊絶，可勝交游冷落之嘆。今春將母就禄於此，夏間江必東自婺回，言兄亦赴永豐。近往來者益傳政譽已籍籍，喜甚，恨不得親叩講畫之詳也。

今時作邑，定未能便及古人，日行乎不得已之中，亟去其太甚，其餘漸損益之，歲計有餘，則爲善矣。然吾輩學未充，精力短，始雖鋭行其志，事變凌奪，日月推遷，能使初心寖闌，是則可懼。僕方自以爲戒，因敢以告。

沈叔晦兄之亡，朋友當交相弔，哀哉！端叔處必時相聞。近恭叔過建陽，尋聞母夫人小不安，使人追之，不知如何也。子約執禮曲臺，有謇直聲，間得書否？適有便，略附此，不究所欲言。眷集留婺女，已取至官舍否？

向寒，千萬良食自壽。

案：《會稽續志》潘疇，本金華人，遷居上虞。子二人：友端、友恭。文叔當爲其兄弟行，故篇中有『還居上虞』及『憩止金華』等語。

答潘太博書

某頓首再拜端叔提幹尊兄：昨養源來，曾附謝臘中一紙之賜。後兩日，又領歲初所惠書。不肖無狀，荷朋友不忘棄，寧不敬感。

某初擬燈夕後過四明，歸當詣兄款別，已而無暇。沈兄過上虞，云當來訪，遂留俟之。二十六日沈兄來，二十九日僕繼往，又數日回。體中感冒，不可風。自初十〔一〕後，日日具舟欲行，不以事牽，輒遇風雨。今則行日已迫，定不暇遠出矣。四方師友，常若〔二〕隔闊。吾輩鄉社近耳，猶不能合并如此，固坐不勇，又或尼之，良自慚嘆。

某齒長學荒，方願專靜讀書，且常有負笈武夷之想，偶兹趣戍，當復投身朱墨間，職分誠不敢不敬。然德薄才短，懼便爲俗吏，猶未必勝任，爲吾黨羞。惟兄愛我素厚，幸一一教之。歲月飄忽，兄終制亦復不遠。小心敬德，舉動準的古人，毋爲精神意氣所軒舉而不自察。區區亦甚有欲面論者，不及究也。時中節抑自重。不宣。

案：《會稽續志》潘友端，淳熙甲辰進士，爲太學博士。

校勘記

〔一〕文淵閣本在『初十』之後有『日』字。

〔二〕『若』，文淵閣本作『苦』。

答潘宣幹書

某頓首再拜恭叔縣尉尊兄：向來家居，固常欲一詣自請，作旬日款。今當遠役，咫尺心交之地，乃不能面别而去。吾輩大抵不能擺落俗狀，以追古人風味，此亦其明驗。而先施之責在某，負愧尤多矣。區區自解，略具端叔書。

每見養源，説兄篤志《近思》，朝夕從事，工用益密，意度益遠。自省荒落無狀，極思相從，以求發落〔二〕。況兹不腆試邑，恐賊夫人之子，兄不棄我，何以教之？虚心克己，固是難事，從來師友，交以相病。僕誠不肖，竊自感厲，願著鞭焉，兄毋疑其不受而嗇於言也。沈季文兄要是强毅截然，不激繞媚世，真古學者氣象，他日宜相與展盡。餘懷不及究，惟千萬强食自護。不宣。

案：《會稽續志》潘友恭爲江淮宣撫使司幹辦，故稱宣幹而縣乃其官也，恭叔即友恭字。

校勘記

〔一〕『落』，文淵閣本作『濬』。

與葉著作書

某頓首再拜：昨兄見過，謂當繼詣五夫，足可從容承益。而冗奪病倦，風雨相仍，日日具舟，輒復罷遣。兄必疑其失信，媿望不可言也。即此雪後餘寒，伏惟尊候館寓萬福！

某正月末，始得往鮚埼，留數日，遇雪寒歸來，肺喘作，比兩日方安。遂安吏輩十一日已至，二十六日當成行。緣道遲留，度踪跡稍定，必暮春。夢想二潘兄欲求款，今已不能復輟暇矣。計兄亦不宜又歸爲别，人事固未可預期。大約某遂安滿罷，兄已在京口幕府。吾人各近中年，念此别離，真能作惡！相期素厚，當出苦語，夫志衰則氣昏，己小則物勝，世道委蛇，私利害怵迫，動輒畏懦蹙踖〔一〕，至或不敢開口，軒眉丈夫之勇，當如是乎？朋儕間不能爲輕重，安望爲一世人物？惟兄明德，力自振起。某荒唐多過，亦冀鞭策之助。

專此略道區區，餘惟良食自壽。不宣。

校勘記

〔一〕『蹙蹜』，文淵閣本作『蓄縮』。

孫應時集卷之六

書　二

上史越王書（一）

某日者蒙被大賜，即欲亟走，竊伏舍人門外候伺，陳謝萬一，而狗馬病軀，未堪衝冒風雪，用是趦趄自止。方日恐懼跼蹐，伏蒙太傅手賜鈞翰，拊勞優寵，教以《書傳》全帙，仰惟眷記不遺。以其昔嘗拱聽緒言，特加私淑艾之恩，敢不敬拜。至勞謙下問，採録葑菲，以來起予之助，不以幼賤惷愚爲間。盛德如此，所謂真傳百聖之心。若某者，豈〔一〕能妄措一辭以承尊命？尚容伏讀，他日侍見，得以禀請，乞賜尊〔二〕裁。

案：《宋史·藝文志》云史浩有《尚書講義》二十卷，此所云書傳，當即此書。

校勘記

〔一〕文淵閣本在『豈』之後有『誠』字。

〔二〕『尊』，文淵閣本作『鈞』。

上史越王書（二）

近蒙遺視《書傳》，緣不肖之軀自月半後，復感冒不安，未及專一伏讀。兩三日間，方敬展閱。有如太傅此書，多所發明帝王君臣精微正大之藴，剖決古今異説偏見，開悟後學心目，使人沛然飽滿者，無慮數十百條。獲睹全帙，不勝平生厚幸。

雖其間妄意有欲反三隅以請教者，方躊躇尋繹，疑未敢吐。遽領鈞旨督趣，怳然聳懼，不知所對。然伏自念太傅幸愛某，不啻若託骨肉至親之數，既未克拜坐側，從容展露，則不敢不一一疏諸刊本下方，少見歸誠無隱之義。用是輒留將命者，信宿扶疾，草率盡意妄書，無復諱避，萬萬不足仰備採擇。

伏惟鈞慈原其心而恕之。某皇恐死罪。

上史越王書（三）

伏自春時進拜，蒙禮賜之重，僅憑還舟，申謝萬一。繼以行役滯留杭、越，不克貢起居之敬。然竊亦因行李之往來，審知鈞體勿藥以後，精神更益康勝，朝野幸甚。載惟兩宮渴見元老，令〔一〕書踵道，詔札丁寧，不知安車何日西上？天氣正佳，想不容徐行也。

某夏中參部，不能偵擇近闕，已授遂安令三年次。客中病暑，因而留俟省劄，故涉日頗久。

地勢孤遠，名迹堙〔二〕晦，豈嘗敢有他覬倖心，以爲門下羞？還家兩旬，痁作始瘳。伯兄病未平，賤〔三〕累大小皆不安，以是未遑詣府拜謁。家窮，親益老，某身任内外之責，出入皆難。曩蒙相公之喻，今復未知所對，尚須少定，躬自稟陳。茲領鈞翰，先賜勞問，祇以皇懼。

案：『三年次』句謂『需次三年始授闕也』，詳見《上象山陸先生書》。

校勘記

〔一〕『令』，文淵閣本作『金』。

〔二〕『堙』，文淵閣本作『湮』。

〔三〕『賤』，文淵閣本作『碎』。

上史越王書（四）

某皇恐拜覆太師國公大丞相：即茲春中，風雪餞寒，恭惟天壽元老，百靈拱衛，鈞體動止萬福！

某竊審中使驟至，御札丁寧，申命守臣致禮趣覲。仰惟慈皇渴念舊學，嗣聖倚諮大老，而師相壽康未艾，精神有餘，君臣俱榮，國家盛事。將不惟特講臨雍乞言之拜，或復有平章重事之留。矢謨戒德，尚惟留意，賓接應酬，恐宜稍簡。連日叨侍觴匕，重蒙賜賚周厚，臨餞榮寵。

歸來子母相語，感激不知所言。屬以小舟衝風，犬馬病作，未克亟具申謝。敢圖矜慈不置，專使繼問，畀之序引。退省至愚至賤，湮淪塵埃，人所蔑棄，而師相廼齒獎褒，進之如此，豈惟傳詫吏民，端可託重四遠。拜受以還，敢不日夜惕厲，佩服誨言，期於稱塞，庶萬分一，不爲門下知人之羞。饋粲優腆，受恩不知紀極，尤積聳懼。大府鈞眷，恭惟中外尊榮，福慶隆侈。不審扶侍劒履，成命誰屬，或只太社實當之否？

某遂安隸輩十一日已至，二十五六間就舟，過越少留，或及候伺安車，重拜道左，亦未敢必。他日嚴陵有使令，乞賜鈞諭。

案：《宋史·史浩傳》除太保致仕，封魏國公，光宗即位，進太師，不言有復召之命。據此可補《宋史》之闕。

案：浩子彌遠，紹興二年爲太社令。

上史越王書（五）

竊惟師相此行，繫天下之望尤重。其於陳戒君德，通達言路，薦進人才，宣究民瘼，固有素定之論。

惟是『道學』二字，年來上下公共疾之，無能爲明主別白言者。漢、唐以來，常以『朋黨』罪君子，猶是加以不美之號。若此二字，不知文義何所諱惡？道學不足用，則無道不學者乃足用乎？原其始，特越中輕薄子立此名，自乙未歲流入太學，已而嚮布中外，方十五六年耳。其所指數君子，果誰以此自標榜？今天下場屋議論，通共竊用程、張諸儒之説，有司不非之。至於平居，稍稍見諸言行，輒曰詭世盜名，此甚不可曉。恐後世之史書朝廷諱惡道學，實刱起於今日，永以爲笑。

欲望師相特救此事，遂消此名，用賢獎善，付諸公論。天下幸甚！

案：《宋史》朱子提舉浙東常平，劾唐仲友，陳賈、鄭丙相與協力攻之，道學僞學之禁始。此事在淳熙九年，據此云『自乙未歲流入太學』，乙未爲淳熙二年，當必有所據，而《宋史》失載，附識于此。

上史越王書（六）

某皇恐，拜覆太師國公大丞相：即日春晚暄淑，恭惟日〔二〕對兩宫，宴勞便蕃，天相鈞體，動止萬福。

某比觀邸報，安車以十八日渡淛，不審賜館何地？道路皆言，且有平章軍國之拜。敬惟師相以道進退，端自有處。若夫慈皇眷禮之重，聖上諮詢之篤，天下想望之深，燕見從容，訏謨嘉猷，言無不盡，宗社蒙福，善類增氣，在師相大忠茂烈，益以光明，流聲千萬歲。

某雖卑賤不肖，敢東鄉拜手，以贊以慶。天氣正佳，伏乞倍萬善保鈞重。不備。

校勘記

〔一〕文淵閣本「日」之前有「邇」字。

上史越王書（七）

某近者就戍此來，不克更留稽城，候伺前騶之過。初八日，漁浦遣舟還府，嘗貢稟幅，輒以狂愚妄發之言，擬萬分一，上裨末議，不知徹聽與否？冗瑣之迹，仰藉覆庇。初十日抵嚴陵，十六日至遂安，十八日領賤事。奔走疲曳，心迹未寧。所幸老母粗安，不敢仰勞軫記。

此邑僻小，無將迎，訟牒亦不過百餘紙，官賦無甚逋滯。但十年來八易令，攝事者又六七人，一以苟簡趣辦爲事，簿書不治，里正偏受其害，訴於諸司及省部者相踵。而郡拘月發，期會甚威。乍到，未見根柢，姑仍舊貫，須少定徐處之。學校二十年不養士，縣廨傾敝，有覆壓之虞，又未易言。區區才智淺短，豈能有以自試？敬誦師相序引勸解之意，未知所以稱塞。然賴華袞之褒，播傳一邑，鎮壓多矣。感激感激。

大府鈞眷慶問日至，敷文郎中諒當隨入賜見，洎千五、三哥、太社亟拜寵渥，某未克各上狀，敢附見微悃。伏乞鈞體保重。

上史越王書(八)

某伏自六月貢狀,蒙賜答之重,且拜鰒魚、松花之賜,不勝區區感激。吏事汩汩,嗣是許久不克申起居問。當降崧令辰,亦闕慶禮。誠疏怠不敏,負罪已大,尚恃寬察。

某不韙試邑,仰依洪覆,苟逭罪戾。幸老母安健,適值歲豐,吏民相安。自到官來,獄無重囚,學校粗修,人士知勸。但賦額猥重,月發峻急,皇皇取急,不容休暇。每念道化之訓,慚怍深矣。葉使君去,冷副端或誠來郡邑,大體當可小寬。某竊粟爲養之外,素無他僥倖心,獨恨投身塵埃,棄置書册,學業荒落,是則可懼。夢想食息,念念丘壑,貧不能歸,亦其分也。素蒙鈞念,略自控寫,尚遠侍側,伏紙勤慕。

敬惟珍御鼎裀,鎮安社稷,永福天下。大府鈞眷,恭惟福禄昌熾,中外尊安。老母申附微悃。觀使敷文郎中、觀使待制侍郎,不克别貢起居之敬。太社令在曲臺有賢譽,同列皆一時之選,必有親炙之益,良可喜也。有此間委令,敬乞鈞旨。

上史越王書(九)

某螻蟻賤微,蒙戴恩澤。奉親戍邑,十五閲月,幸寬罪戾。惟是鞅掌汨没,自去冬領答教後,半年不克貢狀。區區昕夕瞻慕,實非簡怠之心,則惟鈞慈照之。

不肖無狀，每誦師相道化之訓，隨力盡心，粗不爲神人所怒。歲熟民安，自始至及今，偶無一重囚入獄，頗爲異事。其他去煩除弊，稍益見涯涘，要皆職分所當爲者。當路雖未嘗訾省，不敢慍，亦不敢求也。

兹偶蜀帥丘丈見招爲從事，其意甚美，以白老母，欣然肯行。因自念書生素心，竊亦願覽觀四方以自壯，及親年之未衰，與道塗之有依，恐不必拘攣齷齪，故遂許之，月末從〔一〕此徑去。雖益遠離門下，不勝回皇結戀。然以師相眉壽期頤未艾〔二〕，某二年後即東歸趨侍，與下〔三〕邑滿秩無大相遠耳。

大府鈞眷，恭惟中外尊榮。千五、三哥、太社近嘗得通問，久未還，何也？謹專人拜稟所以然之故，伏乞鈞察。

校勘記

〔一〕『從』，文淵閣本作『當自』。

〔二〕『艾』，文淵閣本作『央』。

〔三〕『下』，文淵閣本無此字。

上史越王書（十）

某比者將去遂安，以蹤迹控聞，門下人還領教，乃知已蒙賜書。先之十二日在都下，千五、三哥、太社招爲北園之集，坐間始獲鈞翰，手書細字，精明照人，有以仰見壽康之未艾，不勝慶悦。至於慰藉寵厚，餉遺勤腆，區區感激，又不容言。

某此行萬里之遠計，必非鈞意所樂。顧澳汨滓濁之書生狂簡，意有所激發，業已許諾，遂不可悔。初定爲迎侍計，已而兩兄力持不可，即於漁浦遣賤累奉老母東歸餘姚。而某單騎獨西，卻甚非本心，只俟到成都便謀歸，決不敢久去膝下也。

恐勞愛念，再此附稟。益遠，切乞爲兩宫、爲天下保重，復聽臨雍之拜。

上象山陸先生書（一）

某拜覆先生知軍丞[一]：伏自海陵一再貢狀，蒙教誨深切。其後先生去國，某不孝，遭先人大故，東歸守死草莽，遂累年不通問師席，非敢怠忘也。近越中會百一兄，款詢動静，深自慰釋。即此麥天清和，恭惟千騎趣裝，斯文有相，尊候起居萬福！

某囊憂患中，久病瀕死，得粗活，目昏髮白，遂成早衰。去夏免喪，調遂安令，本三年次。今春忽躐戌此來，三月十八日始領賤事。邑小地偏，粗亦可爲，第初至未見端緒，未有可言，惟小心敬事，隨力所及，則不敢不勉耳。區區素志，不忍暴棄，實先生發矇之賜。年齒益長，常恐忽自陷溺汨没，以負期望。越中朋友凋落，在者各散遠間。獨賴季文沈兄相鞭策，有輿僕植僵之力。但講評義指，多不相合。比會於崇禮家半夕，百一兄當詳道所言。如謂顏子德進而不聞道，恐先生無此論也，如何？他所欲請問者，未能罄稟。本欲少定專狀，而邸報黄荆門已授節，計車馬即西去，故略附此敘寸心。師門大眷，恭惟中外萬福是鈞。

象山學者，端的成就當不少，仲時、叔友德業必益進。每念誠之、淳叟，皆爲古人，誠之可惜，淳叟可恨也。正己議論今何如？寧海一學子王定者，極可喜。其所與同處者浮屠正因，某雖未識之，見其言語，奇士也，已決逃墨歸儒之意，特母老無家，聊依僧坊以爲養，惜未有人力能成其事者，因試及之。

吏事叢沓，拜狀草率，皇恐正遠，伏乞爲天下重自壽。不備。

案：《宋史·陸九淵傳》除將作監丞，光宗即位，差知荆門軍。應時諸書皆在此時。

校勘記

〔一〕文淵閣本在『丞』之前有『監』字。

上象山陸先生書（二）

某拜覆先生知軍監丞：即此秋氣高明，恭惟天相斯文，尊體動止萬福！

某伏自去春附狀，其後諸葛行之復遞示所賜報書，捧拜不勝感悦。區區學邑，爲嚴之遂安，稍行所聞，粗就條理，亦既及期，自可安跡。屬丘丈有蜀命，首以書見招，偶動平生耿耿，欲遠游歷覽，以自開廣心意〔一〕，自惜此機會。而母氏亦謂兒作邑勞甚，吾幸健未衰，不妨相隨一行，遂便諸之。比辟書既下，即奉老母離嚴陵欲西，而二兄自鄉中來，力持不可，始悵然自恨失計。然是時丘丈已至京口相俟，辭就無所陳，不免獨身一來，即白主人，以到蜀小定，覓舟徑歸。今此約固已堅決，然回首白雲之思，頃刻不能安也。恐愛念欲知之，故此詳稟。

自京口至荊州兩月，舟中蕭然，縱目江山之外，頗學讀《易》，往往略有意味。始意到此少留，即可身詣師席，作數日計，及至而人事紛然，且幕府亦間有所論議。而問程往還，自費六日，遂以不果。姑俟來春出峽，冀償此願耳。

先生爲政，平易簡實，道路能言之。鄂渚見張總卿，言意固自相敬，但及脩城發銀[二]，似於情實有未相通者。鄂州許教授，今在此考試，出欲道荊門而歸，某嘗以告之，而爲荊帥留連未得去。他日來見，可問也。前羅田令吴[三]斗南來[四]，同爲辟客，亦甚相敬慕，恨不得登門。某所願請益，節目固多，非面莫展，然大指頗自知所歸，不容負平日之教也。沈季文去歲親炙幾日，此兄實剛特可喜。

大門尊眷，伏惟中外禔福。時序向寒，切乞倍萬保重。不備。

案：《宋史》九淵以荊門爲郡，居江、漢之間，而城池闕然，乃請朝而城之，所云『修城發銀』，即指此事。

校勘記

〔一〕『開廣心意』，文淵閣本作『開廣之心意』。

〔二〕文淵閣本在『修城發銀』之後有『事』字。

〔三〕『吴』，静遠軒本誤作『胡』，據文淵閣本改之。

〔四〕文淵閣本在『來』之前有『此』字。

與胡晉遠書

近來專看何書，所作何事？ 業觀聖賢之學，考帝王之治體，以及歷代興替隆汙之變，而達乎今日之世故，精思而默識，自計新功云何？ 若未及此，亦當有循序著實，下手用工之處，有可言者否？ 他人有便，不惜一一見告，併録所作時文數篇來，欲觀進修之益，切不可同他人陰有自足自用之意、驕不如己者，而不求正於前輩也。

僕所期待於吾子最甚，吾子宜自默喻，故因及此。 作字且宜留意，小楷未宜草書，不唯年齡當然，書家法度正如此。 餘惟千萬自珍重。

與汪岠秀才書

辱書切切，然以發揚先志、廣布二圖爲事，意若責僕之閟閟，若有所撓於他説者。 足下之誠意，固僕之所深嘉，而僕之所疑，則足下有所未知，僕亦未易言也。

《中庸》《大學》之本文，今世晚出。 小子未必熟讀，其讀者亦姑惟科舉文字引用之故，豈能深求聖賢之心思，以其身踐之哉！ 甚者方以其書爲諱，而圖於何有？ 此如瞽瞶，未知有聲音采色，而欲告之以星經、樂譜也。且夫二圖所以明道，而足下之急於售之，毋乃使人疑於爲利者乎？

世之游士，或依倚官府以説書醵金，僕常痛之，以爲辱吾聖人之書，故不欲足下類此。聊舉其略，他須面盡。

與陳教授書（一）

曩時學校敬侍前輩矩矱，蒙薦寵良厚。一從離闊，忽已十六七年，不能訪便奉書，道此尊慕之心。有如長者名重德尊，所謂六館推頌，知己比肩。自脱鵠袍，謂當徑躡蓬萊、東觀，而乃至今尚屈爲郡博士。諸公爲國急賢，寧當舒緩如此？

惟是鄉邦之士，頃賴項平父誨掖，興起彬彬，稍有成矣。三數年來，如復未滿人意，得同舍丈臨之，儒服者皆驩然相慶。士俗熾惡，實關世道，人才輩出，能福無窮。

伏惟高明加意無倦。幸甚幸甚。

與陳教授書（二）

某竊恃夙昔獎予之重，當不以不信見遇，敢僭易薦所聞。

下車以來，在學之士，一閲宜盡得之。有貢士杜鎮者，寒苦而耿潔，志氣翯然不群。與某往來十五年，真能有所不爲者也。閒嘗從葉正則游，正則亦引重之。然向來未練事，動輒忤俗，故流輩多擠之者。今齒益長，能動心忍性矣。倘可延以學職，頗假借成就之是幸。有貢士虞樞者，學文於正則，爲吾鄉冠，志尚亦不薄。有貢士諸葛興者，博學守身，不衺褖，故無毁而多譽，其行誠足稱也。有士子孫康祖者，學於某，亦有志操，皆可使在學校，有益士俗。其他秀才尚多，不與之密，故未敢悉數。

舊學職馮幼安景中，博文穎識，一郡之望，當已知之。有諸葛肖卿丈時康〔一〕，已就特恩，最項平父所敬禮，可詢訪舊事，端不我欺者也。併恐欲加識察，某冒昧皇恐。

校勘記

〔一〕『時康』，文淵閣本作『康時』。

答黄縣丞書

伏蒙頒示建炎告詞石刻，知先直閣大節本末，不勝凜然起慕。恨當時奏藁不傳，不知後嘗訪求得之否？

方蔡氏權振天下，忤意者立斥。不自知反復手間，事變至此，亡家禍國，遺臭萬年。而諸君名迹，粲然益光，可不謂大愚耶？告詞不知誰筆，當時中書舍人名擬者誰也。知丞顯揚先烈，以詔今傳後，汲汲不倦，真爲人子孫者所當法。

拜賜既腆，敢以此謝。

與徐檢法書

頃於交游間講聞長者風概，自承來佐星臺，深願亟挹緒論，而縛於簡書，咫尺隔絶。每念奉幅紙寫敬，尤苦多事，坐成因循。忽拜雲翰，詞情親厚如平生交，不自意塵濁不肖之蹤，乃幸爲名勝不鄙薄，感悦媿歎，併不可言。

某爲親從禄，强顔於此。此邑之不可爲久矣，特非他比。隨力撥置，猶不暇給。其間過謬，何可勝舉。每睹臺帖指摘，精明如門下，真不苟其職，深得國家分臺設屬之本旨。某方切起敬，雖得罪其何辭！但今縣邑權輕法密，莫措手足，姦軌[一]日滋。自行其意者，其過易見；聽命于吏者，文致反優。此則有志扶世者所當念耳。意者當求於人，不必盡求於法，可乎？率易不揆，妄言因以請教。草草，皇恐。

校勘記

〔一〕『軌』，文淵閣本作『宄』。

與俞惠叔書

某再拜惠叔賢良畏友：暑日甚，伏惟端居感慕之餘，奉太夫人起居萬福。

某比年雖數至仁里，然非故人不敢見，其於後來之秀，遂漠然不相接識。間得侍文昌樓公。樓公最能誘掖後進，不掩人之善，於某傾倒尤無所惜，而談端無窮。或爲他客剿之，語亦未嘗及惠叔。故惠叔之才，業聞於州閭，重於諸公長者。而某在鄰壤，未始知之，陋矣。近者邂逅張總戎之坐，方賓主論文，袞袞如雲，則見惠叔時於其旁一語訂之，輒犁然當於僕心，僕誠大驚喜。及酒闌，稍接緒論，乃知惠叔在句章，於當今新進中，如驊騮騄耳，非與衆足較上下馳者也。歸卧風月軒，爲黄治中道之。竊自計是日不辭總戎之招，若或使之，非偶然也。翌日登門，庶幾款語，而惠叔已出，然不敢再候於總戎之所。是日見所和《萬卷閣詩》於大資政趙公家，又見《楚詞》兩章於史高郵家，玩繹愛歎，不能去手。又次日匆匆歸餘姚，甚恨扣擊之深，慊[一]然如不夕食，而未及屬厭也。

僕老矣無聞，雖慕交惠叔，何敢望惠叔之有意乎！僕而猶子繼見得所遺書，袞袞逾千言，别緘所寄論著，及書詩又十二篇，鏗鍧如金奏，絢爛如雲錦，其聳若山，其涵若淵。噫，何其兼人且多能也！何其意氣必己出而不苟隨也！豈非天才之高，加以志氣之偉，卓然不受世俗埋没，而真以古人自期者歟！夫學必志於道，文必根於理，非以記問華藻夸流俗而已也。僕之喜得惠叔誠以此，而惠叔亦遂不余鄙，而無隱於僕，豈亦意其可與上下此論者歟？若以記問華藻知惠叔，則僕等斂衽北面而已。

往己亥、庚子間，始交謝希孟於黄巖。時希孟亦二十四五，逸氣如太阿之出匣，僕敬愛之。

文昌樓公時爲監州，亦甚愛之，惜其曠達，終不受羈束。然其所見要自有絶人者，故紙中尚存其一二詩，謾往一觀，其間所謂『舉軍皆驚將韓信，公固知我如人疑』。聞惠叔受知文昌，亦頗類此，世道固然，不足怪也。然學者果從事於道理，則愛衆親仁，不争不黨，委身受功〔二〕而無可攻之處矣。惠叔以爲何如？

某得書後，兼旬病喘無聊，今日拏紙信筆作報，姑以見情，非文也。旦夕復〔三〕如鄞，悉俟面論。不宣。

校勘記

〔一〕『慊』，文淵閣本作『歉』。

〔二〕『功』，文淵閣本作『攻』。

〔三〕『復』，文淵閣本無此字。

與池子文書

某再拜子文省元仁友：别久地遐，不勝念舊之懷。便中得書，慰甚。然聞宿恙猶未盡平，不知今何如？人子爲親守身，此責最大，餘皆外也。且須盡屏置功名榮辱之念，只取《語》《孟》六經，隨意玩味，不須耽泥思索。兼看康節、淵明詩，亦可求《素問》一觀。待體健後，科舉付之游戲，若合得時，亦自會得也。

某守官奉親粗安，邑小事繁，辦財計最勞，無復觀書之暇，學校成次第，亦頗有佳士。今守倅同官俱相安。嚴州有君子，曰趙子敬彦肅，嘗爲婺書記，丙戌榜，學行甚高，憂居執禮如古人，但近亦頗好釋氏書耳。林伯和之逝可傷惜，一兩月間，恐專人往慰，進之全之，併通諸家書也。

何時合并，書不盡意。

答杜子真書

某再拜：昨得書，甚悉爲慰。比來遠惟敎學外，晉德萬福，母夫人、伯仲季氏安祉。某作邑一年，所經歷益多。其間做不行處，及意外相加可爲不平者，皆是自家力不足，德不盛致然。舉無可尤人之理，每切切自檢，常恐俗心鄙念作於中，形於聲色也。此話正須爲子真道之。

聞所寓主人甚賢，學子秀發，馴整可安坐，且往來泮宫，諸兄弟亦各有寧處，足供菽水，甚善。人生斯世，但各據分了職，所謂居易俟命，氣質所偏，各自涵揉改過遷善而已。

餘不縷究，千萬自重。

與詹提幹炎書

某自入境來，側聞執事以文行有盛名於此方，甚願亟見。顧自念不肖亡狀，恐賢者之不我屑也。不圖誤聽，謂其嘗有聞於師友，委刺袖書，惠然顧之，辭氣容色，真實古雅，已足使人起敬。退而讀其文，贍而有體，反覆而不厭，如輕車駟馬馳驟九軌之道，而折旋蟻封，動有儀節，引誼甚正，志道甚篤。其視己歉然若不足，而懇惻求益之意，充溢於言語文字之餘。《詩》云：『有斐君子，如切如瑳，如琢如磨。』執事其幾之矣，甚盛甚盛！

某凡陋淺薄，無足比數。齒益長，學不能自進，重以爲親求禄之故，而冒昧自試於方五六十之邑。其間俛仰時俗，牽迫時勢，悖古義而違初心多矣。矧惟終日朱墨埃塵之間，離去師友，疏遠方册，謂能志氣完固而義理益明，敢自欺乎？幸執事之不遺，方將請問過之不暇，而又何薦焉。吏退之隙，引筆作報，不能倫次。併謝金友解元長箋之辱，與夫高第弟子新詩之貺，恕其不給於禮可也。

與王孝廉書

昨見餘姚黄贊府，盛稱隱君子學行師表此方，竊自忻慕。及會仙邑司馬少府，自言常常訪政，請益於門下，賴以寡過，使人不勝起敬。顧恨束縛異縣，獨不得親炙左右。始至，吏事卒卒，復未能以書越竟求教，姑煩尉君爲道心曲。比得報問，乃蒙長者嘉其有志，便不鄙夷，手札滿紙，誨以綱目，正而通，簡而盡，斷斷如穀粟藥石，療飢砭疾，不可以他求也。幸甚幸甚！

然某騃滯不肖，將何以稱塞蘄待之意。世道日變，士大夫欲行其志愈難，作縣爲尤甚。顧禍福利害有命，不足自計，隨事量力，其可爲者尚多。責上責下，而中自恕己，實所不敢。繼自今更惟老成典刑不替，詔之他日趨隅，或不大爲門下羞。區區略此，展謝萬一。

麥秋雨潤，伏惟尊候起居萬福。願言倍自壽重，以副〔一〕鶴書之召。

校勘記

〔一〕『副』，文淵閣本作『前』。

與黃獻之書

某啓上獻之茂才：同舍別久，每以懸〔一〕情得書，喜甚。春中乃復雪寒，想惟侍奉起居康寧。

某去夏免喪，調邑遂安，戍期三年。方辦讀書調度，忽復趨行，年長學荒，恐遂汨没〔二〕塵俗是懼。旦夕將母就道，餘無足言。獻之俊穎過人，意度落落非常兒，言語精神，殊起人意，惜懶散不能自繩削，少讀書論古説。今雖佈置開廣，然不根著，如捉風躡影。方少年日月，茍有志，不宜不委身師友，及早整頓收拾。來書語意衰薾，若自悼自棄，何爲乃爾？親在言不稱老，閨門之内戲，而不嘆，子其未讀《禮》邪？小小多疾，正須善自養。科舉，丈夫所不道，漕試一北，何摧傷之云？試出此書，與良仲諸友評之。僕固無取，要希前脩爲準的，勿遂頽墮。幸幸具報，草率不宣。

校勘記

〔一〕『懸』，文淵閣本作『縣』。

〔二〕『汨没』，文淵閣本作『汨汨』。

與王君保書

某頓首啟君保貢元仁友：别久不勝馳情，道遠固難附書。兹承顓人千里餽問，意誼深厚，慰何可言。春寒，遠想侍奉尊公宣義起居康福。

某到官，行亦一年，奉老母、領孥累粗安。邑小地偏，在嚴之西稍北，與徽、衢接境。自昔監司所不至，過客亦極罕。土薄民貧，少商賈，而月發之額良重，拘催細碎，費强半日力。雖復分併限節，視舊爲簡，猶未見有井井整暇之道。其間鑿空無義禮之事，尚多有之，責以古法，正未免月攘一雞耳。聽訟不敢不盡心，一年間偶幸未有重囚。學校久廢，始至即延一士，授徒其中，每旬一再詣之，略爲講説，亦嘗一再課試，稍成氣象。近方立周、程三先生祠，亦設南軒、東萊祠其旁，蓋曩嘗爲邦侯、郡博士也。當作一記，猶未暇。元日與大夫士謁社稷，齒飲于學，仍講書，凡此皆略致區區意焉耳。恐欲知，故悉及之。若自己則全不暇讀書，殊荒落可媿。來書詳複，承親庭強健，家居講學甚適，力雖薄，僅可以無求於人，已爲福矣。科舉文字，亦須隨分料理，欲改賦固無害，但須決計理會一件，不要只管計較，徒亂意牒試之圖，切不必爾。得失，命也，是憧憧者果何心哉！讀《易》且只尊信程傳，妙在畫上之説固然，恐未有專功覃索，即不宜輕易撰説。《麻衣易》未嘗攷，《易通》即《通書》耳。所欲言甚多，不能究，惟祝眠食自愛重。不宣。

孫應時集卷之七

書　三

上丘文定公書（一）

某竊惟公卿大夫之門，中外無貴賤，請謝候問之書四面至，執事者所厭聽而倦覽。而某雖極么麼，今於門下，則爲知己用情之地，復詞贅語，非敬實瀆，敢一切刮去，惟高明首察之。

某不肖，且生晚，其得事賢最後，且疏於衆人。蓋自越中一拜星臺之下，已而再謁於吴門，蒙賜坐款語，而假舟饋贐，以濟其道塗之急。尋一貢書陳謝。其後伏匿荒遠，不敢囂囂效流俗，以夤緣扳附爲心。重以憂患，忍死三年，姓名未嘗嗣通於几格。去年免喪赴調，旅於行都兩月，適逢執事受節出疆，車徒戒嚴，雖嘗伺候而不得見。蓋其自初迄今，所以上交於門牆者僅如此。

矧某天資怯訥，造次不能以辭自達，又無文墨薄技可觀采。號爲讀書，而最淺鈍，其稍稍謹身，不忍自棄於惡行，固窮士之常節，未可保其終也。不識侍郎以蓋世之英明，徧閲天下豪傑魁磊之才，其可以爲當世功名之儲者，何啻千百數，而於某乎何取？乃者法從被旨，舉可爲職事官者，而侍郎辱以某充數。僻遠聞傳〔一〕之謬，蓋久而後知之，誠恐悸怖駭，不自知所以得此。雖然侍郎薦士而不使之知，某受薦而久不及知，且久不以謝，是足以稱於天下曰公舉矣。抑侍郎雖推擇之過意，將勉爲善，以勸其終，且曰取諸疏遠，未嘗有求之中，或足以厲奔競之士。某非木石，其敢不以一旦受大人君子之知爲榮，而益以佻薄無狀，異日變節毀行，負門下是懼！雖極慚不稱，無所逃避，有如竟自隔絶，疑非人情，兹敢布其本末。若夫恩地門生之詞，竊自度其非侍郎所以公舉之意，故不復遵用，併惟鑒恕。

司户學士兄在此州，紆鬱器業，然維持補捄之賜，及於境内厚矣。某每荷相與顧吏事汩，亦不能常相聞耳。

案：《宋史》丘崈，謚忠定，應時爲崈幕職，當得其實。集中稱『文定』，蓋與史互異。

校勘記

〔一〕『聞傳』，文淵閣本作『傳聞』。

上丘文定公書（二）

某恭審榮膺妙柬，出鎮全蜀，夷夏聳然，宗社幸甚。

某凡陋不肖，誤蒙記憶，猥預薦書，俾參軍事。初奉機宜兄之報，誠感激願行。已復有所自疑，故輒懇免。伏拜端午日手書一通，仰惟特達知奬，卓然古人遇國士之意。某亦私竊揆義理，真不見有可辭者。尤幸老母强耐，不憚遠適，謹定計承命。

自餘碎細，具以告機宜兄。若夫銜恩頌德覼縷之詞，諒非先生所望於某者，故不敢以瀆。敬乞台察。

上丘文定公書（三）

某初四日在嚴州，遣急足趙實行略具禀目。初六日抵桐廬，迺領侍郎所賜書。蓋下書人以溪水方盛，恐沿泝相參差，只於桐廬相候故也。書詞鄭重，禮數謙屈，視古人待賓客之意有加焉。如某不才，無能爲役，何敢當此！

區區自忖私計不精審，始者決謂當侍老母西遊，既已受檄，且拜命離任矣。而二兄自鄉里踵至，力禁此行，謂萬里奉親爲非是，且不宜狥弟故，重二兄白雲之思。母氏意爲之回，而某遂無以奪此。在寸心本應徑辭門下，然卻不成舉止，有孤知遇。只得單騎杖策，追道躬禀，亦不敢不隨至蜀，但不能久於依附矣。

初九日，辭親於漁浦，到都下爲知友互留，度十六日方得行。今先發張全上報麾下，已再從漕臺易小舫，計二十三前後必至京口，或已後期，尚可追及于金陵也。他悉俟侍見禀次。

上丘文定公書(四)

某皇〔一〕恐拜覆制置閣學侍郎先生：請違忽已旬日，歲晏繁陰，恭惟天相台候動止萬福！

某不肖，蒙先生提挈，萬里相從一年有半，教誨成就之恩，至矣厚矣。銜戴感激，豈復多言所能陳謝。維是凡陋淺短，無補毫分，而年長學荒，寢孤期望，抱此二懼，念之寒心。其他百爲，則在先生一一照料，某惟知不敢欺負爲門下羞而已。迫於念親，苦請先生〔二〕曲荷聽許，連日燕餞，寵以詩章，榮以臨送，旁觀嘆息，殆絶前比，回首結戀，更復可知。

某自城南陸行，至眉州留再宿登舟。初七已抵嘉陽，只待先生所附諸家書信至此，便即東去。朱茶使前月末已先過〔三〕矣。

先生鎮蜀，威惠實著，民物昭蘇，凡所聞見，贊仰一辭。方兹上心有疑，國論未判，諸賢回皇，咸望先生亟還，爲朝廷重。伏計嚴召不遠，敬乞珍護眠食，千萬自壽。不備。

校勘記

〔一〕『皇』，文淵閣本作『惶』。

〔二〕『生』，文淵閣本誤作『去』。

〔三〕『過』，文淵閣本作『邁』。

上丘文定公書（五）

某在敘州、萬州，凡三貢狀，未審得呈徹與否？某夔府留四日，秭歸邀税留六日，此月十一日方抵荆渚。川船例有厚載之疑，又畏風雨多濡滯，到鄂恐謀易一舟去也。此間勢必尚駐半月。舟中聊得讀書觀己，隨分安適，乞不軫念。自楚以東，去冬地震、冬雷、天狗墮，蜀中計不聞之。長寧虞倅頗知時事，往往有異聞可詢也。

便中敬此申候起居，伏乞尊照。

上丘文定公書（六）

某皇恐拜覆制置閣學侍郎先生：某還家五旬，嘗一再貢狀，未審達否？違離久闊，豈勝尊慕。即此火流之月，涼風欲生，恭惟公堂清暇，書帷靚深，天相台候動止萬福！

乃者天下大變，壽皇上賓，恭想先生摧慟難忍。方是時訛言震驚，朝野恟懼。已而小定，而上有疾，竟不能執喪，於今遂踵故事，傳祚嗣君。更想先生憂疑旁皇，身雖在外，無頃刻不心在王室也。遠書不敢盡布，終當若何？西南獨恃先生鎮拊，帖然如平時，猶是國家之福。然又豈若先生在内爲福之大，可不致有近日事耶？

某侍老母幸無恙，晨夕菽水之奉，都未曾他出入。便中拜此，託奏邸通消息，伏乞倍萬爲天下自壽。不備。

上丘文定公書(七)

某伏自去春登門，連日侍教誨，蒙燕勞賜予之重。請違一年，無非西鄉引領、馳心坐隅之日，而未嘗奏記以自見。蓋僻居蓬藋，無端便且不敢輕瀆嚴重，而又撫事太息，難言輒止。以故雖負曠怠之罪，尚恃恩私，必賜原察。中間敬喜獨先諸人而拜琳宫之命。但於今事勢，先生定未容出，諒惟血誠憂國，亦何能遂戛然，然此事有所關係，豈人力哉！深居無事，優游養壽，玩心高明，德盛望尊，天下猶有所恃也。

某守愚安分，冒昧試劇。自三月八日將母離家，四月三日已抵琴川，將以初六日祇服官事，敢不兢兢自勉。惟是窘弊弛壞，千條萬端，未知濟理。幸距師門不遠，嗣此可以數數拜書請教，併託存全之賜，是所大望。

上丘文定公書(八)

某伏自到官之初，一嘗奏記，蒙賜手答，慰藉重厚，捧拜感激。爾來累月，雖瞻望門牆，不遠數舍，時於道路得聞起居之安。而劇邑日困枝梧，心煩目昏，作字如隔煙霧，以故闕於通敬，尚冀怜察。

此邑素號難治，真是名不虛得，法廢積久，民慢其上，稍裁以正，百怪横出，冥心禍福，固不暇計，最以財用迫急，非如他縣有秋、夏畸羨得以相補，惟仰榷酤、征商二事。而前人去冬不辦蒸釀爲後人地，不免遠貫陽羨，苟逐什一。終日沸煎，大抵此類。新錢僅無乏事，舊逋之責又起。慨然自嘆，脱歸未能。然視比年諸人，榮悴升沉之變相尋，幸自以不才，自分泥塗，雖實辛苦，尚差平淡，委之於命，亦復何言！惟是疏短謬戾，不能無負於民。計當日徼尊德，願垂教藥〔一〕，俾得思改，終不爲師門羞，不勝大望。

先生閑居，養心觀妙，其益無疆，其樂無窮，甚稱雅志。何當復從容函丈，請聞緒餘之教外此心素，未易悉陳。伏惟爲國家天下千萬自壽。

校勘記

〔一〕『藥』，文淵閣本作『約』。

上丘文定公書（九）

某從禄於斯，奉親無恙。戴沐恩紀，不暇自言。咫尺師門，久闕貢狀，皇恐負罪。

甲第落成既久，伏想位置愜當，坐卧遊集，當樹木交蔭，時禽變聲，欣然自足之味，何減古人！亦復發興篇章，不惜録寄，幸教後學，是所大望。向來足疾，不復發否？楊侍郎歸途計必相聞，一時士論，便已推高，祇可嘆〔二〕耳。

某黽勉劇邑，艱險備嘗。幸而上下稍稍相孚，未及於罪。後日恰及再考，未保一年之間能終吉否？更惟教誨是賴也。

校勘記

〔一〕『嘆』，文淵閣本作『笑』。

上丘文定公書（十）

比者談命徐君來，領所賜書，伏讀感激。渠言旦夕當復詣門下，隨即寓拜稟幅，不知定呈達否？向來微苦重聽，今聞已十分清勝，賓客及門，笑談款曲，間出遊覽，融怡自如，極用欣慶。顧不肯一作子公書，諸人當有盍少貶之勸，而先生處此，則既有餘裕矣。區區小子，唯有敬歎而已。

某冒昧試劇邑，不自意全。前月初六，幸足三考，唯是屢趣代者，而忽變約欲至六月，當去復縶，良復大悶。今先具舟送老母與一家東歸，初十離此，某卻少留，續懇黄堂求脱去矣。是時扁舟獨行，則可略造牆仞，償所願，預以自喜。

念久不專狀，恐先生亦欲知此踪跡，故具稟聞，伏乞尊照。

上丘文定公書（十一）

某皇恐拜覆觀使閣學侍郎先生：前月王友君保行，嘗拜狀，必徹尊覽。即此秋冬之交，晴雨得宜，伏惟燕坐静深，天人所相，台候動止萬福！

某屏居奉親，坐竊祠廪，惟師門之芘是賴。昨來諸公，或諭令自雪，幸緣頑懶，不敢躁動。果聞近者集議力起，前令十八年之廢，因復借此明彼，重見黜黷，此其餘怒未息〔一〕，積毁未消之明驗也。不惟未可雪，殆亦未可敘矣。不審先生亦謂然否？家本賤貧，分甘草莽，兒時同舍，尚困場屋，正使復爲一民，亦是古來常事。況已幸脱重論，不羞齒於人世，今又晏然高卧，不施寸力，月有所入，猶勝向來辛苦作書社，正可媿畏，尚安敢汲汲作平隴望蜀之念耶！老母賤婦，亦皆深諭此意，以此處之極安。在先生素所識察，不假自列，聊復陳情及之耳。王友必已過建業，此士心行可保，實不易得，非先生亦何以使之辭親捐家，相從千里之外哉！

向寒，伏乞倍萬爲天下壽重。不備。

校勘記

〔一〕『息』，文淵閣本誤作『息』。

上丘文定公書（十二）

某皇恐拜覆判府制帥大學侍郎先生：自杪秋申詷動静久矣，未克嗣狀。窮居遣人既艱，又略不遇端便。比王生君保歸途雖嘗相聞，亦不能一來，故不得以書托其從人回達。恭承先生一卧十年，固已浩然與世相忘，而自公論既明，朝野中外無不以安石不出爲嘆。今兹優詔强起，至再至三，先生亦幡然以未嘗一見主上，不欲偃蹇，坐違君命，遂以趣裝南來。此於出處之際，實當天下之大義，無可復疑。惟是區區私竊妄意老臣鉅公，負四海之重望，而時有難易，交有淺深，進有不得盡所懷，仕有不得申吾志，雖復預期他日脩身辭榮，不失山林江海之樂，顧冬襘〔一〕夏簟，追計平生，亦不能無遺恨於此段。未審先生何以處之？門下賤子，愚戇妄發，臨書不覺及此，皇恐死罪。即日春晚暄淑，敬想入脩門，覲清光，天人佑相，台候動止萬福。某屏伏蓬蓽，幸侍老母無恙。若先生不果留中，來鎮東海，即容扁舟迎拜上虞、餘姚之間，一吐十年之遠悃。

餘惟倍萬爲天下自壽是禱。謹狀不備。

案：『大學』二字未詳。攷《宋史》，丘崈知成都，進焕章閣直學士，故前書稱『閣學』，『大學』或即『閣學』之訛，今姑仍原本。下倣此。

案：《宋史·丘崈傳》崈以謝深甫論罷，居數年復職，知慶元府，慶元即今寧波府，故書中有『一卧十年』及『來鎮東海』等語。

校勘記

〔一〕『襘』，文淵閣本誤作『簷』。

上丘文定公書（十三）

某皇恐拜覆留守安撫判府大學侍郎先生：即兹庚伏在辰，劇暑未艾，恭惟麟堂清嘯，折衝萬里，社稷倚重，台候神相動止萬福。

某伏自初夏報所賜教，不知將命者何日至，果不愆期與否，文字倉卒疏謬，決不能稱先生意。祇切追懼末由，嗣狀敬申開府之賀，惟有日日尊慕之誠。伏想視事兩月，風行草偃，江山城郭，焕然改觀。豈惟留都大府，一正紀綱之舊，而國家根本屏翰之計，必了然目中，弛張廢置，有次第矣。甚盛甚偉，真可爲天下慶。立之護漕，足能叶心同規，廟廊選用，政非偶然，其他得無尚有難調者否？武進尊兄有列邸之除，才業顯聞，僉論允諧，亦見公朝加厚先生之意，諒增歡慰。

某窮居，幸老母健安，昨以磨勘，叨轉一秩，六月旦，祠官已滿，畏暑且乏行貲，未能身詣謀禄，且不敢輒通光範書，以干大戾。

涼秋尚賒，伏惟萬萬以時以道，尊養威重，趣裝入相，以副四海之望。不備。

案：《宋史・丘崈傳》寧宗時進敷文閣學士，改知建康府，書中『留都大府』云云，當即指此。

答吕寺丞書（一）

某頓首再拜子約籍田尊兄：二月初，鄞中附一狀，達否？潘兄便中繼得惠書，誨告委曲，玩繹欣荷。屬爲此來衮衮不能寓報，唯有敬仰。一春多雨，行且迎夏。伏惟在職靖共，尊候萬福！

嫂氏眷集，已偕至都否？尊兄德美，克肖世烈，此除孰曰不宜！職守之外，何時當對語默可否？兄優處之，必能正學以言，端不飲西湖水而負朋友。但恐意或迫切，則氣若躁擾，語亦沓拖〔一〕。頃年見兄多如此，不知今何似耳。吾徒齒皆長矣，惟有各自切身點檢，勿負夙心，恨此闊遠，不得面叩新功也。

某憂患之餘，求三年次，稍欲讀書。偶復躐戍，投身朱墨，倥偬方始，區區所欲自試，殊未能信，少定以漸出之。此邑幸有麗澤三數友，如余解元履，昨見過，論議氣象甚佳。江必東頗似汩没，不逮十四年前小閣會聚時，亦皆未暇款也。學校久廢，未知下手處。兄於此邦聲跡相通，凡有所聞謬戾之狀，因風一一見教，至望。遇便燈下奉此，餘續具訊。時中千萬保重。不宣。

校勘記

〔一〕『沓拖』，文淵閣本作『拖沓』。

答吕寺丞書（二）

某頓首再拜子約寺簿尊兄：昨得去冬書，警教詳悉。區區遠客無聊，久不果嗣狀，但有懷仰。春老日長，伏惟王官雍容，尊候有相萬福！

某蹭蹬遠遊，固不可悔。顧丈夫亦欲一覽萬里，少快耳目耳。安知别家不三月，伯氏忽焉早世，使老母哭長子，而重念某之在行，無以爲懷。回首白雲，耿耿何如〔一〕。本只俟水生，謁歸主公〔二〕，以到此〔三〕日淺，人情未洽，苦相挽駐。期稍有惠於蜀，須秋潦退乃行。以事勢言之，雖么麽不繫輕重，而便去亦誠未有代任此責者，故難决裂耳。然今亦未定爲留計也。向來數月不雨，近幸優渥，未知後當如何。東川荒政未竟，而劉副端受代，極有利害。西路綿、漢多飢民，方急救之，今歲萬一薦飢，則可慮者大矣。

都下近事何如？大理之力，何爲動摇一臺耶？晦翁先生成桂林之行否？小報荆門休致，殊爲駭惋，顧未敢信也。遞中略此未合，并惟千萬自壽。不宣。

校勘記

〔一〕『何如』，文淵閣本作『可知』。

〔二〕『公』，文淵閣本作『人』。

〔三〕『此』，文淵閣本誤作『比』。

答吕寺丞書（三）

自春來月月説歸，以故闊不上記，懷想德義，實勞我心。

某獨身天涯，念親之心不能頃刻置，已擬初夏東歸。而丘丈堅委，一至益昌見總卿，因到武興，略觀邊頭人情。辭之則他無任此者，遂度劍閣，行棧道，泛嘉陵江而回。雖書生胸中粗，不無開廣之助，然人子之職，曠闕甚矣。秋風峽水可下，決不復遲留也。

諸賢在朝，損益何如？昨兄面對，必展盡惓惓，恨不得聞梗概也。因見陳内史、薛太常、徐右司諸丈，或蒙及不肖姓名，幸幸幾道！計已解組東歸，公朝有意收拾之否？荆門遂止，私竊痛之。同父晚得一第，可爲交友慶，恨未見殿榜也。

案：《宋史》楊輔時爲總領，居益昌，武興帥即吴挺，嵤嘗遺應時視挺疾，即指此事。

答吕寺丞書（四）

自聞兄補外，僕亦辦舟出蜀，遂不奉書。歸來汩汩多事，僅嘗因中甫書，託道消息，不克附訊。兹拜誨尺，欣感可言。

某曩者遠遊，悔懼度日。今兹善歸，母子相保，真是天幸，從容膝下，如夢得醒，餘無可言。惟是亡兄未葬，追痛如新，方此營治宅兆，涼秋可襄事，都未暇他出入也。天地大變，重華厭代，薄海臣民，同一哀慕。上疾廢於喪紀，慈福出令，遜授嗣君，雖盛典踵行，古所未有，然區區草野私憂，未知諸公爲後日慮亦周盡否？非所敢妄言也，兄當同此意耳。

蜀比安静，幕中諸公，似未有密客。丘丈高明絶人，贊畫亦復非易。吴氏兄弟平平，部曲取能奴事者。僕常觀其軍，可無慮，張君卿且可撫輯也。海寧丹丘之約，中甫亦嘗及之，俟先兄葬畢，又須往哭史魏公，送其葬，恐未可預結言耳。如聞臨吏卒，仍或躁急怒罵、處賑濟等事，未免煩擾，雖未必然，然度氣稟容，有未盡平者，當能徐察隨改也。年皆長矣，身之不治，何以治人？久不相見，聊吐所懷，以來警誨耳。

答吕寺丞書（五）

某頓首再拜，上狀子約寺丞尊兄：臨安連月盍簪，略相與展盡。别日遠訪我逆旅，語不能休，繼以手帖，猶欲流連，極知眷眷有此日足可惜之意，固已〔一〕前料必不容於時，而襆被以待遣矣。既别二十日，遂聞韶石之命，天威震動，海内惕〔二〕息。旋審半途留舍廬陵，益驗聖朝家法忠厚，而前日之事，明主本無成心於其間也。計惟感恩念舊，方當自力不懈，較變通於將來，其終能無毫髮媿於前人光，然後即安焉。若夫矜於得名，以懟其上，必非吾子約之所忍。

狂生野人，往往不達大體，務崇私議以禍斯世，宜勿酬對，諒不待區區言也。二十年前，每見兄諷詠紫薇先生所賦張才叔詩，不虞今兹亦允蹈之。臨風太息，彷徨侘傺，尚復何道！久欲附問，村居僻寂，杜門省事，不敢輕於訪，便坐成相疏。然間從諸人處傳聞近況甚强耐，日課讀書，無休暇時，玉汝於成，豈非天賜？

即此冬寒益侵，遠惟進修有相，尊候萬福。時發汪兄同處不忍别，願爲道傾仰意。聞嫂氏欲自往，誠否？婺女當常得安書也。近見新昌令季於會稽，疾亦不輕，幸浸平矣。

某家居奉老母粗安，常熟闕在明年春杪，餘不足勤遠念。相見尚賒，千萬珍重，以健爲本而已。不宣。

案：《宋史·呂祖謙傳》：祖儉上書救趙汝愚，劾韓侂胄，安置韶州，以樓鑰等論救，行至廬陵得旨，改送吉州。篇中所指即此事。

校勘記

〔一〕『已』，文淵閣本作『以』。

〔二〕『愓』，文淵閣本誤作『剔』。

答呂寺丞書（六）

某頓首再拜，上狀子約寺丞尊兄：去年春，得新昌令弟處報書，已而效官此來〔一〕。後嘗因廬陵曹主簿便寓一紙，竟不知達否？念兄遷謫，未聞自便之報，中夜嘆喟，耿耿不忍言也。不知兄去年以何月到宜春，比之在廬陵時，不無反落莫否？郊霈後須取旨，未定何如？即此冬中晴寒，遠惟德業有相，尊候起居萬福。

謫居無事，大可閉門讀書，寧非造物之賜？體中儘强健否？此等境界，當意氣盛壯時，能泰然處之不難，日月浸久，惡況滿前，衣食婚嫁之計日迫，真能使人精鋭消恧，陰有創艾之意，惟著鞭自彊，無媿古人是望。然賓客書疏言語文字之間，卻須深自重也。區區忠愛之私，因敢及此。樂道遭憂，可念。平父昨得書，卻安。

某强勉試劇，行亦兩年。隨分支吾，無復政事可言，得未以罪去，而老母强健，舉家團圞，可謂幸矣。因南安新守行，託其便道致此書，何由合并，臨風惘然。時中千萬加餐自壽。不宣。

校勘記

〔一〕『此來』，文淵閣本作『來此』。

與項大卿書（一）

某頓首再拜平父教授年兄：過武昌，得見《漢東集》，愛《柏堂》諸詩，想見吾故人風采。嘗作一紙書，託張都帥附達，當已至耶？

來沙頭，拜宣議尊叔，見令季，借得近作一編。從頭閲過，亦略抄之，備見當時蜀道出入，景物意度，慨嘆之餘，益不勝喜，輒成四韻寫寄。他未有可言者。然吾輩頭顱，今各如此矣，而未知止泊處，各將奈何？觀兄豪爽傑出，固非駑鈍所及，抑所當用力者，猶宜在此邪？荆門去年嘗相聚否？

秋冷即日，遠惟尊候萬福。諸公長者咸在長沙，相與正可樂，省事觀己，似復味長如何？無由合并，臨風增喟。草草，不宣。

案：《宋史》項安世，字平父，與應時同登淳熙二年進士，初召試除秘書正字，遷校書郎。此稱『教授』，當是初以教授召試除正字，而史失載之也。

與項大卿書（二）

某頓首再拜，上狀平父正字年兄執事：一别十年矣，有懷直諒多聞之益。夢寐往往見之，非復虚言。去秋過沙市，拜年家叔，蓋嘗寓書並一詩道意。尋聞詔入修門，遂登瀛洲。此在平父分内，得之已晚，不足爲賀，然亦小慰雙親意。又因得盡室還浙中，故當愜所懷也。館中固多賢，得平父翹楚其間，士氣增奮，尤以爲國家喜。恨未見對策，便中録示，甚望。

某獨身遠遊，老母倚門望歸，而伯氏早世未葬，此心摇摇，豈欲〔一〕久留？夏畏漲峽，因循及兹，姑就一考，十月即東下矣。蜀中幸一稔，邊頭雖失大將，人情帖然無他，僕頃嘗往觀其師矣。東南旱潦似不細，時事日關諸賢之念，今其何如？奏邸多端，便能具梗概相語否？宗臣獨任，其憂愛之必，有以助之，惟平父留意。

他懷莫究，惟爲君親自壽。不宣。

校勘記

〔一〕『欲』，文淵閣本作『樂』。

與項大卿書（三）

某頓首再拜，上狀平父知府檢討秘書尊兄：前年春臨安往來晤語之樂，分手無何，得兄池陽之報，尚以慰意。尋復知蹭蹬周章如許，豈勝耿耿之懷！天時人事，有所必至，諸賢顧不早自鏡見，無復追論。念兄業誤庭闈，挈數百指，來謀徙家，漂泊展轉，竟復西還，老人得不邑邑動心耶？每欲寓一紙問訊，遇便捉筆，歎息復止，此心可印，亦不待言。即兹春晚，遠惟杜門奉親，尊候有相萬福，年家尊幼中外，人人均安。

集〔二〕去年初夏到官，今正一年。瞶眊盤錯之中，不敢憚勞，聊復隨分枝拄。禍機滿地，無可避就，委心聽命而已。老母近嘗大病更生，僕亦常多病，志意愈衰落，四方師友書問例絶。蓋不能專人，又難附耳。

兄閒中當復讀書，平生定氣，覺今是而昨非。造物之賜適大，何由復相見，熟論兹事，惟加湌食自愛是祝。江陵新司理趙君居此邑，告别之官，略奉此通意侍側，乞道起居。不宣。

案：《宋史》平父爲言者劾去通判重慶府，未拜，坐學禁久廢。此篇詞意當在此時，但『池陽之報』『尋復蹭蹬』云云，池陽即池州，攷平父初判重慶，不得云知府，後一知鄂州，未嘗知池州，或未拜而罷，《宋史》遂失書之也。

校勘記

〔一〕『集』，當從文淵閣本作『某』。

與王秘監書（一）

某頓首再拜，上狀判院木叔尊契兄：庚子之春，實與兄別，中間人事凡幾變矣。然僕常心敬兄，自以異於他人。雖歲月之遠，書問之絶，獨耿耿如日在紫芝眉宇之側，不知兄與僕亦不忘否耶〔一〕。

憶離遂安時，嘗一寓書，殆未嘗達耶？去冬應微之來，能言近況，甚喜。尋聞大臣汲引，出於至公，遂登朝列，士無間言，益以爲喜。忽奉惠翰，相勞〔二〕勤篤，喜復如何！即此秋朔隆暑，伏惟襟韻清涼，台候萬福。

某守愚安分，只似昔時。髮白目昏，老境侵矣。受縣最劇，隨力支吾，幸不得罪於民。而爲代者所招〔三〕，新使君非素知，以此留未得去。孤特無與，事或未可知，所恃者民言衆論之無他耳。到都當求見。向涼，千萬珍重。不宣。

校勘記

〔一〕『耶』，文淵閣本誤作『耳』。

〔二〕文淵閣本在『勞』之後有『苦』字。

〔三〕『招』，當從文淵閣本作『撶』。

與王秘監書（二）

前年冬杪，自吴得歸，過都不敢相聞，當悉此意。不謂兄久亦不容於朝，幸非指僕爲累。然料其實，所以奉累多矣，能不追悔否也？抑詎有專城之榮，又似適足爲福。高情曠度，何所不可，言此聊發一笑。

今歲六月極暑，未秋已凉。而連日狂風横雨，不無傷稼。千里傷距，彼土何如？澄江地近而望不輕，然最少事易治，號爲道院。仁人臨之，但爲之弭災致祥，使歲功順成，善有所勸，枉有所懲，斯可矣，他不足過於用心也。妄發之言，又當一笑。

某杜門奉親，不敢訴窮於人。寄諭令自雪，則未能往。益〔一〕懶且無資，又非身行不可也。兄以爲何如？懷抱千萬，臨紙耿耿。

校勘記

〔一〕『益』，文淵閣本作『蓋』。

與趙太丞書

某頓首再拜，上狀幾道節推尊兄：客緒無聊，日念東歸，以此久不奉書，可量馳仰。春暄，伏惟幕畫奏功，解龜改秩〔一〕，尊候萬福。今歲計已不及，春班受代後且還黄山，或尚小留耶？

諸公推轂寢力，或當有異渥也。

某昨便欲買舟治行，以水未生，姑以春夏之交爲期。今主公〔二〕又苦留未聽，蓋此間事正亦要賓客商榷，通達内外之情。蜀士持高論、尚氣節者，或未切事理，其他又只唯唯。王立之幸已到，其人平直引大體，最可恃。劉師文尚未來也。丘丈雖剛毅，然深思而内恕，與善不疑，但不相諳者，卻未免成疏隔耳。以此恐不得不爲更留，至九月乃決去。惟是日夕念親，不能自寧，猶賴仲兄在膝下，而荆婦頗能躬井臼之勞，以謹奉養之職耳。

蜀比春旱損麥，今雨後可半收。綿州飢甚，東川荒政，適劉副端受代，殊有利害。朝廷於遠方監司、太守，似少精擇，帥亦不敢一一有言，但可嘆息。不知都下傳聞此間政事，無過甚之論否？遞中附此，餘惟千萬良食自重。不宣。

校勘記

〔一〕『秋』，當從文淵閣本作『秩』。

〔二〕『公』，文淵閣本作『人』。

上孫知府叔豹書

某皇恐拜覆荆門使君宗兄：即兹春雨，中遠惟懷章燕居，台候神相萬福！

某自昨領報教，尋承剖符方城，又聞趲成近次，欲拜狀見賛喜意，而以無端便因循。忽蒙緘翰，問勞詳曲，感悦之餘，媿不可言。兄之高才，知之者宜及其未老急用之，所治愈大，所就乃愈偉。今新治雖佳地，然邊頭無事，正可坐嘯，恐不足展所欲爲。又須尚盤礴一二年，於肚〔一〕懷得無稍鬱鬱耶？來示體中時或不佳，疑坐此耳。然譬之水，至平且静，其本性也。聲如雷霆，濤如山岳，其時與勢之不得已也。高明端然一笑，領此言否？燕居新成，揭名『惟一』，可謂達人。而不鄙以記見委，區區豈敢辭！但年來俗塵填塞，筆硯荒落，將何以承命？少俟他日可否？

某疲薾如此，更半月書再考，末後一年正自難保，姑亦聽之造物。彭兄告歸，寓報草率，餘惟珍護寢羞，爲國自壽。不宣。

校勘記

〔一〕『肚』，文淵閣本作『壯』。

寄周正字書

某頓首再拜，上狀南仲教授尊兄：曩歲過吴，將入蜀，蒙會别於曾天輔官舍，於今八年，而天輔爲古人久矣。僕來琴川，兄之秋浦，固有參辰之嘆。兄歸簡出，僕縛吏事，一見未能，而尺書亦復闕然不通。僕則有罪，兄亦亮其心，實耿耿不忘否也！春暄，伏惟綵侍康娱，尊候萬福。

年來時論猶追咎向來未已，使吾南仲亦不見容。高明固〔一〕安之，而〔二〕乃微動尊老懷抱，不能無邑邑否？惟此一段，當益進其所難，餘皆忘言可也。

僕爲養爲貧，冒昧劇邑，偶未及於罪，更一月，或可全璧脱去。到都〔三〕當略求款。莫粹中僉判曾相識否？其表兄虞貫卿，在鄉邦、入學校皆有聲，其識趣非凡流也。蹭蹬不偶，今隨在簽廨，欲得結交於君子，求書爲先，因得敘不敏意。不宣。

校勘記

〔一〕文淵閣本『固』之後有『自』字。

〔二〕『而』，文淵閣本作『不』，屬上讀。

〔三〕『都』，文淵閣本作『郡』。

答杜良仲書

某頓首再拜良仲省元尊友兄：使來辱書，欽〔一〕慰無限。春中屢雪，餘寒未已，遠惟尊候萬福！

某去夏臨安附狀，歸來念武夷之行不遂，欲專自詣委羽，見諸舊友，然舉動無名。且窮人一出，如拔山空言，終不能償。慨想古人每一相思，輒千里命駕，真是奇事。計賢伯仲念我不置，當亦發此嘆耳。彼此憂患之餘，感今追往，人生至樂，不復全得，固當益爲老親愛身自重。

紬繹故學，課計新功，稍贖向來悠悠之罪，庶幾無負九原，可以復見師友，甚思極意面論，相與激昂奮起，神馳形隔，是可若何！

頃不自量，輒求小邑自試，待戍三年，謂可專静讀書，尚有負笈求益之便。忽兹趣行，憮然悼之。天分素定，敢不臨事知懼，姑以政學，禍福得喪，固不敢知，獨恐澒涊瞶眊，終無補於世道，反爲世俗所變化耳。兄誠愛我，盍有以痛警之。

嚴州在臨安西南三百餘里，遂安又在西南二百四十里，陸行甚難〔二〕，水道泝溪亦回遠。窮山僻陋，絶無將迎，事似頗簡，然賦輸故重，未易支吾也。撥冗具報草草，餘惟良食珍重。不宣。

校勘記

〔一〕『飲』，當從文淵閣本作『歡』。

〔二〕『難』，文淵閣本作『艱』。

與杜仁仲書

某頓首再拜仁仲秘校尊友：久别如許，彼此免喪之後，當復自奮起爲人。甚願一見面，相與極意熟論，幾聞新益，然恨不可得也。書來惠問勤懇，不肖無狀，荷朋友不鄙不忘，何以當此？即兹春寒，伏惟尊候萬福。

某區區蹤跡，姑具良仲兄書。自憂患來，血氣衰薄特甚，體寒髮白，飲食益少。讀賢伯仲書，亦復有此嘆，是可若何？此身萬事，付之造物，獨吾初心，決不可自負。虛見易長，實德難進，閱歷益多，亦可以自觀矣。努力鞭策，尚可補過。不然，竟墮無聞見惡之域，其可懼哉！他日有便，凡近作文字，惠寄數篇，可共商搉。如兄美質，又早有志，僕所望於兄者豈有限量？責善不敢不深，兄亦有以報之。冗中語不及究。千萬加飡自愛。不宣。

孫應時集卷之八

書 四

上張參政書(一)

某州里晚出,知慕先進名德之重,殆三十年。而摳衣執鞭,有願莫遂,天不借便,徒私自憐。自聆際會休明,超歷顯要,素望增重,上眷郅隆。區區竊與士類有喜相告,然豈敢犯分奏記,以取無因至前之罪。夫何隆謙下士,反加聽憶,先賜緘縢,俯形慰藉,恍駭感懼,言不勝陳。顧如么麽自守戇愚,爲親從禄,以法受縣,勤身委命,無足惘悔。惟此邑盤錯轇轕,不與他等,右史舊所臨屈,知之實詳。二十年來,積弊愈甚,訟煩賦重,權輕勢孤,怨府危機,巧伺横發。倘可垂慈借重,俾得稍布四體,尤盛德事。

僭越控露,皇恐死罪。

案:《蕭山縣志·張孝伯傳》,孝伯本歷陽人,父寓居蕭山,遂家焉。嘉泰四年,拜參知政事,應時與孝伯同郡,故稱『州里晚出』云云,《宋史》作歷陽人,蓋原貫也。

上張參政書（二）

某晚出賤陋，未獲超拜〔一〕道德之光。昨歲猥蒙俯賜台翰，尋且稟瀆，幸徹崇聽。惟是顓愚安分，未敢繼脩時節起居之敬。然而側聞大君子在朝，主盟公論，爲國元氣，位任愈重，望實益尊，竊與海内多士舉手相慶。

顧如某不肖無狀，冒昧試劇，日履危機而游沸鼎，委心聽罪，何敢以螻蟻之蹤，上干法從近臣，以徼幸萬一爲自全計。曾謂前輩大人每因誤聽，特垂記憶，過吴〔二〕之日，首爲府主齒及姓名，又於廣坐誦言，深示褒借之意，遂使孤寒增氣，謗忌稍釋。夫取士於所未識，垂德於所不求，此真古人之事，今世所未覩也。門下之於某，是有非常之大造。某何以稱塞，感激惕懼，大恐自毁平素，爲門下羞。

輒兹奏記，少見推謝之悃，伏乞台察。

校勘記

〔一〕『超拜』，當從文淵閣本作『拜趨』。

〔二〕『吴』，文淵閣本誤作『誤』。

上張參政書（三）

某螻蟻微蹤，不肖無狀，猥蒙大人君子採聽姓名，誤加記憶。而某山野拙疏，頑鄙退縮，不習於上交之禮，罪有不容誅者。伏自去歲齋艦過吴，僅一奏記，遽以瑣瑣，僭横塵瀆。尋領嘉禾所賜手札，拊慰勤重，固已非所當得。

曩者府帖亟下，督取已發之緡頗威，後遂輟止，而又自此凡百寬假，終於見知。實惟重言之故，則不勝感激，區區竟失陳謝。至若道路往來傳聞，皆謂侍郎於送客之還覲也，蓋嘗露章薦士，而辱以某充數。竊自忖度，萬萬不宜有此。豈其妄庸如許，而可以當天子從臣爲國求才之意，不敢輒信，亦不敢輒問，以至於今，而傳者猶或然或否相半也。雖其必無是事，然侍郎每對賓客，及於新使者、太守之過辭也，往往語及下邑之敝劇，而不以某爲有罪。又至於頑民不根之謗，皆陰賜之辨明，使折牙角，以沮其餘。蓋門下之特達施恩於某者，可謂天下之所無，而古人之所罕及矣。

某誠不自知所以蒙此顧復，闕然不修記府時節之敬，孤負之罪，豈非不容誅乎〔一〕！皇懼皇懼。

校勘記

〔一〕『豈非不容誅乎』，文淵閣本無此句。

與史同叔書（一）

太傅以盛德大忠，功在社稷，天人所相，年位尊高至此。諸友雍容少年，坐以顯貴，天下望之，真神仙也。努力學問，儒素清苦，不爲富貴之氣所移，通知國家源流，習朝廷憲度，講太傅宰相事業，不媿韓、范諸大家，於以報稱君父，其志念當倍切於衡門甕牖之士乃可。吾同叔以爲何如？

某遠官蕭條，蹤蹟不能縷縷自道。二老人安寧，得斗粟粗可爲養。此外榮枯禍福有命，不敢有一毫計較僥倖心。惟是吏途逐逐，使人夢想東湖碧水春風、虚堂永日中意味，恨不可復得耳。

王立者借留過久，前此未得俸，無以給其行。且書尺併多，故今方能遣，幸勿罪之。他惟寢食自愛重，益對寵光，慰此遐想。不宣。

與史同叔書（二）

某頓首再拜同叔太社尊友：去歲一通書，今復許久，袞袞俗狀使然，非相簡也。即此夏氣尚清，遠惟職業清暇，起居萬福。太師府慶問恭想日至。

某亦自去冬拜太師書，未克嗣狀。蓋僻陋非可附便，專人又稍難，區區繫心門牆，則豈敢忘哉！孤蹤黽勉於此，已逾一考。沈濁塵垢之中，安分而已。人或以其不屈己求知爲好高，亦不敢自辨也。所可惜者，年遂四十，而讀書之願，無日而償，是當若何？

吾友年來計益進學，不懈旦夕，宜有登瀛之寵。潘兄家禍如此何以堪？計同叔情懷亦爲不佳也。念疏闊太甚，故作此紙，未期盍簪千萬，爲君親善自愛。不宣。

與史同叔書（三）

某頓首再拜啟同叔編修尊友：自去年尺書往來，間闊復已如許。中間承擢替〔一〕西府，譽處益崇，深用欣慶。即此冬深晴寒，伏惟朝序雍容，台候萬福。

某矻矻塵土，爲養從禄，無功及民，日自負媿，偶幸未抵罪戾。此去再周甲子，可以脱去，未保能善後否〔二〕耳。凡有所聞，切望見警。

同叔以師相子，有賢稱，浸浸爲時用，不患無顯官貴仕。唯願益養器業，以揚先烈。偶具〔三〕此紙草草，餘惟良食自重。不宣。

校勘記

〔一〕『替』，文淵閣本作『贊』。

〔二〕『否』，文淵閣本作『不』。

〔三〕文淵閣本在『具』之前有『便』字。

上少保吴都統書

某此來初無職事，止是丘丈誠心欽重太尉相公勳名風烈，喜於依託大芘，恨不得相見，故因某業至總臺，就遣持書進謁麾下。

然某竊嘗聞太尉相公待遇下士，禮節過于繁重，使客皇恐蹰蹐無所容，某以此憚不敢前。而丘丈之意，又不可以不達，然〔一〕望鈞慈洞然加照。倘念丘丈凡百往來，皆真情實語，無所自外，而某雖賤遠無似，惟知悃愊自信，不習爲文貌矯飾。則惟鈞旨盡撤尋常迎勞委曲之儀，但容候伺燕閒賜之坐語，使得從容忘分，盡吐其所願言者，一二日即辭去。是乃太尉相公不〔二〕俗子見遇，而與丘丈相親密如一家，其爲榮感，萬倍倫等矣。

陳情及此，不勝懇懇之至。

案：《宋史·吴挺傳》淳熙元年改興州都統，十年加檢校少保，紹熙四年以疾乞致仕，詔加太尉。此題稱少保而書中稱太尉相公，或應時視挺疾途中上此書，已聞加授太尉之命，故書中稱太尉，而編集時仍係少保舊銜，則後人之誤也。

校勘記

〔一〕『然』，當從文淵閣本作『欲』。

〔二〕文淵閣本在『不』之後有『以』字。

復趙觀文書（一）

某伏〔一〕自甲寅仲冬參侍過越，遇雪不能追道，而以書稟辭。錢清蒙賜鈞翰，感藏爲榮。

尋審臨鎮坤維三年之間，六十州之民，歌詠清静寧一之治，咸曰前所未有。善良得職，貪狡革心，不勞施爲，坐以無事。外及蠻夷，擾馴如子，三邊安堵，一塵不驚。海内傳聞，同詞欽嘆。公獨上心眷眷，衮衣召歸，意將朝夕諮謀大政。然而暫煩留鑰，未覲清光，人方相顧以爲疑。公獨不辭而視事，則知至誠體國，遠近一心，君臣之義既隆，中外之論大服，明矣遠矣，休哉盛哉！

詢之蜀舟，且知發成都不五十日而艤秦淮，即此一節，已是他人萬萬所不能及。在某么麼，何敢僭越稱譽[二]。竊緣鄉黨子姪之分，歡喜敬慕，輒及其萬分一耳。惟是違遠至今，私以道里迢遥，位勢隔絶，不獲以時申貢寒暄興寢之問，非敢懈怠，諒垂寬察。

某孤賤疏拙，乙卯春偶叨改秩，無近闕近地，冒昧就常熟一年之次，去夏之初到官，亦既一年且三閱月。畏法率職，黽勉絲棼，鼎沸之中，其勞苦異他處。仰恃鈞慈，有以教誨而存芘之，是所大望。

校勘記

〔一〕『伏』，文淵閣本誤作『復』。

〔二〕『譽』，文淵閣本作『贊』。

復趙觀文書（二）

某伏自去年初秋奏記籤府，尋蒙鈞慈俯賜手答，不勝榮感之。私惟是揣分懼於瀆尊，未敢嗣中興寢之敬。其於瞻慕，言語莫陳。

頃聞相公厭勞請佚，優詔勉留，至於數四。凡留都之士吏軍民，至於一道數十城之間，莫不舉手加額，望相公更駐歲月，人人得以樂生，受職於清平官府之下。而高懷雅興，決去爲期。今茲果遂得請，歸旆翩翩，相見喜動顔色。然中外公論，咸謂勳德如許，齒髮未衰，宜位本朝，以鎮宗社。必於過闕之日，亟有露門之命，其如是，天下幸甚！

某自下邑走官，道纔百里，深願候拜前驅之側，躬敘欲言之悃，而繁劇牽制之中，勢不自遂，徒切引領踴躍，繼以跼蹐惶懼。倘蒙矜軫其故人子，孤危獨戰於風波機穽之間，僥倖再考，未知所以善後，得於經從之地，臺府款謁之際，借以一言爲保全計，他日歸侍緑野，趨走前後，不爲相公羞，實〔一〕所大望。

校勘記

〔一〕『實』，文淵閣本作『是』。

與莫侍郎叔光書

某少長田野，鄙樸騃滯，漫不知仕進節奏品式。聽父兄師友指示古人義命之説，意輒信其固然。黽勉學仕，直以家窮親老之故，其實無一食息夢寐，不念丘壑。所謂求知覓舉之事，自不解作此舉且〔二〕言語，而非有所自負，且立異以爲高也。旁視世人汲汲講論是事，亦未嘗非之。以爲人各有見，不可求其盡同。其在某雖不能求，而或當路大人偶然過聽而辱薦稱之，亦知感激推謝，受而不辭。顧恐爲善不堅，無以自保持，一旦變節毁行，則爲知己之羞而已，恩館等語雖未嘗習道，若門生之稱，亦嘗施之於不敢用情之人，此皆鄉里交舊之所知，而未審門下之深信與否也。

去年調官之初，嘗辱矜軫提挈之言，不知所以稟受。今春來兹，伏匿僻陋，姓名不登於几格。迺者朝廷開薦賢之路，尊兄列職法從，宜得一世實材，舉以報國。如某何物小子，而獨蒙眷眷不遺，用以充數，聞之恐懼。積日累月，益以滋甚。蓋尊兄奬善振窮之德，加於未嘗有求之士，固足度越流俗。然某之不肖，自是以往，誠安能自保其不爲門下羞也。

若夫感激推謝之詞，既逾半歲，不自列于左右。而門生之稱，雖嘗施之他人，不敢驟易其鄉曲昆弟之素於門下。鄙樸駿滯，乃至如此。惟察其出於用情，而非以自異。幸甚幸甚。

校勘記

〔一〕『且』，當從文淵閣本作『止』。

上楊侍郎王休書

某伏以秋序猶淺，涼意未專，恭惟提刑判院先生臺治清高，神相明德，台候動止萬福。

某昨具稟，自敘行役狀，幸徹尊覽。近者專使伏領賜教，方深敬喜。今晨遞筒踵止〔一〕，忽睹薦牘下墜，且蒙手札，勤勤諭以至意。伏惟自〔二〕念至愚極陋，實萬萬不能如人。獨其粗知安分，不敢與輩行爭進取，而亦初非有意於爲高也。比煩軫問，用以實對。豈謂門下遂加收拾，而八字之褒，尤爲刻畫過甚，何以稱塞？禮當亟修啟事，陳述謝悰，而復鐫戒不許。

蓋某最初得此於晦翁，近得此於丘丈，今得此於判院，竊亦榮於承命，故皆不敢違也。若夫師生之分，其來已久，前輩故事，卻不容廢。區區惟當夙夜加懼，期無變其初志，以不爲先生之辱。繼自今亦惟先生嘗訓敕之，不勝大望。台眷東歸，何以久未得書，想勞懸念。某自收老母三月間安訊後，亦未通消息，獨處於此，真度日如年也。

四明今榜得人頗盛，楊伯厚極可善〔三〕，陳同父蹭蹬瀕老之餘，乃魁天下，造物真是難料，然近世亦久不見此好狀元矣。

冗中復此，稟敘萬一。秋暑尚爾，伏乞爲天下善自重，以前〔四〕副省闥之召。

校勘記

〔一〕「止」，當從文淵閣本作「至」。

〔二〕「惟自」，文淵閣本作「自惟」。

〔三〕「善」，文淵閣本作「喜」。

〔四〕「前」，文淵閣本無此字。

上楊侍郎輔書

某宿來再蒙禮食隆寵，教誨浹洽。下情榮感，彌不勝言。某茲有控稟，區區來此已數日。丘丈書中所懇，雖賴大卿深賜許可，然歲椿此數之諭未堅。某未敢輕以飛報狂愚，欲望先定此説，使丘丈早得轉約二漕。彼有從違豐約，或更參訂，久遠利害，再議未晚。若使臺大講盈虛相補之計，及召節未至，有以曠然蘇醒蜀民，則丘丈之所甚望而不敢必者，又在書意之外。某卻自伺候數日，得聞末議而去，乃大幸也。關成一事，可奏與否，併在裁度。某今〔一〕未敢再詣階墀，以勞顧揖。輒此申述前意，瀆冒威重，俯伏俟命。

校勘記

〔一〕文淵閣本在『今』之後有『日』字。

與史開叔書（一）

某頓首再拜開叔撫幹賢友：去冬辱報書，久不克嗣問，但切懷仰。即此暑月，遠惟崇侍師相起居萬福！

開叔雖以私制，少淹膴仕，然得日夕師相之側，承顏順色，以盡子道，退以餘暇致力於學，乃天所以進開叔之器業，爲大受之基也，更惟勉之。

某侍老母，在此逾年，幸安穩。惟知盡其職分，一不萌干進取心，頗自有味。不料行止難必，忽爲丘丈見辟，意中因亦欲一觀萬里形勢，諾之矣。不能還詣府第稟敘，專人賫狀師相，略附此紙。無可爲寄，《劍南詩藁》一部漫往，想亦自有之也。益遠，千萬珍重。不宣。

案：開叔，史彌堅字，浩之子，彌遠弟也。

與史開叔書（二）

某頓首拜，啟開叔府判直閣契友：曩者張監鹽便中辱書，尋常入遞具報，未知達否？翱翔半刺，亦既累月，往來者能道賢譽甚都，慰甚慰甚。即此高秋，遠惟笑談風月，神相台候倍增福祉。

某强顔劇邑，已復一年有半，僅此支撑度日，略無德以及民，良自嘆慨。所幸老母强健，且年穀稍熟，人情頗相安耳。開叔胸中所存不淺，近且能進學不已。今時諸人愛重開叔者，不過曰佳子弟耳，唯僕之期望賢友大不止此。開叔蓋亦自知之矣，勉之。佐郡[一]有一言：能爲千里休戚者，亦不宜專事謙讓，庶不虚君之禄。

偶便奉此，不究所懷。向冷，千萬盡珍重理，以迎召節。不宣。

校勘記

〔一〕『郡』，文淵閣本作『都』。

答王郎中禮開書（一）〔一〕

請違數年，惓惓尊仰之心，不假自言。曩者黃巖黃君來，得惠書，尋上報。又嘗因虞鈐幹下書人便中拜狀，皆達否？比聆過闕奏事，朝辭北來，不勝贊喜，而偵伺不的，不知千騎過吴之日，失於馳問，皇恐。恭想今已遂涓吉開府，仁賢所臨，山川草木爲之吐氣，境内父老歡慰可知。

某黽勉劇邑，兢兢度日，今去替尚五箇月，未知果能善去與否？州家但見今日此邑之粗辦，遂疑其有餘力，而責備不已。不知向來此邑之狼狽，而無人敢承當也，以此倍費分説。然僕亦只自守其常，聽命於天耳，禍福豈敢計哉！所幸老母强健，此外無足云者。尊兄作郡，規模已熟。毗陵素號窘乏多事，然累政來亦不甚費力，在兄固優爲之。然區區所望，且當以察人材、舉大體、厚風俗爲本。若其泛應日用，未免相時適變，要其圭角可稍磨礲，其中不可易也。宜興知縣張仲浹澤，某之鄉人，老成樸質，能以字民爲職者也，望垂知遇。恃愛厚，輒僭及之。丘丈聲迹相聞，亦已通書否？幸甚幸甚〔二〕。

專人草草拜此。天寒，惟倍萬自壽。

校勘記

〔一〕本題文淵閣本作『答王郎中聞禮書』。

〔二〕『幸甚幸甚』，文淵閣本作『幸甚』。

答王郎中禮開書（二）

昨領問賜之重，尋具謝，必達。繼聞體氣尚怯，應酬之繁，且自視無謂，不敢以書瀆聽。胡兄來此，得詳起居狀，極以慰喜。春寒益退，伏惟神所護持，台候倍以康勝。

尊兄下車以來，綱條井井，吏畏民服。比雖或閉閤不出，而外無壅事之歎，諸邑凜凜，不敢少懈，治效甚美，聞之良亦欣慕。但頃見兄性頗不受觸，遇事不平，或怒詈傷氣，舊恙之作，恐亦由此。區區忠愛之私，願以爲戒。

胡用之蒙以醫藥見知，得書甚感激。此公向來豪舉，視錢如泥沙，老而益貧，有可念者，然氣有不衰。乃今得依二千石之門，殊亦以爲渠慶也。

答王郎中禮開書（三）

三月末留鄞中，有汪兄者，覓書進拜，因寓敘悃愊，不知達聽與否？區區每思向來賜教，有攬轡澄清之懷。竊謂君子志在及物，義不素飧〔一〕，以地以時，要當如此。果遂從欲，將漕江東。江東之漕，光華爲天下最。見大夫有奧助，一旦無過免之，而屬節於兄，中外莫不改視易聽，嘆公朝之妙選，而信吾兄之當仁也，甚盛甚善。伏想皇華載驅，已留所部，犯暑良勞，明神相之，台候起居萬福！

尊兄風采不患不振，紀綱不患不舉，凡百官吏不患不人人自新。然下情貴通，謀慮貴熟，接物貴和，處事貴寬。荆公之爲監司也，南豐常以書箴之，其言有味，願幸毋忽。某平昔忠愛之私，素蒙識察，敢爾僭横。皇恐死罪。

校勘記

〔一〕『飧』，文淵閣本作『餐』。

與施監丞宿書（一）

比者兩得進見，蒙開懷款語，使人沛然滿飽。請別半月，美政之聲，洋洋盈耳。父老逢迎，舉手相賀，鄉邑幸甚！

某自鄞還家已數日，更數日當奉親就道，過復上謁，請教而西，兹未暇縈敘，而輒有冒昧之稟。年來所至，民物彫瘁，役户絶稀，惟義役略可救之。然議者多不主此説，未識仁侯以爲何如？某居鄉，每輒以此勸鄰曲，而不敢强。今所居一都，稍稍樂從，漸欲就緒。且推〔一〕一名徐宗廣者，抵替見役保副，截自三月旦爲始。敢爲封納其狀，且令桎〔二〕拜庭下。其餘保正及税長名次，一面排結，當以面呈。倘可領略，仍稍示主張之意，益當有繼爲之者。田里小安，風俗厚矣，非恃仁侯在上，亦何緣敢率易及此。若其可否，更聽才〔三〕酌，尤不敢必也。

案：施宿時爲餘姚令。此二書皆爲餘姚事，集中有《義役記》，自載其始末。徐宗廣《餘姚志》亦未詳，此可補地志之闕。

校勘記

〔一〕文淵閣本在『推』之前有『先』字。

〔二〕『桎』，當從文淵閣本作『徑』。

〔三〕『才』，文淵閣本作『裁』。

與施監丞宿書（二）

曩得秋杪所賜書，並新帖珍味之餉。尋因叔晦之子行，草草寓一紙，不究感謝之懷，諒徹呈久矣。鄉里親舊，相繼有書來，各各誦循良之政不已，如義役莊之代輸、海堤之官辦，豈惟吾邑所未有，蓋四方所罕聞也。仁心所存既到古人，而才力又足以發之，甚盛甚偉。以僕之促促，朱墨救過，目前不能庶幾百分之〔一〕一，則知他人之不能及者不少矣。大書特書，于理固當。僕實縣民，所當援筆不讓。而某〔二〕君宗愈之請至再甚，欲作數語，志其梗概。偶猶未暇，已報之以春爲期矣。

光祐復土，越民方瘠，而有此役，能無騷動？ 若吾邑當賴賢侯之賜，斂不及民，無疑也。

案：光祐即高宗憲聖慈烈吴皇后也，慶元元年加號光祐，三年十月崩攢于永思陵。

校勘記

〔一〕文淵閣本無『之』字。

〔二〕『某』，文淵閣本作『茅』。

與徐郎中似道書

違遠清風，歲月如許，然夢寐依依，猶若在竹所持蟹螯時也。 人事幾變，參辰相望，齒髮日凋，愈深話舊之思。

自承擢官帝城，久欲奉書相慶。 縛身劇邑，膏火煎熬，怱怱不果。 便中乃蒙先以手札，不意塵濁蕪没之蹤，而當世名流亦猶不我忘也。 忻躍感激，如何可言！ 頃聞太和佳政，專用藏富於民之意，公堂觴詠，正作山谷道人後身。 如僕固無此段風流萬分之一，何當使僕亦得引例以告臺府耶？

清明高雅之姿，瓌妙卓越之文，給札視草，陛升自兹。 歎慕下風，日日以俟，略此展謝梗概。 伏紙惓惓。

與王郎中遇書

某自弱歲游學校，則已服膺先進重名，今踰兩紀，未遂承教之願，惓惓可言。昨者吴丈國録書來，説長者方檕礴吴門，少須班改之期。而嘗扁舟抵玩芳亭，有酬唱篇章俯及。不肖晚出，惠然有不鄙相約見臨之意，使人驚躍大喜，出於所不敢望，蓋亦嘗因吴丈以寄謝矣。而未及專書，即負不敬之罪。兹者歲序行晚，天如欲雪而未苦寒，輒遣人舟迎致吴丈，併以踐言請于門下。儻遂偕來，爲一二日款，使塵容俗狀，得自洗濯，以叩清言之緒，其何幸如之！

餘遲面敘，併冀推照。

答常郎中褚書

某昨草草一紙，併謝向來累緘之重，而僕還，又領教札益勤，仍審詔授列院，榮在首選。區區窮賤之交，可勝欣感贊慶之至。

門下粹德雅度，長才清識，於今世蓋不數人。又好善如樂正子，旦夕必峨冠豸府，於以分别忠邪榮辱，天下士必能不負國家矣。甚善甚盛！

比通范叔剛書，輒復妄發，期之以《春秋》之責，敢亦爲知我者誦之，可乎？叔剛言門下尤念及奇蹇，慨然有同力相先之意。此則非所敢望，幸且置之。計祠官滿日，正見聯璧要津，使蒙覆護，得一部署幕屬足矣。范兄會間併爲及此，此未及別書耳。

與丘機宜書

某上覆機宜尊兄：初九日人回，領端午日書，且拜侍郎所賜手札，伏讀仰見知遇特達，不自意何以得此。因默自念，侍郎英名蓋世，而盛心許國，根原正大，而旨意茂美，固志士所樂附。況於禮下賤愚，中誠懇篤。

而某初無夤緣干進之嫌，老母又實未衰，不憚遠適，是真無可辭者。雖士友或勸勿行，然其義未有以相勝也。昔退之尚從董晉、張建封，今侍郎萬萬非董、張比，而某奚疑焉，於是遂決計承命。但俟之累日，傳聞不一，既未敢再拜書，亦不敢便治行。昨日重領誨墨，並蒙二百券之賜，今方一面裝束，更候公文到，即申郡起離。蓋須批書印紙，非已被受，不可輒去官也。初欲略歸餘姚，恐遲留不敢，度二十七八間可去此，六月半後可抵京口，不知尚參侍出江不後期否？若更須趲程，即乞再飛報，蓋某須著徑隨行舟，不能獨進路也。下書人謹先遣回。冗沓草率，皇恐不宣。

與丘少卿書（一）

去春從遊君山，登臨舒嘯之適，回首又一年矣。别後僻處海濱，素懶作書，書亦不敢盡言，且復無便，遂成曠闕。獨嘗以一緘因劉兄轉達，當不浮沉耶？比過越，見魏提幹詢動静，忽聞尊兄冬中有悼亡之戚。念惟伉儷至重，於此何能自堪！況晨夕慶闈，問安佐餕，顧盼悲感，仰傷慈抱，嬌兒愛女，孺慕左右，尤使兄畫然不易平也。兄體力素弱，端能抑情自彊，不以此損眠食否？

某昨家居幸無事，頗可繙書，一不預知黜陟之報。成期既及，不免挈孥[一]將母，盡室以來，近方抵此。明日當遂交事，投身塵埃，又自兹始，禍福成敗，知又當何如？獨不忍負此心耳。

望門牆不累舍，恨無越境造謁之堦，幸差易於奉書請教。凡過謬之狀，達兄耳目，惟一一批示是望。新闕竟如何？山陽定不遂耶？人事天意，正爾乖張，亦聽之而已。侍郎先生已拜稟目。時中，千萬良食自重。

校勘記

〔一〕『挈孥』，文淵閣本作『汲汲』。

與丘少卿書（二）

某上覆梁縣大夫尊契兄：即兹春序行晚，風日清麗，伏惟懷章有象，榮侍南來，台候起居萬福。

某去秋貢問師門，不克别狀，人還乃蒙賜書聯幅，至勤至重，感愧不可言。續見邸報，有合肥屬縣之除，不知果一定不復易否？邊遠荒涼，雖可優游卧治，然長才偉器，正當惠利民物，禍福之來，要自有定數，何必避事如此！想是便承見次，恐慶闈未必樂此遠别，如何如何？

老先生一閒十年，今兹之出，可謂黽勉。然自頃來一朝主上，而時事國論，大勢已回，顧諸人猶局縮苟且，莫敢明目張膽，剖心析肝，爲宗社長久安寧計者。區區妄意惟先生能盡言，且柄臣素所敬心，而傾心願見，爲可以盡言而得行〔一〕，天下幸甚。不然，奉身而退，於吾何損，而爲榮多矣。某已拜書，僭發其端。然切計先生已先有所處。尊兄過庭，試更呈此狂妄之言，可否？

比王友君保書中，驚聞尊嫂安人成年即世，不勝怛然。在尊兄伉儷之重，琴瑟之和，日奉尊章之歡，退撫蘭玉之茂，一旦失助，哀思奈何！人生孰能無情，情與道一體，非二物也。司馬公有言：『始死而悲者，道當然也；久而浸衰者，亦道當然也。始死不悲，是豺狼也；悲而傷生，是忘親也。』區區敬以此爲尊兄獻，可乎？

先生若不留中，果遂東來，必於通明候拜次。不宣。

校勘記

〔一〕「爲可以盡言而得行」，文淵閣本作「爲可以盡言，言而得行」。

與張提刑李曾書

比者貢狀，寔謝謙施之重，而便中再勤台翰，伏讀益以榮感。竊聆詔旨趣行，迓騎踵集，七州之民久望明使者之來。而越人歲瘠，又山陵事急，想宜攬轡遄驅，亟爲一方之福。

某初期旦夕詣府，得以展慶請違〔一〕。而恐偵伺失時，瞻望靡及，敢先布〔二〕敘萬一。區區雖占籍餘姚村落間，冰門無生理，不足以累二天之賜。餘姚宰施宿，德初司諫之子，極有佳政，孜孜爲民遠慮，勸義役，興水利，皆非觀美。會稽丞詹阜民，有學行，似已滿。山陰簿王澡，年少有才識。四明司理潘友恭，德夫左司之次子，尤賢明練事。三衢添倅史開叔彌堅，魏公之季子，謹厚力學，於吏事不苟。此皆某所深知者。

竊謂觀風問事，似當以人物爲先，凡百可以詢訪，委令無欺罔之慮，故敢以告。帥司幹官袁和叔國正，左遷孤立，閉門守禄，得賜前席幸甚。或尚有數日之留，容續具稟次。

校勘記

〔一〕「違」，文淵閣本作「達」。

〔二〕『布』，文淵閣本作『申』。

與提舉俞郎中豐書

比者恭審輟自郎闈，肅將使指。賜環日淺，既已表二千石之良；攬轡星馳，方大爲數十城之福。竹馬首迎於舊境，木牛兼總於漕權。凡竊照臨，于胥鼓舞。

載惟清名滿世，正色立朝。義以爲上，無一毫之愧心；仁之所存，與萬物而同體。至誠洞達于中外，雅量莫窺其親疏。有非安庸，所敢稱贊。意將早登廊廟之任，夫豈久勞原隰之行。

尚惟諮詢謀度，有以布九重宵旰之懷；則出入觀聽，無或負一世春秋之責。

霜風始肅，茇舍未寧。與民祝公，爲國自壽。某不勝惓惓之至。

與李郎中孟傳書（一）

前歲秋，得侍見鄞江。其後歲除，始聞遂安趣戍。去春匆匆此來，不及以書稟敘，非當時敢隱情不言也。今歲二月，郡中候吏遞至尊翰，乃去臘所賜，得審解組東邑，晉階副郎，不勝鄉曲區區贊慶之私。

惟中興大臣子，學術治行，趾美不墜，巋然獨殿諸公，至今惟門下一人。向來掩抑棄置，人無謂亦既。自脫吏部常格，及齒髮未衰，聲績昭著。近臣大官，宜可亟開薦口，引寘臺閣矣。

然猶未聞，何也？

某孤生小物，汩没沈濁，乃分之宜。心所兢兢，惟恐負名義，毁廉耻，爲父兄師友羞，敢有他冀？仰軫愛念，感愓何言！稟謝稽遲，負罪甚大，併丐昭亮。

案：《會稽續志》李孟傳字文授，參知政事光之子，由象山令遷太府南丞、考功郎中。

與李郎中孟傳書（二）

前年拜書，蒙賜答之重。去冬，喜聞千騎西征，失于偵伺脩賀。已而瞻望逾遠，竟缺音敬。區區慕仰之心，無日不馳於廬阜之陰、湓浦之側，想象庾樓風月，如聆嘯詠之音也。便中忽聆教札，存問温厚。重拜藥物之惠，極濟所乏。惟愛念不忘，以及於此，感激欣懼，不知所言。春淺尚寒，伏惟凝香燕寢，台候神相萬福！

某領邑奉親，不辭疲劇，亦不暇顧計利害禍福。偶幸臺府豈弟〔一〕長者闊略保宥，使得稍安。今替期尚兩月，倘遂善去，便是過望，實皆門牆有以芘之，敢不自知！九江名郡，於今益爲要地。兵民相錯，商賈輻湊，權重體尊，然實無事，可以閉閤卧治。至於經遠預防之慮，又未免如尊旨有扼不得爲者。且復輕裘緩帶，品題巖壑，彈壓江山，以須賜環之下，趣登禁近，以究賢藴。

尚餘〔二〕侍見，伏紙飛越。

案：《會稽續志》孟傳以考功郎中出知江州，此書當在此時。

校勘記

〔一〕『豈弟』，文淵閣本作『皆賢』。
〔二〕『餘』，文淵閣本作『賒』。

長女答范氏書

欽聞先正，則喜見其子孫；自省寒宗，而敢嗣爲兄弟。意不及此，分或使然。寵以多儀，榮於下拜。

某人天資甚美，足知代不乏人；某人閫範未閑〔一〕，且慮貧無以嫁。曩二父之結友，遽一言而許婚。迨其今兮，又何辭矣。當期翁壻，不減彦輔、叔寶之風；益幸門闌，竊徼文正、忠宣之福。

校勘記

〔一〕『閑』，文淵閣本作『嫻』。

次女答胡氏書

四世百年，相爲師友；兩家今日，遂託舅甥。豈惟祖禰之寵嘉，是謂天人之素定。

某人早自植立，有聲故家；某人貧知儉勤，可事君子。問名兹久，納幣何辭！占鳴鳳其必和，佇乘龍之多喜。侯翁憐女，不與凡子，已契夙心；上〔一〕公欲婦，堪作夫人，更徼後福。永言欣幸，莫既形容。

校勘記

〔一〕『上』，文淵閣本作『山』。

侄女答胡氏書

侯家簾幕，爭誇紅線之牽；塾舍弦歌，獨賞白圭之復。凡記〔一〕婚姻之好，孰如師友之間。惟志尚之所同，何豪華之足慕。

某人金玉其行，不辱義方；某人絲𦭯之功，麤知《女戒》。信其賢之可妻，前有諾而敢渝？子願爲之室家，抑皆定分；壻親受於父母，謹俟佳期。

校勘記

〔一〕『記』，當從文淵閣本作『託』。

宋生既父定黄氏女書

僑居益久，遂同桑梓之鄉；嘉耦相求，乃結松蘿之好。問名伊始，賓幣以將。

某人慨文獻之家傳，敢令廢學？某人執女工〔一〕於姆訓，可以宜家。既得吉龜，願諧鳴鳳。甥舅兄弟之義，於此開先；衣冠門户之餘，庶幾共振。

校勘記

〔一〕『女工』，文淵閣本作『功容』。

邢子厚定李文授女書

念昔有連，私極在原之感；許今結好，益欽繫劍之心。某人艱難，方讀於父書；某人窈窕，夙嫻於姆訓。竊有不孤之望，願尋可妻之言。敢先五兩以爲儀，將候三星而請日。誠知天幸此兒，獲事於華〔一〕門；惟顧冰寒何意，遂攀於齊耦。

校勘記

〔一〕『華』，文淵閣本誤作『膺』。

茅季德回李氏定姪女書

姻聯最舊，今爲三世之榮；盟好所尋，敢不一言而定。我衰門而何取，公眷誼之不遺。某人秀發之稱，當應魏舒之宅相；而某人柔惠之質，方加庾衮之訓詞。得壻佳哉，託孤足矣。龜蓍咸吉，鴈幣鼎來。實惟先兄之寵嘉，敬拜使者；而受命心之所喜，言豈能形。

戴氏定陳氏書

婚姻所以繼世，男女欲其及時。況辱母黨之盟，重結兒曹之好。兹爲美事，幸有成言。某人姆訓有方，亹亹七篇之戒；而某人儒風是慕，孳孳六藝之傳。爰不失於因親，又何辭於非耦。鳳占孔吉，定非他姓之常談；鴈幣初陳，固出吾家之記禮。

趙大資侄定莊氏書仲禮已娶其姑，今從弟聘其侄。

訓飭兒曹，頗覺弟昆之無間；夤緣姻好，更令姑姪之相從。足慰我心，實有天幸。某人嫺於姆訓，無不柔嘉；某人迪以師資，亦克敬畏。爰講絲蘿之聘，俾尋瓜葛之盟。便想宜其室家，一門交慶；抑使施于孫子，百世不忘。

李叔文子定陳氏女書

疇昔問名，已佩百金之諾；今兹納幣，敢愆五兩之儀。必有禮詞，以導誠意。某人名門懿範，定知道韞之尤高；某人新學小生，豈謂南容之可妻。不自慙於非耦，遂辱貺於成言。慈訓丁寧，想見牲魚之已祭；佳期咫尺，佇歌駁馬之于歸。

符氏定趙氏女書

玉葉金枝，所謂齊非吾耦；蓽門圭竇，敢云平豈長貧。幸傳柯斧之言，許締松蘿之好。卜而龜吉，禮以聘交。

某人慶襲侯門，兼全容德；某人年踰壯室，有志功名。已蒙禁臠之知，願拜諾金之重。婚姻所以繼世，何敢不欽；男女欲其及時，嗣茲已請。

胡氏迎李氏女書

父母於子，皆願爲之室家；婚姻以時，蓋必詢於卜筮。念已問名而納吉，今爰奉幣以請期。不能盡講於多儀，抑亦少將其厚意。

仲冬〔一〕之月吉，與丁卯之辰良。輪御三周，欲俾諧於親迎；函書一諾，敬顒俟於寵嘉。

校勘記

〔一〕文淵閣本在『仲冬』之前有『惟』字。

孫應時集卷之九

策問

問：《易》始八卦，文王重之。然《繫辭》稱神農、黄帝、堯、舜制作之原，蓋取諸《噬嗑》《大壯》《益》《夬》等卦，文王之前，卦名安有此歟？

《周官》大[二]卜掌《歸藏》《連山》，其經卦皆八，其别皆六十有四。然則八卦之爲六十四，自夏、商已然，而曰始于文王，何哉？《噬嗑》《大壯》《益》《夬》云者，庸知非舊名歟？虞之官占，意亦有書。

《連山》《歸藏》，禹、湯所用，而文王皆廢不取，何前世聖人之於《易》猶有遺恨也？且又有疑者，《爻辭》蓋文王作，安得遽有『王用亨于西山』及箕子明夷之證？《彖辭》固孔子作，安得『自有智者觀其彖辭，思過半矣』之誇？

仲尼晚而贊《易》，當魯哀、定之間，而穆姜論筮前此數十年，何其與《乾》之《文言》同也？汲冢魏書後此近二百年，其《易》乃有陰陽説，無《彖》《象》《文言》《繫辭》，何夫子之《易》猶未行於戰國也？

問：儒者羞稱桓、文之霸，切嘗疑之。《春秋》予齊、晉，《論〔二〕語》稱管仲，何哉？《易》之義深矣，學者所未易言。而其成書之先後始末，不可不知也，故敢以問。方周之東，《黍離》之風降於列國矣。向微齊、晉，扶名義以尊天子，卻戎夷以存諸夏，春秋之亂不可計也。桓、文之故，不可試論之乎？

夫五霸，桓文〔三〕爲盛，其實似不然者。蓋桓公得齊三十年，始能一用師於楚，漢水、方城之對，彼其辭氣未懾也。堂堂中國之諸侯，下盟其一乘之使，而藉手以還兵，未一二年，而圍許、救鄭之兵已復北出，桓公晚與之争東夷，而吾之力衰矣。晉文反國未幾，而城濮一戰，潰楚之二軍，殺其令尹。楚惕若〔四〕請平者十五六年，終文公、襄公之世，而狼淵之師乃敢窺中國耳。然則桓公之服楚，恐未可與文公同日語也。方齊之霸也，晉國陸梁山河之間，滅耿，滅霍，滅魏，滅虢，滅虞，桓公不敢問。而晉之主盟也，齊、秦匹敵，俛首聽之，其彊弱又孰愈耶？桓公之業，僅終其世，而晉文〔五〕之子孫，代長諸夏百五十年，其久近亦孰優耶？

管仲之才偉矣，其所以經營霸業者，果何爲然歟？晉之諸臣，宜若不及管仲，由是言之，不幾於反勝歟？雖然，聖人以桓公爲正，以管〔六〕仲爲仁，何其言之大也？學者又將安攷乎？併條其説。

問：東晉立國江左，攷其終始，蓋多故矣。自南渡五六年，王氏首亂，至蘇峻、桓温父子踵之，皆以州鎮撓敗都邑，根本無備，何太甚哉？

始上流未得蜀，永和中乃擒李勢。後復陷于苻堅，盜於譙縱。備多而力分，且賦入止於東南，不已窘歟？

《晉史》不志兵，觀其前後用師，率不過四五萬，極或八萬人耳。兵籍蓋寡，殆非五胡敵也。然以是立國，猶傳世百有餘年。其間又能正名仗義，遣將出征，一進一退，與强虜〔七〕角。由祖逖以下，嘗收河洛、入關陝者數矣，陵夷寡弱之中，而力何以辦此歟？其尤難者，苻氏盛兵百萬，自以投鞭塞江，可一日而無晉，曾未深入，一戰瓦解，天耶？人耶？

謝安奕碁飲酒，游談自如，以傲大敵，曰〔八〕『朝廷處分已定，兵甲無闕』，安誠矯情鎮物，姑爲是大言者，非歟？淝水之勝，此進取之大機，安遲回久之，乃使謝玄北出，已適爲慕容、姚氏之資矣，又何委也？論中興之功，必曰王導，時人以安比焉。假設二子易地而處，使安佐中興，導當苻堅，謂將何如？

東晉之事徧矣。然原其所以危而能久，怯而能勝，勝而不能進，則夫立國之始，内外輕重之勢，取財之地，制兵之法，與夫二臣所以經畫而扶持之者，要皆有失有得，不可以不知也。參諸今日之事，亦將有可上下其説者，丏悉數之。

問：士不要於道義，而以豪傑自命，以功名自許者，三代之時無有也，洙泗之間無有也。而見於後世特多，是安所授受哉？

究觀其説，不過慕管仲、孔明。仲之功，聖人固稱之，而仲之器，則聖人小之矣。孟子謂豪傑之士無文王猶興，而他日有取於陳良，則學周公、仲尼之道，而後學之所宗者也。管仲，曾西之所羞，豈孟子所謂豪傑哉？

史言孔明嘗自比于管、樂，而以俊傑見稱於司馬徽。世以爲孔明之學，固已如此。然當漢分裂，姦雄蝟起，智勇争奮，孔明獨閉門高卧。非劉玄德之贤且正，而三顧益勤，似無出理。彼以功名自許者，其然乎？孔明才略固大，而自稱獨曰『謹畏』，其言語行事信然。至其取士，不曰『忠純良實』，則曰『性行淑均』，彼其所以爲俊傑者，毋乃頗與後世異耶？且管仲以名尊周，而孔明以死殉漢，一匡天下之功，孔明有所未就。若三歸、反坫之事，孔明固〔九〕所不屑也。此其人物本似不倫，則自比管、樂云者，殆猶有説，而遽以豪傑功名之士例之，何哉？

天生奇才，氣高識遠，不用之於任道立義，而區區管仲之慕，功未可及，而器先似之，又以託諸孔明，是何故也？豈非常之士，固非常人之所能識歟？試相與證孔、孟之意，論次管、葛之大略，因以觀諸君之志焉。

問：自孔、孟没，異端並起，道術破裂，正學不傳。漢興六世，始黜百家，崇六經，而兩漢經學大盛。然專門名家，不能相通，士不知道。頗知道者，西京董子、揚子。東京未有攷焉，抑黄叔度、郭林宗其近乎？未有諸葛孔明，本體正大，而亦未粹也。

魏、晉以風流爲勝，清談爲賢。其間文章之習日興，亦日以靡。老、佛二家，始經〔一〇〕綸參錯天下，南北相望。經生學士，僅如晨〔一一〕星。訖隋而得王仲淹，意可與董子、揚子相上下者乎？唐三百年，卓然有意孔、孟，獨一韓子，然其淵源粗略矣。

總之，自漢而下，經術文章，自分兩途。經生規規樸學，文人浮夸無實。至談性命道德，必出於老、佛，起而謀人之國家，則是三者皆不足用，而刑名、權謀、功利之説，實陰制天下之命，若是者千有餘載，可不悲夫！

宋有天下，明聖在上，人倫正，德氣洽，人文運開，傑士輩出。始則經術益以通明，文章益以古雅。嘉祐、治平之後，春陵周氏，河南程氏，關中張氏，始以孔、孟絶學爲諸儒倡。文必要於六經，經學所以窮理盡性，立道成德，出可以治天下，明王道之正，斥異端之惑。千五百年破碎分裂之學，於是復見天地之大全，可謂盛哉。

蓋今學者，雖三尺之童，皆知論説此義，而羞前代經生、文人之陋習。是何以能然，而可以不自慶歟？敢問均此文也，經也，均此人也，均此理也，昔何爲而蔽乎？今何爲而明乎？豈道之僨起，天而非人乎？抑學之得失，人而非天乎？

孔孟之教，本如日之中天，何以遽無傳乎？近世諸儒之學，初若珠之在淵，何以卒大顯乎？董、揚、諸葛、王、韓諸子，信皆有得於斯乎？叔度、林宗，其意象風旨，亦果合乎？濂溪、二程、横渠，其論或頗不同，何以同於知道乎？昔之經學，今其孰取？昔之文章，今其焉擇？異端何時而讫息？王道孰云其易行？抑今之士，或竊諸儒之言而諱其名，或襲諸儒之名而戾其實，是亦何爲而然哉？言及之，而不言不可也。

問：所貴儒者之學，以其異於淫巫瞽史也。彼以技，吾以道。技用之必窮，道無自而能窮，技之於道遠矣。彼曰金穰火熯，枵中則虚，吾則曰災不勝德，修誠可以格天，然邇者之旱，自夏而秋，民心嗷嗷。主上側身修行如周宣，六事自責如成湯。而郡太守禱祠祈禜無虚日，誠與物俱至，宜應不旋踵，而感通之不速，何歟？豈巫史之説，亦有時而信歟？

夫旱乾水溢，有請於天，君相守令責也。而民庶致祈佛、老者，雜然靡所不有，甚者怪誕之人，亦欲乘時而售其妖妄，僥覬偶然，而邀敬於世。古無是也，而流俗則然，縱之歟？抑少抑之則是乎？今既秋矣，雖雨，無益於溉者。至廣賑救之策，不可不急講。

浙西八郡，仰食者不知其幾，而粟之籍于常平，僅三千〔一二〕萬石。被旱不無輕重，而獲中下熟者甚少。自今至來歲食新，其日月甚長。吾之術，賑糴以防湧貴，賑濟以止流亡，必也不出三千萬石之外，何以兼足而善後？常平所儲之外，曰勸分，曰補官，曰通販之類，可舉而有益者何事？諸君優游庠序，篤道正俗，其學粹矣。荒政非細務，可無講之有？素用之不窮之術，願併言之，以備采擇。

問：天下之風俗，非學士大夫爲之邪〔一三〕？三代而下〔一四〕二千年間，其變多矣。周之盛也，不惟俊造賢能之選，皆足以知道而入德。蓋雖婦人女子，小夫賤隸，而其言語行事，可以編之六經。禮樂教化之積，固使然耶？讀《左氏春秋傳》，其人物議論之美，雖蕞爾國猶不絶書，愈久而不衰也，當時之禮樂教化，豈猶先王之舊乎？

戰國去春秋近耳，而風俗遽以大壞。士争爲縱横捭闔、兵刑權詐之學，紛紜馳騁，務以傾覆人之國家，以遂其汙賤無恥之求。于是二周、三晉，實爲遊士説客之淵藪，夫周之文獻，晉多君子，其遺澤餘韻，寧無足賴，一何至此極歟？

漢初，諸侯之賓客，郡國之游俠，尚有戰國之風。未幾一變，而儒門盈于天下。然西都之季，士氣乃病於委靡，東漢中葉，驟崇名節，大抵務〔一五〕高峻厲。魏、晉之際，故老猶有存者，而虚浮放誕之俗，忽起而不可制。江左人士，更以風流名勝相夸。其後一旦衰歇，魏、周、隋無足論。

唐興，而文章之習尊矣。元和、長慶間，作者方盛。無何，朋黨之俗輒熾，洶湧久之，已復消散就盡，訖于五代，天下若無復士大夫者。

國朝文明熙洽，鉅儒碩德，名公俊人，森然並出。其學問文章，氣節行誼，往往兼前代之長，宜若可以追還三代之盛。顧南渡以來五六十年，浸亦不滿人意。蓋今之弊，人才日以凡下，而宏遠方厚之器少；士氣日以熟爛，而振厲英發之操衰。科舉之學，謏聞寡見，而不本於道義；搢紳之士，營私自利，而不存於國家。佞諛犇競以爲常，欺謾文具以爲能，靡靡囂囂，不可殫舉。夫豈無卓然特立〔一六〕、不徇流俗之士，而要其風聲氣習，大抵然矣。嗟夫，此非有識者所當憂乎！

嘗試論之，古今士俗，無慮數十變，而皆不相似也。豈天地之間，推移摩蕩之理，莫知其爲之者耶？抑其倡焉者皆有端，而激焉者皆有故耶？倡焉者有應有不應，激焉者或宜然而不然，亦皆有説否邪？彼其方盛而輒衰，豈盡有摧折之者乎？其既變而不返，其初豈無復挽回之者乎？世之言士俗者，常歸之於上。夫自春秋、戰國以來，如前所述者，果皆上之人使之乎？矧今天子明聖，躬德義，興學校，重選舉，丁寧訓告非不詳，作成涵養非不厚，而士俗猶自若也，是又將安出乎？然則欲今之士俗復如祖宗之盛，由祖宗之盛而復如三代之時，豈終不可乎？願共講之。

校勘記

〔一〕『大』，文淵閣本作『太』。

〔二〕『論』，文淵閣本無此字。

〔三〕『文』，當從文淵閣本作『公』。

〔四〕『若』，文淵閣本作『息』。

〔五〕『文』，文淵閣本無此字。

〔六〕『管』，文淵閣本無此字。

〔七〕『虜』，文淵閣本作『敵』。

〔八〕文淵閣本在『曰』之前有『乃』字。

〔九〕『固』，文淵閣本無此字。

〔一〇〕『經』，當從文淵閣本作『紛』。

〔一一〕『晨』，文淵閣本誤作『辰』。
〔一二〕『千』，當從文淵閣本作『十』。下『三千萬石』亦應改爲『三十萬石』。
〔一三〕『邪』，文淵閣本作『耶』。
〔一四〕『下』，文淵閣本作『後』。
〔一五〕『務』，當從文淵閣本作『矜』。
〔一六〕『立』，文淵閣本作『出』。

記

遂安縣學兩祠記

宋紹熙之二年，會稽孫某爲嚴之遂安令。始至，謁先聖先師，視黌舍，闃然無肄業者。問所從來，曰：『幾三十年矣。曩者或壞屋爲傳舍，爲庫庾，爲賈區。前一年，令趙君始葺之，未及於教也。』

乃擇學長一人，受徒其中，未幾，衿佩四來，絃誦藹聞。而某吏事之隙，旬一再往，問難講繹，益勸於學。

明年元旦，設濂溪周氏、河南程氏三先生之祠于講堂東偏。以廣漢張敬夫先生嘗守嚴陵，東萊吕伯恭先生同時爲郡博士，實相與講明正學，興起俊茂，有功斯道，爲世師表，亦設其祠西偏。會諸生，告之曰：『學者，學孔氏者也。然自曾子、子思、孟軻没，孔氏之書僅存，而學不傳。千五百年，名人巨儒，孰不自任斯道，而道之統不歸焉。惟濂溪、河南，師友淵源之懿相承，益光扶皇極，正人心，於是王道明而刑名功利之説熄，聖途闢而百家異端之辨窮。異時六經《語》《孟》微言大義，汨没破碎於淺陋雜駁之談，乃今發越條達，簡易平實，本乎性善，經乎人倫，而用乎治國平天下。破聵爲聰，砭矇爲明，荀、揚以來，莫或進焉。是以學術莫隆於本朝，而議論莫正於今日。故惟三先生爲得斯道之傳，豈可誣哉！若三先生之學，中間猶鬱而弗章，三十年來，乃大顯於天下，則廣漢、東萊之力爲多。魯《論》〔二〕曰：「人能弘道，非道弘人。」蓋孔子之學，亦由七十子尊而守之，非私爲黨也。世或相與指目姗侮三先生之徒，謂之道學，此正可笑。夫道學豈惡語哉？道學姗則相率爲無道，且不學而後可乎？陋者又曰：「吾學孔、孟，何以周、程爲？」曾不知孔、孟云者，近世諸儒之語，在漢、魏、晉、南北、隋、唐，未有以孟氏配孔子者也。今習尊孟氏，而疑周、程，是知以昭祔祖，而不復知有穆者邪？東萊嘗云：「世人輕訾周、程，顧第弗深考爾。」斯言平而有味。某誠不自揆，敢誦所聞，以風曉諸君。其亦端車正轍，自歸聖門，無爲妄論所回惑哉！若夫事浮靡，苟利名，工於言，悖於行，尤非某〔三〕設祠之本意，請重以爲諸君戒。』

諸生曰：『唯。願記其語於石。』乃書以遺之。

校勘記

〔一〕『魯論』，文淵閣本作『語』。

〔二〕『某』，文淵閣本作『興』。

桐廬縣重作政惠橋記

桐廬負山爲邑，其南、東挾二大谿，泝東谿稍北有浮梁焉，曰政惠橋者，驛道所從出也。谿發源天目，下接潮汐，湍注洄洑，其廣千尺。我宋大觀中，縣始作橋，尚書黃公裳名之。南渡以來，蜀漢、閩廣、江湖之往來京師而陸行者，畢繇此塗〔一〕。旗驛輿馬，絡繹連日夜，橋之治不治，其利病滋不輕。紹熙之二年，橋之不治而廢也，蓋十年矣。

其秋〔二〕知縣事錢塘孫侯叔豹至官，訪其故，笑曰：『吾在此，使人病涉，可乎？』則躬自區畫，量功命日，厥十月戊子工徒丕作，比再浹辰告具，十一月庚申落成。聯舟八十艘，上施平桄，離合爲四十節，廣尋有四尺，朱欄鐵維，百用堅好，壯如舊制，行者大悅。

桐廬之人喜而告予曰：『嗟夫，偉哉！橋之廢十年，吾有司非忘也，難之也。侯來近耳，而橋輒成，若是其易，何者〔三〕？吾稽其費緡錢七十萬，侯出私錢倡之，計度轉運使沈公詵、攝郡事鄭公益聞而助之，合居其十之一，他皆民財也。然異時或峻罰籠民，猶悍不聽，而侯特勸語之弗強也〔四〕。財入出不付吏，使其豪長者自治焉。侯談笑其間，勞來拊循，而小大讙趨，獻技出力，一筆不施，工用十倍。蓋吾里父老自省事來，橋役屢興，未見有如侯之政也。吾將伐石而紀之，何如？』

余曰：『是何足爲爾〔五〕侯道哉！侯，天下豪士，平居抵掌扼腕，憤憤有爲國家滅讎虜〔六〕心，其所規爲大矣。鬱不得施，忍而居此，直小試其才智于毫髮間耳，何足爲侯道哉！侯未老也，會當有立斯世，子其少俟〔七〕。』言者竦然曰：『唯唯。雖然，吾邑誠侈橋之功，而甚德吾侯，不可不書，且詔來者有繼也。』

迺略次其本末，與問對之辭，使歸刻焉。明年閏二月初吉，孫某記。

校勘記

〔一〕『塗』，文淵閣本作『橋』。
〔二〕文淵閣本無『秋』字。
〔三〕『者』，文淵閣本作『哉』。
〔四〕文淵閣本無『也』字。
〔五〕『爾』，文淵閣本無此字。
〔六〕『虜』，文淵閣本作『敵』。
〔七〕『俟』，文淵閣本作『候』。

慈溪定香復教院記

慈溪縣之西境，有精舍曰『定香』，繚山阿，瞰澄湖，蕞爾一區，而氣象幽勝。其始唐天復中浮圖道恩所築，里人張氏實以其地畀之。

宋淳熙己酉歲十二月，張氏裔孫執中，偕耆老數十詣縣言：『定香，故教院也，更爲律七傳矣，不振益衰。今兹律亡其師，環視一方，獨教師子淵最賢，有如迎致定香，訓譯其書，復爲教院如初，宜可。敢以爲請。』縣言於州，州之群律師惡其厲己，合辭沮之。

當是時，長樂林公粟，由兵部侍郎出守明，號當世耆儒，敏於決事，造次必有詞采。既覈定香故籍，命大浮圖議之，朋黨相攻，莫敢質言。公嘻笑曰：『教與律一，浮圖法耳，何以争爲？且其辭不及子淵，子淵之賢審矣。』爲判其牘者再，皆數十言，卒如執中之請。

明年，子淵遂主定香，其徒日集而院復興。執中等悦公之賜，而慶其有成也，相與摹公判於石，謁余記之。余儒者，雅不道浮圖事，而挾余宗家固請，不得已，因謂之曰：『古者司徒之教，一道德以同俗。後世老、佛並駕，與儒爲三，不已病乎？而佛之學，則亦教、律分立，與禪爲三，不愈病乎？吾將有問於〔一〕彼，彼必曰：「其本一也。」吾亦曰其本一也，而一果安歸哉？若夫末流愈下，操戈同室，瞀瞀蚩蚩，敚攘衣食，類多若此，夫又何足致詰！然則林公之判，有司之職耳。余之記，事之實耳。有游定香而問其故者，當亦循其本而思之。』

又明年，紹熙辛亥正月壬子，孫某記。

校勘記

〔一〕『於』，文淵閣本作『乎』。

遂安縣三亭記

昔薛存義宰零陵，作三亭，柳子厚美之，以爲高明之具，游息之物，於爲政有助焉。此言有理，特不可與厲民蠹財、佚遊荒樂者道耳。

遂安置邑在萬山中，令所居枕小山，可登覽。政和末，邵洪作亭其巔，邑人吏部郎朱異名之曰『雲宅』，爲記爲歌，刻石猶存。朱以文章自許，然不思所謂『暮作歸雲宅，朝爲飛鳥堂』，感慨悄愴，非名也。山頗多古木，其下荒穢不理，石徑峻折，登者半道〔一〕足倦無所憩，亭亦壞漏。

余至官逾年，始治葺之。因闢榛莽，度形勝，剏二亭於半山，與故亭鼎峙。左亭直仙人諸峰，奇傑娟秀，參差疊重，整立相向，妙巧天出，幽靚深穩，不見闤闠，最余所得意者，題曰『飽山』，取退之『賴其飽山水』之句，蓋道其令陽山時也。右亭蕭然木陰之中，題曰『貯清』，取淵明『中夏貯清陰』之句也。『雲宅』之稱既舊，難於頓改之，曰『登雲』〔二〕，取謝康樂『共登青雲梯』之句也。文書之隙，曳杖獨行，徘徊上下，心舒目明，休沐觴客，談詠竟夕，柳子厚所謂『亂慮滯志，無所容入』，儻庶幾焉。抑予所以名三亭之意，想康樂之適，而非放慕退之之賢，而不怨懷淵明之歸而未能然。

余之去留有時，山之景趣無窮，而斯亭斯名之興廢因革，未可知也。聊書之石，以告後之好事者。紹熙壬子歲四月乙丑，燭湖孫某記。

校勘記

〔一〕『道』，文淵閣本作『塗』。

〔二〕此句文淵閣本作『難頓改，就改之曰登雲』。

福昌院藏殿記

余里舍之東二十里，其鄉曰上林，其谿塢曰游源，有佛氏之居曰福昌院者，唐長慶四年，僧衆曜之所基也。後〔一〕毁於會昌，復於大中，其始曰永壽院，錢武肅王時改焉。

至宋紹興初，僧惟岳更其殿而大之，法蓮者爲輪藏而屋之，體修者募其藏之書，皆未就而死，於是其徒中暐等五人相與謀繼其役。鄉土寒嗇，無所貸乞，中暐獨苦心强力，寸累銖積，不弛不亟，四十年而畢成。今其藏宇困困隆隆，金碧玲瓏，亟〔二〕書滿中。殿則翼翼鱗鱗，周楯重軒，像飾一新，蓋其費緡錢二萬焉。里中長者嘉其勞也，屬余記之。

噫！佛之入中國千載矣，其宮室滿天下，瓌侈窮人力，或百倍於兹。儒者病焉，欲排而去之，莫能也。余思之矣，蚩蚩之民，其心思智慮、耳目精神不能自主也，而主於習，習斯信，信斯久，久斯化矣。古者禮樂達乎天下，民朝夕習而化之。而後世之民，不復知禮樂爲何物矣，今自通都大邑，以及窮鄉荒陬〔三〕，必有佛氏之居爲之依歸，則猶三代黨庠遂序之所也。其鐘鼓儀物，諷誦講説，則猶三代絃歌鄉射之具也。儒者不能以道得民，而佛氏得之，將誰責歟？古今道術之變，而關乎天地盛衰之運，將誰能任之歟？然則凡佛之徒，盡心力於其法者，余方歎且媿焉，奚暇訾也？乃不辭而爲之記。

初與暐並力者曰從六、從本、從德、宗鑒，其佐之者曰中秀、中閏。

慶元二年歲在丙辰二月甲戌，餘姚孫某記。

案：《餘姚志》福昌教寺，唐長慶四年建，宋祥符元年賜今額。以是記攷之，福昌當爲院，其始名永壽院，及紹興後重建，俱失載。此可補地志之缺。

校勘記

〔一〕『後』，文淵閣本作『例』。

〔二〕『亟』，當從文淵閣本作『函』。

〔三〕『陬』，文淵閣本誤作『聚』。

法性寺記

餘姚之佛廟〔一〕三十有五，獨法性舊爲禪刹，址縣之東，岸江之陽，瞰嚴灘，揖南山，門廡翼翼，殿堂耽耽，浮圖崇崇，像設嚴嚴，稱其地勢爲邑壯觀。

里中父老顧瞻太息，而謂予曰：『子知其廢興之詳乎？建炎庚戌，是寺毁於兵，大士有靈，栖塔僅存，餘皆瓦礫之場也。名僧行持芟舍以説法，其徒贏糧𩟄宇而從之耳。歲累月積，寤寐茲役。然良遇者立經藏、葺浮圖矣；清敏者營庫庖矣；了可者、清譽者啟丈室、作山門矣。其大且難者，睥睨逡巡，莫敢任也。今長老廣惠實行足以孚衆，强力足以習事，不弛不亟，以漸以久，大士之殿，雷音之室，次第奏功，蓋甓丹堊，内外畢飭，前所未備，一如其志。蓋自淳熙之甲辰，迄嘉泰之癸亥，居二十年而後登茲。人覩其今之成，豈謂其昔之墟哉！寺之田裁一頃，僧鉢猶〔二〕不足，惠募於人，則有長者董遷，捐膏腴五十畝爲之倡，非輕畀也，賢惠故也。惠於是刹誠大有功，匪今斯今，計及無窮，善不可没，是宜得書，伐石請子，子其許諸。」

予曰：「凡天下之廢興成壞，莫不有數存乎其間，數必有其時，時必有其人。是刹之廢〔三〕興，數也，亦時也。廣惠，人也，夫數與時難知，而人不可不自盡，人事果盡，則數與時皆合矣。士大夫任國家之大事，如惠之勤勞，愈久而不懈矣乎！功業不建，則曰時數然也，非誣天歟？噫，七八十年之間，燬而未復者，可勝惜哉！吾於惠有感焉。」

遂爲之記。寺名所起，與其大士之靈，則文昌樓公之殿記在。

校勘記

〔一〕「廟」，文淵閣本作「寺」。

〔二〕「猶」，文淵閣本誤作「尤」。

〔三〕文淵閣本無「廢」字。

泰州石莊明僖禪院記

淮南在承平時，盛麗甲天下。兵興逾六十年，無事益久，而城池塗巷、學社官府，凡州縣之制度，與夫疆理圖籍、生聚教訓之政，圮廢苟簡，十居七八。吏往往工於自謀，刻日待滿。問所當爲，輒委曰難。平臯沃壤，薦灌莽蓁，率數十里無居人。其居者葦屋土牀，雖名爲富人大賈，亦不事牆屋林園，爲樂生寧處之計。吏媮民疑，形氣寒涼，豈其數之未復歟？而其間〔一〕爲浮屠法者，則方經營披攘，興壞圖新，以績於成。彼其慮事獨不與吏等，何哉？

石莊在如臯南九十里，大江之瀕，空荒窮僻之處也。有明僖禪院者，靖康間所賜名，火敗水齧，故墟爲江。紹興中，或撤江之中流摩訶山之廢佛殿，徙置今所，稍屋其旁，殘僧守之，陋且益隳。主僧至者蒐拾囊橐，無何棄去，前後相踵。

淳熙十年，蜀簡州僧希問至，笑曰：『吾無待於寺，而寺乃有待於我，殆命然耶？』則悉捐衣貲，歛材募工，累積毫芒，寢廬靚深，齋堂明寬，重門外嚴，别殿旁峙，栖鐘之樓，舍客之室，廡庾庖湢，具體不侈，爲之五年，無不如志。環植〔二〕松柏數千，鬱然以茂。以其餘力市田十頃，築屋營稼，貯緡錢數百，貿易諸物，其徒日增，而用日饒。又曰：『江水益蕩而北，異日復齧吾寺。』則買高燥田三十畝於他所，亦藝木環之，備徙築焉。蓋其廉勤不懈，而爲計久遠至此。

嘻！余嘗行海陵、如皋之間，以訪石莊矣。其始也，望遠而神傷，弔古而意悲，不知是寺之可遊也。今入其門，慌然異之，爲之洒然以喜。希問年纔三十餘，魁梧端爽，有智慮人也。惜其失身異端，無用於世，其所植立，儒者所不道。余獨因是以思，使淮南之州縣吏，皆以若人之用心，職思其憂〔三〕，勇就厥事，雖經遠之功未可立見，要之日葺月增，規隨後先，實民固圉，稍追承平之舊觀，以佐規模之大略，豈誠難哉！爲浮屠則能，爲士大夫則不能，似不宜爾也。

既，希問親請記，遂書余意，以諗觀者，庶有激云。

校勘記

〔一〕文淵閣本無『間』字。

〔二〕文淵閣本無『植』字。

〔三〕『憂』，文淵閣本作『居』。

蘭風酒庫廳壁記

官無尊卑，人爲重輕。柳州稱袁高能令所居官大，不以〔一〕其賢乎哉！

建炎以來，群帥往往占聚落，專榷酤，以佐軍用。久而歸諸户部，稍自辟吏董之。淳熙五年，始命天官通爲左右選闕。

越餘姚、上虞之間，有酒庫曰烏盆，後更之曰蘭風，其鄉名也。三十年間，筦庫之士，余知二人焉。其一贛州曾君樂道，茶山先生之孫，杞菊翁之子，東萊吕先生之舅弟也。其學行粹然金玉，其吏能好整以〔二〕暇，酒政大脩，而文墨談詠之樂自若，高出當時輩流之上，繇此顯名而階膴仕，今汀州使君也。其一丹陽蘇君雲章。蘇氏在唐，號四代相家，文宗親篆四字，刻玉印賜之。我朝衣冠益盛，明德相望，淳化參政、元祐丞相、滄浪翁、後湖居士，其尤著者也。雲章，魏公四世孫也，復踐世科，以文雅風調屈居其間，而亦克勤小物，善於其職，諸公争薦之。二君者，蓋能令所居官大者耶？凡士必行其志，榷酤非所以行志也，榷酤職辦，而不失儒者之度，他日之行，其志可必也，予故於此信二君之賢也。雲章秩滿，以書來，曰：『吾庫題名未立，爲我記之。』

余不佞，因道其所知，以爲蘭風之庫，由二君而重，將觀於來者焉〔三〕。是爲記〔四〕。

案：《餘姚志》蘭風鄉有『烏盆』地名。

校勘記

〔一〕『以』，文淵閣本作『已』。

〔二〕『以』，文淵閣本無此字。

〔三〕『焉』，文淵閣本無此字。

〔四〕『是爲記』，文淵閣本作『年月孫某記』。

餘姚縣義役記

昔在我孝宗皇帝，臨御久長，勤求民瘼，嘉謀日聞，命出惟允，數諮役法之弊，多所更定。乃淳熙六年春二月，臺臣有言：『民之厭於差役久矣。聞者所在郡縣父老，或相與謀，率金市田，以爲義役，行之有年，豪宗大姓無復仇訟而驩然相親，中家儒民免於蕩析而安土樂業，其效甚美。惟是姦胥猾吏，無以弄權取資，嗾群不逞，專欲沮敗。陛下明聖，幸知義役之便，已敕諸道勸民舉行，德至渥也。臣願復下明旨，凡民間願爲義役者聽，凡官吏撓敗者有罰，庶幾人樂就義，以成輯睦富厚之風。』奏可。

當是時，部使者、郡縣奉旨從事，民既翕然丕應，然縣令長吏誠意有至有不至，則亦或成或否，或以成而隨〔一〕廢。其維持至今，歌詠不衰者，四方猶多有之。

餘姚，越之名區〔二〕也。遠則帝舜氏之餘子所封，猶有歷山遜畔之遺迹，在漢則嚴子陵之故鄉，其風烈未泯也。故其士廉以厚，其民淳以勤，勸之以義，實易於他邑。然義役之行，惟吾邑最先廢，則以吏胥害之，猶如議臣所云也。

慶元二年，吴興施侯下車，按故籍，或連數都無正長名氏，而訟役者往往皆歷歲未決。喟然曰：『阜陵政令，炳如日星，宜法萬世。矧兹未遠，曷敢不承？且夫民貧訟滋，公私交病，若是非義役其安出？』於是有龍泉鄉之二都，首以爲請，侯欣然許之，里民白事，温顔賞勞，爲明其約束，寬其期會，省其追胥，而優其社田之征賦。吏若民或從旁以計摇之，輒斥。未幾，遠近競勸。比三年，通邑十五鄉，而就義役者十三鄉矣，侯一撫之如初。則爲總其規式，參其得失，同其戒禁，異其物宜，定爲正長之名次及某歲月。周而復始，以至於死生貧富、水旱豐凶、升降損益之變，稽謀於衆，具有成約，不留一隙以啟後姦。籍而上之於府、於外臺，庋而藏之於縣廡、於鄉校，俾民異日有恃無恐。猶懼其軼也，又刊其凡目，使户知之。噫！侯之誠心慮民，極至於此，真不負阜陵勸行之本旨。推此心也，雖古之法度，其宏闊精密，舉後世以爲難者，猶將可復，獨義役哉？

義役告成，邑民大和，天人叶應，年穀善熟，輯睦富厚，厥有休緒。歲時里社舉酒相屬，皆曰：『天惠我侯，使我登兹。今侯去矣，誰能〔三〕繼之？其繼惟人，其信惟書。嗟我子孫，無忘厥初。』則使來請記于某。某亦邑民也，嘗贊成父老之初議，頗復效侯以勸常熟，而條貫靡竟，遠不逮侯。故因備著侯事，私志其媿云。

侯名宿，字武子。其爲吾邑興利除害之績甚衆，則未能併書也。

案：《宋史·食貨志》，義役始于乾道五年處州松陽縣，自是在處推行，而此淳熙六年，臺臣之奏以行之，未久即廢，故有此奏，此可以補《宋史》之缺。

校勘記

〔一〕『隨』，文淵閣本作『遂』。

〔二〕『區』，文淵閣本作『邑』。
〔三〕『能』，文淵閣本作『其』。

南驛記

餘姚挾江爲邑。凡部使者、別駕之巡歷，幕屬掾曹之問事，貴人重客之東西行者，雖憇津亭，受賓謁，實舍於舟。舟多大艦，寢處自如，不復以便安華潔之居責於邑。故邑有津亭，名驛非驛，而未嘗乏事。惟吏於是邑者，始至與罷〔一〕去無所館，率僦寓民屋，淹日閱旬，其葺故迎新當預徙者，至一再月，公私病之久矣。

趙侯清臣爲縣之三年，得浮屠智崇之屋一區於縣南之圓智寺，吏白：『是無主，後法當入官。』乃增作聽事三楹，繚以藩垣，榜曰『南驛』。驛出入稍回遠，然北近江，於艤舟亦宜，專爲邑官到罷寓家之地，而屬予記之。

予惟侯於是驛有三善焉。博惠官儕，匪謀其私，一也；不溷民居，觀聽具宜，二也；因廢爲利，不勞不費，三也。來者繼今，合知侯心。無姑息他客，使久擅斯宅；無儌福浮屠，俾規復其廬。凡居者，一日必葺，毋遺後以岌岌，則侯爲永有德於斯邑。

侯宗室近屬，昆弟皆以文儒自奮，聰敏豈弟，多善政可紀，是驛蓋其細云。侯名善湘，官奉議郎。年月日，孫某記。

案：《餘姚志》，圓智寺，齊永明元年建，宋建炎初燬，紹興末重建。其改爲南驛始末並南驛之名，《會稽續志》及《餘姚志》俱失載，此可補地志之缺。

校勘記

〔一〕『罷』，文淵閣本誤作『迫』。

客星橋記

自漢建武以來千餘年，嚴先生之高風激越宇宙，天下尊之無異辭。先生，吾餘姚人也，晚耕於富春山，富春析而爲桐廬，釣臺屬焉。自文正范公建祠而記之，釣臺之名大顯，崖石草木，得以衣被風采，發舒精神，傳繪於天下，其邦人尤以爲榮。而吾邑之地靈人傑，世反不傳，非闕歟？

土俗所記，吾邑少東，江瀨粼粼，潮汐上下常有聲，是爲子陵灘，意者〔一〕其初之釣游處也。東北十里有奇峰，曰陳山，拔立千仞，秀表一方，而叢石隆起。在山之陰，據峻陘，俯長川，以望東海，是爲嚴先生墓，意者嘗家是山而歸葬也。傍又有山，曰嚴公山，有古叢祠曰先生廟。其應史占如此，豈誣也哉！　乾道中，故太師史公鎮越，始告縣表墓道，起精舍，曰客星菴〔二〕，而爲之田，長吏以時奉嘗。

陳山臨大浦，民橋其上，舊壞。淳熙十年，僧清式大改作，甃石如〔三〕虹，袤百有五十尺，石欄翼之，甚壯，六年乃成。里人相命亦曰客星橋，將使四方之士，舟車之過焉者，喜其名而相告也。江山其改觀乎？先生之故里其與釣臺並傳乎？倘亦史公之志也哉！

噫嘻！利欲昏人，萬世同流，非聖賢孰興起之？惟伯夷之風，廉貪立懦；惟先生亦一倡，東都之士，凜然以名教風節相高。千載之下，猶與日月争光，信乎其得聖人之清也。豪傑之士，今豈無有？況於覽先生之遺跡，想其人之如在，其感慨何如也？邑子孫某，敢記其事於石，且歌之曰：

山川之靈兮，人爲重輕。風土之傳兮，人爲晦明。先生釣游，有榮一州。先生故丘，云胡弗求？陳山雄雄，石梁崇崇。斯名斯歌，以詒四方。

慶元四年戊午八月壬辰記。

校勘記

〔一〕『意者』，《會稽續志》作『蓋』，下同。

〔二〕『菴』，《會稽續志》作『堂』。

〔三〕『如』，原缺，據《會稽續志》補。

長洲縣社壇記〔一〕

古之制祀，以社次郊，郊尊而社親。尊，故天子專之；親，故達於庶人。非土不國，非穀不食，故有社斯有稷。勾龍於土，棄於穀，厥有大造，開濟萬世，故以爲配。春秋祈報之外，救災出火，師田行役，獻功戮罪，君臣上下日相與聽命於社，禮樂刑政於是焉出，故日明乎其義，治國其如示諸掌乎？世衰，王制壞，古義隱，妖妄百出，而祠廟蝟興，褻天蠹民，幻爲邪說。日甚月滋，上之人不以禁，又從臾之。天下郡縣雖通祀社稷，世守不廢，以爲三代之舊章，獨其制度之形似，儀物之文具而已，有司者一歲再祀，民不與觀也。民於社日，或各從其俚俗，歌舞迎享，醉飽相樂，不知其何人，且何禮也。水旱禳祈，奔走如織，於社稷闕如也。嗚呼，知古者得無歎息於斯乎！今令申守令下車必視社稷，飭壇壝，而遵用或寡，且諉曰小祀，祀亦不親其事。至若倚郭之縣，自爲社於闤闠偪仄之間，往往滅裂最甚。長洲縣之社在吴郡城内，當縣治西南四十九步，荒毁有年。慶元九年四月，知縣事天台黄侯宜一治新之，壇宇中度，門垣靚深，途巷觸闢，身率寮吏，時祀必謹。黄侯儒者，爲縣如古循吏，多善政可誦，此其細事，若不待書。雖然，愛禮者存羊，因今之制，存古之意，君子重之。縣實小，侯承天子之命，司社與民，國未有忽略社稷而能父母其民者也。然則凡黄侯之善政，乃自社稷壇始，予是以記之，因詔來者知所繼焉。六年八月，會稽孫應時記。《吴都文粹續集》卷一二。又見洪武《蘇州府志》卷四八，正德《姑蘇志》卷二七，萬曆《長洲藝文志》卷三，乾隆《長洲縣志》卷三三，道光《蘇州府志》卷一三六，光緒《蘇州府志》卷三七

校勘記

〔一〕此文與《黄巖縣尉題名記》《商相巫公墓廟碑》，静遠軒本與文淵閣本皆無收，據《全宋文》卷六五九一

孫應時（一〇）補入。

黄巖縣尉題名記

凡官之府舍宜有壁記，記在官者名氏歲月，示民不忘其故，且繼者有考也。黄巖置縣蓋五百年，昔之尉於斯者宜多名人，顧未嘗有所謂記者，何哉？豈其因陋就簡，否則卑之以爲官不足記，甚亡謂也。余之來，詢諸邑大夫士與鄉長老，而所稱道省録，率不過數十年之近。又采之所在屋壁碑識之間，蓋可知者僅如此。嗚呼，其可感矣，其愈久而愈不可知矣。屬將去官，乃書而次之石，以俟後之人有所聞者附益焉。若尚書右丞忠簡許公之事，則其遺文可見。噫，州縣之官，莫如尉最卑，然而亦最近民。有志之士，如欲深知民生之艱與爲吏之不易，以推及乎世之遷變，觀古今風俗政事本末，求切於實用，而精思其所不及，則雖奔走勞悴於塵埃箠楚之地，疑非所當厭也。聞古之士不卑小官，而必行其義，觀斯記也，其先乎余者可有慕，其後於余者不敢不敬告也。《赤城集》卷四，又見光緒《黄巖縣志》卷七

孫應時集卷之十

序

餘姚鄉飲酒儀序

《儀禮・鄉飲酒》篇，其節繁矣。戴氏記其義，文頗參錯。先儒以爲鄉飲有四：曰賓興賢能；曰飲國中賢者，鄉大夫主之；曰習射而飲，州長主之；曰祭蜡而飲，黨正主之。鄉三歲而飲，州歲再飲，黨歲一飲。儀亦稍不同，如六十、五十者坐立之別[一]，所以正齒位于初也，其他則否。古人因事以習禮樂，爲風俗計而已。

我[二]高宗紹興之十四年，詔郡縣歲習鄉飲，凡舉進士者視其籍。二十六年，或言吏並緣擾民，且預飲猥雜，反混士流，乃詔頒行於里社者聽，官勿預知，自是鄉飲廢矣。蓋一時議者，苟於改權臣之舊，而不之詳也。

吾邑乾道間，鄉先生葉君汝士仕而歸老，邦人高之，請於大夫，特舉是禮以賓之，頗損益舊儀。其後邦有所共慶，輒再講，而疏闊不常。前四年，常侯褚造朝，以此飲餞於學。今趙侯善湘秩滿當去，復行焉，會者尤盛。

方春之中，風和日明，縉紳韋布，誾誾濟濟，卒事無闕，觀聽肅然。惟吾邑之媺俗，能存古意；惟賢侯之令德，能洽士心。不其休哉！夫鄉飲非所以祖餞，而因事以習禮，則猶古也。古禮既難盡復，紹興之頒制亦不存於故府，邑士莫叔亢獨能熟其舊聞，以相此儀，趙侯嘉之，而惜其莫之傳也，乃圖而刊諸牘，且訪諸永嘉郡庠所行，而參校附益焉。所以維〔三〕持古意，褒勸媺俗，期於無窮。繼自今不惟祖餞是循，庶幾歲時習肄，禮樂興行，使吾姚江如古鄒、魯，四方聞風，於是取則，豈非趙侯之望也歟？我鄉人其勉之。

校勘記

〔一〕静遠軒本内文缺失『儀亦稍不同，如六十、五十者坐立之别』，而刻在書眉，現已補入。

〔二〕『我』，文淵閣本無此字。

〔三〕『維』，文淵閣本作『扶』。

胡文卿樵隱詩稿序

蘇長公曰：『無竹令人俗。』又曰：『士俗不可醫。』余嘗欣然誦之，以爲真宇宙間妙語。噫！無竹者尚爾，況于不能詩者，其俗且如〔一〕何哉！

古今詩人，其學未必皆合於道，其言未必皆當於用，要其風流意度，定自不俗。如幽蘭之芳，野鶴之潔，使人一見，輒洒然意消。故夫詩人多窮，無他，以其不俗，故窮。向令用意研索爲猗頓、白圭之術，量其胸次已有萬斛塵土，而暇及詩乎？

余里有佳士，曰胡君文卿，本富家子。文卿少獨嗜學，舉進士不售，而肆其情於詩。當其覓句時，往往忘寢與食，問以家事，瞪目不答。詩則工矣，而家益落，妻孥愠怒，姻族笑且罵之，自如也。所居門瞰湖山，風晨月夕，鷗鷺翔集，樵牧往來。文卿曳杖行吟其間，自視天下之樂無已若者。其詩閒淡清美，與其人境相稱。時亦感激，頓挫奇壯可駭愕，知其中自有所抱負，非苟然也。文卿今老矣，平生未嘗奔走納交，游於當世，世未有知之者。余雖獨知之，而力不能佐文卿之學〔二〕，名又不能使文卿因余以傳也。姑爲之序其詩集，道其不俗故窮，而略狀其風流意度。余與文卿皆可悠然一笑，相與意滿。若夫人之知不知，名之傳不傳，是又類俗人語，删之可也。

校勘記

〔一〕『如』，文淵閣本作『奈』。

〔二〕『學』，文淵閣本誤作『樂』。

盧申之蒲江詩稿序

東嘉盧申之，妙年取進士第。辭藻逸發，如水湧山出。見予於吳中，不鄙定交。申之喜爲樂府，余曰：『不如詩之愈也。』申之即大肆其力於詩。居三年，寄《蒲江詩藁》〔一〕一編。讀之郁然其春，若時禽之高下，而衆芳之雜襲也，灑然其秋，若風露之清高，而山川之寥廓〔二〕也。澹兮如幽人處士，自足於塵垢〔三〕之外，儼兮如王孫公子，相命於禮樂之間也。窈兮其思之深，悠兮其味之長也。蓋申之天分自高，而用心尤苦，洞視古今作者，神交而力角之，不慊其意不止，非餘子碌碌、新有詩聲者比也。

申之猶以質於余。余固未嘗工詩，而何以進申之於此哉？雖然，詩至於是，可以止矣。作詩正如飲酒，酒所以養人，勿以病人，詩所以足性，勿以害性，老坡所謂可寓意不可留意者也。

或曰：『子曩力進申之於詩，今之言，不疑於相戾乎？』曰：『惟申之知予可言而言，子勿慮。』

校勘記

〔一〕静遠軒本作『蒲江詩』，據文淵閣本作『蒲江詩藁』。

〔二〕『廓』，文淵閣本作『朗』。

〔三〕『垢』，文淵閣本作『埃』。

贈日者黄樸序

赤城黄樸，自號白雲山人，以藝遊四方，推人始生歲月日辰，考步五行五星，知其性行氣骨薄厚，美惡豐瘠，及終身貴賤壽夭，輒奇中。嘗識予兄伯起，間遂謁予，試其術，一日閱數十人，道往事悉驗。余友葉君養源，困場屋久，黄曰：『是來歲必第進士。』及言陳生用之亦然。至餘人，或輕鋭自負，或郡士所推許，黄一未可。明年，復皆如其言。嘻！亦可謂藝之精者。

蓋占命與占相，皆有此理。相法自春秋來有之，而命之説，繇唐以後特盛。要之，形氣固受于天，決不可易，雖復遂〔一〕知禍福，亦何所避就。此聖賢所以不語怪神，而獨有順受其正之説。世道益下，士大夫汲汲惟利與名是謀，故奔走於占，而業之者亦益出新奇，往往得志斯世，可歎也夫！

然黄生爲人疏野，喜面折，不顧忌，不候伺人辭〔二〕色爲高下，或逢盛怒終不改，久而皆信。又時時能切指〔三〕心術行事得失爲勸戒，類有益於人，不與他日者比，余以是賞焉。於其行也，胡君子賢〔四〕爲之請序，乃書以遺之。

校勘記

〔一〕『遂』，當從文淵閣本作『逆』。

〔二〕『辭』，文淵閣本作『詞』。

〔三〕『切指』，文淵閣本作『指切』。

〔四〕『賢』，文淵閣本作『賓』。

送陳濟叔序

自余尉黄巖而歸，其邑人不忘余〔一〕，凡東西行過余里者，輒款門相親也。陳生濟叔，儒家子，少而喜游，能相人，十年間三見余，留或旬月。爲人倜儻有直氣，坐逢鄙夫俗子〔二〕，瞪目拂衣，不語徑起，雖大官貴人，盛氣勢邀致，欲其陽浮詇悦不可得。余心善之。

今歲三月來遂安，驗其術，亦益奇出。蓋生能不敗於利欲〔三〕，不陷於卑辱，則其精明之過人也，宜矣。雖然，丈夫以意氣自喜不難，不以少壯老盛衰則難。今生三十五耳，自是以往，將能終其身不敗於利欲〔四〕，不陷於卑辱矣乎？欲如是，莫若息交絶游，超然歸休，而惟吾志之求。不然，形勢之途，往來周流，恐子一日之不競，爲余言羞也。余既以警陳生，亦自警云。

校勘記

〔一〕『忘余』，文淵閣本作『余忘』。

〔二〕『子』，文淵閣本作『士』。

〔三〕『欲』，文淵閣本無此字。

〔四〕『欲』，文淵閣本無此字。

范氏義莊題名序

昔之貴富而能仁其族者，當其盛時而止耳，終其世而止耳，逮其子若孫而止耳。其間親疏遠近，愛憎之不齊，固已或薄或厚，有及有不及。至於禄謝而力單，子若孫猶不自保，則於其族何有？

嗚呼！若吴范氏之有義莊也，然後能仁其族於無窮，非文正公之新意歟？蓋公平生所立，不待稱贊，此其一事，已足爲百世師矣！近代士大夫，稍或慕而爲之，皆未有如公家自皇祐以來，百有五十年之久者。初公傾囊以爲義田，歲得八百斛，忠宣公與左丞侍郎廣之，爲二千斛，至今保之。唯故宅燬於兵燹，爲僦廛芟據有年，頑不可遷。其廩庾因併於天平墳寺，乃或顚利廢約，漁入蠹出，歲計大乏，邦族憤歎。

前數歲，五世孫良器伯璉獨奮然請於官，至聞於朝，爲盡逐僦者，以宅還范氏。則出私錢築垣百有八十尋，大起歲寒堂峙廩其旁，且爲列屋芘其族之尤貧者焉，於是義莊巋然復興。乃更定約束，皆屬廉幹子弟二人，掌其莊之事。通選六人，五年而一易，叶議并力，參覈明白，以相授受，而均即其贏益以市田。蓋公之時所賦族九十，今而五倍之矣，蕃衍未艾，惟繼是圖，固當然哉！

伯璉没，母弟叔剛父主之，因刻石歲寒堂，列掌者名次，自伯璉始，凡有功於義莊，則併書之，示有勸焉。叔剛名之柔，踐世科，今奉議郎，新知富陽縣事，公之後爲不之人矣。其於義莊又將多于前功，無疑也，故樂爲之書。慶元六年閏二月望日，奉議郎孫應時序。

案：原石在江蘇吳縣。揭片通高二百二十九釐米，寬七十九釐米。序文正書，共三十行，滿行十六字。原載《北京圖書館藏中國歷代石刻揭本匯編》第四十四册，碑額作『范氏義莊題名』，孫應時爲序，張允成刻。

傳

余安世斬蠱傳

余靖，字安世，越之蕭山人。舉進士不第，以娶宗室女得官。初爲福州古田縣主簿，手斬蠱囚黄谷。嘗聞其詳，曰：『閩俗事蠱，以爲役鬼致富。此其理不可詰，然亦往往驗云。』

凡蠱之種四：曰蛇、金蠶、蜈蚣、蝦蟆，皆能爲蠱。其説以五月五日，聚百毒物，納大甕，相噉囓。久之發視，獨其一存，則遂能變化隱見，是爲蠱神。神必有牝牡，其合各有時，近者數月，遠或一二年。事蠱者謹其時日而降之，置盤水其前，則牝牡游而合焉。其精浮水，則以鍼眼受之，是爲蠱藥。藥不可宿，必以是日毒於人，常寘於糗餌脯醢，不於羹。蓋藥，精氣也，宿之則枯，熱之則消，於其未枯而納之人腹則孕。故是日客至，雖所甚善，必行毒焉。竟日無客，則自毒其家人，不則神怒而有奇禍。事之者久而悔且懼，則禱諸神，篚金帛夜出之衢道，過者舉篚，則蠱隨之，是爲嫁蠱。

其毒之發，或久或近，又各有時。人始莫覺，已而蠱生其腹，浸而齧其五藏腸胃，號呼宛轉，乞死不能死。雖禁療有方，而晚則無及，唯啜沸湯，爲能少忍斯須，然未知何人毒之也。於垂絶，燃簀照之，則病者能自言其受毒之年月日、主家之名氏、施毒之器物甚悉，言訖而死。蠱數十百，自口鼻出，形狀若一，家人受以盆水，去水暴乾藏之，雖久，得水復活。則皆筆其遺言，挈其蠱，訴諸有司。有司追詰之，不承也，鞫之，如有憑者，榜笞輒死，釋則甦，吏無若之何。

設有健吏具獄上郡，郡終以無證佐疑之。遷延不竟，徒逮及無辜，重爲民患。故蠱法雖重，實廢不行。吏以蠱訟相戒，至則訶出以爲常。而死者焚其屍，心肺常不壞，穿穴若蜂窠然，皆蠱餘也。冤不得直，多置蜂窠於磬，行擊於道，呼天嗚咽，聞者皆泣，其禍之慘如此。

古田在閩尤多蠱。靖至官未一月，令適以事出，靖攝令事。有林繼先者，訴其母黄七娘爲黄谷所毒。母之死也，繼先將客突入黄谷家搜蠱，得一篚於庋上，篚盛一合，七竅，其中棋子十，書『逆』、『順』二字各五，針十有一，皆缺其眼，五色線一毬，蓋事蠱之具也。谷出不意，懼伏罪，請私納賄求成，繼先不許。

靖曰：『是事明白，非他。』皆[一]爲給定限追之。已而令歸視事，吏憚靖，猶追出谷，令即以委靖。靖不可。令又請於州，州命主簿與令同鞫。靖不得已，日取谷夫婦械治於庭，果死復甦，踰月如初。於是時令滿秩去，丞攝之。吏以獄淹告，丞遽釋其妻。靖獨抑鬱無所處，因喟然作念，當手刃此囚。然靖素貧，調官待次逾六年，假貸資糧，行千七百里，得寸禄未久，母老留里舍，意躊躇，數夕不能寐。一旦決計，聞西尉多蓄刀劍，間從之語曰：『兒病善驚，幸假一刀鎮之。』尉使靖自擇。靖體弱，兩手特能勝耳。歸置書室，家人莫知也。會憲臺檄靖覈視長樂縣沙田，又檄趣行。時二月既望，靖密擇二十二日斬囚，即飭吏卒具裝，吾將以二十三日之長樂。夜於卧内草自劾狀。妻問何事，答以他語。二十日，靖語縣吏：『蠱囚久不承，而吾他出，亦已矣，明日姑以囚來，稍苦之而後釋之。』吏曰：『諾。』明日引囚，好謂曰：『爾真有天幸，吾他出矣，少忍一二日之苦，然後釋汝。』聞者皆信不疑。

靖復語吏卒：『吾浙中問囚法異於閩。』命去械，即外〔二〕門木陰，卧而繃之，暮以付獄，旦再取如昨法，囚昏寐無所苦。靖心卜日中斬囚。會有新攝令至，過靖，取谷案繙閱，他客繼之，語移時去，日加申矣。靖忽憶吾刃未嘗礪，亟入視，果澀不可拔，拊髀歎恨，出呼吏曰：『吾從西尉假一刀，欲攜即路，爲我呼鐵工礪之。』吏曰：『工家數里外，不能立至也。』語未竟，一工前自言：『適以事至此，惟所命。』靖大喜，引入磨瑩，斯須畢，工去。日將夕，吏卒滿前。靖謂曰：『爾從吾行，得借庸矣乎？』曰：『未也。』即悉使去，曰：『黎明行，無以不辦告。』又呼鞫囚吏曰：『今當釋囚，汝取其器篚之物來，吾封之。』其物扃鐍在，獄吏承命去。門外惟一卒守囚。靖則緩步至囚所，意貌嫻〔三〕暇，謂卒曰：『囚僞死，取水來噀之。』卒亦去，門庭闃〔四〕然。靖躍入，提刀徑出，自視勇氣坌溢，神意赫然，手足輕捷，非常時余靖也。兩手舉刀，斷囚頸十之八，血迸濺滿靖衣，再舉刀稍弱，三而後誅之。取水卒至，大駭，走相告。靖妻孥聞之大驚恐，皆出。靖徐入，擲刀堂下，披胸大言曰：『比日此事未決，吾悶甚，今泰然矣。』

有頃，官吏皆集縣治，市人來觀者，擁簿門外如山。縣使捕靖吏卒。靖出門外語曰：『殺囚者余靖，非吏卒也。』縣止不捕。於是，丞以嘗攝令同鞫有罪，與鞫囚吏及守卒尤大怖，擾擾不知所爲。靖又出謂曰：『殺人者我也，無預若等事。』使從縣假善書吏數輩至，靖出自劾狀於懷，分百紙寫之。先以一本報縣，同官見之大服，且皆大安，即散去。則又大書一本揭縣門，觀者贊歎鼓舞，往往入庭下舉手加額。乃次第申府、申諸臺，作家書，以一本歸蕭山白母與兄。列燭廳事，從容指授，比五鼓，數十本皆畢，取囚案，計其縫用印而緘之。且集吏卒，別同官，詣府如平時，皆避不出。惟攝令延見，相勞苦嘉歎，蓋端明黃公中之子也。筠籠揭囚首馬前，所過無不駭觀。至府出狀，斂版於庭。帥丞相陳公俊卿視其狀，不言，以屬倅。有頃，倅請繫古田簿於獄，否則拘於廂。丞相曰：『何必爾。』又曰：『審蠱囚也，殺之何害？』即趣郡寮聚廳，引靖問故。靖抗辭曰：『靖殺一黃谷耳，不知谷之所殺幾人？』又曰：『昔孫叔敖埋兩頭蛇，猶爲陰德，靖去一蠱，何啻千萬蛇。』丞相笑曰：『姑還邑。』靖詣武憲，憲聞丞相已遣之，不敢留。

靖歸縣，寮吏〔五〕多媿之。而計臺得靖自劾狀，先諸司以奏。得旨，委提刑謝師稷躬詣審究事實情節，併其妻賴，根勘同奏。已而謝公至古田，丞、尉皆從入黃谷家，適坐定，一蜈蚣甚巨，見於前，僉〔六〕曰：『天也。』即先責證傳之奏案，遂攝谷妻子保伍，退〔七〕臺自臨鞫之。三日獄具，賴悉引伏，所謂五逆五順棋子者，降蠱出藥之日所以卜也，得順則客至而毒客，逆則無客而反毒其家人。其鍼之十有一無眼者，鍼眼所以受藥也，既用則缺其眼，蓋谷殺十有一人矣。五色線者，蠱喜食錦，錦不可得，則以五色線代之。然則黄谷罪惡貫盈如此，其遇靖而死，豈偶然哉！獄奏，賴等處死，靖猶降一資罷。時淳熙七八年也。

靖短小不勝衣，而慷慨喜事，好論兵，有膽決，遇所激發，勇不可遏，其天性也。平生孝友，立然諾。既罷累年，得廣東舶屬歸。造諸公間，益論天下事。無何，不幸以死，年五十八。

孫子曰：『昔舒亶一尉也，斬民之詈己者，以此顯名，見器神宗。亶，忮人耳，其事不應法。余靖亦一主簿，手刃蠱囚。蠱囚法死而常不死，自靖殺囚，閩俗乃知畏法，良民至今德之。其賢於亶遠矣。吾先君子雪齋先生嘗親問靖本末，大嗟賞，顧予侍側，使盡記其言。先生没，靖感知己，扁舟數百里，哭於墓。靖之斬囚，其念則仁，其決則勇，其從容委曲以就其計則智。然不及以功業自見於世，豈不哀哉！予故整齊本語，詳爲之傳，有志之士得以覽觀焉。』

校勘記

〔一〕『皆』，文淵閣本作『比』。

〔二〕『外』，文淵閣本作『僕』。

〔三〕『嫺』，文淵閣本作『閒』。

〔四〕『閴』，文淵閣本作『闃』。

〔五〕『吏』，文淵閣本作『友』。

〔六〕『僉』，文淵閣本誤作『軒』。

〔七〕『退』，當從文淵閣本作『還』。

銘

俞履道履齋銘

天高地〔一〕卑，我道孔明。大路九軌，云胡弗行？行有初終，我力我躬。匪實奚蹈，匪正曷通。千里之遠，始於足下。九層之臺，起于累土。惟聖作經，日月萬古。履德之基，請事斯語。

校勘記

〔一〕『地』，文淵閣本誤作『澤』。

周南仲古硯銘

泐外而窪中，其壽也天。愈壽愈珍，其遇也人。相爾多文，貽爾子孫。

跋

跋淳安縣學昌黎先生像

世所傳昌黎先生像多妄，乃江南韓熙載耳。先生嘗貶連之陽山，連之學有先生像，實張忠獻公所藏善本。今連〔二〕州守陳侯曄摹以遺淳安丞魏君鹿賓，而某獲見焉。再拜，嘆曰：『嗚呼偉哉！此皇甫持正所謂「神人端士，朗出天外，不可梯接」者耶？東坡翁所謂「騎龍白雲鄉，飄然來帝旁」者耶？英風奇氣，凛凛若此，宜其文起八代之衰，而道濟天下之溺，忠犯人主之怒，而勇奪三軍之帥也。宜其能開衡山之雲，馴鱷魚之暴也。五百年之間必有名世者，天之賦予，豈輕也哉！』

案先生自道有慢膚多汗、腰腹空大之語，此本尚頗不合，至其精神照世，則決非他人無疑矣。

陳侯愛文好古，尤慕先生。頃歲宰淳安，作便齋，植松竹，曰讀書林。今在連，築堂曰仰韓，其風流趣尚美矣。猶不忘淳安之士，而屬魏君刻先生像于其學。魏君又賢，滿秩迫去，猶惓惓就兹事，皆宜書，俾傳之者有以知其所從來也。

紹熙壬子歲閏二月甲寅，後學會稽孫某謹識。

校勘記

〔一〕『連』，文淵閣本無此字。

跋王獻之保母帖

嘉泰二年，歲在壬戌，會稽之黄閍有樵者，斸廢壤，破故冢，得小硯及磚十數以歸。一日，攜硯獻其主人錢清王畿。畿乃士人，因視其硯甚潤，腹背有『晉獻之永和』五字，異之，從至其家，又搜得二甎出，此志遂傳於世。

羲、獻帖，獨此未經摹搨轉刻，猶是當年手迹。幸而早遇好事，得不碎毀。自興寧乙丑至是，適八百三十八載，而子敬固逆知之，古人卜筮精妙多如此。物之成敗隱見，豈偶然哉！

志文十行，字百有十七，缺不可識者十四。樵者未幾死，莫知其破冢之處云。餘姚孫某季和父識。

跋司馬家藏薛紹彭臨寶章帖

右薛紹彭道祖臨晉人書，藏故海陵使君司馬季若家。紙暗墨渝，人莫之識。嘉泰壬戌歲九月，其子述封以問余。余試尋之王氏《寶章集》，乃其最後一帖，梁中書令臨汝安侯志所書也。凡六行，三十六字，隱隱皆是。《寶章帖》二十有六，武后時王方慶所獻。逸少子孫，世皆善書，可謂盛哉！我宋建中靖國間，吴興劉燾無言讎書秘閣，摹得之，刻於其郡之墨妙亭。今亭中古帖，惟此獨存。然字不藏鋒而體濁，首尾一律，自是無言筆法耳。

是帖所臨，秀勁奇逸，勝之遠甚。道祖故有書名，思陵《翰墨志》所謂蘇、黄、米、薛者也。魏泰則曾子宣丞相夫人之弟，有《東軒筆録》行於世，因併志之，復以歸司馬氏。燭湖孫某書。

跋傅給事諫吴應誠使三韓書

按《中興紀事》，建炎三年，詔舉使絶域者，浙東副總管吴應誠請身使三韓，圖迎二聖。四月丙午，詔應誠借刑部尚書，充大金、高麗國信使，武臣韓衍副之。越帥翟汝文奏應誠欺罔，決辱命取侮遠夷[一]，不報。六月，應誠至高麗。高麗之君臣曰：『大朝假道于我以通虜[二]，虜亦將假道於我以通[三]浙，則奈何？』應誠雖與往復，竟辭屈而回，其年十月至行在。上怒，朱丞相勝非爲之解，得不罪應誠。後不復見，真誕妄人也。

傅公之慮，正與翟公同。觀其造次作書，引筆行墨，發於忠憤，反復切究[四]，利害曉然，所謂糜邦財於艱難之時，以資無功之費，信可惜哉。傅公是時方以言事謫爲蒲圻丞，未行，猶鋭於利國如此，使人重有九原不作之嘆。

開禧丙寅春分日，孫某題。

校勘記

〔一〕『夷』，文淵閣本作『人』。

〔二〕『虜』，文淵閣本作『敵』，下文同。

〔三〕『通』，文淵閣本作『窺』。

〔四〕『切究』，文淵閣本作『究切』。

跋趙叔近遺事

金人再犯京師，游騎四出。我〔一〕郡縣將吏望風奔潰，莫敢攖其鋒者。趙公宗室子，爲少尹南京，獨能力戰全其城，實啟高宗皇帝中興之業，斯已壯矣。及守檇李，不惟使吏民安堵於列城反側之中，而單車入不測之地，使杭之叛卒斂手聽命，犒賜不足，則竭私儲繼之，非其精忠血誠，智勇兼濟疇克爾。不幸罷守家居，一旦迫於亂兵，權宜鎮定，一郡免於魚肉。上奏未達，而王師奄至，公不自疑，晏然迎勞如平日，其心跡非不較然明白也。時諸武臣〔二〕方以殺略爲功，加以受〔三〕命，王淵逞其争一女之憾，倉皇害公，不復顧問，哀哉！

紹興九年，朝廷始知公冤，有詔褒贈，告詞尤哀傷之。國史已軼其事，未及立傳。公之曾孫彦嘏、顯叔蒐緝遺牘，本末略具，可信不誣。顯叔兄弟十人，皆賢而文，多以科目自奮，忠孝之報，方興未艾，而王淵者，亦死于亂，子孫無聞矣。天定勝人，豈虛也哉！某敢併著之，以告於太史氏。嘉泰四年二月五日，燭湖孫某書。

校勘記

〔一〕『我』，文淵閣本作『吾』。

〔二〕『時諸武臣』，文淵閣本作『諸將武臣』。

〔三〕『受』，文淵閣本作『授』。

跋汪立義教童子訣

『師哉師哉，童子之命也。』揚子之言也，正也。童子之師，授之書而習其句讀者也，非傳道解惑者也，韓子之言也，激也。

童子最難其師，然世常輕視童子之師。故童子師滿天下，而句讀音義字書之學，大抵鹵莽。雖有工枝〔一〕辭，躐科第，白首顯仕，而筆舌聲畫之間，或可鄙笑不能自改者，師誤之也。

余先君子雪齋先生，終老爲童子師。其法度必準於古，不以一毫自愧。今觀樟山汪先生教人之訣，甚似而尤詳，讀之泫然淚下。世之求童子師，與爲之師者，人〔二〕取一通置之座側，非小補也。雖然，教子者必以實，不以名，教人者必以義，不以利。父兄委子弟於師，不樂其嚴，不察其欺，則名而已矣。師受人之子弟，狎而不威，助之欺其父母，則利而已矣。夫如是，先生之訣可傳，孰能傳先生之心乎？抑能傳其訣，猶可以卜其心。若笑而不顧，吾不能知之矣，故爲之書。

慶元四年歲在戊午四月辛未，孫某跋。

校勘記

〔一〕『枝』，文淵閣本誤作『技』。

〔二〕『人』，文淵閣本作『各』。

跋胡元邁集句

胡元邁爲人恂恂樸實，容貌辭氣不能動人。其胸中乃有數千卷書，溢爲集句，至數百篇，雖有好事者卒然遇之，未必不以衆人待元邁也。士之不可忽如此。

雖然，集句，近世斯人遊戲法耳，要之可以爲工，不可以爲高；足以貽世，不足以名世。余聞元邁所自爲詩，不下古人，他所著書甚多，歸而益盡力焉。使他日與《集句》並行，則又善矣。

跋吴氏戒殺文

臨海吴君應龍，出示其先世所傳《戒殺文》，乃建炎四年間，眉山蘇公遲之所作也。蓋吴氏世居湧泉，而有溪出南山下，溪有魚千百頭，文叟者與之相樂，如相知相忘者。其父不殺四十年，至文叟又不殺，懼子孫之或殺，而求蘇公爲此文以戒之。

予閲之，因竊嘆如文叟者，可謂能不移于海濱之習俗，而知古仁人之用心者矣。且萬物皆備，孰非我也？况魚躍于淵，尤察於下者歟？忍自傷其生歟？然物必有用，人實資之。古人有用以成禮者，則取之有義，而不殺之，仁在其中矣。故川澤虞衡，莫不有禁。祭祀賓客，所供有時，網罟之目，則以四寸，魚不滿尺，市不得鬻，人不得食。夫子所以釣而不綱，孟子所謂數罟不入污池也，雖一魚不妄殺，仁之至，義之盡，而禮之備矣。

夫生而不殺，人之性也。後世至于竭澤而漁者，豈獨無是性哉？或者習俗之所移也。况近海爲魚鄉，魚無小大〔一〕，盡取無遺，豈〔二〕無一家一人一日不食魚者，其習俗然也。吴氏乃獨能以殺爲戒，可不謂過人矣哉！後之子孫如能世守此戒而不渝，又能充無殺魚之心以推其所爲，則火然泉達，湧泉之源，混混不舍，可以放乎四海，而仁將有不可勝用者。求仁近仁，患不知戒爾，尚其戒之。

校勘記

〔一〕『小大』，文淵閣本作『大小』。

〔二〕『豈』，文淵閣本作『蓋』。

説

疑孟説

孔子作《春秋》，尊王室，吴、楚僭王，書之曰子，王人雖微，序諸侯之上。孟子勸齊、梁之君行王者之政，無復尊周之説。故温公有《疑孟》一書，而李泰伯、鄭厚之徒，專以此訾孟子，此不可不首爲孟子辨也。

孔子稱由、求爲具臣，夫由、求之在孔門，從事聖人〔一〕之久，其所自立有〔二〕大過人者，聖人猶謂之具臣。具臣者，粗可供人臣之職之謂也。已而又曰：『弑父與君，亦不從也。』夫臣子孰不知愛敬君父乎？居然自視，何至一旦頓絶天理，以從弑逆之黨。然苟其胸中無主宰，無臨大節不可奪之操，及變故横生，勢誘威脅，惜身命，念妻子，忽不能自免矣。孔光，漢之儒宗，劉歆，劉向之子，其素行非不篤，聞見議論非不美，豈期至於阿附王莽，賣國與人，以此知不蹈大惡者，如由、求然後可保，下此者皆不〔三〕可保也。

若孟子之學，乃由、求上一等人，豈〔四〕狃於戰國之俗，助成諸侯之僭亂哉？學者能知孟子於此，必不會錯，然後可論也。大抵觀聖賢者當觀其大用，聖賢之大用在時。堯、舜禪授，湯、武征伐，時也。以堯、舜之禪授而責湯、武，以孔子之尊王而繩孟子，則非矣。蓋春秋時，王室漸微，然典策誥〔五〕命，車服爵賞，猶行於天下，齊、晉之伯，託于尊周而人心附焉。當是時，天下固周之天下也，故孔子作《春秋》以尊王室〔六〕。至於戰國，則晉三大夫分裂其國，而威烈王從而命之爲三諸侯，田常破滅太公之後，自有其國，又從而命之。自是諸侯不復顧藉王室，既久而皆僭號爲王，雖宋與中山，其國微小，亦且稱王，而周之〔七〕天子之號亡矣，已夷于一小國矣。曆數已盡，天命人心已去，文、武之餘澤已竭，孟子烏得而强尊之哉？故孟子因齊、梁之既王，而勸之行王政，適其宜也。

聖賢之大用，主於安天下，孔子之時，必尊周可以安天下，孟子之時，諸侯可〔八〕行王政者，則可以安天下，雖孔子復生，必不易孟子之言矣。譬如大田萬頃，故主之子孫凋喪淪落，其僅存者尫疾無力，荒茀不耕，而强有力者裂而耕之，吏莫能禁已數十年矣，凶年飢歲，仁人義士，其亦勸之力穡均利，以濟鄉黨乎？抑亦〔九〕勸之捐鋤棄耒，而歸其籍於不耕之主乎？然則異議者可以釋然矣。

校勘記

〔一〕『人』，文淵閣本作『學』。
〔二〕文淵閣本在『有』之前有『必』字。
〔三〕『不』，當從文淵閣本作『未』。
〔四〕『豈』，文淵閣本作『豈可謂』。
〔五〕『誥』，文淵閣本作『告』。

〔六〕文淵閣本在『王室』之後有『爲本』兩字。
〔七〕『之』，文淵閣本無此字。
〔八〕『可』，文淵閣本作『有』。
〔九〕『亦』，文淵閣本作『將』。

李生名字説

始余肄業於鍾〔一〕山之陰，思湖李生從余遊者半年，時李生尚少，未知學，而意親余也。余去黄巖，四年而歸。歸十日，如錢塘，里之姻故，未及相聞也。李生居旁邑百里而遠，獨先衆人追見余於逆旅。又三月，余自錢塘至家，適二日，李生復冒大風，徒步就余。於是束衣贏糧，相與讀書於蓬藋荒莽之中。余上下城邑，生輒隨之不舍。觀其學，雖未能大進於舊，而其望余之歸之勤、親余之篤如此，亦可謂有志者矣，如是而猶未進焉，則余媿也。

生始名知幾，字吉先。今將有所避，而謁余易之。余聞仁也者，天地之所以爲道，而人之所以生也，聖賢之教，莫大乎仁，學者之從事，宜莫急於仁。今之囂囂者其習陋，其説卑，挈聖賢之言告之，不訕且疑，則藐之而不以聽。生之於余不至此也。孟子曰：『仁之實，事親是也；義之實，從兄是也；智之實，知斯二者弗去是也。』曾子曰：『仁以爲己任，使夫人而知其實也，則固吾身之任，而誰與遜哉！』生其以知仁名，以任甫字，可乎？

古之人，盤盂有銘，几杖有戒，所以存之目志之心而不敢忘也。名字之于人，從其美者而名之，其視盤盂几杖也，不愈近矣乎？故[二]語有之：『衣服在躬，而不知其名爲罔。』然則爲李生者，宜何如耶？其庶幾乎無以重余之媿耶？

校勘記

〔一〕『鍾』，當從文淵閣本作『種』。

〔二〕『故』，當從文淵閣本作『古』。

司馬氏七子字説

新金華通守司馬季若，温國文正公從曾孫也。恢然長者，樂善而愛人，不近利，擇媚[一]必于名門故族，是最爲有家法。生七丈夫子，曰逨、曰道、曰述、曰遂、曰逢、曰近、曰迅，森然秀整，而興於學，請字於余。

余爲之言曰：『冠而字，字必依其名，古也。美其名若字，思所以稱之者，學士也。居，吾語汝。逨之[二]言，來也，天地之間，往來莫神於陰陽，而陽爲大，是其來則萬物熙然以春，故君子之道象焉。《易》曰：「小往大來，吉亨。」然則逨宜字曰大亨。道者，天下之常理也，昭然若大路，不知道不智，知而不履，履而不終，不仁。《易》曰：「視履考祥，其旋元吉。」然則道宜字曰元履。昔吾夫子自處于述而不敢作，蓋凡天下之理，古人畢陳之矣，學者尊所聞，行所知，兢兢焉而已，又奚作焉，然則述宜字曰尊古。仲虺以爲賢者天所佑，德者人所輔，忠者顯，良者遂，厥或弱昧亂亡之形見，則兼攻取侮之患臻，皆天理人事之有必至者。士而求遂，非良奚可哉？故字遂曰楙良。孟子語君子深造自得之學，曰：「資之深，則取諸左右逢其原。」道至於左右逢原，其幾于天矣，深之功也，故字逢曰深原。士志遠不志近，志近莫如近道。《大學》曰：「知所先後，則近道矣。」格物知止，學之先也，非格物知止，無以近道，故字近曰知先。迅，速也，天下之成不貴速，惟進德爲貴速。《易》曰：「明出地上，晉。君子以自昭明德。」觀日者觀其出，昧旦蒼涼，徘徊未升，霍焉如騰，天下大明，君子之進德似焉，不其偉哉！故字迅曰晉明。

噫！余之字七子也，其義則大矣美矣，七子而果進於德，近於道，其用力深，其成材良，稽諸古，履諸躬，成名於君子，而濟時於泰亨，國人之所稱，願何以加焉。夫七子之門，温公之業也，識者之所期也，天下之所觀也。凡余所以字子者，温公由是以爲温公，七子可勿念乎？《詩》曰：『無念爾祖，聿修厥德。』噫，七子其敬之哉！

校勘記

〔一〕文淵閣本在『媚』之後有『連』字。

〔二〕文淵閣本在『之』之後有『爲』字。

海陵縣齋不欺堂説

司馬公言：『迂叟事親無以踰人，能不欺而已矣。』其事君亦然。從曾孫儼爲邑海陵，作草堂，請郡從事方枏〔一〕書『不欺』二字揭之。

丞孫某曰：『世固有取三不欺之義名縣齋者。彼所謂不欺者，人也；此所謂不欺者，己也。己不誠於君親，欲人誠於己，得乎？吾侯不忘先訓，以是躬行，真得爲政之本矣。』

淳熙丁未七月朔識。

校勘記

〔一〕『枏』，文淵閣本作『楠』。

書　後

書趙清獻公手記嘉祐六年廷試事後

惟我有宋，以儒立國，列聖相詔，垂意多士。此帖所記，群有司校試殿廬，天子日日以次臨幸，訓敕勞賜之不絶。當是時，昭陵御宇已四十年矣。

嗚呼，其不謂之至誠不息矣乎？故科選雖非古法，而祖宗以此得士。惟其有籲俊尊上帝之心，是以有天祐生賢之應也。彼王安石徒飾其法，而浸壞其心，盛衰之故可攷矣。反覆此卷，能不喟然太息！

慶元元年月日，越孫某敬書。

浙江文獻集成

浙江文叢

孫應時集

〔下册〕

〔宋〕孫應時 著　胡洪軍　胡　遐 輯注
慈溪市地方志編纂委員會辦公室 編

浙江古籍出版社

孫應時集卷之十一

行狀

宣議郎趙公行狀

曾祖世括，贈少師、開府儀同三司、嘉國公。祖令陞，贈金紫光禄大夫。考子英，故朝議大夫、秘閣修撰，贈金紫光禄大夫。公諱伯淮，字彦濟，我藝祖皇帝之胄，而越恭懿王諱德昭之七世孫也。

國家自熙寧來，宗室子始得仕外，其人材往往繼出。南渡以來，蔚然多爲名卿才〔一〕大夫，而修撰尤以清德雅望，始終無一虧缺。子孫孝謹，家法修飭，數十年間不替，益見〔二〕聞于天下。公則修撰長子也。修撰御家慈而莊，整而不苛。公率諸弟，恂恂翼翼，左右承顔，惟恐弗及。其有不怡，舉室屏息，若無所容，求所以順適乃已。朝夕食，微不飽，子孫皆不敢食。躬任家事，毫髮無所苟。僑居黄巖，未習其俗，市田皆得瘠土。公教庸保力耕，常善熟以供，資用無乏。卹媢舊，燕朋〔三〕友，惟親所欲，不命而請。昆弟子侄相勸，皆興於學，日以前言往行，磨礱浸灌，其工文詞、踐科第者甚衆，無敢夸詡。聚食千指，雍肅未嘗有間言。人謂修撰之門，不惟宗室儀表，自寒素之族罕能及之，公之賢可知矣〔四〕。

公始爲蕭山尉。隆興甲申，歲大祲，府檄公巡其稼。單車履畝，窮蹊荒谷無不畢詣，所至晏然，無召集紛擾，而人人以爲得吾實。甚者丐府盡除其租，餘亦十免七八。府寮梗其事，公争之力，守孚其誠也，卒從之。冬，始貴糴，官出常平粟平之，公曰：『憂在來年，若何？』固請儲二萬斛于縣。及春，果大飢，他縣廩皆竭，蕭山獨先發所儲，專以付公，公〔五〕鄉餌之，與民爲期，轍環而給焉。初，公巡稼，已周知其户口貧富多寡，及當受粟，無欺漏者，益勸巨室，以義繼之，沛然有餘。浙右流民襁屬入境，爲分處佛舍，若官民之空宇，必寬潔無坌溢。謂羸瘠者驟食多斃，則賦之粥，小歠之而漸加之。謂作粥水火失濟，輒復害人，則常親視之，須其畢食乃去。其精慮强力，本於惻怛若此。流民既蘇，願行者給之糧，欲留留食，至秋而止，所全不可勝計。當是時，復大疫癘，蕭山獨無苦，則多方養〔六〕救之故也。

先是，邊烽嘗急，都人攜家東渡西興，南趨漁浦，奸民剽攘滋熾。公至，張設方略，魁渠畢擒，江路大清。府上其功。終，更命改京秩，知武義縣。

下車首視故籍，凡無名横取於民者，一刮去之。前令以忤通守意，及于罪，于是經總制宿逋緡錢數萬，責償于公。公曰：『自今日始，猶懼不足，宿逋不可得也。』通守怒甚。公曰：『令誠不忍毒民，願受劾耳。』竟寢之。公爲縣慈惠平直，不爲疑阻，懇懇在民。訟者呼前，畢其情而細剖其曲直，苟服矣，則薄其罪。大要睦族善鄰，厚風俗，無長怨而已。庭無留事，久之，民相勸不争，訟益稀簡，閲歲時，無具獄上郡。其催科，寛與民期，而嚴于束吏，給鈔銷籍，無敢稽日，輸者大悦，惟恐後迄，不煩鞭撲〔七〕而以辦告。里正長受役，未嘗訴不平。或請閲〔八〕次爲之，曰：『及吾侯在此，其省費倍也。』縣故有劇盜，出没旁郡之境，當道晝掠，連歲召捕弗得。公察其所以然，一日，呼徼巡卒長呵曰：『盜之不擒，即致汝於法。』其人皇恐，刻期以盜獻，蓋其所囊橐也。

秩滿，授通判黄州事，未上，丁修撰憂。服除，調平海軍節度判官事，亦未上。子師淵，爲衢州推官，公就養官舍。淳熙四年九月四日，以疾卒，年止五十有八，官止宣義郎。

公天資温厚端慤，與人必恭，雖幼穉無所狎，重然諾，不妄笑語。平居簡澹刻約，無嗜好，裘褐衾屨，有終身不易者。非其義，不以一毫汙己，俸禄一視本法，在武義，月入不滿四十千。嘗白太守，縣佐有不足養者，請郡符頗增其給，而于縣乎取之。守既悦許，則問令俸幾何，不對，他日知其又薄也，欲例增焉，固謝不敢。守以〔九〕此重公。蓋公根本孝友，施於有政，孔惠且式，無所不宜，而持身之嚴又如此。惜也年不究其德，位不究其才也。雖然，公之榮其親也多，而裕其家也遠，斯足以無憾矣。

娶周氏，宣教郎葦之女。子男四人：長師淵，宣教郎；次師騫；師遊；師夏，文林郎，奉國軍節度推官。昆弟皆學於侍講朱先生，其所立未易量也。

初，公之喪自衢歸黄巖，後二年三月辛酉，葬臨海縣長樂鄉湧泉之原。是歲，某官黄巖，始與公子弟交，知公賢也。今公之子將乞銘於朱先生，不鄙某，使追狀公之行，以備先生採擇，不敢辭，亦不敢誣，謹第録爲狀如右。謹狀。

校勘記

〔一〕文淵閣本無『才』字。
〔二〕『見』，文淵閣本作『光』。
〔三〕『朋』，文淵閣本作『賓』。
〔四〕『矣』，文淵閣本作『已』。
〔五〕『公』，當從文淵閣本作『分』。
〔六〕『養』，當從文淵閣本作『善』。
〔七〕『撲』，文淵閣本作『樸』。
〔八〕『閲』，文淵閣本作『越』。
〔九〕文淵閣本『以』之前有『絶』字。

編修石公行狀代石應之作

公諱斗文，字天民，越之新昌人。新昌石氏，故衣冠盛族，枝葉散出，公之先獨稍微，居山谷間。曾大父倫，大父彝，皆不仕。父悦〔一〕可，當青溪寇作，旁州群盜並起，以勇戰捍鄉邑有功，補保義郎，任宣州巡轄鋪，卒官。後公用恩贈父宣義郎，母茹氏孺人。

公髫齔不好弄，嶷然自重，嗜讀書，輒能諷咏講畫，應答驚人。九歲而孤，家貧，處僻陋，無師友。太夫人獨奇其子，躬紡績，資遺游學。公即感奮，刻苦問辨思索，窮日夜不怠，遂工文詞，必根柢於義理。初，假館授書自給，主人一慢易，公徑謝去，士友以此重敬之。試補入太學，報未至，于是太夫人春秋高，無以爲養，門户未立，人謂公切切爲得失慮，而公方夜讀張公九成廷對，至靖康播遷事，悲哀感慟〔二〕不已。

處太學十年，文行卓卓有盛名，所與游皆一時巨人長者。登隆興元年進士第，調台州天台尉，未上，丁太夫人憂，毀瘠瀕死，終三年足不踰其閫内。既免喪，哀猶未忘，夜寐或連聲呼母，兒啼甚悲，覺而涕淚滿鬚。歲時奉祀〔三〕，嗚咽泣下，如此終其身。再調邵武軍司户參軍。親友强之試教官，改授臨安府學教授。

臨安學故敝陋，游士以請託冗食其中，士之自好者恥而不入。公至，嘆曰：『是非所以稱輦下教養之意也。』即與同寮周君祐，首捐己俸，丐資守帥，新其宫而大之。既則一視成均，律以法度，拔能表善，訓誨諄切。未幾，鄉風競勸，多成就者。

壽皇即位之九年，鋭欲恢復，思度外用人，而張説者除簽書樞密。講筵官張公栻、中書舍人范公成大、刑部侍郎王公秬交章論其不可。命既中寢。居頃之，三人相繼去國。公奮然出位拜疏，謂：『比者縉紳相賀，以陛下舍己從人，改過不吝，真堯、舜〔四〕之主。而道路或言，左右僕御怨此三人入骨髓，將必媒孽其後。臣以爲〔五〕聖明在上，決不容此。今事卒驗，臣誠駭然。夫以陛下之明，誤舉至此，忽不自覺，浸潤膚受，真可畏哉！群臣指以相戒，骨鯁沮怠，精鋭銷恧，異日國家有大奸慝，政事有大愆繆，陛下何自聞之？』因條時政缺失，且言大臣彌縫左右，籠絡士大夫，以保位固寵，而敗壞成法，斲喪名器，不暇顧惜。上以其書示首相，首相議加貶斥，次相救之得免。

皇太子尹臨安，曹掾〔六〕以狀自列，得奏改京秩。或告公教官應處曹掾，後公竟不自言，故賞亦不及。秩滿，近例謁廟堂，當除太學官。公徑從吏部選，得漢陽軍軍學教授以歸，寓居郡下授徒累年。至漢陽，學舍尤荒涼，士子絶寡。公居數月，風厲興起，旁郡秀民來游日盛。守將訪問，因事納忠，裨益宏多。同寮艱急，倡義拯卹，聞者感勸。

淳熙五年，召赴行在。上殿首論：『我祖宗家法，收大臣展盡底藴之效，而無權臣竊弄威福之患，惟是朝廷有公論耳，蓋朝廷命令未允，則舍人不行詞，給事不書黄。否則，臺諫得彈劾百官，有司得以其職執奏，人主虚心於上采聽公論，以爲進退賞罰而天下治。今陛下宵旰勤勞，而群臣受成苟免，意者學士大夫公論不昌，風采銷靡，而後朝廷得容其私，朝廷容私，而後陛下至於獨煩睿斷〔七〕。前後臣子，孤負實多，聖意狐疑，莫適倚託，由是人物多從親擢，而大臣無與進議〔八〕，諸司各有承受，而三省無關出納。譬之萬金之家，必嚴大門以司出入，一旦以守者爲疑，而創開便行〔九〕，通道旁出，終亦不免使人守之，不知便門之私，乃復滋甚。何則？

大門十目〔一〇〕所指，人猶有所忌憚心，便門者無人之境，彼何所不至乎！』上從容嘉獎，曰：『卿論甚〔一一〕平，朕亦思之，要須付與外廷。』又論：『凡事不可無規橅，而規橅亦自有次第。爲今日計，守和以狃敵，先事而自治，爲恢復規橅。邊計不以病國，國計有以備邊，爲自治規橅。地使無遺耕，耕使無遺利，羸兵得以自養，精兵得倍養，盜賊歸兵農，屯田佐馬政，其成在官吏無曠職，其機在大小無遺材，爲經理邊計規橅。此其次第大略，而所以領其事者，必惟其人，誠擇中外文武兼資，望實兩重，如羊祜、祖逖，得一二〔一二〕人，分委責成，不過十年，舉天下爲陛下倚矣。然中外一脉，治先腹心，若網在綱，挈提有會。有如大臣取充位，廟堂無定論，事有奏請，誰與報聞？人有撼摇，誰與保任？故規橅次第，又當自朝廷始。』又論：『今大農歲入常賦之外，不過茶鹽酒税，而四者之利，比多不登，究其所繇，惟其取利太盡，遂至利無可取。故茶、鹽抵法而盜販，酒坊敗闕而不復，商旅艱棘而輟行，則公上之欲〔一三〕入，能勿虧乎？故知立法務在予民，則其收效自然富國。』又口奏其利病甚悉。上更以聖意反覆焉。將退，命公條上所言邊計事。改宣教郎，除樞密院編修官。公條具經理邊地，爲三十九目上之，後省疏駁不得行。當是時，上意方喜得公，而忌者比肩立。公尋請於朝，願得並邊可入一差遣自效，添差通判廬州。公言往年上書，嘗謂添差非便，今身自爲之，不可。改通判揚州。

初，公在漢陽，部使者、太守咸敬愛之。將漕劉公焞晚至，風采峻甚，浸忤州，列郡亦數蒙譴，獨雅重公，數招致公，攷論古今，或累日不聽去。由是，向之敬愛公者疑且憾焉，不知調護之力固多也。及被召戒行，鄂有士人贄束脩爲敬，言江路風濤，願以大艦載公東下。公察其富賈，必藉我以免征，卻弗許。彼計不遂，則前公行，造所過津吏，謂〔一四〕之曰：『有石教授，厚載且至矣。』于是吏伺公舟，極意搜索，篋篚細碎，發露不遺，見其蕭然無有也，則皆媿謝去。然疑憾之黨，遂實其謗，布於都下。至是，言事者摭其説，且論在邊必喜事不靖。到揚州纔二十日，罷還，至瓜州，風怒不可渡，公爲文取酒酹江，略曰：『維貪惟不靖，臣子大罪，誠一毫髮如議者言，某當盡室溺江，甘死不憾。不然，便風一帆，賜以安濟，凡我同涉，與蒙福焉。』語訖解維，則北風送舟而南矣。

七年，主管台州崇道觀。九年，差通判婺州，十二年到官。經總制歲額浩繁，異時每病其不登，吏卒符移旁午諸縣，公命罷色目之猥釀者，蠲逋欠之積久者，一爲疏通，期會甚簡，比終更視前主者所辦，反溢緡錢十四萬。吏以賞格進，公弗省，曰：『吾乃以是希賞者耶？』郡榷酤不售，舊例抑吏兵貰之，月刻其禄廩以償，且高其值。公職董酒征，一令禁止，躬爲區畫，覈滲漏，蠲羨餘，使官酤不貴以惡，課輒大豐而宿弊頓除。其他辨枉息爭，表勸風俗，及裨補郡政、爲民物利者，不能悉書。東陽有積冤而得直者，繪像以祠于家，往來人能道之。

十五年，差權發遣武岡軍，未上，舊苦痞浸劇。十六年四月某日，終於家。官至朝奉郎，享年六十有一。

娶王氏，荆文公之曾侄孫，封孺人。子男一人，曰志學，以公致仕，恩當補將仕郎。四女：

長適鄉貢進士丁用中；次適漕貢進士周宗元；次適進士杜光朝；幼未行。孫男一人：康孫。孫女二人。

公謙敬慈良待人，不能爲崖岸城府，蠢愚幼賤，一接以禮，從容浹洽，人得展盡。聞寸長片善，諮嗟獎譽，自謂不及。仁心惻怛，藹然見於聲容。爲人謀，精思反覆，不啻如己利害。無疏戚，一旦扣門以急難告，情實可矜者，奮然身任之，上下經營，不顧吾力及不及。其捐財濟人，或傾倒〔一五〕橐裝，解衣輟食，不自留明後日計。人或以此欺之。而不相知者，往往疑其多私，見謂盜名不情，公亦不能改也。體羸，幾不勝衣，病畏寒暑，嘗枯槁憔悴。然即之，風調清深，意度瀟散，自使人鄙吝消釋。至有所感發，氣概凜凜，神彩峻澈，語連夕達旦，出入勞苦不倦也。閒居鄉曲，事有關百姓休戚者，必以告有司。尤悉力於捄荒，前後以賑贍建白于府帥、部使者，因而見委者三，往往以私錢佐其用，蓋嘗質告身乞糴以足。至今，一邑之民皆曰：『公實生我。』然公常恨不盡如其志，每爲客誦南豐曾公《救災議》而屢歎之。其治家不細苛，淡而有恩，寬而不弛，正己以感人，告教子弟，歔欷繼之。汲引後進，尤喜講評文辭，越中士多公門人弟子。公之學，自少力舉子業，已獨用意流俗之外，一以古人自期，育德果行，醇粹明白，其所成就，植立既高矣。及交廣漢張先生栻，東萊吕先生祖謙，臨川二陸先生九齡、九淵，晚交新安朱先生熹，公年皆其長，而方惓惓師慕，請所以詔之者，顧自恨衰疾早侵，不克盡力竟學。餘所往來當世名士，多後出，或自以不逮公遠甚，公亦皆以師友之禮下之。此其進德爲己之實爲何如？而其心量宏大，豈淺丈夫所能知哉！平生志念，無一日不在君民，其孜訂今日急政要務，規橅細大，本末略無遺者。君〔一六〕或默然終日，至輾轉不寐，通夜以思，大抵皆國家天下之事，而目前瑣細，多闊略不經意，謀生鹵莽，視妻子寒飢漠如也。世以是疑其疏，然陛對所論茶鹽酒税取利太盡，則他日重華之政，蓋略發其意，而効可見矣。至若邊屯綱目，思慮已密，使得施行加潤澤之，其成績豈少哉！人物衰謝，有志如公者，復棄不及用以死，豈非天下所〔一七〕痛也。

公死，其友族姻故與新昌之人、田父野老，哭之皆哀。雖其所及止，此悲〔一八〕夫庶幾於古之至誠者，其孰能得之！嗚呼，今之世尚可復見斯人否耶？

其孤卜以某年某月日，葬公鼓山之原，謹爲之狀其行實如右。

校勘記

〔一〕『悦』，文淵閣本作『帨』。

〔二〕『悲哀感慟』，文淵閣本作『悲泣感動』。

〔三〕『祝』，文淵閣本作『祀』。

〔四〕『舜』，文淵閣本作『湯』。

〔五〕『爲』，文淵閣本作『謂』。

〔六〕『曹掾』，文淵閣本作『掾曹』，下句同。

〔七〕文淵閣本在『斷』之後有『歟』字。

〔八〕『議』，文淵閣本作『擬』。

〔九〕『行』，文淵閣本作『門』。

〔一〇〕『目』，文淵閣本作『手』。

〔一一〕『甚』，文淵閣本作『極』。

〔一二〕『一二』，文淵閣本作『二三』。

〔一三〕文淵閣本無『欲』字。

〔一四〕『謂』，文淵閣本作『紿』。

〔一五〕文淵閣本無『倒』字。

〔一六〕『君』，文淵閣本作『公』。

〔一七〕文淵閣本在『所』之後有『當』字。

〔一八〕『悲』，當從文淵閣本作『非』。

承議郎淮南西路轉運判官方公行狀

公諱有開，字躬明，姓方，新安歙縣人。

方氏自周之元老著於《詩》。東漢時〔一〕，望教隴右諸豪興復劉氏。和帝時，有舉賢良方正爲河南令者諱某，以至孝聞，其墓在歙東偏，至今血食，境内號真應祠，歙之方姓皆祖焉。其後裔嘗爲本郡太守，封歙縣侯，失其世。公曾祖顔，祖良，皆潛德里閈。考綱，篤學好古，手抄經史百氏書，教子尤力，以公贈奉議郎。

公天禀夙悟，自髫齓端静嗜學如成人。十餘歲，見有論張巡、許遠不知時變，死守睢陽爲非是者，憤然不平，爲文千言詆之。喜作詩，有『横溪斷霓截宫錦，庭前老柏不驚秋』等句，落落驚人。長益工文詞，鄉先生孫彦及當時知名士大加器賞。一時友生如程公泰之、朱公康侯、吴公益章、益恭兄弟，與公皆争奮厲，表表自拔流俗。及數公次第由太學先進，公獨困場屋，方益治古學，玩思六經，紬繹關、洛諸儒之説，泊如也。已而亦入上庠，舍選有聲，遂擢隆興元年進士第，授左迪功郎、建昌軍南豐尉。待次，丁外艱，再調建寧府政和簿，改特監潭州南嶽廟、襄陽府學教授。未上，復罹太夫人憂。服除，差監行在太平惠民北局。

初公登第時年已近四十，連蹇至是又十四五年，人不堪其窮，而公往來松楸之外，愈大肆於方册篇章之間，歷覽千載，泓停淵蓄，浩無津涯，誨誘鄉黨子弟，必以義理，多感發爲善士。暇日則訪耆老，合姻舊，賦詩飲酒，徜徉丘壑，漠然無復進取意。比入北局，官冷甚，亦不以爲嫌，恪勤其職。吏雜市贗藥爲姦蓋久，公廉得之，或請寘吏於法，可蒙賞。公曰：『此非我志也。』取贗藥焚之，逐其人而已。先是，程公自天官常伯，除閣學士、知泉州，舉公自代。既而葉公叔羽以户部侍郎，蕭公照鄰以敷文待制，亦皆舉公，其詞甚力，而葉、蕭二公先未嘗識面也。公往謝，問所以知公之故，答曰得之朝評，譽處休甚，各欲取賢以報國爾。於是公秩滿，以在京賞，循從政郎，除國子録。公學有本原，每升席講經，理緻精明，詞旨温暢，聽者充然有得，咸心服焉。

淳熙八年，歲大荒札。公適當輪對，首論『君民之所以相通者，實以此心無間。平時郡縣之吏，暴征豪取，爲天子斂怨於下，今民艱急之時，惟朝廷大捐委積，無所愛惜，庶幾比心可信於民』。壽皇聖帝嘉納之，謂曰：『朕已罷郡守之不能賑濟者二人。』次論『今日立國，東據吴會，西極蜀表，綿亘萬里，形勢固非單弱，然規模氣象，終未能壯。荆襄之地，吴、蜀腰膂，昔以爲用武之國也，今乃棄之，同於邊徼，臣所未解。要先經營此地，然後吴、蜀勢合，恢復有期』。因敘古人若楚子文、孫叔敖，若孔明，若周瑜，若魯肅，若陶侃諸公，所以用荆襄事，且陳聯形勢、講攻守、闢田疇、建府衛之説，目曰《荆襄事宜》，井井詳甚。上大稱賞，且曰：『今日之勢，正如蜂腰，朕每思此，不覺寒心，不意卿儒生，乃能爲國慮至此。』留其書禁中閲之，降付密院討論施行。公又論：『今士子或不安鄉井，東西馳騖，以争一試，至冒刑憲而不顧，未必其心本然，良由諸郡貢士多寡不均。謂當令禮部視終場人數，增損貢籍，則此等可以立革亦所以厚廉耻之俗。』上喜曰：『此可以戢其源，誠公平之道也。〔二〕』遷詳定一司敕令所删定官，改宣教郎。其請是〔三〕時修隆興以來寬卹詔條，與諸路别制。公與同列盡心纂集，分别會稡，條流不紊。其請更舊法者，必研攷巔末，非利害灼然相絶，不輕損益。

明年，遷司農寺丞。農寺專米粟之政，江、浙餫舟，歲至如櫛，倉庾散列郊外，篙工計吏，耗蠹百出。每賦糧，諸軍皆〔四〕集，概量小不平，輒洶洶出飛語，至毆擊籌吏，事聞，廩官坐罷者數矣。公命次第餫舟先後，檢覈進退，無敢欺匿，品其陳新，以序出之，有豐無殺。當公之時，吏以辦告，軍無譁者。是時再輪對，奏三劄：其一，申論荆襄要害，謂錢塘爲行都垂六十載，宮闕百司所在，誠難輕議，然僻在海濱，與中原氣勢不接，建炎、紹興偶然駐蹕，豈真卜宅之所？況今人物充溢，地形湫隘，非初至比，今日之計，當規撫荆襄，鎮以腹心大臣，先事耕墾，外張國威，内紓民力，庶幾倚爲高祖之關中，光武之河内，不出數年，端緒見矣。因敘故李公綱、翟公汝文、胡公寅，當擾攘之初，皆勸幸荆〔五〕襄，以繫〔六〕西江之望，其言可覈〔七〕，願幸留意。其二，論天下國家氣象，如物之華采，人之精神，觀人之國而知其强弱者，在士大夫施設議論爾。議論勁正，設施精明，則其國雖小而强，阿諛鹵莽，效必反是。本朝盛時，已事可見〔八〕。昨中興之初，人思獻納，有慶曆、元祐之風，中更權臣，斵喪沮壞，迄未振起。陛下誠擇其逢迎苟且之人，懲警一二，開導作成，使天下士皆明目張膽，以副任使，國之不强未之有也。其三，因職事以及國家之經費，論〔九〕今太倉歲入一百六十餘萬石，朝廷及諸百官司之用，共不過十六〔一〇〕萬石，而諸軍之支，則一百三十餘萬石，國用之數，未及軍須十一。左帑財用與諸路屯駐，蓋莫不然，然所在禁旅，猶以貧乏告，是使民力困竭，恤之無由，如父母視其子在塗炭水火而不能救，盍亦求其本哉！側聞藝祖皇帝嘗欲遷都長安，據山河之勢以去冗兵。太宗進諫，則曰：『今姑從之，不出百年，民力殫矣。』且藝祖一見養兵之費於創業之初，即知民力殫〔一一〕於百年之後，況今軍費偏萃東南已數十年，欲民力之無殫，其可得乎？故天下大計，莫先於屯田，屯田成則軍須寬，軍須寬則民力裕，惟毋輕於所付，毋苟於所得，毋以尋常應故事而行之，然後可以去前日乍興乍廢之失。上皆欣然聽納，稱善者再三。且曰：『朕于創業、中興、守文三事，皆身任之，守文粗可觀，其外二事不能無媿。朕之聽治，不爲不勞，然屑屑細務，每聞而厭之，惟樂大計所在耳。荆襄居天下中，有如奕棋，肥邊不如瘦腹。』又曰：『今日士氣，猶不若孫權時，可謂不振之甚。』又曰：『屯田之説，朕深念之，久未有能任者，近察勘郭杲之言而益明，已遲之十年餘矣。使紹興初即加葺理，今爲效豈易言耶！』仍諭公曰：『卿有志事功，異日可爲朕獨當一面。』明日，以公資歷訪執政，有擢任意。閱歲，有論朝士之未更州縣者宜試之外服，公在數中，壽皇指公名，曰：『朕以是爲材，胡爲論耶？』雖然，所以處公者特厚，遂差知和州，兼主管管内安撫司公事，兼營田、屯田事。論者出道上語，人始有〔一二〕知公之蒙簡在而未嘗言也。

明年，轉奉議郎。歷陽成期未至，會淮南闕使者，廟堂進擬數人，皆未可上意。翼〔一三〕日有旨，朕思得其人，惟方某爲宜耳。即改除淮南西路常平茶鹽兼權轉運提點刑獄公事。公家居，恍不知所從得，疑未〔一四〕拜。已而贊書有親擢之語，乃拜受之官。公常恨自始仕未親民事，幸蒙不次簡拔，兼持三節，將指一道，惕然感厲，惟正身率下，竭力報國，于是非冠裳〔一五〕不受詞，非重客不設燕，接寮屬，臨吏民，必誠必莊，詢訪疾苦，戢扼〔一六〕姦蠹，通節財貨，平理犴獄，孜孜汲汲，不啻疾病之訪醫藥。一日，有特旨，以花靨〔一七〕商人鄭晞暘洩銅錢越境，付公親鞫。公反覆驗治，皆無跡，乃呼諭之曰：『事出禁中，威甚，汝姑思之，何以致此？』其人泣曰：

『曩有鄧御帶者至淮堧，嘗與之争市物，意者其見誣耶？』公感動，即具奏其不然，請詰告者之妄。有旨，鄧磽降一官，晞暘遂免。其後連帥忽自請治其事，必欲重寘于罰。其人徑〔一八〕走闕下，乞坐獄以辨，棘寺爲之追逮數十人，竟復得白。于是〔一九〕益嘆九重之明，不可鉥兩欺。而廟堂諸老亦謂非公惻怛守正，則鄭必冤死矣。安豐土豪孫立有義概，嘗集鄉兵爲水寨，以撓逆〔二〇〕亮，朝廷旌寵之。至今沿淮忠勇軍者，其所創也。既死，子姪訟分累歲，投匭者數四，根連滋多。公嘆曰：『此豈獄吏所能治耶？』乃手書詳諭，責以孝友忠義之事，勿墜門户，以負國家。使〔二一〕遣人調護〔二二〕之，二家大感悟，不復争，歡好如昔。後公出巡，孫氏及忠勇諸將，皆以此稱謝。淮地荒遠，多劫盜，公重賞名捕，或擒或竄，境内清晏。郡縣之獄，圖列座右，日關念慮，每訖一事，喜見顔色。丁未夏旱，公請禱望祀，蔬食齋居者兩月，體爲之瘠。施舍己責，緩征勸分，凡荒政之宜，日與諸郡往來講畫，遂免飢饉。時上撤樂減膳，詔監司求直言。公列部内之事，若歸正之給與，民夫之差料，坊場之抑配，荒田之争佃，多有請而未報者。又論茶鹽酒税四者之征，將以抑末，不知民之趨末，皆農之不給者爲之。今茶、鹽之引，視其本價已增數倍，茶商失利，至或爲變，鹽户愁苦，所在皆然，酒、税之征，苛酷尤甚。剥膚至骨，民無所訴，泛觀〔二三〕今日害民之事，其他猶有及與不及，惟是四者，其害甚廣，怨戾之氣，能不招災？朝廷内帑，本備飢饉，今不大有所捐而損益〔二四〕，四者之害民，未易蘇也。

磨勘，轉承議郎。初，和州有屯田五百頃，以兵千五百人耕之，棲止〔二五〕山谷，氣象弗振。

然歲收固不薄，耕者隨高下受穀於官，人自五十石以上，或一倍再倍之，舉室豐厚，恨執耒之晚。而朝廷又以其餘充給散，省餽運，其効有不可掩。公既兩以耕屯之策獻于上，適朝廷已檢踏，有元浦湘城圩田，未及興築，而土民或以城南青山圩來售，合之亦五百頃，皆承平沃壤，今爲棄地。公因奏募飢民之願耕者使築之，可以兩利。又謂和州之屯，舊令通穎〔二六〕守臣及總領都統四司，每議一事，文移往復，甲可乙否，迭相牽制，不便，請令〔二七〕專委一司主之。復增耕者五百人，合二千人，使盡地力，增置漕屬一員，以任其事。有旨，專以屬公。公出入阡陌，勞來勸相，凡隄防宣導之宜，營伍安集之制，皆親自區畫，不敢乞其費於朝。惟撙節他用，且請附鑄舒、蘄鐵錢以供之。築圩周五十里，水門八，爲屋大小四千間，畜牛千三百頭，耰、鋤、犁、耙、水車、碌碡、刈刀、畚、鍤、鍋、釜之屬二萬餘事，種糧五千石，倉三百楹，舟大小二百有十，皆井井就條理。夙夜盡瘁，事體既一，人情悦附〔二八〕。每奏上，無不報可，且命別給緡錢七萬五千，助其役。公益感激知遇，思爲遠圖，期以三歲圩田成功，則胸中規橅，方將次第出之。適事出意外，其明年，江淮大漲，廬、楚沿邊郡縣城郭皆圮，于是圩田成而復壞。公上疏引咎。上知非公之過，方諗公以備衛安衈之事，詔賜將士緡錢萬餘，以安公意。公復論淮西利害，謂：『自古北兵犯南，如苻堅、逆〔二九〕亮，皆由廬、壽坦途以入，今邊陲必守之地，未嘗預置一旅，萬一敵騎輕行疾趨，不一二日便臨江滸，而我之奏請得報在旬日後，險阻隔絕，彼主我客，其危奈何？部内之田，舊籍百餘萬頃，今民已耕之數僅三萬頃，虛佔久荒者乃九十餘萬頃，是地利有三十倍之棄也。淮西有巢湖浸其腹，有六安諸山蔽其右，苟於山趾湖濱，增兵三四萬，市民田耕之，不過須田一二萬頃，而可厚軍實，張邊聲，是今日之要務也。』著爲《詳議》二十二篇以獻，乞從朝廷集議可否。書入，復陞公轉運判官兼刑獄、茶鹽，訓辭丁寧，專任田事。

公方訓厲將士，增厚圩埂，爲禦水之具甚備，改歲欣欣將舉趾矣。樞使王公藺，實濡須人，初固知公之賢，其季弟萊，好陵人，家居頗横。公不爲之下，萊怒，譖諸王公百端，王公信之，短公于上。上命易公他所，亦非有譴咎意也。而王氏之黨，宣言必敗田事。公嘆曰：『官職非我所戀，顧今事方有緒，中道毀之，孤明主欲爲之志，以誤邊計，罪皆在我。閔默黮闇，不白情實而去，吾罪愈重矣。』即爲疏直敘其事本末，『丐上加察，小臣雖死不避』。疏入，會壽皇聖帝已倦勤禪位，嗣天子方體貌大臣。王公慚恨，遂力擠公，指爲犯分，坐鐫三秩，罷授承事郎。以登極恩，復宣教郎。公始已置禍度外，處之怡然，且自謂膂力愆矣，放跡歸休固吾所也。還至吴中，與諸寓公游而樂之，將卜居焉。遇疾，遂不起，享年六十有三，實某年某月某日也。

公氣貌和厚，襟度開豁，接人温然，無貴賤長少之間，而其中實耿諒不群，以古烈士自許。念國運中否，外寇〔三〇〕肆横，憤氣拂膺。謂士大夫義理不明，惟計强弱，畏敵如虎，無復仇〔三一〕心。常思奮不顧身，以贊大計。既膺邊寄，首建田議，其所設施〔三二〕，猶未十一，不幸沮廢。自疏之章，讀者壯之。既卒，所築之田以大稔聞。明年，王公亦以臺評去國，公論始伸。又明年，詔復元官，朝野莫不悲公之不及見也。嘗攝帥合肥，即命多植榆柳，以塞敵騎之衝。課人習射，有罪輕者，許以射中免。又欲因薛公士龍所建三十六圩，寓以府兵之法。其盛心遠志，大抵若此。士大夫有自北拔來者，嘆曰：『我至南方所見，惟方公切切不忘中原耳。』事親極孝，親没後與仲氏同居，友愛無間言。中外姻戚，賴公收育教誨至成立者尤多。遇人病，與之藥，死無歸者，畀地瘞之，不自以爲德。公人物高明，而取善不倦，少出入忠肅劉公之門，與樞密公布衣交，□□□□□□□〔三三〕多聞前輩舊事，熟究兵興以來得失大略，論天下利害如指掌。復從晦菴〔三四〕朱公游，攷評問學源流，孜孜不怠，遣其子執經事東萊吕公。人有一能片善，樂道之不置，非其人，雖貴重不屑交也。閒居哦詠以自適，興寄高遠，有少陵風製。性不能飲，客至設醴，歡然終日，抵掌劇談不厭，亦未嘗醉也。有詩十卷，《奏議》五卷，《淮西屯田詳議》三卷，《雜文》三卷，《集驗方》八卷，藏於家。

娶胡氏，贈孺人，先公十年卒。子璟、琚。璟當得捧表恩，以喪未命。琥，亦公子也，以爲仲氏後。女三人，長適徐應求，次姜牖，次錢豫，皆業進士。孫三人，未名。二子將以今年三月日，奉公歸葬于嚴州淳安縣安福鄉武陳原，以公行實屬某狀。某與公少同邑，長同學校，同年又姻家也，義不得辭，乃爲詳其出處之大方，以俟當世大君子銘焉。

校勘記

〔一〕『時』，文淵閣本作『初』。

〔二〕静遠軒本作『則此等可以立革其弊，誠公平之道也』，據文淵閣本補入。

〔三〕「是」，文淵閣本無此字。
〔四〕「皆」，文淵閣本作「鼉」。
〔五〕「荆」，文淵閣本作「京」。
〔六〕「繫」，文淵閣本作「係」。
〔七〕「覈」，文淵閣本作「覆」。
〔八〕文淵閣本「見」後有「一」。
〔九〕「論」，文淵閣本作「謂」。
〔一〇〕文淵閣本在「十六」之後有「餘」字。
〔一一〕「力殫」，文淵閣本作「殫力」。
〔一二〕文淵閣本無「有」字。
〔一三〕「翼」，文淵閣本作「翌」。
〔一四〕文淵閣本在「未」之後有「敢」字。
〔一五〕「裳」，文淵閣本作「裹」，誤。
〔一六〕「扼」，文淵閣本作「梔」。
〔一七〕「曆」，文淵閣本作「黶」。
〔一八〕「徑」，文淵閣本作「竟」。
〔一九〕文淵閣本在「于是」之前有「人」字。
〔二〇〕「逆」，文淵閣本作「金」。

〔二一〕『使』，文淵閣本作『復』。
〔二二〕『護』，文淵閣本作『娛』。
〔二三〕『覩』，文淵閣本作『覿』。
〔二四〕『損益』，文淵閣本作『益損』。
〔二五〕『棲止』，文淵閣本作『棲棲』。
〔二六〕『穎』，文淵閣本作『隸』誤，應作『潁』。
〔二七〕『今』，文淵閣本作『令』。
〔二八〕『悦附』，文淵閣本作『附悦』。
〔二九〕『逆』，文淵閣本作『金』。
〔三〇〕『寇』，文淵閣本作『敵』。
〔三一〕『仇』，文淵閣本作『讎』。
〔三二〕『設施』，文淵閣本作『施設』。
〔三三〕文淵閣本此處没有注文字缺失。
〔三四〕『菴』，文淵閣本作『翁』。

孫應時集卷之十二

墓誌銘

方巡檢墓誌銘

紹興末，北馬飲江，朝廷旰食。海盜乘時嘯呼，衆以千數，僞竊名號，陸梁出没。北事略平，而盜益張。孝宗皇帝用趙公子濃制置沿海諸郡，逐捕方急。余里舍東南五十里，曰横塘，方氏兄弟三人宗顯、宗厚、宗昇出應募，偵賊所伏，輕兵徑進，手縛凶渠以獻。趙公大喜，奏以等級授官，當是時，方氏兄弟赫然以勇聞於浙中。君其季也，年最少，最鋭，身獨被重創。趙公尤奬之，以爲制置司海道使臣。賊遂奔迸，次第俘馘。伯氏早世，仲、季補吏後十四五年，餘〔一〕始識之，則皆恂恂恭謹〔二〕，習於吏事，非徒勇者也。事親孝，小使臣法許不持服，君兄弟獨喪三年。父以德壽宮七十之慶，賜爵保義郎，就養康寧，年九十四而終，鄉族榮之。

君初推功于兄，故受下賞，以下班祗應，五任浙東安撫司聽候差使，掌辦永阜陵有勞，轉進武校尉。今天子登極，恩轉承信郎，調信州上饒縣巡檢。在越，歷事帥相史公、參政李公、尚書王公、内翰洪公、樞使葉公，皆器其能，待遇不與他等，數委以劇務。或所部官不勝任，輒往攝之，未嘗一日間〔三〕居。强力精敏，事無不舉，有功於一州爲多。而士大夫嘉其謙，吏服其廉，慶元六年十二月七日，卒于家，年止五十八。

方氏世居句章之慈溪縣，相傳其先自莆中來徙云。曾祖熙，祖昌，父思訓，君字季平，娶王氏，卒，再室陳氏。三男子：汝霖、伯熊、南疆。四女：適楊恭寬、董旂，次在室，次許嫁董友聞。子與婿皆習士業。孫男一，未名。孫女許嫁知郡胡公瓘之孫元忠，餘三人尚幼。嘉泰三年九月甲申，葬其縣鳴鶴鄉浪港之原。

余故知君，且與其仲氏秉義善。秉義語及君，輒流涕曰：『天乎，余弟之不幸而止於斯也，君賜之銘，死且不朽。』汝霖等又亟拜以請，不得辭。銘曰：

勇爵之優，吏能之周。我維嘉之，孝弟孔修。其用不舒，其藴有餘。其逝不亡，視此石書。

校勘記

〔一〕『餘』，當從文淵閣本作『余』。

〔二〕『謹』，文淵閣本作『敬』。

〔三〕『間』，當從文淵閣本作『閒』。

宋秉彝墓誌銘

一邑一鄉之善士，若未必爲當世重輕損益。至有篤學躬行，終老不倦，隱然使後進子弟有所考法，此其存也可使爲世道助，其死也可不獨爲鄉邑惜哉！

余得官遂安，籍〔一〕田令吕君子約遺余書，曰：『宋秉彝重厚老成，可親也。』比至，訪諸邑人，果翕然稱之。秉彝野居，余未及往見，秉彝亦病，以書來，曰：『少瘳，當詣子。』已而病日加，竟死。余爲文以奠。其家請銘，遂銘之。

秉彝姓宋，名天則，少學於建安吴君晞。吴嘗及事龜山楊先生，授以所聞關、洛諸儒之説，則能喟然自拔流俗，知所尊慕。長無師友琢磨，獨守其學甚力，踰四十，始見廣漢張先生、東萊吕先生於嚴陵，二先生喜之，延請爲郡學録。後二年，復從吕先生於金華，切切講問。還家杜門罕出，專以讀書玩理爲事，既老愈篤。一日，嘆曰：『吾不幸，二先生棄吾死，今海内學者，晦菴〔二〕朱先生是賴，吾不可不就正，爲終身羞。』則營糧治裝，將行而病浸〔三〕矣。病革，意象怡然，誦《西銘》之卒章，曰：『存，吾順事；殁，吾寧也。』戒其子世吾學，毋用浮屠、巫覡法汙我，不及家事。

平生爲人樸願敬遜，事親孝，親殁，一聽於其兄東之，始終無間言。士〔四〕俗狹嗇近利，獨澹然無營，接物一以誠，衎衎和樂無怨忌。嗚呼，斯可謂篤學躬行之士，非耶？余雖竟不識君，然得其事不誣。若君者，其不可以一邑一鄉之善士例目之矣。

世居遂安。曾祖奕，祖彦邦，父時中，好義長者，士大夫多重之。秉彝嘗貢禮部，不第，兩遇慶壽恩，封其母太安人。室童氏。子男三：玶、瑄、璿。三女：適士人余宏遠、童至仁、周榆。

孫男五人，尚幼。其卒以紹熙二年十月二十五日，年六十四。明年某月日，葬某〔五〕所。銘曰：

士修其身，不必於聞。有欲知君，視此刻文。

校勘記

〔一〕『籍』，文淵閣本作『藉』。
〔二〕『菴』，文淵閣本作『翁』。
〔三〕『浸』，文淵閣本作『侵』。
〔四〕『土』，文淵閣本作『世』。
〔五〕『某』，文淵閣本作『母』。

孫承事墓誌銘

府君孫氏，諱洋，字叔度。系出富春，自越山陰徙家餘姚，至君七世，世以淳樸謹良爲鄉長者。曾祖約。祖適。父〔一〕端仁，以高年遇慶壽恩，賜爵迪功郎。妣劉氏、茅氏。

君少則自力幹蠱，不得竟學，而天資賢厚，恂恂然質行儒者也。平生於父母昆弟、族黨姻舊無間言，重禮際，守然諾。群居晦默，而慮事明審，大要循理務實，無競於物。其治生不專利賈怨，終身不至訟庭。父時貸其緡錢，未償者數千計，君一折券不問。寒民死無以斂者，與之棺不可勝紀，亦初無德色。治父母冢塋，躬負土種木，壙成，先寢其中，其誠篤類如此。自爲壽藏于親左，及疾，命其弟曰：『爾他日必兆于親右。』慶元戊午九月二十六日卒于家。夫人同里王氏，實以孝慈勤儉成君之志，後君二歲，卒于庚申八月五日，年皆六十有二。明年，改元嘉泰，十有二月甲申，合葬於上虞〔二〕永豐鄉孔堰之原，距迪功壙二十步。

君晚以舊廬隘陋，更築室頗壯，不享其成，子孫痛之。子三：長光祖；次顯祖，娶宗室女，官保義郎，監寧國府酒庫；次昭祖，先君一年卒。三女：長適劉建文，次適王炳，季許適張汝明，皆士人。孫男三，曰勉孫、翁孫、衍孫，問學有緒。君之後其興乎！

余與君同姓同邑，伯氏嘗館君之塾，相好也，遂約爲宗家。二孤謁余銘君墓，不克辭。銘曰：

世降益薄，以巧自琢。吾珍若人，渾兮其璞。宰木千章，歸親之旁。孝友不妄〔三〕，子孫其昌。

校勘記

〔一〕『父』，文淵閣本作『考』。

〔二〕文淵閣本在『上虞』之後有『縣』字。

〔三〕『妄』，文淵閣本作『忘』。

王迪功墓誌銘

予友餘姚趙君景孟以書來，曰：『吾邑四明鄉王氏，吾舅氏之姻家也。四明南山瀑布之勝，有漢劉君、樊夫人登仙之遺跡，吾嘗往遊焉。過王氏之居，奇峰四環，水竹幽茂，庭宇華潔。主人龎眉皓首，杖屨出延客，一見可知其爲〔一〕善人長者。子孫列立，皆孝謹修飭。杜少陵所謂「祇疑淳樸處，自有一山川」者也。吾心喜之，爲留三日。已而數數相聞。今其主人死將葬矣，子孫輟哭聚謀，思所以表揚其親，不遂與木石同埋没，非託銘於州邑之賢而文者不可。而吾子其人也，敢爲之請。』

余謝不敢當，趙君再書曰：『子有疑於吾言乎？夫銘之義，稱美而不稱惡，古之君子緣孝子慈孫之心，弗忍卻也。矧王君行無纖惡，吾實知之，問諸其鄉，而皆曰然，子復何靳於銘，不以勸爲善乎？』于是王君之孫，業進士者曰日華，奉其事實，候於門。予曰：『景孟非欺我者。』乃受而銘之。

王氏先繇越之山陰徙餘姚，七世矣。曾大父哲。大父彦誠。父延貴。府君諱永富，字德厚。早孤，無兄弟，以謹信質厚，爲衆所敬愛。自力有家，貲産日饒，而不急利賈怨，故終身不至官府。姻族鄉〔二〕黨，恩意周洽，急難婚喪，多所倚辦，割膏腴，倡義役，以弭仇訟。歲凶，飢者食之，不足者貸之。平生大率如此。既老，以家事屬其子，優游自適，客至輒留盡歡〔三〕。其塾舍延良師，訓諸子以學。國有大慶，賜高年爵，人强之上其名，授迪功郎致仕，非府君意也。嘉泰二年十二月九日，終於家，實年七十有六。娶陳氏，先十八年卒。二子：文憲、文浩。四女：適汪宗甫、方時用、趙錡、金正紀。孫男四：日華、居簡、日新、日章。汪氏女與居簡先卒。

孫女四。曾孫男女八。明年十月己酉，葬其鄉徐隩之原，合陳夫人之兆。銘曰：

善足以詔其家，惠足以及其鄉。生無禍兮樂康，死有傳兮不亡。猗嗟若人兮，天之所祥，子孫其興兮，山川其光。

校勘記

〔一〕『爲』，文淵閣本無此字。

〔二〕『鄉』，文淵閣本作『鄰』。

〔三〕『盡歡』，文淵閣本作『盡其歡』，此句後接『其塾舍延良師』，文淵閣本作『塾舍延良師』。

李叔文墓誌銘

余先君子雪齋先生，躬行古道，教授閭里。時俗往往訾其闊迂，弗好也。同縣李公文仲，賢長者，晚知先生名，延致家塾，每聞講繹聖賢言行，常大喜，敕〔一〕其子叔文惟先生聽。叔文雖穉齒，有奇識，尤樂親先生，謂不欺我。先生歸，語家人曰：『我〔二〕乃得李氏父子爲知己。』予自是與叔文爲兄弟交，今三十七年矣。後李公遠宦，叔文輟學。已而嗣事持家，先生有書勸戒〔三〕，必寶藏之而終身敬誦之。先生之喪，縞冠送哭甚哀。嗟乎，道喪俗薄，而叔文獨能尊師重義如此。叔文今死，諸孤託余以銘，予其忍辭？

君名友仁，叔文其字也。世家越之餘姚。曾祖諱尚，純篤君子，五上禮部，官邕州太平主簿，鄉人紀其陰德。祖諱翊，贈宣教郎。考諱揚，伯祖贈奉直大夫諱紘之子，爲宣教子，終訓武郎，東南第六副將。李氏自奉直豐于財，而子孫多以學知名，爲望族。叔文氣志不在人下，自恨不竟其業。或曰：『子欲仕，亦易耳。』笑而不答。

叔文天資通敏，而循循如有畏。樂易不拒人，而疏密淺深有節。謙厚孫〔四〕弟，雍容儒雅，所居闢池館，列花竹，左右圖書〔五〕，間以觴詠，蕭然無塵俗意。造次尺牘，必手書細字。聞人有善，喜見顔色。處兄弟、姻族、鄉黨之間，親而不瀆，遠而不乖，省事遜禍〔六〕，足未嘗及訟庭。治生不浚利，不兼并，曰：『無墜先業足矣。』委人以財，或十餘年不覈其赢縮。家事井井有法，豐於奉先而儉於妻子。遇下有恩，不妄施予以邀〔七〕福沽譽。然所當周，周之無靳也。擇士教子，不責近效，久而益厚之，曰：『利達有命，能使吾子寡過，斯其爲益宏矣。』從父兄臨江守叔益有令德，每器叔文，事必諮而後決，曰：『吾家心友也。』如叔文平生本末，使得施之事業，必有大可觀者。嘉泰三年秋，不幸得末疾，然神氣清明，處事如平時。明年八月二十七日，竟不起，壽止四十有九，哀哉！娶同縣胡氏。四子：自强、自牧、自明，皆業進士，季曰嗣孫，先君一日卒。四女，長適朱點，寡居。其次，後君三月卒。叔、季及孫女一，尚幼。叔文先營壽藏於蘭風鄉曹隩之麓，實先大夫墓之右，其年臈〔八〕月丙午葬焉。銘曰：

嗟嗟叔文兮吾友生，早服師訓兮慕躬行。志不充兮聞不章，美厥家兮善一鄉。疾弗赦兮命弗遐，天茫茫兮悲奈何？從而先兮歸九原，鍾餘慶兮在子孫。銘不誣兮永長存。

校勘記

〔一〕『敕』，文淵閣本作『飭』。

〔二〕『我』，文淵閣本作『吾』。

〔三〕『勸戒』，文淵閣本作『戒勸』。

〔四〕『孫』，文淵閣本作『遜』。

〔五〕『書』，文淵閣本作『史』。

〔六〕『遜禍』，文淵閣本作『避禍』。

〔七〕『邀』，文淵閣本作『徼』。

〔八〕『臈』，文淵閣本作『臘』。

茅唐佐府君墓誌銘

茅，姬姓，周公支子，封於茅，其後以國爲氏。春秋時用於晉者蒍，忠於邾者夷鴻，秦以敢諫重者焦，以仙著者蒙若盈，漢以德行稱者容。自是千有餘年，史不概見。今江、淛往往多茅姓，而越之餘姚最蕃，相傳唐末自丹徒來徙云。君伯父寵，三從伯父崇，踵擢儒科。君父亦舉禮部有名，遂爲餘姚望族。

君名宗愈，字唐佐。少而秀穎不群，舅氏待制侍郎陳公槖深器愛之。慷慨自負，謂功名可立致，早夜苦學，經史百家〔一〕，細字手抄，務博涉爲文詞。既喪二親，年益長，家益單，則喟然曰：『吾不及爲親榮矣。先人之薄田，猶足以供祀，盍自力乎！』於是始綜葺生理，惟儉惟勤，亦無他營，久之，遂甲一鄉。而君儒雅自如，望之氣貌清高，若立塵埃之表，即之語，上下古今，是是非非，一當於義理。喜觴客，酒酣嘯詠，風味郁然，其胸中固未始汩没也。爲人公直簡實，無緣飾，行己必端，爲人謀必忠，尚禮節，重然諾，所接貴賤若一，不翕翕作炎涼態。安分自守，無妄動，屋飾服用飲食取粗足，不務觀美。尤以用智術、事兼并爲戒，市田常過其直。家無詭籍匿賦，無重權概。寬厚多恕，子弟臧獲，訢訢如也。唯謹宗族姻舊，待以恩意，急難乏絶，當予者予之。弟死，嫁其女，廪其孤。以故内外無怨言。先時，里正多破業，仇訟不已。施侯宿爲縣，勸民義役，君喜曰：『吾素志也。』亟捐膏腴數十畝倡之，博盡衆謀，畫爲要束，期于堅定永久。施侯特所嘆重，遂以爲一縣式。歲飢，獨不閉糴，遠近賴之。嗚呼，若君可謂善于居室，仁而富者也。

嘉泰三年正月十七日，終於家，年六十八。

曾祖名與欽宗廟諱同音。祖似。父揚。君娶張氏，有賢行，實能戮力成君之家，先二十年卒。四男子：可立、可予皆早世，次曰文、曰同，皆業進士。三婿：萬汝翼、韓章、呂雋，皆仕族。餘一女與二孫女皆〔二〕幼。文等卜以其年之〔三〕十月己〔四〕酉葬君于其縣龍泉鄉柘隩之麓，合張氏〔五〕夫人之兆。前期乞銘於予余。余于君同鄉有連，又相善也，知君之行爲詳，可以傳信無媿辭。銘曰：

心醇兮不疵，行周兮不虧。老成兮典型，孰浮薄兮敢訾。成家兮艱難，無媿兮孔安。考終兮丘樊，勒此銘兮不刊。

校勘記

〔一〕『家』，文淵閣本作『氏』。
〔二〕『皆』，文淵閣本作『尚』。
〔三〕『之』，文淵閣本無此字。
〔四〕『已』，文淵閣本作『乙』。
〔五〕『氏』，文淵閣本無此字。

茅從義墓誌銘

余始束髮省事，聞鄰曲父老相與談茅府君之賢。問之，曰：『吾鄉長者也。』余心識之。年十五六時，從吾先君子館其家，親見府君爲人，謙敬愷悌，樂善好施，與人言如恐傷之，遭侵侮無所校，逋租負息，多置不問。予常嘆息，以爲古人所謂有陰德者宜不過此，天將昌大其後無疑也。而府君下世二三十年之間，子孫凋落殆盡，獨季子從義君，巋然持其門户，氣貌豐澤，性行一似其先人，鄉族無間言，皆曰：『積善之慶，方鐘于君。』今君仕不及顯，纔得下壽又死。嗟夫，天之報施乃若此！使爲善者無所勸，何哉？

茅氏，周公之裔，自漢以來，不多見於史。君世家越之餘姚，爲盛族。君名宗明，字季德。

曾祖滋，祖柔常，父中，皆不仕。君少篤舉子業，婚戚里鄭氏，補承信郎，爲試換計不遂，積階從義郎，其再轉以光宗及今天子登極恩，餘皆年勞也。初監京口西北較務，到官，丁母錢氏憂，服闋，監台州仙居縣酒税，充信州八房巡檢，嚴州管界巡檢，皆滿秩。

君寬和不忤物，信惠足以使人，持身極謹，處事盡公，而一歸於忠厚，故職業修飭，無毫髮麗於罪。上官悦之，同列安之，平生及物之功多矣，然未嘗自道也。桐江之歸，廟堂有知君者，授以高郵兵馬監押。居一二月，嘆曰：『老矣，田園幸粗足，無衣食之憂，復何求於世！』即決計乞監潭州南嶽廟。優游家居，時時置酒擊鮮，與親舊相樂。無何，得疾益侵，神識不亂，自取紙筆，處身後事甚悉，召子姪告戒，恬然若無恙，須臾而逝，又可敬也。年止六十有一，聞者無不失聲痛惜。

君久鰥居，不再娶。一男，曰蔚。一女，許適四明進士劉爚。孫女二，尚幼。君卒於嘉泰三年十月二日，越二年，改元開禧正月乙酉，葬於所居龍泉鄉李隩之麓，實先墓之側，君素卜也。

予識君既早，又相善。蔚謁予銘，不得辭，因追論其先德，以致予哀傷之志〔一〕，以勉其孤云。銘曰：

天於善人，福其後昆，宜大以蕃。君家奕世，我所見聞，胡爲而然。君生不疵，君死不昏，其可弗傳？嗟嗟斯銘，我無媿言，永矢弗刊。

校勘記

〔一〕『志』，文淵閣本作『意』。

宜人史氏墓誌銘

新臨江守餘姚李公，以書抵其鄉之同年友孫某，告以悼亡之悲，曰：『吾之嬪宜人史氏，其賢異甚，少而讀書識義理如慧男子，父母奇愛之。年十九，歸於我，事舅姑如事其父母。舅姑歿〔一〕，喪之極哀。比葬，猶不茹葷，歲時祀事，蠲滌鼎俎，必身親之，雖甚寒暑無怠。其他奉尊長，處娣姒，交族姻，御臧獲，俯仰委曲，各中儀節，寧卑無倨，寧厚無薄，寧寬無厲，而一出于誠意，無矯飾。平居自奉養維儉，訓子女維謹。吾遊太學，久乃得仕，未嘗屑意家事。凡出入有無、豐約之調度，皆吾嬪處之，不以累我，然至於梱外事，則未嘗預焉。嗚呼，其與吾相賓敬，逾四十年矣，如一日也。吾常意吾嬪之福未艾，庶幾他日優游偕老，今已矣，吾無復聊賴於吾世矣，其能勿哀傷乎哉！』又曰：『宜人，故太師、魏國公、追封會稽郡王謚文惠之女也。文惠仕未顯，吾以諸生見，擇爲子壻。宜人之始能盡婦道於吾家，未足異也，而文惠不數年至宰相，出入中外，門户隆盛冠一時，宜人益退然無幾微驕其夫家之意，見之者不覺其爲〔二〕宰相女也。歸寧父側，亦未嘗一語有所私謁，吾以是尤重之。子爲我志吾哀而銘其葬〔三〕。』

蓋〔四〕某得書，嘆曰：『李公賢矣，又有賢配若是，公命吾銘，其敢辭？』

宜人世家明之鄞縣，明，今爲慶元府也。曾祖詔，祖師仲，皆累贈太師、冀國公。父文惠王，諱浩。母魏國夫人貝氏。宜人生紹興之己未，終慶元三年丁巳歲八月之十二日，年五十有九。初，以文惠故，特封孺人。李公遇郊恩封安人，再封宜人。李公名友直，官今朝奉大夫。四男子：曰賡，曰庸，皆夭；曰康，迪功郎，婺州浦江縣主簿；曰庲。四女：長適迪功郎趙師固；次適修職郎史實之；餘在室。孫男三：曰該，將仕郎；曰謚〔五〕，曰詡。孫女二，皆幼。

四年九月二十六日辛卯〔六〕，葬餘姚之蘭風鄉新湖劉公隩之原，新卜也。疾革時，精明如平常，夢一青衣導至一城闕，金碧焕然，異香襲人。覺而召家人，次第訣別，屏藥餌，三日而絶。宜人素嗜黄老有得，此其神之清而誠之形歟！

銘曰：

古之女士，其傳則史。惟德之貽，匪名之侈。淑哉若人，克配君子。我銘貽之，有永無毁。

校勘記

〔一〕『殁』，文淵閣本作『没』。

〔二〕文淵閣本無『爲』字。

〔三〕文淵閣本在句末有『焉』字。

〔四〕文淵閣本無『蓋』字。

〔五〕『謚』，文淵閣本作『謚』。

〔六〕『卯』，文淵閣本作『酉』。

戴夫人墓誌銘

吾鄉越之餘姚，有古君子，曰高府君國任，篤學信道，及登和靖尹公、思齋高公之門，力行所聞，窮老不衰。其子公亮和叔，師事諸葛公誠之，從淳熙間諸先生長者遊，咸嘉其志業。于是四明沈公叔晦，稱之于父翁豐公叔賈，豐公方爲其甥戴氏擇對〔一〕，遂以妻之。府君曰：『吾雅不願與俗子爲姻家，乃今吾子得婚師友門，果協吾志。』

戴氏勤約端靖〔二〕，奉舅姑惟謹，姑甚愛之。府君生理素薄，而收恤孤遺，用常不給。戴氏輒貿服珥以進，無吝色。府君益喜，曰：『真我〔三〕家婦也。』久之，舅姑歿，佐其夫執喪，哀慕不懈，竭力治葬。家益落，攻苦食淡，人有不能堪者，戴氏怡然自若，勉其夫曰：『士當固窮，勿以妻子衣食故，自凋其志氣。』和叔多出周旋諸賢間，或彌年歷月〔四〕，無内顧之憂者，以戴氏善處貧也。夫嘗得異疾，戴氏日夜調護，不解帶者累月。平居相賓愛，未嘗有違言。天資明淑，有達識，每曰：『生死禍福，理之常〔五〕，豈足亂吾心哉！』既得疾而卒，如其素。實開禧乙丑九月八日也，享年四十有五。一女，在室。

戴氏父諱樸，字彦嘉，衢之奇士，慷慨善談兵。隆興初，或薦諸朝，俾乘驛佐王權軍，未至，軍敗歸，上書乞斬葉義問以謝淮、泗之民，斬臣頭以謝義問。不報。和議成，再伏闕論宰相湯思退等不忠，宰相怒，欲捕治之，脱歸婦家，幅巾杖屨，自肆山水間，然未嘗一飯忘國讎也。既卒，惟此女六歲，已能不勝其哀。初，豐公幼脱虜〔六〕難，依戴君克自立，故深德君而甚憐此女。戴氏涉書傳，習筆札，凡所長，未嘗衒於外。處不窺户，終身不妄言笑，語及父，必哽噎涕泣。嗟乎，爲子爲婦若此，雖古烈女不過也。天之佑善，宜錫壽祉，而煢煢以生，悁悁以死，夫家屯厄，嗣續未立，嗚呼天乎，何爲然歟！不亦重可哀歟？

和叔將以次年正月某日，即所居之菊坡葬焉。和叔，衛師也。知戴氏爲詳，義當銘。銘曰：

奇士之女，名郎之甥。克順克慈，允淑且明。恬居窘窮，等視死生。哀世莫知，慰以斯銘。

校勘記

〔一〕『對』，文淵閣本作『配』。

〔二〕『靖』，文淵閣本作『静』。

〔三〕『我』，文淵閣本作『吾』。

〔四〕『彌年歷月』，文淵閣本作『歷月彌年』。

〔五〕文淵閣本在『常』後有『也』字。

〔六〕『虜』，文淵閣本作『北』。

莫府君夫人墓誌銘

夫人葉氏，句章慈溪人。曾祖應晞，祖朝，父庭茂，皆善士。夫人生紹興之癸丑，年二十有六，歸會稽餘姚士人莫府君友，雖異郡，實鄰邑也。

莫府君爲人公正嚴恪，一門敬憚，方佐其兄治生理有緒，不幸早世。夫人始三十，屏膏沐，自閉匿，保抱其一子二女，訓敕〔一〕使就學知禮法。身日夜紡織補紉，處大族間，承上接下無間言。子叔龍既長，諸父窘薄，始析爨，枵如也。母子縮衣惡食，勤勤自營，亦不事錐刀競什一，而家用日饒。舉族倚重，邑里歎其賢明，謂晚福未艾也。而叔龍年不四十，無何亦死，死而一孫始生，不半歲又死。于是，夫人老矣，煢然惟一婦一女孫，聚其族曰：『吾夫之猶子叔廣，吾雅信愛之，是有次子曰子應，可爲吾子後，昭穆宜也。』僉曰：『善。』遂取子應於吴，以爲孫。常曰：『天不弔我，既重罰我，吾撫教此孫，庶幾有立，猶不負莫氏之先廟。』其綜理細大，惠顧戚疏，一如平日。後三年而夫人病，病一年竟死，嘉泰元年之八月十日也，享年六十有九。嗚呼，悲夫！世常言天道不差，爲善有福，若夫人本末，余所熟知，不惟《柏舟》一節真古列女，而其他百爲，與其夫若子心事皆可質於鬼神，然其所遭若此，何哉？是可不爲大哀歟！所謂天道福善，固不可必歟？

其年十一月十三日，葬餘姚縣龍泉鄉新隩之原，附〔二〕于夫之兆。二女：長適進士高軿，亦寡居守志；次適夫人之兄子進士葉浤。孫男則子應也。孫女曰阿招。夫人有治命，處其身後事甚悉。銘曰：

義不疚，善不祐。命不咎，銘不朽。

校勘記

〔一〕『敕』，文淵閣本作『飭』。

〔二〕『附』，文淵閣本作『祔』。

黄良弼妻金志寧墓誌

孺人金氏，諱志寧，故家山東。祖綬，朝請大夫、提點浙東刑獄；祖妣彭氏，吏部尚書器資之女。父崇，承直郎、知欽州安遠縣。承直隨宦浙東，娶會稽錢氏而生孺人。少鞠於外家，纔數歲，承直死欽州，訃至，號哭曰：『恨我不爲男子，不能扶柩歸葬。』提刑初嘗爲諸暨丞，與尉沈公該同捍寇，有功，既登朝，嘗薦之。及沈公相，欲厚撫金氏之後，孺人曰：『吾門不幸，乃受憐於人，耻也。』竟不應，其性識過人若此。

年十七，歸黄氏。夫家方未振，孺人安之，無慍色。致養舅姑唯謹，躬節衣縮食，辛苦立門户。有餘則以施窮之，或貸之不償，弗問也。親戚鄰里疾病死喪，輟貲助之如弗及。性寬厚，與物無競，不喜言人過。遇子婦，御臧獲，雍雍如也。篤於教子，常遣從名師，必撫之曰：『汝勉就功名，吾其與榮焉。』仲子貢于鄉，遇慶壽恩，果得封父母云。晚年生理益充，治新居，畢婚嫁，不復以瑣瑣經意。頗喜酒，常歡然自適，雖老，精神不衰。卒之歲，預飭衣衾棺椁，始□忽召一家，命酒訣，曰：『吾數止此，亟營吾終事。』言訖湛然而逝，殆先知也。

夫黃君良弼，今以迪功郎致仕，吉人長者。五男子：琮、汝礪、汝賢、汝應，皆有聲場屋；季曰汝明，先卒。女適張嚴，亦佳士。孫男曰順孫、外孫、文孫。孺人生於辛亥九月二十日，卒於戊午十月」二十八日，踰年九月丙申，葬山陰縣承務鄉謝墅之原，時慶元五年也。

應時於黃君有連，故爲紀孺人本末納諸壙。

按：石高七十米釐米，寬五十釐米。誌文正書，共十六行，滿行三十字。現藏於紹興市會稽金石博物館，落款：『奉議郎餘姚孫應時記并書，陳興祖刊。』該碑文由厲祖浩識讀。

壙記

胡提幹壙記

崇禮，名撙，姓胡氏，越之餘姚人。右從政郎、饒州德興縣丞、贈大〔一〕中大夫諱宗伋之孫，龍圖閣學士、通議大夫、贈特進謚獻簡公諱沂之第四子。

崇禮以紹興丁卯二月六日生。乾道癸巳，獻簡遇郊恩，補承務郎。尋罹憂，服除，調監臨安府樓店務。淳熙壬寅終更，以兄達材之喪，乞監西京中嶽廟，歷轉承奉、承事、宣議郎。歲戊申充兩浙轉運使〔二〕幹辦公事。明年，遇登極恩，轉宣教郎。紹熙壬子，轉通直郎，充浙西提舉茶鹽司幹辦公事。再遇登極恩，轉奉議郎，賜銀緋。慶元乙卯五月十九日，以疾卒於官舍，年止四十有九。娶同郡周氏，封孺人，後崇禮十五日卒。二男子：衛、衍，達材無子，以衍爲之子，皆承奉郎。二女：長許嫁迪功郎新〔三〕徽州歙縣主簿石孝純，其季後其母五日亦卒。

崇禮天資如古人，樂善急義若嗜慾，平生百爲，其意無一不出於厚。自族黨、姻舊、交友，上及諸公貴人，下至閭巷女稚，凡識之者，皆信其爲吉人君子。周氏尤稱賢婦，不幸相繼早世，悲夫惜哉！

大〔四〕中葬其鄉之翁湖山，達材葬其右，君又得卜於達材之右，丙辰十有二月庚申窆。君行可紀，當有達者表而出之。其友孫某粗敘本末，納諸壙。

校勘記

〔一〕『大』，當從文淵閣本作『太』。

〔二〕『使』，文淵閣本作『司』。

〔三〕文淵閣本無『新』字。

〔四〕『大』，當從文淵閣本作『太』。

莫府君壙記

會稽餘姚有鄉長者，曰莫府君，諱及，字子晉。其先自吴興來徙，家世世積善好施。今其近族有爲天子從臣，或魁天下，宦學者益彬彬出焉。府君之曾祖襄，祖若思，父曄，皆不仕。母同縣李氏。

府君以宣和五年二月十二日生。早孤，業進士不偶，自力營家，興其先人之廢宇，崇墳墓，聯宗族，愛育弟姪與諸從弟，同甘苦無間言者四十年。塾舍常有名師，日延賓客爲文字餘〔一〕，取有益於子弟。里中義事，踴躍先之，忘其力之不足，以故賢稱藉藉郡邑。而家實貧，比老，貧益侵，交游散落，鬱悒不得意，且抱末疾，年七十有五，慶元三年十二月十三日卒。

七子：叔昌、叔廣、叔獻、叔越、叔興、叔向、叔止。女一〔二〕：適夏汝翼。孫男十人：子詠、子彊、子應、子慶、伯厚、伯順、伯和、伯承、伯華、伯祥。孫女五人。其明年二月十六日，葬于上林鄉果院〔三〕之西，合陳夫人之兆，且依祖塋也。

平生刻意教諸子，日夜望其興立門户。次子舉國子進士，逢國大慶，人争傅會稽籍以官其親，府君弗許，其識尤遠矣。天之報善不忒，不榮其生，將顯諸後乎？

某不佞，蒙府君之德最厚，欲詳其行事而銘之，未能也。迺略書歲月本末，納諸壙云。

校勘記

〔一〕『餘』，當從文淵閣本作『飲』。

〔二〕『女一』，文淵閣本作『一女』。

〔三〕文淵閣本在『果院』之前有『清』字。

宜人聞人氏壙記

宜人聞人氏，先世自吴徙家越之餘姚。曾祖修，祖嘉謀，皆長者。父穎達，太學名士。宜人生紹興之壬戌，爲故朝奉大夫、知婺州趙公師龍之配，三封至宜人。嘉泰元年九月六日卒，壽六十。十二月甲申，葬其縣龍泉鄉石堰西隩之原，祔趙公之兆。四男子：希醇，承務郎，簽書南康軍判官廳公事；希一，文林郎，監鎮江府延陵鎮；希曰〔一〕，迪功郎，監湖州梅溪鎮；希忞，將仕郎。四女：適迪功郎、婺州黄陂縣尉應宗度，承事郎、監安慶府山口鎮楊棐，宣教郎、知臨安府於潛縣胡衛，幼早夭。應氏、胡氏女亦先卒。孫男三：曰與慶、與權、與可。孫女四人，尚幼。

宜人早任家事，姑郭夫人得燕佚康寧，近九十而終。趙公歷典四郡，以循良著，無私謁之謗。諸子力學，孟、仲已踐世科，叔子四貢禮部。宜人爲婦、爲姑〔二〕之賢可知已。

里人孫某爲識其壙。

校勘記

〔一〕『曰』，當從文淵閣本作『白』。

〔二〕『姑』，文淵閣本作『母』。

宜人宣氏壙記

宜人宣氏，其先五世自越山陰徙家餘姚。曾祖弼，祖昂，父祇德，皆以儒行重於鄉。宜人生於紹興戊午三月初吉。歸故朝散大夫、提點廣南西路刑獄趙公彦繩，三封至宜人。嘉泰二年五月二十一日，以疾卒，享年六十有五。三月十二壬寅〔一〕，葬上虞縣永豐鄉金雞山之原，從趙公之兆。

三男子：樸夫，從義郎、前監鎮江府都作院；樞夫，迪功郎、前池州東流主簿；懋夫，早夭。三女：適進士蘇濤，奉議郎、知寧國府太平縣；陳潛，從事郎、吉州左司理參軍；杜思恭。孫男七：時儒，迪功郎，監户部路莊酒庫；次時傳、時任、時保；餘未名。孫女一，尚幼。

宜人嫺〔二〕典訓，明義禮，静重潔修，時然後言，孝敬慈淑，俯仰中法，閫内順治，燕及宗黨，儉而有禮，簡而用情。趙公勤事愛民，名清白吏，有賢配也。子孫謹厚，克守素風，門庭泊然，不溷有司，有賢母也。具德兼美，無媿女史，粗列終始，幽堂是紀。

校勘記

〔一〕『三月十二壬寅』，當從文淵閣本作『三年十二月壬寅』。

〔二〕『嫺』，文淵閣本作『閑』。

太安人方氏壙記

太安人方氏，句章慈溪人。家世長者。父固，母嚴氏。

太安人以宣和癸卯歲二月初九日生。及笄，歸故修武郎、台州兵馬都監趙公伯拜，封孺人。晚以子遇錫類恩，加今封。年七十有九，嘉泰辛酉歲九月二十三日卒。後二歲正月壬午，祔葬于會稽餘姚鳳亭鄉羅壁山之麓。

八男子：師説，迪功郎，江州湖口丞；師説〔一〕，第進士，從事郎、前南劍州軍事推官；師詰〔二〕，第進士，故通直郎致仕；師崿〔三〕，承節郎；師詡，故保義郎；師託，成忠郎、贛州排岸；師誼，故修職郎、臨安府富陽尉；師嶢，故迪功郎、台州臨海尉。五女，適通直郎傅檜、士人畢師謙、忠翊郎傅枰、士人邢正國、聞人大聲。邢氏女寡居，餘皆卒。孫男二十三人：希泊，成忠郎、前添監紹興府支鹽倉；希滂，成忠郎、添監高郵軍都税務；希勃，貢禮部，早卒；希瑊，第進士，修職郎、新嘉興府嘉興縣；希漸，希晤，希璚，希瑹，希珙，希祐，希璽，餘未名。孫女十四人：適士人邢諫、傅穎、應焯、莊居敬、鄒〔四〕汝賢，餘未行。曾孫男女十人，尚幼。

太安人孝慈淑明，媲德宜家，惠下無愠，子孫衆多，競爽益昌。母儀婦道，邦族是訓，康寧壽考，集有多福。宜即豐碑，銘示不朽，先識其略，納諸壙云。

校勘記

〔一〕兩個『師説』，其一应有誤。

〔二〕『詰』，文淵閣本作『詁』。

〔三〕『崿』，文淵閣本作『堮』。

〔四〕『鄒』，文淵閣本作『鄭』。

戴夫人壙記

有宋高公亮之妻戴氏，安貧而不壽，死葬于此。里人新昭〔一〕武通守孫某，代於潛宰胡衛爲之銘。衛嘗師公亮，宜銘。邑人〔二〕徐正卿章草妙一世，爲之書。嗚呼，戴氏其死榮矣。

校勘記

〔一〕『昭』，文淵閣本作『邵』。

〔二〕『人』，文淵閣本作『丞』。

孫應時集卷之十三

祭文

祭晦翁朱先生文

嗚呼！先生名在天壤，道在方策。其試也，嘗剖符握節，而大庇其民；其遇也，得持槖執經，而獻忠於上。紛世議之排擯，幸家居之樂康。懸車引年，曳杖安死。今已〔一〕已矣，人其謂何！

某猶冀及門，庶幾卒業，永負此恨，曷敢他論？嗚呼！去夏之枉書，杪春而拜賜，筆言游之祠事，標吴地之軼聞，託名其間，爲惠不朽。若乃丹陽之改爵，實載定陵之長編，竊訂所疑，敢因以告。

窮途承訃，菲奠寓哀。惟有精神，不間生死。

校勘記

〔一〕『已』，文淵閣本作『則』。

祭象山陸先生文

嗚呼！先生之姿，英亮卓越；先生之志，奮迅堅決；先生之學，簡易昭晰；先生之論，敷暢條達；先生用心，貞實惻怛；先生教人，感動激切；先生德行，平正高潔；先生文章，嚴健超絶。

嗚呼！斯所謂名世之才，振古之傑。信乎，天實付之以斯道之重，宜若開之以格君之烈。名鼎成于天下，進益乎於朝列。一造膝以極論，喟皇心其有發。騫將行兮或尼，闊不見兮采葛。優游兮山林，詠歌兮風月。獨私淑兮其徒，蜕塵埃兮玉雪。出緒論〔一〕兮一邦，楚之人兮大悦。忽巷哭兮途哀〔二〕，竟何爲乎造物。嗚呼哀哉！

昔道統之承承，百聖儼其合節。昉洙泗之無師，已參差而異説。矧千載之墜緒，親左提而右挈。膏衆車而並駕，羌實難兮一轍。迺先生之仁勇，無力争於毫髪。般紛紛其奚怪，淺或疑於相軋。加數年其可冀，會皇極以昭揭。愴此事之今已，渺方來而孰察。憶趨隅於逆旅，心專專兮藴結。踴申旦而不寐，實冥蒙之一豁。曰深恨其自兹，戒斧斤之斬伐。邈東西以有年，耿微衷兮如渴。日行役以過楚，期欲往而道輟。曾報書之幾何，痛終天之永訣。寫此哀其已晚，望眼眩而心折。尚不辱於師門，儻歆誠兮一歠。

校勘記

〔一〕『論』，文淵閣本作『余』。

〔二〕『忽巷哭兮途哀』，文淵閣本作『忽巷哭以過喪』。

祭石南康文

嗚呼！論斯文之盛〔一〕衰，推世道之升降，非晚進小子所敢知也。至於師友凋落，使遐鄉後來〔二〕，無考德問業之地，賢德消盡，使當世君子懷孤立寡助之戚。頻年之間，千里交訃，則雖如某之愚，苟一念之，猶不自知其痛心雨淚而不能自〔三〕已也。

嗚呼！有如先生之喪，其尚忍言哉！先生體道之微，講學之至，未易窺測。抑嘗竊識之，氣貌温恭而辭旨清厲，襟懷夷曠而權度詳密。平居柔忍而臨事敢斷，自奉簡薄而遇人委曲，此古所謂成德之士非耶？先生居鄉恂恂，與物亡忤，雖所親故，知我何如人也？起而登朝，造膝極論，忠犯顔色，風猷聳然。當是時，天子有意納用，而先生深惟一時出處之故，誼有不得留者，謁告將母，從容東歸。有志之士，引領稱歎，自恨弗及。而先生之勇，聞於天下矣。自頃諸公言論風旨，稍見于世，讒忌輒起，訕笑交集。而先生安然就義，翛然徇道，獨未有非之者。此其規橅氣象，真任重道遠之事，天下之所望於先生者，可勝計哉！

嗚呼！先生齒髮未衰，名德方昭，其胸中自強之念，又未始息也。南康之麾未行，而以喪罷，喪未終而身從之。天乎天乎，尚何言哉！某來官黄巖，始拜先生於台，每捧檄上下府城〔四〕，未嘗不得見焉。先生愛之，而憂其學之怠而荒也。乃五月之晦面會某曰：『子朝夕而去官，過郡，其館于我，吾將與熟論斯事而後别焉。』某謝曰：『此固小子所願請者也。』孰謂言未終月，而以訃至，使某抱無涯之恨，而不獲竟先生之德耶！

嗚呼！先生其死矣，我無所復望矣。繼自今誦六經之言，述師友之訓，惕焉夙夜，求寡乎愧怍，以不爲親之憂，儻庶幾乎先生愛我之心耶？嗚呼哀哉！

校勘記

〔一〕『盛』，文淵閣本作『興』。
〔二〕『來』，當從文淵閣本作『學』。
〔三〕文淵閣本無『自』字。
〔四〕『府城』，文淵閣本作『城府』。

祭張參政文

嗚呼！士感知己，或輕一死。公之知我，又非他比，同州異縣，輩行懸隔，竊慕公賢，邈未一識。

我宰琴川，公使過吳，采之道路，歸騰薦書。我初不聞，久乃謝公，報我玉字，音敬〔一〕始通。我坐拙疏，不爲身謀，受代辭行，掇怒郡侯。公居法從，力救不可，羅織炎炎，危于死禍。

從容廟堂，辨以仁言，易審他郡，迄遂平反。人非雅故，難於相知，既負大謗，難于不疑。昭我素心，全我終身，望我國士，别我衆人。我不自意，何以得此？胡能有報，期於没齒。公還自西，一拜儀刑，契闊三年，莫同死生。維公盛德，不可悉數，如何昊天，喪此賢輔。事關國家，我不敢知，寫哀以辭，則維我私。

校勘記

〔一〕『敬』，文淵閣本作『問』。

祭吕子約寺丞文

嗚呼子約，竟以謫死，豈非命也。命乃在天，其尚何言？

嗚呼！人均一死，長短孰計？若吾子約，不欺其君，不辱其先，不媿其心。死耳〔一〕死耳，其又何悲？

平時友生，官守隔絶。犇問不時，我則有負。緘辭千里，筆與淚俱。嗚呼子約，尚克知之。

校勘記

〔一〕『耳』，文淵閣本作『而』。

祭史太師文

嗚呼！仕莫顯乎宰相，學莫尊於帝師，福莫大乎長久，壽莫隆乎耄期。紛人生之多欲，視眈眈焉朵頤，聽予奪於司命，孰千一其庶幾。偉沖氣之生公，振天壤而登茲，早奮庸於隆興，復圖任兮淳熙。

帝曰台之甘盤，眷有加而無衰。循孤棘以遍歷，極上公之盛儀。懿緑野之歸老，時安車兮來思。馳玉府之好賜，使冠蓋其相追。積貴寵于三紀，榮名流乎四夷。森謝庭之芝蘭，間郄桂之相輝。頷晨寢之問安，印綬繽其陸離。炯精神之照人，齒編貝兮龐[一]眉。奏歌舞兮甲[二]旦，方左《書》而右《詩》。閱春秋之九十，乃蟬蜕而騎箕。嗚呼盛哉！

此豈惟近世之所未見，蓋自古大臣故老終始之際，求如公者幾希？豈天命之偶然，功與德焉當之。公之功德，有問答之所不能究。嘗試言其大者，固足以曉天下之疑。當重華之初潛，公朝夕而進規。及内禪之定計，靡纖微而不咨。妙調護于無形，成西[三]宮之孝慈。迄盛事之光明，軼宇宙兮一時。皇指心而嘉勞，曰功德之在斯。

嗚呼！夫使高宗倦勤二十六年之久，而無一日之不樂，則天地國家之報公者至此，而誰曰不宜？至於仁民愛物之惻惻，推賢薦士之孜孜，消物我與恩怨，篤親故而不遺，量海納兮[四]無滿，謙卑逾以布衣，彼平心以深考，亦何公之敢訾！藐不肖之賤窮，晚見公於既歸，雖辱盼以國士，匪懷恩於己私。役萬里以遄返，來哭公之殯帷，感君臣之際會，覽今昔以其悽悲。盡斯言之不忍，内激烈于肝脾，羞雞酒以一酹，諒英靈兮我知。

校勘記

〔一〕『龐』，文淵閣本作『厖』。

〔二〕『甲』，當從文淵閣本作『申』。

〔三〕『西』，當從文淵閣本作『兩』。

〔四〕『兮』，文淵閣本作『以』。

祭魏子明先生文

我昔從公，癡未成童。弄翰學語，不知西東。規矩一年，能使人巧。稍就分寸，惟先生教。喟言報德，心重力微。胡逝莫留，終天有違。有行有文，奈何乎命？千古同歸，孰負孰勝？几筵在堂，魂兮何方？尚相厥子，公猶不亡。

祭宋秉彝文

某始來此邦，訪求善士，聞君典刑，一邑之偉。昔在東萊，實器重君，白髮讀書，富貴如雲。我思老成，其室則遠，幸君疾瘳，迎門未晚。嗟嗟蒼天，曾不憖遺，喬木其摧，故國之悲。易簀有言，念我良厚，惠我以規，我其可負？幽明永間，無間者心，薦此忱辭，君兮孔歆。

祭諸葛誠之文

余游太學，始交誠之。不量我愚，以遠見期。余陋無聞，誠之是咨。余弱未奮，誠之是儀。輔〔一〕我以友，正我以師。有端有原，誠之之爲。同州異縣，一合一離。義重金石，情通塤篪。我嘗苦貧，志撓節卑。有腆夾塾，謂余來思。匪兄我痞，我悔曷追？是有大造，刻銘肝脾。樵風若邪，兄耕其湄。明月扁舟，詠歌相隨。我官委羽〔二〕，兄擢禮闈。慶兄有成，世道可裨。壬寅我還，憐我猶癡。武林譙讓，敬受敢辭！我適海陵，過君淛西，酌我父兄，送我依依。君喪玉昆，我哭以詩。我罹大難，君尤我悲。舟途差參〔三〕，相踵東歸，訪我不果，書來歔欷。是維中夏，我病不支，報書訴哀，恐無見時。云胡旬日，君乃疾危，六月中澣，竟不可醫。嗟嗟誠之，曷其止斯？天不可號，理不可推！寢門大慟，撫棺莫施。我則免喪，君死再朞。嗚呼哀哉！

講學之難，久〔四〕各自知。胥我同儕，成德其誰？十五六年，耿耿昨非。惟其弗措，終或庶幾。達材之厚，天既奪之。誠之之强，又摧折之。死者已矣，生者何居？神理不昧，尚克相兹。誠之學行，墓碣可稽。我復何安，獨感吾私。升堂拜母，問其孤嫠。魂兮何方，歆我一巵。

校勘記

〔一〕『輔』，文淵閣本作『博』，誤。

〔二〕『羽』，文淵閣本作『吏』。
〔三〕『差參』，當從文淵閣本作『參差』。
〔四〕『久』，文淵閣本作『又』。

祭胡達材文

嗚呼達材，而止斯邪？天實止之，謂之誰邪？當今四方，儒先凋零，曷云其依，殘月明星。爰及吾徒，爰起爰繼？朋游之私，睠焉胥勵。薄厚粹駁，鋭鈍不齊，聚散萍蓬，南東北西〔一〕！悠悠十年，一屈伸時〔二〕，誰其卓然，以慰友師？

維吾達材，静篤純明，器閎以方，心和且平。自其家傳，令德孝恭，既繹既研，洞闢昭融。爰祛其疵，爰達其順，我亦闞之，無疆之進。日咸于家，日孚于鄉，曰余不知，和同敦龐。筦庫之勞，意亦自試，從容猥瑣，克敬厥事。世變相重，士危弗容，匪忌以姗，則疑以攻。兄伏下寮，見者革心，曰毋敢訾，粹玉渾金。國有老臣，能以兄薦，以退蒙進，漠焉非願。

嗚呼達材，大受之資，不寧吾徒，衆人所期。弗弔昊天，降割斯文，頻年屢驚，我心如焚。往者之哀，來者之待，重厚魁梧，曰維兄在。嗟我不見，三歲於今，方當就兄，余誨余箴。如何昊天，曾是不遺，大雪繁霜，何草不萎？

嗚呼達材，今也則死，始望之殷，伊其永已。矧兄嗣事，先德再輝，門户攸慶，族姻具依。

有疢其昆，載扶載安，叔季孔偕，以問以覿。今我之來，內外哀慟，入門憁〔三〕恍，如癡如夢。言有終盡，我痛靡窮，叫呼蒼蒼，混茫鴻蒙。酹此一卮，兄其我知，永訣終天，魂兮來思。

校勘記

〔一〕『南東北西』，文淵閣本作『南北東西』。

〔二〕『時』，當從文淵閣本作『肘』。

〔三〕『憁』，當從文淵閣本作『惝』。

祭崇禮提幹文〔一〕

人固有一死〔二〕，死而無所可憾，然後爲天地之常理。嗟吾崇禮，官於異鄉，而罹於瘧癘，年不五十，病不五日，奄無言而長寐，已而禍其令妻，與其季女，以及其嫠姒，恍一月而四喪，猶不數乎孀婢。方並室之呻呼，憯莫能以相視。哭聲震而疊〔三〕驚，目就暝而餘淚。幽冥莽其難測，豈攜持而偕逝。泛吳淞以度浙，宛靈車之畢至。繐帷繽其並設，日號踴乎幼稺。所知盡而拊心，行道慼而垂涕。

嗚呼，悲夫痛哉！死之可憾，一至于此！而亦孰謂吾崇禮之至此也。聖人有言：『善人吾不見之，見有常者可矣。』自晚周猶有此嘆，而何況乎今之士？噫，世道之日異，機變囂其一軌，若崇禮者，其幾于善人且有常者歟！何其天與之〔四〕，以〔五〕天資之懿，觀夫於其先世，於其祖禰，於其短折之昆弟，莫不致愛於其生存，而致隆于其喪紀，莫不盡力於其墓宇，而盡誠于其時祀，莫不務實于其手澤，而務揚於其德美。由是而推之，則又仁其宗族，仁其姻婭，仁其故舊，仁其閭里。身垢衣而惡食，曾寒餒之弗計，犯風露以宵征，率皇皇於赴義。酷投分於師友，雖骨月〔六〕而奚啻，紛譏笑之滿前，終此心之不二。

嗚呼！斯人之未易見也，而何其若是而止也。又豈可謂福善禍淫，各因其數〔七〕者乎？矧伉儷之淑惠，穆神人其無悔，併一綱之不貸，嘷彼蒼兮〔八〕何罪？孌笄女之及時，今孰期而結帨？兩兒秀而不凡，忍莫爲之怙恃？賴手足之犇救，躬綜理於終事。卜翁湖之南麓，尚平生之素志。諒善慶之復興，將有觀乎厥嗣。

喟余家之世舊，托心交兮臭味。君於我而愈親，真異體而仝氣。日春莫之過吴，兄出延而倒屣。指明年之相依，方委余以其子。曾摻〔九〕別之幾何，痛一朝之永已。淚淋浪而雨集，神愁傷而自沮。瞻宇宙之無窮，獨人生其何脆！念匍匐於初訃，耿窮居而莫遂。信良朋之永歎，異急難于常棣。玆拊棺而大慟，言莫舒於余媿。魂何之兮歸來，歆此卮之一酹。

校勘記

〔一〕文淵閣本作《祭胡崇禮提幹文》。

〔二〕文淵閣本在『人固有一死』前有『嗚呼』兩字。

〔三〕『疊』，文淵閣本作『迭』。

〔四〕『何其天與之』，文淵閣本作『何其天典之厚』。

〔五〕『以』，文淵閣本作『而』。

〔六〕『月』，當從文淵閣本作『肉』。

〔七〕『數』，文淵閣本作『類』。

〔八〕『噂彼蒼兮』，文淵閣本作『呼彼蒼矣』。

〔九〕『摻』，當從文淵閣本作『慘』。

祭興元吴侯文

惟公早以世功，特膺睿獎。入司禁旅，出護邊屯。兼鎮七州，獨當一面。軍民服其恩信，夷狄〔一〕憚其威名。爰寵畀于節旄，遂超陞於槐棘。若夫安邊之精慮，奉上之小心，約己以足兵，愛人而好士，求諸古昔，難可擬倫。是宜上而漢公卿之廟謀，下而蜀父兄之輿論，皆視公身之安否，以爲西鄙之重輕。

嗟乎！二十年備豫〔二〕之規橅，數千里習聞之號令，政精神之未艾，期勳業之大成，胡一疾之弗支，雖百身而奚贖！

某屬兹分閫，託在同盟。方陳腹心之言，共訂本根之計。曾未乾於報墨，忽已奉乎〔三〕訃音。哽涕泗之無從，炯英靈之如在。敬馳菲奠，庸寓一哀。

校勘記

〔一〕『夷狄』，文淵閣本作『中外』。

〔二〕『備豫』，文淵閣本作『豫備』。

〔三〕『乎』，文淵閣本作『於』。

祭同班樓大聲文

嗚呼！物之久弊，理或可徵，方華而萎，使人震驚。粵余同班，適造帝廷，君立第三，風姿玉冰。陛楯相語，識君姓名。壽毋在都，文昌維兄。此又同籍，一門孔榮。想君歸拜，笑語盈盈。招提萃止，申我交情。匕箸纖悉，條畫精明。倚辨於君，四座蒙成。匪惟其才，實惟其誠。即此一斑，見君平生。措諸事業，井井繩繩。小闊不見，體微不寧，如何不淑，一寐弗興。

嗚呼！丁未丁丑，僅三閱旬，慶者未已，哭者在門。東海洋洋，逝川沄沄，君乎何之，忍視〔一〕其親？銘旌出舍，行道酸辛。一奠永訣，君聞不聞！

校勘記

〔一〕『視』，文淵閣本作『違』。

祭沈元授主簿文

嗚呼！禍淫福善，天實宜之，回夭跖壽，竟孰尸之？鴻蒙幽紛，吹萬不齊，使我蒸人〔一〕，爲歡爲悲。

嗟嗟元授，生也百罹，孤孽一身，凛然自持。其未有家，風雨塗泥，既勤既營，賓祭孔時。實孝實敬，實直不欺，實義實廉，實篤不疵。鄉有偉士，學者有師，以若所負，莫量厥施。

嗟嗟元授，命則爾違，半生橋門，往來栖栖。蹭蹬一官，不及療飢，五十有三，何數之羸〔二〕！寡妻稚子，有女未笄，門户單煢，孰掌〔三〕孰支？嗚呼哀哉！

自我識君，十六七年，我友我昆，我婣我連。好我知我，期我以賢，其群偲偲，其別悁悁。憂君之病，幸君之痊，亦既見止，喜悦翩躚。曾是不遐，而隔終天，入門拊柩，淚下迸泉。自古有死，今亦何言，歆我一觴，鑒我惓惓。

校勘記

〔一〕『蒸人』，文淵閣本作『烝民』。

〔二〕『羸』，文淵閣本作『奇』。

〔三〕『掌』，文淵閣本作『撐』。

祭表姪莫幼明秀才文

嗚呼！事有不容于前知，數有不可以預期。德或爽而爲憾，喜或終之以悲。人生孰無一死，若汝之死，則吾實莫知其所爲！吾之族親固少，其業儒者尤少，業儒而可共學者尤加少。

自我先君，蓋嘗歎息于斯。而惟乃父，我之自出，視我先君，亦步亦馳。曁汝伯氏，亦克自立，惟吾兄弟是依。汝昔穉齒，而我宦游，及歸自蜀，見汝始冠，而甚愛其天資。我之在鄉，汝不我離。我宰琴川，復以汝隨。汝疾而歸，我送以詩。我己未之滿戍，忽官謗之百罹。縶窮途而相望，汝隱憂而涕洟。幸再歲之來還，汝疾平而尚羸。吾嘗疑汝骨清寒而難壽，猶默謂汝眼端秀而奇〔一〕。效我書而酷肖，聽我言而善思。澹外物以無好，儼暗室而不欺。蓋其生也二十八年，未嘗有子弟之過，若金玉之無疵。

嗚呼！我是以嘗欲扶持以成就汝，汝何忍捨我而遽死也？捨我猶可，何忍捨而母而兄而遽死也？吾邑前大夫常侯，世爲名家，身爲名人，汝惟幼賤，寒族異鄉，欲交何由？去年之春，侯初訪我，爲子求師，吾未有以對也。而汝來自外，適在吾傍，吾愕且喜，即以汝授侯。自是每得侯書，未嘗不稱賞汝，傳聞一邑，遂皆知汝之爲善士。當是時，而母而兄，以德以善，蓋可知矣。然汝仲氏代汝舊館，曾不兩月，忽夭非命，則因我舉汝，而使汝家不見汝仲氏之死也，抑猶未以爲深悲而甚憾也。而汝於侯，膠漆日堅，侯解而西，苦欲汝攜，而母而兄，皆聽汝行。汝之別余，意雖踟躕，然豈謂其終天之訣乎？汝客帝里，衆傳我死，想汝心驚，宿痾復萌。幸既相聞，書來勤勤，買藥求方，勸我自防。尋報汝疾，亦已就康，胡云又病，遂止於此！

嗚呼，是又因我而使汝家不得見汝之死也，其能不悲之深而憾之甚乎哉！雖然，汝爲何人？生長何方？而常侯一門内外百口，附汝如子弟，哀汝如骨月〔二〕。醫藥棺斂，毫髮無悔。

而吾常侯，親爲走淛江〔三〕之上，具舟徒以濟汝，使汝伯氏迎汝之柩，不勞寸力，輕行善達以返而家，是孰使之然歟？莫之爲而爲者，非天歟？莫之致而致者，非命歟？然則汝雖欲弗〔四〕死於異鄉，其可得耶？雖然，汝母老矣，去年哭一子，今年又哭一子，雖曰非我累之，實亦由我致之，吾猶自悲且自憾，而況于汝家也！汝喪及門，吾既哭汝，吾暫適鄞，汝葬未決，脱或後期，不免〔五〕臨穴，用先一奠，極寫予哀。嗟汝已矣，無復望矣，然余之文，固不足傳於世，其萬而有一傳，則汝之名猶可托余以不腐，于汝足矣。

嗚呼，汝靈其克知之。哀哉痛哉。

校勘記

〔一〕文淵閣本在『奇』之前有『一』字。
〔二〕『附汝如子弟，哀汝如骨月』，文淵閣本作『附汝如其子弟，哀汝如其骨肉』。
〔三〕『走淛江』，文淵閣本作『奔走浙江』。
〔四〕『弗』，文淵閣本作『勿』。
〔五〕『免』，當從文淵閣本作『克』。

祭外姑文

自某爲夫人子壻，館於堂廡者一年，月一再見，或累見者二三年，其他往來無常期又十有一年，視夫人顔〔一〕色如一日，未嘗斯須憂且愠也。不獨遇子壻然爾，視夫人於其子孫，於其女婦，於其臧獲，未嘗毫髮怒且恨也。夷夷愉愉，舒舒徐徐，專静以自居。蓋始則相夫教其子，而勤其學〔二〕，晚則泊然休然，有姑之尊而不問其餘。噫嘻，此非婦人之德歟？

子婦孝敬，門庭詩書。田園固薄，甘旨自如。安寢家〔三〕食，弄孫以娱。壽七十有一，齒髮未枯，十日之不康，青山白雲，歸從其夫。噫嘻，是其福〔四〕未盡，而亦奚不足歟？日者余婦歸寧，夫人撫之曰：『汝幸而得良匹，吾雖老，不以汝爲念也。』瞭然斯言，余敢忘諸？僻在下邑，寠且多事，使余婦緩于奔喪，而今始實來。一奠不腆，尚其歆之。

校勘記

〔一〕『顔』，文淵閣本作『言』。

〔二〕『學』，文淵閣本作『家』。

〔三〕『家』，文淵閣本作『良』。

〔四〕文淵閣本在『福』之後有『雖』字。

祭范致政文

嗚呼，元祐諸公之没百年，其世嗣或微，其風流或衰矣。維致政公，維范太師嫡孫。而踐修厥猷，顯有嘉聞。耄期講道，師表後學。豈惟蜀人之榮，邦家實有光焉。一日殞謝，則故國老成無復存者，可不痛哉？某聞風自舊，遠莫見之。萬里西來，庶獲我心。若之何及門而公疾，不半月而公亡矣。天不慭遺，我恨無極。忱辭潔奠，用寓一哀。公乎有靈，尚克饗之。《永

樂大典》卷一四〇四九

縣學告立周程三先生祠文

道墜千載，濂溪挈之。河南一門，式昭晣之。格言洋洋，德容臨臨。新我邦人，尚始斯今。

告立張呂二先生祠文

邦君南軒，博士東萊。使是一州，見聞迪開。餘澤之垂，祀事孔宜。懿哉淵源，勿替承之。

到任謁廟文三首

季氏陪臣旅泰山，僭也。縣令小侯事方嶽，可也。幸無大害，于禮是用。從衆齋祓祇見，其敢儌福。祭嶽祠

古禮祠后土氏，封境之神也。後世加祠城隍，都邑之神也。今俗又祠土地，室宅之神也。義有可通，則禮不爲瀆。蒞〔一〕事之初，敢不祇見。祭城隍、縣衙土地祠

獄相皋陶，自漢已然。明刑弼教之意不傳，而受賕舞法之徒常瀆，祀不已以求福，可爲悼歎。某雖無淑問，敢不敬戒自勉。祭皋陶祠

校勘記

〔一〕『蒞』，文淵閣本作『涖』。

海陵縣到任謁廟文

惟神以聰明正直爲德，佐天地佑善罰惡，無敢〔一〕差施。有如某而敢負名義，毁廉耻，獲戾於父母，以爲此邦民吏羞者，神實臨之。矢心以言，尚克自敬，無怠。城隍

校勘記

〔一〕『敢』，文淵閣本作『或』。

常熟縣到任謁廟文四首

竊跡此邦，實惟聖門高第言游之故里。古今遼邈，風化不〔一〕傳。某受縣之始，祗見學宫，心不敢忘，懼力不足，聖賢臨監〔二〕，尚佑啟之。縣學

惟今守令，亦古諸侯，率民事神，莫先社稷。某來祗厥官，首謁壇壝，惟國之故，非敢驚俗。其自今雨暘時若，土穀成功，則民之福也，神之賜也。社稷

名山大川，祭不越境，古也。東方諸侯，會盟泰山，通祀于國，自是始矣。世降益舛，禮瀆不經，某力未能正也。亦惟以心事神，爲民祈福而已。嶽廟

吏食於國，神食於民。吏職于明，神職於陰。負國禍民，其責惟均。某方將早夜自勵，亦維明神相之。諸廟

校勘記

〔一〕『不』，文淵閣本作『方』。

〔二〕『臨監』，文淵閣本作『監臨』。

去任辭廟文三首

爲令兹邑，職當興學，以善其俗。德薄識淺，觀聽未孚，又不及待其久而奉檄徑去，再拜庭下，負罪實深。縣學

不肖無以丕揚先哲之訓，興起後學。祠像雖嚴，大懼虛設。奉檄辭去，媿負何言。五先生祠

獲率吏民，以事邑之社稷，逾年于兹，歲豐人安，雨暘時若，允有嘉貺。今被命入蜀，用謁辭于壇下，惟神方大相國家，均福四海。某未能忘仕，將隨所往而致明事之心焉。社稷

又辭縣學文〔一〕

學者於古〔二〕聖人，昭昭然心目之間。如適四海，無往而不見天地日月，安有一日可違而去也？州縣吏始至者謁於學，比去則辭，特其禮然爾。

某學未能適道，而三年於斯，猶得免於大戾，以未玷於名教。是惟父兄師友之賜，六經仁義之餘澤，實溉潤之。修德講學，徙義改道〔三〕，繼今以往，敢不益自祇懼以事斯語。照臨在上，應〔四〕有以堅此心也。

校勘記

〔一〕本題文淵閣本作『去任辭廟文』。

〔二〕『古』，文淵閣本作『吾』。

〔三〕『道』，文淵閣本作『過』。

〔四〕『應』，當從文淵閣本作『庶』。

青　詞〔一〕

長姪祖祐爲母設醮青詞

疾痛呼天，私切爲親之禱；齋戒事帝，懼干犯分之誅。伏念臣母李氏，命與年衰，體因氣弱。頃牙齦之小疾，一變非常；望醫療之全安，百方未效。由臣多罪，致此重災。顧如微螘之身，尚闕慈烏之報。戰兢自念，跼蹐靡皇。茲修六十位之醮儀，實亦七八年之宿願，上干洪造，冒貢緑章。伏望覆載垂慈，照臨敷佑。速俾沉痾之蠲滌，以迓天陽；更令晚景之優遊，獲殫子職。

校勘記

〔一〕本編青詞、疏、樂語三部分共三十六篇，文淵閣本無收録，僅最後一篇《制司請都大會食樂語》文淵閣本編在卷十九，題爲『制司請都大會食』。

黄巖縣祈雨青詞

天地無心，一等化工之運；吏民有罪，自招旱魃之災。欲伸螻蟻之誠，彌深淵冰之懼。伏以黄巖萬家之縣，號爲台州五邑之雄，地廣人多，致財賦誅求之重；月朘日削，當公私困弊之餘。嗟嗟十室之九空，望望三秋之一飽。傷去年水潦之爲敗，慶今歲雨暘之適時，不圖至斯，以遇旱已甚。重念天非僭罰，人則有愆。無慈祥忠厚之政，以召陰陽之和；多乖争陵犯之俗，以干鬼神之怒。反身自咎，得譴奚辭。惟窮民愁痛，未免呼天；而惡人齋戒，可以事帝。不早伸于悔謝，永自棄于昏迷。恭憑羽流上奏金闕，伏願三清錫佑，列聖垂慈，念小臣無狀，而不忘其拳拳爲民之心；憐百姓至愚，而方有嗷嗷仰哺之望。蠲其不貸之罪，開以自新之途，雨施雲行，在真宰須臾之力；民安食足，共皇家晏粲之年。

疏

啟建道場疏

嬀汭初嬪，載想坤儀之懿；蒼梧從狩，莫回仙馭之遥。仰新廟之追崇，當諱辰之初屆。普修佛事，式贊靈遊。共願（尊號）皇后，精爽不渝，克媢在天之烈，徽音有赫，永垂奕世之休。

送觀音疏

方暑雨之怨咨，孰回天意；逮時暘之休應，實賴佛慈。祇奉威容，言歸勝隱。而今而後，願無再駕之勞，有土有民，均滿三秋之望。

龍母龍王祈晴疏

恭惟靈媪，實孕神龍，廟食此土，芘民無窮。昨我有祈，甘澤既通；今雨其淫，復以病豐。亟拜請命，瀆靈之聰。靈其憫之，無廢前功。昔我先人，實甚敬龍。訓我小子，必誠必恭。龍宅兹邑，職司豐凶。我民有求，匪龍曷從。靈貺既昭，甘澤既蒙。今雨其淫，懼隳前功。亟拜祠宫，我顔靡容。惟龍之神，驅雲反風。時我雨暘，惠我始終。匪今斯今，千載無窮。

祈晴迎龍疏

惟我聖母，與我神龍，素憐我民，有禱輒從。維吏無狀，弗誠弗恭。降此霖潦，爲此禍凶。祇肅靈駕，近臨佛宫。俾我父老，祈哀是同。陰翳開除，白日麗空。水落可耨，禾黍芃芃。則母之賜，與龍之功。嗚呼何求，維歲之豐。

諸廟祈晴疏

嗚呼！夏潦之後，已敗下田；秋成之時，又窘多雨。禾今生耳，民實痛心。豈其竭三時之勞，而使無一飽之望。神之靈德，惠顧我民，聞此苦言，尚哀救之。

慈福太后違豫禱諸廟疏

天子有詔，以太皇太后有疾未平，俾我臣子徧走百神，仰祈萬壽。（某）等謹潔齋俯伏以告於祠下（社稷云以告我社稷）。惟神相我國家，延我東朝之慶，以無爲天子之憂。

天申節開啟疏

乾坤盛旦，無如今日之兩宫；海宇一心，同祝聖人之萬壽。於皇慈極，永鎮昌期，尊號太上皇帝陛下，伏願如日方升，後天難老。八千歲月，長不改于春風，億萬臣民，入無邊之壽域。

滿散疏

天其申命用休，式慶千秋之節；臣能歸美報上，敢伸三祝之恭。尊號太上皇帝陛下，伏願日升月常，天長地久。逍遥物表，繼崆峒問道之游；鞏固皇圖，邁郟鄏過期之曆。

放生疏

鱗羽雖微，豈無佛性；飛潛自得，乃荷君恩。還兹百物之天，贊我一人之壽，見小臣報上之誠意，亦聖主好生之本心。何但斯民，共鳥獸昆蟲之樂；庶幾和氣，有龜龍麟鳳之祥。

孝宗皇帝祥除啟建疏

一日宫車，莫返賓天之駕；三年喪禮，普纏率土之哀。遽臨祥禫之期，敢事薦嚴之典。尊號皇帝，伏願在帝左右，降康國家。殿閣風來，空想衣裳之御；鼎湖仙去，永嚴弓劍之藏（道觀）。伏願威靈有赫，福祚無疆，惟二十八年之成功，一無媿想；千百億身之變化，妙不可思（佛寺）。

滿散疏

哀我臣民，望龍髯其愈遠；瞻彼日月，知駟隙之不留。禮則既祥，恩其曷報。尊號皇帝，伏願靈威降格，性體常存，聖子神孫，爲奕皇家之慶；清都太極（釋云珠林法苑），逍遥仙馭之遊。

常熟縣上方觀音祈晴疏

衆生多罪，每自速於天災；大士至慈，常普垂於法蔭。既禱雨而獲雨，復乞晴而得晴。莫酬無量之恩，更切方來之懼。恭願自今以始，俾無再三瀆之勞，錫我有年，均獲千萬箱之慶。

祈晴迎觀音疏

邑無善政，致霖潦之非常；佛有大慈，迄祈禱之未應。吏當其咎，民實可憐。祇請尊容來臨，近剎焚香，作禮慰邦，人瞻仰之。勞卷雨收雲，彰大士感通之妙。

成都府祈晴疏

天實至仁，已告康年之賜；吏無善狀，重昭苦雨之愆。欲伸疾痛之呼，彌瀆威嚴之聽。伏念蜀去朝廷之甚遠，民生衣食之常艱，矧是連年困於荒政，以臣頑昧，分國殷憂。幸得春耕之應祈，共望秋成之增倍。安知陰沴復此霖淫，候西風而不來，嗟杲日之久閟，豈獨有腐禾之害，又將失種麥之時。庶徵之占不虛，臣當其咎，一飽而望遂已，民則何辜，敢以怨咨，形之哀籲。伏願皇穹降監，洪造回慈，施罪瘠於一臣，終哀矜于百姓。連容錘艾，逢霽景之大明；尚使倉箱，保歲功之强半。

謝晴送龍疏

於維聖母，惠此一方。丕顯維龍，制我雨暘。我民有祈，必迎必偕。靈貺孔昭，允哉顧懷。溽暑既清，川流既平。保我斯今，百穀用成。靈兮歸兮，我依依兮。靈兮休兮，無後憂兮。

啟建疏（一）

五百歲生上聖，有開彌月之祥；三千臣惟一心，請祝後天之壽。雖載驅于遠道，亦祈叩于真乘。今上皇帝，伏願丕擁珍符，增多神筴。率行舜孝，遠纘禹功。九州四海，悉主悉臣。遄臻成烈，億載萬年。爲父爲母，永鎮昌期。

啟建疏（二）

天子萬年，有赫乾坤之眷命；封人三祝，不忘草木之微情。敢憑慈氏之良因，仰贊泰元之神筴。今上皇帝陛下，伏願天長地久，日輝月明。上奉兩宫，同證無量壽；下令一切，歸依不動尊。

啟建疏（三）

非心黄屋，懿三聖之相承；高躅清都，宜萬年之難老。將届虹流之節，敢申虎拜之祈。聖安壽仁太上皇帝陛下，伏願與天爲徒，如山之壽。九州四海，益占寶祚之延洪；五日一朝，長享玉巵之笑樂。

放生疏（一）

大鈞块圠，惟以生物爲心；至治休明，罔不配天其澤。故虞氏恩被動植，而文王德及昆蟲。請彰三綱之捐，仰致萬年之祝。雲飛川泳，俾陶形氣之大和；日升月常，未見臺池之共樂。

放生疏（二）

聖人盛德，必以好生爲先；我佛大慈，亦垂不殺之戒。是故作福之事，莫如及物之仁。今者紀瑞節於千秋，祝□皇之萬壽，宜推睿澤，以濟含靈，庶幾感龜龍之游，抑豈無雀蛇之報。雲飛川泳，式同物物之歡心；地久天長，要記年年之今日。

啟建疏

作世界主，既得聖人之時；超最上乘，今爲天子之父。祗逢慶節，仰證殊因。至尊壽皇聖帝陛下，伏願永佚龍樓，增延鳳紀。慈顔萬歲，若不動妙高之山；壽域八荒，歸甚深福德之海。

滿散疏（一）

龍樓問寢，光漢儀五日之朝，鳳紀編年，盛唐室千秋之宴。望玉扆而身遠，謁琳宇以神馳。至尊壽皇聖帝陛下，伏願日輝月明，天長地久，三萬歲而不老，永鎮昌期；九五福之錫民，同躋壽域。

滿散疏（二）

爲天子父，六五帝而益光；與造物遊，億萬年而有永。祗逢慶節，仰證真筌。至尊壽皇聖帝陛下，伏願永佚清都，增多神筴，慈顔不老，長觀五日之來朝；壽域無疆，更禆八荒之均福。

瑞慶節放生疏

臣子之心報上，方請祝於堯年；聖人之德好生，盍盡除乎湯綱。凡山川之草木，暨臺沼之昆蟲，咸遂微情，式增景福，萬有千歲，一視同仁。胎生濕生化生，各全正命；天大地大王大，曷報洪私。

滿散疏（一）

近天子之光，今莫如於吴甸，祝聖人之壽，心尤切於堯民。丕仰高真，敬伸美報。皇帝陛下，恭願穆兩宫之榮養，聳列聖之丕基。五百歲之春秋，未誇長久；三千年之花實，常奉燕游。

滿散疏（二）

繞電流虹，祝聖哲生商之旦；望雲就日，罄臣子祝堯之心。敬集梵因，仰資睿算。皇帝陛下，永清四海，榮奉兩宫。以金剛不壞身，保安法界；等河沙無量壽，普濟含生。

黄巖縣謝雨道場滿散疏

八月愆陽，已極人心之急；三日請命，不勝吏責之憂。逼今白露之期，得此慈霖之施。盡荷天心之仁愛，寧非佛力之贊成。公宇齋壇，敬徹香燈之供；名山勝地，諒欣鐘鼓之歸。大士證明，衆生歸嚮。

成都府祈雨疏代丘帥作（一）

春有愆陽，雨不時降，麥未秀而欲槁，土不膏而害耕。民心危而靡寧，天意凛其難測。願憑佛力，仰贊化工。使我西郊之密雲，化爲甘澤；庶幾南畝之百穀，迄用康年。

成都府祈雨疏代丘帥作（二）

俶載南畝，土以旱而不膏；於皇來牟，苗欲槁而難秀。永念愆陽之罰，厥惟長吏之辜。爰叩九天，敬祈一雨。凡祈因之民事，毋俾失時；施罪瘠於尹身，則其矢願。

樂語

祝聖樂語附

宫庭萬壽，慶當年繞電之期；海宇一家，盛今日需雲之宴。情深華祝，喜溢嵩呼。恭惟聖安壽仁太上皇帝，堯舜傳心，黄老養性。爲天子父，巍乎五日之一朝；與造物遊，必也千秋而萬歲。皇帝陛下率行一道，敬養三宮。間鳳紀之編，喜載臨於瑞旦；開龍樓之寢，方仰奉於玉巵。醉天樂於清都，錫露囊于廣土。侈國家之大慶，答臣子之歡心。如臣等律呂賤工，鈞陶小物，不自知其爵躍，亦少效於蟲鳴。遥望天墀，恭陳口號：

滿天秋色近重陽，喜氣祥雲擁未央。王母手攜千歲實，玉皇躬捧萬年觴。朱顏不爲星霜改，絳闕從知日月長。天保一詩臣子意，南山稱壽永無疆。

王母祝聖樂話

瑶池東望，久期八駿之遊；青鳥西還，喜報千秋之節。來祝聖人之壽，何辭仙侣之勞。恭惟尊號太上皇帝，黄屋非心，元珠得道。揖遜相傳於三聖，康寧均照於四宮。登封七十二君，未聞此盛；修身千二百歲，其永無疆。今者玉宇風清，金莖露冷。虹流電繞，載逢彌月之期；鼇抃山呼，普洽需雲之宴。妾等攜持天樂，拜舞霞觴。爰寫歡心，可無嘉頌：

周王漢武非僊才，今爲重明上聖來。沆瀣不須餐玉屑，琅璈還許進霞杯。父慈子孝皇家盛，地久天長壽域開。只把蟠桃報消息，從今吉日更千回。

面廳樂語

虹渚佳辰，祈萬年於君父；露囊廣宴，均百縣之指南。盛事天開，歡聲鼎沸。恭惟知縣來臨劇邑，列在近畿，一時皆君子之寮，再歲有豐年之慶。坐上衆官，文摛鴻翰，武握豹韜。或顯仕而懷章，或亨途之發軔。華筵既秩，廣樂載陳。咸望闕以傾心，復簪花而拜賜。以酒以德，式歌既醉之太平；如山如川，敢忘天保之報上。某等幸因絲竹，得近尊罍。敢對公堂，輒陳口號：

衣冠濟濟佩鏘鏘，拜舞君恩賜露囊。望闕想聞清道蹕，簪花疑挹御爐香。慈皇萬壽同山嶽，王國多材盡棟梁。燕罷明年何處集，龍樓隨駕入鵷行。

祝聖樂語

天子有尊，方謹慈顔之奉；人臣報上，寧忘聖壽之祈。傾四方就日之心，慶千秋流虹之瑞。情深華祝，喜溢嵩呼。恭惟尊號太上皇帝陛下，道妙希夷，德包覆載。二百餘載中天之業，盛大光明；三十六年臨御之仁，龐鴻深濬。託盈成于聖子，葆沖素於清躬。絳闕無塵，自是仙家之日月；朱顔不改，應同上古之春秋。天開鳳紀之編，帝謹龍樓之養。流霞稱壽，湛露均恩。閶闔九重，雖莫陪於拜舞，乾坤萬物，知永荷於涵容。臣等生值聖時，名叨樂部。學蟠桃于西母，茂瞻松柏於南山。遥跂天墀，敢陳口號：

一家父子襲唐虞，慶事如今亘古無。天子捧巵稱萬壽，臣工拜手肅三呼。神光佳氣翔丹闕，永日熏風暖絳都。欲識堯仁難報處，兒童歌頌滿康衢。

王母隊致語

九天傳命，欣聞慶會之同；萬里乘風，來祝聖人之壽。恭惟尊號太上皇帝陛下，崆峒得道，姑射凝神。寸地尺天，久矣陶鈞之内；清都絳闕，超然揖遜之餘。二十年而名位益尊，八千歲之春秋方永。屬流虹之開旦，猗湛露之均恩。六合清夷，百神歡舞。臣妾等憶瑶池之勝事，賀玉宇之昇平。敢羞桃實之珍，式奏雲敖之曲。恭陳口號，仰佐霞觴：

歡聲無限匝堯天，盡逐薰風入舞絃。玉笋流霞稱萬壽，清都廣樂萃群仙。父慈子孝真高古，地久天長不計年。願把蟠桃頻入貢，蟠桃一熟歲三千。

制司請都大會食樂語

驛道八千，慶錦里主人之初到；賓筵第一，得繡衣使者之肯臨。臺府交歡，江山動色。共歎光華之禮樂，式覩〔一〕名勝之風流。恭惟某官璞玉渾金之姿，大川喬嶽之氣。平生心事，真是桐鄉循吏之孫；分内功名，當出柏府大人之上。疊頒詔綍，三換節旄。清規傳月窟之東，偉望過雪山之重。斯馬斯作，已看天駟之榮動；爲龍爲光，即俟甘泉之入奏。某官芝蘭同味，萍梗相逢。從容使事之謀，繾綣年家之好。德星初聚，和氣鼎來。日烘雪後之樓臺，風動春前之梅柳。畫堂簷幕，開一笑於窮冬；綺席笙歌，奉千鍾於永夜。可無韻語，上助歡顔：

繡衣人物寵諸臺，玉帳元戎萬里來。同爲西川增氣象，何妨北海試尊罍。休辭臈酒十分醉，要喚春風一夜回。天上德星何處聚，應從井絡向三台。

校勘記

〔一〕『覩』，文淵閣本作『覯』。

孫應時集卷之十四

四言詩

江有梁四章有序〔一〕

唐侯仲友之守台，爲浮梁於江，象山令蔣鶚考叔賦《江有濟》三章以獻，余時官於台，見而陋之，作《江有梁》。《江有梁》，美台侯也。州之南阻江，比舟爲梁，自唐侯始也。

江有梁，昔所無兮。台之民，維艱虞兮。我南之耕，其出於於。我北之趨，維薪維芻。匪伊薪芻，行旅載途。風雨晦冥，海波愁余。豈無舟人，徼利以呼。傴仄淪胥，云誰之辜？

江有梁，維今始兮。台之民，維天啟兮。邦有父母，視民如子。民號於溺，侯曰由己。乃相乃謀，乃築乃峙。其桴聯聯，其舟齒齒。民不知江，有道如砥。我醉我犇，云胡不喜？

江有梁，孰使然兮。台之民，曰賢侯兮。孰使賢侯〔二〕，有命自天。天子聖仁，侯乃來宣。自我侯來，有麥有年。天姥之南，東溟之壖。濤瀾不驚，歌舞後先。汝不我信，視此一川。

我梁既成，我民既平。侯智不矜，侯心載寧。帝曰汝歸，其車宵征。余欲濟川，邦國是經。

民留我侯，敢與帝争。我帝我侯，眉壽無疆。右《江有梁》四章：首三章，章十六句；一章，章十二句。

校勘記

〔一〕此題在目録中作《江有梁四章（有序）》，而正文卻以『唐侯仲友之守台爲浮梁於江象山令蔣鶚考叔賦《江有濟》三章以獻余時官於台見而陋之作《江有梁》』爲題，今正文與目録統一，『唐侯仲友之守台爲浮梁於江象山令蔣鶚考叔賦《江有濟》三章以獻余時官於台見而陋之作《江有梁》』作爲序文。

〔二〕『賢侯』，文淵閣本作『侯賢』。

五言古詩

四明山記遊總吟八十韻〔一〕

平生抱遐尚，撫劒遠行遊。迹謝聲利牽，心與巖壑謀。東征泛滄海，南鶩踰丹丘。西登岷峨嘯，北望關隴愁。匡廬挽歸轡，巫峽紓行舟。劒閣最險壯，龍門更奇幽。歷覽雖未飽，勝概略以收。爾來卧燭湖，清夢長夷猶。家山惟四明，名字横九州。出門宛在眼，欲往輒不酬。人事真好乖，山靈豈吾仇？忽近益可笑，投老空自尤。兹辰正芳春，會心得良儔。贏糧幸易足，決策遂所求。中宵雨聲斷，逗曉霽色浮。天容極瑩浄，風氣正和柔。瘦笻挾籃輿，野服兼輕裘。遥遥指林麓，欣欣聽溪流。試屐青〔二〕賢嶺，弭蓋白水湫。飛湍響淙潺，怪松韻蕭飀。艱然小羊額（嶺名），喘若料虎頭。甓石訪歲昔，負薪〔三〕歌道周。百折快一眺，千里森雙眸。峰巒何綿聯，脈絡相纏繆。化鈞妙融結，神工巧彫鎪。長風動溟渤，洪濤播〔四〕瀛洲。巨鼇出贔屭，游龍繞蚴蟉。鯨鵬恣摩蕩，蟲魚紛疊稠。萬怪各起伏，千帆遞行留。或坦若几席，或峨若冠旒。或排若劒戟，或剡若戈矛。或舞若鸞鳳，或驟若騂騮。或若戲狻猊，或若鬭貔貅。儼然開明堂，玉帛朝諸侯。赫然會岐陽，長圍方大蒐。鏖戰臨長平，堅壁持鴻溝。廣野列車騎，中軍嚴旆斿。開闢洪茫茫，變化久悠悠。愕眙不得語，形容那可侔。仙樹四十圍，蟠根幾千秋！老幹枯不死，新榮翠相樛。飈馭定來止，桑田行驗否〔五〕？遺跡信所聞，輕舉當何由？東南徑崇岡，左右羅平疇。人家散雞犬，村塢來羊牛。官征畢薪炭，春事動鉏耰。土膩少沙石，氣寒無麥麰。荒蹊夾桃李，密蔭間梧楸。是中可避世，何勞更乘桴！駢巖下蒼峭，別岫争崪嶠。熟知二刹勝，逝肯中道休！杖錫既巉絶，雪竇仍阻修。停雲朝漠漠，剛風晝飂飂。盤磴度方橋，廣宇連飛樓。珠璣錯藻繡，金碧照彤〔六〕髹。撞鐘食千指，鳴板燈百籌。真成天上居，不涉人間憂。周遭富佳致，徜徉得窮搜。妙峰遠色湊，錦鏡波光瀏。兩溪來活活，千丈落瀌瀌。深瀑摽隨皛，空潭隱靈虯。倒窺凛欲眩，俯掬清敢漱。澗草高下積，巖花零亂抽。掛壁見猱雜〔七〕，食芩聞鹿呦。日長囀睍睆，霧暗啼鈎輈。修竹奏琴瑟，細溜鏘琳璆。占晴喜弄〔八〕鵲，畏雨愁呼鳩。何妨共齋鉢，且復薦茶甌。老僧頗好事，幅畫肯見投。隨意宿山房，無眠聽更籌。

念昔身萬里，及此天一陬。登臨世界闊，俛仰歲月遒。榮辱兩蝸角，聚散一海漚。塵鞅自束縛，名場相敵讎。不念猿雀〔九〕怨，坐令泉石羞。心期晚乃愜，俗駕我尚優。勝具學支許，奇蹤非阮劉。時哉山梁雉，樂矣濠上鯈。聊追興公賦，不嘆柳子囚。招招知音子，爲我商聲謳。

校勘記

〔一〕文淵閣本作《四明山記遊八十韻》。

〔二〕『青』，文淵閣本作『清』。

〔三〕『薪』，文淵閣本作『樵』。

〔四〕『播』，文淵閣本作『簸』。

〔五〕『否』，文淵閣本作『不』。

〔六〕『彤』，文淵閣本作『雕』。

〔七〕『雜』，文淵閣本作『捷』。

〔八〕『弄』，文淵閣本作『哢』。

〔九〕『雀』，文淵閣本作『鶴』。

送張敬夫栻以追送不作遠爲韻賦詩五章藉手言别不勝惓惓愛助之誠情見乎辭惟高明幸教

平生賦褰裳，親意許從師。四海非不廣，獨仰大雅姿。逡巡一再見，慘憺已復辭。霜風送旌節，遠目不可追。挾經問疑義，倘許結後期。

斯文肯空言，經世資實用。紛紛諒奚爲，義取輒賓送。誠能正其本，談笑了群動。公身紹前烈，時論倚隆棟。持茲竟安歸，引類相與共。

軒冕付儻來，良貴應自有。若人出處間，與世揭山斗。雅宜踐高門，斷國極可不。臨風耿予思，霧雨深稂莠。凜然嚴冬柏，特立終耐久。

荆州形勝地，控引吁廣莫。英雄昔用武，跬步圖宛洛。至仁先内治，曾豈〔一〕廢遠略。公來手摩撫，士氣端可作。載歌江漢詩，奮袂空爵躍。

力行希孟韓，波蕩斥嵇阮。聖門有佳處，誰爲發關鍵？歸依得其人，心豈間近遠。悄悄客路長，肅肅歲華晚。祝公黄髮期，永好情繾綣。

校勘記

〔一〕『曾豈』，文淵閣本作『豈曾』。

送友人楊仲能東下以一蹴自造青雲分韻得一字

君王急搜羅，九土規混一。蜀山甚疏遠，去者今稍密。夫君偉才具，文字尤炳蔚。陸沉簿領中，塵霧昏玉質。正應著臺省，邂逅破回遹。輕舟下三峽，春浪平如席。攬觀山川奇，感嘆日月疾。便好作諫書，胸憤吐堙鬱。薰風御爐香，天陛踏文石。此時恨見晚，端不負疇昔。或求西南州，爲國撫貧瘠。因以壽老親，繡幰圍畫戟。日邊豈無心，遲子付異日。離樽聊共持，愁思黯難釋。勇去仍趣歸，修途護眠食。

讀晦翁遺文悽愴有作

先生千載人，浩氣隘穹壤。早薄聲利交，超然傲塵鞅。飲酒讀離騷，追游必豪爽。風月飽高吟，雲泉擅奇賞。切骨痛國仇，嚼齒憤奸黨。縱談天下事，一一如指掌。斂意師聖賢，精心玩圖象。全體極渾涵，靈根妙充養。昭昭陳軌轍，坦坦闢榛莽。陶鎔就醇粹，鞭策收勉强。翟聃息遁辭，關雒大遺響。師道屹尊嚴，人材興倜儻。宸綸歎廉靖，朝蹟甚忠讜。康廬委符竹，越絶畀英簜。芻牧活飢悍，天日抉[一]幽枉。命義信行藏，風標何骯髒。晚來侍細旃，時益異疇曩。孤踪反山林，百怪幻夔魍。先生一淡然，幾微寧怏怏？冬曦暖袍屨，秋風颯几杖。尚可淑後來，何言遂長往！睽離思遠道，殷勤媿殊奬。常懷訂群疑，忍獨拜遺像。感舊日蕭瑟，出門增惝怳。一致無古今，萬世均俯仰。微言在遺墨，没齒抱遐想。末路誠刺促，中扃故宏敞。惟善不可誣，惟惡不可長。百年非所知，常如侍函丈。題詩自激昂，山川悲莽蒼。

校勘記

〔一〕『抉』，文淵閣本作『快』。

七月一日獨遊頂山上方院

澗水有奇觀，山蟬發清歌。穹林翠光合，深谷涼風多。孤遊正寂歷，佇立久婆娑。平生頗須此，欲去意如何？

立夏日汎舟遊青山甜楊氏菴示諸生

歲序忽云夏，青春去安歸？天晴〔一〕風氣朗，遊子懷芳菲。碧湖泛我舟，輕雲湛晴暉。入谷山寂寂，緣溪水圍圍。倏然得幽甜，丹葩耀巖扉。鳥聲自歌呼，竹色相因依。舉觴佇遥念，日月如梭飛。平生静中願，歲晚無相違。

校勘記

〔一〕『晴』，文淵閣本作『清』。

和魏公再用韻勉子孫學

儒家乃何事，鴽言聖門歸。萬古江河流，三春卉木菲。忍將少年意，負此白日暉？拱把得封植，要看四十圍。東山公别墅，明湖照簷扉。塵囂澹一洗，六籍真可依。城南拜新作，妙墨龍蛇飛。著鞭繼家聲，臨岐莫依違。

和陳亮功張次夔二同年唱酬廉字誠字之作

早韭到晚菘，紫蓼仍緑葵。古來志節士，此味良自知。銀鞍黄金絡，綺户芙蓉闈。丈夫各自適，物理那能齊！

虚中答遠響，不與律吕乖。惟誠貫萬物，此豈欺我哉？九仞憂棄井，累土期層臺。汝州春風中，試坐一月來。

用前韻感事〔一〕

駒去不食藿，馬佚能傷葵。烈士多慷慨，耿耿誰當知。起吟清夜闌，邊月明春闈。寸心杜陵老，澒洞終南齊。

竽門抱瑶瑟，雅與時好乖。閉門守長饑，毅然丈夫哉。南楚卧龍士，北燕黄金臺。但使本根在，功名真儻來。

校勘記

〔一〕静遠軒本缺此詩，據文淵閣本補入。

李允蹈以詩見詒走筆和之李號能詩諸貴人客也

四海夥人物，百年各馳驅。持身付埃塵，擾擾竟何須。臨卭家四壁，洛北飯一盂。白首頗光榮，不媿初心無。男兒胸中奇，玉虹自呵嘘。滄浪振幽潔，沆瀣餐雲腴。養性一無累，經世乃其餘。芙蓉爲裳衣，秋蘭爲佩琚。西遊略昆侖，東征拂玄莬。乘風玒天門，九闕請三呼。太息治安策，中流資一壺。河山洗祲氣〔一〕，日月行天衢。凌煙千載容，丹青爲君鋪。請君辨此事，弗待餘子俱。我懶復無用，藜羮守故書。敢云驪龍睡，安意淵中珠。

校勘記

〔一〕『氣』，文淵閣本作『氛』。

李允蹈再詩言别次韻

仙人騎長鯨，醉與月相追。落筆千萬篇，要與風雅期。里耳習巴唱，未省白雲〔一〕詞。欲當莫邪鋒，斷毛真一吹。文章游戲耳，功名須鼎彝。推轂天下士，豈無鄭當時。我愚敢望君，君胡首肯之。酒酣激清嘯，八極隘指麾。丈夫觀〔二〕歲晚，不恨一别離。行行愛體素，江湖勞夢思。

校勘記

〔一〕『雲』，文淵閣本作『雪』。
〔二〕『觀』，文淵閣本作『歎』。

吴文伯用李允蹈追字韻見贈亦次答之

雞鳴市聲起，冠蓋日相追。終然寡同調，千里懷風期。憶從十年前，識君黄絹詞。安知淮海來，得此壎篪吹。武庫森器寶，清廟陳尊彝。持君胸中富，自足夸一時。況今亨衢開，秣馬隨所之。功名何足道，談笑觀指麾。交情無遠近，人事有合離。他年一尊酒，長恐勞相思。

和答司馬宜春遡

紛紛市道交，勢利争攫取。煌煌鼎食家，聲色自纏糾。畸人固寂寞，蓬藋侵甕牖。有時步虚曲，植杖話農畝。清秋動幽興，有月欠肴酒。高軒肯相過，賢哉百乘友。空尋奕秋誨，不與歡伯偶。别來雁欲賓，晴喜鳩還婦。村酤聊可載，草具亦何有。飣餖止魚蝦，扶擥雜梨藕。君侯反觴客，欲起輒被肘。意重黄金百，氣豁雲夢九。長篇繼踵來，子建才八斗。勉和若登山，吾詩真培塿。

答潘文叔見寄余十月嘗訪文叔許來而猶未也〔一〕

别離一何久，迢遞阻音形。重上君子堂，相見眼終青。君顔尚冰玉，我鬢已星星。借問十載間，風波兩蓬萍。嶺劍各萬里，心目多所經。歸來且强健，恍然真夢醒。可憐萬修竹，清音玉瓏玲。蕭條媚寒日，彴〔二〕略環翠屏。相攜復一笑，芝蘭有餘馨。孤雲自舒卷，野鶴來青冥。平生閲群彥，十八九彫零。吾徒亦何願，畢景依林坰。種秫令可釀，儲粟常滿瓶〔三〕。琴書奉娱玩，足以陶性靈。千載伐木篇，此意神所聽。往來亦奚憚，江浦堪揚舲。

校勘記

〔一〕文淵閣本作『答潘文叔見寄余十月嘗訪文叔文叔許來而猶未也』。

〔二〕『彴』，文淵閣本作『約』。

〔三〕『瓶』，文淵閣本作『缾』。

毗陵龔君以宻見投古風思致不凡依韻答之

驅車適古道，古道〔一〕世已今。翳翳逃空虛，幸有跫然音。歡然〔二〕指萬里，握手再沉吟。得無霜露繁，恐復江漢深。我聞道渴者，朵頤望梅林。至味難諓口，達士多遠心。天淵本曠蕩，鳶魚各飛沉。相期昆侖巔，弄月鳴瑶琴。

松柏有佳色，矯矯澗谷涯。要經鸞鳳棲，豈怨人跡遐。匠石初未逢，千歲甘枯槎。萬牛送明堂，亦不以自誇。奇物固落落，念此毋嘆嗟。君看蒿蓬茂，正足供鳴蛙。深根忍霜雪，生意日已嘉。終然拔青雲，勿慮歲月賒。

校勘記

〔一〕『古道』，文淵閣本作『道古』。

〔二〕『然』，文淵閣本作『言』。

趙唐卿邀遊西湖即席賦十二韻

春風客皇州，積雨不得晴。倚樓望西湖，想見煙水平。芳時諒難負，勝侶欣來并。杖藜一蕭散，喚船弄空明。浮雲爲我開，好鳥爲我鳴。青山次第出，桃李正鮮榮。華屋何煌煌，縹緲連重城。都人競時節，酒舫各斜橫。而我得舒眺，緬然起深情。風景自千古，擾擾何所營？大鈞實愛物，無使可憐生。堯民保同樂，吾其獲歸耕。

遊靈巖觀瀑布

一雨天氣清，暑事亮未酷。煩囂忽〔一〕蕭散，兹晨正休沐。籃輿試經行，勝概入遐矚。紆餘緣清溪，窈窕得幽谷。一巖四壁净，千仞落飛瀑。雷霆鞭蟄户，風雨撼林麓。光寒白虹下，勢劇天河覆。繽紛曜冰雪，激射碎珠玉。危亭著佳處，盡日看不足。澒洞開心胸，眩晃新耳目。龍臍更奇事，滴滴掛崖腹。人言七年旱，不減此一掬。天壤富瓌怪，名字有顯伏。冉溪逢子厚，釀泉須永叔。摩挲蒼苔碑，徙倚古寺竹。微吟忽忘歸，俗駕不可宿。

校勘記

〔一〕『忽』，文淵閣本誤作『念』。

鄭倅是歲七月同游和余韻復和酬之

高人遺世紛，山水好常酷。監州當暑來，風露勞櫛沐。千里生清涼，萬象入睞矚。公餘事幽討，駕言訪空谷。豈知蕞爾縣，有此壯哉瀑！飛蓋繚崇阿，響履〔一〕穿翠麓。林聲疑雨鳴，石怪若釜覆。輝輝倚天劍，凛凛寒水玉。畫圖見所稀，瑶琴寫難足。餘霏濕巾袂，瑩色照眉目。平生此會心，一笑欲捧腹。酒間出新篇，明珠燦〔二〕盈掬。留作巖壑光，長令鬼神伏。東山懷太傅，濂溪想茂叔。逸興渺乾坤，真賞謝絲竹。何由頻執鞭，雲峰恣遊宿。

校勘記

〔一〕『履』，文淵閣本作『屐』。

〔二〕『燦』，文淵閣本作『粲』。

孫生康祖從余海陵予薦之滁守趙叔明之門送以古詩

洙泗諸公遊，參實少且魯。誰知一貫學，其進乃甚武。儒生多山野，此事亦已古。儇儇細兒黠，往往車上舞。後生識取舍，百不能四五。子兮何爲者，獨行事踽踽。嗟我離師友，歲月漸莽鹵。子辱從之游，未必免聾瞽。淮丞少官事，吏散日亭午。藜羹共脱粟，本不計客主。親年當喜懼，藥裹屬覼縷。勞子辭我去，天寒無乃苦。滁陽賢太守，豈第〔一〕民父母。青山照城郭，廣厦庇風雨。子往事佔畢，可但費樽俎。窗明棐几净，堅坐勿窺户。交情貴膽肝，師道在規矩。何妨坐椎鈍，未可習媚嫵。萬里須堅車，百步要彊弩。書來説新功，吾其俟飛羽。

校勘記

〔一〕『第』，應從文淵閣本作『弟』。

和劉過夏蟲五詠

蛛

幺蟲夜飛飛，遭汝巧見縛。汝網非堅牢，豈無風雨惡？蟹怒横戈矛，蜃喜吐樓閣。物生黠復癡，悟此一笑樂。

螢

太陽不敢近，宵行聊自娱。過水亂繁星，隨風散平蕪。車公晚差樂，几案不汝須。方謀買娉婷，斛貯明月珠。

蚓

高人百尺樓，萬里對天宇。白水渺江湖，清明到牕户。跏趺作禪定，不聞雷破柱。從渠蚯蚓歌，自趁商羊舞。

蚊

利觜死一飽，何勞更喧嘩。肉薄來如雲，舉扇誰能遮？諸君幸小忍，秋風期不賒。披襟約涼夜，明月釣寒沙。

蛙

將軍鼓吹來，處士非所喜。誇汝風月夕，天籟鳴不已。汝姑勿自誇，坎井不可恃。當知馬伏波，笑殺公孫子。

用范叔剛韻送陳亮功同年

人物相後先，筦庫故多士。若人海邦來，清渭照涇水。風塵不自憚，遠業正在此。林深蘭茎芳，波動金石止。三年亦何事，一笑聊復爾。天風令扶摇，勢作九萬里。未令游蓬山，亦合佐槐市。富貴善移人，須公直如矢。平生十年書，喜見習鑿齒。少留更春容，春醪薦魴鯉。

如寧菴

川原相縈紆，林谷遞深秀。步迎流水聲，聒聒新雨後。愴然瞻故鄉〔一〕，喬木百年舊。精廬跨略彴，苔竹故幽茂。憶昔戲緑陰，怡悅年方幼。蹉跎今白髮，寒暑厭相寇。區區濟物心，已矣真大謬。請尋遂初賦，泉石長枕漱。

校勘記

〔一〕『鄉』，文淵閣本作『丘』。

小舟過吴江風雨大作夜泊三家村翼日風回到家日未中

短篷僅容坐，一滴不通雨。不料西南風，滂沛遽如許。蕩搖首屢觸，跧彎背欲僂。行經四橋側，心動不敢語。茫洋萬頃天，一葉縱掀舞。翻思田舍樂，甚念篙人苦。黃昏隨意泊，古木蔭靈宇。小作雞酒願，欲禱辭未吐。覺來風回東，快便誰所與？平明八十里，到家日未午。萬事一翻覆，戚欣何處所。舟定稍按摩，起身試步武。一室有餘寬，洗杓命兒女。門外風濤急，閉門良可禦。

庭下小檜

蒼蒼歲寒姿，凜凜淩雲幹。何爲事蟠蹙，充君眼中玩。翔鸞與偃蓋，不如溝中斷。高岡有同根，天風拂河漢。

石應之校書招同胡崇禮趙幾道飲白蓮社晚雨

白蓮遠公社，不能致淵明。雷峰峰下菴，乃復浪此名。野客當暑來，喜甚荷風生。柳渚睇窈窕，竹房步紆縈。西軒正虛寂，一鏡湖光平。小飲試談噱，高吟發幽清。兩士幕府彦，主人芸閣英。我雖漫浪者，頗復同勝情。六合自今古，百年各經營。悠然一笑粲，急雨催詩成。

送彭子復臨海令滿秩

君侯古循吏，及物如春醲。民間自寧一，堂上何從容！平生眼中人，此尹未易逢。吏道益可悲，非君吾孰從。由求政事科，量己如尺寸。後生談天下，可笑不知分。吾曹師古心，日夜抱孤恨。脱身朱墨中，未妨尋學問。相逢幾何時，相與何如許。書來警吾過，切切父兄語。人生會合難，念别成悽楚。北望山千里，秋容渺煙渚。

秋風滿庭樹，策策鳴良宵。幽人獨寤〔一〕嘆，時序何蕭條！寒華豈不容，念之中心焦。我巢在一枝，風雨無漂摇。

校勘記

〔一〕『寤』，文淵閣本作『晤』。

送王木叔推官滿秩

聽雨宿空山，念當與君别。起行意無奈，雨聲轉幽咽。名賢去蓮幕，一郡慘不悦。人心到無言，冰寒炭故熱。

世道不平易，心如太行山。交游水上萍，相知甚獨難。感君一見初，信我眉睫間。松柏氣本同，蒼蒼期歲寒。

靈臺湛虚明，萬物懸一鏡。飢餐夜熟寢，是我真實性。牛山多斤斧，草木非正命。君乎善自養，吾心本無病。

送台州沈虞卿使君入朝

鼓聲霜曉寒，冠蓋滿衢路。詔書日邊到，使君朝天去。攀車願公留，稚耋紛無數。信哉慈父母，赤子中心慕。七州浙江東，此邦亦蕃庶。使君手拊摩，白髮緣汝故。明時急良猷，此行那能駐。眷眷公豈忘，江城一回顧。

靖康建炎事，嘗聞諸公言。志士日夕心，嗚咽聲氣吞。新亭五十年，塵埃尚中原。君王大經略，夢想天河翻。時情習安宴，未辨酬國恩。修攘亦有序，此事難遽論。所要夙昔懷，勿以暮氣昏。爲公一悲歌，風雲澹乾坤。

東南數十州，今維本根地。因仍軍國須，支吾亦良費。簿書高没人，大率非古意。先生海邦來，歷歷眼中事。誠心對天日，正色俯民吏。那無一夜驚，感嘆不能寐。九重憂民深，時節苦未易。源流儻可言，請拜仁人賜。

不　寐

索居在村坰，水陸走通津。半夜有棹歌，雞鳴語行人。中年近少睡，耿耿多達晨。外物非所念，頗復念我身。聖賢不敢欺，久大在日新。人生會有役，安得辭苦辛。

别黄巖范令

慶曆諸名卿，四海標一范。堂堂元祐相，人望復不減。江河源流大，終華峰巒嶄。遠優士會爕，詎作欒書黶？君侯大雅士，淵然粹家範。春風花氣馥，秋月寒江湛。貞剛謝瑕缺，潔白時消黜黤。驅車問前躅，雲路聲轞轞。牛刀亦何爲，游刃初不斬。解令孺袴民，桁楊戒無犯。時情互醒醉，世味各辛鹻。安知國中狂，正欠秋牙喊。丈夫自有在，細故非所歉。豈無昆明池，著此黄龍艦。伊余秉微尚，顧瞻隨軌軌。威儀覿麟鳳，冠緌笑蟬蜝。吾徒本平曠，誰能事嶮巉。相知意氣得，欲別情〔一〕神黯。江風動綺席，潮痕帶晴檻。爲公醉登舟，離襟不能摻。

校勘記

〔一〕『情』，文淵閣本作『精』。

和制帥效謝康樂體

讀書在雪屋，長嘯亦蝸廬。兹晨從遠役，不奈爲飢驅。夕棹悄煙月，朝帆暖菰蒲。情欣秋風至，體愜溽〔一〕暑徂。拾魚未收潦，争米聊趁虚。廓落展遐眺，春容進前途。幕畫諒何取，世用實已迂。分閫重節制，三邊藉調娱。功成報天子，朝佩歸與與。下客一何幸，窮途非所虞。江山待公賞，佳處小踟躕。

校勘記

〔一〕『溽』，文淵閣本作『袢』。

臨海道中書懷

六月呼清風，涼氣隔纖紵。元冬暎窓隙，重繭不能禦。天時迭乘除，人事多齟齬。愴焉感余懷，百年幾寒暑。儒生不知變〔一〕，區區誦陳言。時人熟見之，嬉笑相排根〔二〕。江流去不返，何時復虞軒？餼羊誠無用，禮意儻可存。

校勘記

〔一〕文淵閣本從『儒生不知變』换行，作兩首。

〔二〕『根』，當從文淵閣本作『报』。

章安鎮感事

越嶠東南窮，連山赴滄海。章安古州宅，陵谷諒遷改。前江渺萬頃，風雨魚龍匯。嗟哉地遠絶，髣髴形勢在。憶昨南渡初，雲雷震紛靉。莎州艤龍艦，白日照金鎧。兒童識漢官，草木被堯彩。是時元勳誰，成公國上宰。人心翼宗社，天命安鼎鼐。那知中原事，驚呼五十載。丹衷自結髮，彈劍氣藟嵬。時清忘夙昔，悲歌起衰怠。舉頭天門高，狂言小臣罪。功名故難量，時節亦有待。臨流想前英，奕奕動風采。漁郎定何心，波間聲欸乃。

頂山禱雨

官身縛塵事，日日如絲棼。駕言適秋郊，開顏慰艱勤。大田平如席，多稼緑於雲。早熟有餉獲，晚播方耦耘。停鞭問父老，笑語何欣欣。今年大好麥，稻復當十分。天應憐百姓，似亦憐令君。我本無善政，謗罵常紛紜。獨慚龍公賜，一念如相聞。尚憂北山外，漸有龜坼文。爲爾乞終惠，潔齊炷爐薰。何當足吾願，豐年周九垠。

端午侍母氏飲有懷二兄偶閱二蘇是日高安唱和慨然用韻

簿書束縛人，揮汗日亭午。平生世念薄，問子何自苦？佳辰相尋過，樂事稀可數。撥置爲親壽，菖花糝盤黍。歡言記時節，風俗自荆楚。獨嗟我常棣，不得同笑語。楊梅應正熟，筀笋堪自煮。對牀負歸約，枕流慚乃祖。會當誓丘墓，畏出如畏虎。莫作兩蘇公，空言終齟齬。

五月二十日還舊居有感

晨光澹涼月，霽宇來清風。輕舟泛漣漪，初旭升曈曨。水氣散洲渚，蔓花綴榛叢。我行何所之，故林翳蒿蓬。捨棹理幽徑，開顔揖前峰。出門望平皋，良苗鬱以葱。恭惟昔先人，有此一畝宮。遺字滿塵壁，所憂非困窮。但願君與相，燮調致年豐。諒哉烈士心，舉世故莫同。踟躕不忍去，惻愴結微衷。

夜讀書有感

王公昔壯年，已作衰翁歎。荆公詩：『年登三十已衰翁。』古來多志士，念此不能旦。嗟余何爲者，忽忽甘寢飯。故書翻手忘，神情日疏散。前途雖綿邈，初心如可辨。云何十年外，低徊猶有憚。蟠蟀鳴我堦，秋風歲將晏。日月豈待人，及今當自諫。

和甲辰秋夜讀書有感〔一〕

物華相尋來，世事不足嘆。候蟲知春秋，宿鳥各昏旦。百年相勞苦，且復加餐飯。堂堂白日在，擾擾浮雲散。詩書信家法，朱墨窘官辦。三十二年非，還改當何憚？低徊逢迎地，言笑紛晏晏。嗟汝其惕然，輿衡有規諫。

校勘記

〔一〕文淵閣本作『和甲辰秋夜讀書有感韻』。

黄州呈趙使君

魯狂不媚世，世亦與我違。平生懷識察，如公良獨稀。塵沙二十年，孤舟萬里歸。見公不忍去，安得長相依。

歐蘇遊息地，草木有輝光。使君何風流，入手兩印章。下客亦天幸，音塵許相望。不登醉翁亭，尚能登雪堂。

雪堂老居士，赤壁故將軍。蘭舟醉煙月，羽扇麾風雲。登臨生感慨，江空水沄沄。從公一長嘯，神游儻相聞。

小孤山曉望

維舟小孤下，終夜風水聲。雞唱起推户，耿耿殘月明。四望無纖雲，景氣穆以清。碧山吐紅日，緑樹啼鵁鶄。兹峰何娟妙，臨流竦春榮。再拜款靈宫，緬然念平生。一役已萬里，百年定何成？隔江見彭澤，懷古有餘情。

到荆州春物正佳樞使王公招飲〔一〕歡甚已而幕府諸公攜餞荆江亭併成四詩

初日明遠岸，緑蕪滿平川。天宇呈春姿，物物懷芳妍。長堤行車馬，高樓餘管絃。由來大國楚，風景故依然。

華亭冠層城，滿城桃與李。微風散晴煙，七澤多春水。龍山集遐眄，章臺見遺址。感物思無窮，對酒差可喜。

簪弁從元侯，芳辰奉良宴。海棠暎明燭，夜久星河轉。孤舟萬里客，邂逅驚深眷。慚無仲宣賦，荆州乃堪戀。

幕府盡時彦，湛輩非所倫。歡言念遊子，載酒臨江津。醉别足可惜，俛仰迹易陳。相期崇明德，芳烈垂千春。

校勘記

〔一〕『飲』，文淵閣本作『宴』。

答王甫撫幹和荆江亭韻

劒鬱氣沖斗，珠潛光媚川。丈夫自有在，時俗難爲妍。鍾期苟未逢，我琴不須絃。别路渺湖海，相思心炯然。

清詩報我來，瓊玖羞木李。感我萬古心，迢迢如江水。楚宫歌舞地，春農耕廢址。變化日相尋，榮華何用喜。

樂哉新相知，開懷接談讌。插花醉不辭，風光惜流轉。酒闌欲上馬，握手增眷眷。平生我輩人，定非兒女戀。

别時記撫掌，醉劇語無倫。君如齊轅固，獨不類平津。交游半白頭，心跡難〔一〕爲陳？由來松柏幹，不争桃李春。

校勘記

〔一〕『難』，文淵閣本作『誰』。

澗壁梁公主祠云武帝女也據高冢上林木鬱然形勢開敞蓋公主所葬歟無碑志未及攷諸記載士大夫留詩未見有起人意者余守風四日爲十二韻

蕭翁本勝士，諸郎多藝文。傷哉晚大謬，家國成絲棼。主昔食何邑，桃李争穠芬。禁臠必王謝，風流映青雲。豈其獨天幸，不見臺城軍。曲阿故近甸，茂林有高坟。玉魚既無恙，廟食仍蒿焄。此事乃可書，所恨荒前聞。千舟集浦漵，吉卜叩靈氛。我亦肅襟屨，一瓣崇爐薰。徘徊慨千載，江波日沄沄。誰當著奇語，歌之擬湘君。

孫應時集卷之十五

五言古詩

澗壁阻風登小山四望書懷

崇阿岸長江，荒蹊得徐步。徘徊一舒眺，邂逅豁心素。天壤故宏廓，川涂渺回互。蒼煙極東溟，落日臨北固。波光蕩汀渚，碧色明草樹。淮南平如砥，萬象入指顧。低迷江都宮，隱轔瓜步〔一〕戍。依依眷昔游，惻惻起遐慕。向來猶喜事，所歷有奇趣。摧頹八九年，日已不如故。兩脚厭行李，萬里諳長路。迺窮岷山源，重到入海處。結交豈不廣，覽古亦云富。所抱憂國心，知非濟時具。晨昏耿重闈，裘葛窘童孺。脱然決歸〔二〕耕，孤舟久東騖。寖近真自喜，陵〔三〕險有餘懼。可憐兹叢薄，政爾淹杖屨。雲容尚飛揚，風意何鬱怒。人事諒難必，江神非所忤。庶蒙皇天慈，穩借一帆度。致意吳〔四〕興公，尋君遂初賦。

校勘記

〔一〕『步』，文淵閣本作『洲』。

〔二〕『歸』，文淵閣本作『東』。
〔三〕『陵』，文淵閣本作『淩』。
〔四〕『吴』，當從文淵閣本作『孫』。

子賓〔一〕東歸以嚶其鳴矣求友聲爲韻作古詩七章寬予旅懷次其韻

一年三送君，到家能幾程？白雲耿我懷，更想啼孩嬰。過門道無恙，憂端幸少平。因之慰猿鶴，無爲長怨聲。

宇宙歸一概，時勢相重輕。人心太行山，我道如砥平。沈吟百年事，俛仰萬古情。五窮未可送，鬼語方嚶嚶。

傾城事行樂，春臺日熙熙。掩關獨愁思，誰能赴幽期。故山隔湖海，浮雲翳晴曦。由來武安客，豈復知魏其！

哲人重出處，外物非所榮。鳳飢不啄粟，鴻冥安可矰！早知屠羊肆，無所用三牲。儻來亦儻去，不平何足鳴。

歲寒松柏蒼，波動金石止。物生不自別，有時正須此。真源在極致，工〔二〕談非實理。玉汝其或成，造物恩大矣。

弱齡抱微尚，實恥爲身謀。頗依夷惠間，不擇趙魏優。意行忘坎穽，失脚復何尤？但存斗升養，過此今無求。

教不貴多言，小知非大受。力久有天得，海涵而地負。少年今白髮，誰與鞭其後？詩來讀百過，君真吾畏友。

校勘記

〔一〕『賔』，文淵閣本作『賓』。

〔二〕『工』，文淵閣本作『空』。

秋日程伯玉攜詩見過次韻

秋聲入梧桐，落葉驚甕牖。菊叢生細香，安排作重九。幽子曳杖吟，蓬門獨搔首。故人惠然來，新詩出瓊玖。歡言掃吾室，飣餖隨所有。高談雜古今，疑義相可否。當年醉翁意，固不在杯酒。人生等一夢，諒無金石壽。從渠豢鐘鼎，未可薄藜糗。斯須較榮枯，千載判妍醜。君侯文章家，世胄衣冠後。何傷回憲貧，正是裘牧友。俗子揶揄人，古道陵遲久。無勞問董龍，定是何雞狗！

和劉師文飲城西見懷

劉侯元祐家，高標振流俗。益州西門外，勝日事幽矚。襟期得佳士，命駕不待促。壺觴傍水石，談笑滿林屋。經行舊臺苑，蕪没長禾菽。長吟何激烈，遠思脱羈束。遥追七賢社，不負千鐘淥。詩囊寄同幕，足音到空谷。明月散昏埃，清風濯炎溽。壯游憶子美，感遇悲伯玉。功名垂耳驥，歲月長饑鵠。此事置勿言，時情鬬蠻觸。

重　答

萬古同山川，八方異風俗。男兒事弧矢，心目快一矚。結交必名勝，曠懷無狹促。昂昂千丈松，朗朗百間屋。彼富自鐘鼎，我貧甘芋菽。誰能工俯仰，未許相縛束。讀書頭欲白，對客樽無淥。由來多此士，皎皎駒在谷。瞿唐候水齊，秋風祛暑溽。歸歟奉親歡，羹絲鱠江玉。青衫雖霜葉，已勝袍立鵠。進退吾何疑，肯事羝羊觸。

入劍門和少陵韻

客還入劍門，縱覽形勢壯。兩崖磨〔一〕青天，石城岌相向。風雲鬱慘澹，神鬼見情狀。重關一何危，哀壑不可傍。巖蹲虎豹怒，水落龍蛇放。英雄意飛揚，行路色沮喪。殺人古如麻，俛仰有餘愴。我遊亦何事，哦詩神頗王。杜陵千年句，角逐不得讓。過關一雨涼，濃綠出千嶂。獨酌無與歌，懷人復怊悵。

校勘記

〔一〕『磨』，文淵閣本作『摩』。

入〔一〕櫃閣和少陵韻

榴花開正紅，杏子熟已赤。谽谺倚天嶂，戍削出水石。小驛有幽意，江風滿青壁。悠然一杯酒，勞汝萬里客。長安此北去，古人多遺跡。蕭條干戈後，俛仰關塞迫。宿師苦餽餉，諸將飽恩澤。三歎復出門，危梯欲何適！

校勘記

〔一〕『入』，文淵閣本作『石』。

讀士元傳

老賊狐鬼嘯，漢鼎不復支。再世益州牧，忍視宗國危。烈烈左將軍，四海聞英姿。東北久蕩析，西南天啟之。建旗入涪城，有蜀非公誰。檄璋送州印，我欲舉義師。鼠輩坐斂手，豪傑趍指麾。正爾豈不濟，安用譎取爲？孝直反覆士，獻計乃所宜。鳳雛〔一〕獨何心，亦復喜出奇。造次盃酒間，而欲生崄巇。平生大耳公，豈堪此瑕疵！向來隆中語，荆益實素期。惜不同兹役，次第觀所施。士元早隕〔二〕世，未必爲漢悲。我詩訂千古，當有神明知。

校勘記

〔一〕『鳳雛』，文淵閣本作『雛鳳』。

〔二〕『隕』，文淵閣本作『捐』。

定軍山歎

仲達受巾幗，佐治來閉營。君看此情事，豈辦吾孔明。八陣有天威，千里無留行。但渡渭水去，賊勢能不争。便當截狼頭，三輔即日平。連年計兹役，獨坐糧運縈。所以五丈原，駐軍方雜耕。俶載維首夏，望望秋穀升。云何西風至，忽已落大星。痛哉萬世功，於此喪垂成。炎精遂淪謝，王路終榛荆。三馬肆蹄齧，五胡〔一〕迄縱横。公乎少徐死，此禍何由生？天機定誰執？變化紛可驚。喬木定軍山，空有身後名。世論復鹵莽，嗚咽志士情。朗詠少陵詩，何誅陳壽評！

校勘記

〔一〕『五胡』，文淵閣本作『群雄』。

勝果僧舍與葉養源論武侯出處作數韻記之

隆中躬耕歸，抱膝詠梁父。誰稱此卧龍，名字震東土。平生惟老龐，忘言各心許。相從亦何爲？誓不入州府。敲門劉豫州，見我欲安語。三來信勤懇，定非曹袁侣。社稷高帝孫，此公更儒苦。不辭爲君起，死生不相負。嗚呼豪傑士，所重在出處。人言漢丞相，阿衡師尚父。綸巾拜遺像，英氣凜千古。當時實少年，纔二十四五。風雲有時會，人物難浪與。諸賢誠慊慨，毋勞自誇詡。

玉虚洞

駕言玉虚游，奇絶慰心賞。餘雪明層陰，初旭上清朗。寒溪玻瓈色，遠壑風雨響。刺船度石瀨，散策步林莽。洞門劃褰開，瑶室下深廣。分明堂九筵，㕓〔一〕匝旗五丈。壁紋妙雕刻，石骨工剗磢。雲霞夾日月，麾幢導龍象。異哉非人境，儼然故仙仗。犬鹿訪前聞，笙鶴寄真想。天寶本衰運，靈扃爲誰敞。峥嶸昔祠殿，蕭瑟今廢壤。謝公詩絢麗，黄郎筆豪爽。斷碑亦可憐，英標復何往。把酒酹孤亭，回頭歎塵鞅。幽討方自兹，當費屐幾兩。

校勘記

〔一〕『㕓』，文淵閣本作『帢』。

東歸留别幕中同舍

參謀蜀耆英，棠陰滿三郡。開懷接兒輩，色不見喜愠。清朝貴老成，故家多典訓。佳氣引春帆，長安天日近。

梅溪千載人，我得交其子。霜天行白日，了不受塵滓。明朝把一麾，闊步方自此。海内觀典刑，豈惟吾黨喜。

元祐賢子孫，忠肅家第一。豈惟富文雅，清苦用一律。君看我同年，踐履極真實。不待問蓍龜，公侯卦可必。

大蓬有奇氣，人物見李侯。迥然謝凡質，霜鶻摩清秋。詔書相續來，去去躡瀛洲。汲直在漢庭，可寢淮南謀。

陳侯七閩秀，六年客西州。蘭荃自芳潔，應世良優游。平生耐久朋，政復未易求。相期故不淺，抗節追前修。

我家客星里，少小釣寂寞。推遷隨塵網，世味終然薄。萬里攜一身，俯〔一〕仰嘆今昨。抖擻萊子衣，歸歟老林壑。

相從樂復樂，別離良獨難。傳觴乘〔二〕明燭，起舞清夜闌。一醉何足辭。百年能幾歡。後會渺何許，相思江月寒。

校勘記

〔一〕『俯』，文淵閣本作『俛』。

〔二〕『乘』，文淵閣本作『秉』。

答季章和寄同舍韻

論交萬里外，意氣薄雲天。孤舟日已遠，擁書夜無眠。驪珠從何來，光景明一川。櫝藏懷永好，欲報心茫然。

仙風自洒落，古氣更清深。雕几薦六瑚，定無塵土侵。儒生傳舊法，君子愛初心。願令百世下，重聽雲韶音。

元日自警庚申

王春肇嘉氣，天命未敢知。四十六年非，今日正一之。昭昭汝初心，敬戒以自持。神明監屋漏，此語不可欺。

自警

忿躁〔一〕肝或裂，懼劇膽能破。吾身幸無苦，及兹無迺過。虛中閲萬物，谷響聊應和。可令蟇蝕月，竟作蟻隨磨。根危實易撼〔二〕，驟嘶忽已唖。何當安如山，持用警昏惰。

校勘記

〔一〕『躁』，文淵閣本誤作『燥』。

〔二〕『撼』，文淵閣本作『感』。

寧菴即事

颼颼松風鳴，翳翳山景暮。蟬聲清有餘，荷香美無度。幽人曳杖吟，事勝心獨悟。平生寡世念，正是愜襟素。坐看北斗移，竹葉明月露。夜久寂無人，佳眠不知曙。

道傍水行可愛

寒風鳴歲陰，芸物已歸静。郊原何蕭瑟，松柏〔一〕自清整。道傍足幽意，林屋甚井井。雞犬在籬落，沙水暮光暎。古來奇逸士，往往托兹境。吾行將安得，悵望滄水永。

校勘記

〔一〕『柏』，文淵閣本作『竹』。

燈下學書偶成

學書乃一樂，人或罕知趣。而我欲成癖，矻矻了朝暮。天資苦凡弱，師法非早悟。目力又已衰，怳若在煙霧。雖然日數紙，就視輒自惡。旁人謬慫恿，定未識佳處。右軍固神品，大令亦體具。嫡傳張與顔，尚未肯懷素。頗怪近世評，似爲米老誤。雄奇在風骨，隱括須法度。安得再少年，令我進一步。人高書乃高，此語俗子怒。

碧雲即事〔一〕

唧唧秋蛩鳴，耿耿秋夜長。簡篇負初心，枕簟怯新涼。朝曦入疏牖，宿雲散前岡。歸歟一葉舟，浩歌聽滄浪。

校勘記

〔一〕静遠軒本缺此詩，據文淵閣本補入。

七言古詩

和樓尚書賦趙大資重樓柏梁體

浙中巖壑天下雄，越絶宛委吴穹窿。鐘奇角秀勞神工，復有四明冠南東。雲南雲北森横縱，仙聖所宅光璁瓏。公樓極覽面面同，江霏海日開冥濛。翠屏列立千萬峰，勝畫孔雀繡芙蓉。春晴百花度香風，秋原下瞰禾黍芃。城郭遊人紛蝶蜂，笙歌間發羅綺叢。我公心鏡百鍊銅，眼底萬物歸陶鎔。姬公胡留曲阜封，東平驃騎合侍中。小出勳業垂無窮，手扶日轂駕六龍。丹心正色羞容容，飄然謝出明光宫。坐收全名擅高蹤，錦衣故里還過逢。築室百堵聲隆隆，雅素不窮丹雘功。移花種竹親圃農，直嫌看山隔崇墉。層樓開豁星斗胸，晨登坐達夕鼓鼕。有書滿架酒不空，眼明脚健顔頰紅。身佩安危唐晉公，何妨緑野對洛嵩。文昌更似香山翁，與公勝日長相從。一談一笑如春濃，清歡不奏淫樂矇。高山流水操遞鐘，新篇絡繹疲奴僮。寒生感公恩義重，草根竊亦吟秋蟲。扁舟登門頻宿舂，敢逐炎涼如燕鴻！

遂安縣興學和詹本仁見贈詩

萬物野馬相追奔，百年夢境更起仆。是中諸妄要掃刮，努力良心自成就。舞雩春風沂水側，當日群公切磋究。大塗九軌自可識，廣居安宅寧當僦。少年更〔一〕不保壯老，夜氣還能亡旦晝。詩書禮樂在庠序，鄉射絃歌列籩豆。共惟百聖貽後來，豈使一科圖急售。如何道術坐陸沉，獨指利名紛輻輳。斯文未喪天所賜，接踵諸賢出哀救。聖門榛棘得剗除，俗學膏肓有砭灸。晚出顓蒙格調卑，平生師友追從舊。敢言割雞慕牛刀，直恐狐裘雜羔袖。是邦山水故瀟洒，滿眼衣冠多整秀。向來張呂相逢地，遺韻餘風洗凡陋。眷然鄉校肯來游，勉矣英材起相副。名門政假扶持力，闔境似驚聞見驟。儒林丈人真好事，大筆新詩警昏瞀。寄言同社相知心，不怪狂歌續貂後。

校勘記

〔一〕『更』，文淵閣本作『恐』。

答楊霖用前韻〔一〕

滄溟萬里無時盈，太山四維不可仆。蛙井跳梁徒自喜，螘垤崔嵬欲何就。物情小大乃爾懸，人心是非當自究。榮名乍滿妻孥笑，權利偏供賓客僦。紛紛逐臭坐窮年，往往攫金忘正書。談誇亦或輕萬鐘，蹴嘑忍能甘一豆。人憐世網苦易縛，我悲古道迂難售。文章小技本游戲，功業有時真際輳。六經墜地誰羽翼，衆説滔天誰極〔二〕救。獨行不畏迹隨削，危言便恐眉遭灸。舞雩鼓瑟洙泗遠，弄月吟風伊洛舊。晨霞翠柏足餱糧，秋蘭芳蕊〔三〕堪懷袖。此身今愧五斗役，歸心日繞千巖秀。平生未飽書册願，老大自知人物陋。意存當世力不能，名忝儒生實難副。楊侯楊侯豪傑士，霜鶻横空天馬驟。亘堪高誼謬推挽，喜見雄詞豁昏瞀。端能有意千載前，執鞭請試從公後。

校勘記

〔一〕文淵閣本作『答楊霖用前韻見贈』。

〔二〕『極』，當從文淵閣本作『拯』。

〔三〕『蕊』，文淵閣本作『芷』。

鄞川道中呈友人 癸卯

青山不斷煙蒼蒼，梅花如雲東風香。春來天地恰十日，眼見草木生輝光。清溪行舟暮鳴櫓，並船開樽共君語。人生邂逅自可憐，明日江東聽江雨。

斗南竹林祠歌

君不見唐河諸將兵馬回，河朔百城門不開。邊烽夜舉天子怒，六龍曉發鳴春雷。金陵玉壘中道惑，澶淵一擲吁難哉！當時事勢在國史，萊公之功不其偉！幽燕可還敵可臣，西顧寧論夏州李？用公不盡天所惜，天不生公更誰恃？嗟公雄豪從少年，如虎在山龍在淵。淮陰指掌楚歸漢，望諸叱吒齊爲燕。兩朝五起豈不遇，膠漆擺撼難爲堅。瘦相讒巧亦云極，鶴相惡謀何卒卒。青衫到骭吾一哈，羊酒迎道爾堪恤。可憐夷獠護裝橐，想見神明扶正直。公安插竹南遷時，手回造化理不疑。雲車風馭今來否，迎神送神姑爾爲。蕭蕭寒緑泣江雨，長似襄陽墮淚碑。

沌中即事〔一〕

武昌西南雲夢澤，水準不動玻璃碧。葭蘆莽蒼生暮煙，楊柳蕭條帶秋色。北接滄浪南洞庭，八九百里荒荒白。一渠紆縈十日行，巧避江濤如過席。平生聞説沌魚美，滿籃不受百錢直。我來漲潦漁者稀，罾網高懸釣竿擲。葦屋人家絶可憐，欲没未没三四尺。倚樹爲巢葑作床，剥菱炊菰自朝夕。青裙皂髻長兒女，城市繁華豈曾識。屋頭一艇是生涯，丁算未必逃官籍。迢迢客路幾歎息，茫茫宇宙何終極。有酒無魚莫浪愁，獨醉月明聽吹笛。

校勘記

〔一〕静遠軒本缺此詩，據文淵閣本補入。

巫山歌

平生想巫山，奇絶冠三峽。及兹飽雙眸，無乃天下甲！遠看插天碧叢叢，近看玲瓏金玉峰。垠崖光彩相暎發，交絡紫翠疏蒙茸〔一〕。雲華夫人瑶池女，何物纔至得奇遇。我來初日明輕霞，更勝朝雲暮行雨。水轉峰回無定姿，地靈天巧奇復奇。少陵山谷不著語，浪作推敲君定癡。

校勘記

〔一〕『茸』，文淵閣本誤作『葺』。

峽中歌

峽中翠壁何崢嶸，排空百雉如層城。重樓複道明丹青，神剜鬼刻斧鑿精。呀然裂入兀不崩，飛流觲出懸珠瓔。旌旆夾道續逢迎，霜鋒雪鍔立萬兵。奇峰十二劍削成，真贋等好不可評。（黄牛祠謂之假十二峰）天柱拔立千仞擎，團團石骨瑩玉冰。傍有巖穴半開扃，飛仙之宅凝神清。蝦蟆下飲腹不盈，背負陰壑深窈冥。金碧滿洞層雲生，泓泉泠泠琴筑鳴。林端黄牛老不耕，灘回白日隨人行。石馬隻耳夢偶靈，神祠簫鼓何鏗鏗。江流萬古鬱不平，四時雷霆風雹聲。天垂匹練相回縈，日月避隱韜光明。朝雲暮雨犬吠晴，山腹人家真畫屏。亦有竹閣連松亭，褰裳可登呼可膺。但愁蠻語無由聽。我來泝峽纔幾程，所見如許心骨驚。陽臺灩澦次第經，磨礪筆鋒吾敵勍。

劒門行

兩崖夾道立削鐵，澗水悲鳴濺飛雪。上有石城連天橫，劒戟相磨氣明滅。出門下瞰山盤紆，石磴斗落十丈餘。敵來仰首不得上，百萬渠能當一夫。井蛙未識河山廣，分明到此生狂想。豈知天險乃誤人，禍首子陽終衍昶。渭水秦川指顧中，劒門空復老英雄。傳檄將軍真得意，落星愁殺卧龍翁。

三泉龍門詩

蒼山石骨高稜層，繚斷谷口如堅城。何年穴作甕門入，豁然天地中開明。門深十丈碧鐵色，錯落鱗甲濳光晶。溪聲瀉出駭風雨，巖泉亂滴紛珠瓔。老藤翠木蔚回合，幽花好鳥相逢迎。異哉人世有此境，顧盼蕭爽心骨驚。想見伏龍擘山出，澒洞冰雹轟雷霆。不然避秦客仙去，中有桃花門不扃。谷深路窈望不極，有泉可濯田可耕。何當顓此一丘壑，家在東吴空復情。

梁山劉制參園亭

劉侯家有相業堂，東都舊第城中央。劍南參謀今白髮，官班且復尚書郎。買田築室蟠龍下，閨門孝友師一鄉。好園十畝當道入，緑竹萬個攙天長。池亭面勢各有趣，花木手種新成行。客來呼酒徑留飲，小鬟妙舞工持觴。人生適意但如此，何用塵土紛劻勷。我來度峽五十日，山深路惡神慘傷。眼明此邦萬石塤，況逢好事容徜徉。野鶴寮中最清絶，蠟梅水仙方弄香。爲公一醉出門去，祝公眉壽長康彊。

同丘直長和歐公三遊洞韻

維舟下牢關，散策上西嶺。天風吹我裳，恍惚非人境。丹崖翠壁明空山，呀然洞府葱蘢間。珊瑚爲門玉爲裹，石骨千年凝緑髓。伏龍奇鬼相回環，窗户玲瓏五雲起。風馬霓旌去不留，棋牀丹灶巖之幽。流水潺潺山寂寂，時有野鶴飛迎客。提攜琴酒聊一歡，呼取漁樵任争席。日暮欲歸歸路迷，襟期浩蕩誰當知。好種桃花便終老，更尋何處武陵溪。

送別宋金州

安康使君發成都，郡公祖餞〔一〕車塞途。秋風關山二千里，王命不得辭崎嶇。使君世族楚彭城，家今會稽之上虞。我居咫尺不早識，萬里相逢天一隅。眼中豪傑未易得，使君人物當代無。連年三取太守印，赫然帥鉞兼兵符。不憂無地起勳業，所要許國存規橅。貴人例急歌舞娛，使君善愛千金軀。國恥未雪長荷殳，一念勿忘先大夫。嗚呼，一念勿忘先大夫！

校勘記

〔一〕「郡」，文淵閣本作「群」。「餞」，文淵閣本作「送」。

傅惟肖贊府假西遊集作長篇送還奇甚次其韻

醉鄉不遊遊睡鄉，眼花對案如迷藏。夢踏秋草悲蛩螿，風松露菊三徑荒。忽然欠伸日在廊，悟此身世何荒唐。古〔一〕書棄擲塵滿箱，魯堂不復聞絲簧。鏡中容顔老不揚，浪求斗升助糟糠。江湖蘭佩芙蓉裳，踟蹰不歸愁斷腸。偉君威鳳鳴朝陽，文章五色照我傍。艷如屈宋班馬香，千載作者蔚相望。對牀泮水月滿堂，追游山椒款竇坊。劇談發我平生狂，劃如乘風上翱翔。蒼蒼雲海一葦航，周流四方來故鄉。群兒醉飽死不償，我獨與君酌天漿。紛紛爝火明寒牕，何如光芒萬丈長。空吟平子四愁章，欲報英瓊無可將。明朝癡兒公事忙，從今謝君當括囊。

校勘記

〔一〕「古」，文淵閣本作「故」。

永康虎頭山

去年東上虎頭灘，今年西踏虎頭山。定無萬里封侯相，且復兩川行脚還。眼中金馬碧雞路，坐上銅梁玉壘關。丈夫萬事付前定，長嘯往來天地間。

夜深至寧菴見壁間端禮昆仲倡和明日次其韻

杉松廡門森老蒼，佛屋深夜幡花香。借牀健倒悗何處，夢隨潛魚聽夜梆。咿啞禽語曉光净，蟋蟀草鳴朝雨涼。哦詩出門懷二妙，春漲遶出〔一〕湖水黃。

校勘記

〔一〕『出』，文淵閣本作『山』。

和答陸華父

幽蘭懷春風，葭蓬亦芽茁。同時不同調，物物自生活。士窮不自食，苦學代耕獵。文如六經非小伎，餘事不足置牙齒。人言擲盧勝擲雉，我言函人不爲矢。

雒都有佳人，高卧雪塞户。千載尚可期，一寒那足顧！功名誠儻來，貧賤有難去。食竹豈非鳳，食蟲豈非雞。騶虞世不識，羔豚日刳刲。且須拊掌共一笑，坐上鴟夷能滑稽。

和答潘端叔見寄

髪白念少年，萬事風雨過。倦游得來歸，一切付懶惰。獨抱杞天憂，彷徨意無奈。濠魚定何樂，幕燕渠敢賀？歎君陽春詞，激我巴里和。古來奇特事，信是英雄作。東山有晚遇，西山有終餓。拭目須君早著鞭，乞與高人北窗卧。

頃過周叔和見故人石應之詩及諸賢和篇大軸邀余繼韻久不暇遣因通五夫諸〔一〕李文書劃然有懷走筆寄之叔和括蒼人今居五夫面山臨流頗幽勝予甲戌〔二〕歲嘗和潘端叔一詩即此韻不知唱首爲叔和作也

别君二十年，往事飛鳥過。相逢歌慷慨，頗復起衰惰。朱顔各華髪，此已無可奈。結廬擅青山，吾獨爲君賀。示我諸賢詩，三嘆不忍和。功名付千載，袖出莫輕作。老去會有死，嗟來不如餓。竹〔三〕湖旁舍酒可沽，勝日相從同醉卧。

校勘記

〔一〕静遠軒本缺『諸』字，據文淵閣本補入。

〔二〕『戌』，文淵閣本作『寅』。

〔三〕『竹』，文淵閣本作『燭』。

孫應時集卷之十六

五言律詩

中秋次仲兄韻

萬古清秋月，連年滿意晴。坐從衣露濕，目望〔一〕海雲生。盎盎杯中趣，悠悠世上名。柴門幸無客，不用酌公榮。

校勘記

〔一〕『望』，文淵閣本作『恐』。

杜子真〔一〕遠訪自言山居之勝以二詩送之

識子雲溪上，天星已再周。故人今略盡，斯世果何求？得喪元相似，乘除豈自謀。初心幸無恙，餘事一虛舟。

喜説山居勝，蘭亭一盼中。松楸今十世，竹帛故三公。念德心何極，幽栖道未窮。吾歸訪巖壑，雞黍更誰同？

校勘記

〔一〕『真』，文淵閣本作『貞』。

山菴秋夕

山晚下樵牧，秋聲生夜長。精廬脱塵想，倦枕愜新涼。萬里一節在，百年雙鬢蒼。定知閒有味，不必醉爲鄉。

十七夜如山菴

一雨秋能好，連宵月迥明。百年今夕話，萬里去年情。水滿天相蕩，山空人獨行。蟬聲發奇思，攜酒未須傾。

宿寶墟菴

水静回風度，天晴落日酣。因隨漁子艇，得憩野僧菴。獨飲不成醉，高懷無與談。微吟夜寥閴，一睡極清甘。

晨興有歎

月落霜如雪，風回水正冰。百思勞夜夢，多病怯晨興。世事甘牢落，心期獨戰兢。牀頭書在眼，且莫負寒燈。

晚　望〔一〕

倚杖柴門外，蟬聲晚正清。水涵初月白，山對落霞明。心迹真無事，行藏付此生。鄰翁過相語，有喜近西城。

校勘記

〔一〕文淵閣本作『晚望詩』。

隆興甲申仲冬回自郡城宿龍泉寺遇雪

乘興登山寺，匆匆未暇歸。偶逢天色變，忽見雪花飛。佛屋渾迷瓦，僧房半掩扉。坐看青嶂老，一笑透禪機。

秋　曉

高葉明初日，偏林澹遠煙。晴空如滉漾，秋氣更暄妍。睡足小牕浄，心清浮慮捐。與人同樂意，憂國見豐年。

曉　晴

碧海明初日，青山破宿煙。寒陰都辟易，芳景正澄鮮。屋角禽聲姹，池塘蝶影翩。春光吾負汝，今日一欣然。

君行定何許，捨棹越林丘。社甕不容挽，溪毛聊可羞。禪牀應濯足，衲被徑蒙頭。靜境有真趣，樂哉何所憂。

短髮日夜白，年華令我愁。平生幾蠟屐，舊隱一漁舟。漫有詩陶寫，應須酒拍浮。相過慰情素，數肯抱琴不？

慈溪道中次伯兄韻

露洗三更月，秋澄萬里天。潮生聲蕩潏，雲渡影聯翩。物妙本無盡，世紛真〔一〕可憐。悠然一杯酒，橫策自鳴舷。

校勘記

〔一〕『真』，文淵閣本作『直』。

送史同叔司直造朝

天壤王郎子，芝蘭謝傅家。班行想風采，詩禮倍光華。萬里鞭先著，連城玉未瑕。公餘閉齋閣，黃卷有生涯。

相國三槐位，郎君疊桂枝。不論〔一〕天禄閣，指日鳳凰池。道術千年緒，功名百世期。中朝吕范氏，端的有余師。

校勘記

〔一〕『不論』，當從文淵閣本作『談經』。

次仲氏韻

客裏三年恨，歸來百慮輕。静堪眠夜雨，夢不數郵程。荒徑九節杖，涼牕一尺檠。吾生本易足，此外復何營？

詒侄生日

吾惟兩猶子，汝復近成童。已枉十年讀，何時萬卷通？聖賢垂日月，豪傑起雲風。燈火清秋夜，宜加百倍功。

醉中五言一首送楊叔與昆仲

一杯分夕露，連璧暎清湖。北道山方好，西風暑況徂。掄才終遠器，發軔更良圖。腸斷山陽賦，看君氣一蘇。

送史同叔知池州

弄水亭無恙，青溪古畫圖。民風最淳樸，郡計足枝梧。漢璽行褒召，潘輿且燕娱。平生故人意，未改歲寒無。

人地維垣後，功名治郡初。細尋循吏傳，少輟子雲書。鈴閣閒無奈，江山興有餘。由來形勝地，保障定何如？

余頃至鄞中常館同叔之筠軒修篁交陰奇石中峙清風爽致襲人肌骨今年夏又假榻數夕嘗得小詩以示同叔因其通書寫寄池陽郡齋

玉立衆君子，巉瞻一丈夫。老蒼何突兀，密節各敷腴。風日清如許，塵埃到得無？主人三益友，不厭著臞儒。

和仲氏除夕書懷

頭顱遂如許，忽忽意多違。漸合知天命，能無悟昨非。春觴欣母壽，秋穀爲民祈。猿鶴應催我，塵埃好振衣。

新春書懷

樂國争春早，寒牕獨夜分。舊期心不動，今恐老無聞。結習唯黄卷，凝愁奈白雲。梅梢香漸少，還起灶爐熏。

送高南仲之華亭

子向雲間去，吾空澤畔吟。長因句中眼，不忘别時心。梁木蟠根大，淵泉汲綆深。丈夫千載事，莫待鬢霜侵。

送高南伯入太學

我昔橋門客，于今喜送君。天姿自金玉，風味更蘭薰。各爲親年重，難忘别意勤。功名何必問，努翼正垂雲。

留妻兄張伯高

千里三年别，輪腸日萬周。交親誰復似，聲氣早相求。把手兒能笑，開樽婦可謀。天寒須且住，未放剡溪舟。

嘆息青雲器，功名指掌中。星星今一老，衮衮看諸公。飲劇休辭醉，文高不送窮。丈夫心事在，未許俗人同。

冬十月赴官海陵過會稽諸生飲餞魯虛〔一〕橋酒罷就舟倦甚眷然有作

體倦知茵薄，寒侵覺歲高。功名兩蝸角，人物九牛毛。行意看飛鳥，離歌指大刀。依依紅葉樹，回首入秋毫。

校勘記

〔一〕『虛』，文淵閣本作『墟』。

海陵歲暮

地氣長江北，雲容古戍邊。層冰明薄日，積雪了窮年。鄉遠勞羈夢，官閒足晏眠。客來相勞苦，不責坐無氊。

獵騎呼鷹地，胡笳落雁邊。梅花非故里，草色近新年。莫若登樓望，聊須殢酒眠。江南多貴將，歌舞帳〔一〕垂氈。

城郭依荒草，風雲帶極邊。猶多故時老，共説太平年。歲聘皇華去，秋防戍鼓眠。誰知明主意，拊髀憶青氈。

校勘記

〔一〕『帳』，文淵閣本作『悵』。

正月二十八日避難至海陵從先流寓兄弟之招仍邂逅馮元禮故人二首之一

百困身猶在，尫羸怯鏡看。干戈朝食拙，風雨夜眠難。天際旄頭遠，淮南春首寒。病夫藥裹外，兄弟爲謀安。

秋雨旬日偶成

積雨斷行迹，滿門秋草深。老禾眠水底，野菌出牆陰。懶負讀書眼，閒來憂國心。夜長幽夢短，清耳聽蟲吟。

宿上方院禱晴

鶴〔一〕爲晚晴喜，山如秋夜涼。蟬聲起竽瑟，雲影散牛羊。神理應難昧，民憂得自康。平生蔬笋腹，不厭宿僧房。

校勘記

〔一〕『鶴』，當從文淵閣本作『鵲』。

秋雨復將害稼〔一〕

頗怪秋頻雨，兼疑暑頓涼。歲方祈有駜，夢豈誤無羊。敢與朝廷議，唯觀宇宙康。由來誇上瑞，不必頌芝房。

廢圃餘荒徑，扶筇獨往來。未愁風脱葉，生怕雨添苔。得與民心樂，何妨笑口開。神龍應念我，落日首重回。

校勘記

〔一〕此篇文淵閣本排在《秋雨旬日偶成》之前。

丁未仲夏海陵官舍家大人賞月作詩恭和元韻

官路〔一〕成鄉社，人圓月正圓。清歡閒裏共，真樂酒中全。興到因懷舊，詩成擬問天。芳樽幸長照，後會敢遷延。

校勘記

〔一〕『路』，文淵閣本作『署』。

伊川先生祠

平生子程子，此地有精廬。隱几江聲在，當窗林影疏。百年心未死，再拜意何如？可忍蹉跎老，長慚案上書。

早秋獨出初行邑西湖

雙湖帶山郭，三歲甫來過。獵獵葭蘆老，飛飛鴻雁多。晨暉明野樹，晚思渺煙波。懷我孤山下，歸歟具一簑。

挽吴給事芾〔一〕

人物中興後，猗公一世雄。虹蜺輝霽景，山岳鎮頽風。用舍關輕重，聲名擅始終。堂堂今日盡，海宇盡哀恫。

早歲規模大，中年出處明。兩朝高獻納，六郡凛威名。雖作收身去，終餘報國誠。秣陵天下計，惆悵此時情。

里社湖山勝，歸休十四年。千鐘窮燕賞，雙劍去聯翩。家有遺經盛，名今太史傳。欺心儻容髪，天豈許公全。

與世栽桃李，身閒意不衰。涓塵猶獎録，尺寸各扶持。永恨登門約，空傳墮淚碑。微生渺何極，不敢負公知。

校勘記

〔一〕静遠軒本僅收第一首，文淵閣本收四首，據文淵閣本補入。

送司馬尊古赴平江户掾

文獻傳家舊，功名發軔初。榮華動行色，珍重别吾廬。老醜渾無賴，殷勤獨未疏。西來多雁字，數寄一行書。

挽石應之提刑

天姥千年秀，西京萬石孫。蟬聯書雁塔，鼎盛説龍門。奮建光前躅，封胡藹後昆。寢門今日淚，悽斷不堪論。

芹泮青燈夜，山亭皂蓋春。重更雙使節，總爲兩淮民。德意人人浹，工夫事事新。帝城車馬外，纔此寄經綸。

甫聽祥琴御，遄瞻瑞節榮。許朝丹闕去，指奉板輿行。松柳餘哀切，膏肓一夢成。意長身未老，何事了平生？〔二〕

昨歲吴門信，勤勤慰我窮。歸來愁未慭，相望渺難同。契闊今三嘆，交游併一空。哀哀蓋棺了，餘論若爲公！

校勘記

〔一〕静遠軒本第三首缺失『甫聽祥琴御，遄瞻瑞節榮。許朝丹闕去，指奉板輿行。松』等二十一字，據文淵閣本補入。

見巖桂有感

苦被天香惱，璁瓏又一枝。年年秋好處，故故月明時。勝絶何妨晚，凄涼卻自宜。客愁添白髮，辜負小山期。

哭東萊吕先生

慟哭斯文禍，蒼茫欲〔一〕問天。百年曾未半，千載忍無傳？梁木誰扶廈，狂瀾莫障川。吞聲言不忍，有淚徹重泉。

往歲風雲接，重霄日月開。奏篇聞嘆息，造膝諗圖回。延閣初優病，鋒車又趣來。恭惟天子聖，殄瘁豈無哀。

文獻承家大，規橅與世公。典刑身任重，權度我時中。六合清淳氣，諸儒輔翼功。生賢竟何意，霜雹隕春風。

蟠際函三極，精微破一毫。百川滄海受，五嶽衆山高。退託初何有，聲名肯自豪？誰人傷日月，用力爾徒勞。

昨歲荆州訃，江流恨未平。如何〔二〕令後學，今又哭先生。剥落真如此，扶持豈易成？河汾遺禮樂，誰慰九原情！

鏡曲重擕杖，京都再及門。詩書窺梗概，耳目竟煩昏。惆〔三〕悵身何極，蹉跎意獨存。長途風雨晦，十駕蹇追奔。

校勘記

〔一〕『欲』，文淵閣本作『可』。

〔二〕『如何』，文淵閣本作『天乎』。

〔三〕『惆』，文淵閣本作『怊』。

哭亡友胡達材

少日徐卿子，他年董相孫。斂藏神氣重，進止德容尊。人物當今嘆，風流雅望存。拊棺疑不死，誰與賦招魂？

味薄身無累，心平理自長。公卿知叔度，州里敬元方。璞玉須瑚璉，春風便雪霜。重言吾不忍，天地日蒼茫。

匹馬勞山縣，風霜度十旬。能令萬人活，不計百年身。事業秋毫盡，聲華白日淪。之人纔筦庫，誰獨上麒麟？

嗟我論交重，相知照膽明。十年離合地，今日死生情。驚定心猶碎，悲來淚獨傾。絶憐江上夢，一一話生平。

讀程子易傳

事業潛三聖，文章似六經。微言歸簡易〔一〕，精意極丁寧。道在非疇昔，人亡故典刑。齋心對薰几，秋月夢初醒。

校勘記

〔一〕『簡易』，文淵閣本作『易簡』。

挽曾仲躬侍郎之室秦國太夫人馮氏

數近期頤壽，尊封大國秦。三從皆鼎食，九族盡朝紳。神劍須重合，蟠桃不再春。只今彤史載，備福更何人？

送外姪莫幼明還里療疾

愛子天姿静，能來讀我書。積痾無自苦，小别未云疏。外物人難必，良師古有餘。吴淞〔一〕春萬頃，一覽意何如？

校勘記

〔一〕『淞』，文淵閣本作『松』。

挽王季海丞相代作

聖世持盈計，慈皇閲士多。十年深注倚，一德妙中和。日月長循軌，邊疆竟息戈。到今清浄化，彷彿漢民歌。

海量真無滿，天和得大全。朝儀覯麟鳳，仙骨稱貂蟬。分陝初聊爾，騎箕遂窅然。平生融洩樂，端不捨黄泉。

舊託通家子，容干相國尊。身猶安燕幕，心每繫龍門。赤舃三年去，清朝百度存。瀔峰天柱折，一慟豈私恩！

不寐

向夕起秋思，無眼知夜長。年華一俛仰，人事幾炎涼。自喜全虚白，何妨兀老蒼。空庭風露入，唧唧話蛩螿。

送趙仲禮入朝爲大理寺簿

決科遄入幕，更秩遂登朝。龍化無重浪，鵬摶即九霄。仙凡端有命，天壤一何遼！願踵門庭盛，勳庸日月昭。

綵服慈顔喜，綸音寵渥新。教忠當事主，顧養苦思親。杭葦東西近，郵筒早晚頻。宗公天下鎮，眉壽保千春。

忠孝吾根柢，功名古緒餘。月雲無染著，鏡象本空虚。不必相同異，何妨小闊疏。達菴今宦達，味此意何如？

挽曾原伯大卿

世豈無全德，今猶見古人。大圭非刻畫，天醴自清醇。未説功名地，猶令宇宙春。蒼茫何處覓，丹素豈精神？

群獻餘端緒，中原故典刑。風霜催短日，河漢獨晨星。淒惻丹心在，蕭條世路丁。天高那可問，揮淚濕青冥。

天下張廷尉，君王付老成。不辭勞日夜，初豈爲恩榮。竹隱今年志，萱堂晚歲情。全歸雖不恨，此段渺難平。

夙昔吾何幸，龍門獲御公。青燈鳴夜雨，白髮對春風。契闊今安訪，蹉跎媿所蒙。源流千古意，鉛槧若爲功！

送胡堉晉遠赴義烏丞

送子官何許，稽城十舍間。清心向松竹，洗眼更湖山。學問駒千里，功名豹一斑。明年經鄭驛，助我悦慈顔。

贈分水奚令

分手橋門外，風塵二十年。相逢非偶爾，話舊各依然。飲啄寧無地，窮通故有天。文書有餘力，心事約加鞭。

贈淳安趙令

吴越風聲近，郲滕壤地鄰。頻書期面語，一見劇情親。我本江湖〔二〕士，君真臺閣人。莫忘今夕話，努力壽斯民。

校勘記

〔一〕『湖』，文淵閣本作『海』。

挽潘德夫左司

家聲高内史，國望凛冰翁。生長聖門學，周旋前輩風。人才須用舊，士論雅期公。不見朝宣室，秋山閟一宫。

綜理何精密，胸中故坦然。愛民真爲國，事世不欺天。霜氣星臺表，春風竹馬前。湘江盡南海，遺績尚千年。

愛士風流古，繙書氣味長。詩家入陶謝，書法到顔楊。竹石故無恙，人琴今則亡。二龍天下秀，一一看增光。

結髮欽前輩，風流日渺然。從今我鄰邑，不見此癯仙。攬轡范清詔，分符黄潁川。江湖終白首，那得盡公賢。

湖海歸來近，山林興故長。勇辭黄閣掾，却上白雲鄉。縹緲書樓壯，淒涼筆冢荒。家聲傳二妙，公死未應亡。

憶侍吾兄側，初瞻父友尊。爾來親燕几，長復痛鴒原。山立儀刑重，春回笑語温。古今真共盡，淚下欲何言？

挽趙子固左司

只道功名晚，居然寵數蕃。偏令淮楚地，屢覲鉞旄尊。身隔公卿議，民私父母恩。東關往來處，腸斷不堪論。

曾上郎官直，中辭宰掾高。丹衷耿天日，外物等絲毫。内養神方壯，前知數莫逃。皁陵人物舊，江漢日滔滔。

每嘆公知我，垂恩及父兄。逢人説名姓，會面寫平生。近别無雙鯉，傷懷忽九京。翟公門下客，誓不負交情。

挽楊子美侍郎

遊刃刀無缺，韜光玉自温。世途猶砥柱，士論亦龍門。仁者宜三壽，天乎遽九原。老成周雅嘆，此事更誰論！

榮禄連三紀，賢勞匝四方。風煙鬢蒼白，道路馬玄黄。不是論思晚，終然疾病妨。誰書循吏傳，處處有甘棠。

萬里鵬纔息，千年鶴近歸。光榮人所羡，閒樂意終違。碧海沉佳氣，空山送落暉。翟公生死家，兩淚獨沾衣。

高南仲自雲間歸退軒蓋明府以四詩送之末章專以見及南仲索和遂次其韻蓋君德常侍郎之子也

麗澤存相益，和羹忌苟同。別懷長耿耿，見日苦匆匆。經派懲燕説，詞源味國風。平生子陳子，一瓣記南豐。

鵬鷃逍遥意，鳩鷹變化時。物生良自足，天命本無私。戚戚真何事，平平亦大奇。相逢一笑粲，無語自心知。

清鏡朝容減，寒燈夜影孤。身曾諳作客，情亦念攜孥。寶劒千金重，晴虹萬丈舒。功名生感慨，有路莫辭迂。

少日諸公後，流年兩鬢斑。世情春水泮，行路大〔一〕行艱。何計分珠履，空懷對玉山。風期知不淺，逸駕恐難攀。

校勘記

〔一〕『大』，當從文淵閣本作『太』。

挽樓文昌母安康太夫人汪氏

中外三孤貴，康寧百歲期。榮於列女傳，美矣二南詩。蟬蜕無餘戀，龍淵有合時。十經湯沐賜，風木更須悲。積慶源流遠，娠賢社稷光。斯文今北斗，舉代一文昌。象服山河壽，斑衣日月長。生芻此時事，四海爲悲涼。

挽趙泰州母劉夫人

玉葉宜家舊，金花錫命稠。修齡開九秩，榮養指三州。足矣真無戀，翛然去不留。板輿行樂地，蕭瑟桂花秋。

送胡堉晉遠赴嘉興酒官

逃暑吾無地，將家子在途〔一〕。隨宜簡人事，莫久住行都。最肯加飡否，剛能卻酒無？功名殊未晚，愛惜萬金軀。

名世非科目，傳家豈搢紳？紛紛一炊夢，鼎鼎百年身。看取無窮事，何如不朽人？侯翁雖齟齬，此話故情親。

校勘記

〔一〕『途』，文淵閣本作『塗』。

挽南康冷知軍

禮樂三千字，聲名五十秋。士元纔展驥，李廣不封侯。香火猶强健，笙歌足燕休。如何早仙去，寒日慘山丘。

近託龍門御，欽聞月旦評。感公非輩行，見我若平生。杖屨已陳跡，山川空復情。階庭森玉樹，端不負留耕。堂名留耕。

挽南安錢知軍佖

風雅猶家學，精明獨吏師。與人無畛域，於道不磷緇。天理終堪信，鄉評久更思。見公雖已晚，慟哭爲相知。

别我南江去，風帆半夜開。苦無爲郡樂，已復蓋棺回。契闊空三嘆，凋零併一哀。遥知泣遺愛，愁殺嶺頭梅。

悼趙提幹代作

偉岸佳公子，功名早自强。力臻門户立，學務本源長。命服空遺像，斑衣負北堂。增輝賴金友，筆墨妙揄揚。

一第規模勝，雙樓氣象高。生涯輕阿堵，來往屬吾曹。落落心非淺，冥冥數莫逃。含悽想平昔，不忍過江皋。

悼畢進士代作

磨勵燈前志，瀾翻筆底春。果成〔一〕新進士，歸悦太夫人。更值千金産，懸需五鼎珍。茫茫竟何往，一念忍忘親？

校勘記

〔一〕『成』，文淵閣本作『題』。

挽樓嚴州代作

天與才難似，家傳學更優。著鞭心汗馬，游刃目無牛。奏語聞三嘆，論功僅一州。人才苦牢落，那不使公留！

昨歲桐江去，群公盛祖筵。安輿皆鶴髮，綵服正蟬聯。回首那爲此，傷心可問天。萱堂留仲博，猶足慰黄泉。

挽趙泰州善恍

唾拾儒科早，階升命秩尊。斑衣娱壽斝，綺席稱名園。五馬催三駕，千秋閉九原。春風破山路，松柏慘何言。

送德安王司户休

相逢何必早，傾蓋已知心。璞玉渾金質，高山流水音。眼中江漢闊，别後雪雲深。莫作窮途嘆，功名始自今。

挽松陽楊秉修處士

飽説楊居士，沉浮楚越間。高懷渺雲海，健句壓江山。歲晚還家樂，生平滿意間。合存耆舊傳，百世表鄉關。

挽陸景淵主簿

世道懸千載，書生困一科。看君榮落際，重我感傷多。斜日能鏖戰，春風得凱歌。平生一主簿，慟哭問南柯。

輩行吾雖晚，交情久最親。湖山追勝賞，棋酒過比鄰。滿眼思群彦，傷懷已二人。君今復何往，不忍夢音塵。

儒學咸相詬，君賢不易逢。談經棄燕説，閲士似儀〔一〕封。涇渭流無雜，芝蘭氣自濃〔二〕。

百年雖有死，我輩故情鍾。

兒女今何似？門闌想寂然。哀哀未白髮，莽莽就黄泉。淮浦西風外，雲溪宰木邊。緘辭致千里，雨淚不能潸。

校勘記

〔一〕「儀」，當從文淵閣本作「蟻」。

〔二〕「濃」，文淵閣本作「醲」。

秋日書懷

宦情都漠漠，愁思正悠悠。黄葉白蘋渚，清風明月樓。歸歟想彭澤，老矣欠菟裘。行止君休問，吾生不繫舟。

送劉蘇州誠之帥夔門

臥轍違吳會，開帆指蜀門。江關自奇險，節制故雄尊。一吐遐方氣，勤宣聖主恩。歸來對宣室，獻納佇司存。

了了八陣磧，巍巍三峽堂。竹枝歌感慨，麯米醉淋浪。今古英雄思，風流翰墨場。公行秋水落，穩穩上瞿塘〔一〕。

校勘記

〔一〕『塘』，文淵閣本作『唐』。

于彝甫用許右丞別黄巖韻見寄亦用韻答之

世道從來久，襟期我輩知。躊躇遂初賦，歎息考槃詩。歌斷尊長破，心存鼓未衰。江湖秋葉外，千里更愁思。

答陳子序庠見貽

論功畏蠅虎，作計只蝸牛。松菊招元亮，江湖要子牟。開須杯問月，愁不賦登樓。從此相尋地，羊裘一釣舟。

汨没知何事，摧頹欲暮年。劍鳴長自匣，琴弄更須絃。落落心元在，星星髮可憐。與君三嘆意〔一〕，不忍話前賢。

可人無俗韻，之子故清門。直節豫章後，高名唯〔二〕室孫。早知文律令，還要學根原。逆旅能頻過，何妨坐達昏。

校勘記

〔一〕『意』，文淵閣本作『息』。

〔二〕静遠軒本缺失『唯』字，據文淵閣本補入。

挽王知復書監

五世衣冠盛，吾鄉識故家。渥洼駒有種，和氏璧無瑕。了縣真談笑，還朝看咄嗟。天乎那可料，丹旐出京華。

飛橋壯吾邑，虹影麗高深。義不煩千室，功無措萬金。美哉承考意，偉矣濟時心。此段無窮盡，江聲共古今。

公子三槐族，貧交五柳門。鄉閭雖不數，書劄屢相温。前輩風流遠，時情勢利尊。哀哀埋玉樹，此意復誰論！

小兒阿開周晬憶之有作

愛子人情共，吾兒亦所憐。精神如欲可，門户儻能傳。歸去隔千里，生來正一年。遥知晬盤側，王母正〔一〕歡然。

校勘記

〔一〕『正』，文淵閣本作『意』。

挽李中甫使君

赫赫中興佐，英風想大門。得交人物懿，喜見典刑存。拱立嚴諸父，躬行表後昆。世家今萬石，一代合推尊。

圭玉身無玷，春風物自熙。學非隨俗尚，心故有天知。里社成鄒魯，交游不惠夷。思君兼衆美，凋落使人悲。

發軔期行志，鳴琴最得民。淵魚何用察，桑雉本來馴。可嘆雙旌暮，猶歌五袴新。誰爲良吏傳，吾欲表斯文。

書卷平生事，篝燈静夜分。韶鈞奏韓柳，黼黻補卿雲。不鄙頻揮麈，曾窺一運斤。詞人嗟不遇，地下早修文。

少日論心密，中年會面難。相逢愈青眼，太息各蒼顔。離合窮通裏，悲歡夢寐間。家〔一〕園歲寒約，秋草泣空山。

憶奉先人窆，深勤長者車。哀辭推傑作，虞主爲佳書。今日君仙去，秋陰我病餘。莫酬三施重，緘淚洒幽墟。

校勘記

〔一〕『家』，文淵閣本作『蒙』。

和答張衡仲

志略周公瑾，才名陸敬輿。可憐空老大，不敢問何如。松菊閒吟外，風波噩夢餘。諸公自臺省，吾復愛吾廬。

我方開竹徑，公肯屈籃輿。別去夢猶見，詩來錦不如。乾坤愁思裏，風月醉眠餘。會卜溪橋畔，鄰牆小結廬。

送司馬大亨赴遂昌宰

蒲璧邦家重，蒼山道路深。剸裁知唾手，拊字勉勞心。通鑑家傳學，書儀〔一〕坐右箴。故人情誼重，贈別比南金。

校勘記

〔一〕『書儀』，文淵閣本作『迂書』。

清涼寺

勝絶清涼寺，低迷德慶堂。棠〔一〕阿納遐景，遺蹟想前王。豪傑兵戈後，風流翰墨場。憑欄意何極，歸鳥度斜陽。

校勘記

〔一〕『棠』，文淵閣本作『崇』。

挽司馬季若知郡

前日巴東守，中朝涑水家。風規踵清白，牘奏述忠嘉。鼎鼎名逾重，堂堂髮未華。如何空纍〔一〕組，不見海陵瓜。

矩矱猶前輩，襟懷更古風。子孫娛謝傅，賓客愛山公。喬木千年思，晨星一瞬空。彬彬看祠事，盛德世無窮。

越絶枌榆社，吴陵松竹間。相親逾骨肉，每見豁心顔。契闊今生死，蕭條舊往還。春風數行淚，吹度鏡湖山。

校勘記

〔一〕「纍」，文淵閣本作「疊」。

孫應時集卷之十七

五言律詩

送虞仲房赴潼川漕

夙昔青雲上，誰令鬢髮蒼？家聲唐秘監，墨妙漢中郎。牢落山林久，問關道路長。西風足清嘯，幾日上瞿唐？

保障平時計，遐民力未寬。梓潼將漕險，廊廟擇才難。江水東流急，秦山北固〔一〕寒。平沙八陣在，倚劍夕陽看。

小隱横溪勝，青山照眼高。芝蘭春滿座，風雨醉揮毫。苦恨登門晚，深慚倒屣勞。公歸佩荷橐，肯問及蓬蒿。

校勘記

〔一〕『固』，文淵閣本作『顧』。

又寄潼川漕仲房

巴蜀勞膚使，溪山隔歲華。一身知許國，萬里豈忘家。臘雪裝歸轡，春風閱禁花。君王定前席，不必賦長沙。

郡縣仍荒政，朝廷念遠方。向來傳詔札，不獨戒戎羌。帝德乾坤大，天聰日月光。邊防須至計，社稷倚安疆。

鴻雁天涯到，雲泥未闊疏。漢卿來子墨，秦殿識中書。欲作遼東獻，空慚楚地餘。寒蟲吟露草，此意合憐渠。虞惠箋墨。

和諸葛行之

相看各華髮，舊學更何疑。世事幾反覆，人生半別離。忍窮真有味，知命欲誰欺？我學陶元亮，君師榮啟期。

和答陳傅朋

羈愁閱寒暑，歸夢更〔一〕晨昏。本意營三釜〔二〕，何如老一村！齒牙從世議，頂踵尚君恩。多謝知心友，相過得細論。

別來如一日，話著又三冬。信斷悲鱗羽，情親憶駏蛩。非君詩律妙，奈我客愁濃。嘆息青雲器，誰能識仲容？

校勘記

〔一〕『更』，文淵閣本作『耿』。

〔二〕『釜』，文淵閣本作『鬴』。

邵武李公晦方子佳士也以其祖澹軒先生呂之行實挽詩見示爲作八句

海内非無士，南中更有公。一門嚴禮範，十世篤儒風。不遇心何媿，雖亡道未窮。芝蘭金〔一〕鼎盛，天必報陰功。

校勘記

〔一〕『金』，當從文淵閣本作『今』。

送張清叔主簿

宦〔一〕路雖萍梗，心交真弟兄。懸知有時别，何忍獨先行。綵服黄花酒，青雲白玉京。寒蟬正淒切，回首得忘情。

校勘記

〔一〕『宦』，文淵閣本作『客』。

悼周堯夫

勇義千鈞力，虚懷萬物容。材名稱遠大，俊傑藹〔一〕遊從。許可皆諸老，升聞到九重。惜哉言與位，大厦折喬松。

傾耳鄉評舊，登門恨末繇。公今成夢覺，人共泣川流。剡水陰功遠，山堂勝具留。喜觀雙玉樹，接武在英遊。

校勘記

〔一〕「藹」，文淵閣本誤作「靄」。

挽諸葛誠〔一〕之

幼學蒙題品，童心託弟兄。過從十年足，悃款一家情。無力寬貧病，傳書隔死生。西風吹客淚，萬里寸心明。

人物殊高朗，交遊見直温。蠅頭深故帙，麈尾富名言。憖不儀多士，猶令重一門。若邪溪上月，空復閉山村。

命矣三年病，天乎百歲期。尸饔猶有母，傳業更無兒。便作平生盡，空多國士知。增光在金友，人得記壎篪。

校勘記

〔一〕『誠』，文淵閣本作『壽』。

挽莫子晉丈

我里談耆舊，高門二百年。衣冠新族譜〔一〕，龜筴故山川。家以儒相勵，公於志獨堅。九原疑不瞑，諸子更加鞭。

少日從諸老，丁年重一鄉。塤箎鳴正樂，蘭玉秀成行。坐客多匡鼎，途人説鄭莊。哀哀晚何事，衰病訖淒涼。

吾父古君子，公家賢主人。一門常旅拜，三世極情親。遺事今誰問，知心莫重陳。上林煙草緑，千里倍傷神。

校勘記

〔一〕『譜』，文淵閣本作『緒』。

挽胡子瑞

耆舊長庚月，斯人馬少游。平生自繩尺，方寸不戈矛。細細巾箱字，琅琅燈火秋。子孫森滿眼，賚志可無酬！

三十年問事，論交踵父兄。叩門時下榻，話舊各傷情。我亦華雙鬢，君仍隔九京。滯留違一慟，腸斷暮雲横。

挽葉無咎

詩酒平生事，風流六十翁〔一〕。詞人尋鄭老，坐客愛車公。已惜漳濱卧，那堪冀北空。交情不論晚，爲子泣西風。

偃室多賓客，周南隔歲年。我窮甘悄悄，君義獨悁悁。病者〔二〕心何壯，書來墨尚鮮。含桃餉時節，一念一淒然。（君病中以含桃餉我）

校勘記

〔一〕静遠軒本缺失『翁』字，據文淵閣本補入。

〔二〕『者』，文淵閣本作『著』。

挽先兄外舅施文子支使

天質全渾厚，鄉評獨老成。箕裘三葉盛，椿桂一時榮。賓席疑年少，官曹嘆眼明。歸來江路永，那忍望銘旌。

憶我元方在，欽公彦輔賢。艱難時款曲，孤寡共悲憐。契闊湖南幕，吁嗟絳縣年。杜門違一慟，緘淚五雲邊。

挽沈雲夫

我昔垂髫日，君來學雪齋。寧知重骨肉，借作老生涯。喜劇相過密，驚呼〔一〕一病乖。平生此長别，兩淚獨傷懷。

校勘記

〔一〕『呼』，文淵閣本作『吁』。

寄通州徐居厚使君

珍重通州守，凝香足燕清。海風喧夜永，江日盪春明。未廢青燈讀，應添白髮生。長沙休賦鵩，歸作漢公卿。

久已安時論，狂因嘆史才。及知前輩少，誰説過江來。日月閒難得，星霜老易催。陽秋百年事，作意莫遲回。徐善談近世事，有意著史。

哭沈叔晦墓

宿草遂如許，吾誰作九原。堂堂那有此，凛凛尚能存。日落松風久〔一〕，天清霜氣暄。百年知己淚，酒盡欲何言？

校勘記

〔一〕『久』，文淵閣本作『迥』。

用韻戲簡叔

平生習主簿，涇渭極分明。學道深忘味，能詩新有聲。奕寧論勝負，琴不計虧成。獨怕春宵雁，南來動別情。

早行

畏暑裝行早，江郵雞未鳴。林廬相遠近，河漢正縱橫。思眇關山迥，心依斗極明。小橋聊駐馬，流水有佳聲。

棧道〔一〕

棧險名天下，吾行信所聞。落虹橫絶壁，匹馬上浮雲。咫尺南北斷，毫釐生死分。誰令鍾鄧輩，十萬度秦軍。

校勘記

〔一〕文淵閣本作『入棧』。

客 思

竟作西江去，其如客思何。無情秋色老，不盡楚山多。且賦南蠻句，休懷下里歌。平生一柱觀，明日得經過。

八陣磧詩

江近瞿唐急，沙從魚腹横。千秋應有恨，八陣竟難平。望斷青煙晚，愁邊白鳥明。身微定何補，且復老躬耕。

寄詠東屯

聞説東屯勝，詩仙有舊遊。茅齋深翠竹，石徑俯寒流。几杖千山月，鉏犁百頃秋。歸途容〔一〕酹酒，句法儻堪求。

校勘記

〔一〕『容』，文淵閣本作『客』。

和共父游青羊宫二首

野興偶所愜，勝遊聊一尋。雙臺隱空曲，萬竹護清深。嵐翠明巾屨，風香度笑吟。端能重載酒，盡日聽鳴琴。

訪古未云已，會心良獨多。猶應趁風月，從此徧岷峨。萬里淡秋色，一江明暮波。他年問魚鳥，能復記相過？

出成都西郊

笑指西山去，縈紆傍水行。寒灘瀉清淺，古木夾〔一〕疏明。雪意垂垂合，川光莽莽平。塹將塵事隔，已復動詩情。

校勘記

〔一〕『夾』，文淵閣本作『暎』。

自益昌爲武興之行

獨客行愈遠，此兒真自癡。江流呼浩〔一〕洶，棧路凜欹危。好鳥迎人處，涼風拂面時。山頭破茅驛，索筆又題詩。

校勘記

〔一〕『呼浩』，文淵閣本作『浩呼』。

益昌僧寺静境軒

落照久未夕，斷雲低不飛。孤舟上水急，歸鳥度山微。蕭颯天涯髩，淋浪醉後衣。憑欄一笑去，客夢轉頭非。

武擔山

北上武擔寺，南臨蜀錦園。風煙帶城郭，禾黍半江邨。今古本同夢，廢興那復論。惟應一破〔一〕竹，可共洗心言。

小飲不成醉，清談多所欣。秋聲摇落日，野色亂寒雲。心事長千載，腰圍更幾分？西風叢桂發，倚檻得相聞。

校勘記

〔一〕『破』，當從文淵閣本作『坡』。

武擔西臺和師文作

西臺在何許？秋草暮雲間。十畝有餘竹，一窗無數山。望遠足離思，憂時多苦顔。相看終惜醉，更挈酒缾還。

武擔山感事

歸心極江海，秋夢著丘園。鷗鷺白蘋渚，牛羊黃葉村。古人真已遠，世事渺難論。想見陶元亮，觴來不得言。〔一〕

客裏愁如積，朝來意亦欣。鳴階無宿雨，度隙有歸雲。且免泥盈尺，猶祈歲十分。中原念淮浙，不忍話傳聞。

身不入蓮社，意非同漆園。閒來閲風物，歸去老山村。氣味故相許，淵源須細論。燈前秋夜永，未可付忘言。

襟懷能坦坦，色笑更欣欣。似道〔二〕黃叔度，草玄扬子雲。歸舟真已具，别袂不能分。歲月愁邊雁，飛鳴報客聞。

校勘記

〔一〕《武擔山感事》共四首，静遠軒本将第一首刻在书眉，詩后有言：『感事詩本用武擔山韻作四首，書手脱落第一，至校對時削板已就，兹附存高眉以便觀覽。』現将书眉之第一首補入。

〔二〕静遠軒本缺失『似道』兩字，據文淵閣本補入。

冷副端招西郊賞櫻桃

喜趁林泉約，來同櫻筍厨。緑陰濃欲滴，高竹静相扶。山晚月先上，人歸鳥自呼。不辭拚一醉，此會兩年無。

新灘見桃杏書事

今晨明客眼，桃杏照江紅。鳥哢蒼山曲，人聲翠竹中。獨遊空遠思，一笑負春風。便想荆州道，簪花醉渚宫。

萬景樓三首用韻

矗矗三江水，岧岧百尺樓。雲山接南詔，風景冠西州。徙倚乾坤大，徘徊歲月流。明朝悵回首，湖海一歸舟。

德潤連城璧，文工五鳳樓。不愁來蜀徼，政喜識荆州。世久欺儒素，人當問品流。平生郭有道，得共李公舟。

阮籍少青眼，元龍思卧樓。與君非俗士，爲我望神州。明月不可問，長江空自流。悠悠復何道，行止一虚舟。

自東屯夜還舟中

白帝水雲暗，東屯燈火歸。春泥慳敝〔一〕屐，山雨濕征衣。遠役諒難踐，勝情那得違。關城吏相笑，癡絶似君稀。

校勘記

〔一〕『敝』，文淵閣本作『弊』。

舟宿莫城

澤國寒初重，霜天晚自温。孤舟一杯酒，斜月數家村。美睡聊相補，勞生得更論。燭湖疑在眼，燈火閉柴門。

阻風泊歸舟游净衆寺

日落風更起，江頭船不行。淒涼大夫宅，蕭瑟故王城。一醉重樓晚，千秋萬古情。愁邊動寒角，夜久意難平。

道中寄同舍

風聲捲蘆竹，雪意滿江天。水落石可數，沙寒鷗自眠。回頭渺城郭，留眼寄山川。老去重來否，吟餘一惘然。

山色忽相送，江流不作聲。別懷初酒醒，病骨更寒侵。一笑已昨夢，百年明此心。故人應念我，數肯寄嘉音。

寄李允蹈

相遇吴陵日，如登單父臺。了知心尚在，不忍首重回。明月人千里，春風酒一杯。緘詩憑驛使，持當嶺頭梅。

舟中晚思

山郡寒仍少，江村晚易昏。梅花渾雪色，樹影半雲根。遠役竟何事，壯懷誰與論。布帆無恙在，長嘯下荆門。

寄王明叔提幹

萬里錦官城，經年託友生。笑談元不數，心迹故難并。別酒梅花粲，歸[二]途江月明。書來猶繾綣，三嘆故人情。

我去日以遠，君留誰與居？難忘疇昔意，故有聖賢書。窗几深瀟洒，塵埃痛掃除。入官紛萬事，濠上有遊魚。

校勘記

〔一〕『歸』，文淵閣本作『追』。

三月八日挈家赴官常熟

又別吾廬去，從今復幾回。宦情真漫爾，世路亦悠哉。事業魚千里，文章水一杯。公田定難必，早擬賦歸來。

九日偕同寮至破山還飲誓清亭是日早雨尋霽自余至官三見菊花節常會于誓清因成二詩志之

佳節强人意，清樽洗俗愁。乍收桐葉雨，放出菊花秋。眼底山川勝，吟邊草樹幽。西風還正帽，一笑憶荆州。

九日仍良宴，三年記此亭。寒花還粲粲，衰鬢轉星星。薄宦驚離合，浮生任醉醒。明年應話我，千里越山青。

送別舜卿少府

官似南昌隱，人傳東野詩。才優解牛刃，筆妙畫沙錐。談笑千人敵，飛騰萬里期。大門香一炷，他日看揚眉。

人道琴川上，年來聚德星。端能幾日月，已復散雲萍。老我頭先白，期君眼最青。時能遺佳句，千里慰林坰。

送蘇贊府梵滿秩

今日崔斯立，先門蘇少公。九流清似鏡，一坐凜生風。傾蓋難爲別，揮毫記所蒙。琳琅誰具仗，早獻大明宮。

寄孫正字

萬里來還去，能忘問啟居。休尋弔湘賦，早就過江書。身健何妨晚，名高勿苦疏。房湖風雨榻，夜雨意何如。季章守漢州。

春日書事

老與春無分，慵於世轉疏。不陪年少飲，久絶故人書。筆研蛛絲底，家山蝶夢餘。海棠花正發，風雨定何如？

新毘陵守王立之書來以詩答之蜀中同僚也

俯仰三年夢，差池萬里歸。雙魚蒙記憶，五馬慶光輝。且說還家樂，休論與世違。平生歲寒約，搔首重依依。

和答周次山送行

衡宇歸來後，缾儲不願餘。興公遂初賦，叔夜絶交書。已怯傷弓翼，猶歡涸轍魚。春風到蘭室，隱几正如如。

我失從君别，君應詁我歸。親年渾鶴髮，家具只牛衣。耳不關時論，心知悟昨非。晨羞何所欠，菜甲雨新肥。

籍甚多聞友，非徒一字師。可人徐孺子，愛客鄭當時。有〔一〕意頻攜酒，相過共話詩。瓊瑶何日報，松竹歲寒期。

校勘記

〔一〕『有』，文淵閣本作『苦』。

挽徐居厚寺簿

海内標元禮，毫端跨子長。學如開武庫，材可壯明堂。憂患雙蓬鬢，功名一郡章。汗青須好傳，公死未應亡。

始見偏何晚，新知不太深。書來渾一束，情厚有兼金。悄悄中宵別，哀哀萬古心。有懷終掛劍，雪涕獨難禁。

挽周南夫寺簿

越絶佳巖壑，由來説剡中。風流應未遠，人物正推公。遽作辰龍夢，真疑冀馬空。慶源端有屬，列戟看西東。

袖手何淹久，神情愈澹然。琴書消永日，齒髮任流年。落落平生事，區區久〔一〕寺聯。時人空歎惜〔二〕，寧足盡公賢？

早歲儒風唱，中年德望尊。行藏真玉潔，容色自春温。天與清名賸，人欽大雅存。寥寥今孰冀〔三〕，積慶在于門。

獄寺平反助，儀曹簿正明。嘉猷新入告，天語重恩榮。起滯方如此，論功百未成。茫茫天理昧，歎息〔四〕恨難平。

校勘記

〔一〕『久』，當從文淵閣本作『九』。

〔二〕『惜』，文淵閣本作『息』。

〔二〕「冀」，當從文淵閣本作「繼」。

〔三〕「息」，文淵閣本作「惜」。

挽方躬明運使

少學真山立，中年久陸沉。斗牛光澹蕩，湖海氣雄深。晚節儲邊策，平生許國心。嗚呼死諸葛，松柏坐蕭森。

經濟書生意，功名世路難。三言能有虎，一簣不成山。春雨淮田沃，秋風楚塞單。空餘公論在，往事杳誰攀！

挽錢仲耕運使代作

樂易無畦畛，寬平不細苛。人才隨世狹，時望獨公多。獻納開丹禁，風神照紫荷。誰能〔一〕終遠外，百歲轉蓬科。

瀕海安鹽策，潢池息盜兵。上常高計畫，公不謂功名。惻怛憂民志，驅馳報國情。雙溪最遺愛，歌頌未收聲。

族廩規橅大，鄉評德義尊。家傳忠孝舊，國賴典刑存。曷不登三壽，嗟誰起九原。晚生長自恨，早失拜龍門。

校勘記

〔一〕『能』，文淵閣本作『令』。

挽沈叔晦國録

人物今能幾，公才誰得〔一〕如。時情容見嫉，天意亦成虚。千載格心學，平生流涕書。一言終不吐，寒日閉幽墟。

庭諍汲長孺，官師蕭望之。士能令國重，吾意匪公誰？朱紱江湖遠，蒼顔疾病衰。堂堂竟如此，造物爾胡爲！

請益從公久，忘年愛我深。龍門〔二〕星斗氣，梅竹雪霜心。回首南湖侶，傷懷流水音。九原那可作，千里坐悲吟。

校勘記

〔一〕『得』，文淵閣本作『不』。

〔二〕『門』，當從文淵閣本作『阿』。

挽劉宣義

歎息經綸策，山林棄此翁。獨餘平日事，全見古人風。蘭玉家庭美，詩書歲晚功。閭門他日過，人説漢于公。

令子論交重，三年爲此來。儀容親几杖，笑語侍尊罍。今日臨歸路，傷心哭夜臺。善人常罕見，寧獨爲公哀！

挽應宣義

書史平生好，山林歲晚心。逸才多〔一〕世偶，清譽服人深。有子能攀桂，傳家匪遺金。佳城合雙劍，松柏舊蕭森。

校勘記

〔一〕『多』，文淵閣本作『逢』。

挽李致政代作〔一〕

自我交賢子，逢人重此翁。一門傳義概，奕世積陰功。丘壑身無恨，詩書道不窮。定知編太史，高揆漢于公。

校勘記

〔一〕此篇文淵閣本編排在卷十六《不寐》之後，篇名作『挽李資政』。

虞山登高〔一〕

長嘯虞山迥，天開風氣清。南窺五湖近，北覽大江横。歷歷三吴地，悠悠萬古情。雄觀有如此，聊複記平生。

校勘記

〔一〕本詩與《詰旦喜晴》《瑞石菴》等三首，静遠軒本和文淵閣本均無收録，據中華書局1990年出版《宋元方志·琴川志》第二册第1303、1304頁補入。

詰旦喜晴

一壑有幽意，三年幾獨來。龍鱗松薜荔，翠羽石莓苔。潤喜朝光動，清知嵐氣開。山前迎父老，同作笑顏回。

瑞石菴

修碧竹萬個，清甘泉一泓。拂石可偶坐，擕茶聊自烹。林深人絶跡，日永山蟬鳴。出門不忍去，卻立聽溪聲。

題黄巖溪〔一〕

得雨溪聲壯，無風雲氣多。山花依翠竹，灘石亂寒莎。樵夫穀中出，牧兒牛背歌。逢人問塵世，擾擾意如何。宋林表明《天臺續集别編》卷五

校勘記

〔一〕本詩與《洞庭湖》等二首静遠軒本和文淵閣本均無收録，據北京大學出版社1998年12月出版的《全宋詩》增補，原增补於卷二十末，現依律補入至此。

洞庭湖

明湖納宇宙，春思滿樓臺。沙鳥一行去，風帆千里來。平生眼今飽，落日首重迴。會趁江山約，還愁白髮催。《永樂大典》卷一一二六一《孫燭湖先生集》

孫應時集卷之十八

七言律詩

恭和家大人鬻田訓子詩韻

凶年滿目竈無烟，糶貴家貧且鬻田。雖暫憂飢茅屋下，終期射策玉墀前。文辭華實宜撐腹，際運窮通一任天。有志會須能卒事，豈令久困握空拳。

二月二十五日同趙景孟胡晉遠遊四明山詩

乍晴天宇瑩無塵，短策輕衫發興新。過鳥一聲如勸客，青山萬疊總迎人。回頭便與氛埃隔，入眼真於水石親。盡意登臨休計日，此行端不負芳春。

仗錫山

萬杉夾道磴千盤，巖水溪風徹骨寒。坐久雲煙過庭角，睡餘星斗轉闌干。登臨不盡山川險，景物無窮世界寬。會得人生安樂法，不須禪板與蒲團。

和景孟宿山中

倦行白雨翠雲中，投宿禪房聽曉鐘。彈壓山川詩未老，留連巖壑興何濃。回看塵世頻三嘆，上徹天關更幾重？徑欲乘風此仙去，時時笙鶴下前峰。

登仙木

劉樊蟬蛻此登仙，老木當年已插天。玉骨半枯猶秀潤，蒼皮新長已榮鮮。蟠桃時熟三千歲，銅狄重摩五百年。化鶴未歸山寂寂，徘徊誰與問因緣。

和景孟山行

儵然身在妙高峰，下有雷霆走白龍。已覺仙風換肌骨，更無塵土到心胸。悠悠今古三千劫，莽莽山川幾萬重。雲北雲南一長嘯，爲留餘響振巖松。

雪竇妙高峰詩

絶壑高崖面面雄，一峰孤起白雲中。山連飛瀑斜通寺，人在危亭半倚空。把酒登臨非易得，題詩摹寫最難工。誰知妙意無窮盡，都在幽人一笛風。

尉黄巖任滿家大人先歸作詩以示恭次元韻

瓜熟青門好去官，此身如繫欲行難。望隨鴻雁春風北，夢繞庭闈夜月寒。即是抱琴歸栗里，未能騎馬向長安。蕭條甘旨應無計，好在藜羹日厭餐。

恭次家大人初抵海陵官舍元韻

扁舟祖餞出西陵，千里經行小作程。樽俎笑談多雅致〔一〕，江湖霜日久晴明。只今斗室寒廳夜，任聽回風急雪聲。天報雙親占後福，絶交何畏孔方兄。

灌園何必學於陵，吾事胸中有準程。三黼宦游甘寂寞，百年心跡定分明。逍遥朱墨塵埃外，娱戲文章金石聲。侍奉親闈有餘樂，不慚宜弟更宜兄。

風饕雪虐苦侵陵，已免寒舟問水程。葦屋虚簷交夜氣，邊城疏鼓逗天明。囊空尚可充飢色，官冷何妨遠市聲。且辦新篘供一笑，竹君清絶對梅兄。

校勘記

〔一〕『致』，文淵閣本作『故』。

仲兄生日家大人作詩恭次元韻

恭承弧矢射芳晨，三秀〔一〕風光又一春。深喜團圞娱父母，何當合沓燕賓親。百年好共成門户，千萬寧憂欠宅鄰。滿酌期兄增壯志，相攜平步上星辰。

校勘記

〔一〕『秀』，當從文淵閣本作『紀』。

邑人李子寛公綽以所著十説及論孟解相示極有可敬而老且貧只一子又喪之遂爲無告之民復以詩見投覽之淒然贈以八句

少日胸中萬丈虹，著書老尚有新功。同鄉我惜知君晚，善士天胡賦此窮。無榔去年悲孔鯉，有家何地客梁鴻。秋風蕭瑟行吟裹，應有中郎識爨桐。

用韻贈李恭父

浮雲富貴適堪憐，烈士襟期定不然。拭目去爲三島客，此心莫負九重天。雖云小草容同味，敢與昌陽較引年。下直如尋故人夢，書來同我釣魚船。

贈策選軍將張仲舉其父故居吾鄉與先君遊也

鐵馬横戈三十秋，天涯肯忘舊交游？看君材氣萬人敵，何日關河一戰收？判把身心專報國，不憂骨相晚封侯。尊前感動書生恨，聽説當年下宿州。張言從戰宿州，其事甚詳。

贈杜子真

軒然意氣決浮雲，見子真堪辟楚氛。未許坐馳能萬里，故應守約對三軍。磨礲心事須經歷，斟酌人情有見聞。且辦工夫成郢質，可無老手爲揮斤。

送趙舜臣知温州

閩嶺淮堧憶細侯，更煩東作謝公州。清規已出百城上，仁氣便銷千里愁。好去綵衣娱壽斝，歸來紫橐奉宸旒。馬前鴈蕩風煙裏，幾許新詩答素秋。

黄巖鄭瀛子仙弱冠入太學五上書論時事以直聞於時老猶不衰客遊海陵館于余一月乃去作詩送之鄭方謀少田官〔一〕故有章末之戲

分手三年不易逢，一觴淮海酹西風。書生君獨憂當世，末路人誰識此翁？故國青山愁夜鶴，孤舟白髮暎秋蓬。歸歟束縛公車疏，努力豚蹄祝歲豐。

校勘記

〔一〕『田官』，應從文淵閣本作『官田』。

和答吴尉俞灝商卿見贈因用韻送行

去去瀛州蜕骨仙，舊遊還似九江傳。塵埃下視三千界，文字勤追二百年。宦達有時聊爾耳，才難自古不其然？臨分更吐平生話，有底閒愁到酒邊。

送池子文

巾山秋思俯晴江，樽酒懷人惜異邦。千里誰能攜客枕，一燈還此對寒牕。聖門莫忘心期遠，文鼎何妨筆力扛。去去成名深自警，白雲飛處倚門雙。

再和商卿

近識城南吴市仙，千巖活句得真傳。令人向壁卧三日，悔我讀書空十年。樽酒細論還得否，風帆欲去獨依然。從今千里清秋夢，長在高山流水邊。

九日與沈叔晦季文王仲舉登鄞城

城上西風草欲霜，登臨聊不負重陽。江山遠近秋容老，雲樹參差野意長。一笑四人真莫逆，百年此會定難忘。不妨小學陶公醉，籬下寒花恰半香。

送李文授知括

中興尚有名臣子，江表能餘正始音。擬贊經綸須老手，更分符竹此何心？麒麟閣上風雲舊，煙雨樓前山水深。世事由來偶然耳，公餘端不廢清吟。

送別常叔度知縣

一廛誰問野人居？三徑重迂長者車。不訝經年忘造請，應憐畏影正逃虛。舉頭梟舄雙飛去，送目鵬霄萬里初。青瑣黄扉對宮燭，相思肯寄一行書。

一朝傾蓋更傾心，頗畏人驚語太深。乍可陶廬煩送酒，難堪偃室傍鳴琴。君今此去班群玉，我亦何言託斷金。啼鴂飛花春又了，蕭蕭風雨卧山林。

世緣傷巧亦傷多，萬古浮雲瞬息過。唯有平心供日用，妙於養氣發天和。細看局度兼諸老，誰道人才各一科。卓魯從來公輔器，攀轅卧轍奈君何！

梅　花

眼明那得許精神，爲問凡花隔幾塵？雪月故爲三益友，乾坤又付一番春。詩情消得吟成瘦，畫手終應苦未真。于我心期獨何事，小窗清夜絶相親。

陳傅朋和余梅花舊作余再賦此

肌膚冰雪定何神，不用靈犀自辟塵。一笑未妨娱獨夜，百花誰敢鬭先春？孤山詩侣須君復，吴市仙踪只子真。此外紛紛莫相汙，風姨月姊故情親。

鄞城通守廳和潘文叔梅花韻

未將春草貯鳴蛙，寂寞西湖處士家。正喜數枝斜更好，聊沽一醉醒還家〔一〕。骨清是我冰霜侣，心賞從渠錦繡華。不厭相過娱夜永，摘芳和雪試煎茶。

校勘記

〔一〕『家』，當從文淵閣本作『賒』。

鄞中和張世隆總管春曉即事

春欲歸時豈得留，杜鵑聲裏翠陰稠。柳橋總是千絲恨，花徑真成萬點愁。東土雲山供我老，西湖風月稱公遊。相逢一笑難重覓，急趁餘芳醉玉舟。

送明守黄子由尚書赴召

燈火笙歌别海壖，詔書歸覲九重天。已將清净安齊國，不使聲名減潁川。題品人才看贊贊，扶持皇極在平平。文星舊與文昌亞，今貫三台更炳然。

石龜古梅癸亥

妙絶人間獨此逢，石龜峰下野橋東。亭亭玉骨冰肌子，櫛櫛蒼髯緑髮翁。偃蹇生懷千古意，蕭疏元是一家風。何妨少入時人眼，鼎鼐終論第一功。

與趙伯常〔一〕信叟游天衣寺詩

渺渺湖風引桂舟，竹輿沙徑晚山稠。千峰影底鳴雙澗，三伏日中含九秋。邂逅襟期俱灑落，等閒歸計少遲留。何時更約雲門路，踏破青鞋布襪休。

校勘記

〔一〕『常』，文淵閣本作『藏』。

雪中早起偶作

年來愛雪起清晨，已汙紛紛車馬塵。何似柴扉終日閉，静看玉宇一番新。孤吟豈必煩餘子，小酌仍先壽我親。更喜豐年報消息，力田甘作太平民。

臘月二日雪霽與王君玉榮淳甫謁山陰陸放翁夜歸

十日山陰雪塞門，曉來飛霰尚紛紛。扁舟忽憶尋安道，載酒還成訪子雲。便喜晴湖光璀璨，何妨歸路日黄曛。侯家燠館多良宴，此段风流恐未闻。

寄馬塘范叔剛

海風吹月動蒼茫，欲往從君道路長。羇羽沈鱗徒影響，秋鴻社燕各炎涼。紛紛忍逐塵埃盡，落落猶期日月光。想得清吟散愁獨，書來金薤翦琳琅。

西溪會范叔剛用舊所寄韻

出門煙水思微茫，客裏行吟晚興長。萬里雲霄自今古，百年毛髪幾暄涼。人間但有詩書樂，眼底何須印綬光。遥夜青燈耿霜月，非君誰共語琅琅。

芙　渠

生來不著塵泥涴，天下何妨名字多。一世炎涼獨風月，四時榮落付煙波。自知根節全冰玉，人道丰姿照綺羅。濯濯晨光香十里，爲君敲槳唱〔一〕吴歌。

校勘記

〔一〕『唱』，文淵閣本作『叫』。

陳正叔縣尉見示所著詩文以詩謝之

文章千古一毫端，妙處工夫到底難。春色無邊知造化，海風不斷識波瀾。看君健筆凌霄漢，照我清窓醒肺肝。寳劒莫憂人未識，光芒須動斗牛寒。

送陸華父歸越

四海桐江陸使君務觀，阿咸詩律更通神。時無勢力能推轂，獨使文章老斲輪。萬卷詩書堪遺子，千巖風月未全貧。青鞋布襪雲門路，雞黍容吾叩主人。

七月十一日大雨次日又大雨

秋來大火太焚如，惱得天公痛掃除。兩夕簷聲撼江海，一番涼意洗郊墟。眼明還我詩書樂，骨醒從渠枕簟疏。明日快晴應更好，莫妨千里薦嘉蔬。

贈篆字高光遠秀才

書家千載得陽冰，想像規橅亦眼明。心手相忘容力到，風姿迥出自天成。屠龍絶技常難售，畫虎何人浪自名。良苦窮途説奇字，誰能載酒似西京。

七〔一〕月二十七日夜大風雨頓涼偶作

五更風雨洗驕陽，滿耳秋聲撼我牀。夢裏忽如身化羽，覺來新免汗翻漿。可憐團扇辭人去，便有寒蟲語夜長。老大幸諳時節慣，可能隨世作炎涼。

校勘記

〔一〕『七』，文淵閣本作『九』。

壬子元日遂安縣學講書齒飲前此四十三年錢建爲令嘗有此集題名在壁日詹本仁有詩余和其韻

壁字塵埃四十年，滿堂還喜會群賢。是非不用論今昨，禮樂從知有後先。酒外山川如動色，詩成金石迭相宣。分陽令尹强人意，鄉飲彬彬更可傳。是日奚令行鄉飲禮。

贈桐廬孫令孫字季文疑與余昆弟也

偶然姓字齒鄉評，若誤旁人問弟兄。五斗還來作鄰社，一杯真此定宗盟。公懷犖犖英雄事，我獨區區丘壑情。便看蛟龍擘雲起，何由鴻鴈作行鳴。

仲兄爲母氏壽言歸有作

瀟瀟雨作對牀聲，小語燈前睡不成。詩禮一庭真自樂，江山千里若爲情。遠來正覺親顔喜，别去其如心事驚。孟氏小園能辦否，徑須歸共白鷗盟。

十一月二十六日南至天色佳甚

天心應喜一陽來，萬里寒陰曉自開。消息早傳從嶰竹，發生先合到江梅。遥瞻雙闕呈雲瑞，正想三宫舞壽杯。草木微情共時節，思親南望獨徘徊。

周次山和立春詩答之

不用文章作序棋〔一〕，由來人事亦天時。且須竹葉千鐘緑〔二〕，莫問菱花兩鬢絲。社燕秋鴻無舊影，曉猿夜鶴有餘悲。春來只被奚奴笑，春日吴中更幾詩。

校勘記

〔一〕静遠軒本缺失『棋』字，據文淵閣本補入。

〔二〕『緑』，當從文淵閣本作『渌』。

雨中過湖

煙雨平湖短棹歸，清秋休作楚詞悲。關心千里蓴鱸興，轉瞬一年橙橘時〔一〕。好景何妨閒處得，勝懷應少俗人知。相過拊掌有奇事，添得錦囊無數詩。

校勘記

〔一〕『轉瞬一年橙橘時』，文淵閣本作『轉眼一年橘柚時』。

和答吴斗南中秋見懷並約王子合見過

百里平湖一夜舟，跂予東望渺離愁。可能無意山陰雪，空復相思楚澤秋。宣室待君今即召，草堂移我欲歸休。詩來已拜千金諾，得得開帆莫轉頭。

歸夢千巖萬壑東，起尋蓑笠唤漁童。塵忙憐我三年久，撥置期君一笑同。只恐令嚴詩債急，不愁夜短酒杯空。相攜更得王文度，此段風流盡未窮。

送别惟肖贊府

如椽老筆健文章，枉對槐間鴈鷺行。只共低頭了官事，忽驚舉手勸離觴。百年可落塵埃夢，一瓣曾薰知己〔一〕香。珍重平生安樂法，窮通何地不徜徉。

校勘記

〔一〕『己』，當從文淵閣本作『見』。

答叔剛見貽韻〔一〕

浪復辭家客鳳城，小樓春晝寫蘭亭。從教佩印榮蘇子，豈爲鉏金動管寧。尚有故人同一笑，何妨時俗忌偏醒。君知濯濯東風柳，早晚飛花變緑萍。

校勘記

〔一〕文淵閣本作《答叔剛見貽》。

又答韻

連陰漠漠鎖春寒，閒檢新年曆日看。節裏人言太幽獨，牀頭書喜報平安。山林決計應宜早，藜莧謀生未苦難。歸對妻孥真大笑，鯰魚元不解緣竿。

范叔剛以詩送豆粥次韻答之

平生畫餅復炊沙，空有飢腸不受嗟。多謝殷勤餉時節，頓忘憔悴客京華。賣書未卜來同住〔一〕，厚意何時報有加。爲說癡人不堪飽，更思春酌對簷花。

校勘記

〔一〕『住』，文淵閣本作『往』。

再答沙字韻

羊裘篛笠慣煙沙，强走塵埃合自嗟。幸有鱻魚供老醜，何勞汗馬戰紛華。情親過我談無底，語妙多君點不加。晴日西湖重載酒，梅梢應及未飄花。

三用沙字韻簡叔剛

雄心八駿騁流沙，猛氣千人廢咄嗟。總有畫圖堪嘆息，應無大藥駐容華。田園終勝爲形役，餐飯聊須努力加。此語非君誰舉似，夜闌清坐落燈花。

避難至海陵從先流寓兄弟之招仍邂逅馮元禮故人〔一〕二首之一

脱身兵火欲何之？不料茲焉過所期。軒檻如僧縈橘柚，鄉關似夢識（一作憶）蒿藜。弟兄朋友談平昔一作日，盜賊羌戎問幾時。共約更明王道正，或能一語到天墀。

校勘記

〔一〕『馮元禮故人』，文淵閣本作『故人馮元禮』。

答簡夫

不怪年來萬事非，聊須把酒賦新詩。乾坤正自無今昔，草木何妨有變衰。白髮我甘投老去，紅顔君惜卧春時。古人不朽終何事，此段工夫可浪施！

拂拭瑶琴聽我歌，湯湯三嘆又峨峨。了知世道從來久，長覺人心苦太多。便踏早朝陪鳳輦，更憂春夢隔鯨波。此生付與天公竟，鐵杵成鍼取次磨。

李簡夫知易用其父韻見貽且示和陶一編併和二章〔一〕簡夫久病猶未安也

晚矣歸來悟昨非，喜君先我和陶詩。何嫌潦倒心長在，故想呻吟氣不衰。春日鸎啼花發處，秋空雲静月明時。個中差勝長安客，俯仰無寧似戚施。

閒中筆墨故相宜，遣興由來不厭詩。日仰慈顔長自愛，年方强仕莫言衰。新來定得安心法，此事還勝未病時。肯共切磋須我輩，獨無瓊玖報先施。

校勘記

〔一〕文淵閣本在『併和二章』後有『答之』兩字。

師守之官枉駕過龍鵠省先公墓而去二詩送之

不向衡門把一杯，山中話别且徘徊。嵐侵征帽晨疑雨，葉擁寒爐夜撥灰。路入西州空馬策，詩尋東閣正官梅。感君得得同來意，回首行臺檄屢催。

遠道勤君屐齒迂，寄聲從此問何如。歸鴻不與斜陽盡，離恨還將落葉書。吏横要須先縛虎，民勞切記莫驚魚。扶藜目送雙旌發，愁絶誰憐澗上居。

送袁和叔赴淮陰尉〔一〕

底事書生用一官，强隨時樣著衣冠。千年蠹簡人情冷，百折羊腸世路難。未必功名欺老大，且憑書信報平安。秋風我亦淮東去，留取江山對眼看。

校勘記

〔一〕此詩文淵閣本編排時與《再寄别袁和叔》互换。

遂安同官蔣主簿滿秩歸宜興相見杭都以詩别之

溪閣小亭樂有餘，分攜萬里意何如。卻憐倦鳥投林後，尚及棲鸞振翼初。髮白相看無可奈，眼青如舊未應疏。熟聞陽羨佳山水，會許扁舟問所居。

寄江陰使君木叔〔一〕

一麾遥駐水雲間，聞説鈴齋盡日閒。蝗似九江那敢近，珠于合浦定先還。天人影響從千古，賢哲功名正一班〔二〕。且續醉翁豐樂記，莫將風月負君山。

校勘記

〔一〕文淵閣本作『寄江陰使君叔木叔』。

〔二〕『班』，文淵閣本作『斑』。

寄史同叔開叔

千頃東湖風月中，去年厭看藕花紅。可驚雲水將身遠，不得琴書與子同。四海人才尊一老，百年門户到三公。傳家報國諸君事，心地勤收汗馬功。

石莊臨大江望江陰君山懷袁和叔〔一〕用去年送行韻寄之

日把文書揖上官，恐將心事負儒冠。塵埃日月忙中度，學問工夫實處難。鷽谷已成經歲別，鷦巢且向一枝安。絕憐對眼江南北，不得君山並馬看。

校勘記

〔一〕『袁和叔』，文淵閣本作『淮陰尉』。

和趙生唐卿師白韻遊横溪

野橋高竹轉修籬，問訊東風步屧隨。雨過天清水聲急，山長雲白鳥飛遲。從來丘壑多幽興，隨分風流到小詩。一榻煙霞須早計，莫教容易鬢成絲。

和曾舜卿少府

心情老懶漫爲官，世路羊腸步步難。存我天真師櫟社，從渠官達夢槐安。晝眠竹簟風吹醒，夜釣羊裘雪洒乾。歸去元龍湖海士，白鷗盟在不應寒。

和簡叔游張園

賦歸堂上憶春山，點筆題詩傍石欄。老子如今已陳跡，故人誰與共追歡。青燈客舍一杯酒，細雨江城二月寒。多謝相過同太息，百年身世夢中看。

再寄别袁和叔〔一〕

風帆曉影動行裝，月淡芙蕖浦溆香。正想雙親開色笑，不須千里歎淒涼。隨行書卷生涯在，省事官曹氣味長。便爲君山問今古，一樽清嘯滿江鄉。

校勘記

〔一〕文淵閣本作『寄别袁和叔』，編排順序和《送别袁和叔赴淮陰尉》互换。

和項平父送别

逐逐衣冠謁府公，漸諳楚語異吴儂。重江跋涉家何在，一飯辛勤計未工。自恐風塵成冗俗，人言山野欠疏通。夜長不寐思吾友，撥盡寒爐宿火紅。

長江風景舊聞知，雪裏經行亦大奇。官舍荒涼乏松竹，邊城清晏少文移。有時懷古登臨久，自省無才職分卑。白日閉門還獨笑，讀書吾亦太營私。

前途事業自登山，高下相懸進一閒〔一〕。莫倚陂陀能迤邐，可無尺寸怯躋攀。吾來正作三年計，君别何當萬里還。辦取相逢須刮目，轉頭清鏡欲蒼顔。

校勘記

〔一〕『閒』，文淵閣本作『關』。

寄黄州録事劉進之同年

騎曹新上雪堂西，千里淮南望眼迷。正我尋雲並滄海，思君步月過黄泥。清時鼓角無驚夢，勝日樽罍有共攜。人物風流對江浪，數將冰繭寄新題。

濡須道中詩

睡足篷窗江月明，濡須浦口片帆輕。菰蒲兩岸長春水，楊柳一村啼曉鶯。休指山川問今古，且欣時節正蠶耕。白鷗容與滄波去，應識幽人萬里情。

望建康諸山

白沙城上望金陵，滿眼風煙草樹青。山色千年圍故國，江流萬里赴滄溟。驚心采石瓜洲渡，搔首長干白下亭。一笑書生强多事，蕭蕭飛雁落寒汀。

王使君子仲〔一〕家東澗修竹

一徑脩篁百畝深，倚天喬木更陰陰。紅塵萬事不到眼，好景四時長會心。穩著亭臺添遠趣，透開風月自清音。使君晉宋家人物，消得閒中此醉吟。

校勘記

〔一〕『王使君子仲』，文淵閣本作『王子中使君』。

春日自警

春風吹盡一川冰，野色山光弄晚晴。節物榮枯能幾許，人生寒暑正堪驚。百圍松檜秋毫壯，千丈羅紈尺寸成。飽食安眠欲何用，彷徨終夜月華明。

和頂山前韻

小山揺落故淒涼，想像登臨野興長。萬里晴空初雁入，一年好景又橙黄。極須痛飲償秋節，生怕疏鐘報夕陽。搔首故園歸未得，荒籬寒菊爲誰香？

和方與行韻

千里家山且寄音，小窗孤坐息深深。平生肯恃張儀舌，今日猶存趙武心。歲暮天寒休復問，夢回酒醒故難禁。梅梢春信知何事，驛使來時爲一尋。

孫應時集卷之十九

七言律詩

與宋厩父昆弟唐升伯偕游廬山

征帆西過憶匆匆，咫尺匡廬悵望中。天意留爲今日計，春遊恰與故人同。酒醒月落行侵曉，雲斷風來翠滿空。識取平生[一]真面目，會來栽杏作仙翁。

校勘記

〔一〕『平生』，文淵閣本作『廬山』。

遣　興

乾坤納納幾郵亭，一舸飄然水上萍。短髮判隨秋草白，雙眸剛爲好山青。新詩滿軸頻舒卷，薄酒盈樽自醉醒。世上功名亦何事，誰能愁損歎漂零。

夜泊

病暑迎秋苦恨遲，秋來喚起楚人悲。一江風雨無眠夜，萬里關山獨往時。奉檄不知翻遠別，倚門應已念歸期。荻花楓葉添情緒，看得明朝兩鬢絲。

陪章荆州九日登高讌示坐中呈二帥

龍山東畔細腰宫，荆蜀元戎一笑同。正復樓臺看戲馬，何妨絲管送飛鴻。紅萸黄菊年華裏，落木長江晚思中。下客無才敵嘲弄，聊須整帽向西風。

章荆州再招宴渚宫重湖

平生絳帳馬荆州，肯念天涯萬里舟。百丈便從沙岸發，聯鑣還作渚宫游。芙蓉滿意留連客，橙橘隨時斷送秋。不惜重湖重一醉，明朝巴峽暮猿愁。

答任檢法

壯意當年隘九州，天涯今日倦孤遊。空江水落魚龍夜，故國雲深鴻雁秋。惜把山川對幽獨，蹔須談笑作風流。知心絶嘆〔一〕任夫子，肯和巴歌爲解愁。

幕下清風十六州，德人胸次有天遊。偏將好句招詩社，不起争心效奕秋。我拙蕢桴鳴土鼓，君賢玉瓚暎黄流。蒼蒼雲海相期急，未用煩紆擬四愁。

文字潮州更柳州，興來八表共神遊。驊騮隴阪長鳴日，鷹隼霜天得意秋。鼎鼎百年均昨夢，紛紛一世幾名流？爲君傾倒平生話，不作人間兒女愁。

校勘記

〔一〕『絶嘆』，文淵閣本作『嘆絶』。

三游洞之外俯瞰峽江酷似釣臺

木落天清嵐翠開，緩將脚力試崔嵬。千年洞府煙霞外，一壑水聲風雨來。客路山川生白髮，古人名字剥蒼苔。平生感慨忘言地，俯見滄江憶釣台。

雪中次甄雲卿監簿韻〔一〕

屋頭棲鵲夜深驚，羽衛瓊仙下紫清。群玉殿開香未暖，六花陣合戰無聲。難教小草呈新翠，可恨疏梅半落英。卧病袁安自愁絶，履穿誰與問先生。

校勘記

〔一〕文淵閣本此詩編排順序與《冷副端與諸人九日登高有詩次韻》互换。

冷副端與諸人九日登高有詩次韻

日暮[一]天清山翠濃，西來萬里有清風。十分秋色囂塵外，千古佳辰感慨中。雲隱蜃樓東海碧，江涵雁字夕陽紅。詩翁不負登高興，消得觥船一棹空。

彭澤歸心似酒濃，蒓鱸嗟已負秋風。文書雁鶩喧呼裏，尊俎江山夢寐中。採菊誰搴三徑緑，賜萸休想一枝紅。朝來快讀詩仙句，猶得塵衿一洗空。

校勘記

〔一〕『暮』，文淵閣本作『薄』。

和甄雲卿詩

旰食延英責太平，小臣憂國思茫冥。千秋鑑在開元録，十漸書留貞觀屏。莫咲戇愚如汲黯，無寧齷齪似陶青。何時再見東都會，萬國衣冠拱帝庭。

誰貪上黨誤長平，白日塵沙萬里冥。死骨不應仇未雪，哀歌長覺氣如屏。經生未減公孫董，邊將何如去病青？安得君侯提八陣，春風犁徧漠南庭。

寄高司户

一官何用落邊州，索寞風煙兩見秋。猶喜逢君結詩社，如何別我向糟丘。高懷誰與論醒醉，傑句能無憶唱酬。萬里雲開對明月，相思清興滿南樓。

送別袁公四詩

幾年静鎮絶喧囂，百吏承風服教條。惠養疲羸深保障，搜延英俊盛旌招。憂先儲粟千倉滿，威讋邊烽萬里消。已揭成規在藩屏，政須人望押班朝。

露門勸學首群公，石室還來復古風。垂世文章崔蔡右，濟時勳業管蕭中。持平願取乘舟勢，納約先看補袞功。力鞏皇圖知有道，先生心事與天通。

絶代風流士駿奔，感公封植到孤根。雲章假寵騰天路，寶畫分輝照華門。末學有心期卒業，不材無地可酬恩。從今禮數千官隔，知復何時奉一樽。

南風一夜漲痕吹，江岫排空送袞衣。萬里直愁知己遠，百年長恨此公稀。眼看蜀柁沙邊起，心逐吴雲峽外飛。流水高山有殊遇，此生何地不瞻依。

爰[一]亞夫自涪陵以小舟追路相送及予於櫪木觀下同至萬州游岑公洞其歸也作七言送之

不辭一舸下三州，送我能爲信宿留。腹有琅玕元自潤，氣兼熊豹不妨遒。清尊近對江雲濕，烏帽高尋洞卉秋。莫負武夷當日語，幾披尺素淚横流。

校勘記

〔一〕静遠軒本缺失『爰』字，據文淵閣本補入。

和真長送别

吴市當年梅子真，不堪萬里久辭親。故無分寸酬知己，尚有平生不負人。錦里風光餘别恨，鏡湖雲水送閒身。感君戀戀勤相記，歲暮長途知苦辛。

著作李季章得閒守去國以書道别追寄四韻

不將塵土望清華，珍重高情久更加。肯把書來話心曲，又從今去各天涯。一麾可是君恩薄，百丈休憐江路賒。歸見故人應一笑，爲傳消息報梅花。

和曾舜卿

晚風吹散雨垂垂，一榻蕭然枕獨欹。秋燕悄如當去客，夜蟲還是可憐時。我懷松菊歸難早，君趁蒓鱸喜可知。已嘆曲高如白雪，更須〔一〕墨妙寫烏絲。

校勘記

〔一〕『須』，文淵閣本作『煩』。

和簡叔

乳燕鳴鳩惱醉眠，起臨芳艸思芊綿。花殘柳暗思〔一〕歸日，雲薄風輕雨後天。酒户已緣愁頓減，詩壇寧復勇争先。只因歸老漁樵舍，不夢佳人玳瑁筵。

校勘記

〔一〕『思』，當從文淵閣本作『春』。

和答胡用之

浪苦〔一〕功名少壯時，髮今種種更奚爲？窮通信我心如鐵，謗譽從渠口勝碑。息駕便應追靖節，弄絃寧復待鍾期？燭湖孤嶼煙波上，他日重過細説詩。

校勘記

〔一〕『苦』，文淵閣本作『喜』。

和答吴斗南賞木芙蓉見懷

曾向荆州一嘆〔一〕同，淋漓江漢酒千鐘。夾城雲蓋迎珠履，滿眼霜花照玉容。萬里壯遊前日事，十年此會幾時重？憶君席上多新作，醉筆如飛紙不供。

校勘記

〔一〕『嘆』，文淵閣本作『笑』。

和答吴斗南見寄解其自疑之意

白頭〔一〕黄牛繫纜時，東歸應念我西悲。置之偶爾何須道，去矣飄然故一奇。末路人情隨手别，丈夫心事有天知。君看子濯平生友，可把逢蒙待庾斯！

校勘記

〔一〕『頭』，文淵閣本作『狗』。

和答葉無咎

百年一夢欲誰何，底事容心强揣摩。便續淵明歸去引，不題工部醉時歌。故山已恐鶴相怨，陋巷何妨雀可羅。多謝詩仙唤愁醒，簿書叢裏少婆娑。

再　和

此生只合飲無何，懶讀丹經學按摩。得失塞翁無定在，濁清漁父有遺歌。蛟龍快意生雲雨，魚鳥全身避網羅。萬事忘言君會否，月明來共舞婆娑。

和次山見寄

啼鳩忽忽又一春，别來知我更思君。略無天氣花時雨，長遣人愁日暮雲。手自愛彈招隱曲，心知不作送窮文。秋風魚蟹松江上，垂釣〔一〕論詩醉夜分。

校勘記

〔一〕『垂釣』，文淵閣本作『重約』。

和吴斗南

高帆欲發意遲遲，回首飛雲耿夢思。風壤江山吴蜀道，功名人物漢唐碑。無憑久厭書生語，有意聊觀天下奇。已决明年徑歸隱，好涼還得共驅馳。

出沌復見江山和斗南

底事江山照眼新，爲從雲夢别經旬。行吟沌口三家市，咲作天涯萬里人。清夜論心真得友，白雲回首奈思親。船頭又報荆州近，魚雁書來未易頻。

和師文

筆端陶謝不枝梧，朝食千龍信手屠。天與詩人清氣骨，家傳前輩學工夫。從渠擾擾一丘駱，看我昂昂千里駒。已喜朝廷似元祐，去依日月上天衢。

漢州房公湖

陰陰老木匝平湖，想見房公用意初。眼底園池那有此，胸中丘壑故須渠。風流正自能傳世，成敗應難盡信書。萬里兹遊銷客恨，不辭一賞醉春餘。

游凌雲峰答陳同年韻

行行欲盡劍南州，滿意凌雲九頂遊。樽俎樓臺一長嘯，江山風月幾清秋。古人勝賞分明在，灘水悲鳴日夜流。萬里重來渺難必，扁舟去住總成愁。

再答陳同年遊字韻紀龍巖之集

凌雲勝概壓西州，又作龍泓盡日游。數樹寒梅香較晚，一坡脩竹意藏秋。酒間健筆能千字，胸次圓機綜九流。人境雙清定難得，相從何處有羇愁。

發嘉州答張倅用前韻

主人今代岑嘉州，倦客當年馬少游。即是孤帆行萬里，空懷一日過三秋。酒邊風味春生坐，筆底詞源峽倒流。浪有梅花煩驛使，轉頭陳迹遺人愁。

益昌夜泊

孤舟了不夢邯鄲，起凭闌干煙水間。五夜清風鳴鼓角，一天佳月悄江山。客身憔悴衣塵黑，世路崎嶇鬢髮斑。未決乘流便東下，明朝且復劍門關。

自興州浮嘉陵還益昌

夜促清觴醉武興，曉飛輕舸下嘉陵。平生海上漁樵子，此日天涯雲水僧。萬里身心縈老母，一年書札負交朋。秋風已定蒓鱸約，俛仰兹遊記昔曾。

還成都

匹馬關山不自憐，歸來巾几更蕭然。劍門南北等爲客，木偶東西聊聽天。未省繁華寬旅思，可將犇走負流年。夜涼早夢秋風起，催上山陰萬里船。

題籌筆驛武侯祠詩

北出當年此運籌，悠然欹卧與神謀。三軍節制馴貔虎，千里餱糧捷馬牛。漢業興亡惟我在，蜀山重複遣人愁。驛前風景應如舊，江水無情日夜流。

又謁武侯祠詩

城南風景故堪憐，勝日經行意洒然。江上竹寒偏卻暑，廟前柏老尚參天。堂堂不朽真〔一〕千古，鼎鼎何能〔二〕漫百年。醉裏狂歌心浩蕩，爲君一吸倒觥船。

校勘記

〔一〕『真』，文淵閣本作『能』。

〔二〕静遠軒本缺失『能』字，據文淵閣本補入。

辭武侯廟

三分遺論久難明，獨有河汾與杜陵。工拙人休計曹馬，興亡天亦恨桓靈。大星忍向中宵落，老柏空餘千載青。再拜征途重回首，雪風吹斷淚成冰。

倦遊書事

隻影千山復萬山，兩年愁著鬢毛斑。壯心未答吴鈎贈，素節聊全趙璧還。劍棧風煙通紫塞，峽天雲雪帶烏蠻。逢人若問渾慵答，閉目搘頤一夢間。

江上作

不羞塵〔一〕影照蒼波，獨向江頭步緑莎。歷歷風煙行地闊，冥冥雲海得天多。沙晴百網收漁市，山晚千帆殷棹歌。約取清秋弄明月，一尊重欲酹東坡。

校勘記

〔一〕『塵』，文淵閣本作『燭』。

答劍門朱宰和益昌夜泊韻

好辭絶妙過邯鄲，開卷清風起坐間。想見襟懷濯冰雪，如聞吟嘯滿雲山。離亭劍閣千峰碧，歸夢萊衣五彩斑。尊酒相逢更何許，秋帆回首下牢關。

答俞履道見贈

黄塵車馬日紛囂，萬事春冰過眼消。賴有諸公扶正氣，猶令千載見英標。多君吐論心奇壯，顧我凋年齒動摇。好待明堂採梁棟，勿誇翹楚向薪樵。

答成都虞子韶鈐幹寄書信兼示近作子韶名剛簡丞相雍公之孫也

珍重西來雙鯉魚，更傳佳句起愁予。相思已是五年别，多媿先無一字書。欲話錦城疑是夢，誰憐霜鬢不禁梳？青氊黃閣君侯事，早擬相逢償下車。

和答趙生師白見寄

休論吾昔與吾今，窗下婆娑有學林。會意書非求甚解，無絃琴豈要知音。是中截斷談天口，何處尋來立雪心？永日春風鶯百囀，幽人踵息正深深。

田可躬耕溪可漁，此身屬我不關渠。養生誰學嵇中散，避謗吾非陸敬輿。風月滿懷高士傳，江山到眼故人書。相思千里無多恨，珍重清詩玉不如。

和胡仲方撫幹白瑞香及黃橼韻仲方名榘忠簡公邦衡之孫佳公子也

翠錦熏籠白玉花，幾年廬阜飽煙霞。定知姑射同肌骨，何必離騷借齒牙胡有補《離騷》之句。心事早陪三友約，國香今壓五侯家。主人封植無多費，賸乞盧仝七椀茶。

聞南軒張先生下世感惋有作〔一〕

玉山已失舊端明，何事令人骨屢驚。折〔二〕石有聲傳建業，隕星無處弔南荆。春風未作山川暖，江水何心日夜傾。淚落中宵腸萬結，眇然湖海寄吾生。玉山、建業謂汪公、劉公也。

中原天意定何如，豈謂人才不素儲！前輩老成今殄瘁，丁年豪雋重蕭疏。武侯歲晚出師表，賈誼平生流涕書。社稷無疆恩澤厚，小臣何敢議盈虛。

校勘記

〔一〕文淵閣本作『聞南軒張先生下世感惋有作玉山建業謂汪公劉公也』，静遠軒本則把『玉山建業謂汪公劉公也』加注在第一首詩後。

〔二〕『折』，當從文淵閣本作『拆』。

偶　題

困雖有舌吾安用，貧到無錐樂更深。百歲難逃少壯老，多思何益去來今。奕秋豈必長先手，畫史誰知獨苦心。一枕春宵方化蝶，三竿朝日又鳴禽。

偶感（甲子）〔一〕

小齋隨分有琴書，此外蕭然一物無。地僻最饒閒意味，日長還得睡工夫。四時風月吾心友，千里雲山古畫圖。天賜綵衣娱鶴髮，簞瓢足矣更何須。

校勘記

〔一〕文淵閣本作『偶成』，無『甲子』兩字。

山菴感舊

短橋横澗有精廬，儼立蒼髯六丈夫。長憶兒時弄泉石，誰令學宦走江湖。泠風試作琴三疊，涼月還須酒一壺。杖屨無忘數來往，不妨樵路小崎嶇。

侄孫詩

壽母重孫始見渠，天教四世保同居。精神已是千金子，事業應須萬卷書。親戚滿前非落寞，杯盤隨分不蕭疏。晬盤先攬文房寶，他日無憂入異閭。

妻兄張伯高來訪横河感舊與拜先君墓下有作次韻

衰年回首少年事，尚喜初心炯自如。俗態可憐人厚薄，交情那問勢親疏。懶陪康樂登山屐，且醉淵明采菊廬。一笑相尋非易得，河梁執手更踟躕。

葦門生計只初年，喬嶽終難起一拳。小檻清風黄卷裏，扁舟碧水白鷗前。同尋杖屨曾行處，肯謁松楸獨泫然。人事無窮人〔一〕幾變，空山落日自孤煙。

校勘記

〔一〕『人』，文淵閣本作『今』。

母氏生日

兩年萬里望飛雲，慚媿慈親費倚門。好在蘭陵〔一〕扶白髮，依然梅蘂照清樽。斑衣願保長稱壽，石窌仍看疊拜恩。更問何時足懷抱，詵詵玉雪弄重孫。

校勘記

〔一〕『陵』，文淵閣本作『陔』。

臘月初七日夜夢游山林間清甚賦詩半就覺而忘之追成八句

杜門終歲少過從，一室蕭然百念空。紙上陳言皆妙用，胸中餘味有新功。揞笷飽看千山月，欹枕閒聽萬竅風。䵢飯濁醪能送日，蒼顔白髮任成翁。

夢蜀中一山寺曰龍塘有龍祠余似常屢遊也題詩别之未足兩句而寤因足成之

客遊幾度到龍塘，沙路縈紆草木香。雪後江山餘壯觀，秋來樓閣記新涼。百年此役何時再，萬里東歸託興長。風景留人重回首，猶須好句與平章。

余生日具杯酒爲母壽思壬子歲在荆州癸丑歲在成都諸公爲余作盛集而余意不適也

兩年荆益度兹辰〔一〕，羅綺傳觴苦勸人。多謝諸公憐遠客，豈如一笑奉吾親。尊罏此日無餘憾〔二〕，菽水從前得諱貧。快倒村醪供壽斝，也分湯餅得〔三〕比鄰。

校勘記

〔一〕『辰』，文淵閣本作『晨』。

〔二〕『憾』，文淵閣本作『恨』。

〔三〕『得』，文淵閣本作『及』。

母氏生日陰晴晏温夜後雖小雨或作或止帖然不風諸老人皆不須設火若前一日〔一〕則甚雨次夕則雨且風寒真若有相之者感愧有作

草草稱觴壽我親，每慚天意俯從人。連宵又似去年雨，淑景偏回此日春。富貴何如長得健，詩書元自不羞貧。秫田五畝猶堪釀，願作堯天百歲民。

校勘記

〔一〕『日』，文淵閣本作『夕』。

上史魏公壽三首

清都絳闕拱慈皇，鶴駕雞鳴起未央。父子至情如一日，國家慶事冠前王。公功實作風雲舊，帝學于今日月光。天壽兩宮千萬歲，端留元老贊明昌。

中興大業要規模，公有初言久未孚。已喜乾坤深佑德，況逢歲月正懸弧。明時禮數尊三事，大老精神壓萬夫。君〔一〕國平章天下望，鷹揚年德正相符。

中書考已敵汾陽，神氣清明骨更强。客倒壺觴弄風月，酒闌燈火事文章。傳家正有書千卷，積慶真成笏一床。看取西湖共長久，年年菊會答秋光。

校勘記

〔一〕『君』，文淵閣本作『軍』。

母氏生朝會同官 時樂禁初開

樂回和氣作春温，香裊祥雲暎酒尊。盛事同官皆有母，可人今歲喜生孫。一杯首奉吾親壽，百拜心知造物恩。看取朱顏長不老，年年賓客醉盈門。

泛東湖風浪作復止

萬頃重湖東復東，意行得怕打頭風。故畦遺穗粼粼在，野水寒林處處通。鴻鴈汀洲渺葭葦，牛羊籬落見兒童。衣冠塵土空頭白，慚愧扁舟把釣翁。

五月末如鄞舟中戲作

七年不聽丈亭潮，夢覺依然枕動摇。趁得晨鐘上西渡，不妨野飯向高橋。今年天故饒梅雨，是處人言好稻苗。慚愧鄞山最青眼，回環翠色總相招。

閏十月十日自鄞城同史子應如東湖宿月波寺

不到東湖便十年，短篷還得泛霜天。千林脱葉風如剪，萬里無雲月滿絃。照影婆娑吾老矣，可人瀟灑故依然。敲門款語僧窗夜，挑盡寒燈久不眠。

杭都旅舍臘日感事

三年臘日常爲客，愁絶梅花獨自看。萬里塵沙走西蜀，九衢風雪卧長安。生來可是儒冠誤，老去偏知世路難。安得長閒伴溪叟，醉歌時挈〔一〕釣魚竿。

校勘記

〔一〕『挈』，文淵閣本作『掣』。

西湖

十年身不到西湖，把酒臨風省故吾。萬里山川發天巧，三朝宮苑富皇都。溪橋無處尋君復，詩帳令人憶大蘇。尚許蕭然塵外客，小舟終日卧冰壺。

舟自震澤道吴興城外有感蓋余甲午歲常過此州斫鱠極飲今二十有一年矣是夕匆匆略不暇泊而風月致佳也

憶向苕溪泊酒船，寧知緑鬓便華顛。只今行脚一萬里，重此驚心二十年。箬笠蓑衣真我事，清風明月苦論錢。晚涼急櫂城南去，更復題詩作後緣。

隨卑巖瀑布

高山流水去沉沉，迸落長屏百仞深。暗有衝風起崖腹，散成飛雨到潭心。梯空直下知無計，攀木旁窺戰不禁。好著孤亭巧相對，重來應得慰登臨。

昆山龔立道作棲閑堂取李太白題龔處士別墅詩曰龔子棲閒地都無人世喧故以爲名嘗託范叔剛求詩於余余許之閏八月十九日立道復自以書來爲成八句

一丘一壑塵埃外，三沐三薰清淨身。別墅只今唐處士，高風當日漢君賓。打門未肯容驚夢，載酒誰能徑卜鄰。千里題詩寄心賞，多慚不是謫仙人。

和答黄時舉貢士獻黄草布

九陌塵中一笑看，肯隨風月到遥山。應知枕石先秋冷，何羨槃冰及夏頒。古意紵衣仍縞帶，襟期黄髮更蒼顔。多君志力猶强健，不道人生行路難。

挽徐季節先生

語言平淡骨清癯，誰似黄山一老徐？眼底不知人富貴，腹中惟有古詩書。平生義薄雲天上，日暮家無擔〔二〕石儲。試問台人君識否，此翁元不事名譽。

年過八十更精神，佚我房中自在身。檢點欺心無一髮，薰涵和氣似三春。莫疑見識驚流俗，自是淵源到古人。前輩彫零公又往，哀哀令我涕沾巾。

校勘記

〔一〕『擔』，文淵閣本作『儋』。

寄吴縣主簿劉全之〔一〕

玉霄鸞鳳集吴中，爲寄雙魚問大馮。燈火十年鷩客髩，江湖萬里對晴空。扶持道術君民計，擺落塵埃學問功。外此秋毫非我事，低頭飽飯各西東。

校勘記

〔一〕此詩和下一首《顔主簿覓書字次韻》，文淵閣本無收。

顔主簿覓書字次韻

目衰仍苦病侵陵，浪説工書稍見稱。近代風流曾莫繼，古人品格故難登。家山正有墨池在，柹葉何憂紙價騰。加我數年容少進，丐君多致剡川藤。

秋晨至頂山〔一〕

散目秋郊趁曉涼，纖雲不點鏡天長。杉松沐露連天碧，粳稻眠風萬頃黄。可惜文書妨勝日，又還時節近重陽。小山叢桂相撩得，故故隨人作陣香。

校勘記

〔一〕本詩與《遊勝法寺兼簡深公》等二首，静遠軒本和文淵閣本均無收録，據中華書局1990年出版《宋元方志·琴川志》第二册第1303、1306頁補入。

遊勝法寺兼簡深公

古刹精廬隱茂林，斷雲疏雨正秋陰。黄花又是一年事，古木依然千歲心。病酒未能忻獨酌，懷人無與共清吟。僧窗夢覺鐘魚静，聽輒寒蛩語夜深。

偕同人登虞山乾元宮

塵囂咫尺愧山林，勝日追涼得共臨。千里江湖堪送目，一軒松竹更論心。清風便自生秋意，小酌何妨到夕陰。歸路蟬聲滿溪谷，爲君倚蓋一微吟。

校勘記

〔一〕『高新航論文《孫應時詩歌及其研究》附録一『誤收』按：此詩載於四庫本《燭湖集》附編孫介名下，事實上當爲孫應時所作。虞山乾宮在常熟，乃是孫應時在常熟爲官時常去之地，孫應時之父孫介在海陵時即去世，未曾隨孫應時到過常熟。《琴川志》中亦載此詩爲孫應時所作，題爲《乾元宮》。

孫應時集卷之二十

長律　絶句

上皇八十慶壽赦書至海陵敬成三十二韻〔一〕

禹跡乾坤舊，堯天日月新。龍蹕臨丙午，鳳曆首庚辰。卦直三陽泰，時通萬物屯。暖音鳴嶰律，淑氣鼓鴻鈞。奕葉炎精旺，重光帝位真。昌期周一紀，正統接千春。盛事當今最，閎休受命申。慈皇躋八秩，天子壽雙親。寶册尊名衍，璿霄慶典陳。昕朝移警蹕，法仗翼簪紳。晴日明黄道，和風度紫宸。歡聲擁都市，喜色動君臣。陛戟三呼迴，簫韶九奏均。玉巵前肅穆，天語聽温淳。拜舞班行退，郵傳詔令諄。豐章加等列，曠澤浹兵民。三殿承顔邃，重孫奉酒頻。歡娱留晷景，跪起用家人。禮樂清都表，輝華率土濱。儀刑知子職，命賜侈君仁。即事論今昔，儲祥軼混淪。陶姚非與子，文武尚臣辛。笑樂徒夸漢，規爲陋襲秦。大安慙養志，西内益傷神。孰與深慈孝，昭哉絶配鄰。内朝兼燕喜，視膳極常珍。家法長忠厚，淵衷愈畏寅。廟郊歆悦豫，宗社鞏持循。世已歌天保，皇應感召旻。百年餘蠹弊，一日待經綸。讐敵終禽馘，神州復廣輪。莫留毫髮恨，作頌勒堅珉。

校勘記

〔一〕此詩至《祐姪初赴鄉舉吾家讀書三世至此姪纔七人作十八韻誨之》等六首，文淵閣本編在卷十七。

送朱仲微使君赴闕

聲迹周行舊，入門漢相延。謝宗康樂在，阮姪仲容賢。文獻群公側，風流晚輩先。天資超瑑玉，心量極澄淵。世故雖游刃，榮途獨緩鞭。風霜飽經歷，歲月起聯翩。奏牘留天聽，鳴鑣拜日邊。一麾紆郡組，兩地冠淮壖。巢塢江湖會，吴陵海澤偏。陽公復〔一〕撫字，山甫重蕃宣。秋月滄浪底，春風草木前。近名辭赫赫，直道守平平。襦袴歌千里，絲綸錫九天。别帆催入覲，祖席歎登仙。詳試諳馮翊，深褒屬潁川。徑須持紫橐，應不墜青氊。世道千齡遠，人情百慮牽。關心眷河雒，努力補陶甄。寠跡來蓬蓽，微芳託蕙荃。一枝容吏隱，三釂慰親年。借寇知難請，依劉敢自憐。爐錘思舊物，儻問及林泉。

校勘記

〔一〕『復』，當從文淵閣本作『優』。

挽汪克之給事母程夫人

黟水衣冠盛，汪程甲一州。世賢鍾上壽，家範襲芳休。宥府尊章重，嬪闈法度脩。蘋蘩祇祀事，枌槿〔一〕媚肴羞。勤約饒經理，慈祥徧撫柔。齊眉友琴瑟，斷織戒箕裘。郗桂遇輝赫，潘輿飽宦游。金章嚴侍膝，綵服稱遨頭。疊嶂雙溪曉，千巖萬壑秋。平反問笑語，燕喜溢歌謳。九帙〔二〕童顔在，三朝寵渥稠。一毫寧復憾，五福更誰儔。鸞影合塵鑑，龍藏樂故丘。高門餘善慶，衮衮正公侯。

校勘記

〔一〕『槿』，文淵閣本作『堇』。

〔二〕『帙』，當從文淵閣本作『秩』。

趙仲禮示達菴唱酬次韻

旭旦群陰豁，春陽萬壑融。八荒雙眼界，千聖一家風。不必寻玄妙，寧須泥苦空。本來無見解，何處覓神通？穀粟飢爲藥，雷霆聽或聾。鳶魚均自適，虎鼠竟誰雄？軒冕因時貴，簞瓢有命窮。詩書休發冢，談笑任關弓。陶令琴三弄，徐公酒一中。浮雲容易改，明月古今同。上達真無累，纖瑕早自攻。論心逢益友，刮目慶新功。臺閣須公子，山林付老翁。歲寒尋此話，一笑燭湖東。

陪戎州范守閤倅飲涪翁溪紀事

元祐人何負，黄郎昔此居。江山愁思裏，風景醉吟餘。問俗夸遺事，開荒想舊廬。巖姿自奇怪，谷響故清虛。鳥語傳沽酒，猿吟憶荷鋤。文章喧宇宙，談笑狎樵漁。小德長攜杖，元明闕寄書。生涯竟流落，謗譽久乘除。士固難逃世，天寧獨困渠？朝廷重日月，河雒痛丘墟。事往真云已，神遊信所于。溪名雖發越，林影尚蕭疏。佳致歸商略，成規易補苴。春堤要楊柳，夏渚待芙蕖。名勝新開府，風流得貳車。追遊方自此，雅尚不愁予。天際歸舟遠，江干摻袂初。明年記狂客，萬里報何如？

祐姪初赴鄉舉吾家讀書三世至此〔一〕姪纔七人作十八韻誨之

家學今三世，儒流甫七人。生涯元窶悴，存歿幾酸辛。父幹真吾責，孫枝見汝新。提攜從總丱，成長及冠巾。幸有源流正，應先氣質醇。緒餘雖耳染，緣飾匪天真。黄卷心懷古，青燈坐遠〔二〕晨。定無錢使鬼，當見筆如神。科目誠沿襲，朝廷〔三〕重選掄。桂分清夜月，花趁曲江春。此日雲霄路，他年柱石臣。成功期濟世，私喜固榮親。俗薄長堪笑，才輕不自珍。胮肛詩小技，屑窣較微塵。努力初濡翰，馳心謹問津。利名卑汲汲，教誨實諄諄。莫濫齊庭吹，空慚越里顰。裁詩不盡意，持付合書紳。

校勘記

〔一〕「此」，文淵閣本誤作「比」。

〔二〕「遠」，當從文淵閣本作「達」。

〔三〕「廷」，文淵閣本誤作「家」。

邊頭偵者言中原至幽薊聞上皇遺弓多慟哭小臣不勝感憤成二十四韻〔一〕

憶昔皇家盛，誰令國步危？簡書昏酖毒，疆域剖藩籬。黑眚躔丹禁，青城引皂旗。蠟書開幕府，羽檄會王師。靈武天人屬，昆陽士馬疲。兩宫哀陷辱，三鎮憤離披。嘗膽君心鋭，捐軀國論疑。關河情落寞，江海勢逶迤。故老經綸闕，權臣志節卑。計疏擒頡利，迹婉事昆夷。吴會栖行殿，淮壖畫塞池。長城摧道濟，北府散牢之。文治光華郁，雄圖歲月移。堯仁深與子，武烈晦遵時。夕膳昭慈孝，宵衣鬱歎思。星辰回五紀，天地裂三陲。德澤從來厚，謳吟本未衰。荒寒周境土，蕪没漢威儀。痛結簞壺舊，驚傳弓劍遺。幽燕猶慟泣，京洛想纏悲。真宰高難訴，仙靈去莫追。炎精行白日，敵命託流澌。賈誼行三表，陳平抱六奇。終看石崖頌，一雪黍離詩。

校勘記

〔一〕此詩文淵閣本無收。

七言长律

送趙清臣善湘明府民謡六韻

秘圖山上古姚州，山色江光簇畫樓。更鼓分明庭少事，桁楊閒冷獄無囚。民言總信清如水，天賜常教大有秋。人物襟懷何灑落，詞章翰墨更風流。朝廷久合登劉向，父老知難挽鄧侯。翠竇新泉探静樂，公名長與此泉流。

送趙簡叔滿秩歸閩

四海從游總弟昆，年來誰復似王孫？真情每向急難見，高義殊非薄俗論。入眼雲煙歸翰墨，滿懷風月寄琴樽。三年叢枳勞栖鳳，萬里天池合化鵾。宦達于君何足道，心期令我已忘言。相思驛路梅花發，應倩清詩寫夢魂。

簡叔自臨安之官鄂渚專書問訊多寄近作以詩謝之用前歲贈别韻

與君異姓似諸昆，文采風流帝子孫。珍重征途猶問訊，殷勤詩卷遺重論。光寒牛斗韜龍劍，興逸江湖著瓠樽。混混人間誰虎鼠，冥冥物外獨鵬鯤。閒中日月無追恨，聖處工夫豈浪言。萬里此心長對面，莫尋别賦苦銷魂。

五言絶句

和李季章校書西湖即事三首

風日都門外，樓臺十萬家。西湖春事足，不話洛陽花。
舴艋填芳渚，鞦韆鬧粉牆。人争桃李節，吾憶藕花凉。
忽忽清明了，能餘幾許春。花開更風雨，腸斷惜春人。

雪夜嘆

折竹聲相聞，想見雪深尺。愁殺小臣心，橋山葬明日。

鐵笛亭

鐵笛空山巔，悲裂蒼崖破。驚起山中人，指點飛仙過。

石灶

石灶滄潭上，烹茶定幾迴。船〔一〕人因記得，俗客未經來。

校勘記

〔一〕『船』，文淵閣本作『舟』。

六言絶句

題光福劉伯祥所藏東坡枯木及漁村落照圖

洒落胸中丘壑，峥嶸海外風霜。幻出小山枯木，教成千載甘棠。

夕陽雁影江天，明月蘆花醉眠。乞我煙波一葉，伴君西塞山邊。

十一月二十六夜夢與范石湖各賦梅花六言覺僅記其大意足成二絶

小齋遥夜孤坐，何處香來可人。起看一窗寒月，更憐瘦影相親。

江路月斜霜重，野橋風峭波寒。知負天公何事，十分冷淡相看。

七言絶句

别越中諸生

三年一榻占清閒，門外蒼然是種山。步月迎風行樂地，從今應入夢魂間。

切磋長恨我空疏，甚喜同門各起予。贈别懶爲名利語，洗心深讀聖賢書。

青城范氏致爽園用石湖韻〔一〕

可人花木四時足，隨意園池百畝餘。但續岷山高士傳，不談天上故人書。

山光突兀初寒外，竹色連娟細雨餘。一段清奇徹肌骨，錦囊碎句懶能書。

校勘記

〔一〕文淵閣本作『范氏致爽園用石湖韻』。

黄巖新安鎮舟中和王主簿春霽遣興

天惜花時雨易晴，鳥知人意唤春醒。歸舟兀兀新安路，溪北溪南水正生。

春郊偶作

春泥過雨屐聲慳，野水危橋欲度難。世路迷人腸斷處，黄昏天氣麥秋寒。

閲書庫

寒儒事業趁三餘，細字篝燈手自書。眼底牙籤富連屋，妙年公子意何如？

秋日遣興

門前白水暎青山，草滿荒庭晝掩關。莫恨窮居窮到骨，平生未有此情閒。
今年炎毒異他年，及此秋風意洒然。身世還須幾寒暑，吾生何事不隨緣！
清秋佳月不尋常，何限歌樓醉夜長。要是超然塵外客，一杯差不負秋〔一〕光。
故人强半隨流水，世事新來似奕棋。老我壯心消折盡，鏡中唯有鬢如絲。
學書成癖故童心，頗復忻〔二〕然得趣深。一字千金亦安用，等閒容我度光陰。
虚齋獨寢意偏清，夢斷秋窗月正明。匡坐偶然成導引，未須癡絶慕長生。

校勘記

〔一〕『秋』，文淵閣本誤作『孤』。

〔二〕『忻』，文淵閣本作『欣』。

山菴即事

田田荷葉作老色，楚楚菊叢生細香。落日空山歸鳥盡，扶笻獨自到池塘。

胡〔一〕元邁集句作宮詞二百首求題跋爲書兩章

五侯鯖具人間味，百衲衣裒天下工。宮體故宜供帖子，玉堂何日喚詩翁。

不譏飛燕在昭陽，但詫流鶯滿建章。狗監若逢楊得意，何妨持此奉君王。

校勘記

〔一〕『胡』，静遠軒本作『吴』，據卷十《跋胡元邁集句》作『胡』。

書西溪僧壁

問訊前賢滄海邊，遥堤煙草故依然。誰言筦庫功名薄，已活淮民二百年。

碧天如水水明霞，雁子横風一二〔一〕斜。袖手行吟不知晚，滿川霜月浸蘆花。

悠悠身世客心驚，十宿西溪夢未曾。笑把新詩留日月，碧紗黄壐聽山僧。

校勘記

〔一〕『二』，文淵閣本作『一』。

詠史

絳帳何人拜馬融，已應羞面見兒童。早知自照頭顱醜，枉用文章投〔一〕李公。
咄咄歸來技已窮，函書翻欲媚桓公。佳兒似此何須數，空使諸人怨乃翁。
拊髀平生志八區，暮年家國付夷吾。誰言子女能相豢，可笑周郎淺丈夫。

校勘記

〔一〕『投』，文淵閣本作『殺』。

西溪僧舍晝卧

燕子風微春晝長，獨攜書卷卧禪房。悠然一笑無人領，只有薔薇滿院香。

奉和家大人將赴官舍留示及門之作

師訓勤誠數十年，此心端不愧高天。諸君體我家嚴意，學殖毋爲鹵莽田。
大學成功在九年，根牢幹長到參天。斯須廢棄終身困，稂莠從來易滿田。

黄巖溪

杜鵑聲裏谷幽幽，緑水平溪日夜流。花落空山人不到，一川煙雨起春愁。

蒼山萬疊鎖荒煙，百道清溪思悄然。只有東風偏識路，馬蹄花發自年年。

入福昌寺詩

風日蕭蕭林翠開，支笻古寺獨徘徊。山中不怪無人識，十五年前一度來。

次仲氏韻

麯〔一〕生真得聖之清，風味超然一座傾。肯向春寒慰牢落，令人心事轉和平。枵腹貪書頗自强，年來得失正相當。須知耳目塵埃盡，始見山川〔二〕日月長。故人驚我鬢絲多，一嘆相看〔三〕可若何。勳業向來無此夢，菱花何必遣重磨。

校勘記

〔一〕『麯』，文淵閣本作『麴』。

〔二〕『川』，文淵閣本作『林』。

〔三〕『看』，文淵閣本作『逢』。

山　行

中年意與山林會，勝日身兼杖屨輕。正有百錢堪獨往，不將一賞負秋清〔一〕。

校勘記

〔一〕『清』，文淵閣本作『晴』。

題寒草巖

寒艸巖前春鳥啼，桃花無數點清溪。我行已到神仙窟，不比漁郎此路迷。

枕上口占

喧喧鳧雁起寒汀，淡淡畫窻半欲明。聽徹霜鐘發深思，對床欹枕有詩成。

次日湖上

山南山北水平湖，屏障天開畫不如。好在風流王謝宅，扁舟來往未應疏。

送彭大老提舶泉南

先生學力定如山，應世無非意所安。一語令人深味處，不言容易祇言難。
笑談終日任天真，和氣春風自絶〔一〕人。畢竟胸中無適莫，不妨一世總相親。
人言西府厭編摩，歸卧方山意若何？出處無心亦無累，寧知世上有風波。

眼觀榮辱等虛空，强著衣冠與世同。長夏清風秋夜月，高懷應不忘山中。

天然廉素匪沽名，秋入滄浪徹底清。鑾舶珍奇縱山積，歸囊應比去時輕。

一時人物到如今，人望先生日已深。願以蒼生寘〔二〕懷抱，勿因空谷有遐心。

校勘記

〔一〕『絶』，文淵閣本作『襲』。

〔二〕『寘』文淵閣本作『置』。

崑山龔立道昱有月石硯屏斗南君玉諸人皆有詩余亦賦一絶

窗間明月鎮長在，此寶如今更有無？看取光輝生筆硯，可無文字繼歐蘇。

舉帆松江經縣治北

楊柳煙中一塔孤，東風漫漫水平湖。扁舟誰倚高樓望，畫入吴淞春晚圖。

贈閭丘道人時不語

天下幾人能具眼，世間萬事可忘言。猶將筆墨瀾翻説，多笑先生不憚煩。

江北梅開殊晚和林實之别駕韻

水邊籬落影疏疏，一見風姿意豁如。驛使莫嫌時節晚，少留春半作春初。
楚江横月一枝明，想見江南半落英。等是春風有先後，不妨調鼎看功成。
地遠天寒飽雪霜，深林依舊十分香。玉堂茅舍公休問，一種風流壓衆芳。
清詩吟賞慰花神，唤起風情寂寞濱。正是參軍舊題處，須公還作一家春。
一笑無言桃李場，從教遥夜鬭寒香。紅梅何意敗家法，便欲從時作鬧妝。
許氏南園十里間，蹉跎勝賞怯春寒。寄聲行客如回首，莫把尋常醉眼看。

池口阻風雨詩

江頭三日繫扁舟，秋浦齊山欠一游。已自無人念羈客，更禁風雨作春愁。
一江風雨送春歸，漠漠汀洲白鷺飛。舟子相呼更添纜，水來新没釣船磯。

巫山祠梳洗樓

山川楚國六千里，雲雨巫山〔一〕十二峰。神女可無哀郢意，强教梳洗爲誰容？

校勘記

〔一〕『巫山』，文淵閣本作『陽臺』。

巴東秋風亭懷寇公

秋風亭上思悠哉，想見鳴琴日日來。野水孤舟故如昨，爲公長嘯一徘徊。

袖手窮山一少年，何曾有夢到澶淵。英雄正自無人識，蓋世功名卻偶然。

和真長木犀

一從月窟移根到，不落人間第二香。商略江梅是兄弟，等閒休復鬭風光。

香傳萬里到蠶叢，依舊江南林下風。憶著小山招隱句，不堪流落更相逢。

長憐花月不相謀，月滿花開得更休。待倚高樓吹鐵笛，爲君極意作清〔一〕秋。

校勘記

〔一〕『清』，文淵閣本作『吟』。

即　事

凝雲淡淡山蒼蒼，天影下照生湖光。漁舟散入緑蘋去，畫〔一〕破琉璃三四行。

江梅玉立故清妍，心友猗蘭弟水仙。終日相看静無語，一時風味也堪憐。

校勘記

〔一〕『畫』，當從文淵閣本作『劃』。

和陳及之

不妨客子歸路滑，且喜雨來天破慳。劍南劍北好顔色，吾徒心事略相關。
詩無彫刻未爲癖，戰勝紛華聊自肥。萬里歸期勞夢想，百年世事幾從違。
蟠龍山頭行且歌，嘉陵江上重相過。人生知音不易得，舉似諸人委怎〔一〕麼。
江頭風雨暗行李，習氣難洗儒生酸。更欲從君細商略，不道揮斤愁鼻端。
吾非斯人誰與群，覆手翻手知交情。天南海北有離合，此生此意無寒盟。

校勘記

〔一〕『怎』，文淵閣本作『悉』。

再　和

文章富貴自兩事，脱欲其全天定慳。平生蕭瑟也不惡，未妨詩賦動江關。
庭幃日聽烏鵲喜，里社相思雞凫肥。獨身浪走一萬里，忽忽平生心事違。

君詩音節中絃歌，報我英瑶百倍過。江村老人衣鉢在，同參今更有人麽？
欲望中原雙目斷，聽談往事幾心酸。百年故家好人物，塵沙流落太無端。
衮衮諸公鴛鷺群，年來看熟已忘情。四時相尋風雨過，一丘一壑便慳盟。

和鄭信卿〔一〕

天與風情壓衆芳，雕欄翠幄奉君王。猗蘭自欠傾城色，空作深林一味香。牡丹
綺羅絲竹沸名園，想見春風玉樹前。況是天公饒一月，何妨行樂倍他年。春懷
舞絮飛花别茂林，狂蜂亂蝶度繁陰。乾坤不盡春長在，莫遣傷春意太深。惜春

校勘記

〔一〕此詩文淵閣本編在《和陳及之》之前。

和簡叔

緑陰庭户自生香，燕子飛來話日長。正有清風便午枕，更無塵夢到禪牀〔一〕。
落日啣山山更青，閒雲斂盡緑煙横。危亭獨倚闌干遍，又聽疏鐘第一聲。

校勘記

〔一〕『牀』，文淵閣本作『房』。

挽邢邦用

有美天姿粹且真，温温玉樹氣生春。從來孝友聞鄉曲，嘆息如公有幾人？

十載潛心學有方，韜藏曾不露鋒鋩。前途萬里能脂轄，此志傷君死未忘。

區區倉掾救荒移，實惠洋洋攝令時。更有棠陰在空囿，廬山遺愛未應衰。

平心〔一〕事業始分毫，梗梓終須百丈高。正擬他時好梁棟，忍看摧折在蓬蒿。

傾蓋論交未一年，追懷三益淚潸然。爲君提掖諸郎看，長已勝冠孟母賢。

校勘記

〔一〕『心』，文淵閣本作『生』。

眉　州

文華要是山川氣，看到眉州四海空。尊者菴前雙石筍，令人真見兩蘇公。

讀通鑑雜興

南山擊缶正烏烏，東市忽忽坐一書。説道中興無過事，太陽侵蝕總緣渠。人告楊惲驕奢不悔過，日食之咎，此人所致。

簿書流汗走君房，那得狂奴故態〔一〕降。努力諸公了臺閣，不煩魚雁到桐江。光武以吏事責三公，安能屈子陵耶？

清濁無心陳仲弓，圓機聊救漢諸公。末流不料兒孫誤，千古黄初佐命功。仲弓弔張讓喪，爲諸公地耳，子孫因畏禍屈節，陳紀仕董卓，陳群相曹氏。

柴門三叩略從容，感激聊酬大耳公。常日驅牛趁風雨，人前元不似英雄。孔明躬耕，不求聞達。今之士方囂囂然欲爲孔明，何哉？

渭上耕屯望一秋，鼓行那復更遲留。落星誤盡癡兒輩，長説宣王抗武侯。孔明四月至渭南留屯，八月薨。

建安社稷看文舉，正始風流倚太初。天地一身無處著，諸人休苦恨狂疏。漢魏之末，孔文舉、夏侯太初豈復有不死之理哉！

平生作意輕羊舅，歲晚何心佞羯奴。爲問荆齊是三窟，此時容有宦情無。王衍素毁羊祜，及爲石勒所擒，自稱〔二〕少無宦情，且勸勒稱尊號。

莫在〔三〕新亭泣楚囚，王公原不辦中州。石頭城〔四〕外千年恨，他日相思一涕流。周伯仁之死，王茂弘之罪也。

校勘記

〔一〕『態』，文淵閣本作『意』。

〔二〕『稱』，文淵閣本作『陳』。

〔三〕『在』，文淵閣本作『怪』。

〔四〕『城』，文淵閣本作『門』。

孫應時集附編卷之上〔一〕

附孫介詩

題張元鼎風雨齋

張侯好兄弟，韡韡棠棣芳。築室聽風雨，書史堆滿牀。牀前竹千挺，竹外花兩行。舉頭見青山，秀色臨我傍。客來具雞黍，亦復陳壺觴。坐與塵土隔，淡然風味長。我久倦行役，萬里歸故鄉。相遇飲三日，笑語成清狂。百年幾别離，兩鬢各已蒼。此會苦難復，此歡不可忘。

校勘記

〔一〕此編編排順序與文淵閣本不同處甚多，今從静遠軒本。文淵閣本作『孫介詩二十首』，據《琴川志》《偕同官登虞山乾元宫》爲孫應時作品，已補入卷十九之末，孫介詩現爲十九首。

欣欣篇有序〔一〕

予生三子，自昔嚴訓。幼者方効一官，長仲分寓他館，所學均日進，心以爲喜。近仲

男用韓文公齪齪詩韻，爲《咄咄篇》以自警。故自作《欣欣篇》以次之。〔二〕

欣欣雪齋叟，年少本孤寒。愁懷厄羇寓，兀坐起長嘆。慷慨念前世，聖門真可觀。鄒人息邪説，吏部回狂瀾。鈍金須砥礪，曲木待繩彈。偉哉得三男，父子聊自歡。爛舌不合閒〔三〕，濡毫無使乾。高天揭懸象，絶嶂飛流湍。取舍〔四〕狥三益，行藏推四端。鶯友新擇木，鵷雛初放官。言辭凜冰雪，節操森琅玕。神祇儻終祐，騫翥亦何難。

校勘記

〔一〕文淵閣本無『有序』兩字。

〔二〕文淵閣本序：『予生三子，自昔嚴訓。幼者方効一官，長、仲分寓他館，然其所學，近皆日進，心以爲喜。而仲男感慨興懷，乃用韓文公齪齪韻，爲《咄咄篇》以自警。故自作《欣欣篇》以次之，所謂美不忘箴也。

〔三〕『合閒』，文淵閣本作『令閉』。

〔四〕『舍』，文淵閣本作『捨』。

雨涼夜坐口占

雨陣四五合，回風掃千軍。舉頭暎微月，滿空行白雲。煩歊一洗盡，危坐清夜分。讀書意未已，悠然有餘欣。

丁未孟秋夜月明如中秋因思范公守南陽賞月及坡公赤壁之遊皆七月望也作短歌記之

先生赤壁舟中賦，老子百花洲上歌。若〔一〕人不負此明月，今我當如此月何？連宵風雨暑欲盡，碧玉萬里誰新磨？冰盤無聲出海底，蕩漾六合生金波。早秋便得許奇絶，探借八月聲〔二〕光多。天公賜我美無價，樽酒不設羞嫦娥。人生看月幾時足，百年寒暑如飛梭。兩公卻與月長在，聲名萬古流江河。夢生羽翼不可逐，想象風景空吟哦。洞簫長笛亦何有，拂衣起舞聊婆娑。

校勘記

〔一〕『若』，文淵閣本作『古』。

〔二〕『聲』，文淵閣本作『清』。

用兒子應時宿龍泉寺遇雪詩韻

扁舟趨郡去，攜手復同歸。款話僧宜訪，登山志欲飛。詩能歌白雪，心合念黄扉。莫作兒童語，豐凶有政機。

答僧道隆惠古〔一〕融水墨一紙

破林霜月後，煙景夜微茫。妙寄筆墨外，静涵山水光。古融韻可想，老隆意所將。慚我無瓊琚，報以永不忘。

校勘記

〔一〕『古』，文淵閣本作『老』。

丁未仲夏賞月有序〔一〕

頃予乾道三年丁亥五十四歲仲吕望夕，居家小飲，曾賦《惜月詩》云：『年止十一月，月唯十二圓。蟾輪嗟易缺，人事苦難全。貧病愁忙夜，風雲雨雪天。上逢冰鑑滿，得酒且邀延。』今寓海陵，已七十四。適邑長官司馬父子合席偕飲，檢視前篇，正同此日，忽焉恰二十載，可謂事不偶然，殆若前定，賓主無不驚賞。因慶兩家三樂俱備，輒用元韻，以述私喜，同座之人不可不賡和也。

詩成二十年，今夜月重圓。兩姓包三樂，同寮慶十全。笑談諧素願，賓主謝高天。莫逆無勞約，俱祈得永延。

校勘記

〔一〕文淵閣本無『有序』兩字。

司馬令尹儼次韻〔一〕

世事故前定，冥符今夜圓。詩同人偶合，酒與月俱全。萬物自有數，一毫皆係天。人生莫惆悵，對景數招延。

校勘記

〔一〕本詩和下文《司馬道次韻》《司馬縣尉述次韻二首》，文淵閣本無收録。

司馬道次韻

邂逅成佳約，持盃喜月圓。素華千頃浄，樂事兩家全。念舊驚同日，裁詩似先天。他鄉欣得此，後會肯重延。

司馬縣尉述次韻二首

嘉約當余望四月爲余月，開樽對月圓。一時如素定，四美復兼全。清影浮瓊斝，高歌樂性天。主賓歡意洽，不惜且留延。

停盃待明月，喜見十分圓。曩昔詩猶在，今宵事偶全。浩歌休問夜，至樂莫非天。願侍金樽側，時來接款延。

夜坐偶成

墮甑誰能顧，虛舟進所如。無涯身世事，有味聖賢書。髮短猶禁櫛，園荒可廢鋤。萊衣幸無恙，何必問其餘。

乾道乙酉鬻田訓子有作

顔回猶自給糜飦，蘇子初無二頃田。知慕聖師瞠若後，豈令恭嫂倨如前。筆耕得利寧分地，俗人佃業則分地利，學禄中居總藉天。卜相既云隳祖業，請令同力奮雙拳。

壬寅正月幼子黄巖尉任將滿予與家衆先歸尉〔一〕子獨留官舍三月作詩八句寄之

三年隨汝作初官，父子同知涉世難。饔禄粗欣便老懶，還家仍慮阨飢寒。生來賦分皆前定，天下何時得舉安。慈孝睽離懷問膳，試憑雙鯉祝加餐。

校勘記

〔一〕『尉』，文淵閣本作『幼』。

乙巳冬十月隨幼男赴海陵丞中途遇交代有開正視事之請既抵官舍有作

整棹姚江到海陵，稽徊四十日行程。相逢既諾交承約，少待何妨信義明。慼慼已無終歲慮，琅琅先有誦書聲。謂男女諸孫也。夫妻白首皆天幸，三樂無慚好弟兄。

送錢叔儀使君之南安

使君心事玉無瑕，游戲功名髪未華。要省文書緐貝葉，故從江嶺訪梅花。春風早趁人千里，勝日相思天一涯。唤取名郎著蘭省，不須留及兩年瓜。

仲子生日並序

雪齋老人訓迪兒輩，嘗謂孟子言君子三樂，其一係乎天賜，其二在乎身行，其三待乎人合。吾家素厄貧賤，今幸夫婦耆老，三子温凊，而幼者新任淮丞，盡室團圞，其樂無涯。仲子生朝，吟詩小酌，以慶天賜，如得〔一〕其兄弟同賦，尤妙也。

尋常得子要佳晨，何幸生朝在仲春。樂事賞心隨處處，仁風和氣似親親。天恩有庇容團聚，家訓無須旋卜鄰。杯酒獻酬更祝頌，不須黄老拱星辰。

校勘記

〔一〕『得』，文淵閣本無此字。

縣作鹿鳴會屈致冷副端席半出詩侑一獻次其韻

早嘆朝陽鳳一〔一〕鳴，幾多風奏動延英。只今故里誇閒適，得使諸生拜老成。妙句獨先歌白雪，歡顔親自酌烏程。鹿鳴故事雖榮觀，此段邦人分外榮。

校勘記

〔一〕『鳳一』，文淵閣本作『一鳳』。

雨　後

落日矯烏雲，疾風蹙白浪。雨聲西南來，勢劇萬馬壯。

江　上

灘頭鳴櫓去，偃仰醉霜月。意倦早歸來，風波渺愁絶。

淳熙戊戌在家聚徒期以秋冬隨子赴任作詩二絶示諸生

爲學須當及少年，莫言愚智盡由天。青春若不勤耕種，秋熟徒嗟有廢田。

此去相從有半年，分攜恐在暮秋天。若能早夜思精進，他日生涯勝買田。

雨　後

呼童捲簾收架書，簷溜忽斷雲蕭疏。山光水影净如拭，一川秋意勝〔一〕芙蕖。

校勘記

〔一〕『勝』，文淵閣本作『生』。

附孫應求詩〔一〕

皦皦篇有序

仲弟應符用昌黎《齪齪詩》韻作《咄咄篇》以自警，家大人復用其韻作《欣欣篇》，應求亦次韻作《皦皦篇》以見志云。〔二〕

皦皦志士心，玉壺冰露寒。整冠默危坐，撫卷慨永嘆。膠擾天下事，豈逃吾静觀。是心本如水，風過成濤瀾。蟻或作牛鬭，雀常用珠彈。萬境各顛倒，何者乃〔三〕憂歡？聖學有宗盟，口血應未乾。進修在覆簣，趨舍防奔湍。正須極高深，乾坤見倪端。規摹括四代，宗廟富百官。譬如入玉府，璆琳雜琅玕。逢原在左右，諒非登天難。

校勘記

〔一〕文淵閣本作『孫應求詩一十一首』。

〔二〕文淵閣本以序『仲弟應符用昌黎《齪齪詩》韻作《咄咄篇》自警，家大人用韻作《欣欣篇》，應求次韻作《皦皦篇》以見志云』爲題。

〔三〕『乃』，文淵閣本作『爲』。

次季和宿龍泉寺遇雪韻

艤岸投僧話，歡迎勢若歸。林巒窮勝處，樓閣盡翬飛。本謂身還舍，何期雪擁扉。莫嫌行復住，世事合隨機。

丁未仲夏季弟海陵官舍家大人賞月作詩命和元韻〔一〕

銀蟾憂易缺，綵侍喜長圓。豈意他鄉會，均同一樂全。杯行驚話舊，星聚敢占天。但願人常久，頻將桂影延。

校勘記

〔一〕文淵閣本作『丁未仲夏季弟海陵官舍家大人賞月作詩和韻』。

恭和家大人鬻田訓子詩韻

家貧常産遽蕭然，只把詩書代力田。謀道固宜躭樂内，卻行安可望追前？置錐今日憂無地，摛藻他時喜撲天。富貴學成終自有，服膺當務益拳拳。

季弟黄巖任滿家大人率家衆先歸作詩見示恭次元韻時留剡館

長拘棲寓季微官，攜杖扶車愧二難。翹首雲山魚雁遠，關心歲月骨毛寒。方來負米還爲養，未遂承顔數問安。何日庭前環戲綵，共馨夕膳潔晨餐。

恭次家大人初抵季弟海陵官舍之韻

一家千里赴吴陵，沿道遲留不問程。風物蕭條鄉愈遠，山川開豁眼增明。春田未有歸耕計，夜雨聊聽對榻聲。幸嚮萊庭同綵戲，回頭終有媿難兄。食貧寧問肉如陵，且喜官曹簡事程。千里平淮隨地闊，一江遠水照天明。幾多懷古登臨意，時作搔頭諷詠聲。酬唱敢希珠樹秀，粗分菽麥異周兄。舟渡金山過廣陵，灣頭略可計淮程。回瞻建業祥煙繞，北望長安落月〔一〕明。野曠春農虚地力，霜清曉角動邊聲。中原仇恥非難復，子弟皆思死父兄。

校勘記

〔一〕『月』，當從文淵閣本作『日』。

仲弟應符生日大人作詩命和元韻

阿連誕世在兹晨，月吐三更恰半春。幸有斑衣堪共戲，何妨緑酒正相親。雍雍已覺和爲貴，勉勉當思德有鄰。所願百年長膝下，不勞相望似參辰。

恭和家大人將赴季弟官舍書示及門之作

力穡良農必有年，先脩人事乃言天。士非學問無由立，勿道家饒負郭田。少年不學待何年，長大無成莫怨天。况是各承賢父訓，豈容弗肯播菑田？

附孫應符詩〔一〕

咄咄篇有序

應符讀韓文公《齪齪詩》，攷其歲月，乃三十二所作，今應符生亦三十二年矣，深有媿焉，因借其韻，爲《咄咄篇》以自警。〔二〕

咄咄汝爲子，念之心可寒。慕則非所慕，嘆則非所嘆。愚生乃繫俗，達人斯大觀。大明高照耀，滄海足波瀾。不求勝己友，有過孰拼彈？不絶害心念，誠身奚喜歡？溝澮無源本，易盈還易乾。見善苟不明，譬彼東西湍。仁義根于心，視精而行端。讀書貴知道，事親寧以官？會稽産竹箭，西海出琅玕。虚名何足尚，所懼實才難。

校勘記

〔一〕文淵閣本作『孫應符詩一十一首』。

〔二〕文淵閣本以序『應符讀韓文公《齪齪詩》，考其歲月，乃三十二所作，今應符生亦三十二年矣，深有媿焉，因借其韻，爲《咄咄篇》以自警』爲題。

次季和宿龍泉寺遇雪韻

同入招提宿，初從城市歸。雪輕渾欲舞，雲凍不成飛。客意〔一〕尋溪棹，僧來叩竹扉。籬邊一枝玉，漏泄化工機。

校勘記

〔一〕『意』，文淵閣本作『去』。

丁未仲夏季弟海陵官舍家大人賞月作詩恭次元韻

賓僚成雅集，夜月正清圓。幸對芳樽滿，兼逢樂事全。哦詩追舊日，舉盞望青天。此會宜頻講，何妨祝壽延。

恭次家大人鬻田訓子詩韻

阨窮那復值凶年，典盡貧家五畝田。暫給簞瓢居巷内，且將經史向窗前。潛心矻矻先修己，安命棲棲不怨天。爵禄功名宜自取，尤當勉力務勤拳。

季弟黄巖任滿大人挈家衆先歸作詩見示恭和元韻

心處中虚治五官，物來能應固非難。移忠益本居家孝，閲暑知曾歷歲寒。父子賡歌真内樂，弟兄分職賴居安。何妨菽水爲歡養，會有時來詔賜餐。

恭次家大人初抵季弟海陵官舍之作〔一〕

學山初不止丘陵，驥子終期萬里程。莫問官曹今落寞，正須人物自高明。斗升聊可爲親養，歲月行看播詔〔二〕聲。膝下團圞事文史，此身何幸忝居兄。

生於陵者自安陵，何事驅馳較驛程？卻望鄉山千里隔，共看淮月一輪明。官閒足遂吟哦樂，俸薄休形嘆息聲。最幸一家仍聚首，不須嗟弟與瞻兄。

生憎世俗迭相陵，反己工夫有度程。大學在先知本末，中庸當務造誠明。諄諄自昔承嚴訓，默默終年愧令聲。至道不須由外索，事親友弟及從兄。

校勘記

〔一〕『作』，文淵閣本作『韻』。

〔二〕『詔』，當從文淵閣本作『治』。

應符生日大人作詩以示恭次元韻

初度追思夜向晨以子時生，敢安暇逸負青春。鴒原友悌同三益，鶴髮康寧拱二親。未遂功名酬誨育，勉將誠孝信鄉鄰。從今且願蒙天祐，日侍慈顔拜北辰。

恭和家大人將赴季弟官舍書示及門之作

純熟工夫積歲年，能知本性則知天。揠苗助長猶爲害，況復芸人舍己田。

焚膏繼晷且窮年，榮悴他時卻在天。莫把光陰虚度了，吾徒耕道若耕田。

孫應時集附編卷之下

行狀

承奉郎孫君行狀

沈焕

先生姓孫，諱介，字不朋，越之餘姚人也。居于縣之燭溪湖，號雪齋野人〔一〕，里人尊之爲先生。七世祖當五代時自睦州來徙家。曾祖亮。祖政，生四子：伯子昇，仲子什，叔子充，季子全。先生叔氏子，其季無子，伯父命爲子。家世力田，伯父爲浮屠，持其戒甚苦，而識趣不凡，間就儒生習《論語》《孟子》《詩》《禮》，輒通大義，慨然蘄變其家爲儒，集猶子親授訓傳，飭厲嚴明，于是先生之兄疇壽朋，少凝遠有偉志，言動遵規矩，稱伯父意。

故龍圖閣學士、尚書胡公沂周伯之父定翁先生，名宗伋，字浚明，方以學行講授閭里。伯父俾壽朋率諸季，負笈依其門。嘗有家問，督壽朋立志剛遠慕先聖，暑毋晝寢，群居起敬，忌苟同俗。且曰：『汝前報吾苟且學作文字，君子無一忘敬，苟且何等語，後不得復爾。』壽朋學勇進，矜式後來，諸長者相會，曰：『萬金可有，孫壽朋不易得也。』

壽朋蚤没，先生孤童自立，學成，益光先生之學，本末有序，始終可攷。以先聖爲師，暑日拜先聖文，永感悲思，每旦誦《孝經》一通，著《日誦孝經賦》。不惑佛老，不諂鬼神，不好禨祥，不事方術，不信陰陽地理之書，著《卜葬説》。慕司馬温國公，未嘗妄語。追念伯父始望興門户之意，伯兄提携教育之恩，言輒流涕，逢諱日臨祭祀，歔欷哀泣，終老不懈。雖簞瓢不給，而粢盛潔芳，薄薦必齋。衡茅不補，而塋屋繕葺，茂林勿翦。敦念族屬，平心正氣，且教且勸，虔而嚴憚焉。少尚忠義，有憂當世心，弱冠寓林〔二〕疃，聞徽宗崩，北望大慟，情發于詩，末云『常〔三〕願吾皇不共天』。間語中原舊事，扼腕頓足憤激，作《默禱》六言：『無一日敢忘君，以天下爲己任。願伸幺麽之私，遠冀明昌之寢。』其壯烈如此。幼學于定翁，定〔四〕翁没，持心喪，編其嘉言善行，曰《胡氏賢訓》。每誦其德，憂思感愴，如其思伯父、伯兄。夫人之大倫，親也、君也、師也，三者隨力之所及，此非古之所謂躬行君子乎？

年七十，倣程公太中珦，自爲墓誌。前卒一歲，季子奉安車丞海陵，神氣瑩澈，膚澤不黧，樂飲劇談，龐眉皓然，人謂難老。而先生自言，吾日月近矣，爲詩往往多訣别語。歲十一月朔，扶杖瞻先聖畫像，泣曰：『今而後不復得事先聖矣！』自是果卧疾不能興。改歲之旦，意少適，取琴鼓之，曰：『吾其遂與琴别乎？』越二十六日，疾甚，即屏藥不御，諸子泣進，曰：『吾方澄心静卧，勿亂我。』明日，熟寢覺，猶進粥，其夜復煮藥屢請，不答，將旦，命諸子扶坐，正色曰：『聖人五十知天命，吾七十五矣，胡使我不知命，爲畏死戀生者乎？』誦曾子易簀一章，及莊子蟲臂鼠肝語，琅然不差。移時病革，絶復蘇，命酌一卮，手自持飲，飲竟曰：『姑退，今日尚少延也。』又熟寢，覺，復起坐曰：『吾無餘念，獨二孫未名。』撫二孫，命之名，而目諸子曰：『善教之。』既則微笑曰：『吾〔五〕真無可言矣。』命旋席向〔六〕，仍寢。晡時縣長官、主簿問疾，舉手別曰：『氣盡則止，願加愛。』比暮，氣寢微，遂終於官舍，淳熙十五年戊申正月甲子也。嗚呼，觀先生死生之變，可以驗平生之學，信本末始終不誣矣。

初有田三十畝，娶同縣張氏，得奩資十畝，伏臘不贍，常寄食授書助給。中年三兒寖長，謝主人歸訓家塾，久之大困，喪其土田，然猶捐衣輟食以周旋媚親之急。不事請謁，不營錐刀，忍窮如鐵石，非其義，餽之不受。爲子求婦，皆故人寒士之女，曰：『吾方以禮訓吾家，使婦挾富則閨門何觀，不如兩窮之相安也。』諸子壯有過，撻罰不少假。子婦諸孫，下逮僕妾，進退有時，少長就列，凛如也。平居愷悌慈恕，恩意浹洽，使人必知其勞苦，察視寒煖〔七〕，饑飽盡其情。家政雖細事薄物，動有繩約，獨米鹽出入，用費以盈〔八〕縮，告事而已，不苛詰。生未嘗與人爲怨，聞一善輒記録，稱道不置，終不及人之惡。其教學者懇懇如己子，家貧無書，自諸經正義、諸子書、《戰國策》、西〔九〕漢晉南北隋唐五代史、百氏文集、異聞雜説，悉手抄，或删其要語，楷書細字，無點畫稍〔一〇〕惰。年四十餘，不事科舉，晦迹不入都〔一一〕邑者三十餘年。晚隨季子就養，所至謝客，澹然繙書自娱，詩文數十卷，號《雪齋野語》，皆有德者之言也。年七十，逢壽聖慶恩，補承務郎。後二年，高宗再慶，進承奉郎。終之年九月辛酉，歸葬舍南燭溪湖之濱潘山之塢。

三子，應求，鄉貢進士；次應符；次應時，文林郎，泰州海陵縣丞。女一人，未嫁而夭。孫男祖祐、祖詒。孫女五人，皆幼。

焕尉上虞，始識先生之季子，見其資端而秀發，知非而改過，起而問其源委。乃謂予曰：『吾伯祖開吾家儒學之端，吾伯父植立爲儒之業〔二〕，今吾父指前人誨我，恐恐然未知其不負也。』甲辰歲，始得拜先生于牀下，闊略行輩，貶損名德，進焕而教之。視其貌，如野鶴孤雲，洒然不受世之塵也。察其意，慊然未始自足，講學進德斃而後已也。聽其言，如五穀之飽人，浸浸乎手足服禮，耳目端静，使人不能自已也。使稍見之用，趨死不顧利害去就，白首耆艾喟然動衆心，誰能屈之？惜也時命大繆，成于其身，善于其家，達于其鄉，而奮發乎後昆，爲不忘〔三〕耳！

諸孤將請于晦翁朱先生銘其墓，不鄙焕，委狀其行，遂次第書之爲狀。八月十四日，從政郎充兩浙東路安撫司幹辦公事沈焕謹狀。

校勘記

〔一〕『人』，文淵閣本作『叟』。

〔二〕『林』，當從文淵閣本作『村』。

〔三〕『常』，文淵閣本作『哭』。

〔四〕文淵閣本無『定』字。

〔五〕『吾』，文淵閣本作『今』。

〔六〕文淵閣本在『向』後有『牖』字。

〔七〕『煖』，文淵閣本作『燠』。

〔八〕『盈』，文淵閣本作『贏』。

〔九〕『西』，當從文淵閣本作『兩』。

〔一〇〕『稍』，文淵閣本作『頽』。

〔一一〕『都』，文淵閣本作『郡』。

〔一二〕文淵閣本在『業』之前有『事』字。

〔一三〕『忘』，當從文淵閣本作『亡』。

承議郎孫君并太孺人張氏墓銘〔一〕

樓鑰

淳熙五年，余贅倅天台，已而會稽孫君應時季和尉黄巖，見其學行政事、詞采翰墨，動輒過人，與之定交，問其家世，始知其父雪齋先生之賢甚悉。方與四方士友期季和以遠到，開禧二年二月二十三日將赴邵武通判，忽一疾不起，僅以朝奉郎致仕，識者莫不痛之。三年十月二十五日，其母太孺人張氏繼卒於家。季和之兄應符遣其子祖祐來見余，曰：『祖父雪齋之亡，季父嘗持故國子録沈君焕所狀行實，乞銘於晦翁朱公，公許以銘，曰：「古所謂志士仁人，今復見之，恨不及展龐公之拜，銘文見屬，其何敢辭。」既而公亡，迄不果銘。今不幸祖妣繼季父以逝，顧當今孰能繼晦菴者？敢泣以請。」

余以衰病掛衣冠，而迫于上旨，收置北扉，震懼固辭不獲命。念季和之交誼，又不可以固陋爲解，讀其所示事實，見雪齋七十歲時，倣程公太中自誌其墓，有云：『雪齋野叟孫介，字不朋，越之餘姚人。族緒寒微，難援譜系，但聞五代祖自睦州徙居此，力田自業。余曾祖亮，實生二子，余祖爲長，諱政，孝慈馴善，鄉黨稱之。生四子，長從釋氏爲昇師，次爲十伯父，次爲十三伯父，次先考十七府君諱子全。昇師持苦行而有高識，兼通儒書，喜聽賢士大夫語。歸葬父母，守冢三年，則聚諸弟之子，躬授《語》《孟》《詩》《禮》，蕲變其家爲儒。已而余生於政和甲午八月辛亥〔二〕，十三伯父之子〔三〕，命以爲先考嗣。四歲能離家入郡庠，隨母兄壽朋讀書，日數百言。七歲學于鄉先生胡定翁家。聞本生伯母及先考之訃，號噎奔喪，哭臨以時，孝悌之端，發於天性，衆稍驚異。其後兄嘗攜寓鄉館側，聽講《説文》，義粗通，然退侶燕朋，弛怠不進。十四五，潛喜哦詩，兄使誦杜集，頗費日寡益。十八九，始學舉子賦。遽罹兄喪，哀痛之情，如失乳哺，如割肺腸，倀倀無相，幾不自立。因從畏友厲德輔肆業紫溪，漸漬稍勝。既冠，迫于凍餒，踵兄故步，授書自給，益發憤自課，經史注疏，且閱且抄，不敢荒逸。竊志古人務爲實學，時文非其所好，而又無師，屢試不利，決意退藏。尊拜先聖，覬扶吾道，晨誦《孝經》，以致永思。人多非笑，不之恤也。壯，室張氏，既得三子，捨館歸訓，鬻田就竭，人不堪其憂。五十九歲，始幸小子應時試入太學，閲三載，遂叨中進士科。其後，長子亦厠鄉選。余于是家居寡出，諸兒分寓歸辦菽水。今既七十矣〔四〕，隨應時滿尉黄巖還鄉，閉門養痾，不交人事，扶策自適。凡余自少至老，備嘗艱阻，不可具言。初侍所後母陳母〔五〕，遭義兄陵暴，慨然景仰〔六〕孤臣孽子，竊以舜、曾、閔爲師，承意調諧，各終其世。紹興乙丑，從兄有重罪，余未諳律令，以身援〔七〕之，幾併坐縲紲，偶值星變，原赦俱免。其他困阨危難，苦心衡慮，改過遷善，迄能自持，厥躬不見薄于鄉里。吾家父行享年多止五十，今幸同産次兄七十有七，與余白髮相保，夫妻兒婦，歡聚無缺，捫心感舊，粗足樂矣。然所以行己立心，不忘恭敬，近而冠履，微而紙筆，未嘗易，輒輕服用。常謂不能動天地不足以言誠，不能正室家不足以爲道，故其在畎畝，未始一日忽忘君民，對妻子，唯恐食息僣違禮教。一言一事，必求合于人情可無怨悔者而後出之。其受人子弟之託，教之〔八〕不啻己子，隨身指授，尊〔九〕事講釋，至老不倦。與人交不敢失信廢禮，受侮不敢争忿蓄怨，平居確意安貧守分，不萌非義之求。聞人有善，心恨弗及，見人之惡，口不忍言。自信不移，量力而動，平生謹畏，求寡乎媿怍而已。噫，使余少年微有依怙，不歷屯剥，壯歲窒于理性，不明否泰，未必能操心慮患，固窮順命，亦何以至於今哉！凡吾子孫，勿墜家學，推本源流，念之敬之，此吾之實録也。』余三復而嘆曰：『嗚呼。其可謂躬行篤學、樂道知命之君子矣！』凡君平生操履，大概已見于此，而國録沈君所狀，尤爲詳備，余復何所措其辭。至于蓬藿之居，陋甚玉川，而門堦户庭，咸有銘勒。簞食菜羹，終食不飽，而絜齋整齊，如對大賓。子良婦孝〔一〇〕，孫枝競秀，家法修明，門雍户肅，下逮僮僕，舉訢訢也，其遺風餘範，至今藹然，亦足以想見其典刑矣。

初君以淳熙十一年太上皇后慶壽恩，封承務郎致仕。十三年，上皇再慶，進承奉郎。十五年正月二十日甲子，卒于泰州海陵縣丞官舍，享年七十有五。後應時陞朝，累贈承議郎。張氏，同邑人也。曾大父嚞。大父儼。父日休。封太孺人，享年八十有六。三子：長曰應求，後君四年卒；次曰應符；次即應時也。一女，未嫁而夭。孫男三人：祖祐、祖詒、祖開。孫女五人：長適文正范公五世孫克家；次適宣議郎、新充福建提舉市舶司幹辦公事胡衍；次適里士胡伯韶；次許嫁四明沈儼曾；一尚幼。曾孫男二：曰珍、曰珫。君初葬于燭溪湖潘山之塢，穴頗不安。季和之亡，得卜吉〔一一〕於新隩竹山，始遂遷葬。今將以嘉定改元九月丙午，奉太孺人之柩祔焉。

太孺人質性莊重。雪齋動以古人自律，孺人事之如賓，始終〔一二〕若一日。季和宰平江之常熟縣，號難治，吏民歡服。既滿，横爲郡將所捃摭，困阨兩朞，至開人使訴，卒無一詞，猶被鐫降。孺人曰：『但不得罪于公論足矣，窮達非所計也。』閒廢累年，方權臣用事，不肯附麗求進，菽水不繼，族黨姻舊皆勉以禄仕，孺人獨未嘗一語及之，曰：『使吾兒失節以爲養，不如粗糲之爲甘。』蓋不如是不足以配君子，不足以生賢子孫，不足以成禮法之家也。季和不幸出門折軸，不得究所抱負以彰積慶。諸孫皆孝友，以承先訓，後其有興乎？銘曰：

德在陰，陰〔一三〕必明。活千人，後必興。天人間，響應聲。有篤行，出至誠。子必賢，家必名。偉孫君，真不朋。動以禮，善服膺。不愧怍，無虧成。廟之璉，壺之冰。行于家，森典刑。噤不施，閉幽扃。過者式，視斯銘。

校勘記

〔一〕静遠軒本標題後無署名，今從文淵閣本。

〔二〕『亥』，文淵閣本誤作『未』。

〔三〕文淵閣本句首有『實』字，作『實十三伯父之子』。

〔四〕『矣』，文淵閣本作『已』。

〔五〕『母』，文淵閣本作『氏』。

〔六〕『仰』，文淵閣本作『念』。

〔七〕『援』，文淵閣本誤作『授』。

〔八〕『之』，文淵閣本誤作『子』。

〔九〕『尊』，當從文淵閣本作『專』。

〔一〇〕『孝』，文淵閣本作『教』。

〔一一〕『卜吉』，文淵閣本誤作『吉卜』。

〔一二〕『始終』，文淵閣本作『終始』。

〔一三〕『陰』，文淵閣本作『報』。

孫燭湖先生壙志〔一〕

楊簡

燭湖先生應時，越之餘姚人也。越今爲紹興府。曾祖諱政。祖諱子全。父諱介，累封贈承議郎。

簡與季和承學于江西象山陸先生。季和由是信此心本善，方相與講切進德，而開禧二年二月甲戌不禄。

季和早入太學，淳熙乙未登進士第，爲台州黄巖尉，士民愛之，欲共置田宅留居焉，辭不受。後丞泰州海陵，丁承議君憂。服闋，爲嚴州遂安令，從蜀帥丘公宻之辟，邑人不得而留，至于哭送。大將有世襲，朝廷患之，丘公因其病，使季和往視疾，以察軍情。盛禮十獻，辭焉，覆命以事實告，丘公遂奏易他姓，厥功茂矣。改秩知平江府常熟縣，垂滿，太守以倉粟累政流欠三千斛見問，士民陳詞願共償，不聽，竟聞於朝，貶秩罷。後授通判邵武軍，將赴而已病。歷官至承議郎，後以致仕轉朝奉郎，壽五十有三。冬十有二月庚申，葬于縣之龍泉鄉竹山。娶張氏。子祖開，方九齡。三女：長適文正范公五世孫克家；次適宣議郎、義烏丞胡衍。葬日薄，嘉言善行不備書，姑識其略於壙石。朝散郎主管建昌軍楊簡書〔二〕。

校勘記

〔一〕文淵閣本作『孫燭湖壙志』，静遠軒本標題後無署名，今從文淵閣本。

〔二〕文淵閣本在『朝散郎主管建昌軍』之後有『都觀』兩字。

會稽續志・孫應時傳〔一〕

張　淏

應時，字季和，餘姚人。父介，躬行古道，訓授閭里，鄉人尊之，號雪齋先生。公天才穎異，陶冶嚴訓，八歲能屬文。乾道壬辰入太學。年方弱冠，從江西象山陸公九淵，悟存心養性之學。登淳熙乙未進士第。初尉黄巖，士民惜其去，欲共置田宅留居焉，辭不受。朱文公熹爲常平使者，一見即與定交。紹熙壬子，文定丘公崈帥蜀，辟入制幕。興元帥吴氏有世襲之勢，朝廷患之，而未敢輕有變易也。丘公因其病，使公往視疾，以察軍情。盛禮十獻，辭焉，復命以事實告。會吴挺死，即白制帥定議，差統制官權領其事〔二〕，檄總領楊輔兼利西安撫節制之，草奏乞别選帥材以代吴氏，朝廷從之，以張詔爲興州都統，一方晏然。改秩知平江府常熟縣。既滿，郡將以私憾，捃摭倉粟累政流欠三千斛見問。士民感德，至相率擔負詣郡願代償，不報，竟坐貶秩，故公有詩謝其邑人云：『牛車擔負愧高義，豈知薄命非兒寬。』授通判邵武軍，將赴而卒，年五十三。自號燭湖居士，有文集十卷。

開禧丁卯，吴挺之子曦復歸興元，果據軍以叛。曦誅。嘉定初，户侍沈公詵、刑侍蔡公幼學、給事曾公焕、吏侍黄公度、兵侍戴公溪、工侍汪公逵六人，同奏公問學深醇，行義修飭，見微慮遠，能爲國家弭患於未形，乞甄録其後。得旨，特補其子祖開下州文學。

水心先生葉公適嘗賦其家世友堂，詩曰：『雀尋屋角飛，燕繞簾櫳窺。共賀新宇就，生物欣有依。含德厚乃祖，義完嗟利隳。更悲别駕公，櫝韞不盡施。温恭化群從，遜悌流深規。一絲必同袍，粒黍無異炊。感零天上露，潤浹園中葵。魚蟹雖芳鮮，不如此菜肥。涼風送佳音，桂林自生枝。借子赤霄羽，登君文石墀。樸斵吁已勤，礱密審所宜。諒爲前峰近，長暎客星垂君家對峰即嚴子陵墓也。』跋語云：『雪齋孫不朋，居餘姚燭湖上。安貧樂道，終身不願仕，有古人之節。三子：應求、應符、應時，皆以文學知名。兄弟相愛〔三〕，卉衣草食，薄厚必均。應時官止邵武軍通判。應符之子祖祐，敬踐祖德，崇緝先志，嘉定甲戌爲新室，名曰世友，合饌同室，期永不替。將請余記之，然此詩已略具矣。』

校勘記

〔一〕静遠軒本標題下無署名，今從文淵閣本。
〔二〕『事』，文淵閣本作『軍』。
〔三〕文淵閣本在『兄弟相愛』之後有『友』字。

三省官請甄録孫應時子祖開補官劄〔一〕　沈詵等

嘉定二年二月二十一日，敕大〔二〕中大夫、守尚書户部侍郎兼詳定敕令官沈詵，朝議大夫、試尚書刑部侍郎兼侍講〔三〕直學士院蔡幼學，正議大夫、行給事中兼同修國史實録院同修撰兼太子詹事曾焕，朝散大夫、權尚書吏部侍郎兼修玉牒館〔四〕兼同修國史實録院同修撰黄度，朝請大夫〔五〕、權尚書兵部侍郎兼同修國史實録院同修撰兼太子左庶子戴溪，朝請大夫、權尚書工部侍郎兼同修國史、實録院同修撰兼太子右庶子汪逵劄子：

詵等聞漢宣帝時，徐福嘗疏霍氏太盛，當以時抑制。其後霍氏誅滅，有上書明福之事者，以爲宜貴曲突徙薪之策，使居燋頭爛額之右。宣帝感其言，以福爲郎。蓋見微慮遠，能爲國家弭患于未形者所當奬勸也。

詵等伏見故朝奉郎致仕孫應時，問學深醇，行義修飭，自游太學，已爲士友所推，登科以來，棲遲州縣，愛民潔己，聲譽藹然。故同知樞密院事丘崈任四川制帥日，辟爲幕屬。會吴挺疾，制帥遣應時至興州審察軍情，未幾而挺死，應時即白制帥定議，差統制官權管本軍，檄四川總領楊輔兼利西安撫，令本軍聽其節制。又爲制帥草奏，乞别選帥材以代吴氏，朝廷從之，以張詔爲興州都統，一方晏然。應時親書奏稿〔六〕，猶藏其家。其後權臣專政植黨，受逆曦厚賂，復令歸興州管軍，果起〔七〕僭謀，幾失全蜀。雖皇靈遠暢，天討遂伸，然使朝廷堅守前議，不以西兵復付吴氏，則逆曦之變自可潛弭，其安危利害，豈不大相懸〔八〕絶哉？應時能裨贊制帥，慮患未然，以漢宣奬徐福之事論之，使應時尚存，固宜特加擢用。不幸應時賦分奇薄，自製屬改秩，試邑常熟，已滿三考，守臣以私意捃摭，竟坐臺評降官廢棄。既而公朝察其無罪，特與改正，僅授邵武通判，未赴而死。澤不及子，家道窮空，縉紳皆悼惜之。今公道方開，一善必録，詵等竊以爲不可使應時之家，獨有曲突徙薪無恩澤之恨。欲望廟堂特賜敷奏，將應時優與甄録其後，以爲體國效忠者之勸。候指揮。

二月二十一日，三省同奉聖旨，特補一子下州文學。

校勘記

〔一〕文淵閣本作『祖開補官省劄』。
〔二〕『大』，當從文淵閣本作『太』。
〔三〕文淵閣本在『侍講』之後有『兼』字。
〔四〕『館』，文淵閣本作『官』。
〔五〕『大夫』，文淵閣本作『郎』。
〔六〕『稿』，文淵閣本誤作『檢』。
〔七〕『起』，文淵閣本作『啟』。
〔八〕文淵閣本無『懸』字。

跋（一）〔一〕

從來德發於口，功昭於時者，其言乃可以行遠，而立乎不朽。古之人著作實多，往往或不傳，蓋功德難副也。惟能根柢於英華，則雖久必彰。我朝稽古右文，伏遇高宗純皇帝館開四庫，采訪遺書，又於前明《永樂大典》散篇中編排未傳之集，而宋臣燭湖孫先生與焉。燭湖在今餘姚之東鄉，按《會稽續志》，先生以進士仕，終邵武軍通判，位不滿其功德，《志》稱文集十卷而刊本無存，跡其生平，師朱、陸以踐形則有實德，令赤畿以佐幕則有豐功，而文歸湮滅，豈言之不立歟？抑功與德未副其言歟？乃綿延七百有餘歲，莫求於野而已顯於朝。遭際聖明，繕完成帙，雖非全豹，實萃吉光，由中秘頒貯於浙省西湖之文瀾閣，齊輝琅縹，夫非千載一時之大幸哉！惟時有姚邑張處士羅山，聞是集復完，即屬邵二雲學士在館鈔其副以歸，謀付剞劂而未逮，於是先生後裔景洛暨姪元杏聞之，亟請其本，詣閣釐正譌悞，旋壽梨棗以永其傳。是集也，析文與詩爲二十卷，又附先生之父雪齋、兄應求、應符諸詩，及行狀、墓誌、雜文兩卷於集後，益以彰世澤而資考鏡者也。且也先生之裔，蕃衍姚邑，昔年景洛尊甫魯齋輯前明甲科五十四人所存鄉會房，行彙刊孫氏傳文行世，兹又得尚誦先人之清芬，洵爲繼志而濟其美者，猗歟！先生之功德與言既上孚文治，復廣惠藝林，正非徒佑啟後昆之私，幸矣。安忝司姚鐸，獲與大小阮定紀群交，於是集敬勷校讐事既竣，爰質言志，幸縷顛末，以附驥尾云。

嘉慶癸亥立秋日姚江學掾錢唐吴世安拜手跋

跋(二)

南宋孫燭湖先生集，《宋史·藝文志》載其目，而詩文則散見於歷代著録家，後之人每以未見全書爲憾。乾隆壬辰歲詔開四庫全書館，儒臣分輯《永樂大典》散篇，始得先生全集二十卷，附編二卷。其時吾姚張公羲年以國子監助教充纂修官，實任其役，書成則抄全帙以寄孫氏後人，寓書慫恿付梓，三致意焉。孫氏藏弆於家，珍同拱璧，旋爲好事者竊去。今裔孫景洛與姪元杏知文瀾閣曾貯此集，遂謀所以刻之者。先君爲轉借張氏寶墨齋藏本，與之張氏之藏，邵公晉涵官京師時與張公助教先後抄寄者也，書手不知文義，紕繆甚多，持攜至杭請閣本校正，遂授梓，以壬戌十月開雕，更一歲告成。吾姚南宋著述六百餘年流傳絶少，而此書巋然復出，信乎物之顯晦有時，不獨文獻之傳，可補地志之缺，且以見吾姚理學文章之盛，淵源有自。肅末學膚受，烏能窺見先生之萬一，而景仰前喆之意，則竊自忘其爲漫畫也。爲紀其原委，以嘉孫氏之能世守於其後。

嘉慶八年七月既望邑後學黄徵肅謹識

跋（三）

《燭湖文集》二十卷，我孫氏燭湖先生之所撰也。先生當南宋淳熙、紹熙間，理學、經濟、文章並著一時，舊有手編稿五十卷，涑水司馬述先以十卷付梓，《宋史·藝文志》載集十卷，當即是本也。行世既久，及明永樂時收入《大典》中，是集遂失流傳，其散見《困學紀聞》《姚江逸詩》及《宋詩紀事》，諸書所採拾者，特吉光片羽而已。會國家開四庫全書館，分纂諸臣從《大典》中採輯成編，析十卷爲二十卷，同邑張潛亭助教、邵二雲太史因得繕寫以歸。昔黄梨洲先生有云：『坐視前輩詩文零落，是爲忍人。』矧其爲祖宗之手澤哉。今得元杏叔姪力任重梓之以廣其傳，俾數百年不可得見之書，復有以衣被天下，是誠闡揚先德之一端，而軽材末學如載者，亦得以讐校之餘讀先生不朽之文章，因以窺見先生理學、經濟之傳于萬一焉，斯則予小子之厚幸也夫。

嘉慶癸亥秋後八日洋溪宗裔熙載謹識

跋（四）

宋八世祖燭湖公有集十卷，今析爲二十卷，附編二卷，一爲公父與兩兄詩，一爲誌傳之屬。公預策吴曦之叛，智略深遠，又能不附權貴，其節操尤著，數百載後讀其文，未嘗不想見其人品之高，與其理學之有醇而無疵也。古之蓄道德而能文章者，其精神自有不可磨滅之處，然必視乎運會以爲顯晦。自壬辰高宗純皇帝下詔徵求遺書，而是書從《永樂大典》録出，亦是書之一幸也。憶先君于洛過庭之餘，時時稱述前芬，欲購求其書刻之而未獲。先君歿後，學士邵二雲先生自京師抄寄，張丈羅山藏于其家。壬戌秋，姪元杏從張氏借歸，因相與校讐脱誤而付諸剞劂氏，閲半載而告蕆事焉，亦以承先人志，廣厥流傳云爾。

二十五世孫景洛謹跋

跋（五）

涑水司馬氏有《燭湖集》之刻，迄今七百餘年矣。歷時既久，人間罕有其書。自武林文瀾閣既建，而是書在焉，俾士子就近抄録，得讀中秘書，何幸如之。然窮鄉僻壤，操觚之家猶以艱于資斧，未克家有其書，杏自去秋從張氏借得是書，如獲拱璧，因與叔謀鋟諸板。其帝虎魯魚之誤，幸得同志諸先生共相校正，而編次體例，一仍閣本，庶幾公諸同志以垂久遠云爾。

二十六世孫元杏謹跋

校勘記

〔一〕文淵閣本無此五篇跋文。

附録

大守入境與文太師先狀

比者謹交印紱，爰整羈幨。崎嶇初出於關中，繾綣已懷於洛土。望輝光而在邇，馳悃愊以良勤。抃懌惟深，編摩罔究。

案：《宋史・宰輔表》淳熙以後，慶元以前，無文姓居宰執官太師，與應時時代前後不相及。篇中有洛土云云，疑爲北宋人文字，《永樂大典》誤編入此，今無別本可校，姑存之。

迎文太師到闕狀

側聽德音，睠思國老。謂夙欽於勳望，故渴見於儀刑。詔使旆以屬途，慰邦民之延首。炎暘貫序，勉馳鞏洛之郊；飛蓋淩風，佇邇宣温之户。某式虔在位，阻候行郵。伏惟上爲廟堂，益調寢饍。

迎文太師入覲狀

伏審肅颺台旆，來覲帝廷。寤寐粹容，即奉清閒之燕；馳驅大道，罔弛次舍之勤。屬春律之始和，諒福襟之深固。側聆車馭，將届郊圻。佇遂覿瞻，預增欣忭。

迎韓相自洛西由闕判北京狀

伏審肅馳大旆，肆覲路朝。都民擁道以言瞻，宸扆注懷於來見。矧惟幕屬之舊，尤佇衮衣之還。方冒冱寒，尚覬行色。冀頤寢興，期介禧祉。

案：《宋史》崇寧元年，韓忠彦自左僕射兼門下侍郎，出知大名府，兼北京留守。攷《宋史·地理志》，慶曆二年，改大名府爲北京，南渡後没于金，安得有判北京者？此狀當必有誤。今姑仍原本附攷于此。

迎蔡相自裕陵還闕狀

伏審竣事西陵，還轅北闕。祗奉祠於虞幄，行税鞅於都闉。即遂瞻承，良慰傾佇。

案：《宋史》元祐元年，神宗葬永裕陵，以蔡確爲尚書僕射兼門下侍郎，爲山陵使。此篇云『祗奉祠於虞幄』，當指此事。應時生於南渡後，此狀當必有誤，今姑仍原本。

迎韓相入闕召以南郊陪位狀

伏承顯膺嚴召，聿相大祠。渴舊德之儀刑，留精衷之寤寐。都人屬目，共瞻車馬之光輝〔一〕，煙燎陪容，佇接珩璜之步武。末階覲覿，預切忻翹。

校勘記

〔一〕「光輝」，文淵閣本作「輝光」。

商相巫公墓廟碑

人臣事君之道，有燮成，有弭輯，有鎮定。燮成者，學術能開太平；弭輯者，才能能消災患；鎮定者，德望能襄大事。斯三者，君用之皆能致治，臣行焉皆能盡職，所謂大臣者胥此。商有賢相曰巫咸，具茲道以事帝戊。予嘗攷文獻知之。初雍己既立，王業中缺，刑濫法弛，德衰澤涸。於是伊陟贊於公，公治王家有成，作《咸艾》四篇，咸艾，原作「鹹乂」，據《史記·殷本紀》改。《集解》引馬融曰：「艾，治也。」斬而復新，翳而復明也，故曰燮成。是時也，桑穀在朝，昏生旦拱，甚矣其妖也。乃敕太戊修政明禮，或早朝而晏退，或問疾而弔喪，桑穀自亡，此之謂弭輯。商侯昔有不王不享者，於是效順。越三年，遠方重譯至者七十六國，聲靈赫烜，國本敦固，號曰中興，此之謂鎮定。至祖乙時，子賢紹武，殷道復興。烏乎，事是君者，效勞於無事之時易也，於艱難危厄之際而能斡全曲成者難也。太戊立商祚中葉，而祖乙殆甚。公父子克忠，以濟時艱，一道允成，天豈并毓忠良於巫氏以興商乎？或者英賢感氣，運而迭起，理自然歟？嘗攷《絶越書》，虞山，巫咸所出。梁蕭統云：「虞山，巫咸所出。」又唐張守節《史記正義》：「巫家冢在虞山上，子賢亦葬其側。』由是言之，公父子邑人也。而地志謂山西夏縣有巫咸頂，相傳公嘗隱此。況嘉定中鄉人掘地虞山西麓，名青龍山觜，山有腹岡，得古碑八分書，刻『商相巫咸冢』凡五字，前令王公爚文治有餘，搜巖剔埜，以存亡繼絶爲事。念吴之先賢莫出公右，作廟此山之腹岡，於山頂則修墓焉，春秋祀，義起後人。應時又恐去世既遠而成功泯，乃礱玄石，爲文辭，以爲後世詔。辭曰：

於赫殷商，業肇武湯。中世友嗣王，朝内拱祥桑，桑枯德政良。良臣輔匡，國勢熾昌，作式四方。四方既襄，公艾成廟廊。殷土芒芒，誕降虞山陽。山腹有圖，靈氣奮揚，千載聲亡。碑文孔章，新廟於石旁，駿奔靡違，厥功難忘。酒清肴香，曰公之故鄉，鑑此烝嘗。《吴都文粹》續集卷一五。又見康熙《常熟縣志》卷一四、《海虞文徵》卷一九

校勘記

〔一〕臺灣學者黄重寬《孫應時的學宦生涯——道學追隨者對南宋中期政局變動的因應》第三三三頁，認爲文中有王爚之名，又有嘉定年號，當非應時所作。

借韻跋林肅翁題詩

昔冠南宫淡墨書，當年萬卷各名糊。至今處子尚綽約，應笑老婆曾抹塗。詠慶雲圖如著色，和薰風句更從諛。行三十里余方悟，敢與楊修校智愚。

校勘記

〔一〕高新航論文《孫應時及詩歌研究》附録二『誤收』。林肅翁即林希逸，生於一一九三年，孫應時於一二〇六年去世，孫應時去世時林尚爲十三歲少年，此詩於情理不合，故此詩當爲誤收。

閩憲克莊以故舊託文公五世孫明仲遠徵鄙文老退遺棄散逸荷伯宗用昭止善浩淵子勖至善及余表姪孫陳誼予兄子豐仲弟之壻賈熙用昭之從子大年等十餘人寒冬連旬日夜録之得五十卷亦已勞矣賦此爲謝〔一〕

老去斯文付寂寥，寒枝枯甲一遺蜩。虚言自嘆真何補，好友相求不憚遥。敗篋塵埃煩數子，破窗燈火〔二〕每連宵。詩成明日尋梅去，共看春風轉斗杓。

校勘記

〔一〕據祝尚書《燭湖集提要辨誤》：劉克莊生於淳熙十四年（1187），孫應時卒於開禧二年（1206），則孫氏死時，劉克莊年僅二十，尚未入仕，何能官至『閩憲』？考劉克莊爲閩憲在淳祐八年（1248），其時孫氏辭世已四十餘載，何能作詩稱『遠徵鄙文』？所引詩當爲僞作，蓋《永樂大典》竄誤。

〔二〕『燈火』，文淵閣本作『風雨』。